KB273592

동아시아 근대 지식과
번역의 지형

**글쓴이**(게재순)

**고모리 요이치**(小森陽一, Komori Yoichi)  도쿄[東京]대학 대학원 총합문화연구과 교수

**박진영**(朴珍英, Park, JinYoung)  연세대학교 국학연구원 연구교수

**김진희**(金眞禧, Kim, JinHee)  이화여자대학교 이화인문과학원 HK교수

**박지영**(朴志英, Park, JiYoung)  성균관대학교 동아시아학술원 연구원

**송은주**(宋銀珠, Song EunJu)  이화여자대학교 이화인문과학원 HK연구교수

**김선희**(金宣姬, Kim, SeonHee)  이화여자대학교 이화인문과학원 HK연구교수

**양일모**(梁一模, Yang, IlMo)  서울대학교 자유전공학부 교수

**오윤호**(吳潤鎬, Oh, YounHo)  이화여자대학교 이화인문과학원 HK교수

**김연수**(金娟秀, Kim, Yeon-Soo)  이화여자대학교 이화인문과학원 HK교수

**오영주**(吳姈株, Oh, YoungJu)  이화여자대학교 이화인문과학원 HK연구교수

**이선윤**(李先胤, Lee, SunYoon)  고려대학교 일본연구센터 HK연구교수

**정선경**(鄭宣景, Jung, SunKyung)  이화여자대학교 이화인문과학원 HK교수

**송태현**(宋泰炫, Song, TaeHyeon)  이화여자대학교 이화인문과학원 HK교수

**박인원**(朴仁元, Park, InWon)  이화여자대학교 이화인문과학원 HK연구교수

**김수자**(金壽子, Kim, SooJa)  이화여자대학교 이화인문과학원 HK교수


# 동아시아 근대 지식과 번역의 지형

**초판 인쇄** 2015년 3월 20일  **초판 발행** 2015년 3월 30일

**엮은이** 이화인문과학원  **펴낸이** 박성모  **펴낸곳** 소명출판

**출판등록** 제13-522호  **주소** 서울시 서초구 서초중앙로6길 15, 1층

**전화** 02-585-7840  **팩스** 02-585-7848  **전자우편** somyong@korea.com  **홈페이지** www.somyong.co.kr

값 35,000원

ISBN 979-11-85877-76-1 93800

ⓒ 이화인문과학원, 2015




이 저서는 2007년 정부(교육과학기술부)의 재원으로 한국연구재단의 지원을 받아 수행된 연구임 (NRF-2007-361-AL0015)

이화인문과학원 인문지식총서 01

# 동아시아 근대 지식과 번역의 지형

THE TOPOGRAPHY OF MODERN KNOWLEDGE
AND TRANSLATION IN EAST ASIA

이화인문과학원 엮음

소명출판

'번역'은 외래문화와 사상들이 유입·매개되는 장(場)이며, 문화 주체 간의 상호 관련성이 실현되는 과정이고 나아가 다양한 권력 관계의 역학구조가 반영되는 지점이다. 특히 새로운 지식의 출현에 주목할 때 번역 연구와 비교(문화, 문학, 사상) 연구는 중요한 연구방법론으로 인식되는데, 이는 이질적인 문화와 지식을 전달하고 수용하는 데 필수적인 과정인, 번역-비교를 통한 상호 관계의 인식이 한 문화가 가진 지식의 정체성을 이해하는 주요한 사유 방법이 될 수 있기 때문이다. 본 공동연구서는 번역이 갖는 실천성, 정치성, 주체성 등에 주목하면서 동아시아 근대 지식 형성과 전환의 동인으로서 '번역'의 문제에 천착하고 있다.

제1장, '근대 번역문학의 상상력과 사유의 지평'은 한국과 일본문학, 식민지와 제국의 문학, 서구와 제3세계 문학 간의 차이를 의식하면서, 번역 문학의 작업이 근대문학의 상상력과 사유의 확장, 장르 인식과 근대문학 개념과 장(場)의 형성과 재편, 그리고 민족문학, 비교문학, 세계문학 등 새로운 문학, 지식 등을 어떻게 개념화, 체계화시키고 있는가 등에 주목하는 논의들로 구성되어 있다.

우선 고모리 요이치[小森陽一]의 「일본 근대소설 문체의 성립과 번역문체」는 일본 근대소설 문체의 성립을 번역 행위의 역할과 관련지어 논의한 글이다. 서구 근대소설의 문체와 구성을 배우면서 이전과는 구분되는 표현을 창출해간 1880년대 후반부터 1890년대 일본 근대문학의 중심은, 의미생성의 장을 만들 수 있는 새로운 문(文)의 확립에 있었다. 문체의 표층적 차이의 배후에 보이는, 번역 행위를 매개로 공유되었던 표현의식에서 이 시대 표현의 움직임을 읽어낼 수 있는 핵심이 있음을 밝히고 있다.

박진영의 「근대 동아시아 문학 번역의 역사성과 상상력」은 한국 번역 문학사를 중심에 놓고 동아시아에서 근대 번역을 둘러싼 연속성과 불연속성을 집약적으로 논의하고 있다. 식민지 시기에 중국이나 일본의 근대문학은 거의 번역되지 않았다. 중국 근대문학은 1920년대부터 번역이 진행되었으나 루쉰 소설에 편중된 데에다가 단속적으로만 이어지다가 해방기에 재조명되었으며, 특히 일본의 경우에는 식민지 종주국의 근대문학이라고 믿기 어려울 정도로 거의 번역되지 않았다. 이런 점에서 이 연구는 중국문학이나 일본문학이라는 것은 한국에서 불연속적으로만 존립했고 세계문학이라는 관념의 바깥으로 밀려나 있었음을 밝히고 있다.

김진희의 「번역과 근대서정시의 원형－김억의 외국시 번역과 전통의 재인식」은 번역의 역동성이 전통문화에 대한 재인식을 가능하게 함으로써, 이를 토대로 근대서정시의 시학과 논리가 만들어질 수 있었음을 고찰하고 있다. 1920년대에는 다양하고 많은 외국시들이 문단에 번역, 소개되어 1910년대 이후 서정시의 내포와 외연을 만들고자 했던 시문단에 서정시의 한 모델을 제시하는데 많은 기여를 하였다. 이 연구는 김억의 번역시를 통해 당대 시단이 전통을 재인식함으로써 시적 자아가 동일화를 꿈꾸는 세계에 대한 상실의 표상으로 님을 설정하고, 부재와 상실의 정서 구조를 지닌 서정시의 한 원형을 정립할 수 있었음을 밝히고 있다.

박지영의 「'번역 불가능성'의 심연－식민지 시기 김소운의 전래동요 번역 [日譯]을 중심으로」는 피식민자의 언어가 제국어로 번역되어야만 하는 식민지 시대의 언어적 환경에서 '번역'이라는 행위가 갖는 정치성을, 식민지 시대 김소운의 전래동요 번역[日譯]양상을 통해 규명하고 있다. 특히 '전래동요'라는 노래 텍스트가 갖는 장르적 속성, 즉 방언과 의성어, 의태어를 사용하는 언어적 속성과 아동이 향유 주체라는 속성이 어떠한 방식으로 제국(일본), 지식, 문자 중심의 식민주의적 언어 체계를 균열하게 하는가에 주목하고 있다. 김소운은 '번역불가능성'을 통해 오히려 자신의 내셔널리티와 전래동요의 장르 속성을 확인하게 되는데, 이는 제국과 식민지인의 위계화된 정치 질서를 승인하면서도 그것을 위반하고자 욕망했던 한 번역가의 임계성에서 나온 또 다른 양태를 보여준다.

송은주의 「번역 불가능성을 통한 비교문학의 재사유」는 비교문학 연구에서 번역을 통하여 비교의 실천 행위가 어떻게 이루어질 수 있는가를 고찰하고 있다. 특히 서로 다른 언어와 문화, 문학 간의 환원불가능한 차이를 가시화하는 번역불가능성의 개념에 주목함으로써, 차이를 동질화하는 서구 비교문학 담론의 서구중심주의적 보편주의를 벗어나 제3세계 문학의 관점에서 비교의 본래 의의를 다시금 새롭게 재발견할 가능성을 제시한다.

제2장, '근대담론의 수용과 새로운 지식의 출현'에서는 번역을 통해 각국의 사회문화권에 수용된 '근대' 담론이 가져온 지식과 문화 장의 변화, 그리고 수용의 특성을 통해 드러나는 독자성이나 창조성, 주체성 등을 읽을 수 있다. 서구과학담론, 진화론, 세계문학론, 여성주의 담론 등 19세기에서 20세기에 걸쳐 서구사회는 물론 동아시아의 지식 형성에 중요한 영향력을 행사했던 '근대' 담론의 번역이 새로운 지식 형성의 중요한 동인이 되고 있음을 알 수 있다.

김선희의 「지식의 이동과 경계에 관한 시선들―최한기의 서양과학 수용을 중심으로」는 '과학사상가', '경험주의자' 등 최한기에 대한 현대적 평가를 하나의 표제어로 삼아 19세기 조선에서 독자적인 지식장을 구축했던 최한기의 학문적 구상을 재검토하고 있다. 최한기는 서양의 과학을 '기학(氣學)'이라는 독특한 자신의 사상 체계 안에 재구성하고자 했다. 기학은 최한기가 구상한 동서 회통의 보편학이었고 서양 과학은 보편학의 세부를 구성할 사상적 자원이었다. 이 연구는 최한기의 학문적 구상을 19세기 동아시아에서 벌어진 지식의 경계와 이동의 한 사례로 파악하며, 그가 목표로 했던 지식의 체계와 그 체계의 세부를 구성하는 사상적 자원들 사이의 연동과 논리 안에서 최한기의 성과를 평가하고 있다.

양일모의 「진화론적 비유의 한자어 번역」은 생물학적 진화론의 기본 용어들이 한자어로 번역되는 과정을 분석하면서, 번역된 진화론의 언어가 동아시아에서 의미를 획득하고 사회적으로 작용하는 양상을 고찰하고 있다. 다윈이 『종의 기원』에서 사용한 비유는 자신의 생물학적 견해를 전달하기 위해 이전 학자들의 언어를 차용한 것이었다. 그렇지만 서양과는 지적 담론의 공간을 달리하는 일본이나 중국에서 한자어로 번역된 진화론의 언어는 비유가 아니라 실제로는 정치적 사회적 실천이었음을 밝히고 있다.

오윤호는 「진화론적 상상력과 자연주의 소설의 형성—염상섭의 『만세전』을 중심으로」에서 서구 과학담론인 다윈의 '진화론' 및 사회진화론이 동아시아 근대의 지식담론에 미친 영향을 살펴보고, 특히 한국 근대문학 속에 나타난 진화론의 흔적을 염상섭의 소설 『만세전』을 중심으로 살펴보고 있다. 이 연구는 제국・식민지의 '문화 환경'을 생물학적 환경으로 재인식하며 자연선택, 적응과 개체 변이의 과정을 통해 진화해 온 인간 종의 보편성과 1920년대 식민지 현실과 식민지인이 가지고 있었던 탈식민주의적 특수성을 관련시키면서 소설 『만세전』에 나타난 '진화론적 상상력'을 구체화하고 있다.

김연수의 「번역과 근대적 문화전이―입센의 『인형의 집』 수용양상 비교를 중심으로」는 번역과 근대화의 관계를 입센의 『인형의 집』 번역 수용과정을 추적하면서 살피는 글이다. 입센의 극작품들은 오늘날에도 '글로벌작가' 혹은 '세계적인 작가'의 극작품으로 여전히 전 세계에서 공연되고 있는데, 특히 19세기 말에서 20세기 초 유럽 및 비유럽 문화권에서의 번역 수용은 주목할 만하다. 이 연구는 입센의 극이 문화적 맥락이 바뀌면서도 공유되는 보편적인 양상과 수용문화의 근대화 맥락과 연동된 양상을 개인주의 담론과 신여성 담론의 맥락에서 논의하는 한편 번역과 근대화의 관계에 대한 이해의 문제를 제기하고 있다.

오영주는 「입센 번역과 연극장(場)의 변화―1890년대 프랑스를 중심으로」에서 입센 번역이 활발히 이루어졌던 1880~1890년대 독일, 영국, 프랑스의 연극장에 주목하고 있다. 그리고 이런 현상이 나타난 이유에 대해 각국의 연극장이 필요로 했던 '현대성'에 입센의 극이 총체적으로 대답했기 때문이라고 답한다. 또한 입센이라는 현대성을 번역 수용하는 각국의 차이를 보여주고 있는데, 작가도 기대하지 않았던 새로운 담론의 형성을 통해, 담론의 새로운 수용과 결정은 입센의 희곡 자체가 아니라 당시 프랑스 연극장의 내적인 요구, 즉 경쟁적 연극 집단의 상이한 위치와 가치와 신념이었음을 밝히고 있다.

제3장, '이동하는 텍스트의 근대적 수용과 소비'에서는 번역 '텍스트'가 연구의 전면에 등장하면서 새로운 텍스트의 출현이 문제되는 경우로 구성되었다. 원 텍스트를 각국의 문화에서 어떻게 다르게 수용했는가를 밝히고 있는 글들로 특히 근대적 층위에서 매체, 소비와 유통, 민족주의와 이념 등이 수용의 특수성을 결정하는 동인으로 작용하고 있음을 알 수 있다.

이선윤의 「고전의 번역과 소비의 양상—『춘향전』 최초의 일본어 번역 나카라이 도스이[半井桃水] 역 「계림정화 춘향전(鷄林情話春香傳)」을 중심으로」는 『춘향전』 번역본의 효시인 「계림정화 춘향전」을 통해 조선의 표상을 분석, 논의한 글이다. 일본의 번역자 나카라이는 일본 독자들의 취향에 맞도록 정제, 필터링 된 이국적 정서를 『춘향전』 번역작을 통해 제공하였다. 이 연구는 나카라이의 번역을 통해 식민담론이 완전히 정착되지 않았던 근대 초기 일본대중에게 제공되고 소비된 조선 표상의 한 양상을 보여주고 있다.

정선경은 「중국 고전소설의 번역과 근대적 수용—『매일신보』에 연재된 『삼국연의』를 중심으로」에서 대다수의 지식인들이 일본을 보면서 서구 문명을 배우려고 노력하던 근대 시기, 오히려 중국문학작품을 번역하는데 적극적이었던 양건식에 주목하고 있다. 이 연구는 양건식을 통해 과도기를 살아가는 지식인의 현실적인 고민을 번역과 문필활동, 역사와 전통의 재인식, 대중문예와 신문 매체 등 세 주제를 중심으로 논의하고 있다. 특히 전통과 근대가 교차되는 시기의 문화적 특성을 이끌어내고자 했다는 점이 주목된다.

송태현의 「볼테르의 〈중국고아〉와 오리엔탈리즘」은 원(元)대의 작가인 기군상(紀君祥)이 쓴 『조씨 고아(趙氏孤兒)』를 개작한 볼테르의 희곡 〈중국 고아〉에 주목한 글이다. 볼테르 개작의 핵심을 중국 문화, 유교 도덕의 우수성에 대한 찬미로 보고, 볼테르가 칭기즈칸의 야만적인 군단에 대한 문명화된 중국의 승리를 〈중국 고아〉에서 드러내고자 하였음을 밝히고 있다. 즉 볼테르는 '타자의 발견'을 넘어 그 타자가 유럽보다 나을 수 있다는 가능성을 제시한 점에서, 그리고 자신이 속한 시대와 사회의 문제점을 그 타자와의 만남을 통해 극복하고자 노력한 점에서 '부정적 오리엔탈리즘'을 넘어섰다고 평가한다.

박인원의 「네이션 빌딩과 여성영웅의 서사—쉴러의 『오를레앙의 처녀』와 장지연의 『애국부인전』을 중심으로」는 애국주의 고취가 절실한 과제였던 유사한 상황에서 잔다르크를 주인공으로 등장시킨 독일 및 한국 작품을 비교 분석하고 있다. 이 연구는 비록 직접적인 수용관계에 놓이지는 않았지만 동서양을 막론하고 호명된 두 텍스트의 잔다르크가 어떻게 1800~1900년 무렵 구체적인 국가 건설 맥락과 접속되면서 프랑스 민중 영웅에서 독일 내지 한국 영웅으로 변모하는가를 고찰하고 있다.

김수자는 「신채호의 『이태리건국삼걸전』과 영웅, 그리고 '신국민'」에서 19세기 말 20세기 초 동아시아의 한국, 중국, 일본인에게 이탈리아 통일의 역사가 강약의 차이는 있었지만 근대국가를 수립하고, 자국의 현실을 타개, 극복하는데 '모범'이 되었음을 논의한다. 또한 신채호가 『이태리건국삼걸전』 번역을 통해 자신이 이상으로 삼는 영웅을 강조하고 영웅상, 국가상, 나아가 국권을 되찾고, 애국적 투쟁을 다하며 국가와 민족에 책임을 져야하는 '새로운 영웅상'으로서의 '국민상'을 제시하고 있음을 밝히고 있다.


이상에서 소개한 글들 중 일부는 지난 2013년 이화인문과학원 주최 국제학술대회 "지식을 (재)번역하라―20세기 초 한·중·일 근대 번역의 지형"에서 발표된 논문 중에서 특히 '근대' 지식 형성과 번역에 집중하고 있는 연구들이며, 그리고 일부는 지식 형성의 동인으로 번역의 문제어 천착해온 전문 연구자들께 주제에 맞게 청탁한 논문들이다. 소중한 원고로 공동연구서에 학문적 깊이를 더해주신 저자들께 감사드린다.

이화인문과학원의 인문한국(HK) 탈경계지식형성 연구부는 탈경계적 문화변동 속에서 문화 간의 접촉과 교차로 인해 변형되고 재구성되는 인문지식의 정체성과 체계 연구를 진행해왔다. 2013년에 들어서면서는 연구의 핵심을 근대 지식의 형성 및 지형 연구에 집중하고 있는데, 서구와 대비되는 지식 형성과정 혹은 지식 정체성의 동아시아적 특성을 고찰함으로써 한국인문지식을 사유하는 새로운 인식, 방법론 창출의 토대를 마련해나가고 있다. 이번 공동연구서『동아시아 근대 지식과 번역의 지형』은 탈경계지식형성 연구의 성과를 보다 집약화 하고자 새롭게 출발한『인문지식총서』의 첫 번째 저서이다. 이후 근대와 지식을 논제화하는 개인 및 공동 저술 작업이 출간 예정되어 있다.

이화인문학연구원의 HK연구과제의 핵심인 '탈경계인문학'은 근대 인문지식에 대한 비판과 성찰을 토대로 한국인문지식의 새로운 패러다임을 제시해보자는 취지를 담고 있다. 이는 새로운 인문학 담론을 제안하기 위해서는 근대, 지식, 인문학에 대한 치열한 성찰이 필요함을 의미한다. 이런 맥락에서『인문지식총서』의 출발은 미래 인문학을 향하는 힘찬 첫걸음이 될 것이다.

저자들을 대표하여, 김진희 씀

2015.3

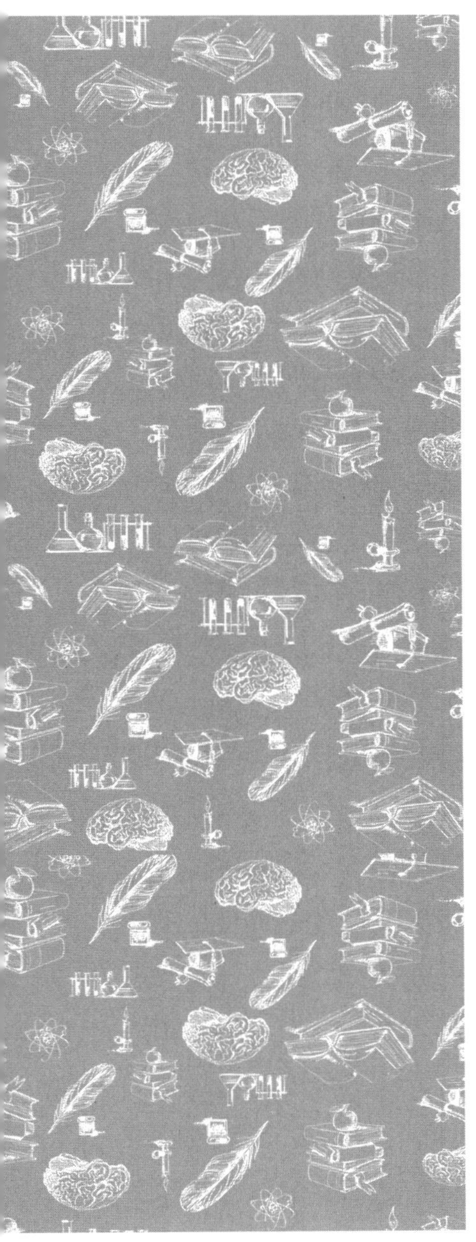

제1장

# 근대 번역문학의 상상력과 사유의 지평

# 일본 근대소설 문체의 성립과 번역문체

고모리 요이치 小森陽一

메이지기(1868~1912) 일본에서의 근대소설 문체의 성립을 생각할 때, 번역이라는 행위의 역할은 필수불가결한 것이었다. 『소설신수(小説神髄)』[1]를 발표한 쓰보우치 쇼요[坪内逍遥]는 일본 근대소설을 창출하면서 자신 스스로도 새로운 소설 문체를 고안했다. 『이모토세카가미(妹と背かゞみ)』[2]에서의 가장 중요한 방법적 선택은 이야기세계 내 회화 장면을 비추어 내는 역할을, 인용문, 대화문을 제외한 문장의 표현주체 뿐만 아니라 작중인물에게도 부여한 것이다. 즉, 어떤 한정된 시선밖에 갖지 못하는 이야기세계 내부의 인물이 다른 인물과의 대화를 '엿보고', '엿듣는다'. 그러나 시야가 한정되어 있기 때문에 '엿듣는' 인물은 회화의 의미를 그 본래 모습으로 재구성 할 수 없고, 결정적 오해를 하게 된다. 그리고 그 오해가 행복한 결혼을 한 것처럼 보이는 다쓰조, 오쓰지 부부를 점차 갈라놓게

---

1 1885~1886. 일본 근대문학 최초의 체계적 문학론. (역주)
2 1885~1886. 妹と背かゞみ. 부부 이야기라는 뜻. (역주)

된다는 방향으로 이야기 내용은 진행되어 간다.

쇼요는 스스로 선택한 방법에 대해 매우 자각적이었다. 그는 '엿듣기'가 대부분의 경우에 '사실과는 달리' 회화를 '듣게' 되어 '의심과 선입견' 때문에 '질투와 집착'이나 '의심'을 일으키게 되고 '서로 신뢰해야할 부부 사이에 물이 새게 되는 근원이 된다'고 서술하고 있다. '깨어진 거울', 즉 회화 장면의 정보를 왜곡하거나 변형하는 '엿듣는' 주체는 항상 또 하나의 이야기, 즉 회화가 본래 당사자 간에 가지던 의미작용에서 일탈한 '의심과 선입견'에 의해 방향 지워진 이야기를 구성하게 되는 것이다. 쇼요는 『이모토세카가미』의 내용을 구성하는 언설을 이 '엿듣는' 작중인물들에게 맡겼는데 이것은 작중인물에 대한 '작자'의 '의장(고안)'을 제거한다는, 쇼요 나름의 '근대소설'의 모습을 둘러싼 관념(『소설신수』)과 불가분의 관계로 얽혀있기도 했다.

하지만 회화문과 인용문을 제외한 서술문에서 독자를 지향하는 '작자'의 위치를 투명화 시키려는 시도는 결과적으로, 작중인물의 회화 자체에 스토리를 전개시켜가는 계기를 본래적 의미에서 부여하는 방향이 아니라, 회화의 질은 종래의 닌조본[3]이나 곳케이본[4]을 따라가면서 그것을 굴절시켜, 왜곡된 '엿듣는' 의식 상태가 스토리를 구성하게 되어버렸다.

아마도 그 과정에는 서구적 소설에 있어서의 소위 '신의(전지적) 시점'에 선 서술 문체를 성립시킬 수 없었던 일본 '근대소설'의 숙명이 나타나있다. (물론 '신의 시점'에 서는 표현주체를 결국 창출하지 못한 것이 단지 부정적인 것만은 아니다. 서구적 근대소설에 이 장르의 유일한 기준이 있는 것은 아닌 것이다.) **왜냐하면 '일본어'**,

---

3    人情本. 에도시대 후기 소설의 한 장르로 당대의 풍속을 사실적으로 묘사하면서 다양한 애정의 양상을 그림.(역주)
4    滑稽本. 에도시대 후기 소설의 한 장르로 서민들의 생활 속의 익살스러움을 묘사.(역주)

특히 구어는 말로 파악되는 세계를 대상화하여 제시하는 것보다 오히려 그 말이 발화되는 장소, 언어전달이 성립되는 상황으로의 지향성이 강하기 때문이다.

쇼요 자신의 방법적 모색은 그 후, 이야기세계 내부에 한정된 시야를 가진 화자에 의한 서술문의 통일과 회화 장면의 '엿듣기'라는 형태로 추구되어 가게 된다.

결국 소위 서구적 언어의 '일인칭'과 '삼인칭'의 차이는 일본어 문장구조 그 자체로는 나타나지 않고, 인칭대명사 등에 의해 그 인칭성을 더욱 강조할 때 비로소 현재화(顯在化)하는 '일본어'의 특질이 나타난다. 야나부 아키라[柳父章]가 올바르게 지적하고 있는 것처럼 '인칭' 자체의 강조는 메이지기에 급속히 지식인 사이에 퍼진 번역문화, 번역문체(영문의 번역을 중심으로 하는)의 영향이며, 그것을 지탱하고 있는 '일본어' 문장구조는 본질적으로 이인칭적인 것, 즉 발화의 장을 화자와 청자가 함께 살아가는 것에 의해 성립한다는 것을, 쇼요의 문체실험 과정은 나타내고 있다고 할 수 있다.

쇼요는 주인공의 의식 내부를 따라오는 화자가, 동시에 그 의식 외부에서 전개되는 다른 작중인물들의 회화장면을 '엿듣고', 주인공의 의식 상태의 망상성을 폭로하고, 그에 휘둘리는 주인공을 상대화하여 그리는 소설문체를 성공시켰다. 여기서 쇼요는 화자의 어투를 가능한 한 투명하게 하고(평가적 어구를 사용하지 않는다), 주인공 가자마의 입장에서 세계를 파악하면서 다른 작중인물들의 회화장면을 또 하나의 이야기, 즉 가자마의 망상을 폭로하는 이야기로서 작동시킨다. 결국 서술문과 회화 장면을 통독하는 독자의 의식이, 이 두 이야기를 유기적으로 연결시켜 상호 간섭 작용을 일으키고 그 사이에 작품의 의미가 떠오르게 하는 방식이다. 위상이 다른 두 이야기의 상(층)

이, 독자의 의식을 매개로, 쓰여진 것 이상의 의미를 생성하는 장으로서, '작자'와 독자의 전달의 장이 잠재화된 것이며, 그만큼 언표의 표층에 나타난 표현주체와 독자의 커뮤니케이션은 허구화되었다고 할 수 있을 것이다.

후타바테이 시메이[二葉亭四迷]의 소설 『뜬구름[浮雲]』[5] 제1편에서 제3편까지의 서술문과 회화장면 사이의 상호작용의 변화는, 거의 쇼요의 표현의 변화과정과 대응하고 있다고 해도 좋을 것이다. 당초 이야기세계 외부의 독자를 향한 강한 지향성을 갖고 있던 화자는, 주인공 분조의 의식이 포착하는 이야기 내 세계가 보여지고 느껴지는 방식에 따라서, 분조의 '말'에 의해 그것을 파악함(이는 어떤 일정 방향에서 이야기세계를 파악하는 분조의 말을 그대로 베끼는 것이기도 하다)으로써 이야기세계 밖으로 향하는 자기상을 투명화시켜 간다. 화자가 스스로를 투명화시킴으로써 그때까지 그가 제시해온 이야기의 선 ― 제1편 제2회에서 제시된 것 같은 풍자적이고 야유적으로 그려지는 분조와 오세이의 과거와, 그 의미작용의 선으로 통괄되는 두 사람의 '사랑'의 전개 ― 와, 분조의 오세이에 대한 마음 ― 면직되어 버린 그의 의식을 따른 오세이와의 관계성 ― 의 선이 상호간섭적으로 연결되고, 그 사이의 의미를 독자가 풀어가게 된다. 이것이 제1편에서 제2편에 걸친 이야기 세계 변용의 기본 패턴이라 할 수 있다.

여기서 주의해야 할 것이 하나 있다. 그것은 종래의 '시점적 묘사'나 '작중 인물의 의식에 따른 묘사'라고 부르던 외부 세계 혹은 자연의 파악방식이 어떠한 이야기 작용 혹은 이야기 기능을 가졌는가 하는 점이다. 후타바테이의 '언문일치체'가 후대의 문학자들에게 좋은 평가를 받는 중요한 요인 중 하나

---

5  1887~1889. 자아에 눈뜨면서 좌절해가는 청년의 모습을 근대 문명 비판과 함께 언문일치체로 그린 선구적인 사실(寫實)소설.(역주)

는, 역시 외부 세계 묘사의 독자성에 있을 것이다. 그것은 예를 들면 투르게네프의 『밀회』나 『해후』의 번역과정에서 형성된 것이기도 한데, 종래에는 그 묘사의 '리얼리티'만이 강조되어 왔지만 여기서는 새롭게 그 '리얼리티'의 내실을 물어야 할 것이다. 투르게네프가 『밀회』와 『해후』에서 사용한 러시아어 문체는 플로베르가 『보바리 부인』에서 실현한 '시점묘사'의 프랑스어 문체의 번역이었다. 중요한 한 가지는 어떤 특정 작중인물의 의식에 따른 '시점묘사'가 외부세계나 자연을 파악하는 것뿐만 아니라 이와 동시에 그 외부세계나 자연을 보는 작중인물 자신의 감성이나 심리상태까지도 포함하고 있다는 것이다. 즉 단순한 배경이나 무대장치의 묘사가 아니라, 그 외부세계나 자연이 그려지는 언어 속에, 그것을 보는 작중인물의 심적 갈등이 담겨있는 것이며, '시점묘사'라는 것은, 시선과 눈빛의 드라마인 것이다.

'묘사'라는 발상은 이미 어떤 지시대상으로서의 외부세계나 자연이 공간적으로 있고, 그 공간적 대상을 시간적 계기성으로 묶인 언어토 표현하는 것이며, 결과로서는 '묘사'를 읽은 단계에서 비로소 한 번 공간적인 지시대상이 '재현'된다고 생각되어 왔다. 그러나 이 말은 옳지 않다. 계기적으로 나타난 말에서 어떤 공간적인 경치가 성립하기 위해서는 일단 각각의 말에서 환기된 이미지를 독자가 자신의 의식 속에서 재구성하고 통합해야 한다. 그리고 그 재구성과 통합의 방식, 혹은 재구성과 통합을 촉발하는 힘이, '묘사'를 하는 말이 실은 어떤 순서와 스타일로 배열되어 있는가, 무엇이 포착되고 무엇이 배제되어 있는가 하는 점에 의해 결정되는 것이다. 즉 '묘사'가 탈시간적인 것이 아니라 이야기세계 내 시간의 흐름에 포함된 작중인물의 시점에 입각하여 행해질 때, 그 눈빛의 운동 상태, 시선이 흐르는 방식의 특질 그 자체가 하나의 이야기를 형성해가는 것이다. 공간적 경치의 면적인 이미지는, 그

속에 숨겨진 또 하나의 이야기의 선 — 눈빛의 운동을 둘러싼 드라마 — 를 내재시키고 있는 것이다. 물론 얼핏 보기에 이 이야기는 주축이 되는 스토리의 선과는 관련이 없어 보인다. 또 작가에 따라서는 이러한 부분에 의식적이지 못한 이들도 있다. 그러나 본질적으로는 '시점묘사'의 가장 중요한 기능은 그곳에 시선의 유동과 눈빛 운동의 드라마가 내포되어 있다는 점이다. '시점묘사'의 부분은 결코 이야기의 정지 혹은 중단이 아니라, 그곳에 또 하나의 이야기, 말의 계기적 의미(외부세계, 자연의 이미지)의 배후에 숨겨진 작중인물의 의식이나 감성의 운동 방식을 둘러싼 이야기가 존재하고 있는 것이다.

독자가 '시점묘사'에 촉발되어 어떤 풍경을 의식 속에서 재구성하고 통합된 공간적 이미지를 상상하는 것은, 분명 그것을 보고 있던 작중인물의 의식이나 감성의 특징적인 운동방식을 추체험하고 그 기억을 재통합하는 것에 의해서 그 인물의 어떤 통합된 상과 만나는 것이기도 하다. 말하자면 지속적 상(相 / 층(層))에서 파악된 '인격'과 독자는 의식하에서 만나고 있는 것이다. 이 때 시간적 계기에 따라서 선(線)적으로 전개되어 온 몇 개의 이야기는, 상호간섭작용의 기억을 재구성하여 통합된 면(面)적인 이야기로서 새롭게 의미가 생성된다. 읽는 행위에 있어서의 시간의 흐름과 함께 나타나는 선적 이야기와, 읽혀진 말들이 각각의 선에서 이탈하면서 기억의 상(층) 속에서 만들어 내는 면적인 이야기를 통합하는 곳에, 쓰여진 말로서의 근대소설의 '말하기'의 과제가 있었을 것이다.

이를 자각하기 시작한 것이 모리타 시켄[森田思軒]의 번역소설의 표현에 착목한 후타바테이였다. 『뜬구름』의 제3편이 직면한 것은, 먼저 작중인물 분조의 내면에서 오세이라는 한 여성을 둘러싼 그 때까지의 (이야기세계 내)기억을 재통합함으로써, 노보루와의 관계가 점점 깊어져가는 오세이와 앞으로 어떻게 관계를 맺어갈지 결정하는 것이었다. 다른 하나는 그것을 통해, 분조가 오세이와 관련되었던 자신을 둘러싼 기억을 재통합하여, 이야기세계 내의 자기상, 즉 면직(免職)된 남자로서 자신의 모습을 파악하는 것이었다. 그러나 결과적으로는 그러한 이야기세계 내의 기억을 본래의 의미에서 재구성하고 통합하는 힘은 분조의 자의식을 그리는 문체에 주어져있지는 않았다. 오히려 그의 자의식의 문체(스타일)는 '망상'으로로서의 오세이 상과 자기상에 계속 집착해가는 방향으로 움직여갔다.

위와 같은 의미에서 본다면 모리타 시켄의 일련의 번역 작품은 그러한 새로운 텍스트와 독자의 모습을 동시대적으로 명확하게 환기시킨 것이었다고 할 수 있을 것이다.

모리타 시켄의 표현자로서의 출발이 저널리스트·신문기자였다는 것은 근대 소설문체의 생성에 대해 생각할 때 한 가지 중요한 문제를 제시하고 있다. 저널리스트의 사명은 무엇보다도 사건이나 사실의 모습을 얼마나 정확하고 현장감 넘치게, 그리고 그 사건의 핵심을 명시하듯이 보도할 수 있는가에 있다. 시켄이 『유빈호치신문[郵便報知新聞]』의 기자로 활약했던 시대는 자유민권운동의 퇴조기로, 당시까지는 주로 정론(政論) 중심이던 신문 지면이 사실, 사건 보도 중심으로 방향 전환을 해가는 과도기였다.

국내외를 불문하고 새로운 사태, 새로운 국면, 미지의 현상을 파악해가기 위해서는 무엇보다 보도되는 사실의 개별성·특수성을 언어화해야 한다. 사실의 새로움을 인지하기 위해서는, 혹은 어떤 사실에서 그 새로움을 간파하기 위해서는, 먼저 그것을 인식하는 보도자 측이 종래의 인식이나 감성의 틀을 타파하고, 그 사실의 개별성, 특수성에 입각한 말에 의해 그것을 표현해야 한다. 그러한 표현은 또 그것을 읽는 독자에게도, 기존의 인식이나 감성의 틀을 제거할 것을 요청하고 있기도 하다. 텍스트화된 사실의 보도는 그것이 새로운 시대의 움직임을 나타내면 나타낼수록 저널리스트와 독자 모두에게 기존 언어 패러다임의 변경을 요구한다.

이런 의미에서 보면, 시대에 재빠르게 적응한 저널리스트로서 자신이 쓰는 기사의 문체를 변혁하는 것은, 사실을 파악하는데 있어서 필연적인 일이었을 것이다. 그러한 점에서 볼 때 시켄이 자신의 저널리스트로서의 주요 업무를 문체 변혁의 선언으로부터 시작한 것은 그의 예리한 언어감각을 나타내는 매우 중요한 증거였던 것이다. 이후에 명확하게 밝히고 있듯이 시켄의 저널리스트로서의 활동은 먼저 자신이 쓰는 기사의 문체를, 그가 가장 자신 있는 한문체, 한문적 표현에서 분리시키는 것으로부터 시작되었다. 왜냐하면 한문체에 내재된 전통적으로 쌓여온 문화적 의미작용은, 그가 보고 들은 사실의 '실정'과 언어표현 사이의 괴리를 낳기 때문이다.

청에 특파원으로 건너갔던 시켄은 '한문 냄새 나는' 문체, 긴 역사적 과정 속에서 배양된 정통적이며 공적인 표현으로서의 한문체가 바로 그 규범성과 정통성 때문에 현실적 중국(청)의 '실경(実境)'을 그릴 수 없게 되어버린 것을 자각하고 있었다. 장구한 한시문의 전통은 중국의 다양한 현실적 장소를 심미적 언어가 집적된 장소(토포스)로 만들었다. 구체적 대상이 어떤 산인지 어떤 강인지 상관없이 그곳에는 이미 수많은 시적 언어가 결부되면서 언어로서의 상(像)을 만들어버렸다. 그러한 심미화된 언어에서 그 현장을 해방시키지 않고서는 '진정한 중국의 여정'을 표현할 수 없다는 사실을 시켄은 '깨달은' 것이다. 사실의 '실경'을 파악하기 위해서는 전통적·문화적 함의로 회수되어버리지 않는 새로운 '실경'에 입각한 문체가 획득되어야 했다.

모리타 시켄의 문체변혁의 방향성은 그가 번역소설을 다루기 시작한 후에 더욱 명확해져 간다. 그 중 하나는 어떤 상황이나 대상을 그릴 때에 사용되어 온 유형적·상투적 표현을 거부하는 것이다. 시켄은 다음과 같이 말한다. '서사(敍事), 기사(記事), 논사(論事), 모두 각기 일정한 경우에 사용하는 일정한 문구가 있다.' '사실'을 있는 그대로 서술, 기술하는 문체, 혹은 '사실'을 논하는 문체에 있어서 '일정'한 것을 표현하기 위한 말이 너무나도 '일정'화 되어 있다고 그는 비판하고 있다. 동시대의 문장이 유형화 된 '진부한 말'에 너무 의존하고 있다는 것에 대해 시켄은 '현재 일본의 문장세계는 약간의 문구들로 성립되어 있다'라고 비꼬아 말했다.(「文章世界の陳言」,『国民之友』, 1887.8) 그만큼 이 시기에 '사실'을 포착하는 문장은 유형적·상투적 어휘에 의해 표현되고 있었던 것이다.

표현이 유형적, 상투적이라는 문제는 단순히 문장이 재미가 없고 신선하지 않거나 박진감이 없다는 것만은 아니다. '전장'이라면 그것이 언제 어디에서 어떻게 이루어진 전투라 해도 모두 '아수라장'이라고 '형용'되고, '역경'이 언제, 누구에게, 어떤 상황에서든지 '아비규환'이라고 '형용'되어버린다면, 모든 '사실'은 그 특수성을 잃고 안정된 언어적 보편성 속으로 들어가게 된다. 문장에 대한 미의식이 '사실' 하나하나의 서로 다른 모습을 지우고, 일률적으로 보편화 된 익숙한 아름다운 얼굴로 바꾸어 버리는 것이다.

어떤 시각, 어떤 장소와 같이 극히 특수한 상황에서 일어난 사건일수록 그 '사실'을 '있는 그대로' 보도하는 가치, 정보·뉴스로서의 가치가 산출된다. 저널리스트는 바로 그 특수성과 개별성을 현장에서 전달하는 것에 목숨을 걸고 있을 것이다.

외국에서 일어난 사건, 처음으로 체험한 외국에서의 여정을 기술하는 것으로부터 표현활동을 시작한 시켄에 있어서, 어떤 '사실'의 개별성과 특수성을 전달하는 것은 자신의 사명이었음에 틀림없다. 그 자세는 그의 번역으로도 이어지게 된다. 번역자는 자신이 대상으로 하는 원전에 있어서의 개별성・특수성을 독자에게 전달해야하기 때문이다. 시켄은 「번역의 자세」(1887)에서 서양문을 '번역'할 때에는 '중국의 경어전어(経語典語)'나 '일본의 사어(詞語)'(일본 특유의 표현법 = 일본 전통 시가 등에서 사용되는 용법인 가케코토바, 엔고, 마쿠라코토바 등의 정형화된 어법)를 사용해서는 안 된다고 주장한다. 왜냐하면 그러한 어휘는 '그 나라 고유의 특수한 것'이며 '그 고유하고 특수한 것을 타국문에 혼입하면 그 혼입된 것은 이미 그 나라 고유의 문장으로 타국문을 번역'한 것이 되어버리기 때문이다.

번역에 대한 시켄의 이러한 자세는 그 당시까지의 번역문체에 대한 통렬한 비판을 담고 있었다고 할 수 있다. 왜냐하면 당시까지의 많은 번역소설이 특히 서경, 서사 부분에서 전통적인 문화적 함의를 강하게 포함한 표현으로 흐르면서 원문의 인간관계나 이야기의 전개를 왜곡해 버리기도 했기 때문이다. 그러한 감각을 익힌 시켄이 상투적인 '진부한 말'에 의한 표현에 만족할 리가 없었다. 그의 저널리스트로서의 표현감각은 자신의 문체에서 한시문이나 전통적 일본어 문장, 일본의 전통시가인 와카 등에 근거한 미사여구와 상투적인 표현을 제거해갔다.

물론 어휘를 변혁하는 것만으로는 새로운 문체를 낳을 수 없다. 무엇보다도 어떤 일정한 문장(sentence)을 성립시키는 통사기능(syntax)야말로 문체의 질을 규정한다. 시켄의 인식으로서는 메이지 20년대(1887~1896)에는 아직 '일본의 보통 문장이라고 할 만한 일정 형식이 없었다.'(「日本文章の将来」, 1888) 그리고 그가 주장한 것은 단순한 한문체도 전통적인 일본 고유어 문체도 아니고, 또 서양문의 '직역'체나 '평소의 담화' '그대로'도 아닌, '세밀'해진 신시대

의 '인간의 사고'나 '번잡'해진 '사회의 상황'에 대응하는 듯한 '서밀번잡한 문체'를 창출하는 것이었다.

이와 같은 신문체를 창출하기 위해서는 '순수한 중국문장'의 '문법법칙'에서 벗어나, '진부한 말을 역으로 회전 시킨 매우 자유로운' 문체로 만들어야 한다고 시켄은 말했다. '진부한 말을 역으로 회전 시킨'다는 말은 이해하기 어렵지만, 간단히 말하자면 '말의 배치법' 즉 '서양의 expression(造句措辭)'이다. 즉 시켄은 말과 말이 어떻게 배열되는가에 의해 문장의 의미작용이 완전히 달라진다는 것에 착목한 것이다. '진부한 말을 역으로 회전 시킨 매우 자유로운' 문체에 관해서는 한문의 '문법 법칙'에 비해 일본 문장이 우수하다고 시켄은 지적한다. 그는 와카나 하이쿠의 도치법 등을 예로 들어, 같은 어휘를 사용한 언설이라도 말의 배열순서 하나하나에 따라 독자가 받는 인상이 전혀 달라진다는 것을 강조한다. 시켄은 이 때 말과 말의 통합부분, 그 양태에 의미생성 기능이 있다는 것을 자각하고 있었다고 할 수 있다.

시켄은 앞으로는 서양문의 '직역체'를 문체의 기본으로 선택해야 한다고 말했다. 왜냐하면 서양문은 복잡, '번잡', '세밀'해진 인간의 사상, '사고'에 따른 구조를 갖고 있으며 그 문장 구조를 일본어 문체에 이식할 때 비로소 새로운 시대의 '사고'와 '사회'에 바로 대응할 수 있는 언어를 획득할 수 있다고 생각했기 때문이다. 그가 기본으로 삼은 '서양문'은 영어였는데 그의 일련의 번역문은 원문상의 중문, 복문, 관계절의 결합상태에 극히 민감한 반응을 보이고 있다. 시켄은 모두 단어와 단어의 배열, 문장과 문장의 배열과 같은 그 배열 방법 자체 속에, 즉 표현된 언어 뿐 아니라 오히려 표현되지 않은 언어와 언어의 사이, 언어 언어를 어떤 형태로 연결하는가 하는 결합하는 힘으로서의 공백에 보다 중요한 의미생성기능이 있다는 것을 알게 되었던 것이다.

　이러한 모리타 시켄의 문체변혁의 방향과 그가 번역한 일련의 소설 장르는 의외로 깊이 연결되어 있었다. 그의 번역소설 중 다수는 모험·추리소설이고 쥘 베른의 소설 번역에는 정평이 나 있다. 모험·추리소설의 생명은 무엇보다도 독자가 한 번도 체험해본 적 없는 허구의 시공으로 그들을 이끌어, 그 속에서 일어나는 특수하고 기이한 단 한 번의 사건을 만나게 하는 것이다.

　이러한 모험·추리소설 중에서 독자의 의식을 특수하고 개별적인 작품내적 상황으로 이끄는 가장 유효한 방법 중의 하나는 서스펜스 수법이다. 서스펜스 수법이란 앞으로 일어날 사건을 예고하는 듯한 요소를 상황 묘사 속에 넣어 점차 사건을 향해 나아가는 긴장감을 높이면서 기존의 컨텍스트에서는 무슨 일이 일어날 지 전혀 예측할 수 없는 상황 묘사를 설정하여 극적으로 사건을 제시하는 것이다. 이러한 서스펜스 상황묘사를 실현하기 위해서는 먼저 작품 내적 시간의 추이에 따라 사건이 일어나는 현장에 이르기까지의 공간묘사를 해야 한다. 그것은 시시각각으로 변화하는 상황 자체가 앞으로 일어날 사건의 윤곽이 떠오르게 하는 장치로서, 그리고 그 전조를 내포시킨 형태로 구성될 때 무엇보다 효과적이다.

　다음으로 상황묘사는 작중인물의 시점과 의식의 추이에 따라 이루어져야 할 필요가 있다. 왜냐하면 작품 내에서의 사건을 접하는 작중인물의 한정적 시야, 작품내적 상황에 구속된 의식에 입각한 형태에 의해서, 비로소 독자는 현장의 긴장감과 현장감을 공유할 수 있기 때문이다. 그 뿐만이 아니다. 만일 상황묘사가 작중인물의 의식과 시야를 넘어서 버린다면 사건의 의외성, 작중인물의 예상불가능성에 의한 서스펜스의 성립을 저해해버리기 때문이다.

　세 번째로 사건의 수수께끼 풀기나 진상해명, 모험소설에 있어서의 결정적 사실을 한층 더 인상적으로 그리기 위해서는, 착시법이 필요하다. 일련의 사태의 추이 속에서, 처음에는 그다지 중요하지 않다고 생각했던 사항이 사건의 전모가 밝혀지는 과정에서 실은 그 사건과 결정적인 연관이 있다는 것을 알게 되는 경우, 혹은 사건과 관련이 없다고 생각되던 인물이 사실은 범인이었다는 것이 밝혀지는 경우 등은 일단 작품내적 시간의 추이에 따라 그려진 동일 사항이 뒤쪽에서 다시 사건의 진상으로서 이야기되는 등의 후설법이 유효할 것이다. 물론 후설법은 그 전의 작품내적 시간의 각 시간별 상황묘사와 결합될 때 완전한 기능을 수행한다.

서스펜스 수법은 본질적으로는 구성되고 서열화된 의미작용에 의존하는 것이다. 텍스트의 '시작'에서 '끝'으로 향해 점차 형성되는 즉시적 의미와, 독자의 기억을 재구성하고 '과거'와 '현재'의 의미의 상호작용 속에서 생성되는 소급적 의미. 거기에 더하여 '현재'의 의미작용에서 '기대의 지평'에 근거해 형성되는 예측적인 의미, 그리고 그들을 통합해가는 탈시간적, 공간적인 구성적 의미작용이 실현됨으로써 비로소 서스펜스는 그 기능을 충분히 발휘하게 된다. 또 수수께끼 풀기식 추리소설 등에 있어서는 '기대의 지평'이 일단 배반되고, 예상치 못했던 전개가 일어났을 때, 공백으로서의 결합점의 의미 생성작용은 커진다고 할 수 있다.

이러한 의미작용의 장소를 만들어 내는 텍스트는, 어떻게 해서든지 전통적·문화적 함의에 기댄 표현방법에서 벗어나지 않으면 안 된다. 그리고 단순히 현재 진행형의 회화장면을 연결해가는 듯한 닌조본적·곳케이본적인 장르 구성법이 아니라 이야기 내용과 이야기 언설 시간의 착종을 배태한, 새로운 구성법에 의한 통사기능을 가져야했다. 그곳에 시켄이 서양에서 가지고 돌아온 작품군의 컨셉이 있었다고 할 수 있다.

아마도 모리타 시켄의 번역소설의 매력은 원작 소재의 신선함, 기상천외

함은 물론 그러한 완전한 미지의 허구세계로 독자를 끌어들이는 장치로서의 문체에 있었을 것이다. 그것은 또한 독자에게 있어 기지의 세계, 상투적 어휘나 틀에 박힌 문장구성법을 무너뜨리는 것에 의해 형성된 것이기도 했던, 말하자면 독자와의 상호작용 속에서 미지의 새로운 허구 세계를 만들어 내는 텍스트의 모습을 지각함으로써 원문 문장 구성 자체에 충실한 번역문체를 만들어 낸 것이다.

텍스트의 공백을 과거의 장르의 기억이나 같은 장르의 '기대의 지평'이라는 전통적인 문화적 컨텍스트로 채우는 것이 아니라, 그 텍스트 자신이 생성해온 의미의 기억에 의해 채워가는 표현주체와 독자와의 관계가 모리타 시켄 등에 의한 이러한 문체실험 속에서 진행되었다.

회화문이나 인용문 이외의 서술문을 통괄하는 표현주체의 말에서 독자가 기성 문화 컨텍스트에 기대려는 지향성을 불식함과 동시에, 독자의 의식을 기존 문화 컨텍스트에서 분리하기 위해서는, 주·술관계성이 명확하고 사태를 대상화하는 영문을 기본으로 한 번역문체야말로 이 시기에 가장 효과적이었다고 할 수 있다. 시켄의 문체 실험은 후타바테이의 『밀회』나 『해후』의 번역과 미묘하게 호응하면서 종래의 소설문체와는 일선을 긋는 표현영역을 창출해갔다. 하나의 작품세계의 독자성, 또 그 세계를 살아가는 작중인물의 개별성과 한정성에 대한 고집을 통해 어떤 개별적, 한정적인 텍스트에 '내포된 독자'와 '내포된 작가'의 상호작용으로 형성되는 의미생성의 장으로서, 근대소설의 '말하기'의 구조가 획득되어 간 것이다.

왜냐하면 '내포된 독자'란 단순하게 언어로서 현전하는 화자가 표현한 것만을 읽는 것이 아니라, 화자가 표현하지 않은 공백을 읽어가기 때문이며, 그 공백을 읽어내도록 독자를 이끌어가는 것이 화자의 말의 상태를 배후에서 조종하는 '내포된 작가'이기 때문이다. 물론 '내포된 작가'를 바로 실체로서의 작가와 연결하는 것은 올바르지 않다. 비록 실제 작가가 의식화되어있지 않았다고 하더라도 그 의식하의 고집도 포함하여, 뛰어난 텍스트는 그 전체를 통괄하고 풍부한 의미생성을 향해 독자의 의식을 이끄는 '내포된 작가'를 내재하게 되기 때문이다.

서구 근대소설의 문체와 구성을 배우면서 종래의 소설 장르와는 구분되는 표현을 창출해간 1880년대 후반부터 1890년대의 중심은, 그 무엇보다도 구성된 의미생성의 장을 만들 수 있는 새로운 문(文)의 확립에 있었다. 이러한 의미에서 '언문일치체'인가 '아속절충체'인가, '한문체'적인가 '의고문적'인가라는 표층적인 차이는 중요한 것이 아니다. 오히려 그런 표층적 차이의 배후에 보이는, 번역이라는 행위를 매개로 하여 공유되어 있던 표현의식에 이 시대의 표현의 움직임을 읽어낼 수 있는 핵심이 있는 것이다.

---

*   이 글은 이선윤(고려대학교 일본연구센터 HK연구교수)과 김효순(고려대 일본연구센터 HK 교수)의 공동 번역임을 밝힌다.

## 참고문헌

### 논저

森田思軒, 「文章世界の陳言」, 『明治文學全集 26』(1981), 東京 : 筑摩書房, 1887.
________, 「日本文章の將來」, 『郵便報知新聞』(『明治文學全集 26』(1981)), 東京 : 筑摩
　　　書房, 1888.7.24~28.
小森陽一, 「小說言說の生成」, 『構造としての語り』, 東京 : 新曜社, 1988.
二葉亭四迷, 「浮雲」, 『二葉亭四迷全集 8』(1923), 東京 : 岩波書店, 1887~1889.
坪內逍遙, 『小說神髓』, 東京 : 松月堂, 1885~1886.
________, 「新磨妹と背かゞみ」, 『明治文學全集 16』(1969), 東京 : 摩書房, 1885~1886.

# 근대 동아시아 문학 번역의 역사성과 상상력

박진영

## 1. 서양문학이 아닌 것의 알리바이

한국의 번역문학사 연구는 두말할 나위도 없이 김병철의 선구적이고 기념비적인 공적에서 성립되었다. 김병철의 저작이 지금까지 흔들림 없는 학술사적 유산으로 상속되어 온 것은 방대한 일차 자료 집성을 바탕으로 원류와 번역 경로를 실증적으로 추적함으로써 연구 기틀을 세웠기 때문이다. 김병철은 근대 번역문학사를 준비, 각성, 본격화, 암흑, 재생의 다섯 단계로 파악했으며 뒤이어 현대 번역문학사로 지평을 넓혀 서양문학 번역과 전신(傳信)의 역사라는 학문적 과제를 일관성 있게, 또한 성공적으로 고수했다.[1]

---

1    김병철, 『한국 근대 번역문학사 연구』, 을유문화사, 1975; 김병철, 『한국 근대 서양문학 이입사 연구』(전2권), 을유문화사, 1980~1982; 김병철, 『한국 세계문학 문헌 서지목록 총람』, 단국대

수용과 영향을 기축으로 삼은 비교문학의 프레임에서 벗어나 이입과 투영이라는 문제의식에서 출발한 김병철은 번역문학사 연구를 위한 체계 확립과 방법론 수립에 역점을 두었다. 번역과 전신 태도를 규명하는 것이 체계 확립의 문제라면 변증, 귀납, 실증, 통계의 기반을 닦는 일은 방법론 수립의 과제다.[2] 김병철의 기조에 따르자면 한국의 번역문학사는 번역의 방법, 태도, 성격에서 발전과 성장의 경로를 거쳤다. 즉 한국의 번역문학은 중역(重譯)에서 직역으로, 초역에서 완역으로, 계몽성과 아마추어리즘에서 문학성과 전문성 획득이라는 진화의 대장정을 걸었다는 석명이다. 김병철이 근대와 현대 번역문학을 관통하여 구축한 것은 한마디로 직선적이자 누적적인 발전사의 도식이다.

김병철에 의해 정초된 한국 번역문학의 역사적 성격이란 실로 외줄의 연속성에 의거한 법칙적인 문학사 인식에서 비롯된 소산임이 분명하다. 최근의 연구에서 종종 되풀이되는 바처럼 김병철의 문학사적 구도와 인식을 맹목적으로 답습한다면 중역이라는 원죄에 한층 강박될 수밖에 없다. 한국의 근대 번역문학이 정상화와 진보를 향해 일로매진했다는 상투적 공식에 갇히고 만 것은 신성한 원본으로서 유럽 문학과 식민지적 아류라는 이분법에 여전히 마쳐되어 있기 때문이다.[3]

---

출판부, 1992; 김병철, 『한국 현대 번역문학사 연구』(전2권), 을유문화사, 1998; 김병철, 『세계문학 논저 서지목록 총람－1895~1985』(증보개정), 국학자료원, 2002; 김병철, 『세계문학 번역 서지목록 총람－1895~1987』(증보개정), 국학자료원, 2002.

2  김병철, 「자서」, 『한국 근대 번역문학사 연구』, 을유문화사, 1975, 3~5쪽; 김병철, 「자서」, 『한국 근대 서양문학 이입사 연구』상, 을유문화사, 1980, 1~2쪽; 김병철, 「자서」, 『한국 근대 서양문학 이입사 연구』하, 을유문화사, 1982, 2~3쪽; 김병철, 「머리말」, 『한국 현대 번역문학사 연구』상, 을유문화사, 1998, 7쪽.

3  박진영, 「근대 번역문학사 연구와 번역가 사전 편찬」, 『책의 탄생과 이야기의 운명』, 소명출판, 2013, 350~369쪽.

사정이 그렇다 하더라도 김병철이 구축한 체계와 방법론은 후학의 비판적 계승과 의제 개척을 통해 갱신되고 도전받아야 마땅한 과제다. 번역을 통해 제기된 사상사적 문제성을 포착해야 하며, 근대 한국어가 번역문학을 매개로 변천을 거듭한 역사적 경과를 조명해야 한다. 또한 독자적인 번역 이론의 발견 가능성을 모색하는 일이 기다리고 있으며, 동아시아 근대성과 번역의 동역학으로 시야를 넓히는 일도 절실하다. 김병철의 연구가 파생시킨 다기한 논제가 아직 제자리에 머물러 있는 마당이니 분발이 시급하다.

그런데 일련의 저작을 통해 김병철이 보여 준 파노라마에 불가피한 사각이 숨어 있다는 사실을 짚어 둘 가치가 있다. 김병철은 1990년대 이후의 저작에서 세계문학이라는 표제를 내세우기도 했으나 초점은 여전히 서양문학 번역의 역사에 맞추었기 때문이다. 『한국 현대 번역문학사 연구』와 달리 적어도 『한국 근대 번역문학사 연구』는 중국문학이나 일본문학의 번역이 끼어들 틈이 마련되지 않은 채 국적별로 영국문학, 미국문학, 프랑스 문학, 러시아 문학, 독일문학, 기타와 같은 식으로 편제되었다. 기타라고는 해도 북유럽, 동유럽, 에스파냐, 인도, 필리핀, 터키까지 광범위한 지역을 아울렀건만 중국과 일본은 결코 포섭되지 않았다.

김병철이 어디까지나 서양문학 번역의 역사를 연구 대상으로 삼았다는 점에서 이러한 현상은 당연해 보일 법하지만 일면 뜻밖이기도 하다. 중국문학이나 일본문학을 의도적으로 따돌린 것은 아니기 때문이다. 기실 『한국 근대 번역문학사 연구』의 경우에 극소수의 중국문학과 일본문학 번역 작품이 거명되기는 했지만 한일병합 이전의 중역 사례로 국한되거나 극히 우발적인 현상에 가까운 반면 『한국 현대 번역문학사 연구』에는 중국문학과 일본문학을 위한 자리가 당당하게 할애되었다. 『한국 근대 번역문학사 연구』에서는 왜 중국문학이나 일본문학이 관심사로 떠오르지 않았을까?

김병철이 영문학자라는 조건은 타당한 빌미가 되지 못한다. 따지고 보자면 김병철의 본격적인 학문 이력은 해방 직후에 지금의 난징대[南京大] 전신인 중국 국립중앙대 대학원에서 미국소설사를 전공으로 삼은 데에서 비롯되었다. 송도고보와 보성전문학교 출신인 김병철은 식민지 시기 말기에 학도지원병으로 강제 징집되었다가 탈출에 실패한 바람에 난징 육군형무소에서 일곱 달가량 옥고를 치러야 했다. 김병철은 종전을 맞이하자마자 곧장 귀국하지 않고 중국 국립중앙대에 진학했다.[4] 1944년에 보성전문학교 법과를 졸업한 엘리트일 뿐 아니라 예사로운 코스라 보기 어려울지언정 난징 유학생 출신이기도 한 김병철의 시계에 당대의 중국문학이나 일본문학 번역 상황이 전혀 들어오지 않았다면 오히려 의아한 일이다.

실제로 김병철은 『한국 근대 번역문학사 연구』에서 중역의 핵심 기반이라 할 일본은 물론이려니와 중국을 경유한 번역 양상에도 적정한 주의를 기울였다. 다만 김병철을 비롯한 1920년대 출생 문인과 지식인이 동시대의 중국문학이나 일본문학에 대해 전반적으로 무심했다고 말할 수 있지 않을까? 중국이나 일본을 경유하더라도 결국 서양의 문학적 상상력에 열중했던 현상의 배면이 아닐까?

그렇게 물을 수 있다면 『한국 근대 번역문학사 연구』가 남긴 빈칸 또는 여

---

4    김병철, 「나의 학문적 편력」, 『세월 속에 씨를 뿌리며』, 한신문화사, 1983, 1~2쪽; 「고당 김병철 박사 연보」, 김병철 외, 『황혼이 내려도 그리운 목소리들만은』(고당 김병철 박사 정년퇴임 기념 문집), 범우사, 1987, 15~17쪽. 김병철은 1921년생으로 시인 김수영, 소설가 이병주, 작가이자 번역가 이가형과 동갑내기다. 흔히 탈출 학병 1호로 일컬어지는 고려대 김준엽 전 총장은 1920년생이며, 대륙 장정에 동행한 장준하는 1918년생이다. 대략 4,000여 명으로 추산되는 학도지원병 가운데 탈출에 성공해 충칭[重慶] 임시정부에 합류한 것은 불과 20여 명뿐이다. 김준엽은 종전과 함께 충칭의 중국 국립동방어문전문학교 한국어과 전임강사를 거쳐 김병철보다 한발 늦게 난징의 국립중앙대에서 중국사를 연구하기 시작했다.

백에 숨어 있는 것은 상대적인 소홀함이라기보다 불가항력의 소외일는지 모른다. 우리가 의구심을 갖게 되는 대목은 영문학자로서 김병철이나 1920년대 출생 세대의 무의식이 아니다. 왜냐하면 식민지 시기 내내 중국문학과 일본문학, 특히 중국과 일본의 근대문학은 충격이라 여겨질 만큼 거의 번역되지 않은 것이 실상에 가깝기 때문이다. 요컨대 외국문학이라 부르든 세계문학이라 부르든 서양문학이 아닌 것이 시야에 포착되지 않거나 그러한 문제성이 의식되지 못했다는 문학사적 광경이야말로 진지하게 음미할 가치가 있다.


## 2. 번역하지 못한 것과 번역되지 않은 것


지금까지 축적된 연구 역량이나 현황으로 보건대 식민지 시기에 번역된 중국문학과 일본문학이란 현장 부재 증명을 통해 자신의 생존을 입론해야 할 처지다. 근대 한국에서 번역은 19세기 유럽을 중심으로 편향된 서양문학에 집중되었으며, 세계문학이라는 관념 역시 러시아와 프랑스 문학 번역을 기축으로 태동하여 숙성했다.[5] 반면에 중국과 일본은 각각 전근대문학의 원류나 서양문학의 경유지로서 위상을 차지했을 뿐 근대문학이 직접 번역된 사례는 손꼽을 정도에 불과하다. 식민지 시기에 별다른 발언권을 얻지 못한 중국의 경우는 불가피한 시대적 조건에 처한 탓이라 하더라도 식민지 종주

---

5    박진영, 「편집자의 탄생과 세계문학이라는 상상력」, 『민족문학사연구』 51, 민족문학사학회, 2013.4, 426~444쪽.

국이자 아서구(亞西歐)로서 일본조차 세계문학의 권역에 포섭되지 않았으며, 두 경우 모두 희소한 사례를 제외하고는 번역 대상으로 취급되지 않았다.

중국문학은 19세기 말까지 다양한 갈래의 인적, 학술적, 문화적 네트워크를 통해 한국에 직접적인 영향력을 행사했으나 한일병합 이후 급속도로 위상이 추락했다. 20세기에 들어 일본을 통한 근대화가 강제되면서 일본문화의 강력하고 배타적인 관할권 안에서 한국의 근대문학이 성립되고 전개되어온 것이 진상이기 때문이다. 전근대 시기와 가장 극명하게 달라진 사정은 중국문학이 근대 한국어로 번역되어야 한다는 것, 근대적인 언론 및 출판 미디어를 경유해야 한다는 데에 있다. 그렇지 않고서는 여느 서양문학과 마찬가지로 한국문학과 접점을 생성하는 일이 불가능해졌다. 정반대로 일본문학이 외국문학 혹은 해외문학의 하나로 인지되는 일은 아예 일어나지 않았으니 한국어로 번역될 리 없으며 굳이 한국어 매체를 요구하지도 않았다.

한국 근대문학의 출발과 함께 번역을 통과하지 못한 중국문학이 아무런 의미나 효과를 발휘할 수 없는 난국에 직면한 반면 일본문학은 번역의 외부에서 내적 구심력을 장악한 꼴이다. 이러한 현상은 겉보기에 중국문학과 일본문학의 처지가 역전된 듯이 비치지만 기실 전근대와 근대 상상력 사이의 통시적 단절, 동아시아 각국 근대문학사의 공시적 분할이라는 복잡한 번역 여건을 반영하고 있다.

실제로 중국문학의 번역이 완전히 차단되거나 존재감이 일거에 소진되지는 않았다. 다만 일본을 본거지로 삼을 수밖에 없는 탓에 중국문학이 근대의 변방으로 밀려나거나 문제성이 적시에 포착되지 못했을 따름이다. 중국문학 번역의 역사적 성격은 각별히 한국의 3·1운동과 중국의 5·4운동, 중일전쟁 발발, 이차대전 종전, 중국 건국과 같은 국제 정세의 격동에 따라 부침을 거듭했다. 먼저 1910년대 후반에 중국 고전 번역이 신문 연재소설을 통해 부활했으나 이내 상하이의 『신청년』에서 도래한 신문화운동과 문학혁명론이 새로운 시대정신과 상상력의 동력원으로 전환되었다. 중국문학 번역에서 관건이 된 것은 전근대문학은 물론이려니와 일본이나 서양문학과도 차별화된 고유한 영역을 창출하는 데에 있었다.

사대기서(四大奇書)를 비롯한 중국 고전 번역은 식민지 시기 내내 간단없이 이어졌으며 대중 출판 시장에서도 위세를 잃지 않았다. 그러나 신해혁명 전후의 근대문학 번역은 1920년대 후반에 이르러서야 양건식을 필두로 한 소수의 전문 번역가에 의해 단편소설과 화극(話劇) 위주로 간신히 명맥을 부지했다. 일부 작가의 대표작에 치우친 한계는 불가피했고, 대개 원작과 원저자를 또렷하게 명시한 것이 특징이다. 그나마 중국 근대문학은 제한된 지면을 통해 단속적으로 번역되었을 따름이어서 동시대의 서양문학과는 도저히 비길 바가 못 된다.

중국문학은 중일전쟁 이후에 정국이 경색되면서 사대기서, 한시, 야담, 소화(笑話)로 위축되다가 해방기에 이르러서야 본격적으로 번역되었다. 식민지 시기의 중국문학이 양건식, 김광주, 정내동에 의해 번역되었다면 해방기에는 김광주, 이명선, 윤영춘이 큰 공적을 남겼다. 그간 단발성으로 번역된 루쉰[魯迅] 소설을 중축으로 체계적인 전집이 기획되고 오사 시대의 근대시와 근대소설 모두 앤솔러지의 구색을 갖추기 시작했다. 차오위[曹禺]의 근대극이 완역되어 무대에서 뜨거운 갈채를 받는 이변이 일어나거나 중국 근대문학의 역사가 비로소 문학사적으로 조망된 것도 해방기에 이르러서다. 해방기의 중국문학 번역은 민궈[民國] 초기 신문학운동의 역사적 실천성을 한국 현대사의 현장으로 다시 불러들이면서 새로운 국제 연대의 감각을 형성했지만 중화인민공화국 수립 및 한국전쟁 발발과 함께 순식간에 열기가 사그라지고 말았다.

그런가 하면 식민지 시기 내내 일본문학이 거의 번역되지 않았다는 사실은 전연 뜻밖이다. 일본문학의 번역은 무엇보다 중국문학과 사뭇 다른 동력에 의거해 이질적인 양상을 띠지 않을 수 없었다는 데에 특색이 있다. 근대적인 문학 관념과 서양문학의 실체를 유입한 통로가 된 일본문학은 문화적 수원지이자 중역의 굳건한 교두보로서 제 몫을 다했음이 틀림없으나 정작 번역의 지평 위로 부상한 적은 없다. 식민지 시기의 지식인과 문인이 대부분 일본 유학생 출신이지만 일본문학의 영향을 회고한 경우는 상대적으로 드물뿐더러 직접 번역 주체로 나선 경우 역시 찾아보기 어렵다. 일본문학사의 맥락이나 근대 작가의 정전이 주의 깊게 배려된 바 없고 심지어 일본문학 앤솔러지 편찬이 단 한 차례도 시도되지 않았으니 놀라운 일이다. 당연한 말이겠지만 세계문학이라는 권역에 일본문학이 포섭되는 일도 일어날 리 없다. 그러한 뜻에서 식민지 시기의 한국에서 일본문학이란 번역되지 않은 것이자 번역의 잉여로서만 은밀하게 작동했다.

흥미로운 점은 일본을 통한 세계문학 번역이 지배적이고 지속적인 역능을 유지한 가운데 특정한 문학사적 국면을 틈타 일본문학이 돌발적으로 번역되곤 했다는 사실이다. 예컨대 전쟁, 혁명, 계급 갈등과 같은 첨예한 모순의 현장이 연애와 사랑이라는 문학적 테마와 통속적으로 결부된 채 번역되었다는 것은 의미심장한 대목이다. 또 한 가지 중요한 문제는 서양의 고전 명작이 번역의 시대로 접어든 반면에 일본문학은 도리어 번안의 길을 택하거나 창작으로 위장함으로써만 존립할 수 있었다는 사실이다. 달리 말하자면 종주국의 근대문학은 번역될 수 없거나 기껏해야 교묘한 번안 또는 위장으로 성립되지 않으면 안 된다는 의외의 숙명에 시달려야 했다.

식민지 시기 초입인 1912년에 처음이자 마지막으로 번역된 일본소설은 청일전쟁을 배경으로 삼은 메이지[明治] 시대의 대중문학인 『불여귀』다. 조중환에 의해 번역되고 동경에서 출판된 『불여귀』는 이례적으로 인명을 일본어 발음 그대로, 지명을 비롯한 여타의 고유명사를 한자 독음으로 살려 놓았다.[6] 따지고 보자면 1906년에 근대문학의 앞길을 연 최초의 신소설 『혈의 누』 또한 청일전쟁 한복판이라는 세계사적 현장에서 첫 막을 올렸음을 상기할 필요가 있다. 동아시아 역학과 세계 질서를 뒤흔든 전쟁이 창작과 번역의 배후에서 한국문학에 동시적으로 간섭했다고 단언해도 좋을 것이다. 그런가 하면 식민지 시기 말기에 번역된 르포르타주이자 전선문학 『보리와 병정』 역시 중일전쟁과 연루되어 있다는 점이 기묘하다면 기묘한 조응일 터다.

문제는 『불여귀』나 『보리와 병정』을 빼놓고는 일본 근대문학이 번역된 사례를 더 이상 찾을 수 없다는 데에 있다.[7] 번안소설의 시대라 일컬어야 마땅한 1910년대를 풍미한 일본문학은 신파극의 위세에 힘입어 급성장한 것처럼 보이지만 실제로는 1910년대 중반부터 곧바로 서양문학에 주도권을 내주었다. 일본문학의 그림자가 중역과 재번안의 형식으로 부단히 간섭한 것이 사실이라 하더라도 정작 일본문학 자체는 입지를 완전히 잃고 말았다. 일본어를 경유한 중역이자 재번안으로서 서양문학은 1920~1930년대에도 압도적인 우위를 차지했으나 일본 근대문학은 더 이상 번역되지 않았기 때문이다.

일본문학이라는 유령이 다시 어른거리기 시작한 것은 1920년대 초중반의

---

6 조중환, 『불여귀』(전2권), 동경 : 게이세이샤쇼텐[警醒社書店], 1912; 박진영 편, 『불여귀』, 보고사, 2006; 박진영, 『번역과 번안의 시대』, 소명출판, 2011, 284~285쪽.
7 윤상인, 「한국인에게 일본문학은 무엇인가」, 윤상인 외, 『일본문학 번역 60년 - 현황과 분석(1945~2005)』, 소명출판, 2008, 9~13쪽.

일이다. 그런데 메이지 시대의 문학 정전에 오른 후타바테이 시메이[二葉亭四迷]나 나쓰메 소세키[夏目漱石]의 소설조차 교묘한 번안에 지나지 않거나 끝끝내 창작으로 위장된 채 출몰했다. 원작의 존재와 원저자는 물론 번안이라는 정체성 자체가 철저히 묵살되곤 했다. 반면에 기쿠치 칸[菊池寬]의 대중소설과 프롤레타리아 문학을 이끈 나카니시 이노스케[中西伊之助]의 소설은 원작과 원저자를 두드러지게 명시했음에도 불구하고 결코 번역에 육박할 수 없는 운명이었다.[8] 심지어 양자의 차이조차 명료하게 의식되지 않았으니 공히 통속화된 번안의 자리만 차지할 수 있었다. 이미 서양의 고전 명작 번역이 봇물처럼 쏟아지기 시작한 마당에 일본 근대문학이 은폐되거나 끽해야 번안으로 존립할 수밖에 없었던 현상은 결코 우발적인 것이 아니라 문학사적인 사안임이 분명하다.[9]

요컨대 식민지 시기의 세계문학이 유럽 중심주의의 제약, 일본 출판계를 통한 중역, 한국 저널리즘의 속성에 귀속된 것이 사실이라 하더라도 막상 중국문학 및 일본문학의 번역은 양적으로 대단히 드물 뿐 아니라 서양문학 번역과 전혀 다른 역사적 조건 속에서 진행되었다는 사실이 잘 드러난다. 중국문학과 일본문학은 현저하게 상이한 수렴과 발산의 행로를 통해 번역되었으며, 동아시아 근대문학의 연속성과 불연속성을 한꺼번에 노출시켰다. 한국

---

8　오황선, 「나카니시 이노스케[中西伊之助] 소설의 내면 풍경－1910년대의 조선」, 『외국문학』 29, 열음사, 1991.12, 123~137쪽; 오황선, 「근대 일본문학에 나타난 조선상－나카니시 이노스케[中西伊之助]를 중심으로」, 『일어일문학연구』 22, 한국일어일문학회, 1993.6, 283~299쪽; 신혜수, 「나카니시 이노스케[中西伊之助]의 『汝等の背後より』에 대한 1920년대 중반 조선 문학 장의 두 가지 반응」, 『차세대인문사회연구』 7, 동서대 일본연구센터, 2011.3, 88~103쪽; 이민희, 「일제 강점기 제국 일본문학의 번안 양상－1920년대 『매일신보』 연재소설 「여등의 배후로서」를 중심으로」, 『일본학보』 93, 한국일본학회, 2012.11, 149~163쪽.
9　서양문학의 번역은 1920년대 상반기에 매우 이례적인 전성기를 누렸다. 김병철, 『한국 근대 번역문학사 연구』, 을유문화사, 1975, 681~691쪽.

의 세계문학 관념과 정전 형성 과정에서 동아시아 근대문학이 명백하게 배제된 것, 중국문학의 전근대적 성격이나 일본문학의 상업성이 촉진된 것도 동궤의 현상일 터다.

중국문학은 전근대 시기는 물론 한일병합 직전까지 누린 위상과 판이하게 번역을 거치지 않고서는 존립의 근거를 찾지 못하게 된 형국이다. 또한 5·4 운동이나 중일전쟁과 같은 정치적 격변에 직접적으로 노출되었으며, 사대기서를 비롯한 전근대문학의 번역과 신문화운동 이후의 근대문학 번역이 분립되었다. 한편 일본문학은 줄곧 서양문학의 경유지이자 중역의 기반임이 틀림없지만 번역되지 않은 잉여의 상태로 은밀하게 작동하거나 간접화된 방식으로만 번안되었다. 일본문학 번역에 대한 역사적 회피는 식민지의 번역이 종주국의 근대문학과 맺고 있는 기묘한 중합과 단층을 무의식적으로 드러냈다는 점에서 진지하게 파헤칠 가치가 있다.

근대 번역문학사에서 중국문학과 일본문학이 늘 주변적이거나 예외적인 위치에 머물러 왔다는 사실은 동아시아 근대 번역의 운동성, 문학적 상상력을 둘러싼 회우와 분기라는 의제를 발굴하는 길에서 가장 무거운 걸림돌이다. 결과적으로 매우 희귀한 궤적을 남긴 중국문학과 일본문학의 번역은 이질적인 경로와 상상력의 복잡한 교착을 보여 주었으니 동아시아 삼국에서 번역된 서양문학의 실태 못지않게 중차대한 과제다. 달리 말하자면 동아시아의 근대문학에서 번역된 것과 번역되지 않은 것, 공유한 것과 공유하지 않은 것을 예의 주시해야 한다. 20세기 동아시아의 통시성과 공시성이 절묘하게 맞부딪친 현장에서 성립된 소산이 바로 근대 번역문학의 정체요 한국어 번역의 역사성이다.

# 3. 지나(支那)를 상상하는 방법론

중국문학은 19세기 말까지 동아시아 전반에 걸쳐 막강한 사상적, 문화적 영향력을 발휘했으나 일본에 의해 주도된 근대화 과정에서 급격하게 무력화된 채 한국의 근대문학사와 의미 있는 접변 현상을 일으키지 못했다. 일찍이 한국 근대문학사 연구에서 대한제국 말기인 1900년대 후반에 지대한 영향을 끼친 량치차오[梁啓超]의 사상적 흔적에 주목해 왔으나 한일병합 이후 동아시아 문학의 행보, 근대적인 상상력의 분기가 깊이 있게 조명되지 못했다. 또 식민지 시기 중국 유학생 출신 번역가의 활동상과 공적 역시 체계적으로 검토된 바 없다. 일본을 경유한 서양문학 번역의 압도에 가려 드러나지 않은 중국문학 번역 양상을 전면화하고 역사적 계보와 문제성을 분변하기 위해서는 몇 가지 논제를 거점으로 삼아야 한다.[10]

뒤늦게 외국문학의 하나로 상상되고 재발견된 중국문학은 전근대문학과 근대문학이 분립되는 이중의 타자화 경로를 겪었다. 첫째, 3·1운동을 전후한 1910년대 말과 1920년대 초에 양건식을 필두로 중국 고전이 전문적으로 번역되기 시작하고 동시대의 문화 동향이 소개된 경위와 효과에 유의해야 한다. 둘째, 1920년대 후반과 1930년대 초반 한국 지성사에 깊은 영향을 끼친 루쉰 소설의 번역 계보를 실증적으로 추적하고 해방기에 이르러 불연속

---

10 여기에서 제시한 세 가지 문제의식을 다음의 논문에서 구체화시켰다. 박진영, 「한국 근대 번역문학사의 기원과 역사성」, 『탈경계인문학』 18, 이화여대 이화인문과학원, 2014.6, 5~38쪽; 박진영, 「중국문학 번역의 분기와 이원화—번역가 양건식과 박태원의 원근법」, 『동방학지』 166, 연세대 국학연구원, 2014.6, 227~254쪽; 박진영, 「중국 근대문학 번역의 계보와 역사적 성격」, 『민족문학사연구』 55, 민족문학사학회, 2014.8, 121~152쪽.

적으로 계승된 중국 근대문학 번역의 가치를 재평가해야 한다. 셋째, 중국 고전 번역과 오사 시대를 중심으로 삼은 근대문학 번역으로 더별되는 상반된 번역 경로와 역사성을 통해 중국문학 번역이 불러일으킨 시대정신과 상상력의 차이에 주목할 가치가 있다.


## 1) 중국 고전 번역의 동요와 신문학론 수용 경위

1920년대의 초반의 동아시아는 근대적인 문학, 문화, 사상의 정체성이 번역을 매개로 중첩된 동시에 격변을 겪은 문제적 시기다. 한국의 3·1운동 전후는 중국의 5·4운동 전후와 일치하며 일본의 다이쇼(大正) 데모크라시 체제와도 겹친다. 새로운 시대정신과 문화적 상상력을 추동하면서 성립된 번역은 동아시아 삼국에서 동시적이지만 차별적인 방식으로 진행되었다. 특히 한국의 중국문학 번역은 역사적 상황에 따라 뚜렷한 부침을 보인 동시에 고전과 근대 번역이 교차되는 이례적인 양상을 보였다.

중국문학의 번역은 한일병합과 신해혁명 직후에 휴지기를 거치면서 명청시대 백화소설(白話小說)이나 량치차오 중심의 계몽문학과 날카롭게 단절된 반면 1910년대 말과 1920년대 초에 걸쳐 매우 흥미로운 방식으로 재개되었다. 5·4운동 전후에 상하이에서 촉발된 신문화운동과 신문학론이 국내에 유입되면서 번역도 새로운 국면을 맞이했기 때문이다. 미디어 환경은 『매일신보』 독무대에서 『동아일보』, 『개벽』, 『동명』, 『동광』으로 다변화되었다.

먼저 1918~1919년에 대작 『홍루몽』을 비롯한 청말의 백화소설이 번역되는가 하면 뒤이어 민궈 초기 인기 작가의 변려체(駢儷體) 소설이자 원앙호

접파(鴛鴦胡蝶派) 문학이 국내 유일의 한국어 중앙 일간지에 처음 출현했다. 『매일신보』의 중국소설 번역은 3·1운동 전후에 기자 겸 작가의 연쇄 이탈과 연재소설란 파탄이라는 긴박한 사태에 급급히 취해진 임시변통이기 때문에 1920년대에 들어서면서 다시 지면 밖으로 내몰렸다.[11] 그렇다 보니 3·1운동 직후에 단행본 출판 시장에서 중국 고전소설이 득세했을 뿐 신문 연재소설에서는 다시 서양문학에 밀려난 기세가 확연하다. 고작 일 년 남짓 이어진 중국소설 번역의 주역인 동시에 최대 수혜자가 바로 양건식이다.

『홍루몽』의 의의와 가치를 적극적으로 설파하면서 번역에 돌입한 양건식은 중국의 백화문학이 세련된 근대 한국어 문장으로 번역될 수 있는 가능성, 1910년대 이래 역사적으로 계승되어 온 대중 일간지 연재소설란에 편입되기 위한 전망을 처음으로 시험하고 성공적으로 실증했다.[12] 또한 양건식은 『홍루몽』 번역을 기화로 최초이자 최고의 중국문학 권위자, 『홍루몽』 번역과 홍학(紅學) 중계의 일인자로 급부상했다. 사실상 전무후무한 중국문학 전문 번역가이자 평론가라 할 양건식은 1920∼1930년대에 중국 고전, 역사소설, 의화본(擬話本), 백화희곡, 신시, 단편소설, 근대극, 평론을 지속적으로 번역하여 내놓았으니 식민지 시기를 도틀어 최대 규모의 번역가이자 독보적인 중국문학 번역가다.[13]

중국 신문화운동과 신문학론을 발 빠르게 소개한 공적 역시 전적으로 양

---

11 박진영, 『번역과 번안의 시대』, 소명출판, 2011, 472∼474쪽.
12 양건식, 「『홍루몽』에 취(就)하여」, 『매일신보』, 1918.3.21, 1면; 양건식, 「홍루몽」(전138회), 『매일신보』, 1918.3.23∼10.4, 1면; 양건식, 「명일부터 역재(譯載)하는 『장생전 전기(長生殿傳奇)』에 대하여」, 『매일신보』, 1923.10.2, 1면; 양건식, 「장생전」(전153회), 『매일신보』, 1923.10.3∼1924.3.13, 1면.
13 박재연·김영복 편, 『양백화 문집』 1, 지양사, 1988; 남윤수·박재연·김영복 편, 『양백화 문집』(전3권), 강원대 출판부, 1995.

건식의 몫이다. 양건식은 후스[胡適]와 천두슈[陳獨秀]의 문학혁명론에 주목하고 루쉰을 처음 거명함으로써 중국문학을 대하는 태도와 인식에서 결정적인 전기를 마련했다.[14] 실제로 루쉰의 「아Q정전(阿Q正傳)」을 처음 번역한 주인공이 바로 양건식이니 번역 실천을 통해 중국문학을 바라보는 시선을 근대적으로 전환시킨 최초의 번역가라 일컬어 마땅하다. 그런데 고전이든 신문학이든 중국문학의 중요성과 문학사적 역할을 포착해 낸 양건식의 주요 평론은 실상 일본 학자의 평론을 번역하거나 일본 학계의 연구 동향을 민감하게 받아들인 결과다. 양건식의 중국문학론이란 말하자면 일본어를 경유하여 중역된 소산이다. 또한 『삼국연의』와 『수호전』 번역이 일본어 번역을 바탕으로 삼은 일도 무리가 아니다.[15]

그리고 보자면 양건식이 1920년대 초중반에 일본어를 경유하여 입센, 괴테, 엘리너 글린, 모리스 르블랑, 헤르만 헤세를 잇달아 번역했다는 사실 또한 이상한 일일 리 없다. 양건식 득의의 영역인 중국문학 번역과 문학혁명론은 일본의 영향과 중역에서 촉발되었을 뿐 아니라 그러한 역량이 축적된 덕분에 서양문학, 중국 고전, 오사 시대의 근대소설이 동시적으로 번역될 수 있었다. 요컨대 양건식이 거둔 성취의 진가는 중국문학으로 눈을 돌렸다는 특이성이 아니라 비로소 외국문학으로 포착된 당대의 중국 근대문학을 포함시켜 세계문학을 바라본 유일무이한 번역가라는 사실에 있다. 고전과 근대, 서

---

14 양건식, 「후스[胡適] 씨를 중심으로 한 중국의 문학혁명」, 『개벽』 5~8호, 개벽사, 1920.11~1921.2; 양건식, 「신시담(新詩談)」(전4회), 『동명』 37~40호, 동명사, 1923.5.13~6.3.

15 이시활, 「일제 강점기 한국 작가들의 중국 현대문학 바라보기와 수용 양상」, 『중국학』 33, 대한중국학회, 2009.8, 1~7쪽; 이행훈, 「양건식의 칸트 철학 번역과 선택적 전유」, 『동양철학연구』 66, 동양철학연구회, 2011.5, 123~154쪽; 동신, 「양건식의 중국문학 연구에 대한 비교문학적 고찰─중국 속문학의 연구를 중심으로」, 서강대 석사논문, 2011.8; 유춘동, 「『수호전』의 국내 수용 양상과 한글 번역본 연구」, 연세대 박사논문, 2012.2, 118~121 · 125~127쪽.

양과 중국, 중국과 일본, 중역과 직역을 정력적으로 넘나든 양건식의 활약상은 어쩌면 동아시아의 근대 번역이 자연스럽게 지향해야 할 중요한 지표 가운데 하나를 보여 준 셈인지도 모른다.

## 2) 루쉰 번역의 계보와 역사성

양건식이 압축적으로, 그리고 다소 앞질러 드러낸 번역의 경과는 한국에서 중국문학이 당대성을 획득하기 위한 의지와 고투의 일면이다. 중국문학은 발표 지면의 한계와 위축된 입지를 돌파하면서 번역되어야 했다는 점에서 서양문학 혹은 세계문학이 누린 각별한 호황과 변별된다. 예컨대 양건식의 등장 이후에도 전문성을 확보한 중국문학 번역가가 뒤따르지 않았으며 중국 근대문학의 형세나 작가 동향에 꾸준히 관심을 기울일 여력도 없었다. 불운하게도 양건식은 유례없는 중국문학 전문 번역가이며, 중국의 근대문학은 1920년대 후반에 이르러서야 본격적으로 번역되기 시작했다. 중국 유학생 출신인 정내동과 김광주를 비롯하여 일군의 아나키스트 활동가가 중국문학 번역에 가세하면서 루쉰을 비롯한 오사 시대의 중국문학이 비로소 포착된 것이다.

1920~1930년대의 서양문학 번역 실태를 떠올린다면 중국문학의 번역 주체는 결코 빠른 속도로 확보되지도, 광범위한 지평을 점유하지도 못했다. 이를테면 3·1운동 직후에 중국 유학이나 망명을 통해 근대문학을 접한 변영만, 심훈, 오상순, 주요섭, 주요한, 피천득, 현진건은 막상 중국문학 번역에 나서려 하지 않았다. 결국 양건식보다 근 스무 살 가량 아래인 정내동과 김광

주가 중국문학 번역에 손대기 시작한 것은 1930년 무렵의 일이다. 또한 사정이 그렇고 보니 가장 널리 알려진 루쉰의 소설과 당시에 두각을 나타내기 시작한 톈한(田漢)의 희곡에 공통적으로 주목한 것도 자연스러운 일이다.[16]

식민지 시기의 중국문학 번역을 도틀어 가장 빛나는 성과는 1929년 1월에 출판된 『중국 단편소설집』이다. 1920년대 최고의 종합 월간지 발행처인 개벽사에서 펴낸 『중국 단편소설집』은 식민지 시기에 중국 근대문학의 성과가 집약된 유일한 번역 앤솔러지다. 개벽사는 1920년대 초반을 장식한 베스트셀러 『사랑의 선물』, 『조선지위인(朝鮮之偉人)』, 『사회주의 학설 대요』의 뒤를 이어 『중국 단편소설집』을 주력 상품으로 내놓으면서 큰 공을 들였다. 말하자면 1920년대의 시대정신을 대표하는 상징적인 저작으로 개벽사 편집진이 적극적으로 기획한 것이 바로 『중국 단편소설집』이다.[17] 여성 작가 세 명의 작품을 포함해 모두 열다섯 편이 수록된 『중국 단편소설집』은 번역가의 말마따나 최신의 작품이 선별되었다. 그중에서 맨 첫머리에 놓인 이름은 바로 루쉰이다.

루쉰의 소설 「광인일기」가 한국어로 처음 번역된 것은 그보다 조금 앞선

---

16  리정문, 「루쉰과 조선 사람」, 『천지』 91, 중국작가협회 연변분회, 1981.10, 48~52면; 김하림, 「한국에서의 루쉰 문학 수용 양상」, 『중국인문과학』 12, 중국인문학회, 1993.12, 521~556쪽; 김시준, 「한국에서의 중국 현대문학 연구 개황과 전망」, 『중국어문학지』 4, 중국어문학회, 1997.12, 1~8쪽; 김시준, 「광복 이전 한국에서의 루쉰 문학과 루쉰」, 『중국문학』 29, 한국중국어문학회, 1998.4, 189~231쪽; 리광인, 「루쉰과 우리 겨레 관계 연구」, 『연변문학』 596, 연변작가협회, 2010.11, 168~182면; 홍석표, 『중국 현대문학사』, 이화여대 출판부, 2009, 119~153・318~324쪽.

17  방정환, 『사랑의 선물』(11판), 개벽사, 1922・1928; 개벽사 편집국, 『조선지위인』(재판), 개벽사, 1926(1922); 정지현, 『사회주의 학설 대요』(5판), 개벽사, 1929(1925); 루쉰 외, 『중국 단편소설집』, 개벽사, 1929. 널리 알려진 바와 달리 『중국 단편소설집』의 번역가는 양건식이 아니다. 지금까지 양건식의 번역에 의혹을 제기하고 재평가를 주문한 연구자는 이시활이 유일하다. 이시활, 「일제 강점기 한국 작가들의 중국 현대문학 바라보기와 수용 양상」, 『중국학』 33, 대한중국학회, 2009.8, 3~6쪽.

1927년에 청년 아나키스트 유기석에 의해서다. 『중국 단편소설집』이 출판
된 이듬해인 1930년에 양건식이 루쉰의 대표작 「아Q정전」을 『조선일보』에
연재하자 정내동이 번역의 난맥상을 지적하는 평론을 발표하여 이채를 띠었
다. 그 무렵 정내동은 『중외일보』에 루쉰의 또 다른 소설을 번역하고 있던
참이었다. 얼마 후 정내동은 루쉰을 체계적으로 소개한 장문의 평론과 희곡
한 편을 더 선보였고 뒤이어 김광주가 두 편의 소설을 잇달아 내놓았다. 식민
지 시기의 루쉰 번역은 이육사의 「고향」과 루쉰 추도문을 끝으로 봉쇄되었
다. 중일전쟁 발발로 인한 시국 악화에 따라 중국문학의 입지가 현저히 좁아
졌기 때문이다.[18]

　　그래서 1936년에 루쉰이 타계할 때까지 꼭 십 년 동안 한국어로 번역된 작
품은 단편 일곱 편과 희곡 한 편으로 그쳤다. 일천한 번역이 아닐 수 없지만
거개 양건식, 정내동, 김광주라는 일세대 번역가에 의해 이루어졌다. 또 루
쉰의 대표작부터 번역되기 시작한 점도 빼놓을 수 없다. 기실 유기석과 양건
식의 번역은 일본보다 앞선 선구적인 성과다.[19] 다만 루쉰의 본명에서 호를

---

18　유기석, 「광인일기」, 『동광』 16호, 동광사, 1927.8, 52~58쪽; 유기석, 「광인일기」, 『삼천리』 7
　　권 5호, 삼천리사, 1935.6, 292~299쪽; 양건식, 「아Q정전」(전24회), 『조선일보』, 1930.1.4~
　　2.16, 4면; 정내동, 「「아Q정전」을 읽고」(전4회), 『조선일보』, 1930.4.9~12, 4면; 정내동, 「애인
　　의 죽음―쥐엔셩[涓生]의 수기」(전11회), 『중외일보』, 1930.3.27~4.10, 1면; 정내동, 「중국 단
　　편소설가 루쉰과 그의 작품」(전20회), 『조선일보』, 1931.1.4~1.30, 4면; 정내동, 「과객」, 『삼
　　천리』 4권 9호, 삼천리사, 1932.9, 93~95쪽; 김광주, 「재주루상(在酒樓上)」, 『제일선』 3권 1호,
　　개벽사, 1933.1, 96~102쪽; 김광주, 「행복된 가정」(전6회), 『조선일보』, 1933.1.29~2.5, 4면;
　　신언준, 「중국의 대문호 루쉰 방문기」, 『신동아』 30호, 신동아사, 1934.4, 150~152쪽; 「루쉰
　　약전」, 『조선일보』, 1936.10.23, 5면; 이육사, 「루쉰 추도문」(전5회), 『조선일보』, 1936.10.2
　　3~10.29, 5면; 이육사, 「고향」, 『조광』 14호, 조선일보사, 1936.12, 287~296쪽; 루쉰, 「나의 유
　　언장」, 『삼천리』 8권 12호, 삼천리사, 1936.12, 220~223쪽.
19　일본에서는 1927년 10월에 「고향」이 가장 먼저 번역되어 널리 사랑받았으며, 「광인일기」와
　　「아Q정전」은 1931년 9월에 이르러서야 프롤레타리아 문학으로 처음 번역되었다. 小林二男,
　　「中國文學」, 原卓也·西永良成 編, 『飜譯百年―外國文學と日本の近代』, 東京: 大修館書店, 2000,
　　197~201쪽; 川戶道昭·榊原貴敎 編, 『世界文學總合目錄』 10, 東京: 大空社·ナダ出版センター,

딴 청년 활동가 유기석의 번역에서 숱한 오역이 빈출한 것은 어쩔 수 없다 치더라도 최고의 전문 번역가 양건식 또한 신진인 정내동에게 공격받을 만큼 매끄럽지 못했다. 빼어난 백화문 번역가 양건식이라 할지라도 원작의 어휘와 문맥을 제대로 파악하지 못한 채 원문의 구절을 그대로 옮기거나 한자 뜻풀이에 의존하고 만 경우가 속출했으니 젊은 유학생 출신의 비웃음을 견디지 않으면 안 되었다.

한편 이육사가 식민지 시기 루쉰 번역의 막을 내리다시피 한 「고향」은 해방 직후에 김광주, 이명선에 의해 다시 번역되면서 루쉰 열풍을 불러일으킨 주역이 되었다. 루쉰의 대표작 「광인일기」와 「아Q정전」도 그러하거니와 해방 전후로 세 차례나 거듭 번역된 「고향」이야말로 반드시 계보학적인 점검이 필요할 터다.[20] 한편 1930년대 초반에 톈한의 근대극을 잇달아 번역한 것도 양건식, 정내동, 김광주이니 식민지 시기의 중국 근대문학 번역에서 세 명의 번역가가 선구적이고도 주도적인 몫을 도맡았음이 분명하다.[21]

루쉰이 본격적으로 재조명된 것은 해방 직후인 1946년에 이르러서다. 때마침 루쉰 십 주기를 맞아 고려대 극예술연구회가 〈아Q정전〉을 무대에 올리고 1947년 10월에 정내동이 서울대 문리대에서 기념 강연회를 열면서 루쉰은 중국 근대문학의 상징이자 해방기의 사상적 구심점으로 자리 잡았다.[22] 해방기의 중국 근대문학 번역을 주도한 것은 이명선, 김광주, 윤영춘

---

2012, 138~140 · 147~149쪽.

20 초창기의 러시아 문학 번역가 현진건이 번역한 치리코프의 「고향」, 창작 단편소설 「고향」, 일찍이 루쉰이 번역한 치리코프의 「고향」까지 포함한다면 한국에는 최소한 여섯 편의 「고향」이 얽혀 있다. 전형준, 「동아시아적 시각으로 본 세 편의 「고향」―치리코프, 르쉰, 현진건」, 『동아시아적 시각으로 보는 중국문학』, 서울대 출판부, 2004, 87~105쪽.

21 양건식, 「카페의 일야(一夜)」(전16회), 『매일신보』, 1932.8.19~9.7, 5면; 정내동, 「강촌소경」, 『신가정』 9호, 신동아사, 1933.9, 173~178쪽; 김광주, 「호상(湖上)의 비극」, 『조선문단』 24호, 조선문단사, 1935.7, 73~91쪽.

이다. 양건식은 오랜 병고 끝에 타계한 뒤이며, 정내동은 이렇다 할 번역을 남기지 않은 채 학계로 들어섰다. 특히 정내동은 이미 1940년 3월에 노자영과 함께 사상 처음으로 전12권의 대규모 세계문학전집을 기획하면서 그중 제2권을 『지나 현대소설집』으로 편성하려고 했지만 불발되었다.[23] 임학수와 이호근은 1946년에 앤솔러지 『세계 단편 선집』 제1권을 출판하면서 "루쉰 이하 중국 신문학 운동의 거성을 중심으로 한" 제2권을 약속했지만 역시 성사되지 못했다.[24]

이명선은 5・4운동 전후의 중국소설을 재평가하면서 1946년에 단편 앤솔러지 『중국 현대 단편소설 선집』을 편찬했다. 경성제대에서 루쉰 연구로 학위를 받고 서울대 중어중문학과 조교수로 재직하고 있던 이명선은 한국을 배경으로 삼거나 한국인과 관련이 있는 장광츠[蔣光慈]와 귀모뤄[郭沫若]의 소설 세 편을 제1부로 삼고 루쉰의 「고향」을 비롯한 중국 신문학의 대표작 네 편을 골라 제2부로 편성했다. 머리말과 해설까지 붙인 이명선의 편찬 시각은 해방기의 역사성과 중국 근대문학의 번역이 지닌 실천성을 여실히 드러냈다.[25]

김광주는 같은 해인 1946년에 루쉰의 주요 작품을 번역하여 두 권의 전집으로 엮었으며 차오위의 희곡 『뇌우』를 번역해 출판한 뒤 곧바로 낙랑극회 무대에, 1950년에 다시 국립극장 무대에 올렸다. 김광주와 이용규가 공역하

---

22 「고대 극예술연구회 〈아Q정전〉」(광고), 『경향신문』, 1946.12.14, 2면; 김광균, 「루쉰」, 『신천지』 14호, 서울신문사, 1947.4, 128~129쪽; 「루쉰 기념 강연회」, 『동아일보』, 1947.10.17, 2면; 정내동, 「위대한 중국 작가 루쉰의 회억-그의 기념 강연회를 열면서」(전2회), 『동아일보』, 1947.10.21~10.22, 2면; 「신간 소개」, 『자유신문』, 1946.10.31, 2면.
23 박진영, 「편집자의 탄생과 세계문학이라는 상상력」, 『민족문학사연구』 51, 민족문학사학회, 2013.4, 447~450쪽.
24 임학수・이호근, 『세계 단편 선집』, 신조사, 1946; 임학수・이호근, 『죄인』, 백수사, 1947; 김병철, 『한국 근대 번역문학사 연구』, 을유문화사, 1975, 856~858・864쪽.
25 이명선, 『중국 현대 단편소설 선집』, 선문사, 1946.

여 전3권으로 기획된 최초의 루쉰 소설 전집인『루쉰 단편소설집』은 해방 이전에 이루어진 단발적인 번역과 구별되는 획기적인 작업일 뿐 아니라 중국 근대문학과 한국 근대문학 사이의 교류와 연대 속에서 탄생한 값진 번역 성과 가운데 하나다. 또 김광주의『뇌우』는 해방기 최대 규모의 공연 무대와 흥행 실적을 자랑하면서 중국문학 번역의 새로운 전망을 넘보게 해 주었다.[26]

한편 해방기의 중국 근대문학이 본궤도에 올랐음을 보여 준 또 한 명의 숨은 번역가는 윤영춘이다. 윤동주의 오촌 당숙으로 더 잘 알려진 시인 윤영춘은 영문학자요 중문학자이기도 하다. 문학사가인 이명선이 한국전쟁 와중에 희생되고, 김광주가 신문 연재소설 작가 겸 무협소설 번역가로 돌아선 데에 반해 윤영춘은 해방기와 전후(戰後)를 잇는 유일한 번역가다. 윤영춘은 문학혁명론부터 항전문학에 이르는 최초의 중국 근대시 앤솔러지『현대 중국시선』, 궈모둬가 종전 직후에 펴낸『소련 기행』, 중국 근대문학사에 대한 체계적인 접근의 길을 연『현대 중국문학사』를 잇달아 내놓았다.[27] 윤영춘의 저작은 중국 근대문학을 둘러싼 실천적인 번역이 한창 무르익은 동시에 학문적 연구가 나란히 시작될 참이었음을 시사한다. 그런 일이 실제로 벌어지지 않은 것은 한국과 중국 모두 극단적인 이념 대결과 동란의 내리막길로 치달았기 때문이다.

---

26  김광주·이용규,『루쉰 단편소설집』(전2권), 서울출판사, 1946; 김광주,『뇌우』, 선문사, 1946.

27  윤영춘,『현대 중국시선』, 청년사, 1947; 윤영춘,『현대 중국문학사』, 계림사, 1949; 윤영춘,『소련 기행』, 을유문화사, 1949; 박진영,「북간도에서 온 서사시인 윤영춘의 초상」,『근대서지』9, 근대서지학회, 2014.6, 454~471쪽.

## 3) 중국문학 번역의 두 가지 경로와 상상력

루쉰, 톈한, 차오위를 선봉으로 삼은 신해혁명 이후의 근대문학이 식민지 시기와 해방기에 걸쳐 독특한 사상사적 계보를 형성했다면 1930년대에 부활된 사대기서 번역은 상업 출판의 성격을 띠었다. 아닌 게 아니라 『삼국지』, 『수호전』, 『서유기』와 같은 중국소설은 이미 1910년대부터 여러 갈래의 이본으로 출판되어 광범위하게 유통되었다. 그런데 1930년대 후반의 고전 번역은 중일전쟁 이후 중국 근대문학의 진보적 유산이 차단당한 뒤에 불붙었다는 점에서 문학적 퇴로의 하나로 대두되었다. 다만 1930년대의 주요 작가에 의해 이루어진 사대기서 번역이 1950~1960년대의 중국 고전 번역에서 중요한 밑거름이 된 것은 엄연한 사실이다. 예컨대 민태원, 박태원의 번역을 계승하면서 김광주, 김동성, 조영암이 주도한 1950~1960년대의 고전 번역은 중국문학 번역의 성격을 고전과 근대로 양분하는 계기가 되었다.[28]

고전 번역에서 가장 낯설고도 귀중한 결실을 맺은 것은 박태원이다. 모더니스트 작가이자 서양 추리소설 번역가이기도 한 박태원은 명청 시대의 백화 단편과 중국동화 번역으로 거슬러 올라가는 이례적인 도정을 감행했다.[29] 박태원이 중국문학으로 기운 흔적과 효과는 한국 근대문학사를 도틀어 매우 진귀한 사례이므로 섬세하게 다루어져야 마땅하다. 박태원은 중일전쟁 발발 직후인 1938년 1월부터 돌연 중국문학에 몰두하기 시작했으며,

---

28 민태원, 『서유기』(전2권), 박문서관, 1934; 박태원, 『삼국지』(전2권, 미완), 박문서관, 1943~1945; 박태원, 『삼국지』(전2권, 미완), 정음사, 1950; 박태원, 『수호전』(전3권), 정음사, 1948~1950.

29 박태원, 『지나소설집』, 인문사, 1939; 박태원, 『중국소설선』(전2권), 정음사, 1948; 박태원, 『중국동화집』, 정음사, 1946(추정).

『지나소설집』의 번역 경험을 발판으로 사대기서 번역과 역사소설 창작으로 눈길을 돌렸다.

의화본 『금고기관』과 역사소설 『동주열국지』 가운데 열 편의 이야기를 간추려 번역한 박태원의 『지나소설집』은 꼭 십 년 전인 1929년에 개벽사가 기획한 『중국 단편소설집』과 상반된 성격의 앤솔러지다. 청말 백화소설과 곤곡(崑曲)에서 출발하여 신문화운동의 성과를 직접 수용한 양건식, 루쉰과 톈한을 통해 중국 근대문학에 눈뜨고 번역 성과를 해방기로 넘긴 정내동과 김광주, 중국 근대문학에 대한 체계적인 번역과 연구를 목표로 내건 이명선이나 윤영춘의 행보와도 정반대의 노선이다. 또 해방 직후에 박태원이 선보인 최초의 중국동화 앤솔러지도 문언 단편집 『요재지이』에서 편의적으로 뽑았을 뿐이니 중국 근대문학의 성취와 거리를 두었다.

양건식이 중국문학을 외국문학의 하나로 인식하고 중국문학을 바라보는 시선을 근대적으로 전환시켰다면 박태원은 시종일관 중국 근대문학에 냉담했다. 박태원이 관심을 기울인 것은 어디까지나 이야기와 야담의 세계이며, 중국문학을 세계문학이라는 관념의 일부로 포섭하지도 않았다. 흥미로운 대목은 박태원이 원작의 고유한 성격과 언어의 차이를 제거하고 이질적인 체재와 형식을 자유분방하게 결합시켰다는 사실이다. 박태원이 보여 준 과감한 개편과 의역의 방법론은 1930년대 말의 문학사적 산물인 동시에 백화 단편이나 야담을 중국소설로, 문언 단편을 중국동화로 편입시키는 뜻밖의 효과를 파생시켰다.

개벽사의 『중국 단편소설집』과 박태원의 『지나소설집』은 상이한 역사적 상황 속에서 상반된 경로로 중국문학에 접근했으며, 뚜렷하게 구별되는 문학적 상상력을 선보였다는 점에서 중요하다. 특히 중국의 고전과 근대문학을 대하는 사상적 태도, 근대 한국에서 중국이라는 표상이 차지한 독특한 면모를 극적으로 드러냈다. 예컨대 중국시를 번역하는 데에서도 매한가지의 양상이 되풀이되었으니 중국 근대문학이 고전 번역의 유산과 분리되고 급기야 세계문학 관념에서 이탈하고 만 것은 비단 1949년 이래의 정치적 단절 탓만이 아니다.[30] 박태원의 번역은 세계문학이라는 범주에서 중국이나 동아시아 문학이 제자리를 찾지 못하게 된 한계를 일찌감치 예고했다는 점에서 차분히 응시할 가치가 있다.


# 4. 종주국의 근대문학과 번역이라는 잉여


식민지 시기의 일본문학 번역은 중국문학의 경우와 마찬가지로 기이할 정도로 드물고 단속적이지만 실제 번역의 양상은 사뭇 다르다. 거듭 강조하건대 식민지 시기 초창기부터 구축된 근대적인 지식 체계와 어문 문화의 직접적인 원천이자 서양문학의 가장 유력한 번역 경로가 바로 일본이다. 그럼에도 불구하고 막상 대대적인 중역의 경유지가 된 일본문학 자체는 거의 번역되지 않았으며, 종주국의 문학으로서 위상이 환기된 적이 없다. 일본문학의 존재는 19세기 유럽 문학의 한낱 아류 혹은 중개자로 취급되거나 상업적 흥행성에 따라 좌우되었을 따름이다. 시대 상황에 따라 전근대문학과 근대문

---

30 이병기·박종화·양주동·김억, 『지나 명시선』(전2권), 한성도서주식회사, 1944; 윤영춘, 『현대 중국시선』, 청년사, 1947.

학을 오가면서 서서히 독자적인 지분을 확보해 간 중국문학과 달리 불연속적으로 돌출된 점도 일본문학 번역이 지닌 유별난 면모다.

그런데 식민지 시기에 일본문학이 본격적으로 번역된 사례가 전무하다시피 하더라도 번안되거나 창작으로 위장된 형태로는 중단된 바 없이 깊은 흔적을 남겼다. 일본문학에 대한 고의적인 회피에 숨은 식민지적 무의식은 정교한 해석과 평가를 요하는 문제적 사안이다.[31] 또한 전문 번역 주체의 역량이 역사적으로 축적되지 못한 탓에 해방 이후에도 일본문학에 대한 체계적인 번역과 소개가 진척되지 못했다. 서양문학의 번역이 해방 이후로도 상당히 오랫동안 일본어 중역을 통해 존립한 상황에 비추어 보자면 특유한 현상이 아닐 수 없다.[32] 따라서 일본 근대문학사와 한국어 번역이 맺고 있는 기묘한 모순, 식민지 근대 번역의 의식과 무의식을 규명하는 일에 주력할 가치가 있다. 일본문학은 식민지의 번역문학이 종주국의 근대문학과 맺고 있는 복잡다단한 상관관계를 드러내 준다는 점에서 무척 흥미롭고도 긴요한 과제다.


## 1) 세계문학의 번역 주체와 일본문학의 운명

초창기의 일본문학 번역에서 가장 두드러진 성과는 1910년대 초반 도쿠토미 로카[德富蘆花]와 오자키 고요[尾崎紅葉]의 장편소설이다. 도쿠토미 로카

---

31 여기에서 제시한 문제의식의 일단을 다음의 논문에서 구체화시켰다. 박진영, 「번역가 진학문과 식민지 번역의 기억」, 『배달말』 53, 배달말학회, 2013.12, 289~322쪽.

32 일본문학이 폭발적으로 번역되기 시작한 것은 1965년 한일 수교 이후인데, 그러한 와중에도 일본 고전문학, 근대시, 메이지 시대 이래의 문학 정전에 별반 관심을 기울이지 않은 채 동시대의 인기작으로 눈길이 쏠렸다. 김병철, 『한국 현대 번역문학사 연구』 상, 을유문화사, 1980, 143~144·337~356쪽.

와 오자키 고요가 메이지 시대 일본문학사에서 차지한 지위나 중요성과 별
도로 한국에서『불여귀』와『장한몽』은 최고의 대중문학이자 인기소설로 각
각 번역되거나 번안되었다.[33]『불여귀』는 일본 근대문학으로서는 처음으로
완역되어 단행본으로 출판되었지만 1910년대의 한국 근대문학사는 중앙 일
간지『매일신보』연재를 주축으로 삼은 번안소설로 정향되었다.

1910년대 초중반을 휩쓴 조중환과 이상협은 잇달아 기쿠치 유호[菊池幽芳],
오자키 고요, 야나가와 순요[柳川春葉], 구로이와 루이코[黑巖淚香], 와타나베 가
테이[渡辺霞亭]의 소설을 한국식으로 번안하여 내놓았다. 그런데 1910년대 중
반부터 이미 이상협과 민태원은 구로이와 루이코를 재번안하는 특이한 경로
를 통해 서양문학으로 주도권을 넘겼다.[34] 일본을 통한 중역이자 번안으로
서 서양문학은 1920~1930년대에도 지배적인 경향으로 잠복했으나 정작 일
본 근대문학은 더 이상 번역되지 않았다.

일본문학이 본격적인 번역의 형태로 다시 등장하여 성공을 거둔 것은
1930년대 말 히노 아시헤이[火野葦平]의『보리와 병정』를 통해서다.『보리와
병정』은 조선총독부 경무국 도서과의 한국어 통역관이자 검열관인 니시무
라 신타로[西村眞太郎]에 의해 한국어로 번역되어 조선총독부에서 출판되었
다. 그나마 식민지 시기의 초입과 말단에 탁월한 솜씨로 번역된『불여귀』와
『보리와 병정』을 단 두 편의 번역 작품으로 들 수 있을 뿐이니 일본문학의 번
역이란 식민지 시기 내내 부재한 것이나 다름없는 지경이다.[35]

---

33 조중환,『불여귀』, 박진영 편, 보고사, 2006; 조중환,『장한몽』(한국의 번안소설 1), 박진영 편,
현실문화연구, 2007.
34 박진영,『번역과 번안의 시대』, 소명출판, 2011, 301~499쪽.
35 니시무라 신타로,『보리와 병정』, 조선총독부, 1939; 윤상인,「한국인에게 일본문학은 무엇인
가」, 윤상인 외,『일본문학 번역 60년-현황과 분석(1945~2005)』, 소명출판, 2008, 9~13쪽.

청일전쟁을 배경으로 삼은 『불여귀』가 멜로드라마적인 가정소설의 의장을 취한 반면 『보리와 병정』은 중일전쟁의 역사적 현장에 대한 사실적인 보고와 일기체에 의거한 르포르타주이자 전선문학으로 성립되었다. 일본풍의 그림을 곁들인 『불여귀』는 한국소설의 전통에서는 전례를 찾을 수 없는 미본(美本)이다. 『보리와 병정』은 전장의 풍광과 이미지를 감상적으로 드러낸 사진을 적극 활용했다. 세계 질서를 뒤흔들면서 동아시아 제국의 흥망성쇠를 가름한 두 차례의 전쟁은 낭만주의적 감수성을 공통분모로 삼은 번역을 통해 간접화된 방식으로 식민지 문학에 뿌리를 내렸다. 청일전쟁이든 중일전쟁이든 한국은 늘 제삼자의 위치에 놓이면서도 전쟁 한복판에 깊숙이 개입되었기 때문이다.

초창기에 일본 장편소설을 번안한 조중환, 이상협, 민태원은 신문 연재소설가이자 번안 작가로서 소임을 다했으나 결코 전문 번역가의 길로 들어서지 않았다. 1920년대에 들어서면서 세계문학 번역을 개시한 김억, 오천석, 이상수, 홍난파의 경우와 상이하며 독보적인 중국문학 번역 주체로 올라선 양건식과도 매우 다른 면모다.[36] 사정이 일변한 것은 1922년 무렵의 일이다. 바야흐로 단행본 출판 시장은 번역의 전성기이자 세계문학의 시대로 접어든 참이었다. 삼대 중앙 일간지 『매일신보』, 『동아일보』, 『조선일보』 역시 서양문학의 번역에 지면을 할애하는 일을 아끼지 않았다. 그런데 새로운 시대의 문학 주체로 출현한 홍난파나 진학문이 보인 태도는 수상하기 짝이 없다.

---

36  박진영, 「홍난파와 번역가의 탄생」, 『코기토』70, 부산대 인문학연구소, 2011.8, 61~86쪽; 박진영, 「문학청년으로서 번역가 이상수와 번역의 운명」, 『돈암어문학』24, 돈암어문학회, 2011.12, 59~88쪽; 박진영, 「한국 근대 번역문학사의 기원과 역사성」, 『탈경계인문학』18, 이화여대 이화인문과학원, 2014.6, 5~38쪽.

## 2) 일본문학 번안과 통속성의 기원

3·1운동 전후에 속속 탄생한 문학청년이자 세계문학 번역가 가운데 첫 손에 꼽아야 할 음악가 홍난파는 일본 유학에서 돌아오자마자 『매일신보』 4면 연재소설 자리를 따냈다. 홍난파의 첫 번째 신문 연재소설인 『허영』은 이 례적으로 '저작자의 말'로 연재 예고를 꾸미면서 창작임을 가장했으나 실제로는 낯익은 기쿠치 유호의 대표작 가운데 하나를 번안했을 따름이다.[37] 짐작건대 1921년에 연재된 『최후의 악수』 역시 일본소설이 원작일 공산이 크다. 홍난파가 첫 번째 창작집의 맨 끝에 엮으려 했던 『최후의 악수』는 1922년 9월에 별도의 단행본으로 출판되었으나 굳이 창작집이라고 명명되지 않았다.[38]

한편 1920~1921년 『조선일보』 1면에 투르게네프 소설 두 편을 잇달아 연재한 현진건은 곧이어 4면에 『백발』을 연재할 때에도 이탈리아 소설임을 미리 밝혀 두었다. 통속적인 대중소설이라 할 『백발』은 실제로는 영국 여성 작가 마리 코렐리의 소설을 구로이와 루이코를 통해 재번안했을 터인데 굳이 서양 작품이 원작임을 밝힌 것이다.[39] 어차피 서양소설이 원작이고 보면 번역이든 번안이든, 또는 정체를 밝히든 그렇지 않든 본색을 숨기기 어렵다. 반면에 일본소설의 경우에는 원류를 손쉽게 감추거나 얼마든지 묵살할 수

---

37 「신소설 예고」, 『매일신보』, 1919.8.28~8.29, 3면; 강현조, 「『보환연』과 『허영』의 동일성 및 번안문학적 성격 연구」, 『현대문학의 연구』 44, 한국문학연구학회, 2011.6, 105쪽; 박진영, 「홍난파와 번역가의 탄생」, 『코기토』 70, 부산대 인문학연구소, 2011.8, 68~69쪽.
38 박진영, 「번역가의 탄생과 문학청년 홍난파의 초상」, 『근대서지』 8, 근대서지학회, 2013.12, 194~198쪽.
39 최성윤, 「『조선일보』 초창기 연재 번역, 번안소설과 현진건」, 『어문논집』 65, 민족어문학회, 2012.4, 470~475쪽.

있었다.

가장 극적인 장면을 연출해 보인 것은 진학문의 『동아일보』 1면 연재소설 『'소'의 암영』이다.[40] 진학문은 번역도 아니요 창작도 아니라는 식으로 간단히 능치고 말았으며 끝끝내 자신을 필자나 저자로 칭했다. 단행본에 머리말을 부친 최남선 역시 진학문 소설의 정체를 눈치 채지 못했다. 진학문이 충실하게 번역한 원천, 그러나 어느 누구도 알아차리지 못하게 한국식으로 번안된 밑바탕은 놀랍게도 일본 근대소설의 길을 연 후타바테이 시메이[二葉亭四迷]의 소설 『그 모습[其面影]』이다.[41] 어떻게 이런 일이 벌어진 것일까? 설령 『그 모습』이 문학사적으로 높은 평가를 받지 못했더라도 굳이 번역이나 번안이라는 정체성, 원작과 원저자의 이름까지 모조리 숨겨야 할 이유란 무엇인가? 또한 그러한 내막을 아무도 간파할 수 없었던 것은 어떤 연유인가?

그런가 하면 바로 그 무렵에 경쟁지 『매일신보』는 필명의 번역가를 내세워 톨스토이의 『부활』을 완역하면서 마치 진학문을 겨냥하기라도 한 듯이 포문을 열었다. 요컨대 "언제까지나 번안소설만 보랴, 정탐소설만 보랴, 초역한 소설만 보랴" 하는 성토였으니 이제 세계문학의 정수를 완역하고 직역하겠노라는 출사표다.[42] 우리가 눈여겨보아야 할 대목은 원작이나 원저자를 드러내는 경우와 그렇지 않은 경우가 확연하게 대별된다는 사실이다. 바야흐로 세계문학의 고전 명작이 번역의 시대로 접어들기 시작한 반면에 일본의 근대소설은 번안으로 그치거나 창작으로 위장될 수밖에 없었다. 또는 이

---

40  진학문, 「'소'의 암영」(전93회), 『동아일보』, 1922.1.2~4.14, 1면; 진학문, 『암영』, 동양서원, 1923.
41  二葉亭四迷, 『其面影』, 春陽堂, 1907; 이가형, 「한국 번역문학의 문제점」, 『광장』 98, 세계평화교수아카데미, 1981.9, 37쪽; 김준현, 「진학문과 모파상—1910년대의 프랑스 소설 번역에 대한 고찰」, 『한국프랑스학논집』 75, 한국프랑스학회, 2011.8, 100~101쪽.
42  「소설 예고」, 『매일신보』 1922.7.11~7.12, 4면; 박진영, 『번역과 번안의 시대』, 소명출판, 2011, 470~483쪽.

렇게 말해도 좋다. 서양문학을 옮길 때에는 번역이든 번안이든 원작과 원저자에 대해 한마디쯤 일러둘 가치가 있으나 일본문학을 옮길 때에는 결코 그렇지 않았다. 이러한 현상은 분명 우발적이지 않을뿐더러 역사적이기까지 하다.

한두 가지 사례를 더 들어 두자. 몇 년 뒤 『매일신보』 연재소설에서 번역도 아니요 창작도 아니라는 변명이 한 차례 더 등장했다. 1922년에 밥도 아니요 떡도 아니라고 발뺌했다면 1925년에는 밥도 못 되고 죽도 못 되리라고 말을 바꾼 것이 근소한 차이라면 차이다. 저녁별이라는 필명의 번역가가 애써 숨기려 한 것은 다름 아닌 나쓰메 소세키[夏目漱石]의 대표작 『도련님』이다. 한층 더 경악할 만한 일은 일본 근대문학 정전의 반열에 오를 만한 작품을 골라 원제를 그대로 살리면서도 완전히 한국식으로 바꿔서 개칠해 버렸다는 사실이다. 심지어 연재 끄트머리에 탈고 날짜까지 박아 놓았지만 연재소설의 정체가 드러나거나 논란이 되는 일은 일어나지 않았다. 그즈음에 김기진은 『중외일보』에 토머스 하디의 『더버빌 가문의 테스』를 번역하면서 『번롱(翻弄)』이라는 기묘한 제목을 붙였다. 그럼에도 불구하고 연재를 마치면서 원제와 원저자의 이름은 물론이려니와 일본어 중역의 경로까지 명료하게 밝혀 두었다.[43]

홍난파와 진학문이 무심결에 폭로하고 만 것은 결국 일본소설은 번역될 수 없으리라는 저주, 잘해야 교묘하게 번안되거나 그도 아니라면 철저하게 창작의 가면을 쓰지 않으면 안 된다는 운명이다. 서양문학 또는 세계문학은 번역되든 번안되든 원천의 존재를 감출 수 없고 그럴 필요도 없었다. 반면에 일본

---

43 저녁별, 「도련님」(전17회), 『매일신보』, 1925.8.30~1926.2.14, 3면; 김기진, 「번롱」(전38회), 『중외일보』, 1926.11.17~12.24, 3면.

문학은 그럴 만한 의의와 가치를 발굴해 내지 못했다. 예컨대 고유명사만 빼고는 대단히 성실하고 꼼꼼하게 옮긴 진학문의『'소'의 암영』이 드러낸 패착 때문이다. 진학문의 소설은 일본문학의 이질감이나 거리감을 전혀 확보하지 못한 채 진부하고 상투적인 가정소설로 귀착되었다. 사랑과 애욕을 가로막는 무기력이라든가 사회적 압박이 전혀 구현되지 않았고 러일전쟁을 배후에 둔 지식인의 내면에 도사린 암울함과 절망감도 찾아볼 수 없다. 결과적으로『'소'의 암영』은 위장된 처첩 갈등과 한바탕 치정극의 재현에 지나지 않았다. 후타바테이 시메이나 나쓰메 소세키를 번안하면서 습득된 교훈이야말로 일본 근대문학이 통속화된 이유요 번역을 가로막은 근본적인 요인이다.[44]

## 3) 전쟁, 계급, 연애의 연속성과 불연속성

각별히 눈여겨보아야 할 중요한 사례가 또 있다. 일본의 원작과 원저자를 유달리 명료하게 밝힌 기쿠치 칸과 나카니시 이노스케의 소설이다. 한국의 번역 주체가 일본문학을 바라보는 이중적인 시선을 고스란히 노출한 기쿠치 칸과 나카니시 이노스케의 소설은 공통적으로 하층 계급의 현실이나 사회적 의제를 연애와 사랑의 주제로 수렴시켰다.

대표적인 통속 작가라 할 기쿠치 칸의『불꽃』은 1923~1924년에 이상수에 의해 처음 번역되었다.『불꽃』은 특이하게도 노동자 계급과 자본가 계급의 대립에 바탕을 두었다는 점을 내세우면서 "소위 연애소설과는 전연 취의

---

44 박진영,「번역가 진학문과 식민지 번역의 기억」,『배달말』53, 배달말학회, 2013. 12, 306~314쪽.

가 다른" 것으로 광고되었다. 그런데 얼마 후인 1926년에 극작가 이서구가 번역한 『제이의 접문(接吻)』은 "키스에서 시작되어 키스에서 끝나는" 소설로 간명하게 요약되었다.[45]

그런가 하면 카프 작가 이익상에 의해 잇달아 번역된 나카니시 이노스케의 소설은 명백하게 한일 간의 교류와 상호 연대의 네트워크 속에서 배태된 문학사적 산물이다. 원저자의 한국 방문을 전후로 발표된 두 편의 소설은 식민지 현실과 계급 갈등을 정면으로 문제 삼았기 때문이다. 1924년에 연재된 『여등(汝等)의 배후로서』는 노동자 계급의 현실과 계급투쟁을 다룬 문제작이며, 1926년에 연재된 대작 『열풍』은 식민지 인도를 배경으로 한 역사소설로 표방되었다.[46]

기쿠치 칸과 나카니시 이노스케의 소설이 한국에서 처한 상황은 역설적이다. 어느 경우든 고유명사를 한국식으로 바꾸지 않으면 안 되었으나 원작의 등장인물, 구성, 배경이 지나치게 한국화되지 않도록 경계해야 했다. 진학문의 사례가 노골적으로 보여 주듯이 그것은 번안 자체가 안고 있는 숙명이 아니라 일본문학에서 도드라진 역사적 한계에 가깝다. 한층 더 흥미로운 대목은 판이한 성격을 띤 기쿠치 칸과 나카니시 이노스케의 소설이 같은 지면에 잇달아 연재되거나 서로 다른 매체에 동시에 등장한 사태다. 1923~1924년에 『매일신보』는 기쿠치 칸의 『불꽃』에 뒤이어 나카니시 이노스케의 『여등의 배후

---

45 「신소설 예고」, 『매일신보』, 1923.12.1, 5면; 「신소설 예고」, 『매일신보』, 1923.12.3, 3면; 이상수, 「불꽃」 1회, 『매일신보』, 1923.12.5, 4면; 「신소설 예고」, 『매일신보』, 1926.2.27, 3면; 박진영, 「문학청년으로서 번역가 이상수와 번역의 운명」, 『돈암어문학』 24, 돈암어문학회, 2011.12, 71~73쪽.
46 이익상, 「여등의 배후로서」(전124회), 『매일신보』, 1924.6.27~11.8, 1면; 이익상, 『여등의 배후에서』, 문예운동사, 1926; 이익상, 『여등의 배후에서』(재판), 건설사, 1930; 이익상, 「열풍」(전311회), 『조선일보』, 1926.2.3~12.21, 3면.

로서』를 내걸었다. 1926년에는 기쿠치 칸의 『제이의 접문』이 『매일신보』에 연재되는 동시에 『조선일보』 지면은 나카니시 이노스케의 『열풍』이 차지했다. 원작의 성격도, 원저자의 차별성도 결코 진정한 문제가 되지 않았던 셈이다. 홍난파와 진학문이 무심코 누설해 버렸듯이 기쿠치 칸과 나카니시 이노스케도 기껏 번안될 수 있을지언정 결코 번역될 수는 없었다.[47]

식민지 시기의 일본문학 번역에서 가장 문제적인 정황은 일본 근대문학사의 주요 작가나 정전에 오를 만한 작품이 선정되지 않았다는 사실이다. 메이지 시대에 대한 문학사적 평가가 진행되는 와중에 각종 문학전집, 앤솔러지, 작가선집이 편찬되기 시작한 것이 1920년대 중반의 사정이다. 하쿠분칸[博文館], 신초샤[新潮社], 가이조샤[改造社]에서 펴낸 여러 종의 시리즈가 일본 유학생 사이에서는 물론 국내에도 널리 유통되었지만 결코 번역의 동력으로 전환되지 않았다. 프롤레타리아 문학의 경우도 사정은 매한가지다. 나카니시 이노스케 번역은 작가의 내한이나 여러 차례에 걸친 치열한 한국 문제 인식의 결과이지만 나프 작가와 작품이 체계적으로 소개된 바 없다는 사실 또한 놓쳐서는 안 된다. 나쓰메 소세키를 비롯한 일군의 작가들이 남긴 한국 관련 소설이나 기행문 역시 별다르지 않다.

이러한 현상이 비단 일본문학 번역에서만 노출된 것은 아니지만 유난히 두드러진 것만은 틀림없다. 서양문학은 19세기 유럽에 편중되었다 해도 고대 그리스 서사시부터 당대 스칸디나비아 극문학이나 인도문학에 이르기까지 폭넓게 번역되었다. 중국문학 역시 고전과 근대 번역이 엇갈리면서도 각시대를 대표하는 작가와 작품이 선정되었다. 결과적으로 세계문학에 대한

---

47  박진영, 「번역가 진학문과 식민지 번역의 기억」, 『배달말』 53, 배달말학회, 2013.12, 314~317쪽.

교양과 지식, 대문호나 작가의 전기, 앤솔러지 편찬, 각종 전집 기획에서 일본 작가와 작품은 단 한 차례도 거론되지 못했다. 구색을 갖추기 위해서라도 한국의 삼국 시대나 중국 당송 시대 문인을 억지로 끼워 맞춘 전례마저 무색한 판국이다.[48]

요컨대 일본문학 번역의 특이성은 전쟁, 계급, 연애라는 불연속적인 주제를 관통하는 통속성의 연속성과 관련되어 있다. 문제는 소재의 통속성이 아니라 통속화된 정서와 시선이다. 전쟁이나 노동운동에서 포착된 시대정신은 한국어 번역을 통과하면서 연애와 사랑의 상상력으로 초점이 이동되었다. 이러한 양상 역시 서양문학 혹은 세계문학 번역과 비슷할는지 모른다. 그러나 문학적 교양의 바탕 위에서 대중화된 서양 고전 명작의 번역과 달리 일본문학의 문화적 오역 메커니즘은 결코 환기되지 않았다. 번역된 일본문학이 오히려 번역되지 않은 것에 압도되었기 때문이다. 결과적으로 일본 근대문학의 역사성은 번역되지 않은 것을 통해서만 식민지에 흡착되었다.


## 5. 중역의 기억, 세계문학 바깥의 사상


만약 서양의 근대가 문제라면, 일본을 통한 중역이 원죄라면 필시 다른 길

---

48 신태악, 『세계 십대 문호전』, 이문당, 1922; 김한규, 「팔대 문호 약전」, 『신천지』 4호, 신천지사, 1922.1, 1~33쪽(부록); 박진영, 「편집자의 탄생과 세계문학이라는 상상력」, 『민족문학사연구』 51, 민족문학사학회, 2013.4, 437~438쪽.

이 눈에 띄지 않을 리 없다. 19세기 중반의 유럽 문학을 근대문학의 진수라 일컫는다면 5·4운동 전후의 중국문학이라든가 메이지나 다이쇼 시대의 일본문학이라고 해서 외면해야 마땅한 이유는 없기 때문이다. 어쩌면 한국의 근대 번역문학이 껴안아야 하는 식민성의 운명이란 일본에서 걸러진 유럽문학이 조급하게 이식되고 위계적으로 중역되었기 때문이 아니라 동시대의 중국문학과 함께 호흡할 수 없는 역사적 조건, 종주국 일본의 근대문학을 은폐해야만 하는 내밀한 사정에 놓여 있는지 모른다.[49]

결과적으로 한국에서 세계문학이란 중국과 일본을 철두철미 배제한 채 성립되었으며, 여전히 19세기 유럽 중심의 관념이자 근대적 상상력의 산물일 따름이다. 1950년대 이후에도 사정이 별반 나아지지 않은 것은 비단 한중 단교나 한일 수교를 둘러싼 정세 변화 때문만이 아니다. 중국문학과 일본문학에 대한 역사적 경험이 집적되지 않았고, 번역 역량이 갖추어지지 않았으며, 문학사적 정전을 둘러싼 훈련도 이루어지지 못했다. 식민지 시기의 세계문학 관념과 단절되지 않은 것은 필연적이되 불운한 일이며, 한국의 세계문학 전집은 또 다시 숙명처럼 일본의 숨은 영향력 아래에서 중역되지 않으면 안 되었다.

그러한 뜻으로 보건대 근대 한국에서 중국문학과 일본문학이란 필시 세계문학이되 늘 세계문학의 바깥에 자리 잡고 있었다. 한국의 근대 번역문학사가 동아시아 삼국의 정치적, 이념적, 문화적 단절 속에서 고립적으로 전개된

---

49 식민지의 중역이 안고 있는 문제성에 대해 새롭고 예리한 안목을 보여 준 것은 불문학자 조재룡이다. 조재룡, 「번역의 유령이 배회하고 있다」, 『번역의 유령들』, 문학과지성사, 2011, 125~146쪽; 조재룡, 「번역과 이데올로기」, 같은 책, 147~167쪽; 조재룡, 「중역과 근대의 모험 -횡단과 언어적 전환이라는 문제의식에 관하여」, 『탈경계인문학』 9, 이화여대 이화인문과학원, 2011.6, 5~36쪽; 조재룡, 「중역의 인식론-그 모든 중역들의 중역과 근대 한국어」, 『아세아연구』 145, 고려대 아세아문제연구소, 2011.9, 9~40쪽.

소산인지 모른다거나 혹은 정반대라 주장한다손 치더라도 어느 경우나 사상사적 과제에 속하게 마련이다. 적어도 일본을 통해 일방적으로 수입된 서양문학을 통해 한국의 번역이 성립, 발전했다는 가설은 극히 일면적이다. 한국의 근대 번역이 새로운 문학 주체의 등장, 동아시아적 근대 감각, 세계문학의 발견 속에서 성장한 역사성에 대한 성찰이 요구된다.

# 참고문헌

## 논저


고재석, 『한국 근대문학 지성사』, 깊은샘, 1991.

______, 『숨어 있는 황금의 꽃』, 동국대 출판부, 2000.

김병철, 『한국 근대 번역문학사 연구』, 을유문화사, 1975.

______, 『한국 근대 서양문학 이입사 연구』(전2권), 을유문화사, 1980~1982.

______, 『세월 속에 씨를 뿌리며』, 한신문화사, 1983.

______, 『한국 세계문학 문헌 서지목록 총람』, 단국대 출판부, 1992.

______, 『한국 현대 번역문학사 연구』(전2권), 을유문화사, 1998.

______, 『세계문학 논저 서지목록 총람 : 1895~1985』(증보 개정), 국학자료원, 2002.

______, 『세계문학 번역 서지목록 총람 : 1895~1987』(증보 개정), 국학자료원, 2002.

______ 외, 『황혼이 내려도 그리운 목소리들만은』(고당 김병철 박사 정년퇴임 기념 문집), 범우사, 1987.

김수연 편역, 『신청년의 신문학론』, 한길사, 2012.

김시준, 「한국에서의 중국 현대문학 연구 개황과 전망」, 『중국어문학지』 4, 중국어문학회, 1997.12.

______, 「광복 이전 한국에서의 루쉰 문학과 루쉰」, 『중국문학』 29, 한국중국어문학회, 1998.4.

김영금, 『백화 양건식 문학 연구』, 한국학술정보, 2005.

金 哲, 「尹永春与中國現代文學 : 解放時期(1945年8月~1950年6月)韓國現代文壇与中國現代文壇」, 『한중인문학연구』 10, 한중인문학회, 2003.6.

김하림, 「한국에서의 루쉰 문학 수용 양상」, 『중국인문과학』 12, 중국인문학회, 1993.12.

남윤수·박재연·김영복 편, 『양백화 문집』(전3권), 강원대 출판부, 1995.

동 신, 「양건식의 중국문학 연구에 대한 비교문학적 고찰—중국 속문학의 연구를 중심으로」, 서강대 석사논문, 2011.8.

리광인, 「루쉰과 우리 겨레 관계 연구」, 『연변문학』 596, 연변작가협회, 2010.11.

리정문, 「루쉰과 조선 사람」, 『천지』 91, 중국작가협회 연변분회, 1981.10.

민두기 편, 『신언준 현대 중국 관계 논설선』, 문학과지성사, 2000.

박남용, 「중국 현대시의 수용과 번역」, 『국제중국학연구』 56, 한국중국학회, 2007.12.

______ · 박은혜, 「김광주의 중국 체험과 중국 신문학의 소개, 번역과 수용」, 『중국연구』 47, 한국외대 중국문제연구소, 2009.11.

박재연, 「양백화의 중국문학 번역 작품에 대한 재평가―현대희곡과 소설을 중심으로」, 『중국학연구』 4, 중국학연구회, 1988.11.

______ · 김영복 편, 『양백화 문집』 1, 지양사, 1988.

박진영, 『번역과 번안의 시대』, 소명출판, 2011.

______, 「홍난파와 번역가의 탄생」, 『코기토』 70, 부산대 인문학연구소, 2011.8.

______, 「문학청년으로서 번역가 이상수와 번역의 운명」, 『돈암어문학』 24, 돈암어문학회, 2011.12.

______, 『책의 탄생과 이야기의 운명』, 소명출판, 2013.

______, 「편집자의 탄생과 세계문학이라는 상상력」, 『민족문학사연구』 51, 민족문학사학회, 2013.4.

______, 「번역가 진학문과 식민지 번역의 기억」, 『배달말』 53, 배달말학회, 2013.12.

______, 「번역가의 탄생과 문학청년 홍난파의 초상」, 『근대서지』 8, 근대서지학회, 2013.12.

______, 「한국 근대 번역문학사 성립의 기원과 역사성」, 『탈경계인문학』 18, 이화여대 이화인문과학원, 2014.6.

______, 「중국문학 번역의 분기와 이원화―번역가 양건식과 박태원의 원근법」, 『동방학지』 166, 연세대 국학연구원, 2014.6.

______, 「북간도에서 온 서사시인 윤영춘의 초상」, 『근대서지』 9, 근대서지학회, 2014.6.

______, 「중국 근대문학 번역의 계보와 역사적 성격」, 『민족문학사연구』 54, 민족문학사학회, 2014.8.

______, 「중국문학의 발견과 전문 번역가 양건식의 초상」, 『근대서지』 10, 근대서지학회, 2014.12.

방 평, 「정내동 연구―중국 현대문학의 소개와 번역을 중심으로」, 서강대 석사논문, 2012.2.

백지운, 「한국의 일세대 중국문학 연구의 두 얼굴―정내동과 이명선」, 『대동문화연구』 68, 성균관대 대동문화연구원, 2009.12.

성현자, 「백화 양건식의 중국 신문학 운동 수용 연구」, 『비교문학』 24, 한국비교문학회, 1999.12.

손성준, 「전기와 번역의 '종횡'―1900년대 소설 인식의 한국적 특수성」, 『현대문학의
　　　연구』 51, 한국문학연구학회, 2013.10.

신혜수, 「나카니시 이노스케[中西伊之助]의 『汝等の背後より』에 대한 1920년대 중반
　　　조선문학 장의 두 가지 반응」, 『차세대인문사회연구』 7, 동서대 일본연구센터,
　　　2011.3.

오황선, 「나카니시 이노스케[中西伊之助] 소설의 내면 풍경―1910년대의 조선」, 『외
　　　국문학』 29, 열음사, 1991.12.

＿＿＿, 「근대 일본문학에 나타난 조선상―나카니시 이노스케[中西伊之助]를 중심으
　　　로」, 『일어일문학연구』 22, 한국일어일문학회, 1993.6.

왕　녕, 「식민지 시기 중국 현대문학 번역자 양백화, 정내동의 역할 및 위상」, 연세대
　　　석사논문, 2013.2.

왕　성, 「꿈꾸는 개척자―번역가 겸 대문호 루쉰의 탄생」, 『번역비평』 5, 한국번역비
　　　평학회, 2011.12.

＿＿＿, 「중국 현대문학 번역에 나타난 양건식의 문학관―『탁문군』, 『반금련』 등을
　　　중심으로」, 『비교문학』 56, 한국비교문학회, 2012.2.

왕　철, 「백화 양건식의 번역문학―중국 신문학 운동 번역을 중심으로」, 성균관대 석
　　　사논문, 2010.8.

유춘동, 「『수호전』의 국내 수용 양상과 한글 번역본 연구」, 연세대 박사논문, 2012.2.

윤상인 외, 『일본문학 번역 60년―현황과 분석 : 1945~2005』, 소명출판, 2008.

이민희, 「일제 강점기 제국 일본문학의 변안 양상―1920년대 『매일신보』 연재소설
　　　「여등의 배후로서」를 중심으로」, 『일본학보』 93, 한국일본학회, 2012.11.

이석호, 「중국문학 전신자로서의 양백화―특히 중국 희곡의 소개 번역을 중심으로」,
　　　『연세논총』 13, 연세대 대학원, 1976.10.

이시활, 「일제 강점기 한국 작가들의 중국 현대문학 바라보기와 수용 양상」, 『중국
　　　학』 33, 대한중국학회, 2009.8.

전형준, 『동아시아적 시각으로 보는 중국문학』, 서울대 출판부, 2004.

정내동, 『정내동 전집』(전3권), 금강출판사, 1971.

정종현, 「루쉰의 초상―1960~1970년대 냉전문화의 중국 심상지리」, 『사이間SAI』 14,
　　　국제한국문학문화학회, 2013.5.

조성환 편, 『북경과의 대화―한국 근대 지식인의 북경 체험』, 학고방, 2008.

조재룡, 『번역의 유령들』, 문학과지성사, 2011.

______, 「중역과 근대의 모험-횡단과 언어적 전환이라는 문제의식에 관하여」, 『탈경계인문학』 9, 이화여대 이화인문과학원, 2011.6.

______, 「중역의 인식론-그 모든 중역들의 중역과 근대 한국어」, 『아세아연구』 145, 고려대 아세아문제연구소, 2011.9.

최용철, 『홍루몽의 전파와 번역』, 신서원, 2007.

한기형, 「법역과 문역-제국 내부의 표현력 차이와 출판 시장」, 『민족문학사연구』 44, 민족문학사학회, 2010.12.

______, 「중역되는 사상, 직역되는 문학-『개벽』의 번역관에 나타난 식민지 검열과 이중 출판 시장의 간극」, 『아세아연구』 146, 고려대 아세아문제연구소, 2011.12.

홍석표, 『중국 현대문학사』, 이화여대 출판부, 2009.


原卓也・西永良成 編, 『飜譯百年 : 外國文學と日本の近代』, 東京 : 大修館書店, 2000.

# 번역시와 근대서정시의 원형

## 김억의 외국시 번역과 전통의 재인식

김진희

## 1. 근대서정시의 모색과 번역의 창조성

1921년 서구의 번역 시집이자 근대 최초의 시집인 『오뇌의 무도』가 발간
되었다. 이 시집에는 문단 최초의 시집에 대한 감회가 남다르다는 변영로의
서문을 포함하여 염상섭, 장도빈, 유방 김찬영 등의 서문이 실려 있는데, 이
중 장도빈의 글에 주목해볼 필요가 있다.

반드시 자아의 정(情), 성(聲), 언어 문자로 하여야 이에 자유자재로 시(詩)를
짓게 되야 비로소 대시인(大詩人)이 날 수 있나니라. 지금 우리는 만히 국시(國詩)
를 요구할 때라 (…중략…) 그 방법은 서양시인의 작품을 만히 참고하야 시의 작
법을 알고 겸하야 그네들의 사상작용을 알아써 우리 조선시를 지음에 응용함이

매우 필요하니라[1]

위 서문의 필자는 번역시가 '조선시의 창작에 응용함이 매우 필요하다'라고 역설하고 있다. 이는 서구적 의미에서의 근대시를 모색한다는 전제 외에도 전통 시가나 계몽과 개화라는 공리주의적 시작품들과 구별되는 '자아'의 정(情), 성(聲), 언어 문자로 이루어진, 개인적인 정감이 드러난 '조선의 서정시'를 모색해야 한다는 당대 시단의 상황을 단적으로 반영하고 있다. 그러나 조선의 시로 번역하고 창작하는 일의 곤란 역시 느끼고 있었는데, 이는 "아직 세련되지도 못하고 어휘도 풍부치 못한 (우리) 말로 세련되고 풍부한 어휘를 사용한 외국문학, 게다가 시가를 옮겨야 하기"[2] 때문이다. 또한 서구시에 대한 장르적 이해 역시 부족한 현실이었다. 이런 이유로 1910년대에는 새로운 시의 장르에 대한 규명이나 합의를 위한, 신시 논쟁이나 서정시에 대한 논의들이 이루어졌는데, 번역시의 출현은 이런 논의들에 구체적인 텍스트의 기능을 할 수 있었을 것이다. 특히, 김억의 서구시 번역은 추상적 이론적 논의에 구체적인 내용을 채워 넣는 기회가 될 수 있었는데, 그의 외국시 번역은 근대 서정시의 내포와 외연을 만들고자 했던 당대 시문학의 장에 일정한 상상력을 제공할 수 있었다.

이런 의미에서 20세기 초 한국 근대시의 정초에 외국 문학 작품의 '번역'이 중요한 역할을 했음을 알 수 있다. 기존 연구들은 번역된 시 작품과 원전과의 비교, 원천지 시인의 영향, 시의 주제나 사상의 수용 등의 주제를 통해 1920년대 번역시의 문학사적 의의에 대해 논의해 왔다. 기존 연구의 성과를 충분

---

1    장도빈, 「서」, 김안서 역, 『오뇌의 무도』, 광익서관, 1921.
2    이광수, 「서문」, 김안서 역, 『잃어진 진주』, 평문관, 1924.

히 수용하면서도 이 글은 다음과 같은 문제의식을 갖고 있다. 우선 소재나 이미지, 사상이나 주제의 특수성에서 외국시와의 비교 연구는 상세하게 고찰되었지만, 그런 각각의 분석의 총합이 '서정시' 그 자체에 대한 이해로 수렴되지 않았다는 점이다. 다음으로는 비교문학적 연구에서 우선 전제되는 것은 원천지 텍스트의 권위라는 점이다. 영향연구나 유사성, 차이점을 밝히는 연구는 다름아닌 '번역'이 일방적인 영향을 주는 작업이라는 전제가 작동하기 때문이다. 따라서 이런 이해는 번역의 과정이 일으키는 많은 영향들, 특히 역동적인 창조성에 주목할 수 없게 만든다. 번역이 한 문화와 언어의 일방적인 영향이나 수용이 아니라, 쌍방 간에 상호적으로 일어나는 문화적인 재구성과 재인식이라고 함을 전제한다면 외국시를 수용한 여기 이곳의 문화에 대한 재인식까지가 즉 우리들의 것을 낯설게 만들면서 재구성하고 재인식하게 만드는 그 일련의 과정을 통해 내게 다가오는 낯설지만, 익숙한 그 무엇이 인식되는 것까지가 번역의 창조성이요, 실천성이다. 번역이 옮겨간 문화권에 어떤 균열을 만들고 그 힘에 의해 새로운 문학적 창조가 생성될 수 있음에 주목하는 것은 번역이 단순히 일방적 수용으로 그치는 것이 아니라 외국과 자국 모두에게 새로운 창조가 이루어질 수 있음을 보여주는 것이다. 이것은 문학사의 장(場)을 만들어가는, 보이지 않던 국면들이, 번역을 통해 다시 보이는 것을 의미하기도 한다.

1920년대는 창조적 작업을 통해 근대시의 정초가 이루어지는 시기였다. 이런 의미에서 번역된 외국시는 번역이 됨으로써 생명이 끝난 것이 아니라 지속적으로 자국의 문화를 흔드는 생산적인 힘이 되었을 것이다. 이는 바로 번역을 통해, 즉 타자(他者)에 대한 이해를 통해 결과적으로 ㄴ모국어와 문화에 대한 진정한 인식에 이르게 된다는 새로운 정체성 구성고 이해의 한 방식이기도 하다.[3] 그렇다면 번역된 외국시를 통해 근대시의 모델을 만들고자 했을 때 자국의 문화와 언어 전통은 어떤 역할을 했을까. 번역이 외국의 언어와 문화를 자국의 언어와 문화로 옮기는 과정을 통해 외국의 언어와 문화에 대한 수용은 물론 자국의 문화와 언어에 대한 새로운 인식에 이르게 한다는 점을 전제할 때 외국작품의 번역이 모국어에 대한 인식을 확장시키고, 새로운 언어를 발명하게 한다는 점에 주목할 필요가 있다. 이 연구는 이런 문제의식을 중심에 놓고, 한국 근대서정시의 원천으로 평가받는 한용운, 김소월의 시학인 '님의 시학'을 통해 번역시와 관련한 근대서정시의 원형을 생각해보고자 한다. 즉 번역시가 실제 1920년대 초반 한국 '서정시'라는 인식과 개념을 형성하는 데 어떤 영향을 주었으며 실제 서정시를 창작하는데 어떤 점에서 기여하고 있는가 논의하고자 한다. 특히 한용운과 김소월은 문학사에서 민족과 전통 문화의 측면이 강조되며 평가되는 시인이라는 점에서 번역을 통해 전통과 근대-외래의 문제를 동시에 주목할 수 있다는 점에서 새로운 논의가 가능할 것이다.

## 2. 1920년대 외국시의 번역과 서정시 형성의 원천
### —감정(感情)·정조(情調)·노래[歌]로서의 서정시

서정(抒情)은 리리시즘(Lyricism)의 번역어인데, 1910년대에서 1920년대의

---

3　사카이 나오키, 후지이 다케시 역, 『번역과 주체』, 이산, 2005, 12쪽.

표기를 보면, 抒情과 敍情이 혼융되어 사용되었다. 서구적 의미에서 보면 서정(抒情 : 감정을 펼침, 드러냄)이 맞는 것이었지만, 전통시의 맥락에서 선경후정(先景後情)의 시학, 즉 먼저 경치를 그리고[敍景] 이후 마음을 그린다는 서정(敍情) 을 함께 이해했던 것 같다. 용어의 차이는 있지만 당대 '서정시'가 추구한 것은 개인의 감정 표현이었다.

1910년대 서정 혹은 서정시의 논의가 문학 원론적 혹은 장르적 차원에서 정치(情致)하게 이루어졌다고 할 수 없다.[4] 다만 서정시에 대한 관심이 감정과 정서의 중요성을 시의 이해에서 부각시켰음은 사실이다. 그런데 서정시가 개인의 감정과 정서를 다룬다고 할 때, 어떠한 감정과 정서의 내용을 말하는가에 대해서는 생각해 보아야 한다. 이런 의미에서 외국시는 한국 시단에 근대시의 형식이나, 어휘, 비유의 차원을 포함하여 서정시가 다루는 감정의 내용 혹은 정조화된 내면성을 실제적, 구체적으로 보여주었을 것이다. 이런 특성 때문에 김윤식은 1910년대 베를렌느 수용이 1930년대 모더니즘 수용보다 한국 서정시에서는 생산적이자 문제적인 것이라고 평가한다.[5]

---

4    르네 웰렉이나 디이터 람핑은 서정시의 일반적 특성을 정의하려는 시도를 거부한다. 디이터 람핑, 장영태 역, 『서정시-이론과 역사』, 문학과지성사, 1994, 17~24쪽. 이는 서정 개념을 본질적으로 이해하기보다는 서정(시)을 역사적 형식 및 개념으로 이해하자는 의미이다. 1910년대 신시 논쟁을 통한 결론은, 감정의 표현문제가 문학의 중요한 과제로 떠올랐고, 그 중 다른 장르보다 시 장르가 더욱 감정을 중시하는 것으로 생각되었다. 시는 곧 서정시이며, 서정에는 감정의 토로나 배치의 의미가 담기는 것으로 이해되었다. 그러나 감정의 구체적 내용이나 지향, 특성 등에 관해서는 거의 언급되지 않았다. 김종훈, 『한국 근대 서정시의 기원과 형성』, 서정시학, 2010, 51~53쪽.
5    김윤식, 「1910년대의 시의 인식」, 『근대시와 인식』, 시와시학사, 1991.

## 1) 서구시의 번역―부재와 상실의 원형으로서의 님

김억은 1920년대에 『오뇌의 무도』(1921, 서구 상징주의 시선집), 『기탄자리』(1923, 타고르 시집), 『잃어진 진주』(1924, 아더 시몬즈 시선집 ), 『원정』(1924, 타고르 시집), 『신월』(1924, 타고르 시집) 등을 출간했다. 이는 동시대 다른 번역인에 비교할 때 그 분량이나 수준에 있어서 주목할 만한 성과이다.[6] 염상섭은 『오뇌의 무도』 서문에서 아래와 같이 이야기한다.

> 근대의 생을 누리는 사람이 번뇌, 苦患의 춤을 추지 아니하는 이 그 누구냐. 쓴 눈물에 축인 붉은 입술을 복면 아래 감추고 아직도 오히려 舞曲의 和諧 속에 자아를 위탁하지 아니하면 아니될 검은 운명의 손에 이끌리어 가는 것이 근대인이다.[7]

염상섭은 1920년에 김억, 오상순, 황석우 등과 함께 동인지 『폐허』를 창간하여 상징주의와 퇴폐적 경향의 시를 소개하고 있었다. 그러므로 상징주의의 문학적 특성과 그 문화사적 의의에 대해 잘 알고 있었다. 그는 번뇌, 고환(苦患), 검은 운명에 눈물 흘리는 근대인이 무곡(舞曲)의 화해(和諧)에 자아를 맡겨야 한다고 이야기한다. 이 인용문에서 '무곡의 화해'는 시를 의미하는데, 서정적 자아란 바로 근대적 생이 환기하는 번뇌와 고통을 화해로운 춤의 언어로 바꾸는 사람인 것이다. 이는 바로 시의 제목이 갖는 의미이기도 하다. 이런 강렬한 의식의 저변에 서구의 세기말적인 데카당스의 감각이 놓여

---

6  전미정, 「안서의 시와 산문―서지적 접근」, 김학동 외, 『김안서연구』, 새문사, 1996; 김병철, 『한국 근대 번역문학사 연구』, 을유문화사, 1975, 418~454쪽.
7  염상섭, 「『懊惱의 舞蹈』를 위하야」, 김안서 역, 『오뇌의 무도』, 광익서관, 1921.

있는 것이기도 하겠지만 김억은 상징주의시를 번역하면서 시인 혹은 자아가
놓인 어찌할 수 없는 슬픔과 고통을 느꼈고 그것에 가장 강렬하게 반응한 것
으로 이해할 수 있다. 『오뇌의 무도』와 『잃어진 진주』에서 주목할 수 있는
것은 실린 작품들의 대부분이 사랑의 상실과 관련한 서러움, 슬픔, 삶의 허무
함 등이라는 사실이다.

> 사랑도 밉움도 아닌
> 가장 아픈 이 설움은
> 묻기조차 바이 없어라
> 어쩌면 내가슴은 이리 아프랴.
>
> ― Verlaine, 「도시에 나리는 비」 부분

> 이지러지는 사랑의 '때'는 내몸을 둘러쌌어라
> 아아 설어라, 곤비한 나의 영이여,
> 열정의 때가 가기 전에 키스와 눈물을,
> 나는 그대의 숙인 니마에 남기고 가랴노라.
>
> ― Yeats, 「낙엽」 부분

베를렌의 작품은 대개의 상징주의 시인들의 작품에 비해 난해하지 않았으
므로 일반인들이 쉽게 읽을 수 있었는데, 특히 자신의 감정 속에 매몰되어 근
본적으로 감정적인 시를 썼기 때문에 시인의 정서를 읽어낼 수 있다.[8] 이런

---

8 김경란, 『프랑스 상징주의』, 연세대 출판부, 2005, 96쪽.

특성들이 김억이 베를렌의 수용을 훨씬 더 용이하게 했을 것이다. 김억은 베를렌의 시를 지속적으로 재번역하는 노력을 보이는데, 이는 베를렌의 시가 김억이 추구하고자 했던 정조와 음악성의 아름다움을 잘 구현하고 있었기 때문이었다.

한편 예이츠는 낭만주의의 정통성을 잇는 아일랜드의 시인으로 영국시단에서 활동했는데, 그 자신이 신비주의적인 특성을 지향하고 있었다. 그는 19세기 말에서 20세기 초 영국의 황혼파 시인들과 교류하면서 자연스럽게 상징주의 시세계를 심화, 확장할 수 있었다.[9] 시인으로 그의 서정성을 강화하는 것은 시 작품 전반에 흐르고 있는 정서의 특징인데, 그의 작품을 관통하는 특성은 아련한 동경과 아스라한 그리움 등이다. 위의 작품에서도 베를렌의 「도시에 나리는 비」와 예이츠의 「낙엽」은 모두 사랑의 상실로 인한 서러운 감정을 노래하고 있다. 사랑도 미움도 아닌 이 설움은 사랑 때문에 존재하는 것이며, 이지러지는 사랑에 직면한 나의 현실은 홀로 남겨진 몸으로 구체화된다.

> 그대를 잃으면 그대하나만을 안잃고
> 나의 청춘이나 영예를 바래는 마음과
> 진리의 신앙이나 또는 모든 원망이나
> 하는일과, 나의 생명까지라도
> 잃게 되노라, 아아 그대를 잃으면
>
> —Symons, 「상실」 부분

---

9　Kevin O'Rourke, 『한국 근대시의 英詩 영향연구』, 새문사, 1984, 47쪽.

나는 사랑햇노라, 나는 니젓노라,

아아 아직도 오히려,

사랑은 소삭이나니

그 님은 나를 못잊는다고.


나를 떠나게 한 것은 그님이러라

엇더한 몰을길로

사랑은 걸어가는가,

애닯아라, 사람은 알 수 업서라

—Symons, 「사랑과 잠」 부분


　　한시와 타고르 등 동양 시를 번역한 것을 제외하면 김억이 번역한 서구시 중 가장 많은 비중을 차지하는 시인은 아더 시몬즈이다.[10] 김억은 아더 시몬 즈의 시를 소개하는 긴 평문에서 "나의 시가는 사실의 기록이 아니다. 바다 의 간흔 물결갓흔 순간의 정조(情調)가 예술가의 영역이며, 그것이 나의 시가 의 제재이다"라고 하는 시몬즈의 말을 인용하면서 시몬즈의 시가 방향도 없 이 고적하게 떠도는 설움을 표현하고 있다고 설명했다.[11]

---

10　아더 시몬즈(Arthur Symons)는 1890년대에는 말라르메를 비롯하여 위스망스, 라포르그, 발레 리, 레니에, 클로델, 구르몽, 앙드레지드, 오스카와일드, 조지 무어, 예이츠 등과 어울리며 프랑 스 상징주의 운동을 주도했던 시인이자 비평가이며, 번역자로 활동했다. 영국 시단에 말라르메 와 베를레느의 시를 번역, 소개하였고『상징주의 문학운동』,『W. 블레이크 연구』,『보들레르 연구』 등의 비평서를 발간했다. 아더 시몬즈의 번역으로 예이츠나 엘리어트 등의 영미계 시인 들이 상징주의를 접하게 되었다. 시몬즈는『상징주의 문학운동』의 서문을 예이츠에게 바치는 헌사로 썼다. 예이츠와 시몬즈의 밀접한 관계를 보여준다. 아더 시몬즈는 시인이기보다는 비 평가로서 영국 문학사에서 이름을 남기고 있다(Kevin O'Rourke, 앞의 책, 61쪽). 따라서 시인으 로서 아더 시몬즈에 대한 편애는 김억 개인적 취향과 함께 일본 문단의 영향을 짐작케 한다.
11　김안서, 「아더 시몬즈」, 『조선문단』 4호, 1925.1.

김억이 번역한 대부분의 작품들은 인용 작품과 마찬가지로 주체들이 설움과 아픔, 상실과 결핍의 정서에 놓여 있는 존재들로 나타난다. 이때 사랑하지만, 부재하는 '님'의 존재는 이 주체들이 놓인 비극적 상황(세계)을 가장 잘 드러내 주는 표상이다. 김억은 이런 정조를 드러내기 위해 '아라, 어라, 으랴' 등의 비슷한 어감의 종결어미를 사용하여 반복의 리듬감이나 음악성을 환기하는 한편, '～어라'가 불러일으키는 영탄성과 '～노라' 라는 종결어미를 통해 자신의 행위와 감정에 무게감을 실으면서 독자의 감수성에 호소한다.

### 2) 동양시의 번역－상실감의 승화와 숭고화

김억은 『오뇌의 무도』(1921)와 『잃어진 진주』(1924) 출간 전후로 타고르의 시집인 『기탄자리』(1923), 『원정』(1924), 『신월』(1924) 등을 연속 번역 출간했다. 이런 점에서 보면 외국시인 중 김억 번역의 중점은 타고르였다고 할 수 있다. 타고르는 아일랜드 시인 예이츠의 추천으로, 동양인 처음으로 1913년에 『기탄자리』로 노벨상을 수상했다. 서양문단에서 높이 평가된 시인 타고르는 동양인에게 자부심을 주었고, 이에 1920년대 중반까지 중국, 일본 등지에서도 인기가 높았다. 예이츠는 타고르의 작품에서 자신의 조국인 아일랜드 민족문화의 부흥 가능성을 발견하는 한편 상징주의 문학 특유의 종교적 초월성이 작동하는 것을 보았다. 이는 조선의 근대시 문학 역시 타고르의 시 문학을 매개로 1910년대의 상징주의와 1920년대 민족주의가 연결되고 있음을 시사한다.

원래 벵골어로 쓰인 『기탄자리』는 예이츠의 개입으로, 벵골어로 된 2인칭

대명사가 영어의 Thou-Thy-Thee라는 고전적인 존칭으로 바뀌었다. 이런 이유로 타고르가 불교도라는 김억 자신의 판단과는 달리 실제 번역에서는 서구 기독교적 분위기에 맞는, 용어와 문체를 사용했다. 영어로 된 작품을 보았을 때, 기독교 신앙시라고 생각했던 김억은 이 분위기에 맞는 번역을 택한 것이다.[12] 따라서 김억은 『기탄자리』를 신앙시편이라 믿고 Thou와 God을 번역어로 주(主)님과 하느님을 선택했는데, 이는 당시의 성서번역을 참조한 것으로 생각된다. 그런데 김억보다 먼저 작품 번역을 시작했던 오천석은 Thou와 God을 '님'으로 번역했다. 이 번역은 오히려 『기탄자리』에 등장하는 신이, 시와 종교 사이의 구분이 존재하지 않는 문화전통을 가진 인도 문화의 특성을 대변하는 존재[13]임을 잘 드러내 주는 번역이기도 하다.

원문) Thou hast made me endless, such is thy pleasure. This frail vessel thou emptiest again and again, and fillest it ever with fresh life.

오천석) 님은 저를 무궁케 하시니, 이것이 님의 기꺼움이서이다. 이 깨어지기 쉬운 동이를 님은 여러 번 비우고, 새로운 생명을 쉬임없이 채우서이다.[14]

김억) 主께서 저를 무한케 하셨습니다. 이러하심이야말로 主의 즐거움입니다. 주께서는 이 연약한 그릇을 다시금 비이게 하시고는 항상 신선한 생명을 다시금

---

12  김억은 『기탄자리』 서문에서 이 시집이 신앙시편이라고 밝히고 있다.
13  윌리엄 버틀러 예이츠, 「서문」, 라빈드라나트 타고르, 장경렬 역, 『기탄잘리』, 열린책들, 2010. 예이츠는 이 서문에서 인도의 전통 속에서 신과 시와 종교가 모두 하나임을 말하고 있다. 한편 김억은 번역본에서 예이츠의 서문은 뺐다.
14  『창조』, 1920.7.

가득케 하여주십니다. [15]


　그러나 김억은 타고르의 시집 세 권을 번역한 후, 인도 문화의 전통에서 '신'이 서구적 의미와는 다르다는 것을 알게 되었다. 그리하여 인도 여성 시인 나이두의 시를 설명하면서 동양-인도의 시인들에게는 하느님, 자연, 애인을 노래하는 마음이 같은 것이라고 말한다. 이광수 역시 김억이 번역한 타고르의 시집은 그 의미는 조금씩 다르지만, 모두 님에게 바치는 송가라는 점에서 공통점을 갖는다고 지적했다. 실제 김억은 『기탄자리』는 신을, 『원정』은 애인을, 『신월』은 자연과 생명을 노래하는 작품으로 번역했다. [16] 이에 따라 님을 지칭하는 단어와 자신을 지칭하는 단어들을 각기 다르게 번역했다. 이런 태도는 실상 시의 번역이나 창작에서 화자인 나와 대상 간의 관계를 의식하는 것이고, 화자가 갖는 감정이나 정서의 일관성을 갖기 위해 요구되는 태도이다. [17] 뿐만 아니라 최초의 번역자인 오천석이나 이후 양주동이 타고르 작품의 번역에서 종결어미 '~이다'를 사용하는 것에 비해 김억은 '~습니다' 체로 종결어미를 바꾸었다. 이는 다른 번역자들이 원작의 내용에만 관심이 있었던 것에 비해 김억은 시의 운율과 음악성, 시적 분위기나 화자와 청자의 관계를 드러내는 문체를 포함한 문학성에 관심이 있었기 때문이다.

　그렇다면 김억은 타고르의 시 번역에 왜 그리 몰입했을까. 이는 타고르가 당대 인기 있었던 문사였으며, 또 번역이 식민지 조선에게 민족문화의 중요성을 강조할 수 있는 어떤 기회였기 때문만은 아니었을 것이다. [18]즉 김억은 타

---

15　「주께서 저를」, 타고르, 김억 역, 『기탄자리』, 이문당, 1923.

16　이광수, 「타고어의 『원정』에 대하야」, 『조선일보』, 1925. 1. 20.

17　왜냐하면 오천석은 2인칭 대명사를 일관성 없이 번역함으로써 화자와 대상 간의 관계에 일관성을 부여하지 못함으로써 화자의 태도나 의식을 상상하기 힘들게 한다.

고르를 통해 지속적으로 관심을 가져왔던 서정시의 원형을 읽을 수 있었다.


　　그대는 나를 바리고 그대의 길을 갔습니다.

　　나는 그대를 위하야 설어하며, 내맘속에 그대의 고적한 형상을 황금의 노래로

짜서 두라고 하였습니다.

—Tagore, 「園丁 46」 부분


　　만일 그것이 그대의 願이거든, 나는 나의 노래를 끝내겠습니다.

　　만일 그것이 그대의 맘을 뒤숭숭하게 하게 한다면, 나는 그대의 얼골에서 내눈

을 돌리겠습니다.

—Tagore, 「園丁 47」 부분


　　시간마다 이 미묘한 신비의 꽃이 새롭아집니다,

　　오 사랑이어, 나는 그 까닭을 몰습니다 …….

　　살틀한 사랑이어, 내가 당신이 되고

　　당신이 내가되지아니하고는!

—Sarojini Naidu, 「피시아의 사랑노래」 부분[19]


　　위의 작품에서 님은 화자인 나의 전 삶에 영향을 미치는 존저로 등장한다.
이는 상징주의 번역시에서 등장하는 상실한 님보다 더 우위에 놓인 존재로

---

18　1920년대 인도의 간디, 타고르, 나이두 등은 조선인에게 민족주의적 각성을 유도하는 인물로
　　인식되었다. 각 잡지나 신문 등에서는 이들의 특집을 많이 다루었다.
19　『영대』 5호, 1925.1.

드러난다. 즉 완벽하고 숭고한 이미지로 등장하는 '님'의 형상은 단순히 사랑하는 님 이상의 존재이다. 이런 점에서 한용운은 자신의 시에서 님의 존재를 절대적 존재로 확장·인식할 수 있었을 것이다. 한편 구어체의 사용에 주목할 수 있는데, 상징주의시가 문어체로 번역되었던 것과 비교할 때, 대화체가 많은 타고르 시의 번역이 시 문체에 구어체를 가능케한 것으로 이해할 수 있다.[20] 실제로 김억은 타고르 시 번역에서 문체 때문에 많은 고심을 했으며, 『園丁』 번역에서는 『기탄자리』에서 구어체를 썼을 때보다 훨씬 더 좋은 구어체 번역이 되었을 것이라는 자신감을 보이기도 했다.[21]

한편 김억은 1924년 발표한 「사로지니 나이두의 서정시」[22]라는 글에서 서양시의 고운 멜로디의 감미로움보다 동양시가 더 깊은 '시미적 감미(詩美的 甘味)'를 형식으로나 정조에서 느낀다고 한다. 이런 진술 때문에 김억이 1920년대 초에 상징주의를 일단락지었다는 평가가 내려지기도 했지만[23] 타고르 시집 번역을 선택하는 김억은 여전히 상징주의 자장 안에 있는 것으로 이해할 수 있다. 타고르의 시는 산문시로, 예이츠도 지적하고 있듯 종교적 초월성과 영성, 그리고 신비감이 내재된 작품들이며, 이는 프랑스 상징주의가 강조하는 음악성과 심영(心靈)의 노래와 교차하는 지점이 있기 때문이다. 또한 타고르와 함께 소개된 인도의 여성 시인 사로지니 나이두 역시 상징주의에 경도되었던 아더 시몬스의 영향 하에 시인이 되었고, 예이츠 문학 모임의 일원이었다. 우리 문단에 소개된 나이두의 영문 시집은 시몬즈의 번역본이었다는 점에서 시몬즈의 분위기가 번역에 반영되었을 가능성도 있다. 이 여성

---

20 현태리, 김순식 역, 『번역과 한국 근대문학』, 시와시학사, 1992, 67쪽.
21 김억, 「서문」, 타고르, 김억 역, 『園丁』, 애동서관, 1924.
22 『영대』 4호, 1924.12.
23 김은전, 『한국 상징주의 시연구』, 한샘, 1991, 131쪽.

시인의 시세계가 시와 종교의 전통을 가진 인도 문화를 저변에 깔고 있음을
볼 때, 종교적 초월성이 상징주의와 만날 수 있었을 것이다.

『기탄자리』 시편들이 잡지에 번역되어 실릴 때는 '산문시'라는 표제를 달
고 있었다. 김억이 1910년대 말 번역한 프랑스 상징주의 시와 비교해볼 때
『기탄자리』의 긴 줄글, 산문시 형태는 근대시 형식에 새로운 계기를 만들어
주었다. 김억 역시 초기 시와는 달리 타고르를 번역하면서 문체가 바뀐다.
이런 변화는 김억의 창작 역시, 주관적인 감정을 자유롭게 고백하는 산문시
가 중심이었던 1910년대 초·중반의『학지광』 시편들로부터 절제된 시어와
운율을 갖춘 단형의 서정시를 쓰는『태서문예신보』의 창작시들을 거쳐 다시
기도풍의 산문시로 바뀌는 과정을 보여준다. 즉 번역시의 변화가 창작에도
그대로 반영되어 그가 타고르와 나이두를 번역할 때 그의 창작은 그 번역시
와 유사한 주제와 문체를 보인다.


> 내게 말씀해주서요 애인이여, 그대가 노래하시는 것을 언어로 말씀해주서요
> 밤은 어둡습니다. 별은 구름 속에 숨었습니다. 그리고 바람은 프른닙속에서
> 탄식하고 있습니다.
> 나는 머리털을 풀어헤치겠습니다.
>
> — Tagore, 「失題」 부분[24]


> 그대가 그대의 손가락끝에 거츨은 꽃 한송이를 잡고 있습니다. 그대는 무심하
> 게도 그것을 다른 입살에 대여줍니다. 그리고 그대는 무심도하게 그 붉은닙사귀

---

24  『개벽』 25호, 1922.7.

들을 멀니 떼여버립니다.

  아아 여보서요, 그것은 내마음인데요

— Sarojini Naidu, 「失題」 부분[25]


  내귀가 님의 노래가락에 잡혀있을때에

  그대가 곱은 노래를 내귀에보내었습니다.

  만은 조금도 그노래는 들리지 않았습니다.


  내눈이 님의맘의 꽃밭에서 노닐때에

  그대가 그대의 맘의 꽃밭으로 오라고 하였습니다.

  만은 조금도 그맘의 꽃밭은 보이지 않습니다.

— 김억, 「失題」 부분 [26]


  김억의 작품 「실제(失題)」는 타고르와 나이두의 시를 번역하던 시기에 쓰인 작품이다. 타고르와 나이두가 나를 버리고 가는 '님'에 중점이 놓여 있다면, 김억의 시는 님의 노래와 존재를 인지하지 못하는 자신의 잘못에 대해 이야기한다. 님은 존재하지만, 그 존재를 제대로 받아들이지 못하는 나의 한계가 비극성을 더한다. 번역시와 이런 차이가 있지만 그럼에도 제목은 물론 노래, 꽃과 꽃밭, 님의 부재와 결핍을 호소한다는 점에서 유사성을 보인다.

  한편 타고르의 시와 공통된 문화적 토대에서 쓰인 여성 시인 나이두의 시에서 보이는 여성적 감수성은 한용운과 김소월에게 자연스럽게 여성 화자의

---

25  위의 책.
26  『개벽』 30호, 1922. 12.

가능성을 보여주었을 것인데, 나이두가 님을 향해, "그대가 죽는다면, 나는 참말 안울어요!"라고[27] 당차게 말하는 여성의 목소리는 김소월이 「진달래꽃」에서 "죽어도 아니 눈물 흘리오리다"의 목소리와 겹쳐진다. 이처럼 타고르와 나이두의 시는 김억뿐만 아니라 김소월이나 한용운의 시에서 여성적인 감성과 의식, 문체를 확립하는데 일정하게 영향을 주었다. 특히 소월은 김억이 타고르의 시집 『원정』을 번역할 때 함께 작업에 참여하였다. 따라서 김소월의 창작 역시 『원정』의 번역 작업 중으로 짐작되는 시기의 작품[28]에 '~습니다' 체의 문체가 보이는 것도 창조적 욕망에 번역이 미치는 영향을 단적으로 보여준다.

부재와 상실감, 이는 일반적으로 서정시에서 자아가 동일시해야 하는 세계의 부재와 결핍을 의미한다. 서구의 상징주의시나 동양의 시들 모두 시적 자아가 추구하는 세계 혹은 대상의 부재를 전제로 한다. 서구의 상징주의시들이 님의 상실로 고뇌하고 방황하는 감정을 그리고자 했다면, 동양의 시는 님의 부재가 삶에 서러움과 고통을 주지만, 고귀한 님에 대한 절절한 그리움이 오히려 살아가는 힘의 원천이 될 수도 있음을 보여준다. 이런 의미에서 번역시는 서정시의 원형, 즉 시적 자아가 동일화를 꿈꾸는 세계에 대한 상실의 표상으로 님을 설정하고, 부재와 상실의 정서 구조를 지닌 서정시의 한 모델을 보여준다.

---

27  사로지니 나이두, 김억 역, 「그대가 죽는다면」, 『개벽』 25호, 1922.7.
28  「해가 산마루에 저물어도」·「눈물이 스르르 흘러납니다」, 『개벽』 35호, 1923.5.

# 3. 서정시의 원형과 님의 시학 —근대문학의 기획과 탈식민성

## 1) 번역과 전통

한국 근대시에서 서정시의 원천을 형성한 시인은 김소월과 한용운[29]이다. 그런데 두 시인에 대한 평가는 전통적이고 민족적인 부분에 초점이 맞추어져, 서구사조의 혼류를 넘어서는 한국시의 웅전으로 평가받아 왔다. 그리고 이때 한용운과 김소월을 관통하는 평가의 중심에는 '님'의 시학이 있다. 김소월은 '님'에 대한 사랑과 원망을 한국적 정서인 '한'으로 승화하고, 7.5조라는 민요적 운율을 계승함으로써 전통적 서정을 심화시킨 시인으로, 한용운은 절대자와 조국을 포괄하는 '님'의 존재를 노래함으로써 민족의식을 구현하는 시인으로 문학사에서 자리매김되었다. 님의 시학은 정서의 구조나 현실인식, 민족의식 등으로 설명되면서 민족주의적 혹은 탈식민주의적 관점의 평가를 가능케 해왔다.[30]

그러나 한편 이 시인들의 작품과 외국시와의 관련성 역시 꾸준히 논의되어 왔다.[31] 그럼에도 생각해 볼 것은 전통성과 외래성의 문제가 표면적으로는 대립적으로 보이지만, 번역이 실천되는 장(場) 안에서 서로 충돌, 교차하면서 서로를 재인식하고 재소환하는 상황이 발생한다는 것이다. 즉 한용운

---

29 최동호, 「근대시의 전개」, 『한국 현대시사』, 민음사, 2007.
30 정우택, 「한국 근대의 정서구조로서의 '님'의 발견」, 『한국 근대시인의 영혼과 형식』, 깊은샘, 2004.
31 한용운과 타고르, 김소월과 예이츠의 관련성이 많이 연구되었다. 단적으로 한용운은 타고르의 『원정』과의 영향관계가, 소월은 예이츠와 개별적인 작품 간(예, 「진달래꽃」과 「꿈」 등)의 관련성이 자주 논의되었다. 비교연구의 핵심에는 자국의 시인이 갖는 민족성, 전통성, 역사성을 강조하는 방향으로 나아감으로써 이를 탈식민성의 근거로 삼는다.

과 김소월은 당대 김억, 그리고 번역(시)와 불가분의 관계에 있는 시인들이며, 더 확장하면 타고르, 나이두, 아더 시몬즈, 예이츠, 베를렌과 직·간접적으로 연관되어 있는 시인들이다. 그러므로 번역이 갖는 창조적, 역동적 과정은 번역자 김억의 '번역'을 중심으로 재편되는 번역의 장(場)을 상상함으로써 논의가 가능하리라고 생각한다.[32]

20세기 초의 계몽·개화기에 전통은 문화의 중심이 아니라 주변으로 밀려났다. 특히 많은 번역시들을 참조하면서 서정시의 원형을 만들어 나갈 때 전통 시가(詩歌)란 단지 문학사의 변두리 형식에 불과했다. 특히 전통 노래를 개량하는 과정에서 '님'과 관련한 노래를 배제하는 경향이 지배적이었는데, 국권의 존망이 위태로운 상황에서 부르는 님 타령이 나라를 망치는 거칠고 너저분한 소리[亡國之荒音]로 인식되었기 때문이다. 이에 님과의 이별을 상심하는 수심가(愁心歌)가 수신가(修身歌)로 개사되어 불리기도 했다. 국권 상실의 위기감이 남녀간의 애정문제에 관한 내용 및 정조(情調)를 인정하지 않는 분위기였기에 노래에서 님은 배제되고 그 자리에 자주독립, 자유국권회복, 태극기, 한반도, 한국, 위국충심 등이 들어서게 되었다. 이런 상황에서 외국 작품의 번역은 전통과 민족 문화를 재고하게 했고 그것을 근대 문학사의 중요한 한 요소로 주목하게 만들었다. 특히 한용운과 김소월에게 나타나는 특성은 전통시가와의 관련성 속에서 그 문학사적 의의를 더 잘 이해할 수 있다.

---

32  번역자 김억을 중심으로 외국 작가로는 베를렌느, 예이츠, 시몬즈, 타고르, 나이두가 있으며, 김억을 매개로 주요한 창작자로 한용운, 김소월, 모윤숙이 있다. 베를렌느, 예이츠, 시몬즈 등은 상징주의적 특성을 공유하고 있음은 물론, 예이츠가 타고르의 시집에 서문을 썼고, 시몬즈는 나이두와 오랜 친분을 유지하며, 그를 추천하였으며 나이두의 작품을 영역했다. 한용운과 타고르, 김소월과 예이츠, 시몬즈, 그리고 모윤숙은 한용운과 김소월, 나이두, 타고르 등과 관련된다. 이들의 관련성은 번역이 개별 작가의 작품과 밀접하게 연관되어 있음은 물론 이론적 층위의 논의도 가능함을 시사해준다.

한국의 전통시가는 여성 화자를 많이 사용해왔다. 한시, 시조, 가사, 민요, 고려가요 등의 많은 작품의 화자는 여성이다. 한시에서의 여성화자의 사용은 한자문화권의 전통이므로 그 연원이 깊고, 한시는 민요나 시조 등과 지속적으로 장르교섭을 해 온 터이므로 전통시가에서 여성화자의 사용은 폭넓게 이루어진 것으로 이해할 수 있다.[33] 그리고 더욱 주목할 것은 여성화자 시의 주요 정감이 상실한 '님' 찾기라는 것이다. 따라서 시작품에는 비극적이고 격렬하며 절망적인 정조가 지배적이며 한편으론 비속적이고 애잔한 정서를 보이기도 한다. 김억과 김소월이 한시 공부를 오래한 시인이고 한시 번역도 하였으며 한용운 역시 한시를 창작한 시인이라는 점에서 상실한 '님' 그리고 여성 화자의 선택은 아주 자연스러웠을 것이다. 그러나 그들이 근대시를 정초하는데, 전통을 소환하는 계기는 번역시에 의해 가능했음을 알 수 있다. 번역을 통해 전통이 다시 문학사의 장으로 틈입하는 현상은 일종의 '변두리 형식의 주류화'라는 의의를 갖는다. 문학사는 지배적 규범이나 형식과의 단절을 보여주면서 그때까지 변두리에서 구차하게 부지해온 형식을 새로운 문학형식으로 격상시킨다.[34] 그러므로 오랫동안 규범적인 시법(詩法)을 기반으로 이루어진 한자 중심의 시가 주류를 이루던 문학 전통 속에 한글에 의존하였던 변두리 전통이 주류로 부상했다는 것은 전통의 재인식이 근대 혹은 근대문학의 정초에 필요했음을 보여준다.

타고르의 『원정』의 화자가 남성과 여성의 화자가 옮겨 다님에 비해 한용

---

33  이혜순, 「여성화자 시의 한시전통」, 『한국 한문학 연구』, 19, 1996.
34  하위형식이나 변두리 전통의 중심부로의 부상은 러시아 형식주의 문학사 이해에 가장 중요한 개념이다. 물론 러시아 형식주의는 언어와 문학의 사회역사적 차원을 괄호 속에 넣고 생각하지만, 실제 이런 변화는 괄호를 없앴을 때 비로소 온전한 이해에 이른다. 유종호, 「변두리형식의 주류화」, 『현실주의 상상력』, 나남, 1991.

운과 김소월 작품의 화자가 여성화자임은 주요한 차이이다. 이런 차이가 가
능한 것은, 여성화자의 전통과 님의 노래 전통이 우리에게 있었기 때문이다.
특히 한용운은 아녀자의 것이라고 천대받던 내간체, 즉 여성들의 일상어의
문체를 시의 형식으로 채택하고 있다. 따라서 시 작품에 여성의 삶과 일상이
자연스럽게 묘사되어 있다.


　　나는 마음이 아프고 쓰린 때에 수를 놓으랴면, 나의 마음은 수놓는 금실을 따
러서 바늘 구녕으로 들어가고, 주머니 속에서 맑은 노래가 나와서, 나의 마음이
됩니다.

—한용운, 「繡의 비밀」 부분


　　이러한 문체의 발견, 혹은 발명에는 김억의 영향이 주요하게 작용하고 있
다. 김억의 타고르 번역 문체가 바로 한용운의 문체를 가능케 했기 때문이
다. 한용운이 1918년 『유심(唯心)』 9~10월호에 타고르의 산문 「생의 실현」
을 번역했던 일이나 『님의 침묵』 시집 안에 「타골의 시 「Gardenisto」를 읽고」
라는 시를 게재한 것으로 보아, 타고르의 영향을 짐작케 한다. 그런데 『님의
침묵』 발간 전후로 쓰인 한용운의 국문시들이 『님의 침묵』과 전혀 다른 형
식과 문체를 보이고 있음은[35] 『님의 침묵』의 창작이 김억의 타고르 번역시
에서 문체와 주제의 주요한 영향을 받은 것으로 이해할 수 있을 것이다. 그러
나 물론 김억의 타고르 번역이 전통적 '님'과 만나 근대 시학으로 부상한 것
은 바로 창작자로서 시인, 한용운이 있었기에 가능한 것이다. 이런 의미에서

---

<sup></sup>**35** "달아달아밝은달아 녯나라에 비춘달아 / 쇠창을넘어와서 나의마음비춘달아 / 계수나무버혀
　　내고 무궁화를심의과저", 「무궁화심의과저」 부분, 『개벽』 27호, 1922.9.

김현은 1910년대의 상징주의가 여성주의와 결합하여 부정적 자기 표출을 보여주었다면, 한용운의 『님의 침묵』은 상징주의의 다른 면모를 보인다고 하면서 근대서정시에서 '여성주의의 승리'를 강조하며 한용운을 상징주의 안에서 읽는다. [36] 이는 상징주의적 초월성에 대한 추구가 여성 화자의 목소리를 통해 좀 더 긴박하면서도 애절하게 전달될 수 있었다는 의미로 읽힌다.

김소월 역시 아름다운 모국어 구사, 여성 화자, 내간체 등과 더불어 변두리의 구비적 전통인, 민요 형식을 끌어올림으로 독자적 경지를 개척했다.

아아 가난하여라, 내소유란 꿈박게 업서
그대의발아래 내꿈을 페노니
나의생각 가득한 꿈우를
그대여, 가만히 밟고지내라


But I, being poor, have only my dreams
I have spread my dreams under your feet
Tread softly because you tread on my dreams.
　　　　—Yeats, 「He wishes for the cloths of heaven」, 「꿈」(김억 역) 부분


영변에 약산
진달래꽃,
아름 따다 가실 길에 뿌리오리다.

---

36　김현, 「여성주의의 승리」, 『전체에 대한 통찰』, 나남, 1990.

가시는 걸음 걸음

놓인 그 꽃을

사뿐히 즈려 밟고 가시옵소서.

— 김소월 「진달래꽃」 부분

　예이츠와 영향관계가 있는 것으로 논의되는 「진달래꽃」은 번역된 예이츠 시와는 달리 3행 3행의 반복 형식을 맞추고 있으며, 7.5조의 민요적 율격을 사용하고 있다. 소월이 「진달래꽃」에서 사랑의 상징인 '꽃'을 깔아 놓는 행위는 예이츠의 시에서 사랑의 상징으로 꿈을 깔아 놓는 행위와 대비된다. 이런 차이는 김소월의 시에서 꽃을 펴놓는 상황이 불교적 전통인 '산화공덕(散花功德)'과 관련될 수 있기 때문에 가능한 것으로 이해할 수도 있다. 즉 예이츠는 꿈을 펼쳐 놓았지만, 김소월은 떠나는 님을 위해 꽃을 뿌려 놓는다고 자연스럽게 상상할 수 있었을 것이라는 의미이다. 따라서 소월의 시는 이별이 전제되고 있음에 비해, 예이츠의 시는 가난한 연인들의 이야기라는 점에서 시적 상황은 다르지만, 님을 위해 무엇인가를 펼쳐놓고, 그것을 님이 밟는다는 그 발상법에 있어서는 일치한다.


## 2) 근대적 님의 노래

　님에 대한 그리움은 동서고금을 막론하고 문학의 보편적인 주제이며, 한국 전통시가에서 이 주제는 면면히 이어져 왔다. 그런데 한국 근대시의 형성 과정에서 님은 단순한 시적 비유를 넘어 당대의 사회적 경험과 시문학이 관계를 맺는 지점으로서 고유한 정서의 구조를 형성한 것으로 평가되어 왔다. 1910~1920년대 시에서 님은 시적 자아로 하여금 현실의 결핍을 보완하고, 미래를 전망하며 근대적인 주체를 확립케 하는 형상이었다. 그런데 이 '님'은 전통에서 그대로 부상한 것이 아니라 번역시라고 하는 외래성과 부딪치면서 재인식, 재창조되었다.

김소월과 한용운은 서구 상징주의 시에서 근대서정시가 담을 감정, 혹은 시적 자아가 경험해야 하는 세계의 원형을 보았다. 즉 님을 시적 대상으로 간주하는 서정적 주체가 형성되고 그 과정에서 님과 합일을 추구하는 서정적 자아가 탄생함으로써 근대서정시의 한 모델이 정초될 수 있었다는 사실이다. 그 세계는 물론 김억의 중개에 의해서 매개된 세계라는 특성이 있었지만, 서구시에서 서정적 자아가 대면할 결핍된 세계, 이로 인한 비극성과 애상감 등을 표상하는 '님'을 만났을 것이다. 그러나 그 존재는 시인들의 과거 전통과 무의식의 심연에 자리한 존재들이었기에 의식으로 떠오른다. 전통 시가에서 잠재되어 있던 '님'은 김억 시의 님을 통해서 실체화되며, 한용운의 님과 김소월의 님에서 근대서정시의 원천이 된다.[37] 이처럼 서양시를 번역하면서 발견한 주제를 본보기로 하여 개인의 감정적, 정서적 경험에 관한 주제를 만드는 것은 한국전통시에서 볼 수 있는 것처럼 전형적인 모티브에 개별적 감정을 규칙적으로 적용하는 것과는 전혀 다른 세계라는 점에서 충분히 근대문학적 의의를 갖는다.[38]

이런 의미에서 근대서정시의 정초에 번역자, 중개자로서 김억의 위상은

---

37 이광수는 '한용운의 『님의 침묵』이 타고르로부터 영향을 받은 것 같지만 전혀 독창의 경지를 보여준다. 조선어로 지어진 시 중에서 높고 아름다운 시이다'라고 극찬한다. 이광수, 「近讀二三 : 님의 침묵」, 『동아일보』, 1929.12.14.
38 현태리, 앞의 책, 67쪽.

중요하다. 따라서 매개자로서 갖는 김억의 특수성이 근대서정시의 어떤 한 특성을 만들어 내고 있음 역시 생각해 볼 필요가 있다.


님은 갔습니다. 아아 사랑하는 님은 갔습니다.

푸른 산빛을 깨치고 단풍나무 숲을 향하야 난 적은 길을 걸어서 참어 떨치고 갔습니다.

황금의 꽃같이 굳고 빛나던 옛 맹세는 차디찬 티끌이 되야서 한숨의 미풍에 날어갔습니다.

날카로운 첫 키쓰의 추억은 나의, 운명의 지침을 돌려놓고, 뒷걸음쳐서, 사러졌습니다.

나는 향기로운 님의 말소리에 귀먹고, 꽃다운 님의 얼골에 눈 멸었습니다.

사랑도 사람의 일이라, 만날 때에 미리 떠날 것을 염려하고 경계하지 아니한 것은 아니지만, 이별은 뜻밖에 일이 되고 놀란 가슴은 슬픔에 터집니다.

그러나, 이별을 쓸데없는 눈물의 원천을 만들고 마는 것은 스스로 사랑을 깨치는 것인 줄 아는 까닭에, 걷잡을 수 없는 슬픔의 힘을 옮겨서 새 희망의 정수박이에 들어부었습니다.

우리는 만날 때에 떠날 것을 염려하는 것과 같이, 떠날 때에 다시 만날 것을 믿습니다.

아아 님은 갔지마는 나는 님을 보내지 아니하였습니다.

제 곡조를 못 이기는 사랑의 노래는 님의 침묵을 휩싸고 돕니다.

—「님의 침묵」 전문


그립운 우리님의 맑은 노래는

언제나 제 가슴에 저저잇서요


긴 날을 문밧게서 서서 들어도

그립은 우리님의 부르든노래는

해지고 저므도록 귀에들려요

밤들고 잠드도록 귀에들려요


고히도 흔들리는 노래가락에

내 잠은 그만이나 깁히 들어요

고적한 잠자리에 홀로누어도

내잠은 포스근히 깁히 들어요


그러나 자다깨면 님의 노래는

하나도 남김업시 일허버려요

들으면 듯는대로 님의 노래는

하나도 남김업시 닛고 말아요.

—「님의 노래」 전문(『개벽』 32호, 1923.2)[39]


　김억은 1925년 시론인 「시작법7」에서 그간 '서정시'라고 부르던 것을 것을 '서정시가(抒情詩歌)'로 변경한다. 이는 김억의 '노래'에 대한 욕망을 단적으로 보여준다. 아더 시몬즈의 시집 『잃어진 진주』(1924) 「서문」에서는 서정

---

[39] 김억은 김소월의 「님의 노래」가 아더 시몬즈의 시에 버금가는 훌륭한 작품이라고 한다.

시라고 명명했던 명칭을 서정시가로 바꾸는 작업은 율격의 제어가 약한 상징주의 시에서 율격의 제어가 강한 민요조로 시의식이 바뀌는 것과도 일치한다. 이는 그가 여전히 전통적 의미에서의 '노래'를 강하게 의식하고 있었기 때문이다. 그런데 이런 의식의 변화는 갑작스럽게 온 것은 아니고 그가 상징주의 시를 번역하는 동안에도 '음률'과 '호흡'이라는 관점으로 조선율을 모색해온 과정과 맞닿아 있다. 김억은 음악성을 작품 전체가 만들어 내는, 즉 시 안의 모든 요소들의 관계 총체가 만들어내는 음악성으로 인식하기보다는 전통시가의 관점에서 단어나 운율 등으로 옮겨간 것 같다. 원래 상징주의에서 선율은 운문의 속박을 깨뜨리는 것이고 영혼의 찰나적 정조를 표현하는 것이다. 그때그때의 삶의 느낌을 음악적으로 표현하는 것, 이것은 시의 의미가 아니라 야릇하게 스쳐가는 리듬과 서글픔, 그리고 불안정감이라는 분위기를 암시하는 것이다.[40]

김억은 시를 노래이자 숨소리로 인식했으며 이런 특성을 드러내기 위해 번역에서도 운율을 창안하고 어휘를 골라 왔다. 그러나 그는 점진적으로 '노래'를 강조하게 되는데, 이런 지향이 번역 텍스트에도 반영됨을 알 수 있다. 번역시나 창작시에서 그는 '노래'라는 단어를 즐겨 쓰고 곡조, 음악, 악, 서곡, 단조 등의 음악과 관련된 어휘를 자주 사용하는데, 번역할 때 시 전체의 맥락에서 의도적으로 노래와 관련된 어휘로 번역하기도 한다. 이것이 상징주의 시의 정조를 표현하는 역할을 하는 것도 사실이지만, 김억이 생각하는 서정시가 '노래'를 강력하게 염두에 두고 있었음을 상상하게 한다. 타고르의 시 『기탄자리』는 '님을 위한 송가'라는 점에서 이미 노래의 성격을 가지고 있으

---

40  Charles Chadwick, 박희진 역, 『상징주의』, 서울대 출판부, 1979, 26쪽.

며, 인도의 장시 경향은 산스크리트어의 텍스트를 통해 전수되어 온 암송(暗誦)의 역사에서 자연스럽게 창조된 자유시 스타일이기 때문에 노래 텍스트의 성격을 갖는다. 김억은 타고르의 시도 '님'의 노래라고 이야기한다. 이처럼 의도적으로 김억이 인식하고, 번역에 반영된 이런 특성은 김소월과 한용운의 시세계에 고스란히 배어 있다. 두 시인은 님에 대한 사랑을, 님의 상실을, 님 기다림을 노래한다. 그런데 서정시에 노래로서의 특성이 강조되고 있음은 근대시의 기획에 어떤 의미가 있는 것일까.

노래는 화자의 육성(肉聲)이라는 점에서 시적 자아의 직접적 목소리를 상상하게 함으로써, 내면성을 강조하는 효과가 있다. 즉 화자가 노래하고 있는 상황은 그의 내면의 울림을 그대로 향유함으로써 시인과 독자의 일체감이 확보된다. 내면성의 확보가 근대시의 주요한 특성이었다면 노래성은 그 내면성을 강조하는 중요한 기능을 할 수 있었을 것이다. 그런데 김억의 노래가 물결에 따라 바람결에 따라 하염없이 떴다 잠겼다 하는,[41] 부유(浮游)하는 주체의 노래라면, "우리들의 노래가 과연 이 세상에다 바늘끝 만한 광명이라도 던져줄 수 있을 것입니까"라고 묻는[42] 김소월의 노래에는 치열한 슬픔의 정신이 존재한다. 즉 김억이 '님'을 통해 상실과 서러움의 감정을 노래하고자 했다면 김소월과 한용운은 그런 상실과 슬픔의 감정을 노래함으로써 님의 침묵과 부재를 일깨우려는 치열한 정신의 일단을 보여준다.[43] 근대적 의미에서 자신이 시인임을 인정하고 자신이 시를 쓴다는 것에 대해 고민하고 갈등한다는 사실은 그들이 문학의 주체로서 자신을 확인하게 되었음을 의미한

---

41 김억, 「서문」, 『해파리의 노래』, 조선도서, 1923.
42 김억, 「소월의 생애와 시가」, 『삼천리』, 1935.2.
43 신범순, 「김소월시의 여성주의적 이상향과 민요시적 성과(2)」, 『관악어문연구』 33, 2008.

다. 그들은 작가 자신을 문학의 주체로 상정함으로써 경험세계를 어떻게 지각하고 의식하며 어떤 표현 수단과 기법을 통해 표현할 것인가를 고민하는 문학적 자의식을 드러낸다. 세상을 향해야 하는 시를 쓰고픈 김소월의 고민이나 『님의 침묵』의 맨 끝에 「독자에게」에서 새벽종을 기다리며 붓을 놓는다는 한용운의 시인으로서의 자의식은, 그들 모두가 자신들이 직면한 사회 안에서 시인의 존재론적 지위에 대해 고민하고 있음을 보여준다는 점에서 그들의 노래는 근대문학적 의의를 획득한다.

노래는 인쇄한 텍스트가 아니므로 향유에 있어서 제한적이다. 그런 점에서 김소월과 한용운이 노래하는, 그 부재하는 '님'은 노래하는 순간에만 현현한다. 즉 부재와 상실이 시적 자아가 놓인 역사요 현실이라면 노래의 강조는 이와 잘 맞는다. 대기 중으로 녹아들어가는 노래의 순간성, 그러나 반복적으로 대기를 울리는 노래의 주술성은 모순되지만 한 순간에 이루어진다. 한용운과 김소월의 님의 노래는 바로 1920년대 역사적 시·공간에서 서정적 주체의 노래를 통해 서정시의 내면성을 강조하고 나아가 감정의 공감력을 통해 공동체의 상실감을 극복하고자 한다.


## 4. 번역의 역동성과 문화적 탈식민성


1910년대 이후, 한국 시단에는 다양하고 많은 외국시들이 번역·소개되었다. 특히 서정시의 내포와 외연을 만들고자 했던 시문단에 번역시는 새로운 서정시에 대한 상상력을 가능케 했다. 김억이 번역한 외국시들은 시적 자아가 추구하는 세계 혹은 대상이 부재한다는 공통점이 있었다. 그러나 서구의 상징주의시들이 님의 상실로 고뇌하고 방황하는 감정에 집중하고 있다면 동양의 시는 님의 부재로 시적 자아가 서럽고 고통스럽지만, 한편으론 고귀한 님에 대한 그리움이 살아가는 힘의 원천이 될 수도 있음을 보여준다. 이런 의미에서 번역시는 서정시의 원형, 즉 시적 자아가 동일화를 꿈꾸는 세계에 대한 상실의 표상으로 님을 설정하고, 부재와 상실의 정서 구조를 지닌 서정시의 한 모델을 보여준다. 한편 번역이 조선의 전통 문화에 대한 재인식을 가능하게 하였으므로, 김억은 '님의 상실'구조와 여성화자를 번역시에 반영할 수 있었다. 이를 토대로 근대서정시의 원형을 만들 수 있었으며, 한용운과 김소월에게서 '님의 시학'이라는 서정시의 원형으로 정초된다.

시문학사에서 한용운은 '님의 침묵'을 통해 치열한 현실인식과 민족의식을 보여줌으로써 탈식민성을 실천한 시인으로, 그리고 김소월 역시 현실인식이 직접 드러나는 시편들을 포함하여 님의 상실과 부재의 경험이 식민지 현실과 관련된 것으로 해석됨으로써 탈식민주의를 실천한 시인들로 평가되어 왔다. 이러한 평가에서 나아가 이 글에서는 외국 문학의 번역에서 탈식민적 실천의 가능성을 읽었다. 번역의 과정을 통해 자국의 전통 문화에 대한 재인식이 가능해짐으로써 김억은 '님의 상실'구조와 여성화자를 번역시에 반영함으로써, 한국의 근대서정시의 새로운 개념과 지식을 만들 수 있었다. 1920년대 조선의 문단에서 일어난, 번역이 수반하는 문화의 역동적인 변화는 제국(일본을 포함하여) 중심의 문화에 대한 식민지 문화에 대한 재인식이라는 점에서 문화적 탈식민성의 새로운 논리를 보여준다.

## 참고문헌

### 자료

박경수 편, 『岸曙 金億 全集』, 2-1(西歐 詩譯集), 한국문화사, 1987.
───────, 『岸曙 金億 全集』 2-2(印度 日本詩譯集), 한국문화사, 1987.

### 논저

김경란, 『프랑스 상징주의』, 연세대 출판부, 2005.
김병철, 『한국 근대번역문학사 연구』, 을유문화사, 1975.
김안서, 「아더 시몬즈」, 『조선문단』 4호, 1925.1.
김윤식, 「1910년대의 시의 인식」, 『근대시와 인식』, 시와시학사, 1991.
김은전, 『한국 상징주의 시 연구』, 한샘, 1991.
김종훈, 『한국 근대 서정시의 기원과 형성』, 서정시학, 2010.
김진희, 「1930년대 시문학의 장(場)과 여성시의 한 방향」, 『한국 언어문학』 68, 2009.
김현, 「여성주의의 승리」, 『전체에 대한 통찰』, 나남, 1990.
디이터 람핑, 장영태 역, 『서정시 – 이론과 역사』, 문학과지성사, 1994.
라빈드라나트 타고르, 장경렬 역, 『기탄잘리』, 열린책들, 2010.
사카이 나오키, 후지이 다케시 역, 『번역과 주체』, 이산, 2005.
서준섭, 「한국 근대시인과 탈식민주의적 글쓰기」, 『한국 시학 연구』 13, 2006.
신범순, 「김소월시의 여성주의적 이상향과 민요시적 성과(2)」, 『관악어문연구』 33, 2008.
심선옥 「김소월의 문학체험과 시적 영향」, 『한국 문학이론과 비평』 15, 2002.
염상섭, 「『懊惱의 舞蹈』를 위하야」, 김안서 역, 『오뇌의 무도』, 광익서관, 1921.
오문석, 「1920년대 인도시인의 유입과 탈식민성의 모색」, 『민족문학사연구』 45, 2011.
유종호, 「변두리형식의 주류화」, 『현실주의 상상력』, 나남, 1991.
이광수, 「近讀二三 : 님의 침묵」, 『동아일보』, 1929.12.14.
─────, 「서문」, 김안서 역, 『잃어진 진주』, 평문관, 1924.
이혜순, 「여성화자 시의 한시전통」, 『한국 한문학 연구』 19, 1996.
장도빈, 「서」, 김안서 역, 『오뇌의 무도』, 광익서관, 1921.
전미정, 「안서의 시와 산문 – 서지적 접근」, 김학동 외, 『김안서 연구』, 새문사, 1996.

정우택, 「한국 근대의 정서구조로서의 '님'의 발견」, 『한국 근대시인의 영혼과 형식』,
　　깊은샘, 2004.
조재룡, 『앙리 메쇼닉과 현대비평』, 길, 2007.
최동호, 「근대시의 전개」, 『한국 현대시사』, 민음사, 2007.
현태리, 김순식 역, 『번역과 한국 근대문학』, 시와시학사, 1992.

Chadwick, Charles, 박희진 역, 『상징주의』, 서울대 출판부, 1979.
O'Rourke, Kevin, 『한국 근대시의 英詩 영향연구』, 새문사, 1984.

# '번역 불가능성'의 심연

## 식민지 시기 김소운의 전래동요 번역[日譯]을 중심으로

박지영

## 1. 들어가는 말－문제제기

전권을 통해서 가장 번역하기 고통스러운 부분은 동요 편이다. 거의 가지고 있는 자료를 팔부까지 그대로 놓아둘 수밖에 없었다. 게다가 남겨진 팔 부이야말로 진짜로 특이한 향취를 전할 만한 것임은, 애석하기 한이 없다. (번역－필자)[1]

위의 글은 번역가이자 수필가인 김소운이 동경 태문관에서 1929년에 발행한 일역판 『조선민요집(朝鮮民謠集)』에 쓴 저자 해설 중 일부로, 이 책을 내기 위해 조선어 동요 텍스트를 일본어로 번역하면서 겪었던 고통을 토로한

---

1    김소운, 「朝鮮民謠に、就いて」, 『朝鮮民謠集』, 동경 : 태문관, 소화4년(1929), 283쪽.

부분이다. 여기서 본 연구가 주목하는 부분은 "전권을 통해 가장 번역하기 고통스러운 부분"이 '동요'라는 구절이다.

김소운은 동요의 번역이 얼마나 어려운 것이었는지 심지어 "거의 가지고 있는 자료를 팔 부까지 그대로 놓아둘 수 밖에 없었다"고 아프게 고백한다. 그리고 "남겨진 팔 부이야말로 진짜로 특이한 향취를 전할 만한 것임은, 애석하기 한이 없다"고 한다. 본래 번역이란 고도의 숙련성을 요구하는 작업이기에 그 어려움은 말할 것도 없겠지만, 이 번역 불가능성에 대한 고백은 번역가의 능력 탓으로만 돌릴 수 없다는 데 문제적이다.

왜냐하면 김소운은 잘 알려진 대로 식민지 시대, 정지용과 함께 일본어를 가장 잘 구사했던 조선의 지식인으로 통하기 때문이다. 이 책의 서문에서 일본 대표 시인 키타하라 하쿠슈[北原白秋]가 일본사람보다 더 일본의 시정(詩情)을 잘 드러내는 시인이라고 평가할 정도[2]이다. 그 내용의 친일성 평가 여부를 떠나서 이 말은 그만큼 김소운의 일본어 구사능력이 뛰어났다는 점을 인정한 것이다. 고로 번역이 불가능한 원인은 번역의 능력 문제가 아니라, 그 번역 텍스트가 '전래동요'이기 때문인 것이다. 여기에는 김소운 나아가 식민지 시대 '전래동요'에 대한 장르인식이 배면에 숨어있는 것이다.

김소운은 번역가이자 수필가로도 잘 알려져 있지만, 한국학계에서 식민지 시기 동요(민요) 연구에서도 빼 놓을 수 없는 중요한 인물이다. 체계를 갖춘 자료집은 김소운의 민요 / 동요집에서 비롯된다고 평가될 정도이다.[3] 이는 그가 발간한 민요와 동요집의 수량만 보아도 충분히 증명할 수 있다.

---

2    北原白秋, 「序」, 김소운 편역, 위의 책, 2~6쪽 참조.
3    이에 대한 실증적 연구로는 대표적으로 이창식, 「金素雲의 民謠業績에 대한 硏究」, 『한국민속학(韓國民俗學)』 28, 한국민속학회, 1996.12 등이 있다.

『조선민요집』은 동경 태문관에서 1929년에 발행된 일문판 민요집이다. 이 민요집은 김소운이 일본에 있을 때 그곳에 있는 조선인 노동자들을 통해 수집한 사설들을 모아, 키타하라 하쿠슈의 도움으로 발간한 자료집[4]이다. 조선이 아닌 동경 한복판에서, 일어가 아닌 조선어로 총 2,357편의 방대한 민요사설이 수록된 『언문(諺文)조선구전민요집(朝鮮口傳民謠集)』이란 자료집(동경, 제일서방, 1931)을 발간한다.

그는 보편적으로 민요 수집가로 알려져 있지만, 동요 수집에 더욱 정성을 기울인다. 그는 번역가이자 수필가이기도 하지만, 아동문학가이기도 하기 때문이다. 아동에 대한 그의 애착은 그가 아동문학잡지 발간자였다는 사실[5]로서도 증명되는 것이다.

먼저 발행된 『(언문)조선구전민요집』에서는 동요와 민요의 특별한 구별이 없었다.[6] 그러나 이를 발간한 직후에 김소운은 동경에서 장르별로 『조선동요선(朝鮮童謠選)』(1933), 『조선민요선(朝鮮民謠選)』(동경 : 암파문고, 1933)을 일역본으로 간행한다. 만약 특별히 그가 동요에 대해 애착이 없었다면 민요 / 동요

---

4  김소운은 시라토리 쇼오고[白鳥省吾]라는 시인이 주재하는 시잡지 『지죠오라쿠엥[地上樂園]』에다 「조선농민가요」라는 글 하나를 쓴 것이 기연이 되어서 그 시사(詩社)의 동인들과 사귀게 되었다고 한다. 이를 기회로 구전 동·민요에 대한 관심이 일어 혼죠[本所]니, 후까가와[深川]니 하는 노동자의 집단 지대를 비오는 날이면 찾아가, 그곳에서 동요와 민요를 채집했다고 한다. 김소운 『하늘 끝에 살아도』, 동화출판공사, 1968, 165쪽 참조.

5  김소운은 『목마』, 『아동세계』, 『신아동』 등을 발간한 아동잡지를 기획하며 아동문화운동의 전선에 뛰어든다. 1930년대의 방정환이 되고자 했던 것이다. 또한 그는 '조선아동교육회'를 창립하는데, 동경 문부성 학무국장의 도움을 받는다. 이를 두고 해방 후 그는 변명조로, 이 행위가 '(예술문화상에서의) 민족주의를 살리기 위한 (생활의 실제)로서의 세계주의였던 셈이다'라고 후에 회상한다. 김소운, 위의 책 참조. 이외에 김소운의 아동문화활동에 대해서는 오오오타케 키요미[大竹聖美], 「近代 韓日 兒童文化敎育 關係史 硏究 : 1895~1945」, 연세대 박사논문, 2002 참조.

6  이 자료집은 민요, 동요 등 장르구별이나 그 하위 범주의 구별 없이, 수집된 각 지방별로 편집되어 있다.

를 구별해 내고 이를 일역해 내는 어려운 작업은 불가능할 것이다.

또한 잘 알려진 대로 김소운은 『매일신보』 기자 재직 당시 이 지면을 통해서 민요를 수집한다.[7] 그런데 이 지면에서도 정작 민요보다 전래동요가 시기적으로 먼저 수집되었다.[8] 당대 민요 수집을 위한 광고를 보면, 민요 수집은 동요 채집이 성황리에 이루어지는 상황을 보고 기운을 받아 기획된 것이다. 이 기획은 처음부터 민요 수집을 위해 시행된 것이 아니고, 동요수집이 주목적이었던 것이다. 그만큼 그는 전래동요를 수집하는 일을 중시했던 것이다. 그런데 그는 이렇게 애착을 보였던 전래동요 번역에서 좌절한 것이다.

이 문제에는 여러 가지 층위의 고려가 필요하다. 일단 8할 이상의 전래동요를 번역할 수 없었던 것은, 물론 이 장르의 언어가 근대어, 혹은 근대 문학어와는 다른 언어였기 때문일 것이다. 본래 번역어는 '근대 민족어', 그 중에서도 문자언어, 지식의 언어 중심이다. 반면 이 전래동요의 언어는 근대적인 언어가 아닌 것이다. 여기에 장르 인식이 첨가된다. 본래 전래동요가 민요에서 '아동의 것'으로 인식되는 것들을 추출해서 만들어낸 장르이므로, 이 역시 '아동의 것'이라고 설정한 인식 범주와도 관련이 있는 것이다.

'번역 불가능성'의 함의를 알아보기 위해서는 실제로 『조선민요집』에서 번역되지 못한 동요 텍스트를 살펴보아야 하는데, 번역되기 이전 원가는

---

7　『매일신보』를 통한 전래동요 수집 상황은 김영순, 「『매일 신보』 어린이란 '전래동요모집'을 통한 독자와의 소통과 김소운」, 『동화와 번역』, 건국대 동화와번역연구소, 2007 참조.

8　전래동요는 『매일신보』에서 1930년 3월 17일∼1933년 3월 23일에 수집되었다. 1930년 10월 23일 『매일신보』에는 「구전 민요 모집」이란 사고가 실린다. 그 내용은 다음과 같다. "여러분의 협력으로 오랫동안 실녀온 전래동요는 9월 말일로 모집을 만료 햇습니다. 니어서 구전민요를 모집하오니 아무쪼록 만히 힘써 주십시오. 「전래동요」가 씃남음 기다려 투고규정은 전래동요와 다른바 업습니다. 순전히 입으로 전해내려온 일반민요를 차저서 알녀주시되 노래일홈과 (류자백이면 류자배기 농부가면 농부가 하고!) 전하는 지방, 노래부를 째의 정경을 아는대로 긔록하시오(주소 성명은 반듯이 명기하시오)—매일신보사 학예부, 『매일신보』, 1930.10.23."

『(언문)조선구전민요집』에 수록되어 있다.[9] 그리고 이는 다시 『조선동요선』에 일역(日譯)된다. 실제로 『(언문)조선구전민요집』에 실린 민요 2,357편 중 『조선동요선』에 일역된 것은 390수에 불과하다. 그러므로 이 텍스트가 추출되는 과정을 살펴본다면 그가 말한 대로 왜 팔 할 이상의 전래동요를 번역할 수 없었는지를 살펴볼 수 있을 것이다. 이는 식민지 시대 논구되었던 전통, 민족의 언어, 민족 시 그리고 번역이라는 주요한 담론을 살펴보는 일과도 맥을 같이 하는 연구가 될 것이다.

## 2. 김소운의 전래동요 번역관 – '1/4의 번역과 '직역'

김소운은 『조선동요선』, 『조선민요선』 이외에도 조선의 근대시들을 뽑아서 번역한 『조선시집』[10]의 번역가로 유명하다. 현재 『조선시집』 번역에 대한 연구는 한일 간의 번역에 대한 연구에서 중요하게 다루어진 바 있다.[11] 현

---

9　김소운은 '수집된 자료 태반이 『매일신보』 학예면의 독자를 통하여 구득한 것이나, 전자에 일역된 소저 『朝鮮民謠集』의 원가(原歌, 1924~1929년 채집)와 스물세 지우(知友)의 노력으로 된 자료를 같이 모았다. 일자 일구를 소홀히 하지 않고 구구전승한 그대로만 채록하기를 힘썼으나 여러 손으로 모은 것이라도 응당 오전(誤傳)도 없지 않으리라고 생각한다. 양으로 보더라도 숨어 있는 전체의 삼분지일이 채 못 될 것이니 어느 편으로라도 자부할 성과는 못 된다. 한갓 미력이나마 기우려 남긴 것이 하다 못한 자위며 변명이라 할까'라고 이 당시를 회고한다. 김소운, 「1931년 8월, 동경에서」, 『(諺文)朝鮮口傳民謠集』, 第一書房, 1931 참조.
10　동 역시집의 초판본은 1940년 가와데쇼보[河出書房]에서 간행된 『乳色の雲(젖빛구름)』으로, 이 텍스트는 이후 1943년에 『조선시집(전기), (중기)』(東京 : 興風館)으로 게호를 바꾸어 발행되기 시작하여, 1953년의 『조선시집』(創元社), 1954년의 『조선시집』(岩波文庫)로 출판사를 바꾸어서 발행된다. 현재도 이와나미 문고판으로 발행된다.
11　白川豊, 「金素雲의 日譯詩에 대하여」, 『연구논집』 12, 동국대학교, 1982; 임용택, 「김소운역

재 연구사 대부분의 결론은 김소운의 번역이 의도적인 의역, 거의 재창작에 가까운 것이라는 데 초점이 맞추어져 있다. 여기에는 이러한 번역 방식은 번역자의 올바른 태도가 아니라는 신랄한 비판에서부터,[12] 이를 탈식민적 관점으로 바라보는 관점[13]까지 다양하다. 이러한 논란은 김윤식이 말한 대로 과거 혹은 현재까지도 일본에서 김소운이 '조선을 대표하는 거인'이라고 칭송되는 그 무게감에 값하는 것이다.[14] 일본인들의 칭송은 그들이 김소운의 번역 시집과 민요/동요집을 통해 조선의 시 조선의 민요/동요를 접했고 이를 통해 '조선'이라는 민족 국가를 조금이라도 알았다고 믿고 있기 때문이다. 그만큼 김소운은 '한일문화교류사'에서 중요한 인물인 것이다.

그러나 『조선동요선』 번역은 『조선시집』에서 행한, 제2의 창작에 가까운 의역이 아니라 다소 다른 방식으로 기획된 것으로 보인다. 김소운은 스스로 이전에 발간한 『조선민요집』은 의역에 가깝고, 『조선동요선』과 『조선민요

『조선시집』 재고—탈식민주의문학 관점에서」, 『日本學報』 51, 2002; 허성일, 「시인 金素雲에 관하여」, 『외대통역협회지』, 1986; 심원섭, 「金鐘漢과 金素雲의 정지용 시 번역에 대하여—『雪白集』(1943)과 『朝鮮詩集』(1943)을 중심으로」, 『韓國文學論叢』 41, 2005; 三枝壽勝, 「김소운은 무엇을 했는가?—김소운 번역시집의 비망록」, 『한국 근대문학과 일본』, 소명출판, 2003; 김윤식, 「한국 근대 문학사의 한 시선에서 본 김소운」, 『한일 근대문학의 관련 양상시론』, 서울대 출판부 2001 참조.
12 대표적으로 사에구사 도시카쓰의 논리가 그러하다. 그는 김소운의 번역시집 『조선시집』이 의역을 통해 한국 근대시 전체를 동질적인 하나의 단일성을 지니고 있는 것으로 만들었다고 비판한다. 또한 김소운이 초기의 일본 근대시부터 사용되어 왔던, 일본어의 옛스러운 표현이나 아어의 사용으로 한국 근대시의 고유성을 훼손했다고 평가한다. 이를 통해 서정적인 분위기를 강하게 지닌 전형적인 일본시로 만들어버렸다고 비판한다. (三枝壽勝, 위의 글 참조)
13 임용택은 『조선시집』의 위상을 단순히 소위 식민주의문학 언설에서 떠올리는 일본적 서정에 밀착된 일본적 시집으로 평가하는 대신, 한국문학과 일본문학 사이에서의 탈중심적인 「경계례(境界例)」로 바라본다. 이를 통해 김소운의 번역시집은 양국 어느 문학에도 속하지 않고, 양자의 사이에서 '이동'을 반복함으로써 비로소 스스로의 '정체성'을 확보하게 되고, 때로는 한국적 특성을, 때로는 일본적 성격을 비추어 냄으로써 양국의 문학 내지는 문화의 차별성을 세분하는 역할을 했다고 평가한다. (임용택, 위의 글 참조)
14 김윤식, 위의 글, 179쪽 참조.

선』은 되도록 직역을 해 본 것이라고 하고는 "의역한 것과 직역한 것을 30년이 흐른 지금 와서 본다면 직역을 한 쪽이 오히려 마음이 놓이고 호감이" 가고, "의역을 한 것은 너무 매끄러워서 거슬린다"고 한다. 그리고 "직역한 것은 처음 읽기는 조금 거칠어도 거기에 내 향토의 냄새가 더 풍겨" 나온다고 했다.[15]

본래 의역이냐 직역이냐, 번역 방식을 택하는 문제에는 고려할 사항이 많은 법이다. 번역주체가 어떤 기준으로 '문학적 특성'을 파악하느냐에 따라 각각의 상이한 '번역기획'이 도출될 수 있는 것이다.[16]

김소운의 경우도 마찬가지이다. 『조선민요집』은 의역을, 『조선동요선』, 『조선민요선』은 직역을 지향하는 번역 방식을 택한 것은 아마 당대의 민요 / 동요에 대한 의식의 변화와 '민요 / 동요'를 바라보는 그 자신의 장르 의식의 변모 때문일 것이다. '노래'로서 보존해야 할 텍스트로 민요 / 동요를 바라보는 관점이 점차 굳건해진 것이다.

『조선시집』은 의역하고, 『조선민요집』을 제외하고 『조선민요선』과 『조선동요선』을 되도록 직역한 것은 근대시와 민요 / 동요에 대한 그의 장르적 관점의 차이에서 나온 것이라고도 볼 수 있기 때문이다. 그는 창작 텍스트인 근대시는 의역, 반면에 구전된 민요 / 동요는 그 언어의 원형을 보존해야할 텍스트로 직역을 택한 것이다.

번역 방법의 선택에 영향을 끼친 전래동요 의식은 그가 『언문조선구전민

---

15 김소운 외, 좌담회 「번역문화와 오역—번역은 영원한 불능아이다」, 『세대』 6·11, 1968. 11쪽 참조.
16 조재룡, 「'번역문학'의 정치성에 관한 고찰—직역과 의역의 이분법을 넘어서」, 『비교한국학』 17, 국제비교한국학회, 2009, 117~118쪽 참조. 조재룡은 이 글에서 이 스펙트럼의 무늬와 색조를 결정하는 중요한 요소가 바로 텍스트의 특수성이나 '문학을 존재하게 하는 조건들', 예컨대 문학작품의 생산·유통·소비에 관련된 일련의 변화들과 '독서지평'이라고 할 수 있다고 한다.

요집』의 수집토대였던 『매일신보』 독자란에서부터 드러나는 점이기도 하다. 『매일신보』 1930년 5월 6일 전래동요 모집 광고에 의하면, "한자라도 놋치지 말고 귀로들은 그대로만 쓰시되 알지 못하는 구절은 비여두시오"라고 강조한다. 이를 볼 때에도 그는 전래동요가 가창 그대로의 원 텍스트를 보존해야 하는 노래 장르라는 점을 인식한 것이다.

그런데 본래 김소운의 번역관은 '1/4 번역'관으로 알려져 있다.[17]

도대체 동·민요나 시가 번역되는 것이냐? 언어의 감각은 생활의 전통에서 우러나고 이루어진다. 그 생활의 전통을 떠나 남의 생활을 모태로 해서 생겨진 남의 말에다 그 어의를 결부시킨다고 해서 그것이 백퍼센트 재현될 수는 없다.

생활의 전통이며 생활 정신을 떠날 때, 이미 그 시(동·민요를 포함해서)는 반이 죽어버린다. 거기서 또 한 번 독자의 어감-음률적인 말의 리듬이 바꾸어지면서 나머지 반의 반이 또 죽어버린다. 이런 의미에서 솜씨 있게 잘 되었다는 역시도 기실은 원시의 4분의 1을 겨우 재현시켰다는 것이 에누리 없는 성과이다. 그렇다고 역시의 존재이유를 아주 부정해버릴 수도 없는 노릇이다. 페르시아어를 배워야 「루바이야트」를 읽고 독어를 알아야 괴에테, 하이네를 이해한다는 것도 지나친 이상론일 수밖에 없다. 가능과 불가능의 타협 — 거기서 눈감고 용인된 것, 그것이 운문의 번역이다.

내가 모르는 외국어는 문제 외로 두고, 우선 일어와 우리말을 맞대어보아 같은 것을 가리키는 동일어인데도 그 어감과 질량이 서로 같지 않은 예는 흔히 있다

---

17 김소운의 번역관에 대해서는 대표적으로 허성일, 「金素雲의 研究」, 성균관대 석사논문, 1988; 金敬熙, 「金素雲の朝鮮民謠の日本語譯に關する研究 = 金素雲의 朝鮮民謠 日譯에 관한 연구」, 한림대 석사논문, 2004 참조.

(…중략…) 김동명의 파초라는 시의 한 구절 — '너는 수녀처럼 외롭고나' 수녀란
말이 일어에는 없으니 '수도녀'로 이것은 고쳤다고 하고 '외롭고나'를 어떻게 번역
할 것인가?

'외롭다'란 일본말이 없는 바는 아니다. 이 한 구절을 살릴 역어가 찾아지지 않
는다. '淋しい'니 'うら悲しい'니를 여기다 쓰면 이 아담하고 청초한 한편의 시가
신파 비극 대사로 변해 버린다.

외로움도 병이기는 하나 물론 그런 뜻으로 이런 말을 쓴 것은 아니다. 글자로나
말로는 틀리더라도 시의(詩意)의 핵심에 가장 가까운 번역 — 그것이 4분의 1의 허
용된 범위 안에서 할 수 있는 보다 양심적인 성실한 번역이라고 믿고 싶다.[18]


가장 올바른 역어란 하나밖에 없다. 열 가지 스무 가지 어휘에서 그 하나를 집
어내는 작업, — 언어의 지식이나 능력만으로는 옳은 번역을 바라기는 어렵다.
말을 바꾸는 것이 아니요, 그 풍토, 그 생리, 생활정서와 민족적 감각의 모든 뉘앙
스를 가장 가까운 최근사치에서 발견하고 적출하는 것 — 그것이 문학작품의 번
역이다.[19]


이 글에 의하면[20] 그는 "어감과 질량이 서로 같지 않은", 두 언어를 가지고
"시의(詩意)의 핵심에 가장 가까운 번역"을 추구한다. 왜냐하면 그는 "언어의
감각은 생활의 전통에서 우러나고 이루어지고", "그 생활의 전통을 떠나 남

---

18 김소운, 「譯詩有罪」, 「일본말의 번역이란 것」, 『김소운수필선집』 4, 아성, 1978 참조.
19 김소운, 『兎糞隨筆』, 민음사, 1977, 24쪽 참조.
20 물론 이 두 글은 식민지 시기가 아니라, 이후에 쓰인 글이지만, 그럼에도 불구하고 자신의 번역
   활동에 대해 옹호하고자 하는 내면의 욕망이 강하게 작동하고 있는 글이다. 그러므로 이를 통
   해 당대의 번역 의식을 추측해 볼 수는 있는 것이다.

의 생활을 모태로 해서 생겨진 남의 말에다 그 어의를 결부시킨다고 해서 그 것이 백퍼센트 재현될 수는 없다"고 보기 때문이다. "가능과 불가능의 타협 — 거기서 눈감고 용인된 것, 그것이 운문의 번역"이라는 것이다. 또 다른 글 에서도 그는 "문학작품을 번역할 때는 글자나 어구를 번역하는 것이 아니라 감정을 번역한다는 것이 옳은 번역"이며, "번역은 반역일 수밖에 없고 옳은 번역은 반역"이고,[21] "말을 바꾸는 것이 아니요, 그 풍토, 그 생리, 생활정서 와 민족적 감각의 모든 뉘앙스를 가장 가까운 최근사치에서 발견하고 적출 하는 것"이라고 한 바 있다. 그에게 번역이란 단순히 어구의 뜻을 전달하는 데 그치는 것이 아니라, 풍토, 감정 등을 통틀어 문화를 전달하는 행위인 것 이다.

이러한 번역 태도는 그가 주로 번역한 대상이 문학작품 그 중에서도 시와 민요 / 동요 등 운문이었기 때문에 나온 결론이라고도 볼 수 있다. 그는 이 글 의 어두에서 그는 이후에 "도대체 동·민요나 시가 번역되는 것이냐?"라고 해서 운문의 번역이 매우 까다로운 것이라는 점을 강조한 바 있지 않는가? 이를 극복하기 위해 그는 운문의 번역에서는 축자역보다는 의역을 선호한 것으로 볼 수 있다. 과연 시의 경우에는 김윤식의 고찰[22]대로, 그가 가지고 있었던 '시 = 서정시'라는 관념대로 제2의 창작에 가까운 번역을 하고 만다. 그러면 동요 번역의 경우는 어떠한가?

그러기 전에 우선 왜 일본인들이 김소운의 번역에 열광하는가를 살펴야

---

21 김소운 외, 좌담회, 「번역문화와 오역—번역은 영원한 불능이다」, 『세대』6·11, 1968. 11쪽 참조.
22 김윤식, 「한국 근대 문학사의 한 시선에서 본 김소운」, 『한일 근대문학의 관련 양상시론』, 서 울대 출판부, 2001; 김윤식, 「근대시 번역의 문제점-김소운과 이하윤의 경우」, 『현대문학』337, 1983.1 참조.

할 것이다. 다음은 김소운이 마음속으로 스승으로 섬겼던 일본의 시인 키타하라 하쿠슈[北原白秋][23]가 『조선민요집』 발간 당시 쓴 격려사의 일부이다.

> 너무나도 일본화된 것, 일본의 어운(語韻), 야취(野趣)라는 것을 그의 시기(詩技)위에 혼용시키고 있다. (…중략…) 참으로 이까지 번역의 공을 이루었다고 생각한다. 솔직히 말하면 현대 일본의 민요작가 중에서도 일본의 어운에 대하여 이만큼 이해력과 구사력을 지닌 단련된 사(士)는 적다.[24]

이 일본의 대시인은 김소운이 일역한 민요들을 읽고, "현대 일본의 민요작가 중에서도 일본의 어운에 대하여 이만큼 이해력과 구사력을 지닌 단련된 인사"가 없다고 평가한다. 키타하라 하쿠슈의 입장에서는 ヿ의 그를 극찬한 셈이다.

그러나 키타하라 하쿠슈는 조선어 원 텍스트를 읽을 수 없기 때문에, 조선어의 어운과 야취라는 것을 알 리 없다. 그렇기 때문에 그는 단지 일역한 번역본만을 가지고 자기의 인식에 맞추어 아전인수 격으로 판단했을 것으로 보인다. 즉 "일본의 어운(語韻), 야취(野趣)"라는 기준에 맞추어 김소운이 일역한 민요를 감상하고 평가했던 것이다.

그러나 이러한 평가가 단순히 키타하라 하쿠슈의 일방적인 오해였다고 바라볼 수만은 없다. 이미 그간 김소운의 『조선시집』 번역 연구에서 밝혀졌듯, 김소운이 동요 역시 일본 학자, 특히 키타하라 하쿠슈가 지향하는 감수성에

---

23  키타하라 하쿠슈[北原白秋]는 김소운이 민요 텍스트를 들고 그의 집을 찾아갔을 때 이를 읽고 감동을 받아 후에 김소운의 민요집 편찬의 후원자가 된다. 자세한 내용은 김소운, 「白秋城」, 『하늘 끝에 살아도』, 동화출판공사, 1968, 164~180쪽 참조.
24  北原白秋, 「序」, 앞의 책 참조.

맞추어 번역하였을 가능성도 배제할 수 없다.

그리고 이는 어떠한 면에서는 예견된 것이기도 하다. 1920년대까지 초기 민요 / 동요에 대한 관심과 수집은 조선인보다 총독부와 일본의 관변 학자들의 손에 의해 이루어진다. 그러면서 자연스럽게 조선민요의 고유성도 다름 아닌 일본어를 통해서 밖에 재현될 수밖에 없었다.[25] 그러다가 점차 1920년 대를 지나면서『동아일보』,『조선일보』,『개벽』등 조선인의 매체에 의해서 민요 / 동요의 채집이 이루어지게 된다.[26] 1920년대 후반부터 시작된 김소운의 민요 / 동요 수집은 이 지점에서 이루어진 것이다.[27] 그는 키타하라 하쿠슈 등 제국 일본의 시인들이 '민요 / 동요'를 민족의 소리로 수집하고 정리하는 과정을 보고, 일본인이 아닌 스스로의 힘으로 동요를 채집하고 싶었던 것이다.

그러므로 그가 생각하는 민요의 전범은 스승인 키타하라 하쿠슈가 채집한 일본 동요 텍스트나, 일본 관변학자들이 채집하여 번역한 일역판 조선 동요를 통해서 먼저 체득되었을 가능성이 크다. 그러나 이도 분명히 확인해보아

---

25 1920년대 초반부터 형성된 민족시, 민족어에 대한 관념은 본래 제국 일본으로부터 수입되어 들어온 것이다. 제국 일본은 국가건설의 프로젝트 중 하나로 '민요 / 동요'를 '국민의 소리'로 정착시키며 국민성의 통합을 희구했던 것처럼, 총독부는 이 '민요 / 동요'를 통해서 식민지의 민족성을 발견하고 이를 통해 식민지와 제국과의 문화적 통합을 모색했다. 자세한 사항은 시나다 요시카즈[品田悅一], 임경화 역, 「일본의 국민문학운동과 민요의 발명」, 츠보이 히데토[坪井秀人], 「국민의 소리로서의 민요」, 임경화 편, 『근대 한국과 일본의 민요 창출』, 소명출판, 2005, 136쪽 참조.

26 이에 대한 자세한 사항은 졸고, 「한국 전래동요의 수집과정과 장르적 전범의 형성과정 — 애국계몽기~1920년대 미디어 소재 텍스트를 중심으로」, 『반교어문연구』 28, 반교어문학회, 2010. 2 참조.

27 김소운은 민중시파인 시라토리 쇼오고[白鳥省吾]가 주재하고 있던 잡지 『지상낙원』에 김교환 이란 서명으로 「조선의 농민가요」라는 평론을 연재(1927.1~4.6) 한다. 츠보이 히테토[坪井秀人], 위의 글 참조. 그는 이 때 이미 조선의 민요에 대해 깊은 관심을 가지고 있었다. 이후 1929년부터 『매일신보』를 통해 본격적으로 동요 / 민요를 채집한다.

야 할 문제이다. 왜냐하면 김소운은 분명 이들의 동요관을 부정하려는 자세를 취하고 있었기 때문이다.

피식민지의 지식인이 자국의 언어를 식민의 언어로 번역하는 것은 어떤 의미일까? 식민주의에 포섭되거나 혹은 반발하거나, 어떠한 것도 쉬운 일은 아니었을 것이다. 식민의 상황에서 번역을 통해서 자신의 주체를 구성했던 한 그 혼종된 내면을 살피는 일은 그리 간단한 일은 아닐 것이다. 이를 위해 우선 그의 전래동요 의식과 번역 상황을 살펴보아야 한다.

## 3. 전래동요에 관한 인식과 번역
### ─식민주의에 대한 반발과 포섭의 사이

김소운이 조선에서 동요를 수집하게 된 경위는 다음과 같다.

'조선의 아동들에게' 서(序)를 대신하여

고향의 어린 사람들, 이 조그마한 선물로 진심에서 나오는 믿음과 사랑을 당신들에게 보낸다.

잠시 동안의 감상을 용서해달라, 향토에서 떠난 지 십여 년 마음과는 달리 당신들과는 멀리 떨어져 지냈다. 향수의 고태(古苔)도 이제 나를 슬프게 하지 않는다. 예술상에서 민족문화상에서 세계주의에 서는 것 세계주의는 나도 생활의 실제에 있어서는, 이 말을 거부할 수 없는 한 사람이 되어 버렸다. (…중략…)

그대들의 노래는 전통의 계승자인 그대들이 조상의 대로부터 한줄기로 이어 받은 마음의 족보 — 여기에는 그대들이 밟아 온 정신의 도정이 기록되어 있다.

그러나 '오늘'은 이미 '어제'가 아니요, 여기 옮겨진 전래동요의 태반도 이미 그 대들이 잊어버린 노래들이다. 난들 그대들에게 부질없이 과거장(過去帳)의 되풀 이만을 바랄 것이냐.

그러나 내가 두려워하는 것은, 옛것을 버리기에 급한 나머지 그대들이 혹시나 전통의 정신까지 잊어버리지를 않나 하는 그 점이다. '어제'를 떠나서 이루어지는 '오늘'이 없나니 옛 초석 위에 새로운 '오늘'을 쌓아 가는 것 — 이것이야말로 그대 들이 차지한 장엄한 권리가 아니고 무엇일까 보냐 문화의 정신에 있어서 길 잃은 '미아'가 되지 말아 다오, 기형아로 불리지 말아 다오. 그대들에게 당부하는 내 진 정의 부탁이 이것이다.

세기가 열린다. 그대들의 등 뒤에 따른 긴 어둠의 역사 —, 그러나 이제는 그대 들의 손으로, 그대들의 곡괭이로 새로운 광명을 개척할 때이다. 잡초 우거진 폐옥 을 나와서 '광명의 세기'로 출발할 때이다. 그대들의 사명이 무겁고나.

새벽 바람이 그대들을 부른다. 푸른 하늘이 그대들 머리 위에 있다.

— 1932년 11월 동경 上落合[28]


김소운은 이 서문은 조선의 아이들에게 보내는 편지 형식으로 쓰여 있다. 조선에서 수집한 노래를 동경에서 일역하여 발간하면서 조선의 아동에게 보 내는 편지에는 그들에 대한 연민과 조국에 대한 향수로 가득 차 있다. 그는 이 글에서 이 전래동요를 조선의 아동들에게 주는 하나의 선물로 준비했다

---

28 김소운 편역, 『朝鮮童謠選』, 岩波文庫, 1933.1.15; 오오타케 키요미[大竹聖美], 「近代 韓日 兒童 文化敎育 關係史 硏究 : 1895~1945」, 연세대 박사논문, 2002, 151쪽에서 재인용.

고 한다. 왜냐하면 "그대들의 노래는 전통의 계승자인 그대들이 조상의 대로부터 한줄기로 이어 받은 마음의 족보"이기 때문이고, 그럼에도 불구하고 "그대들이 잊어버린 노래들"이기 때문이다. 즉 그가 이 전래동요를 채집한 것은 조선의 아동들에게 전통 노래를 계승하게 하기 위해서인 것이다. "옛 초석 위에 새로운 '오늘'을 쌓아 가는 것"이야말로 진정한 권리이고, 이를 통해서 "문화의 정신에 있어서 길 잃은 '미아'가 되지 말아"달라고 그는 독자에게 당부한다. 이를 볼 때에 '민요 / 동요 = 민족의 노래, 전통의 노래'라는 등식이 이미 김소운의 내면속에 자리 잡고 있었다고 볼 수 있다.

그리고 그의 내면에는 제국 일본의 시인 / 학자들에 대한 선망과 반발의 기묘한 동기가 작용하고 있었다. 이러한 점은 전래동요에 대한 그의 글에서도 잘 드러난다.

백 천 번 시달려 오히려 잃어지지 않는 민족정서의 특질은 더한층 깊은 속에 숨어 있나니, 과거와 등관, 양반에 대한 동경을 들어 조선 민요의 특수성을 부정하려는 이에게 부요(婦謠)를 한 편 읽히고 싶다. 호소와 저주가 이같이 절박한 노래는 아마 세계의 어느 민요에도 유례가 없으리라.[29]

당신들의 노래는 무엇보다도 힘찬 당신들의 정신의 표현이다. 당신들은 태양이 가렸을 때 하늘을 올려다보며 말한다. (…중략…) 2.3행의 이 짧은 노래 속에서 어떠한가? 당신들의 생생한 마음이 그대로 표현되어 있지 않는가? 당신들을 울보이며 게으름뱅이라고 하는 사람에게 나는 고개를 저으며 '아니다' 하겠다. 당

---

29  김소운 편, 『(諺文)朝鮮口傳民謠集』 서문, 第一書房, 1931.

신들의 이 발랄한 정신을 잘 알고 있기 때문이다. [30]

이 글을 보면 그가 일본 시인 / 학자들이 주장하는 민요 / 동요에 대한 관념에 대해 비판적이었다는 점을 알 수 있다. 그것은 "과거와 등관, 양반에 대한 동경을 들어 조선 민요의 특수성을 부정하려는 이", 또 조선의 아동을 "울보이며 게으름뱅이"라고 하는 사람들에 대한 반발감 때문이다.

그런데 여기서 그가 반발하고 싶었던 점은 실제로 1910년대부터 지속적으로 조선의 민속조사를 시행한 일본의 관변학자들의 논리이기도 하다. [31] 김소운이 추종했던 키타하라 하쿠슈도 『조선동요선』의 서문에서 일본의 동요와 구별되는 조선동요의 성격을 "비통함"으로 꼽았고, "중국의 영향을 지나치게 많이 받았다"고 비판한 바 있다. [32]

김소운은 조선동요를 수집하면서 이에 대해 반발감을 가졌던 것으로 보인

---

30　김소운 편역, 『朝鮮童謠選』(개정판), 1972, 6쪽.

31　이들은 조선의 상층문화를 중국 문화에 오염된 것으로 비판하고, 반면 '조선민요'는 향토의 '소박', '솔직', '야생'이라는 말로 표상되는 원시성으로 설명한다. 이를 통해 그들은 '권력에 대한 순종성', '지나 문화에 대한 종속성', '창조성의 결핍' 따위를 '조선민족'의 정체적 특성으로 제시한다. 1912년 총독부의 '민요조사' 이후부터 일본인에 의해 조선민요의 연구가 시작된다. 본격적인 것은 이시카와 요시카즈[石川義一]의 조사, 연구 작업으로 잡지 『조선』에 실려 있다. 또한 이치야마 모리오가 주재한 월간 단가 잡지 『진인』의 특집호로 낸 「조선민요의 연구」가 대표적이다. 이들은 '민요'를 통해 조선의 민족성을 탐구하고자 한다. 자세한 사항은 임경화, 「민족의 소리로서의 민요」, 앞의 책, 171쪽 참조.

32　金素雲 편역, 『朝鮮童謠選』(개정판) 서문, 東京, 岩波文庫, 1972, 249쪽 참조.(오오타케 키요미[大竹聖美], 「近代 韓日 兒童文化敎育 關係史 硏究 : 1895~1945」, 연세대 박사논문, 2002, 149쪽에서 재인용) 키타하라 하쿠슈의 조선동요(민요)관이 식민주의적인 것은 이미 밝혀진 사실이다. 키타하라 하쿠슈는 『朝鮮民謠集』에 실린 대부분의 작품이 "일본의 표준적인 가요 어조에 대한 번역이다"라고 서술하였다고 한다. 여기서 키타하라 하쿠슈가 사용한 '번역'이란 언어와 양식 사이에 있는 차이와 다양성을 억압하고 동화와 균질화하기 위해 매개하는 방법일 뿐인 것이다. 키타하라의 이러한 시선에 대해서는 쓰보이 히데또, 박광현, 「국어, 국시, 국민시인─일본 근대시사의 일면」, 『한국문학평론』, 2000 가을 참조.) 이처럼 키타하라 하쿠슈는 이미 동화의 시선을 통해 조선의 민요를 바라보고 있었기 때문에, 조선 민요의 특수성을 일본의 국시 이데올로기에 맞추어 설명하고 있었던 것이다. 동요에 대한 인식 역시 마찬가지이다.

다. "호소와 저주의 절박함"과 "발랄한 정신"을 각각 조선의 부요(婦謠)와 동요
가 가지고 있는 고유성으로 내세운다. 부요의 경우는 특히 조선 내부의 민요
수집 과정에서 가장 자주 드러나는 노래 종류이다. 특히 〈시집살이요〉와 같
은 노래는 민요와 동요 두 방면에서 자주 채집되었다.[33] 삶의 고통을 승화시
키는 〈시집살이요〉의 절절한 살풀이 과정을 "호소와 저주"의 "절박함"으로
이해하고, 날카로운 풍자성과 섬세한 직관력이 빛나는 전래동요의 정서를
"발랄한 정신"으로 이해한 그의 심미안은 지금 보아도 설득력이 있는 것이다.

이처럼 그는 '전래동요' 관념을 일본의 민요 / 동요 혹은 일본 관변학자나
시인들의 관념을 타자화시키면서 형성시켜 나간다. 그러나 그 역시 일본 동
요의 영향에서 자유로울 수는 없었다. 다음은 『조선민요집』에 실린 전래동
요에 대한 김소운의 해설이다.

> 민요의 연구의 방향을 깊이 있게 유도하기 위해서는 부디(반드시) 동요의 수
> 풀을 분간하지 않으면 안 된다. 동요는, 민요의 또 다른 오래된 모습이고, 성육의
> 모태이기도 하다.
>
> 개괄해서 말한다면, 조선동요는 민요의 경향과는 다르고, 생활의 이상과 동경
> 을 노래한 것이 많다. '아버지, 어머니, 모셔 와서, 천만년을 살고 싶어' 등은 여러
> 곳에서 나타나는 구절로, 전체의 기본도 특수한 몇 개를 제외하고는 거의 밝고 단
> 순한 것인 듯하다. 정서는 일본에서 가깝고, 반딧불을 노래한 노래, 잠자리를 잡
> 으며 하는 말투는 구별이 없고, 매우 유사하다.[34]

---

33  졸고, 앞의 글 참조.
34  김소운, 「朝鮮民謠に就いて」, 『朝鮮民謠集』, 東京 : 泰文館, 昭和 四年(1929), 280～284쪽 참조
    (번역－필자).

조선민요를 일본어로 번역하여 소개한 이 문헌에서 김소운은 자신의 동요 관을 설명하고 있다. 이 글은 그가 동요를 어느만큼 중시하고 있었던가를 제 대로 보여준다. 그래서 그는 동요가 "민요의 또 다른 모습이고, 성육(成育)의 모태"라고까지 말한 것이다.

그리고 그는 동요가 민요와 달리, "생활의 이상과 동경을 노래한 것이 많 다"고 한다. 민요에서 동요를 선별하는 기준은 "아동의 생활과 정서"에 얼마 만큼 부합하는가이다. 김소운은 이 기준에서 동요를 "이상과 동경을 노래한 것", "밝고 단순한 것"이라고 생각했던 것이다. 이는 어떤 면에서는 조선의 아이들을 "울보이며 게으름뱅이라고 하는", 일본 관변학자들의 논리에 대항 하는 논리로 보인다.

그러나 그러면서도 그는 조선의 동요의 "정서가 일본의 것과 가깝고, 반딧 불을 노래한 노래, 잠자리를 잡으며 하는 말투는 구별이 없고, 매우 유사하 다"고 밝힌다. 이는 일본과 조선 동요의 유사성을 강조하는 주장인 것이다. 그리고 그가 주장한 "밝고 단순한 것"이라는 동요의 정의는 그의 스승, 키타 하라 하쿠슈가 주장했던 조선과 일본 동요의 유사성인, '천진함'과도 일면 유 사한 부분이기도 하다.

스승 키타하라 하쿠슈는 일본의 동요를 민족의 소리로 형상화하면서 '순 수한 아동의 노래'로 만들어 갔다. 다음은 키타하라 하큐슈의 동요관이다.

옛날부터 일본의 산과 강, 나무와 풀, 기후, 우리의 이야기, 유희 속에서 일본 의 동요는 생겨났다. 대대로 일본의 아동들로부터 아동들에로 전해온 노래로 전 해지고 불리어져 왔다. 그래서 뭐니뭐니해도 일본 아동들의 것이다.

그리고 누이들의 공치기 노래, 숫자 세는 노래도, 동요로서 노래로 전해져 왔다. 그렇지만 간혹 성인들에게는 생동감 있는 아이다움을 잃어버리고, 여러 가지로 어른스럽게, 여성스럽게 되어, 간혹 아동들에게는 들려주고 싶지 않은 비속한 것도 유행하였다. 그래서 그러한 것에는 상당히 주의하지 않으면, 구슬 같은 아이들의 마음을 상하게 한다. 그렇지만, 그 중에 우수한 것은 어떻게 말하든 일본의 것이라고 생각한다.[35]

이 글을 볼 때 키타하라 하쿠슈는 "일본에서 옛날부터 전해져 내려오는 아동의 노래"라는 의미로 일본의 동요를 정의하고 있다. 그리고 그 동요는 '생동감 있는" 아이다움의 노래로, "비속한" 노래가 아니라고 규정하고 있다. "구슬같은" 아이들의 마음에 맞는 것, 그만큼 순수한 것이라고 표상한 것이다. 김소운도 조선의 근대 아동문학 전반이 이 천사동심주의를 그대로 수용했듯,[36] 이러한 개념을 배운 것이다. 그리고 키타하라 하쿠슈가 위의 글에서 밝힌, 일본 동요의 전승 환경인 "일본의 산과 강, 나무와 풀, 기후, 우리의 이야기, 유희, 속"이라는 범주는 김소운이 『조선동요선』에서 범주화시킨 "天體 / 氣象, 鳥の謠, 魚や蟲の謠, 植物の謠, 父母 / 兄弟, 諷笑 / 諧謔, 遊戲の謠, 雜謠, 童女謠, 子守唄(자장가)"의 범주와 유사한 것이다. 키타하라가 규정한 동요의 범주에서 '諷笑/諧謔'을 제외하고는, 김소운이 생각한 동요의 범주도 이와 그리 크게 다르지 않았다는 것을 증명해 주는 것이다. 이처럼 김소운에게 일본의 동요관은 극복해야 할 산이기도 했지만, 반대로 그 유사성 속에서 '동요'의 전범을 찾아야 하는 기준이기도 했다.

---

35 北原白秋, 「『お話. 日本の童謠」 서문」, 『綠の觸角』, 東京 : 改造社, 昭和4(1929), 404~407쪽 참조.
36 졸고, 「1920년대 근대 창작동요의 발흥과 장르 정착 과정」, 『상허학보』 18, 상허학회, 2006. 10 쪽 참조.

그래서인지 김소운의 동요집의 주요 핵심은 '유희요'이다. 『조선민요집』 동요편에서는 "아동요 중 중첩되어 드러나는 것으로 보이는 순정요, 유희요, 해학요를 선택하여 동요편을 편집한다"[37]고 밝히고 있다. 이 동요편에 실린 동물, 식물에 대한 노래들도 앞으로 인용할, '잠자리 노래'처럼, 유희를 즐길 때 부르는 노래가 많으므로, 역시 넓은 범주에서 유희요에 속한다고 볼 수 있다.

이는 '노동요'가 민요집의 중심을 차지하는 것과 대조되는 점인데, 김소운은 노동은 성인의 것, 유희는 아동의 것으로 분류하는 다소 도식적인 방식에 따른 것이다. 이를 볼 때, 김소운은 동요를 뽑을 때 가창 주체와 그 특성을 중시했던 것으로 보인다. 그러면 실제로 수집된 텍스트는 어떠한가? 다음은 김소운이 수집한 전래동요 텍스트이다.


잠자리 1편(篇)


잠자리동동 파리동동

멀니멀니 가다가

똥물먹고 죽을나

열무밧 가지말고 삼태줄에 안저라

— 잠자리 잡을 째(충청남도)[38]


서울양반 1편

서울양반 죽엇다네

---

37  김소운 편역, 「童謠篇」, 『朝鮮民謠集』, 124쪽 참조.
38  김소운 편, 『(諺文) 朝鮮口傳民謠集』, 第一書房, 1931, 57쪽.

웨웨 죽엇다나

붓드막에 안저서

밥치정을 하다가

불개미한태 불알물여 죽엇다네

무슨행상 하든가

지개행상 하-데

무슨쩟을 햇든가

숭팟쩍을 햇-데

무슨고물 햇든가

양대고물 햇-데

울짜리궁기로 가-데

누가누가 울든가

암ㅅ개 숫-개 울-데

아이구 아이구

아이구 아이구

— 영동군사립황동학교 정경원 보(報)[39]

목포, 풍소 1편

하늘천 짜짜지

가마숫헤 누른밥

썩-썩 글거서

선생님은 한 그릇

---

39  위의 책, 32쪽.

나는나는 두 그릇

— 서당아희 놀니며[40]

첫 번째 인용한 텍스트는 잠자리를 잡을 때 부르는 노래로 전형적인 유희
요이다. 그야말로 천진난만함이라는 아동의 성정이 가장 잘 드러나는 동요
인 것이다.

두 번째의 텍스트는, 죽을 때 "암ㅅ개, 숫ㅅ개"나 울어주는, 몰락한 서울 양
반의 비루한 존재성을 풍자한 노래이고, 세 번째 텍스트는 서당에 다니는 아
이들을 놀리며 부른 노래로, 오만한 서당이라는 공간에 대한 일종의 풍자적
상황을 연출한 것이다.

그런데 두 번째, 세 번째에 인용된 동요는 바로 『조선동요선』이 가지고 있
는 가장 중요한 미덕을 보여주는 텍스트로, 키티하라 하쿠슈가 지정한 동요
범주에는 없는 '풍소(諷笑) / 해학(諧謔)' 부분에 들어있는 노래이다.

본래 근대 이전에는 '동요'가 참요적 성격의 노래였다는 사실은 잘 알려진
사실이다. 정치적 예언의 노래가 주로 아이들의 입을 통해 전파되었던 사실
을 상기할 때 그러하다. 그러나 근대 이후 서구적인 근대 동요가 유입되고,
천사동심주의적 아동관이 보편화되면서 점차 이러한 동요의 정치적 성격은
사라지게 된다. 천사동심주의적 아동관에 의하면 아동은 정치적인 주체가
되기 이전의 미숙한 존재일 뿐이기 때문이다.[41] 실제로 김소운이 채집한 동
요에서도 이러한 참요적 성격의 동요는 찾아보기 힘들다. 그러나 이렇게 일
상에서 소통되었던, 풍자의식을 갖춘 동요 텍스트는 살아남아 지속적으로

---

40　위의 책, 135쪽.
41　이에 대한 자세한 사항은 졸고, 앞의 글, 2010.2 참조.

수집되고 있었다. 그리하여 이렇게 '풍소 / 해학'이라는 한 장이 편재될 수 있었던 것이다.

이 '풍소 / 해학'란에는 여러 풍자적인 시, 특히 양반들에 대한 풍자성이 돋보이는 텍스트들이 다수 실려 있다. 이 동요들의 정치적 성격은 바로 총독부나 당대 현실을 향하고 있는 것은 아니기 때문에 검열에서도 통과된 것으로 보인다. 총독부가 볼 때 조선시대 유학에 대한 비판은 오히려 조선의 민족적 자존감을 훼손시키는 데 기여할 수 있기 때문이다.

그러나 김소운은 정작 이 '풍소 / 해학'의 노래가 식민주의적 민요/동요론의 틀을 깰 수 있는 논리임에도 불구하고 이를 동요의 주요 특성으로 내세우지 않는다. 다만 넓은 범주의 "발랄한 정신"으로 자랑하는 것은 그 역시 검열 관계상 이 풍자적 웃음, 익살스러운 노래의 정치성이 부각되는 것을 두려워했거나 아니면 이러한 정치성을 동요의 주요한 특성으로 바라보지 않은 것으로 볼 수 있다. 그래서 그는 살아있는 전래 동요 텍스트를 수집하면서 일본이 조선을 바라보는 식민주의적 동요 관념에서 벗어나 조선의 특수성을 구성해보려고 노력했으나, 논리로는 아동의 천진함이라는 당대 아동관에 맞추어 전래동요의 다양한 소재와 주제, 그리고 감성들을 일원화시켜 정의했다는 혐의에서는 벗어나기 어려운 것이다. 그렇다면 그는 왜 전래동요의 팔 할 이상을 번역하지 못했는가?

# 4. '전래동요' 번역 불가능의 의미

—'민족어'의 잉여, 그 불온성의 공간

김소운은『조선동요선』후기에는 이 텍스트에 대한 번역의 원칙을 이렇게 적고 있다.

시로서의 향기를 잃지 않는 범위 내에서는 직역을 하는 것을 원칙으로 했지만, 반드시 축어역인 것은 아니다. 가능한 원가의 어조를 중시하고 리듬[語呂]이 이어진 것은 리듬 그대로 살리려고 노력했다. 특별히 의미가 번역되지 않은 후렴구, 접두사 등은 될 수 있는 한 원형대로 옮기고 주기(註記)에 의해 심정을 전하는 데 그쳤다.(번역—필자)[42]

이를 볼 때 그는 "되도록 직역"을 하는 것을 원칙으로 했지만, 반드시 어구 하나하나를 번역하는 축어역은 아니며, "가능한 원가의 어조를 중시하고 리듬이 이어"짐을 중시하여 번역했다고 한다. 이를 볼 때, 그가 되도록 직역을 지향하는 것은 사실이지만, 실제적으로는 의역한 것도 있었던 것이다. 이 글을 보면, 그가 동요의 번역에서 가장 중시했던 것은 "시로서의 향기"를 잃지 않는 것, "어조를 중시하고 리듬"을 살리는 것이다. 이를 위해 의역할 수밖에 없는 부분이 존재했던 것이다.

실제로, 김소운의 동요 번역 상황을 실증적으로 연구한 한 연구에 의하면 『조선동요선』에서 "널리 불리어지거나 가사가 잘 다듬어진 동요는 원가에

---

42 김소운 편역, 「후기」, 『朝鮮童謠選』, 앞의 책, 221쪽 참조.

충실하게 직역되었지만, 내용이 산만하고 다소 산문적인 동요는 원가와는 무관한 어휘로 바꾼다든가, 내용을 삭제하거나 보태어 노래를 세련되게 완성시키려고 했다는 것을 알 수 있었다. 또한 번역이라고 보기 어려울 만큼 새로 재창작된 동요도 다수 있었고, 번역 과정에서 생기발랄한 동요의 맛을 잃어버린 동요도 찾아볼 수 있었다"[43]고 한다. 분량상으로 볼 때 원가에 충실한 번역은 약 3분의 1정도, 3분의 2 이상의 동요는 의역을[44] 했다고 한다.

그런데 이 안에서 한 번 따져보아야 할 부분이 있다. 실제로『조선동요선』을 살펴보면, 그 안에는 그가 노골적으로 의역을 했다고 회고한『조선민요집』에서 가져온 동요도 분량상으로 약 1/4 정도로 꽤 많다. 그렇다면 앞의 연구에서 의역했다고 판단한 동요들은 주로 이 자료집에서 의역된 것을 가져왔을 가능성이 크다. 그렇기 때문에『조선동요선』번역 당시 의역의 분량은 전체의 3분의 2분량보다는 줄어든다고 볼 수 있다. 그러나 그렇다고 해도 의역한 동요의 존재는 무시할 수 없다.

우선 위의 연구 결과를 수용했을 때, 가사가 잘 다듬어진 동요의 경우는 직역을 하고, 내용이 산만하고 다소 산문적인 동요는 노래를 세련되게 완성시키려고 했다는 결론은, 그가『조선동요선』에서 밝힌 번역의 원칙, 즉 "가능한 원가의 어조를 중시하고 리듬이 이어"짐을 중시하였다는 그의 번역 원칙과 관련해서도 설명할 수 있는 부분이다. 그러면 의역한 동요의 예를 살펴보자.

---

43 김경희, 앞의 글 참조.
44 김경희의 연구에 의하면, 직역을 하였거나, 원가에 충실하게 번역되었다고 판단되는 동요는 111수, 원가와는 무관한 어휘로 번역한 동요는 258수라고 한다.

조고마는 부대짐을지고

남산에 올낫구나

기집하나 어덧구나

살남게 올낫구나

아이고 아이고 울엇구나

눈까리가 쌜갓쿠나 둑겁이보고[45]


のそりのそりと 柿の木に登って

嬶にゃ死なれ 倅にゃ死なれ

アイゴアイゴ泣いて眼ん玉張れた.[46]


　대표적인 의역의 예로 제시된 위의 번역은 의역이 아닌 오역, 혹은 제2의 창작에 가깝다. 원 텍스트는 두꺼비를 보고, 그 생김새를 표현한 형상적 동요인데, 원 텍스트의 "기집하나 어덧구나"가 "기집 죽고, 아들 죽어"로 일역되어 뜻과 어조가 매우 비극적으로 변해 버린다. 원 텍스트의 '운다'는 표현은 두꺼비가 '소리를 낸다'는 의미인데, 번역 텍스트에서는 "읍(泣)", 말 그대로 슬퍼서 우는 상황이 되기 때문이다. 물론 두꺼비가 슬퍼서 운다라고 표현해도 내용상 크게 불합리한 표현은 아니지만, 그 순간 김소운이 시 번역에서 가장 중시한, 지향하는 '정서와 감각'이 달라진 것이다.

　그리고 번역을 통해 또 하나 달라진 부분은 내용이 서술적으로 변한 것이

---

45　김소운 편, 『(諺文)朝鮮口伝民謠集』, 621쪽. 앞으로 인용한 번역 텍스트 비교 용례는 김경희의 연구 용례에 많은 부분 기대고 있음을 밝힌다.
46　번역하면 다음과 같다. "느릿느릿 감나무에 올라 / 기집 죽고 아들 죽어 / 아이고 아이고 울어서 눈구슬(동자)이 길어졌구나." 김소운 편역, 『朝鮮童謠選』, 75쪽(번역－필자).

다. 원 텍스트는 두꺼비를 보면서 그 형상을 표현한 노래이기 때문에 논리적 인과관계가 중요하지 않다. 그러나 번역 텍스트는 "앞뒤가 자연스러운 문맥을 만들기 위해서 '기집하나 어덧구나' 대신에 '嬶にゃ死なれ 倅にゃ死なれ [기집 죽고 아들 죽에]'로 바꾸어 넣은 것"[47]이다. 즉 서술적인 논리를 위해 구절을 바꾸어 삽입한 것이다.

다음 동요는 이처럼 제2의 창작에 가까운 의역은 아니지만, 행을 가감하여 번역한 예이다.


비야 비야 오는 비야

쇙의 길로 가거라

톡기 길로 가거라

까치 길로 가거라

우리 옵바 장에 가서

소곰하고 저고리깜하고

사가지고 도라올 째

비 째문에 못 온단다[48]


雨 雨 にわか雨

雉の路へ遁げろ

兎の路へ遁げろ

鵲の路へ遁げろ.[49]

---

47 김경희, 앞의 글 참조.
48 김소운 편, 『(諺文)朝鮮口伝民謠集』, 195쪽.

이 동요의 원본과 번역본을 비교해 보면, 한 눈에도 행이 많이 삭제되어 있다는 것을 알 수 있다. 일역본에는 "우리 옵바 장에 가서 / 소곰하고 저고 리쌈하고 / 사가지고 도라올 새, 비 째문에 못 온단다"란 내용의, 거의 반 이상의 구절이 생략되어 있다. 그러면서 번역텍스트는 원시와는 다른, 노래가 된다. 번역 텍스트는 행이 생략되어 번역되면서, 원 텍스트가 품고 있는 오누이간의 애틋한 정다움이라는 정서적 함의에서 멀어진다. 그러나 대신 일역한 동요는 발랄함을 얻는다. 그러면 이것이 김소운이 의역을 통해서 얻고자 한 바가 아니었을까?

우선 번역된 동요의 발랄함은 앞서 인용한 김소운이 동요의 자질로 강조한 "이상과 동경을 노래한 것", "밝고 단순한 것"[50]가 합치되는 자질이다. 그는 원 텍스트가 가지고 있는 화자의 설렘, 걱정, 애틋함 등 복합적인 정서적 반향 대신, 발랄함의 정서를 얻고 싶었던 것이다. 물론 이는 매우 아쉬운 것인데, 그에게 전래동요는 이러한 복합적 정서를 표현하기엔 '단순한' 장르였던 것이다.

그런데 두 번역 동요에는 공통점이 있다. 그것은 바로 리듬감이다. 그는 『조선동요선』에서 밝힌 번역 원칙에서 '리듬'을 살리는 데 애썼다고 한 바 있다. 이 두 번역 동요를 살펴보면 과감한 생략을 통해서 규칙적인 리듬감을 살리려고 애쓴 감이 역력하다. 행을 과감히 삭제해 가면서 고수한, 이 규칙적인 리듬에 대한 집착 역시 '노래'라는 장르 인식에서 기인한 것으로 볼 수 있다. 그리고 이 규칙적인 리듬감에서 그가 지향하는 자연스러운 리듬감, 발랄

---

49  번역하면 다음과 같다. "비야비야 오는비야 / 쥥의길로 가거라 / 톡기길로 가거라 / 까치길로 가거라"(김소운 편역, 『朝鮮童謠選』, 39쪽)

50  김소운, 「朝鮮民謠に 就いて」, 『朝鮮民謠集』, 앞의 책, 280~284쪽 참조.

한 정서가 형성되는 것이다. 그렇다면, 키타하라 하쿠슈가 "일본의 어운에 대하여 이만큼 이해력과 구사력을 지닌 단련된 사(士)는 적다"[51]고 극찬한 이유도 여기에 있지 않은가 추측해 볼 수 있다. 이러한 리듬감은 민요, 창가 등 일본 노래 장르의 규칙적인 리듬감과 일치하는 것이며, 나아가서는 일본어의 자연스러운 흐름을 살리는 것이기 때문이다. 그렇다면 직역한 동요의 경우는 어떠한가?

해야 해야 붉은 해야
김치물에 밥 말아먹고
장고치고 나오너라[52]


日よ 日よ 紅え日よ
キムチの汁で めし食べて
長鼓鳴らして 出て來い.[53]


위의 노래는 김소운의 전래동요에 관한 거의 모든 자료집에서 빠짐없이 등장하는 대표적인 텍스트이다. 날이 흐릴 때 부르는 아이들의 노래로 주술성이 가미된 노래라고 볼 수 있다. 그런데 이 노래의 경우는 원 텍스트 자체가 4.4조의 규칙적인 리듬감을 지니고 있다. 그러므로 굳이 행의 가감이 필요 없는 것이다. 그러므로 직역한 텍스트는 원 텍스트에서도 자연스러운 리

---

51 北原白秋, 「序」, 앞의 책 참조.
52 김소운, 위의 책, 566쪽.
53 김소운 편역, 『朝鮮童謠選』, 33쪽. 대조하여 번역본을 찾는 일은 이를 원본과 일일이 대조한 김경희의 연구 성과를 참고로 했음을 미리 밝혀둔다.

듬감이 살아 있는 노래이다.

이를 볼 때, 결과적으로 그가 번역을 통해서 지키고 싶었던 조선 동요의 특성은, 자연스러운 규칙적 리듬감과 이를 기반으로 한 발랄한 정서라고 보아도 될 것이다. 그에게 '동요'는 예외적인 경우도 존재하지만, 주로 규칙적인 리듬감을 갖춘, 이를 기반으로 발랄한 정서를 뿜어내는 밝은 노래였던 것이다.

그런데 그렇게 보면, 그가 번역할 수 없었던 전래동요는 의역으로도 번역할 수 없는 텍스트라는 것이 된다. 그렇다면 그는 왜 팔 할 이상의 전래동요를 의역으로라도 번역할 수 없었을까?

우선은 그가 번역 불가능했다고 고백한 '팔 할'의 잉여부분을 살펴볼 필요가 있을 것이다.

『조선동요선』은 「언문조선구전민요집」과 『조선민요집』에서 '동요'라고 여겨지는 노래들을 모아 일역한 책이다. 『조선동요선』에 실린 일역 동요 텍스트들에는 『언문조선구전민요집』에 실린 텍스트의 수록 번호가 표기되어 있어 원본과 대조하기 쉽다. 그리고 이후에 김소운이 1940년에 박문서관에서 펴낸 조선어 『구전동요선』과 비교해 보면, 물론 일일이 대조해야 하는 어려움은 있지만, 번역하지 못한 동요를 찾아볼 수 있다.

왜가리 배가리 똥-똥
천지구제비 똥-똥

—날이 흐리면[54]

---

54  김소운 편, 「(諺文)朝鮮口傳民謠集」, 앞의 책, 571쪽.

위의 동요는 『언문조선구전민요집』과 『구전동요선』에는 실려 있으나, 『조선동요선』에는 미처 번역되지 못한 텍스트이다. 이 텍스트와 번역이 된 텍스트를 분석해보면, 번역 불가능한 텍스트가 대체로 어떠한 노래들인지 알아볼 수 있다. 각주 53번으로 인용된 〈해의 노래〉를 살펴보면 그가 번역한 텍스트의 특성을 살펴볼 수 있다. 앞서 살폈던 것처럼 이 노래는 규칙적인 리듬감이 살아 있는 노래이다. 그리고 내용에 있어서는 서술성이 살아있는 노래이다. 나머지 번역된 동요를 살펴보아도 그들은 주로 번역이 가능한 서술성을 갖추고 있는 것들이다.

반면, 위의 번역되지 못한 텍스트는 의성어나 의태어, 혹은 고유명사로 이루어진 것이다. 위의 동요는 '날이 흐릴 때' 날이 개기를 바라며 부르는 주술적인 노래, 거의 주문에 가까운 노래이다. 그렇기 때문에 어떠한 서술적 내용이 반드시 필요한 것이 아니다. 그러나 앞서 인용한 두꺼비를 바라보고 부르는 노래의 번역이 서술성을 갖추어 가는 과정이었던 것처럼, 번역되기 위해서는 어느 정도 내용에 서술성이 담보되어야 한다. 이 역시 합리적 과학적 근대언어를 표방하는 번역어가 갖는 근본적 성격 때문이다. 여기서 벌어진 의역, 혹은 번역 불가능성은 이러한 지식의 언어로서의 번역어의 특성이 서술성을 거부하는 시적 언어와 만났을 때, 만들어지는 하나의 파행인 것이다.

그리고 본래, 의성어, 의태어 등 고유한 상징어들이 번역하기 어려운 것은 보편적으로 알려진 일이다. 물론 김소운의 경우, 앞의 인용구에서 전하는 대로 "뜻을 번역할 수 없는 후렴구나 접두사 등", 즉 의성어나 의태어, 후렴구 그리고 고유명사의 경우는 가타카나로 처리[55]하기도 했다. 각주 46·47번

---

에서 인용된 노래의 한 구절처럼, "아이고 아이고"를 "アイゴ アイゴ"라는 가타카나로 번역한 것은 그 이유 때문이다. 이는 조선어에서 느껴지는 소리의 향취를 다른 언어로 바꾸기보다는 그대로 보존하기 위해 선택한 방식으로 볼 수 있다.[56] 그러나 이렇게 미묘한 뉘앙스로 그 느낌이 표현된 전래동요의 경우는 가타카나로도 표현하기 어려웠을 것이다. 이러한 언어의 뉘앙스야말로 네이티브 스피커가 아니면 이해하기 불가능한 것이기 때문이다.

그렇다면, 서두에서 소개한 김소운이 "남겨진 팔 부이야말로 진짜로 특이한 향취를 전할 만한 것"이라고 할 때 그 지시 대상은 바로 이 의성어, 의태어, 혹은 고유명사인 것이다. 그런데 서론에서도 소개했듯, 이 '의성어, 의태어, 혹은 고유명사'는 번역이 가능한 표준어로서의 근대어, 문자언어, 나아가 지식의 언어가 아닌 잉여의 언어들이다.

근대 이래 국가의 언어, 민족의 언어는 이 정치적 체계가 만들어낸 표준어일 뿐이다. 조선의 근대어 이데올로기에 관한 한 연구에 의하면, "맞춤법 통일이라든가 표준어 제정 등의 어문규범의 확립은 균질화된 문자언어의 창출을 목표로 한 것"이며, "이것의 창출과 보급이 제도 전반을 통해 얼마나 성공적으로 이루어지는가에 따라 구어공동체가 형성되는 것이지 그 역은 아니다." 즉 표준어는 방언의 번역어였으며 산재되고 방치되어 있는 방언을 고정화시키는 기능을 담당했다. 그리하여 만들어진 근대어 이데올로기는 식민과 피식민, 세계체제 내에서의 민족국가 사이의 서열 등 불편한 권력관계를 용인하는 방향으로 치달을 수 있었다.[57]

그렇다면, 표준어가 아닌, 이 잉여의 언어는 오히려 근대어, 민족어, 식민

---

56  위의 글 참조.
57  이혜령, 「한글운동과 근대어 이데올로기」, 『역사비평』 71, 역사비평사, 2005.5 참조.

/ 피식민의 언어라는 위계화된 언어 이데올로기의 견고함을 균열시키는 하나의 전진기지로서의 역할을 할 수 있는 것이 아닐까? 그리고 이를 표상해 주는 것이 바로 '번역 불가능성'이라고 볼 수 있는 것이다. 왜냐하면, 국가 간의 번역이라는 것은 근대 민족어 간에만 이루어지는 소통이기 때문이다. 방언과 의태어, 의성어의 번역은 근대 문명어, 표준어가 아니기 때문에 번역 불가능한 것이다.

물론 이러한 점은 이 언어가 지식의 언어가 아니라, 문학어였기 때문에 가능한 것이기도 할 것이다. 그리고 민요와 전래동요의 언어들을 통해서 비로소 민중어, 지방어가 '노래'의 가사, 더 나아가 문학어로 정착하게 된 것이다.

물론 이러한 경우, '번역 불가능성'은 신비화의 표상체계와도 관련이 있는 것이다. 우선 문자언어로 설명할 수 없는 부분이니 알 수 없는 것, 곧 신비로운 것이 될 수밖에 없다. 본래 동요 자체도 주술성의 강렬함이 살아 있는 장르이다. 이는 분명 근대 창작된 노래가 담지할 수 없는 구전 노래의 역동적 생명력에서 나온 힘이다. 그러나 이것이 '번역 불가능한 것'이 되는 순간 이는 근대적 인식 체계에서는 논리적으로 설명이 불가능한, 혹은 비과학적이라는 비하된 평가를 함의하게 된다.

또한 '신비함'은 특이한 것이라는 함의도 갖는다. 김소운은 "남겨진 팔 부이야말로 진짜로 특이한 향취를 전할 만한 것"이라고 한 바 있다. 여기서 "진짜로 특이한 향취"는 민족적인 것으로 표상된 것이다. 그러면 이는 민족적인 것 = 특이한 향취(신비한 것)이라는 등식이 성립한다. 그런데 이 "특이한 향취"라는 뉘앙스에는 원시적 감각의 아름다움, 곧 오리엔탈리즘적인 관점이 투영되어 보인다. 즉 제국과 식민의 위계화된 권력관계에서 이는 분명 제국의 힘의 논리가 아닌, 원시적이고 미적인 식민화된 감각이라는 타자화된 시선에서 자유로운 것은 아닌 것이다.[58] 이 역시 정치성을 사장시킨 신비화의 길인 것이다.

그러나 이러한 논리적 함의에도 불구하고 이 주술성의 힘은, 때론 근대어, 민족어라는 표상이 가져다주는 권력 담론의 억압에서 벗어나 있는 것임은 틀림없다. 이것이 바로 번역 가능한 산문의 언어가 아닌, 번역 불가능한 노래, 시적인 언어, 비의적인 언어이기 때문에 그렇다. 제국의 시선이 배제시키는 타자의 시선 하에 놓여있다고 하더라도, 그 생명력이 사라지는 것은 아니다. 오히려 번역 가능한 것들이 식민주의적으로 번역될 가능성이 큰 것이 아닐까.

물론 모든 비의적인 언어가 다 긍정적인 역동성을 갖는 것은 아니다. 서정주 시에서 영원성의 감각이 표방하듯, 신비로움이야말로 정치적인 공간이 되기도 하기 때문이다. 그 언어가 어떠한 정치성을 갖느냐의 문제는 그 언어가 발화되는 상황과 긴밀한 연관관계를 맺고 있다. 그러나 이 전래동요가 갖는 힘은 이 노래가 사악한 어른들의 권력의 노래가 아니라, 현실의 고통을 눈감는 의도적 세계, 오만한 세계가 아니라, 이러한 정치적 논리에서 비교적 자유로운 순진한 아이들의 노래, 혹은 이를 표방하는 노래이기 때문이다. 물론 그렇다고 해서 정치적 저항성을 지향한다고 보기는 어렵지만, 쉽게 간파하기 어렵기 때문에 자유롭고 더 질긴 생명력을 갖춘다. 그래서 더 위험한 것이다. 아이들의 노래는 '번역 불가능'하고, 그래서 불온한 것이다.

'전래동요'는 재래부터 전승되어 내려오는 아동의 노래이다. 개인적인 견지에서 보편적으로 통용되는 이 정의에서는 향유주체가 아동이라는 범주 이

---

58  이혜령, 「조선어·방언의 표상들─한국 근대소설, 그 언어의 인종주의에 대하여」, 『사이(間)』 3, 국제한국문학문화학회, 2007 참조.

외에 주제나 소재 그 어떠한 범주에서도 그 한계를 설정하지 않아야 한다고 본다. 물론 아동의 생활과 밀접한 내용의 노래가 가장 동요다운 것이겠지만, 그렇다고 해서 아동에게 정치성이 없다고 잘라 말하는 것도, '천사동심주의'적 인식이 단지 아이들을 한 창의적인 인격적 개체라기보다는 계몽의 대상으로 바라보는 오류를 범했듯, 성인들의 오만에서 나온 결과이다. 재래의 참요적 성격의 민요가 대부분 아이들의 입을 통해서 가창되었다는 사실을 인식한다면, 오히려 아동의 대범한, 위선적인 자기 검열 없는 주체성을 인정하게 될 것이다. 이를 증명해 주는 것이 바로 김소운이 채집한 '전래동요' 텍스트들이 아닌가 한다. 물론 김소운은 이를 이론화시키는 데 실패한다. 그래도 김소운은 물론 전래동요의 인식에 있어서 일본의 국민시인 스승 키타하라 하쿠슈의 영향을 받아, 그들의 식민 담론의 자장에서 벗어나지 못했지만, 이를 타자화시켜 조선 노래의 담론을 만들어내려고 노력했다. 그러면서 이 전래동요의 위험성, 즉 식민성의 권력 공간에서 구성되고 있으면서 배제되어 늘 잉여적 공간에 살아있게 되는 이 노래 텍스트의 탈주성을 의외로 번역 불가능성을 통해 무의식적으로나마 체득하게 되었다고 본다. 그래서 번역 불가능했던 "남겨진 8부"에 미련을 가졌던 것이다. 물론 이는 텍스트를 수집하는 과정에서 그 노래의 실상을 접했기 때문에 가능했던 것으로 보인다. 결국 김소운이 아니라 '텍스트'가 '번역'이라는 과정을 통과하면서 제국의 식민의 위계화된 질서를 균열시킬 여지를 인정받은 것이다.

# 5. 나오는 말

지금까지 김소운의 전래동요 번역 양상을 논구함으로써, 그 번역 불가능성이 식민지 시대 전래동요라는 키워드를 어떠한 방식으로 구성해내는가를 살펴보았다. 이를 통해 본 연구는 전래동요라는 노래 텍스트가 갖는 장르적 속성, 즉 방언과 의성어 의태어를 사용하는 언어적 속성과 아동이 향유 주체라는 속성이 어떠한 방식으로 제국의 언어(일본어), 지식의 언어, 문자언어 중심의 식민주의적 언어 체계를 균열하게 하는가를 살펴보았다.

식민화된 담론, 근대 언어의 표준화된 문법체계를 교란시키는 살아있는 '노래', 전래동요 텍스트의 구술성은 김소운의 식민화된 의식 세계조차 균열시킨 것이다. 이는 제국과 식민의 언어가 번역이 되어야만 하는 식민지 시대의 언어적 환경에서 번역이라는 행위가 갖는 정치성에 기반한 결론이다. 여기에 이 연구의 의의를 두기로 한다.

최근 사카이 나오키의 『번역과 주체』[59]를 읽으면서, 번역이 오히려 민족어가 갖고 있는 통일성을 의식시키는 행위, 즉 번역 실천계의 출현과 국가와 민족어-언어통일체의 출현은 서로 밀접하게 관련되어 있음에도 불구하고, 이 행위가 결과적으로는 어떤 면에서는 이 국가, 혹은 언어 간의 위계화된 질서를 균열시키는 작용을 한다는 가정에 공감했다. 그리하여 번역자란 매개자라기보다는 임계적인(liminal) 존재가 됨으로써 결코 성공을 확신할 수 없는 소통의 노력 속에서 만들어지는 '우리'의 공동체주의에 의해 끊임없이 감

---

59 사카이 나오키, 후지이 다케시 역, 『번역과 주체』, 이산, 2005.

추어지는 일상적 불안정성을 드러내는 존재[60]가 된다.

그러면 김소운이란 번역가는 어떠한가? 그는 조선어가 그 효용성을 잃어가는 식민지 지식인으로서 이 언어를 제국의 언어로 번역하는 일을 자처한다. 번역가능성이라는 확신이 바로 민족어에 대한 확신에서 비롯되는 것이라면, 처음 출발은 조선어를 지키기 위해서라는 목적에 합당한 것이었다. 전래동요의 번역 역시도 물론, 겉으로 드러나는 목적은 민족적 전통을 지키기 위해서이다. 그리고 그는 이를, 거부하고 싶지만, 어쩔 수 없이 전통을 지키기 위해서는 승인해야 할 '세계주의'란 맥락으로 변명한다. 물론 그것은 본질적으로는 제국의 논리를 승인하는 길이다. 『조선시집』에서 행한 조선시의 역 양태는 이러한 점을 부인할 수 없게 만든다.

그러나 그는 번역한 것을 통해서가 아니라 '번역 불가능'함 때문에 오히려 자신의 내셔널리티[61]와 장르의 속성을 확인하게 된다. 이는 번역의 대상이, 창작된 근대시가 아니라, 전래동요라는 노래 텍스트였기 때문에 가능했던 것이다. 또한 이는 의도하지 않은 상태에서, 제국과 식민자 사이에서 그 위계화된 정치 질서를 승인하면서도 그것을 위반하고자 욕망했던 한 번역가의 임계성에서 나온 또 다른 양태인 것이다.

---

60 미건 모리스, 「서문」, 사카이 나오키, 앞의 책, 39쪽 참조.
61 이는 1940년대 조선의 문인들이 일본어로 소설을 쓰면서도 조선어를 의도적으로 가타카나로 노출시키는 현상과도 유사한 행위이다. (윤대석, 「1940년대 한국문학에서의 번역」, 『민족문학사연구』 33, 민족문학사학회, 2007, 327~335쪽 참조) 그러나 김소운은 전래동요의 경우는 가타카나로도 번역할 수 없었던 것이다.

# 참고문헌

## 자료

『매일신보』

김소운 편역,『朝鮮民謠集』, 東京 : 太文館, 昭和4年(1929).

______ 편,『諺文朝鮮口傳民謠集』, 東京 : 第一書房, 昭和6年(1931).

______ 편역,『朝鮮童謠選』, 東京 : 岩波文庫, 昭和8年(1933).

______ 편역,『朝鮮民謠選』, 東京 : 岩波文庫, 昭和8年(1933).

______,『일본의 두 얼굴』, 삼중당, 1967.

______,『하늘 끝에 살아도』, 동화출판공사, 1968.

______ 외, 좌담회「번역문화와 오역-번역은 영원한 불능아이다」,『세대』6・11, 1968.11.

______,『兎糞隨筆』, 민음사, 1977.

北原白秋,『綠の觸角』, 東京 : 改造社, 昭和4年(1929).

## 논저

구인모,『한국 근대시의 이상과 허상－1920년대 '국민문학'의 논리』, 소명출판, 2008.

김경희,「金素雲の朝鮮民謠の日本語譯に關する硏究 = 김소운(金素雲)의 조선민요 (朝鮮民謠) 일역(日譯)에 관한 연구」, 한림대 석사논문, 2004.

김영순,「『매일 신보』어린이란 '전래동요모집'을 통한 독자와의 소통과 김소운」,『동화와 번역』, 건국대 동화와번역연구소, 2007.

김윤식,「근대시 번역의 문제점－김소운과 이하윤의 경우」,『현대문학』337, 1983.1.

______,「한국 근대 문학사의 한 시선에서 본 김소운」,『한일 근대문학의 관련 양상 시론』, 서울대 출판부, 2001.

남기혁,「시어로서의 '조선어 = 민족어'의 풍경과 시단의 지형도」,『비평문학』33, 한국비평문학회, 2009.9.

박지영,「1920년대 근대 창작동요의 발흥과 장르 정착 과정」,『상허학보』18, 상허학회, 2006.10.

______,「한국 전래동요의 수집과정과 장르적 전범의 형성과정－애국계몽기～1920

년대 미디어 소재 텍스트를 중심으로」, 『반교어문연구』 28, 반교어문학회, 2010.2.

사에구사 도시카쓰[三枝壽勝], 「김소운은 무엇을 했는가?-김소운 번역시집의 비망록」, 『한국 근대문학과 일본』, 소명출판, 2003.

사카이 나오키, 후지이 다케시 역, 『번역과 주체』, 이산, 2005.

시라카와 유타캐[白川豊], 「김소운(金素雲)의 일역시(日譯詩)에 대하여」, 『연구논집』 12, 동국대학교, 1982.

심원섭, 「김종한(金鐘漢)과 김소운(金素雲)의 정지용 시 번역에 대하여-『설백집(雪白集)』(1943)과 『조선시집(朝鮮詩集)』(1943)을 중심으로」, 『한국문학논총』 41, 2005.

오오타케 키요미[大竹聖美], 「근대 한일 아동문화교육 관계사 연구(近代 韓日 兒童文化敎育 關係史 硏究)-1895~1945」, 연세대 박사논문, 2002.

윤대석, 「1940년대 한국문학에서의 번역」, 『민족문학사연구』 33, 민족문학사학회, 2007.

이창식, 「김소운(金素雲)의 민요업적(民謠業績)에 대한 연구(硏究)」, 『한국민속학』 28, 한국민속학회, 1996.12.

이혜령, 「조선어·방언의 표상들-한국 근대소설, 그 언어의 인종주의에 대하여」, 『사이(間)』 2, 국제한국문학문화학회, 2007.

______, 「한글운동과 근대어 이데올로기」, 『역사비평』 71, 역사비평사, 2005.5.

임경화, 『근대 한국과 일본의 민요 창출』, 소명출판, 2005.

임용택, 「김소운역 『조선시집』 재고-탈식민주의문학 관점에서」, 『일본학보』 51, 2002.

정우택, 「주요한의 언어 민족주의와 국민시가의 창안」, 『어문연구』 137, 한국어문교육연구회, 2008.3.

조재룡, 「'번역문학'의 정치성에 관한 고찰-직역과 의역의 이분법을 넘어서」, 『비교한국학』 17, 국제비교한국학회, 2009.

쓰보이 히데토, 박광현 역, 「국어, 국시, 국민시인-일본 근대시사의 일면」, 『한국문학평론』 2000 가을.

허성일, 「김소운(金素雲)의 연구(硏究)」, 성균관대 석사논문, 1988.

# 번역불가능성을 통한 비교문학의 재사유

송은주

## 1. 들어가는 말

어느 한 국가 혹은 보통 그 국가나 민족의 존재와 동일시되는 언어를 기반으로 창작된 작품을 연구의 대상으로 삼는 국민문학과 달리, 비교문학은 그 연구의 대상이 명확하게 정해져 있지 않으므로 무엇을 비교할 것인가가 문제가 된다. 기존의 비교문학에 대한 비판은 이 '무엇을' 비교하는가라는 비교문학의 대상에 주안점이 맞추어져 왔다. 그러나 서구중심의 비교문학의 정전을 해체하고 비서구 문학을 끼워 넣어 독서목록을 확장한다고 그 문제가 해결되지는 않는다. '비교문학은 무엇을 하는가?'라는 가장 근본적인 문제는 '무엇을'이 아니라 '어떻게'로 비교문학을 정의할 때 도달할 수 있게 된다는 로버트 영(Robert Young)의 말은 비교라는 실천적 행위를 통하여 연구의 대상과 역할을 정의해 나가야 하는 비교문학의 독특하고 역설적인 위상을 잘 보여준다.

이 글에서는 번역을 통하여 비교의 실천 행위가 어떻게 이루어질 수 있는가를 살펴보고자 한다. 서구의 비교문학은 본래 해당 언어 구사 능력을 바탕으로 원문 텍스트를 읽고 연구하는 것을 기본 전제로 삼고 번역된 텍스트는 비교 연구의 대상으로 부적합하다고 보았다. 일례로 20세기 초반 프랑스에서 방 티엠과 발당스베르제를 비롯한 영향력 있는 비평가들은 비교문학을 좀 더 실증주의적인 방향으로 끌어가기 위해 비교문학이라고 이름붙일 수 있는 요건을 두 개의 서로 다른 (유럽) 국민 언어로 된 두 작품의 사실 관계를 다루는 것으로 한정짓고, 그 이상을 포괄하는 연구는 "일반" 문학 혹은 "세계" 문학으로 범주화해야 한다고 규정했다. 비교문학에 대한 이러한 정의는 국민문학처럼 학문의 대상이 명확하지 않은 비교문학 연구의 학문적 엄정성과 전문성을 강조하기 위한 방편이었지만, 한편으로는 언어 간 친화성이 강하고 역사적으로 공유하는 부분이 큰 유럽 문학의 동질성을 전제로 한 서구 중심적 시각의 발로이기도 하다. 산드라 버만(Sandra Berman)은 이러한 비교문학의 태도가 서구 중심주의적 연구경향을 탈피하는 데 큰 장애물이 되어왔다고 지적한다. 원전 읽기를 통한 연구를 고집하다보니 연구 대상 텍스트뿐만 아니라 이론적 도구와 방법들도 유럽의 철학과 이론, 문학비평의 유산에서 벗어나기 힘들어지는 것이다. 이처럼 비교문학의 엘리트주의와 서구중심적 경향이 한계로 지적되면서 최근 번역은 비교문학 연구의 중요한 주제 중 하나로 고려되고 있다. 이러한 비교문학에서의 관점의 변화는 번역연구 또한 문화연구와 탈식민주의 이론의 영향으로 기존의 언어 간 등가에 집중했던 언어학적 연구에서 번역활동의 문화적, 사회적, 정치적 맥락을 주목하는 쪽으로 문화적 전환이 일어난 1980년대 이후의 상황과 궤를 같이한다. 또한 세계화로 인하여 문학 연구에서도 초국가성과 혼종성이 중요한 주제로 떠오르고 있는 상황에서도 영향을 받았다고 할 수 있다. 과거 비교문학자들은 각 나라가 하나의 문학, 하나의 언어만을 갖고 있다고 믿었으나 이제 비교문학의 연구 영역은 다른 국민 언어로 된 국민문학의 작품들을 비교하는 것에만 제한되지 않게 되었으며, 경계를 넘어 뒤섞이고 겹쳐지는 영역이 비교연구의 대상이 되었다.

20세기 이후 비교문학의 서구중심주의가 비판의 대상이 되고 연구대상이 비서구권으로 확장되면서 아프리카나 아시아권의 언어로까지 범위가 넓어졌으나 실제 비서구권의 언어나 문학에 기반한 연구 사례는 많지 않다. 또한 비교를 가능케 하는 공통분모를 여전히 서구문학의 공유된 기준에서 찾는다면 결국 비교의 의의와 목적은 개별적인 것들로부터 서구문학에 합치되는 유사성을 추출해내어 보편성의 지평 안으로 통합하는 것이 될 수밖에 없다. 번역이 비교문학의 새로운 영역에서 맡아야 하는 역할은 비교문학의 영역을 확대하면서 한편으로 그것이 중심부의 가치를 보편성으로 치환하는 획일화, 위로부터의 코스모폴리터니즘으로 흐르지 않도록 환원불가능한 차이, 특수성의 존재를 가시화하는 것이다. 탈식민주의 번역이론에서는 번역을 지배문화에서 피지배문화를 식민지배의 관점에서 전유하고 재구성하는 방식으로 본다. '그들'이 '우리'와 똑같지 않다면 개종되거나 번역되어야 한다. 그러나 어느 방향으로 번역이 이루어지든 궁극적으로는 늘 실패할 수밖에 없는데, 어떤 식으로 시도하든 번역은 원전과 동일한 모사를 생산할 수 없기 때문이다. 번역은 보편화와 동일화의 시도에서 최후까지 중심으로 수렴되지 않고 남는 환원불가능한 차이들을 발견하고 재확인하며 가시화하는 작업이다. 번역은 국민문학 간의 상호작용과 변형, 혼합을 가능케 하면서 동시에 언어의 구체적이고 미시적인 차원에서는 경계를 통과하지 못하는 '번역 불가능한 것(the Untranslatable)'의 존재를 드러냄으로써 차이를 동일화하려는 시도를 좌절시킨다. 번역불가능성은 '모든 것이 동일한 등가로 치환될 수 있다'는 자본주의적 세계화의 환상에 제동을 거는 일종의 게이트키퍼로 기능할 수 있다. 또한 번역되지 않는다는 것은 '통약불가능성(incommensurability)'의 의미이기도 하다. 통약불가능성은 공통된 비교의 기준 또는 등가가 존재하지 않으므로 비교나 번역이 불가능하다는 의미가 아니라 오히려 두 대상 간의 비교와 번역이 완결될 수 없으므로 미래를 향하여 재번역과 비교로 끝없이 열리는 공간으로 남을 수 있다는 의미가 된다. 모든 차이를 통합하는 동질화는 비교의 종말을 의미하므로 끊임없는 차이화는 비교를 가능케 하는 동력이다. 본고에서는 먼저 번역불가능성에 대한 고려가 비교문학의 고찰에서 어떤 의미를 가질 수 있는가를 논하고, 살만 루시디(Salman Rushdie)의 『광대 샬리마르(*Shalimar the Clown*)』의 분석을 통하여 구체적인 사례를 제시하고자 한다.


## 2. 비교문학의 도전과 변화


비교문학은 1970년대 이후 내재한 서구중심주의적 경향에 대하여 거센 비판에 직면해 왔다. 신비평의 대표 비평가인 르네 웰렉(Rene Wellek)의 『문학의 이론』은 개별적인 문학작품들을 통합하는 보편 원리를 찾아내려는 야

심찬 기획에서 출발한다. 레이 초우(Ray Chow)는 푸코의『말과 사물』을 인용하여 웰렉의 것과 같은 서구 비교문학의 기획이 어떻게 세계의 개별적이고 특이한 현상들을 도표화하고 명명하는 지식 생산의 분류학적 기법으로 기능했는가를 보여준다.(290)[1] 이러한 분류학은 무한히 변주되는 차이들에 적용하여 이를 서구의 지식과 사고 체계 안에서 인식하고 해석할 수 있는 것으로 바꾸어 주는 일종의 격자 틀을 제공한다. 웰렉은 서구 문학이 전체성과 단일성을 가지고 있다고 주장하며 "유럽과 그 타자들"의 구도로 비교의 공식을 설정한다.

> 언어상의 구분들을 고려함이 없이 문학을 총체성으로서 파악하고 문학의 성장과 발전을 추적하는 것이 중요하다. 비교문학 혹은 일반문학 혹은 그냥 문학 등을 놓고 벌이는 대논전은 폐쇄적인 민족 문학의 관념에서 나온 분명한 오류이다. 적어도 서구의 문학은 하나의 통일성, 하나의 전체를 형성한다. 우리는 희랍 및 로마 시대의 문학들, 서구의 중세의 세계, 그리고 주류의 현대 문학들 사이의 연속성을 의심할 수 없다. 그리고 우리는 동양의, 특히 성서의 영향의 중요성을 충분히 인정하더라도 유럽, 러시아, 미국, 라틴 아메리카 등의 문학들을 모조리 포괄하는 밀접한 통일성을 인정해야 한다.(66)

이러한 설정에서 유럽은 기본적이고 일차적인 참조 틀이 되며 그 외의 것들은 비교문학 내의 부차적이고 종속적인 하위 항목으로 편입된다. 레이 초우가 볼 때 문제는 이러한 서구중심적 비교문학의 지평 안에서 비서구 문학

---

[1] 이하 작품의 인용은 괄호 안에 쪽수만 밝히도록 한다.

의 차이는 차이로 인식되지 못하고 보편을 가장한 서구 문학의 가치 기준에 따라 비교문학 안으로 통합된다는 것이다.[2] 그 결과 비서구 문학은 지배적이고 위계질서화된 비교의 프레임 안에서 무시되거나, 그것이 분명히 한 나라나 민족의 경계를 넘을 때조차 그 경계 안에서만 재단되어 문학성을 지닌 텍스트라기보다는 인류학이나 문화의 사례연구로 축소되거나 정치적, 이데올로기적 안건의 도구로 쓰인다. 이처럼 사회적, 문화적, 정치적 문맥을 충분히 고려하지 않은 채 문학 전반에 공통적으로 존재하는 보편성을 발견하려는 비교 연구는 목표하는 보편성이 서구중심적 가치의 다른 이름에 불과하다는 비판을 벗어나지 못했다.

비교문학은 밖으로는 서구중심주의적 태도에 대한 비판에 시달리는 한편으로, 안으로는 연구의 영역과 대상이 명확한 국민문학과 달리 '무엇을, 어떻게' 비교할 것인가의 문제로 인하여 학문 분과로서의 정체성이 모호하며 불안정하다는 불안과 의혹을 떨쳐내지 못했다. 르네 웰렉이 1958년 「비교문학의 위기(The Crisis of Comparative Literature)」라는 글을 쓴 지 37년이 지난 1995년에도 여전히 찰스 번하이머(Charles Burnheimer)는 '비교의 불안(The Anxieties of Comparison)'을 논하며 비교문학을 전공하는 학생들이 느끼는 불안감으로 글을 시작한다. 어떤 의미에서는 비교문학은 늘 위기를 말했으며, 이는 어느 특정 국가나 언어의 경계 안에 '집'을 갖고 있지 않다는 비교문학의 본질에서 비롯된다.

비교문학의 이러한 모호한 학문적 정체성은 비교문학이 줄곧 직면해 온

---

2 비서구 문학이 서구 문학의 기준에 따라 문학 아닌 것으로 분류되는 예는 많다. 레이 초우는 미츠히로 요시모토의 말을 인용하여 소위 "비교문학 연구자"들은 유럽문학 전공자들을 가리키며, 중국과 일본문학 연구자들은 "아시아 비교문학 연구자"로 따로 지칭된다고 지적한다. 수잔 바스넷은 1970년대 소잉카가 문학 쪽이 아닌 사회학에서 아프리카 문학을 강의해야 했던 예를 든다.

도전이었다. 그 도전은 비교문학에 위기이기도 하지만 한편으로는 비교문학이 국민문학이나, 최근 활발히 논의되고 있는 세계문학론과 차별화된 문학 연구 방법론으로서 자신의 학문적 위치를 재설정할 수 있는 가능성을 제공한다. 다시 말하자면 연구 영역과 대상이 불명확하다는 비교문학의 내적 약점이, 역으로 비교문학의 한계를 극복하고 무너뜨릴 수 있는 지점이 될 수도 있는 것이다. 비교문학의 특성이 갖는 유동성과 불확정성이 모든 차이를 동질화하려는 서구중심주의의 구심력을 해체하는 역할을 할 수 있다. '집 없음(unhomely)'의 상태는 비교문학이 학제적 학문이자 메타학문으로서의 성격을 고수하며 국민문학과 언어와 장르 등 모든 경계 자체를 연구와 사유의 대상으로 삼을 수 있게 해 주는 조건이 된다. 비교문학은 비교되는 대상들 간의 경계에 주목한다. 나오키 사카이(Naoki Sakai)는 오늘날 지식 생산에서 점점 중요성을 더해가고 있는 문제는 경계(border)가 아니라 경계짓기(bordering)라고 말한다. 경계짓기는 경계, 차별적인 제도, 분류의 패러다임을 인식하게 할 뿐 아니라, 나아가 경계를 긋는 과정, 차이의 용어들이 구성되는 과정, 사회적인 것의 연속적인 공간을 각인하는 과정에 주목하게 한다는 것이다.(25)

비교문학이 기원이 아니라 사이 공간(in-between)에 대한 연구가 되어야 한다는 인식은 1995년 『다문화주의 시대의 비교문학(*Comparative Literature in an Age of Multiculturalism*)』에서 잘 드러난다. 번하이머는 비교문학자 자신의 자전적 배경 또한 경계를 넘나들며 문화적 타자성들이 드러나는 장으로서 관심의 대상이 될 수 있다고 말하면서, '당신은 어디 출신인가'가 아니라 '어디 사이에 있는가'가 질문이 되어야 한다고 지적했다.(12)


다문화주의적 비교는 자기 자리에서부터, 자신을 스스로와 비교하는 것으로 시작해야 한다. 이 과정은 비교학자들이 문화적 차이를 평가하는 것과 관련된 난제에 민감해지게 해주는 한편으로 정체성 정치학의 문화적 실존주의를 막아준다. 리오넷이 프랑스와 영국 문화가 아프리카와 인도 문화의 전통과 조우하는 섬에서 일어나면서부터 제기된 것으로 설명하는 "생산적인 불편"이 비교학자들의 주제를 혼종적으로 구성해 준다.

I am suggesting that multiculturalist comparatism begins at home with a comparison of oneself to oneself. This process precludes the cultural existent- ialism of identity politics, while it sensitizes the comparatist to the extremely difficult issues involved in evaluating cultural differences. The "productive discomfort" that Lionnet describes as arising from being brought up on an island where French and English cultures intersect with African and Indian traditions vividly evokes the hybrid constitution of the comparatist subject. (11)

이는 문학을 비롯하여 모든 것이 상호 연관되어 영향을 주고받으며, 따라서 국민문학 간의 경계는 고정된 벽이 아니라 유동하는 접합점들로 이루어져 있음을 의미한다. 따라서 비교문학 연구는 그 접합점들의 의치를 설정하려는 시도가 된다. 또한 한 주체, 하나의 국민문학, 하나의 언어 자체도 그 안에 내재한 타자성의 흔적들과 혼종성으로 비교 연구의 대상이 될 수 있다.

번하이머는 스위스 칼뱅주의자 전통 속에서 태어난 어머니와 독일의 세속화된 유대계 출신인 아버지의 문화적 정체성을 물려받은 혼종적 주체로 자신의 예를 들고 있는데, 이같은 혼종성은 국적과 언어가 다르다 해도 어느 정도의 동일성이 전제되는 유럽의 경우보다 제3세계의 경우 훨씬 더 첨예하게 드러난다. 제3세계 근대문학은 서구와의 관계 속에서 그 영향 아래 근대의 개념을 형성해 왔다는 점에서 근본적으로 혼종성을 내포하고 있으며, 아시아에서의 모더니즘은 근대성과 근대화, 민족주의와 서구화, 세계주의와 반제국주의, 개인주의와 호전적 집단주의, 부르주아와 프롤레타리아 문화가 연대기적 순서를 무시하고 복잡하게 뒤얽혀 있다. 많은 아시아 국가들의 경우 식민지 시대에 계몽을 통한 탈식민화가 중요한 과제였으나 이 계몽의 논리가 서구의 근대화로부터 왔다는 점에서 모순이 존재한다. 윤지관은 한국의 경우 중심부 문학을 전공한 평론가들, 서양문학에 대한 꼼꼼히 읽기를 할 언어능력을 가진 지식인들이 한국문학에서 비평적 권위를 갖고 군림하면서 20세기 한국문학 담론지형 형성에 결정적 역할을 했으며, 그 때문에 한국문학 속에 이미 유럽문학으로 현상된 세계문학의 요소들이 깊이 스며있다고 지적한다. 그러므로 제3세계 문학은 타자와의 접촉과 뒤섞임을 통해 변형되었다는 점에서 애초부터 비교문학적 요소를 포함하고 있으며, 차이를 인정하지 않는 서구 비교문학에 비해 오히려 그 모순적 요소와 혼종성으로 인하여 근본적으로 비교문학적 연구의 필요성과 가능성을 제기한다.


## 3. 번역불가능성


『다문화주의 시대의 비교문학』이 지닌 또 하나의 의의는 비교문학 분야에서 세계문학을 구성하는 요소인 초국가주의를 포용할 것을 공식적으로 인정했다는 점이다. 번하이머는 세계의 더 많은 지역으로부터의 문학을 읽어야 하며, 이를 위해 주요 유럽 언어 외에 다른 언어 학습을 권장하는 동시에 번역된 작품을 읽는 것까지도 허용하는 개방적 자세를 취했다. 그는 번역에 대한 해묵은 적대의식을 누그러뜨릴 것을 요구할 뿐 아니라, 한 발 더 나아가 새롭게 "세계화된" 영역을 연구하는 데 있어서 번역은 비교문학이 오랫동안 고대해 온 "도구"가 될 수 있다고까지 말했다.

번역을 서로 다른 산만한 전통들을 가로질러 이해와 해석의 더 큰 문제들을 위한 패러다임으로 볼 수 있다. 비교문학은 다른 문화, 매체, 학문과 제도의 서로 다른 가치 체계들 사이에서 번역이 잃는 것과 얻는 것이 무엇인가를 설명하는 것을 목표로 한다고 할 수 있다.

Translation can well be seen as a paradigm for larger problems of understanding and interpretation across different discursive traditions. Comparative literature, it could be said, aims to explain what is lost and what is gained in translations between the distinct value systems of different cultures, media, disciplines and institutions. (44)

번하이머가 밝힌 대로 비교문학이 번역에 대하여 취해 온 입장의 급격한 전환은 문학을 비교하는 관점과 태도의 변화를 암시한다. 비교문학이 '번역 과정에서 잃는 것과 얻는 것을 설명해야 한다'는 그의 주장은 비교문학이 문화와 언어 간 교환과 전이의 과정에서 필연적으로 수반되는 변형을 연구자가 피해야 할 부정적인 오염과 왜곡으로서가 아니라 일종의 재창조 과정으로 보고 주목해야 함을 의미한다. 이러한 비교문학에서의 관점의 변화는 번역연구 또한 문화연구와 탈식민주의 이론의 영향으로 기존의 언어 간 등가에 집중했던 언어학적 연구에서 번역활동의 문화적, 사회적, 정치적 맥락을 주목하는 쪽으로 문화적 전환이 일어난 1980년대 이후의 변화와 궤를 같이한다.

번역은 번역자에게는 자세히 읽기, 독자에게는 멀리 읽기의 방식이 되는 읽기의 한 형태이자 원문을 다시쓰기하는 실천 행위이다. 실천으로서의 번역은 번역 행위를 둘러싼 현실 세계의 역학 관계를 반영하면서 동시에 이 관계에 개입하고 변화를 일으킨다. 그런 점에서 경계에 대한 사유에서 번역은 이론과 실천의 양면에서 효율적인 도구가 될 수 있다. 그러나 세계화가 미국화의 또 다른 이름에 지나지 않는다는 의혹이 여전히 존재하는 한, 번역을 통하여 문학이 국경을 넘어 확산되고 수용되는 양상에 대해 좀 더 면밀한 고찰이 필요할 것이다. 현실적으로 언어 간 번역과 수용에는 극심한 불균형이 존재한다. 로렌스 베누티(Lawrence Venuti)는 미국에서 출간된 책들은 전 세계로 번역되어 나가는 데 반해 미국에서 번역 출간된 외국 작품은 전체 출판시장에서 불과 3%만을 차지하고 있다는 통계를 제시한다.(134) 이러한 불균형한 무역상의 흐름은 단지 출판물의 양적인 차원에서의 문제로 그치지 않고 번역규범에도 영향을 미친다. 베누티는 미국에서 출간되는 외국의 번역물의 수가 적은 것도 문제이지만 그나마도 이질적 요소들을 자국화하는 번역이 이루어지고 있다고 비판한다. 동질화하는 번역은 차이를 제거하고 억누름으로써 경계 없는 텍스트의 유통과 순환의 환상을 제공한다. 세계어로서의 영어의 영향력이 점점 커져가는 이면에는 수많은 군소 언어들이 사라져 가면서 언어의 다양성이 약화되어 가는 현실이 있다. 번역된 텍스트를 교재로 삼는 대학의 세계문학 강좌에 대한 우려의 시각도 이러한 측면에서 이해할 수 있다. 세계문학이 번역을 통하여 상이한 언어와 문화적 전통으로부터 생산된 다양한 텍스트들을 더 폭넓게 수용하고 접촉할 수 있다는 이점은 간과할 수 없으나, 세계문학의 교육이 언어적 특수성에 대한 섬세한 고려 없이 이루어진다면 오히려 영어의 단일 언어주의를 강화함으로써 문화적, 언어적 다양성을 감소시키는 역효과를 낳을 수도 있다.

번역이 흔히 '경계선 넘기(border-crossing)'의 은유로 사용되지만, 경계선을 넘을 수 있는 가능성은 어느 방향으로든 똑같이 적용되지 않는다. 자유로운 월경이 가능하다는 생각은 경계선을 긋고 유지하는 데 작용하는 정치적 역학관계를 무시한다는 점에서 언어 간 등가가 성립할 수 있다는 가정과도 비슷한 오류를 범한다. 탈식민주의 번역이론은 언어적 등가성만을 추구하고 정치성을 배제한 기존의 언어학적 번역연구를 비판한 바 있으며, 파스칼 카자노바(Pascal Casanova)의 세계문학론 역시 세계문학의 장 안에서 중심부와 주변부의 불평등한 관계를 주장하며 기존의 세계문학 논의가 정치성을 고려하지 않은 점을 비판한다. 그가 보기에 세계문학의 장은 문학적 위신과 문학자본의 획득을 놓고 벌어지는 투쟁의 장이다. 그러므로 지배문화의 차이를 지우는 자국화 번역 경향은 주변부의 작가들에게 중심부의 문학 규범을 수용하고 따르도록 강제하는 압력으로 작용하기도 한다. 원천 언어의 입장에서는 번역이 중심부의 문학 자본의 국제적 확산을 가능케 하지만, 주변부에서는 다언어 사용자나 작가들이 중심부 문학을 수입할 뿐 주변부 문학 수출은 하지 않으므로 세계 문학 장을 균질화하고 동일화하는 결과를 가져올 위험이 있다. 즉 중심부에서 주변부로의 월경은 막강한 문학자본의 힘을 빌어 쉽게 이루어지지만, 그 역방향으로의 움직임은 훨씬 어렵고 드물게 일어난다. 그러므로 전자의 관점에서는 세계문학의 공간이 자유로운 텍스트의 이동을 보장하는 국경 없는 매끄러운 공간으로 보일 수 있으나, 후자의 관점에서는 비가시적인 경계선의 존재가 감지된다. 세계화의 시대라고 해도 실제로 자유로이 국경을 가로질러 이동할 수 있는 권리는 여전히 모두에게 허용되지는 않는 일종의 특권을 의미한다.

번역 과정에서 동질화에 저항하는 차이들의 존재를 부각시키고 이러한 차이들이 수행할 수 있는 역할에 주목하는 흥미로운 논의를 에밀리 앱터(Emily Aptor)와 빈센트 라파엘(Vincente Raphael), 두 비평가의 이론에서 찾아볼 수 있다. 두 사람 모두 번역이라는 경계 넘기 행위가 교환 가능한 등가를 찾아내는 것으로 안전하게 완결될 수 있으리라는 기대를 부정하고, 의미의 교환과 소통의 과정에서 발생하는 갈등과 불화에 주목한다. 타자와의 조우가 주체의 동일성에 균열을 가져오듯, 번역은 하나의 의미로 수렴될 수 없는 무수한 차이들을 필연적으로 부각시킨다. 그것이 동질적이고 안정된 주체의 환상을 교란하는 번역의 불온한 힘이다.

앱터는 번역이론에서 경계선 넘기(border-crossing)의 비유를 과도하게 사용함으로써 일반적으로 언어상의 등가가 성립하고 의미의 교환이 쉽게 이루어지는 듯한 착각을 유발한다고 비판한다.(13) 실제로 경계선은 자유로이 넘나들 수 있는 성격의 것이 아니며, 곳곳에 배치된 검문소의 존재는 국경선의 수사를 추상화하는 데 저항한다. 앱터는 번역불가능성의 역할을 이 국경 검문소에 비유한다. 정치적 국경의 모호하고 유동적인 성격이 가시적인 검문소의 존재로 강화되듯이, 검문소로서의 번역불가능성은 모든 것이 번역가능하다는 보편화의 환상에 저항하며 타 문화 속으로 환원되지 않는 차이의 존재를 부각시킨다. 앱터는 번역 연구와 세계문학의 제도화된 형식들이 지나치게 보편화되고 있으며, 국민문학 학부들을 축소하거나 외국어 교육을 줄이려는 시도를 정당화하려는 대학들에 의하여 전유당하는 상황에 강경히 맞서지 못하고 있다고 비판한다. 이러한 비판은 세계문학이 전세계적인 여행과 무역의 성행과 함께 확산되는 세계화의 흐름에 편승하여 문학선집을 내고 커리큘럼을 만들어내는 식으로 무분별하게 상업적으로 팽창하는 데 대한 우려에서 나온 것이다. 그러한 세계문학의 팽창은 차이를 균질화하는 세계화와 궤를 같이하는 결과가 될 수도 있으므로, '번역할 수 없는 것', 혹은 '번역되지 않는 것'에 대한 강조는 그러한 무분별한 확산에 제동을 거는 '검문소(check point)'로 기능할 수 있다. 비교 연구에서 검문소로서의 번역 불가능성을 고려하는 것은 환원되지 않는 차이에 대한 인식을 놓지 않음으로써 비교 행위가 각 문화에 공통되는 보편성을 추출하는 목적을 향해 나아가는 것이 되지 않게 해 준다.

빈센트 라파엘은 미국 사회가 가지고 있는 멜팅 팟의 다문화주의적 차이를 동일성으로 녹여내려는 미국 국가주의의 집요한 시도를 좌절시키는 번역 불가능성의 존재에 주목한다. 번역불가능성은 단일언어적 멜팅 팟에 대비되면서 차이를 확산시키고 모든 언어들이 단 하나의 공통어로 합병될 수 없음을 의미하는 바벨탑의 알레고리이다. 앱터가 검문소를 번역불가능성의 은유로 제시했다면, 라파엘은 이라크 전쟁에서 미군 통역을 맡았던 이라크인들(terps)의 경우에 주목한다. 이들은 미군 병사와 이라크 폭도 양자를 닮았으면서 똑같지는 않은 '기이한 더블(uncanny double)'로서, 양쪽으로부터 의심받고 배척당하는 존재이다. 이들은 어느 쪽으로도 완전히 동화될 수 없는 경계선 위의 존재로 어느 쪽으로도 확정적인 의미에 도달할 수 없는 번역의 본질적인 한계를 드러낸다. (465)

원문을 다른 언어로 이동하고, 대치하고, 이전하고, 변형하는 것으로서 번역은 언어들을 가로질러 의미를 고정할 수가 없다. 외려 바벨 이야기에서와 같이 번역은 가능한 의미들의 확산과 혼란, 그리하여 단일한 의미에 도달하는 것의 불가능성에 처해 있다. 이런 이유로 번역은 거듭하여 발화의 현장, 기호의 해석, 매개 작용, 담화의 윤리를 위기에 처하게 만든다. 그러므로 제국주의자들이 번역의 작용을 완전히 통제하는 데 반대하는 사람들은 물론이고 제국주의자들도 그것을 회복하기란 불가능하다. 전시에 번역에 내재한 반역과 배반은 민주주의적 소통과 정당한 의미의 교환의 약속으로 단일 언어로 동화시키는 번역의 미국적 개념과 대조를 이룬다.

As the displacement, replacement, transfer, and transformation of the original into another language, translation is incapable of fixing meanings across languages. Rather, as with the story of Babel, it consists precisely in the proliferation and confusion of possible meanings and therefore In the impossibility of arriving at a single one. For this reason, it repeatedly brings into crisis the locus of address, the interpretation of signs, the agency of mediation, and the ethics of speech. Hence it is impossible for imperialists as well as those who are opposed to them to fully control its workings, much less recuperate them. The treachery and treason inherent in translation in a time of war are the insistent counterpoints to the American notion of translation as monolingual assimilation with its promise of democratic communication and the just exchange of meanings. (465)

앱터의 검문소가 평화로운 국경 지대보다 팔레스타인과 이스라엘의 경우처럼 갈등 상황에서 그 존재를 뚜렷이 드러내듯이, 전쟁과 번역은 진보를 향해 나아가는 연속된 시간의 질서를 파괴하고 모든 것을 본래의 익숙한 자리에서 전치시킴으로써 단일한 질서로의 동화 불가능, 확정된 의미로의 번역 불가능을 드러낸다. 번역은 이처럼 원문의 의미를 전치시키고 근원에서 떼어내어 방향을 잃게 만듦으로써 동일한 기준을 취하거나 총체화를 지향하지 않는 비교의 조건을 마련한다. 등가로 치환되거나 동일성으로 환원될 수 있는 공통의 단위를 발견할 수 없다는 사실은 번역의 가능성 자체를 봉쇄하는 것이 아니라 오히려 반대로 의미가 일치하는 등가가 존재하지 않으므로 번역이 완결될 수 없으며, 끊임없이 새로운 재번역이 시도될 수 있다는 의미가 된다.

## 4. 경계선 위의 삶―『광대 샬리마르』

한 작품 안에서도 공존하는 혼종적 요소들의 비교 연구가 가능하다고 할 때, 끊임없이 경계선을 넘는 인물들의 삶을 통해 '기묘한 전치'를 주제화하는 대표적인 작품으로 살만 루시디의 『광대 샬리마르』를 들 수 있을 것이다. 『광대 샬리마르』에서 시간상으로는 20세기 초반부터 말까지, 지역상으로 유럽과 미국, 인도에 걸쳐 복수의 세계에서 여러 층위로 이야기들이 전개된다. 세계 2차 대전 당시 스트라스부르와 파리, 런던을 배경으로 한 홀로코스트와 레지스탕스의 역사, 20세기 카슈미르의 분리 통합을 전후하여 카슈미르 산간 지방의 예인들의 마을 파치감의 이야기, 그리고 세계 최강대국이지만 테러의 공포와 인종갈등의 폭력으로부터 자유롭지 못한 현대의 미국, 세 곳을 배경으로 전개되는 이야기들은 서로 비슷하면서 다른 세계의 컨텍스트 안에서 조금씩 변형된 형태로 반복되며 병치됨으로써 자연히 비교의 효과를 낳는다. 즉 광대 샬리마르의 내러티브 구성 자체가 비교의 기법을 취하고 있다고 볼 수 있다. 큰 줄거리는 카슈미르 지방의 전통춤 무희 부니(Booni)와 줄타기 광대 샬리마르가 사랑에 빠져 종교적 차이를 넘어 결혼에 이르지만, 마을을 방문한 미국 인도 대사 막스 오퓔스(Max Ophuls)의 유혹에 부니는 새로운 삶을 찾아 남편을 버리고 그를 따라 떠난다. 샬리마르는 부니가 배신하면 상대 남자와 그녀가 낳은 아이까지 모두 죽이겠다고 한 맹세를 지키기 위해 이슬람 근본주의 집단에 들어가 테러리스트가 되어 복수를 실행한다.

막스 오퓔스는 유럽 상류계급 출신의 귀족적이고 지적인 엘리트이지만 유대계로 나치에게 부모를 잃었으며 프랑스에서 레지스탕스 활동을 했다. 그 역시 샬리마르나 카슈미르 주민들처럼 한때는 박해받는 소수자, 희생자, 폭력에 폭력으로 저항하는 자의 위치에 놓인 적이 있으며, 이러한 위치는 전혀 다른 세계에 속한 이들이 처한 상황과 병치를 이룬다. 절대적으로 고정된 위치는 없으며 끊임없이 변화하는 문맥과 관계들 속에서 어떻게 위치 지어지는가에 따라 해석과 정의는 달라진다. 테러리즘에 붙는 다양한 꼬리표들은 테러리즘이라는 단어가 그것이 놓이는 문맥 속에서 다양하게 번역될 수 있는 복잡한 함의를 지니고 있음을 보여준다. 막스 오퓔스가 레지스탕스로 활동했다 해도 그에게 테러리스트의 딱지가 붙지는 않는다. 세계화의 문맥 속에서 그 단어만이 아니라 샬리마르의 행위 또한 번역불가능하다. 플로리언

스태들러(Florian Stadtler)는 루시디가 샬리마르의 행위에 도덕적 판단을 내리거나 해석하려 하지 않으며 단지 카슈미르에서 싸우는 집단들과 프랑스 레지스탕스들 간의 유비를 통해 정의의 문제를 제기할 뿐이라고 본다.(196) 루시디는 인도인으로써 샬리마르의 암살 행위에 대해 미 제국주의에 대한 저항 행위로 정당화하거나 의미를 부여하지도 않는다. 샬리마르의 행동은 복수심에서 나온 개인적인 행동일 뿐이지만, 이슬람 근본주의 집단 출신의 고도로 훈련된 테러리스트로서 전 미국 대사를 살해했을 때 그 행의는 그가 의도하지 않더라도 정치적으로 해석될 수밖에 없다. 그 세계에서 개인적인 것과 정치적인 것은 분리되지 않는다.

『광대 샬리마르』에서 재현되는 세계는 다문화적인 차이들이 조화롭게 공존하는 세계가 아니라 '충돌하는 세계들'이다. 루시디는 2005년 인터뷰에서 다양한 이야기들과 역사들의 상호연관성을 "충돌하는 세계들(worlds in collision)"이라고 표현했는데, 이 충돌은 물리적, 인식론적 폭력을 수반한다. 내러티브뿐 아니라 언어와 문체에서도 상이한 세계들끼리 충돌하면서 동화되거나 삭제되지 않는 차이들이 드러난다. 루시디의 글쓰기는 번역에 저항하는 글쓰기이다. 언어의 경제성을 살린 간결하고 적확한 묘사보다는 하나의 대상을 묘사할 때에도 비슷하면서도 조금씩 다른 비유와 문장들을 켜켜이 쌓듯이 중첩시켜 나가는 쪽을 택한다. 그 결과물로서의 문장은 구문상으로는 여러 개의 문장들이 한 문장 안에 순서상으로 A, A+, A++…와 같은 식으로 겹치듯 이어지며 여러 개의 층위를 만들어나가는 중첩된 구조를 가지며, 의미상으로도 겹겹이 쌓인 묘사들이 풍성한 주름 같은 층을 만들어낸다. 많은 비평가들이 그의 내러티브 구성 형식이 비서구적 전통에 속해 있으며, 특히 『라마야나(Ramayana)』와 『마하바라타』에서 나온 비-모사적(non-mimectic)

내레이션의 인도적 형식이라고 본다.(Stadtler, 198) 루시디의 전매특허라고 할 수 있는 문체상의 과잉은 단어와 어구, 표현에서 비슷한 표현이 반복됨으로써 나타나는데, 프라사드(C. J. V. Prasad)는 이를 루시디만의 특징이 아니라 복잡한 명사와 구, 긴 문장으로 이루어지는 인도식 영어 전반의 특징으로 본다.(27) 이는 식민 지배자의 언어인 영어에 지역적 차이를 도입함으로써 오염시키는 포스트콜로니얼리즘 작가들의 글쓰기 전략이다. 루시디 역시 영국인들이 쓰는 것과 같은 식으로 영어를 쓸 수는 없다는 생각에서 스스로의 목적에 맞는 영어를 새롭게 만들어 낼 필요가 있었다고 말한다. 그는 이민자로서의 글쓰기를 일종의 번역 행위에 비교하면서, 항상 번역에서 잃는 것이 있지만 얻는 것 또한 있을 수 있다는 믿음을 피력한다.(17) 루시디가 의도하는 언어적 차이의 도입은 단일 언어로서의 영어를 복수화함으로써 그 안에서 비교를 가능케 한다.

루시디는 특징적인 문체뿐 아니라 번역하기 어려운 문화적 함의가 강하게 담긴 언어를 다수 도입한다. 카슈미르의 전통 음식 묘사에서 특히 이러한 경향이 두드러지는데, 그들의 전통 문화에서 음식은 그들의 문화적 정체성을 드러내는 중요한 상징이다. 탐식에 빠진 부니가 다른 음식이 아닌 전통 음식에만 집착하는 것은 자신이 버리고 온 세계에 대한 상실감과 죄의식 때문이다. 수프리야 초두리(Supriya Chaudhri)는 루시디의 작품에서 상실은 경험과 재현 간에 격차를 느낄 수 없는 언어적 풍요함으로 번역된다고 말한다. 루시디는 장소명이나 문화적 관습을 위하여 우르두어, 아랍어, 힌두스탄어 등의 단어를 광범위하게 가져오지만 그 의미를 분명히 인식할 수 있는 어떤 "원천"에 기대지 않으며, 특정하게 일치하는 것이 전혀 없으므로 모든 것이 암시될 수 있는 혼합물을 만들어낸다. 이러한 "낯설게 / 이상하게 만들기"는 번역할 수 있는 것을 넘어서서 만들어지는 환상이다.(278) 루시디 소설에서 '번역할 수 없는 것'들의 역할과 비슷한 경우를 에밀리 앱터가 주장한 톨스토이의『전쟁과 평화』에서도 찾을 수 있다.『전쟁과 평화』에는 불어나 틀린 불어 번역, 불어화된 러시아어가 뒤섞여 있다. 톨스토이는 러시아어로 번역하지 않고 프랑스어로 그대로 삽입한 구절, 러시아어의 영향으로 변형된 프랑스어, 주석의 신뢰할 수 없는 번역 등을 통해 번역불가능성에 기대어 정치적 불안정과 위기의 연대기로서 세계 소설의 예를 보여준다는 것이다. 불어 삽입이나 불어와 혼합된 러시아어의 사용은 러시아 상류층들이 얼마나 프랑스화 되었는가를 보여주며, 나폴레옹의 러시아 침략이라는 소설의 주제를 언어적 측면에서 반복하여 재현한다. 즉 번역불가능성이 소설에서 허구적 연속체를 분열시키면서 구성에 혼종성을 불어넣는 메타적 기능을 하게 된다.(2013, 16~7)

그러므로 번역과정에서도 이러한 번역불가능성을 어떻게 재현함으로써 경계 너머 다른 세계의 존재를 드러낼 것인가가 적극 고려될 필요가 있다. 가독성을 위하여 여러 개의 복문으로 이루어진 과도하게 긴 영어 문장은 번역문으로 옮기면서 나누어 주는 경우가 많지만, 루시디의 경우에는 단어와 어구에서 나타나는 반복의 패턴이 내러티브에서도 비슷하게 나타남으로서 서로 조응하는 효과를 의도하고 있다는 점을 유의할 필요가 있다. 하나의 대상을 서술할 때 과도하게 흘러넘치는 비슷한 표현의 반복들은 독자들의 읽기 행위를 지연시킴으로써 문장 속에 쉽게 해독되지 않는 낯설고 이질적인 요소가 있음을 의식하게 만든다. 루시디가 자신의 글쓰기 행위 자체를 번역과 동일시한다고 할 때, 그는 자신의 인도 문화적 요소가 소설 속으로 완전히 번역될 수 없음을 인지하고 글을 쓰는 것이다. 따라서 그의 말처럼 '번역과정에서 필연적으로 상실되는 것'을 보충하기 위하여 반복되는 언어의 과잉은 필연적인 것이 된다. 따라서 번역과정에서도 이처럼 의미가 확정적으로 고정되거나 하나의 목표로 수렴되지 않고 서술할수록 의미가 확산되고 흩어져 나가면서 더욱 모호해지는 과정이 포착되어야 한다. 그러므로 번역문의 경우 다음의 예와 같이 반복과 지연의 효과를 살리도록 의도한다.

> 그는 깊이 있는 감정을 지닌 사람, 아름다움과 부드러움을 감상할 줄 아는 사람, 아름다움을 사랑하는 사람, 따라서 아름다운 카슈미르에 크나큰 애정을 느끼는 사람, 아니면 애정을 느끼고 싶어하는 사람, 그도 아니면 번번이 억제하지 않는다면 애정을 느껴버릴 사람, 사랑으로 보답받기만 한다면 진실하고 참된 애정을 줄 사람이었다.(166)

> He was a man of deep feeling, a man who appreciated beauty and gentleness, who loved beauty, and who accordingly felt great love for beautiful Kashmir, or who wished to feel love, or who would feel love if he were not prevented from doing so at every turn, who would be a true and sincere lover if he were only loved in return.(98)

또한 루시디가 삽입한 문화소들은 카슈미르 전통문화의 특수성을 드러내는 역할을 한다. 빌 애쉬크로프트(Bill Ashcroft)는 번역 불가능한 단어들을 포스트콜로니얼 작가들이 주석 없이 그대로 삽입함으로써 각 문화 간의 차이를 암시하며, 소설의 실질적인 정보를 제공하는 언어가 타자의 언어임을 인식시킨다고 말한다.(108) 또한 독자들은 이러한 단어들의 의미를 전체적인 내용 속에서 추론할 수 있지만, 보다 완벽하게 이해하기 위해서는 이 텍스트를 뛰어넘어 독자들 자신의 문화적 공간을 확대할 것이 요구된다.(109) 이러한 독자의 적극적인 참여에 대한 요청은 댐로쉬 역시 세계문학의 공간을 구성하는 데 핵심적인 요소로 제시했던 것이다. 그는『모노가타리 겐지』의 문화적 차이를 삭제하거나 동질화한 번역본, 전문가가 학문적 주석과 해설을 최대한 삽입한 번역본, 독자의 이해를 돕는 선에서 최소한으로 주석을 단 번역본 세 가지를 예로 들면서 이 중 세계문학의 독자를 위해서는 세 번째 번역본이 가장 적당하다고 말한다.(297) 아무리 많은 주석을 달고 정보를 제공한다 해도 번역 불가능한 부분은 남는다. 따라서 댐로쉬는 번역으로 메워지지 않는 빈 공간을 독자가 참여하여 상상력을 발휘해서 채우는 것이 가장 바람직하다고 보는 것이다. 독자가 특정 문화에 깊이 뿌리박은 이러한 문화소들을 다 이해하기란 불가능하며, 작품 감상을 위하여 완벽한 이해가 반드시 요구되는 것도 아니다. 보편적인 차원만을 지나치게 강조한다면 문학을 동질화하는 결과가 되고 타자성을 인식하는 데 실패할 것이며, 반대로 텍스트의 타자성에만 과도하게 초점을 두면 작품을 낯설고 이국적인 것으로만 여기게 될 것이다.[3] 번역불가능한 요소의 적절한 삽입은 문학 감상에서 이러한 보편성과 특수성이 동시에 작용하게 할 수 있다. 비교에서 중요한 것은 두 가지의 서로 다른 축 사이에서 일어나는 대화로서의 상호작용이며, 비교는 이를 활성화하고 이 대화가 일어나는 사이의 공간을 여는 데 초점을 맞추어야 한다. 다음의 번역문에서 구체적인 요리들에 대해 전혀 주석을 달지 않았으나 독

---

3  존 파이저(John Pizer)는 괴테의 세계문학 패러다임은 국민문학들의 존재에서 출발하여 지역적인 것과 보편적인 것, 일자와 다자 사이의 대화를 가능케 하고자 하며, 그때부터 오늘날까지 이러한 패러다임은 여전히 유효하다고 말한다. 그러나 유의해야 할 것은 이러한 대화가 국적과 역사, 지리, 민족, 성, 언어로 나누어진 전통들 사이에서만이 아니라 개별적인 작품들 속에서도 일어난다는 것이다.(27)

자가 내용을 이해하는 데에는 무리가 없을 것이다.

마치 카슈미르의 '초특급 와즈완', 최대 예순 가지 코스의 잔칫상에 대한 향수 어린 기억이 그녀를 사로잡아 광기로 몰아가는 것만 같았다. (…중략…) 카슈미르 음식을 구해오라 한 것은 물론이고, 북인도식 탄두리와 무굴 황실 요리, 보티 케밥, 무그르 마카니, 마드라스의 마살라 도사스, 하이데라바드의 핫 피클 커리, 쿨피, 바르피, 피스타키라우즈, 달콤한 벵갈 산데시도 가져오라 했다. 그녀의 식욕은 아대륙 전체와 맞먹을 정도로 왕성해져만 갔다. 언어와 관습의 경계선을 종횡무진 가로질렀다.(329)

It was as if the nostalgic memory of the Kashmiri "super-wazwaan", the Banque of Sixty Courses Maximum, had possessed her and driven her insane (…중략…) She sent for Kashmiri food, of course, but also for the tandoori and Mughlai cuisines of north India, the boti kababs, the murgh makhani, and for the fish dishes of the Malabar coast, for the masala dosas of Madras and the fabled early pumptins of the coast of Coromandel, for the hot pickle of Hyderabad, for kulfi and barfi and pista-ki-lauz, and for sweet Bengali sandesh. Her appetite had grown to subcontinental size. It crossed all frontiers of language and custom.(202)

루시디의 인도식 영어에는 영어의 단일 언어주의가 완전히 통합하지 못하고 실패한 차이의 흔적들이 파편처럼 남아있다. 이를 한국어로 옮기는 것은 쉽지 않은 작업이다. 다른 언어들이 영어와 혼종되면서 남긴 흔적은 역사적,

문화적인 것이므로, 한국어에 같은 방식으로 차이의 흔적을 각인하기는 어렵다. 단 가능한 것은 차이가 존재했다는 흔적 자체를 드러내 보여주는 번역일 것이다. 이러한 번역은 영어가 오염되고 변형된 흔적을 통해 매끄럽고 균일한 단일 언어가 존재할 수 있으며 차이가 완벽하게 번역될 수 있다는 환상을 깨뜨리는 역할을 할 수 있다. 번역을 통해 생성되는 인도-영국-한국의 트라이앵글을 상정할 때, 한국은 같은 아시아인 인도 문화보다 영미권의 역사와 문화에 더 친숙하며, 그들을 더 가깝게 느낀다. 따라서 영미 문화 속으로 동화되지 않은 인도 문화와 언어의 잔여태를 번역에 남겨둠으로써 번역은 독자들이 타자의 흔적을 따라 더 멀리까지 상상을 통해 나아가도록 유도하는 역할을 할 수 있다.

『광대 샬리마르』에서 샬리마르는 미국 주류 문화의 관점에서 본다면 피에 굶주린 잔인한 테러리스트, 세계의 질서를 파괴하는 위험분자, 동화되기를 거부하는 이민자, 이슬람 근본주의자들의 캠프에서 훈련받은 광신도이다. 그러나 루시디가 중첩과 병치의 방식으로 보여주는 다양한 위치와 문맥에서의 샬리마는 단순한 가해자가 아니며, 막스 오필스 또한 희생자로만 정의되지는 않는다. 이 작품의 독서체험에서 핵심적인 것은 뒤엉킨 관계들로 이루어진 복잡하고 불가해한 세계에 대한 투명한 이해, 달리 표현하자면 차이들의 통약가능성에 도달하는 것이 아니라 치환되지 않는 차이들의 비교를 통하여 차이를 차이로 인식하는 것이다. 비교가 만들어내는 여러 가지 효과 중 하나는 '낯설게 하기'이다. 기존에 익숙했던 것들이 다른 문맥에 놓이면 이전에는 미처 눈에 띄지 않았던 숨겨진 의미들이 드러나게 된다. 호미 바바(Homi Bhabha)는 이러한 낯설게 하기의 효과를 '기묘한 전치(freak displace-ment)'로 부른다. 그는 세계문학의 지형들이 국민적 혹은 보편적 차원의 문화가 아니라 이 기묘한 전치에 초점을 맞추어야 한다고 주장한다.(376) 바바는 새로운 문화의 낯설고 이질적인 요소가 기존 문화의 경계 안으로 들어오면서 국민문학의 정전들이 공유하는 가치체계와 고유성이 교란되는 특이한 변위의 순간에 주목하는데, 번역이 바로 이러한 변위의 순간을 만들어내게 된다. 그는 한 발 더 나아가 과거에는 국민적 전통의 전파가 세계문학의 주요 주제였으나, 이제는 이민자들, 피식민자들, 정치 난민들의 초국가적 역사를 세계문학의 영역으로 삼을 것을 제안한다. 이러한 영역과의 조우를 통해 일어나는 전치를 통해 얻는 '낯선 불편함(unhomeliness)'의 감각이 세계문학을 읽음으로써 얻을 수 있는 중요한 체험이라고 보는 것이다.(371) 그는 이 '낯선 불편함'의 감각을 구체적으로 설명하기 위하여 헨리 제임스(Henry James)의 『귀부인의 초상(*The Portrait of a Lady*)』에서 여주인공 이사벨(Isabel)이 미처 보지 못했던 진실을 깨닫게 되면서 자신을 둘러싼 모든 것을 다른 눈으로 보게 되는 경험을 예로 든다. 소설은 이사벨이 이전의 삶으로 돌아가야 할지 새로운 삶을 선택해야 할지 결정을 내리지 못한 열린 결말의 형식을 취하지만, 분명한 것은 그러한 각성이 그녀의 세계에 결코 메워지지 않을 깊은 균열을 남겨 놓았다는 사실이다. 『광대 샬리마르』 역시 샬리마르의 복수는 완결이 지연되고 그는 삶과 죽음 한가운데 놓인 미결정의 상태로 결말지어진다. 다른 세계들의 충돌이 남기는 균열과 충격은 쉽게 메워지거나 지워지지 않으며, 우리는 바바의 표현을 빌면 '새로움이 틈입한', 이전과 비슷한 듯하지만 본질적으로 다른 세계에서 살아가야 한다.[4]

---

4　바바의 *The Location of Culture* 11장 제목인 "How newness enters into the world" 참조.

# 4. 나오는 말

비교문학의 과제를 경계에 대한 사유로 삼고 비교의 실천 행위를 통해 이를 수행해 나가고자 하는 노력은 항상 두 개 이상의 영역을 연구 대상으로 삼아 온 비교문학이 지닌 잠재적 가능성을 실현하고 학문적 영역을 확장하는 길이 될 수 있다. 이 과정에서 번역은 언어와 문화의 경계를 넘는 실천 행위로서 비교문학 연구에 하나의 구체적인 방법론을 제시한다. 학문의 연구 방법론으로서 비교는 19세기 비교문학의 성립과 관계없이 훨씬 이전부터 존재해 왔으며, 비교문학은 비교 행위를 통한 보편과 특수의 관계를 끊임없이 갱신하고 재설정함으로써 메타이론 혹은 앱터가 말한 자기번역 기계(self-translating machine)의 역할을 한다.(38) 자기번역 기계로서의 비교문학은 신조어나 계속 재번역되거나 오역되는 개념 등 번역할 수 없는 것들을 발견하고 갱신함으로써 비교의 행위를 절대적이며 유일한 의미를 찾아서 나아가는 오디세이적 귀향의 여정이 아니라 돌아갈 곳 없이 전 세계를 떠돌며 변형과 왜곡을 겪는 이산적(diasporic)인 것으로 만든다. 비교문학의 실패가 예정된 이러한 시도는 번역불가능성이 보여주는 궁극적인 번역의 실패와도 통하는 것이며, 거기에서 비교문학과 번역은 이론이자 실천으로서 존재의의를 찾을 것이다.

# 참고문헌

## 논저

루시디, 살만, 송은주 역, 『광대 샬리마르』, 문학동네, 2010.
베누티, 로렌스, 임호경 역, 『번역의 윤리』, 열린책들, 2006.
애쉬크로프트, 빌, 이석호 역, 『포스트콜로니얼 문학이론』, 민음사, 1996.
웰렉, 르네, 이경수 역, 『문학의 이론』, 문예출판사, 1989.
윤지관, 『세계문학을 향하여』, 창작과비평사, 2013.


Apter, Emily, "Philosophical Translation and Untranslatability : Translation as Critical Pedagogy", *Profession*, 2010.

____________, *Against World Literature*, London : Verso, 2013.

Bernheimer, Charles, Charles Bernheimer(ed.), "The Anxieties of Comparison", *Comparative Literature in an Age of Multiculturalism*, Baltimore : The Johns Hopkins University, 1995.

Bhabha, Homi, "The World and the Home", Frank Lentricchia · Andrew DuBois(eds.), *Close Reading : The Reader*, Durham and London : Duke University Press, 2003.

Casanova, Pascal, M. B. Debevoise(trans.), *The World Republic of Letters*, Cambridge : Harvard University Press, 2007.

Chaudhuri, Supriya, "Translating Loss : Place and Language in Amitav Ghosh and Salman Rushdie", ETUDES *ANGLAISES -PARIS- DIDIER ERUDITION* 62.3, 2009.

Chow, Ray, "The Old / New Question of Comparison in Literary Studies : The Post- European Perspective", *ELH* 71-2, 2004.

Damrosh, David, *What is World Literature?*, Princeton N. J. : Princeton Univertisy Press, 2003.

Pizer, John, "Toward a Productive Interdisciplinary Relationship", *The Comparatist* 31, 2007.

Prasad, C. J. V., "Writing Translation : the Strange Case of Indian English Novel", Susan Bassnette · Harish Trivedi(eds.), *Post-colonial Translation Theories and Practice*, London and New York : Routledge, 2002.

Raphael, Vincente, Mona Baker(ed.), "American English and National Insecurities", *Critical Readings in Translation Studies*, London and New York : Routledge, 2010.

Rushdie, Salman, *Imaginary Homelands*, London : Penguin, 1991.

___________, *Shalimar the Clown*, London : Vintage Books, 2006.

Sakai, Naoki, "Translation and the Figure of Border : Toward the Apprehension of Translation as a Social Action", *Profession*, 2009.

Saussy, Haun, "Exquisite Cadavers stitched from fresh nightmares : Of Memes, Hives, and Selfish Genes", *Comparative Literature in an Age of Globalization*, Baltimore : The Johns Hopkins University Press, 2006.

Spivak, Gayatri, *Death of A Discipline*, New York : Columbia University Press, 2003.

Stadtler, Florian, "Terror, Globalization and the Individual in Salman Rushdie's *Shalimar the Clown*", *Journal of Postcolonial Writing* 45-2, 2011.

Young, Robert, "The Postcolonial Comparative", *PMLA* 128-3, 2013.

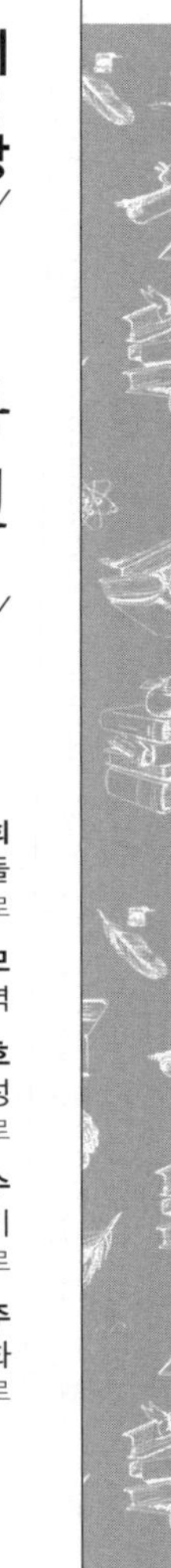
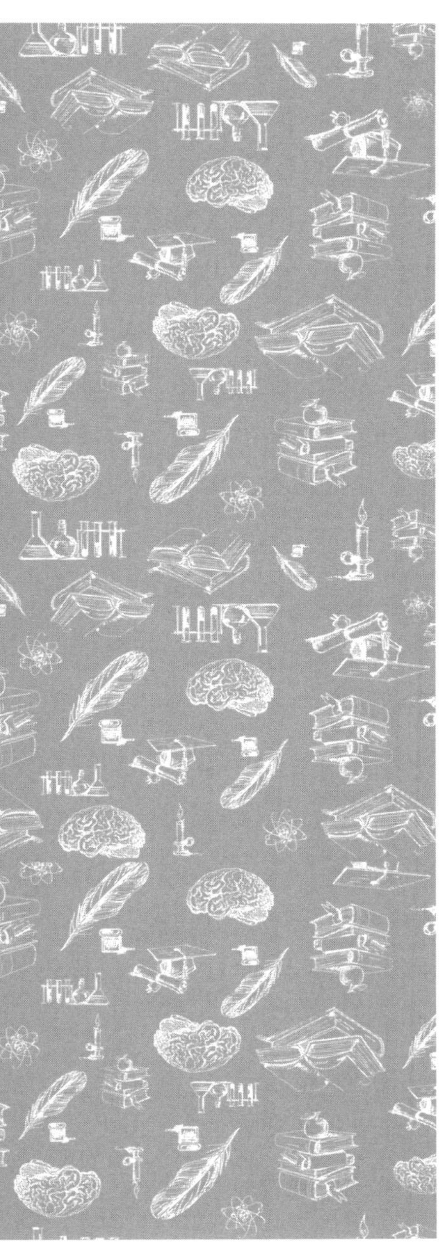



# 근대담론의 수용과 새로운 지식의 출현

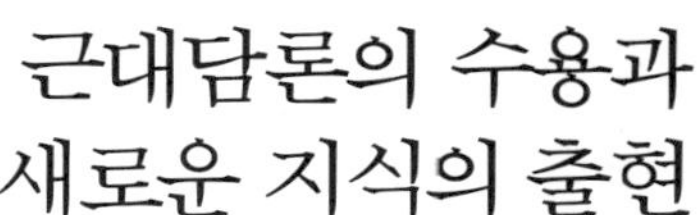

# 지식의 이동과 경계에 관한 시선들

## 최한기의 서양과학 수용을 중심으로

김선희

## 1. 들어가는 말

예수회의 중국 진출 이후 시작된 동서양의 지적 조우는 다양한 국면에 파급되어 두 세계의 사상 지형을 바꾸어나갔다. 일반적으로 이 과정은 '우월한' 서양에 의한 '낙후된' 동양의 교체로 여겨지기 쉽지만 꾸준히 이러한 편견을 넘어서 서양에 대한 동양의 지적 영향을 추적하는 연구들이 나오고 있다. 라이히바인(A. Reichwein), 주겸지(朱謙之), 매버릭(L. Maverick), 홉슨(J. M. Hobson), 프랑크(A. G. Frank) 같은 연구자들은 동양 사상과 문명이 서구 계몽주의와 르네상스 사조 형성과 전개에 상당한 영향을 끼쳤음을 여러 각도에서 보여주었다.[1]

---

1    Adolph Reichwein, *China and Europe*, London · New York : Kegan Paul, Trench, Turner & Co. and Alfred A. Knopf, 1925(*China und Europa*, Berlin, 1923); 朱謙之,『中國思想對於歐洲文化之影

이 연구들에 의하면 동양과 서양은 생각보다 깊고 다양한 방식으로 대화해왔고 서로의 문화와 전통에 유입되어 있었다.

그러나 적어도 이런 낭만적 평가는 힘의 불균형이 가시화되던 19세기에는 더 이상 유효하지 않을 것이다. 당시 동양인들에게 서양은 단순히 종교를 전파하러 온 낯선 타자가 아니라 나라의 존망을 결정할 수도 있는 강력한 국가적 적이었다. 특히 19세기 중반에 벌어진 아편전쟁은 청나라 뿐 아니라 조선과 일본에도 서양의 존재와 위험성을 각인시키는 충격적 사건이었다. 이후 동아시아인들은 다양한 측면에서 이 충격을 감당하기 위해 노력했다. 특히 동아시아 지식인들에게 이 노력은 심정(心情)이 아니라 학문과 사상의 긴장을 유발하는 강력한 지적 도전의 성격을 담고 있었다.

이 시기에 서양인들과 서양 언어를 익힌 중국인들에 의해 이루어진 다양한 분과와 주제의 서양 학술 번역은 중국, 조선, 일본의 지식인들을 추동하고 변화시켰다. 이 과정에서 산출된 한역서(漢譯書)들은 당시 동아시아에서 어떤 지식이 어떤 경로와 형식을 통해 유통되었는지, 누가 어떤 목적으로 이 지식의 이동에 참여했는지를 보여주는 창문 역할을 한다. 서양 학술의 한역(漢譯)이 만들어낸 지식의 이동의 풍경은 19세기 지식장 안에 다양한 방식으로 양각되거나 혹은 음각되었다. 이 글이 주목하고자 하는 것은 음각의 풍경 중하나다. 엄복이나 양계초 같은 이들의 선구적 작업이 동시대 지식인들에게 영향력을 행사했다는 점에서 일종의 양각을 형성했다면 상당한 폭과 깊이로 서양 학술의 이동을 추적하며 그 경계를 자기 방식으로 재구성하고자 했던

---

響』, 商務引書館, 1940; Lewis A. Maverick, *China-A Model for Europe* II, San Antonio in Texas : Paul Anderson Company, 1946; John M. Hobson, *The Eastern Origins of Western Civilization*, Cambridge · New York : Cambridge University Press, 2004; Andre G. Frank, *Reorient*, Berkeley : University of California, 1998 등을 참고할 수 있다.

조선 유학자 최한기의 경우는, 그 영향력이 가시적으로 표출되지 못했다는 점에서 음각에 머물렀다고 할 수 있을 것이다.

그러나 이 글은 그 음각의 세부를 재구성하는 것 자체를 목적으로 하지 않는다. 사실 최한기의 학술적 작업에 대한 연구와 평가는 상당한 양으로 축적되어 있다. 현재 최한기(惠崗 崔漢綺, 1803~1877)에 대한 연구는 이제『기학』,『인정』등 주저(主著)의 분석을 통한 총론적 평가 수준을 넘어서, 최한기가 활용한 서학서들을 직접 대조하는 각론의 수준으로 확장되어 있다.[2] 이 연구들에 나타난 최한기에 대한 평가는 다양한 듯 보이지만 생각보다 단순하다. 서양 과학을 진취적으로 흡수했다는 사실과 유학을 바탕으로 새로운 학문을 구상하고자 했다는 점에서 그의 모험적인 시도는 마지막 전근대 사상가의 거대한 철학적 기획으로서 흥미와 호기심을 불러일으키고 상찬 받는다. 이에 비해 그가 수용한 서양 과학의 관점에서 최한기의 사상은 생각보다 조야하고 비정합적 이해에 불과하며 잡박한 나열에 그칠 뿐이라는 평가를 받기도 한다.

총론 차원에서 최한기는 동서양을 회통시키며 시대를 앞서 나간 선구적인 사상가로 인정받지만, 각론 차원에서는 서양 과학의 세부들을 충분히 이해할 지적(知的) 자원이나 훈련 없이 오직 자기의 이해 수준에서만 서양 학설들

---

2    최근 연구의 경향은 근대 동아시아로 유입된 서양 학문 즉 '서학'의 개별 영역과의 비교 작업을 통해 최한기를 분석하고 평가하려는 것이다.『지구전요』에 나타난 지리사상,『신기천험』의 서구의학 수용,『운화측험』과『공제격치』의 비교,『영언여작』의 영향과 토마스 아퀴나스 인식론과의 비교 등이 그 예이다. 다음의 논저를 참고할 수 있다. 김문용, 「서양 의학의 수용과 신체관의 변화─최한기의『身機踐驗』을 중심으로」,『동양고전연구』37, 2009; 김숙경, 「惠岡 崔漢綺의 氣學에 나타난 西學 受容과 變容에 관한 研究」, 성균관대 박사논문, 2013; 노혜정,『지구전요에 나타난 최한기의 지리사상』, 한국학술정보, 2005; 여인석·노재훈 「최한기의 의학사상」,『의사학』2, 1993; 안상우·권오민·이준규, 「崔漢綺의『身機踐驗』을 읽는 또 하나의 독법─거시담론과 미시담론의 틈새로 보기」,『동양한문학연구』29, 2009; 전용훈, 「19세기 조선 지식인의 서양과학 읽기─최한기의 기학과 서양과학」,『역사비평』81, 2007 등.

을 취사선택함으로써, 단발적이고 개별적인 정보 나열에 그친 실패한 사상가로 평가받는 것이다. 이 '총론의 기대'와 '각론의 실망' 두 입장 사이의 괴리가 어쩌면 19〜20세기 한국의 지식장이 놓여있는 위상에 대한 일반적 평가에 가까울 것이다. 이 지점이 바로 이 글의 출발점이다.

이 글은 조선 유학자 최한기를 지식의 이동의 중요한 사례로 파악하고, 최한기에 관한 연구 경향을 비판적으로 성찰함으로써 19세기 동아시아에서 벌어진 지식의 이동과 경계에 대한 현재의 시선을 검토해보려는 것이다. 한편 이 글은 다른 각도에서 지식의 이동과 경계를 성찰하고자 한다. 그것은 최한기 자신이 지식의 이동과 경계에 대한 구상과 전략을 보여주는 철학자이기 때문이다.

그의 세계관은 전통적인 유가의 이념을 벗어나지 않는다. 개인과 사회와 국가와 우주가 하나의 축에서 움직이며, 이를 관통하는 운동성이자 생명성으로서의 기(氣)가 이 연동을 보장하며, 이 연동 안에 선한 가치가 영원히 작동한다. 개인은 개체에 머물지 않으며 우주로까지 자아를 확장해야 할 의무를 지니고 있고 이 확장의 실현은 일단 국가 차원에서 이루어져야 한다. 물론 최한기는 전통적인 유학자나 성리학자와는 다른 구도와 개념 위에 자신의 철학을 세우고자 한다. 가치는 우주의 근원에서 인간의 마음에 직통으로 내재하지 않으며, 지식 역시 마찬가지다. 모든 것은 추측(推測)이라는 신기(神氣 -마음)의 작용에 의한 결과물이며 우주적 영원성의 가치는 내 삶에 곧바로 내면화되어 있지 않다.

그는 리(理)를 부정하며, 오직 기(氣)의 구조와 변화로만 세계를 설명하고자 한다. 그러나 기로만 이루어진 세계를 꿈꾸었다고 해서 그가 가치를 배제하고 사실의 논리를 추구하는 근대적 자연 개념으로 세계를 이해했다는 의미는 아니다. 그가 상상한 기의 세계는 여전히 가치가 관통하는 동아시아적 우주다. 그렇다면 여기서 질문이 시작되어야 한다. 그는 왜 19세기 조선의 상황에서 '기학(氣學)'이라는 독특한 자기만의 학문 체계를 구상했고 그 안에 조선의 학적 체계에 이질적이었던 서양의 과학 이론들을 도입하고자 했는가? 답변이 결정되어 있는 듯 보이는 이 질문을 다시 구성하고 답변하는 과정이 어쩌면 근대 지식이라는 관점에서 최한기를 독해하는 경로가 될 것이다. 이 질문에 접근하기 전 예비적 경로가 가설해 볼 수 있다. '근대성', '경험주의', '서양 과학' 등 이제까지 최한기를 연구하는데 동원되고 적시되었던 연구의 표제어들로부터 최한기의 지적 접근과 경로를 다시 검토해 나가는 것이다. 이 표제어들이 19세기 지식장에서 활동하던 최한기를 21세기 지식장의 틀에서 분석하고 평가하는데 중요한 지침이 되기도 했지만 동시에 연구의 가능성을 제한하는 벽 역할을 하기도 했기 때문이다.


## 2. '근대 우주관을 수용한 과학사상가, 최한기'


최한기는 우리나라에서 최초로 지동설 즉 태양중심설을 수용하는 동시에 최초로 뉴턴의 만유인력이 법칙을 받아들인 선진적인 과학사상가였다. 태양중심설 및 만유인력의 법칙은 서양의 중세와 근대를 가르는 주요한 기준점이다. 왜냐하면 코페르니크스의 태양중심설이 근대 우주관의 시작을 알리는 신호탄이었다면, 유턴의 만유인력의 법칙은 곧 근대 우주관의 완성이었기 때문이다. 그러므로 최한기는 조선에 있어 서양의 근대 우주관의 수용자인 셈이다. 뿐만 아니라 그는 인간의 신체를 하나의 기계로 이해하는 서양 근대의 기계론적 신체관을 수용하기도 하였다. 여기서 예상할 수 있는 것은 그가 주자학적 사고에서 벗어나 새로운 사고를 펼칠 수 있었으리라는 점이다. 그리고 여기에는 우주설로 대표되는 서양 근대 과학의 영향이 있었고, 그러한 만큼 그 새로운 사고는 서양의 근대적 사고에 근접했으리라는 점이다. [3]

최한기에 관한 어느 논문의 결론 부분이다. '선진적인 과학사상가'라거나 '독보적인 학문 체계를 구축했다'는 평가는 최한기를 다루는 논문에 통상적으로 등장하는 관용적 문구다. 최한기에 대한 이러한 평가는 연구자들 사이에 크게 이견이 없는 일반적이고 상식적인 수준일 것이다. 최한기는 여러 연구자들에 의해 성리학의 극복이라는 측면에서 실학성을, 서구 과학의 도입이라는 측면에서 과학성을 담보하면서 이를 회통하려한 선구적인 인물로 평가받는다.

그러나 과연 이런 식의 평가가 정당하거나 설득력 있는가? 최한기는 놀라운 열정으로 서학 과학서들을 구해 보았고 잡박하다 할 정도로 여러 분야의 서양 지식을 흡수했다. 그는 당대 중국에서 서양 선교사들에 의해 이루어진 다양한 서양 과학의 쇄도를 기뻐했고 그 성과들을 자기 학문 체계 안에 수용하고자 적극적으로 노력했다. 그가 수용한 이론 가운데는 당시로서는 최신 이론인 뉴턴의 역학이나 해부학은 물론 부인과나 소아과 지식까지 포괄하는 최신 의학 이론도 포함되어 있었다. 그런 맥락에서 위의 평가는 크게 이견이

---

3   김용헌, 「주자학적 학문관의 해체와 실학―최한기의 탈주자학적 학문관을 중심으로」, 『혜강 최한기』, 예문서원, 2005, 192쪽.

없는 것으로 보인다.

그러나 문제는 그렇게 단순하지 않다. 일단 최한기는 자연 법칙[物理]만을 객관적 대상으로 삼은 적이 없다는 점에서 과학자나 과학사상가로 분류되기 어렵다. 그는 언제나 개인, 사회, 국가, 역사, 우주를 총괄하고 포괄하는 거대한 패러다임, 세계관을 자신의 학문적 대상으로 설정했고 이를 설명하거나 조직화하는 과정에서 서학의 과학 이론들이나 기술에 대한 설명을 차용했다. 그러나 결국 이러한 서양 과학의 이론과 잡박한 정보들은 최한기가 열성적으로 구축하고자 했던 자신의 학적 체계 즉 '기학(氣學)'의 체계 내에서 서양의 학제나 분과와는 다르게 재구성된다. 더 중요한 문제는 최한기가 근대 우주관이 담긴 서양 과학 이론을 읽고 자기 책에서 다루었다고 해서 과연 그를 '서양의 근대 우주관의 수용자'로 평가할 수 있는가 하는 점이다. 그의 학문에 서양 과학의 영향이 있었던 것은 분명하지만 그의 새로운 사고가 근대적 사고에 근접했으리라고 볼 분명한 근거가 존재하는가? 최한기가 본 것은 '근대 서구 과학'이었을지 몰라도 그는 '근대 지식'을 수용하고자 한 것도, '서구 과학'을 수용하고자 한 것도 아닐 것이다. 차라리 그는 오직 자신의 기학의 지적 자원들을 확보하고자 했기 때문이다.

최한기는 만유인력의 법칙이 중세와 근대를 가르는 기준 역할을 한다는 사실을 전혀 인식하지 않았고 기계론적 신체관이 더욱 진보된 '근대적'인 입장이라는 자의식 역시 없었다. 그는 자기가 구성한 기학이라는 체계에 자기 방식의 논리와 의미로 서구 과학 이론들을 배치해 넣었을 뿐이다. 그런 맥락에서 본다면 우리에게 요구되는 질문은 '과연 그가 중세의 과학 이론보다 더욱 최신의 서구 근대적 우주관과 신체관에 접근함으로써 과연 무엇을 어떻게 하고자 했는가?'라는 쪽에 가까울 것이다. 뉴턴의 역학과 홉슨의 의학설이 16세기 이래 예수회를 통해 중국에 전래된 중세의 우주론이나 신체관보다 더욱 발전된 '근대적' 이론이라는 사실이 과연 최한기에게 의미가 있었을까? 최한기는 뉴턴의 역학이나 흡슨의 의학설을 중세 지식 체계보다 더욱 진보된 이른바 '근대적' 학술로 수용했던 것일까?

이런 의문들은 최한기를 '서구 근대 우주관의 수용자나 근대적 사고에 접근한 과학 사상가'로 평가하는 관점들에 일정한 거리를 두게 만든다. 모종의 긴장과 주저가 발생하는 배경에는 그가 받아들인 과학 이론의 위상과 의미에 대한 서구적-현대적 평가를 최한기에게 그대로 도입해서는 안 된다는 인식이 포함되어 있다. 이는 우리가 근대 지식의 관점에서 최한기의 학술적 시도와 모험을 평가하기 위해 거쳐야 할 가장 기본적인 전제가 될 것이다.

이런 긴장과 비판적 거리를 확보하지 않은 채 19~20세기 전환기 한국에서 이루어진 서구 근대 지식의 이동과 경계의 변화를 평가하고자 한다면 모든 평가는 서양 지식들이 얼마나 온전히 아시아에 '번역' 혹은 '수용'되었는지, 혹은 당시 한국의 지적 주체들이 얼마나 서양 지식을 원 의미대로 이해하고 수용했는지라는 일종의 정오 판단으로 귀결될 수밖에 없을 것이다. 그런 의미에서 위의 인용문은 어떤 논점의 결론이라기보다는 최한기 사상을 근대 지식의 관점에서 독해하고 평가하기 위한 출발점 역할을 해야 한다.

최한기에 대한 평가는 이후 보다 본격적으로 자의 또는 타의로 전통 지식을 폐기하고 서양 학술과 담론을 수용할 수밖에 없었던 다음 세대 지식인들을 평가하는 하나의 범례가 될 수 있을 것이다. 최한기의 경우는 '근대 이후 동아시아에 쇄도한 서양 학술 체계를 어떻게 수용하고 번역하고 접맥했는가'라는 문제를 이해의 수준을 기준으로 단순화하지 않고 여러 관점과 시각을 도입해 다면화하고 다층화할 수 있도록 해주는, 다시 말해 전환기 한국의 지식장 안에서 벌어진 근대 지식의 수용과 변용을 개방적으로 평가할 수 있도록 해주는 하나의 유의미한 사례가 될 것이다.

## 3. '이형접합의 키메라, 최한기'

최한기는 실험, 검증, 수학과 같은 과학적 실천을 결여한 채 서양 과학을 서적에 표기된 문자적 지식으로만 학습했다. 과학적 실천의 부재는 자유로운 사유와 상상을 통해 서양 과학 지식을 자신의 기학적 체계 속으로 변용해 들여오도록 했지만 반면에 서양 과학 자체의 본질적 이해로부터는 더욱 멀어지게 했다. 그리하여 최한기가 서양과학을 통하여 혹은 서양과학을 토대로 구성한 사유의 결과는 한 번도 실천적으로 확인되거나 검증되지 못한 채 문자적 언설로만 남게 되었다.[4]

이 논문에서 최한기는 '서양과학사가 경험한 근대 과학적 패러다임의 전환을 읽어내지 못했다'[5]고 평가된다. 과연 이러한 평가는 최한기에게 적절하거나 타당한가? 예를 들어 최한기는 『성기운화』에 활용한 서학서 『공제격치』가 당대에는 이미 폐기된 중세 기상학을 담고 있었음을 몰랐다는 이유로 한계를 지적받는다. 또한 최한기는 뉴턴 역학에서 얻은 아이디어를 기가 물체의 주위를 원형으로 감싼다는 '기륜설'로 변용해 모든 분야에 보편 적용하려 함

---

4    전용훈, 앞의 글, 270쪽.
5    위의 글, 251쪽.

으로써 '서양 과학에 대한 잘못된 이해와 자의적 변용 위에서 이형접합의 키메라'와 같은 체계를 만들었다고 평가받기도 한다.[6] 이런 평가는 최한기를 서양 과학의 수용자라는 관점에서 보려는 연구들에서 더욱 두드러지게 나타난다. 그가 유학과 서양 과학을 종합하고 회통시켰다는 총론 차원의 상찬이 여전히 시효가 끝나지 않은 반면, 그가 참고한 서학서를 바탕으로 개별 과학의 입장에서 접근하는 각론 차원에서의 날카로운 비판과 실망은 이제 하나의 일반론이 되었다.[7]

잘 알려진 대로 그는 서양 과학을 자기 방식으로 이해하고 자기 이론의 실질적 근거로 활용하고자 했다.[8] 그러나 선행 연구들이 지적하듯 최한기가 접한 서양 과학은 체계적이고 일관된 지식이 아니었으며, 예수회가 전달한 중세 천문학과 수학부터 19세기 최신의 뉴턴 역학과 천문학, 의학, 화학에 이르기까지 각기 연원과 배경이 달리 하는 이질적인 정보들이었다. 서로 다른 시대의 담론들은 그 내부에 다양한 개념적 긴장과 모순이 뒤엉켜 있었지만 오직 중국을 통해 구한 책을 통해서 서양 과학을 접한 최한기가 이 이론들에 우연적이고 산발적으로 접근할 수밖에 없었던 것은 자연스러운 결과다.

최한기의 이러한 전략과 구상은 중국의 교상판석(教相判釋) 과정을 연상하게 한다. 시대적 변화에 따른 이론적 토론 과정이라는 역사적 경로를 거쳐 이루어진 인도의 불경 형성 과정과 달리, 서로 다른 문제의식과 상호 충돌하는 내용을 담고 있던 여러 시대의 불경을 한꺼번에 넘겨받아 자신들의 문제의

---

6  위의 글, 268쪽.
7  영국 선교의(Missionary Doctor) 홉슨의 의학서들을 바탕으로 한 최한기의 의학 관련 저술 『신기천험』을 분석한 연구의 경우도 거의 유사한 논조로 최한기의 서양 과학 이해 수준이 낮으며 원의에서 벗어난 자의적 해석에 불과하다고 평가한다. 여인석 외, 앞의 글; 안상우 외, 앞의 글.
8  예를 들어 그는 기륜이라는 개념을 만들어놓고 이것이 실제로 존재하며 그 작용을 통해 모든 천문학적 현상과 인간사까지 규명할 수 있다고 믿었다.

식과 관점에 따라 경전을 정리했던 중국 불교의 교상판석의 과정처럼, 최한기 역시 자신의 관점과 문제의식에 따라 이질적이고 모순적인 정보를 분류하고 독자적으로 구성하고 구축한 자기 체계 안에 오직 자신만의 규준과 규칙에 따라 배치해 넣었던 것이다. 물론 최한기 역시 서양 과학서들이 서로 모순적인 내용을 담고 있다는 사실을 충분히 인지하고 있었다. 그는 다음에 구한 책을 통해 이전의 미진했던 이론들이 다시 해석되는 경험을 했고, 서학서 하나하나가 완벽한 지식 체계 혹은 완결된 지식 체계를 담고 있지 않음을 분명히 이해했다.[9] 이것이 그가 살던 집을 줄여 나가거나 남들에게 벽(癖)이 있다는 놀림을 들어가면서까지 그토록 애타게 새로운 서학서들을 구해보려고 한 이유일 것이다.[10] 그렇다면 그의 선택적 배치와 독자적 이해를 서학서들 내부의 이론적 변화를 일종의 시간적 발전의 결과로 판단하지 못한 데서 비롯된 단순히 '실패'와 '오독'으로 규정하기 어려울 것이다. 최한기는 서양 과

---

9 『氣測體義』,「明南樓隨錄」. "단지 전에 얻은 서적만 보면 비록 부족한 데가 없더라도, 뒤에 얻은 서적을 보게 되면 전에 본 서적에 미진한 데가 있음을 알게 된다. 이것은 대개 한 사람의 의사로 첨입해 넣은 탓에 있으니 후세 사람의 경험(經驗)을 고려하지 않았기 때문이다. 이 때문에 오래지 않아 그 글이 버려지게 되니, 이것은 실로 저술하는 사람이 깊이 경계할 일이고 또한 후세 사람이 한탄하는 바이다. 그러나 구하는 데에 방도를 가리지 않고 찾는 데에 힘을 다하는 도리에 있어서는 그 공효가 없지 않다. 바라건대, 뜻을 같이하는 사람과 함께 천하 대동의 규모를 널리 개척하여 인간의 치평에 관한 계책을 세워, 서로의 시비를 남기지 말고 포양(褒揚)하고 권면하는 일을 보존하도록 해야 한다[但見前所得之書, 雖若無欠, 及見後所得之書, 乃知前書有未盡. 多在於一己意思添入, 不顧慮於後世人之經驗, 以致未久廢棄, 是實著書者深戒, 亦爲後人之恨歎. 然在於求之無方, 探之用極之道, 不無其效, 願與同志之人, 恢撫宇內大同之規模, 樹立人間治平之謨猷, 勿留互相是非, 俾存褒揚勸勉]."
10 『氣測體義』,「明南樓隨錄」. "이전 서적이 기화(氣化)에 미진한 것을 뒤의 서적이 더 밝혔고, 뒤의 서적이 다 밝히지 못한 것을 지금의 서적이 다시 더 밝혔다. 지금 서적을 갈구하는 사정이 이전 서적을 구해 보려는 마음보다 배가 되는 것은 그 반쪽 모습만 보고 나머지 반쪽 모습을 아직 보지 못했기 때문이다. 나를 모르는 사람은 서적을 탐구(貪求)하는 벽(性癖)이라고 여기나, 나를 아는 사람은 협력해서 구해 보여주기를 마지않을 것이다[前書籍之未盡氣化, 後書籍加明之, 後書籍之未盡明, 今書籍更加明之. 今書籍渴求之情, 有倍於前書籍求見之心, 爲其半形之見, 而半形之未見也. 不知我者, 以貪求書籍爲癖, 知我者, 協力求見, 有不能自止焉]."

학의 이론적 축적 과정에서 발생하는 이론의 교체와 그 결과로서의 최신 이론을 더 정합적으로 수용하고자 한 것이 아니기 때문이다.

그에게 서구 과학은 오직 자기가 구축한 체계에 도입하고 배치할만한가 그렇지 않은가의 기준에서 평가되었을 것이다. 동시대 서구에서 이루어진 근대적 패러다임의 변화, 다시 말해 서구 근대 과학사 안에서 이루어진 시간적 경과에 따른 과학적 '발전'이 최한기에게는 아무런 의미가 없었던 것이다. 따지고 보면 서양 과학사의 '발전'과 이론적 '진보'는 그 내부의 규칙이 일관되게 작동하는 과정에서 비롯된 내적 맥락의 변화일 뿐, 다른 각도 다른 이념에서 접근하는 외부자의 시선에서 그 변화를 일종의 질적 '발전'으로 평가할 명분은 그다지 분명하지 않다.

과학혁명을 거친 19세기 과학 담론의 수준에서 17세기 예수회 회원들의 천문학과 기상학은 용도 폐기될 수준의 전근대적 미신에 불과할 수도 있지만 자기 이론 체계를 구축하고 그에 맞는 정보를 찾는 외부자의 시선에는 나름의 가치와 의의가 있는, 여전히 이용가치를 가진 개별적인 사상적 자원일 수 있다. 이질적인 인도 불교의 내용들을 자기 방식으로 이해하기 위해 시대 구분을 무시하고 나름의 경전 체계를 구축했던 중국 불교를, 인도 불교에 대한 오독으로 탄생한 괴물로 평가하지 않듯, 최한기의 문제의식과 목적을 이해하는 한에서 서양 과학에 대한 그의 접근 역시 얼마나 실제와 유사하게 혹은 정확하게 이해했는가를 평가의 척도로 삼아서는 곤란하다.

일종의 근대 지식으로서의 최한기의 사상적 시도에 대한 평가는 이질적인 자원들을 어떤 기준과 가치에 의해 수용할 것인가의 전략과 지향을 대상으로 하며 자원들의 화학적 결합의 성공 여부에 대한 판단에 그쳐서는 안될 것이다. 화학적 결합의 성공 여부를 평가하는 기준은 서양 과학이라는 유일한 판정 기준에 묶인 현재 우리의 눈이기 때문이다. 분명한 것은 최한기에게 서양 과학 자체를 소개하거나 체계적으로 이해하려는 목표가 없었다는 점이다. 그는 오직 자신이 구축한 기학이라는 학문의 세부와 분절을 채우기 위해 각론의 차원에서 서양 과학의 이론들을 본래의 맥락에서 떼어내 분해하거나 해체해서 자기 이론의 맥락에 짜깁기해 넣었을 것이다. 과학 혁명이라는 과학사의 중요한 분기점에 대한 정보도 자각도 없었던 최한기에게 예수회가 전한 중세 과학과 19세기 당대의 최신 이론이었던 뉴턴 역학은 자기 맥락 안에 도입하기 위해 활용하는 동일한 수준의 개별 인자에 불과했다. 최한기의 서양 과학 이해는 일차적으로 그의 의도와 목적 하에서, 다시 말해 원래의 과학적 맥락이 아니라 최한기 체계 내의 맥락과 논리에서 평가해야 한다.

과학적 정합성이 그 정합성의 기준이 객관적으로 존재한다는 전제 하에 성립하는 개념이라면 최한기의 우주론은 분명 모종의 과학적 정합성이 결여되어 있었다. 그러나 그는 서양 과학을 정합적 체계로 수용한 적이 없었고 서양 과학 이론들을 정합적 체계 안에 배치할 의도가 없었다. 이해할 능력이 없었거나 이해하지 못한 것이 아니라 이론적 정합성을 목표로 삼지 않았던 것이다. 그는 필요한 개념과 이론을 자기 맥락에 맞게 고쳐 썼고, 자기 기학 체계의 내부 규칙에 어긋나는 정보들은 무시하거나 거부했다. 그에게는 '기학(氣學)'이라는, 각론을 규준하고 판가름할 상위 학문, 메타 담론이 있었기 때문이다. 나머지 이론들은 상위의 체계에 하나의 분기나 맥락으로서만 정합성을 지닐 뿐이다.

최한기의 각론에 대한 이런 식의 실망은 서양의 근대 과학 담론을 그 자체로 완결적이고 독립적이며 오직 그 맥락에서만 판단해야 할 순수한 이론 체계로 이해한 결과는 아닐까 생각해 볼 필요가 있다. 과학 이론들을 객관적이고 합리적인 이론 체계로서 과학적 맥락 밖의 그 어떤 것도 개입시켜서는 안 되는 순수한 형태로 고집하지 않는다면, 최한기의 시도를 다르게 평가할 수도 있을 것이다.


## 4. '경험주의자, 최한기'


지금까지 연구 경향에서 최한기를 규정하는 가장 강력한 표제어는 '경험주의'였다. 북한학계에서 먼저 조명받은 최한기를 남한학계에 이식한 박종홍이 「최한기의 경험주의」라는 논문에서 그를 '철두철미한 경험론자'로 규정하면서 로크 등 영국 경험론자와 비교한 이래, 경험주의는 최한기를 파악하는 하나의 관점 혹은 최한기의 사상을 묘사하는 하나의 술어로 오랫동안 여러 연구에 반복적으로 등장했다. 최한기의 저작들이 국역되고 그에 따라 관련 논문이 상당한 양으로 축적되고 나서야 최한기와 경험주의가 일종의 긴장 관계에 있음이 지적되었다.[11] 그의 철학을 '철두철미한 경험주의'로 볼 수 없다는 것은 현재 연구자들이 대부분 동의하는 바이다.

그러나 그의 철학이 그다지 철저한 경험주의는 아니었으며 형이상학적 측면을 가지고 있었다는 평가가 과연 최한기 철학을 이해하고 평가하는데 무슨 의미가 있을 것인가? 그를 '경험주의자로 볼 것인가 아닌가'는 그를 '근대

---

11 김용옥이나 박희병 같은 연구자가 이러한 경향을 대표한다.

적인 사상가로 볼 것인가'와 유사한 질문으로 보인다. 그리고 만약 그는 철저한 경험주의자는 아니었으며 여전히 형이상학의 테두리 안에 있었다는 것이 하나의 답변이라면 이는 결론이 아니라 새로운 문제의 시작이 될 것이다. 이 대답이 '과학'이라는 개념에서 그를 분리시키고 여전히 형이상학에서 벗어나지 않은(못한) 중세적 사상가라는 평가로 귀결되는 듯 보이기 때문이다. 과연 이는 최한기에 대한 적절하거나 정당한 평가일까? 확실히 최한기는 경험이라는 개념을 사물과 자연이 인간의 감각기관에 기록되는 수동적 활동으로 파악한다는 점에서 영국 경험론의 입장과 다를 뿐 아니라[12] 형이상학의 문제에서 현대 경험주의와 다르다. 일단 경험주의 철학자들은 다음과 같은 기본적 관점 위에서 과학적 지식을 인정한다.

①과학에서 사용되는 개념들은 논리학과 수학의 형식적 개념들이 아닌 한 경험적 개념들 즉 모든 구체적인 경우에 오직 관찰의 도움으로 그것의 적용 가능성을 결정할 수 있는 개념들이어야 한다. 이런 조건을 만족시키지 못한 개념들은 사이비 개념이며 과학으로부터 배제된다. ②과학적으로 받아들일 수 있는 모든 명제들은 순수하게 논리적으로 증명가능하든가 경험적으로 확증되는 것이어야 한다.[13]

이런 입장에 따르면 당연히 칸트의 시도도 실패로 간주되며[14] 형이상학적

<hr>

12  신기의 추측으로서의 경험은 주체를 변형시키고 운화기의 차원까지 연결되어 있다는 점에서 단순히 감각 지각의 수동적 활동을 의미하지 않는다.
13  볼프강 스테그뮐러, 이초식 외역, 『현대 경험주의와 분석철학』, 고려대 출판부, 1995, 31쪽.
14  '경험 과학이 형이상학적 전제들의 체계'라는 한정된 의미 안에서 형이상학을 구출하려는 칸트의 시도에 대하여 현대 경험주의는 분명히 반대하는 입장에 있다. 칸트의 탐구는 선험적-종합적 지식이 존재한다는 명제의 의존한다. 이런 지식의 존재 가정은 경험주의에 의해 부인된다. 그러므로 칸트적인 문제 설정에 반대하는 경험주의의 관점은 다음과 같이 개괄될 수 있다. "선험적 종합 명제는 존재하지 않으므로 칸트적인 이성비판의 핵심 문제 ― 왜 그런 문제가 존

시도 자체가 문제된다. '현대 경험주의자들의 견해에 따르면 형이상학적 철학은 그의 명제들이 객관적 검사 가능성이 없어서가 아니라 형이상학적 개념들에 대한 전달의 문제가 해결될 수 없기 때문에 실패한 것이다.'[15] 이런 맥락에서 경험주의적 입장에서는 과학과 예술, 종교의 명료한 분리의 필요성을 강조한다.

통상적인 형이상학적 논제는 기껏해야 과학적으로 대치 가능한 사유를 부분적으로 포함할 뿐이다. 그러한 저술들은 반은 시적이고 반은 종교적이다. 그러므로 그들은 이론적인 내용을 잃어버린 채 단순히 감정을 표현할 뿐이며 근본적으로 미흡한 것이 되어 버렸다. 그들의 피상적인 개념 표현 방식과 표면상의 논증으로 인해 비합리적인 생활감정을 적절하게 표현할 수 없었기 때문이다. 한편 경험주의자들은 철학에서 체험(Erleben)과 인식(Erkennen)의 분리가 엄격하게 이루어져야 한다는 점을 강조했다. 이러한 요구를 받아들이는 철학자는 형이상학에 나타난 개념들을 가지고 그의 이론을 구성하거나 묘사하거나 기원하기를 그만두어야 한다.[16]

이런 견해에 따르면 가장 먼저 붓을 내려놓아야 할 사람은 최한기일지도 모른다. 최한기에게서 인식 주체로서의 신기(神氣)의 체험은 인식과 구별되지 않으며 공리체계를 갖추지 못한 모종의 형이상학적 실재로서의 운화기에 대한 그의 논증은 수사적 표현 안에 묶여 있는 것으로 보이기 때문이다. 최한

---

재하며 그들의 타당성은 어디에 근거하는가?' — 공허하게 된다.' 볼프강 스테그뮐러, 위의 책, 32쪽.

15  위의 책, 35쪽.

16  위의 책, 37쪽.

기는 모든 기는 유형적이라고 생각했지만 그것은 형태와 양과 에너지를 가진 개별적 존재이거나 물질 단위라는 의미가 아니라 우주의 모든 곳에 그리고 우주 그 자체의 본질로 '실재'한다는 의미다. 이런 맥락에서 그가 '유형'이라고 썼다 해서 이를 곧이곧대로 형체가 있다는 의미로 이해해서는 안 된다. 운동하고 변화하는 몸(일신운화)과 운동하고 변화하는 사회의 제도적 실천들(통민운화)을 넘어서 운동하고 변화하는 우주(대기운화)를 말하고 이를 운화기라고 명명하는 순간 최한기가 구상한 학문적 틀로서의 '기학'은 경험과 유형의 세계를 넘어서 이념의 형이상학적 차원으로 월경한다.

물론 그가 경험을 강조하면서도 형이상학적 체계를 전제하고 있다고 해서 철학적 이론 구상을 그만두어야 하는 것은 아니다. 더 근본적으로는 현대 경험주의자들에게 최한기의 철학적 구상을 해체시키거나 무화시킬 권위가 있는 것도 아니다. 어떤 철학자들의 눈에 여전히 시적(詩的)이며, 여전히 종교적일지라도 나름의 철학적 가치와 권위로 자기 위상을 확보하고 있는 많은 철학적 분과와 연구 경향들이 여전히 존재한다. 그럼에도 이들의 입장은 최한기의 지적 경향이 서로 합치시키기 어려운 어떤 이질적 요소나 특징들로 구성되어 있는지를 잘 보여준다.

이 모종의 비일관성 또는 이론적 착종성은 최한기가 사용한 '경험'이나 '실용'이라는 표현을 곧바로 현대의 연구 경향이나 현대적 개념에 포개놓은 채 그 분광기를 다시 최한기에게 돌려서는 안 된다는 점을 분명히 보여준다. 또한 이러한 긴장은 그의 철학 안에 존재하는 과학적 측면과 형이상학적 측면을 어떻게 연결하고 관계 맺도록 설명하는가가 한쪽의 일방적인 편견이나 낙관적 기대에서 벗어나 그의 사상을 의미 있게 분석하고 평가하도록 하는 첫 번째 전제라는 사실을 알려준다.

자연과 인간 혹은 사실과 가치의 미분화는 동아시아 사유의 낙후성과 자생적 발전 불가능성을 보여주는 하나의 지표로 이해되어 왔다. 근대 과학은 이 둘을 분리함으로써 탈주술적 해방을 이루었다고 인정받아 왔다. 근대 과학은 양자를 통합적으로 사유하고 설명할 언어를 가지고 있지 않으며, 형이상학이 배제되고 개인의 실존적 상황과 가치는 부정되었다. 이 "비과학적" 관념과 언어들은 과학이 '아니'라는 변별적 표현이 아니라 과학이 되지 '못했'다는[非] 의미에서 열등한 것으로 평가받는다.

이런 맥락에서 최한기는 여전히 우리에게 과학과 형이상학의 관계가 하나의 중요한 철학적 문제일 수 있음을 환기시켜주는 역할을 한다. '과학주의'로 명명된 현대의 과학적 흐름이 만들어낸 폭류를 동양의 전일적 세계관이 치유해줄 수 있다는 식의 순전하고 낭만적인 발상에서가 아니라, 실존적 개인과 근원적 세계에 대한 통찰을 담은 형이상학이 여전히 철학의 영역인 한에서 현대의 과학주의가 배제한 철학적 원리들을 어떻게 과학적 전통과 소통시키고 대화하도록 만들 것인가의 문제는 여전히 철학의 고유한 역할이자 의무일 것이다. 형이상학이 배제될 때, 인간적 가치가 배제될 때 결국 수학적으로 계량될 수 없고 과학적으로 검증될 수 없는 영역으로서의 철학이 배제되는 것과 마찬가지일 것이기 때문이다.

# 5. 최한기를 조망하는 각도―보편학의 기획과 서양 과학

지금까지 살펴본 것처럼 최한기 연구에 적용된 분과적 관점과 문제의식들은 최한기의 다양한 측면을 이해하는데 상당한 정보와 통찰력을 제공했다. 최한기에 관한 연구 성과들이 축적되는 과정은 조선 후기라는 특수한 조건에서 이른바 (근대) 지식이 어떻게 형성되고 맥락화될 수 있는지를 보여주는 하나의 창 역할을 해왔다. 앞에서 검토한 최한기의 표제어가 최한기의 사상에 관한 우리의 시야를 막거나 제한했다고 볼 수는 없다. 도리어 저런 표제어들을 통해 최한기가 조명되고 부각되었다고 보아야 할 것이다. 다만 앞에서 살펴본 표제어에 최한기를 조망할 관점과 문제의식을 개발해야 한다는 사실 역시 분명하다. 이는 연구자들에게 새로운 학술적 긴장을 불러일으키는 문제다.

이 학술적 긴장에 접근하기 위한 전제적 시도로 하나의 질문을 가설할 수 있다. "최한기는 왜 서양과학으로 향했는가?" 현대의 관점에서 다양한 평가가 가능한 그의 서양 과학 수용을 이해 여부, 성공 여부를 뛰어 넘어 그의 학문적 구상과 그 전략의 차원에서 검토하고 평가해보는 것이다.

조선 유학의 풍토에서 서양 과학을 중요한 지식 체계로 받아들였던 것은 최한기만이 아니다. 연구자들 사이에 평가가 갈리기는 하지만 무한 우주설에 근접하면서 서양 천문학의 종동천(宗動天)을 태극의 관념으로 대체하고 두 천문학 체계를 통섭하고자 했던 김석문(金錫文, 1658~1735)의 시도를 비롯해, 지구설에 근접한 성호 이익(星湖 李瀷, 1681~1763)과 홍대용(洪大容, 1731~1783)같은 전 세대 학자들도 서구 과학을 조선이 참고하고 활용할만한 중요한 지적 통로로 인식했다. 유학자로서 세계의 실질적 운행과 변화를 설명할 수 있는 과학 이론에 접근해야 한다는 것, 특히 제왕의 학문이었던 천문역수를 이해해야 한다는 것은 백성들에 대한 정치적 사명감과 양적으로 비례한다. 그렇다면 전시대 그리고 동시대의 유학자·실학자들과 최한기는 어떻게 다른가?

최한기가 서구 근대 과학의 정보를 담고 있는 서학서들을 폭넓게 접했고 이를 바탕으로 저술 활동을 했다는 사실은 기존의 연구들을 통해 충분히 규명된 바이다. 그의 저술은 천문학, 수학, 의학, 화학, 광학, 물리학, 전자기학, 농업정책과 기술, 기계 일반 등 당시까지 중국에 전달된 과학내의 세분화된 분과들을 광범위하게 포괄한다. 이익이나 홍대용 등 이전 학자들이 예수회 회원들의 제한된 분야의 과학 서적에만 접근할 수 있었던 것과 달리, 최한기는 이미 동양전교의 주도권을 잡은 개신교의 활발한 중국 내 활동에 힘입어 상당히 세분화된 분야까지 새로운 과학적 정보들에 접근할 수 있었다. 영국의 선교 의사였던 홉슨의 의학서들을 바탕으로 한 『신기천험』이나 19세기 중엽의 당대의 최신 천문학설이었던 코페르니쿠스의 태양중심설을 전하고 있는 존 허셜(John Herschel, 1792~1871)의 『천문학 개론』을 번역한 『담천』을 활용한 『성기운화』 같은 책은 전통 천문학 안에 담길 수 없는 새로운 학설을 포함하고 있었다. 왜 최한기는 서양 과학을 그토록 열렬하게 중요하게 다루고 평생 이를 자기 책에 옮겨놓는 일에만 매달렸는가?

이 질문에 대한 답을 찾기 위해 최한기의 저술 속에 등장하는 다양한 분과 학문의 이름이 하나의 경로가 될 수 있을 것이다. 최한기는 서학서들을 통한 지적 자극을 수용·변용하는 차원에서 새로운 용어를 통해 기존의 언어를 넘어서는 담론을 구축하고자 시도한다. 기존의 언어적 틀을 넘어서려는 최한기의 시도는 신조어를 만들어내는 작업을 통해 이루어진다. 그는 자신만의 독특한 용어를 구사하며 특히 학문과 관련해 기계학(器械學), 형률학(刑律學), 췌마학(揣摩學, 성리학) 등 다양한 신조어를 창조해내고 있다. 최한기의 저술 안에는 역수학(歷數學), 지구학(地球學), 천문학(天文學), 격물학(格物學), 물류학(物類學), 수학(數學), 기계학(器械學), 기용학(器用學), 제기학(制器學), 종식학(種植學), 정교학(政敎學), 전례학(典禮學), 형률학(刑律學), 선거학(選擧學), 용인학(用人學) 등 35종이 넘는 학(學)의 이름이 등장한다.[17] 언어의 지구성은 세계의 재구성이며, 세계관의 재편성이다. 이러한 시도는 그가 종래의 용어가 아니라 새로운 용어로, 새로운 사고를 담고자 했음을 보여준다.

그는 이 과정에서 주도적으로 자기 관심에 스스로 선택한 개념으로 조정했다. 예를 들어 『신기천험(身機踐驗)』에서 그는 인체를 표현하면서 몸-기계라는 뜻을 담은 자신의 용어 '신기(身機)'로 바꾸어 쓴다. 바뇨니의 『공제격치』를 바탕으로 한 『운화측험』에서도 역시 본래 용어대로 쓰지 않고 자기식의 용어로 바꾸어 놓는다.[18] 또 그는 『성기운화』에서 『담천』을 통해 이해하게 된 뉴턴의 역학을 바탕으로 섭력(만유인력), 섭동 같은 표현을 만들어낸 뒤 이를 통해 자신의 운화기가 증명되었다고 생각하기도 한다.[19] 이런 방식으로 최한기는 서구 과학 이론들을 전달하거나 혹은 번역하고자 한 것이 아니라 오직 자기 체계를 구축하거나 자기 이론을 증명하는데 사용한다. 이는 사실상 당연한 결과일 것이다. 그에게 서양 학술을 수용하는 것은 학문적 목표가 아니었기 때문이다. 그는 자기의 학술적 체계를 강화하고 보강하는데

---

17  이현구, 「최한기의 기학과 근대 과학」, 『과학사상』 30, 범양사, 1999, 77쪽.
18  이종란, 「『운화측험』과 기학적 세계관」, 최한기 · 이종란 역, 『운화측험』, 한길사, 2014.
19  김용헌, 「최한기의 자연관」 『동양철학연구』 18, 1998; 박권수, 「최한기의 천문학 저술과 기륜설」, 『계간 과학사상』 30, 1999 가을.

외래의 새로운 관점을 채용한 것이다. 그는 현대 연구자들의 일반적 평가와
는 달리 서구 과학 지식을 단순 수용하거나 재편집한 것이 아니라 기학이라
는 상위 담론 내부로 끌어들이기 위해 가공하고 조작했던 것이다.

이러한 시도는 그가 새로운 학문체계로 천명하고 있는 기학의 구조를 어
떻게 상상하고 구상했는지를 설명해준다. 그가 분류하고 창안한 학문의 명
칭들은 기학의 하위 구조를 이루는 각론 다시 말해 그가 채워나가고자 한 분
과 학문들인 것이다. 기학이 보편학이라면, 혹은 메타 담론이라면 그를 채우
는 분과학, 하위의 지식 체계가 요구되는 것은 당연한 일이다. 최한기는 운
화기와 같이 추상적이고 형이상학적인 기의 본질을 상정함으로써 기를 형이
상학적으로 파악하기도 하지만 수많은 서구 과학 이론들을 통해 기가 실제
로 작동하고 활동함을 증명할 수 있다고 생각함으로써 모든 기계의 작동과
자연 현상의 변화를 일관되게 기의 운화로 파악하고자 했다.[20] 서양 과학은
이 기의 운화를 실질적으로 설명해주고 증거해줄 수 있는 자원이었다.

최한기는 34세 때인 1836년에 『신기통(神氣通)』과 『추측록(推測錄)』을 저술
함으로써 이미 자신의 사상적 체계의 큰 틀을 완성해 놓았다. 이후로 다양한
서학서를 통해 개별 분과를 정리해나가는 한편 49세였던 1851년부터 『인정
(人政)』의 편찬을 구상하여 1860년 58세 때 『인정』을 탈고한다. 1857년 55세
때는 『지구전요(地球典要)』를 저술하여 세계 각국의 다양한 풍속과 관습을 소
개하였고 기학을 저술을 통해 자기 학문을 완성한다.[21] 이러한 학문적 역정

---

20  기학은 그의 학문의 최대치이면서 또한 가장 미세한 곳까지 규제력을 가진 하나의 이념이라
    고 할 수 있다. 그는 전통적 관념이던 기를 리에서 분리하고 실제 작동의 기제로 여겨졌던 음양
    오행도 제거해버리고 자기만의 방식으로 기에 대한 상상을 최대치까지 확장하고 가장 구체적
    인 차원까지 세분화한다. 운화기가 그가 상상한 최대치의 기라면 『추측록』에 등장하는 목화
    씨를 제거하는 도구인 풍차(風車)같은 기계는 기가 실현된 가장 구체적 단위일 것이다.
21  권오영, 「새로 발굴된 자료를 통해 본 혜강의 기학」, 『혜강 최한기』, 청계, 2000, 53~54쪽.

(歷程)에서 '기학(氣學)'은 최한기가 자신에게 부여한 거대한 사상적 과업을 표현하기 위해 만든 조어였다. 그는 이 자임에 대한 자부를 다음과 같이 말한다.

> 천인운화의 기학은 천하 사람들의 견문을 종합하여 귀와 눈으로 삼고 천하 사람들이 경험하고 시험한 것을 통괄하여 법례로 삼으니, 천하 사람들에게 얻어서 천하 사람들에게 전하는 것이다. 이것은 천하 사람들이 공유하는 학문[天下共學]이지 혼자서 배우는 것이 아니다. 이 천인운화의 기학을 집대성하는 것은 한 사람에게 달려 있지만 이것을 전파하는 것은 멀고 가까운 곳의 여러 사람에게 달려 있는 것이다.[22]

그는 자신의 기학을 천하의 공학(共學)이라고 여긴다. 그는 신기와 그 활동으로서의 추측으로 대표되는 인식 주체로서의 개인의 구조와 특성, 지향으로부터 운화기로 대표되는 우주적 운동과 변화의 구조와 특성, 지향에 이르는 통합적 패러다임을 설정하고 이를 증거할 이론과 증거들을 서양 학술에서 찾아 세부를 채워 넣으며 그 전체의 체계를 '기학'으로 명명한 것이다. 그리고 최한기에게 이 과정은 일방적인 서양 학술의 수용이 아니라 동서취사를 의미한다.

> 중국 성현의 경전(經傳)을 만일 서양의 현명하고 지혜로는 재[賢知]가 읽는다면 반드시 취하고 버리는 것이 있을 것이며, 서양 성현의 경전을 중국의 현명하고 지혜로는 재[賢知]가 읽는다면 반드시 취하고 버리는 것이 있을 것이다. 그 취하

---

22 『기학』 2. "然惟天人運化之氣學, 合天下人之聞見, 以爲耳目, 統天下人之驗試, 以爲法例, 得之於天下之人而傳之于天下之人. 是與天下共學, 非一人之獨學, 集成在於一人, 傳致在於遠近諸人."

는 것과 버리는 것을 총괄해서 그 까닭을 분별하면, 취한 것은 천하에 통행하는 도(道)이고, 버린 것은 천하에 통행하는 도가 아닐 것이니, 이것이 곧 중국과 서양의 대강(大綱)의 취사(取捨)이다. 그러므로 천하에 통행하는 것을 종지(宗旨)로 삼으면, 그 근원이 운화(運化)의 정교(政敎)에서 나온 것이므로 이것은 참으로 취할 만한 것이나, 천하에 통행하는 것을 종지로 삼지 않고 그 나라의 시속(時俗)이 숭상하는 것만 취하면, 천인운화하는 대동의 정교에서 나온 것이 아니므로, 이미 제이의(第二義)로 떨어진 것이다. 오직 이 중국과 서양의 대강의 취사라야 반드시 볼 만한 공론과 본받을 만한 천도(天道)가 있을 것이다.[23]

지금의 관점에서 본다면 유학의 전근대적 이념을 실증하기 위해 서구 근대의 과학적 지식들을 활용한 셈이다. 최한기의 이 기획은 인간학이자 자연학이며, 과학이자 형이상학이었다. 그는 어쩌면 조선이라는 사회의 마지막이자 유일한 '보편학'의 창시자일지도 모른다. 물론 형이상학적 구도로부터 실용적 분과까지 포괄하고자 하는 유학-성리학 자체가 일종의 '보편학'이었음은 재론의 여지가 없다. 그럼에도 최한기를 위와 같이 평가할 수 있다면 그것은 최한기가 스스로 자신의 학문을 일종의 보편학으로 간주하고 이를 하위 분과를 가진 상위 체계로서 '명명'했기 때문이다. 최한기는 이러한 성리학의 '보편학적 성격'에 만족하지 않았던 것 같다. 대신 최한기는 나름의 체계와 구도를 가지고 스스로 보편학을 구상하고 이에 '기학'이라는 명칭을 스스

---

23 『氣測體義』,「明南樓隨錄」. "中國聖賢經傳, 使西國賢知讀之, 必有取有捨, 西國聖賢經傳, 使中國賢知讀之, 必有取有捨. 統其取捨, 辨別其由, 所取者, 乃天下通行之道, 所捨者, 非天下通行之道, 是則中國西國大綱之取捨, 以天下通行爲宗旨, 則其源出於運化政敎, 是眞可取也, 不以天下通行爲宗旨, 而以當國之時俗所尙取之, 則非出於天人運化大同之政敎, 已落第二義也. 惟此中西之大綱取捨, 必有公論之可觀, 天道之效則矣."

로 부여한다. 자아와 세계를 모두 책임지려는 유학의 이념을 스스로에게 부여하고 이를 새로운 학문적 구상 즉 **보편학**(Universal science)으로서의 '천하의 공학(共學)'에 담고자 했던 것이다.

보편학의 기획자로서 최한기는 기학의 체계 아래 분과 학문과 개별적 담론들을 그 안에 구성해넣고자 했다. 그는 기학을 통해 하나의 세계관을 제안하고자 했으며 이 세계관을 담은 체계적 학문의 분과를 구성하고자 했다. 그 학문의 실질적 세부를 만들기 위해 서양 과학 이론을 비롯한 자기 시대의 모든 사상적 자원을 활용한 사람이다. 그의 각론에 대한 평가는 따라서 그의 체계와의 연동과 논리 안에서 평가되어야 한다. 최한기가 택한 개별 서양 과학 이론들을 그가 활용한 하나의 자원으로 보지 않고 기학과 대등한 관계에 놓이는 거대 담론으로 보아서는 안 될 것이다.


# 6. 나오는 말


예로부터 지금까지 4~5천 년의 대기운화(大氣運化)는 조금도 차이가 없으나 사람의 소견은 크게 같지 않았다. 상고시대에는 단지 천도의 변화만을 알아 귀신에 의혹되었다. 중고시대에는 마침내 땅의 도리가 하늘에 응하여 받들어 따른다는 것을 알았으나, 견강부회하는 데 매몰되었다. 근고시대에는 인간의 경험이 조금 넓어져 기가 천지운화의 형질이 된다는 것을 비로소 알게 되었으나, 여전히 기를 처리하고 이용하는 데는 미치지 못하였다. 현재[方今]에 이르러 마침내 기계

(器械)를 갖추어 형질의 기를 증험하고 시험하며, 상수(象數)로 인하여 (기가) 활동하는 변화를 밝힐 수 있었다.[24]


최한기는 그 어떤 조선 학자보다 현재에 대한 강렬한 자각과 지향을 보여준다. 그는 인간 사회 우주가 연결되어 있다는 믿음은 버리지 않았지만 과거를 미화하거나 상찬하거나 복귀하는데 힘을 쏟지 않았다. 그보다 앞선 시대를 살았던 다산이 외래의 사상적 자원을 통해 경학을 재구성하고 재정의하는 방식으로 과거를 복권하고자 하지 않았으며 오직 다가오는 것을 여는 데에 관심이 있었다. 그에게 천지의 운동 변화(운화)는 고정된 좌표가 아니라 오직 때에 따라 변화하는 것이었고 이 변화를 따르는 가장 분명한 방법은 미래를 향해 나아가는 것[開來][25]이었다.

그에게 '현재'란 보편학으로서의 기학이 현실화되는 방식과 영역을 의미한다. '현재'를 기학의 토대이자 현현으로 여기는 그의 태도는 과거를 온전한 모범이자 복귀해야 할 유일한 표준으로 여기는 전통적인 유학자들과는 다르다. 지식의 이동을 목도하고 그 경계를 넘어 동서양을 회통시키려는 그의 학문적 지향은 도래한 현재를 하나의 축으로 삼아 미래를 열고자 하는 미래학

---

24 『雲化測驗』「古今人言氣」. "自古及今, 四五千年大氣運化, 無小差異, 人之所見, 倍蓰不等. 上古只知有天道變化, 而疑惑乎鬼神. 中古乃知地道應天承順, 而埋沒乎傳會. 近古人經驗梢廣, 始知氣爲天地運化之形質, 猶未及乎裁制須用. 至于方今, 果能設器械, 而驗試形質之氣, 因象數而闡明活運之化."

25 『氣測體義』「明南樓隨錄」. "마침 혼명(昏明)이 바뀌고 학문이 갈리는 때에, 미래를 여는[開來] 정교(政敎)는 현재의 운화하는 형질에 의거하여 점차로 닦아나가 천하 사람들이 모두 화평하게 되기를 기다리고, 왕성(往聖)을 계승하는 데 있어서는 마땅히 오륜(五倫)을 따라 일상의 상도를(日用常行)와 절근(切近)한 사무를 교도(敎導)하여, 불가결한 인도(人道)와 본의가 있는 예절을 처하는 바에 따라 닦아 밝히고 일에 따라 부식(扶植)하여 만세에 전하도록 해야 한대適丁昏明之交代, 學問之遞運, 開來之政敎, 據今運化形質, 漸次修擧, 以俟億兆咸和, 繼往之承循, 當因五倫, 敎導日用常行, 切近事務, 人道之不可闕, 禮節之有本義, 隨處修明, 因事扶植, 以傳萬世矣]."

의 성격을 담고 있다.[26] 그의 기학은 보편 세계에 대한 몽상가적 낙관으로 가득 차 있을지 몰라도 그 낙관은 단순히 심정의 만족이 아니라 그 배후에 보편 세계를 지탱할 수 있는 세분화된 분과 학문들과 방법들을 포함하고 있다는 점에서 일정한 내용성을 지닌다. 우리의 평가는 이 지점으로부터 시작되어야 할 것이다.

당연한 말이지만 동아시아에서 서양을 통해 촉발된 근대 지식은 독단적이고 독립적 형태의 모종의 실재로 존재하지 않거나 그런 방식으로 존재할 수 없다. 고유한 체계와 가치와 이념이 이미 작동하고 있던 지식장에 들어온 외래 사유는 지적 인자로서 본래의 맥락에서 어느 정도 분리되어 기존의 담론 체계 안에서 다른 생명력과 가치를 얻게 된다. 분명한 것은 최한기가 자기 언어로 자기를 상상하고 구상하며, 타자의 이론을 자기 언어로 바꾸어 자기 체계 안에 도입할 수 있었던 마지막 사상가였다는 점이다. 학술의 언어를 잃으면 세계관을 잃을 수밖에 없다는 점에서도 그렇지만 이후로 동양과 서양은 각기 다른 이유에서 개별 분과를 포섭하는 거대하고 체계적인 상위 체계, 전체를 포섭하는 보편학에 대한 확신과 기획을 유지할 수 없는 상황에 놓이게 되었기 때문이다. 현재의 연구는 그 징후를 읽는 것에서부터 출발해서 확장되어야 한다.

최한기는 성공과 실패라는 평가를 떠맡은 한 개인이 아니라 양 극단의 한쪽으로 귀속될 수 없는 19세기 한국 지식장의 상징적 존재다. 그는 지식의

---

26 물론 그의 미래에 대한 예측과 세계 평화에 대한 인식이 순전했고 낭만적이었으며, 결국 현실에의 영향력을 조금도 얻지 못한 채 낡은 책 안의 문자로만 남았다는 자조적 평가도 가능하다. 그러나 이것이 그에 대한 총합적 평가가 되어서는 곤란할 것이다. 그는 학자였고, 학자로서 자신이 상상할 수 있는 최대치를 가장 이상적인 이념 안에 구현하고자 했던 것이기 때문이다. 헤겔이 꿈꾼 절대 정신처럼, 칸트가 설정한 선험적 종합 명제처럼 그의 운화기도 현실에서의 영향력과 위상이 아니라 기획과 내부의 논리 차원에서 이해되고 평가받아야 할 것이다.

이동의 한 극단적 현장을 보여주며, 그 경계를 재구성할 수 있는 하나의 학문적 가능성을 제시해주는 다층적인 사상적 주제다. 이제 최한기의 사상적 작업은 내용의 정오가 아니라 지식의 이동과 경계에 대한 기획과 상상을 통해 평가되어야 한다. 최한기를 하나의 어젠다로 내세운다는 것은 최한기로 최한기를 보는 것이 아니라 하나의 주제의식, 하나의 철학적 문제와 관점에 접근하는 경로로 최한기의 사상을 이용한다는 의미다. 무엇보다 그가 뛰어넘은 것, 버린 것, 취한 것, 변용한 것, 비판했지만 답습한 것, 제기했지만 스스로 알아차리지 못한 것 등 그의 세부를 읽고 전체와의 관계를 해석하는 경로는 아직도 열려 있을 것이다.

# 참고문헌

## 자료


『天主敎東傳文獻』, 台北 : 學生書局, 1965.

『天主敎東傳文獻續編』(전3권), 台北 : 學生書局, 1966.

『天主敎東傳文獻三編』(전6권), 台北 : 學生書局, 1984.

崔漢綺, 『국역 기측제의 I』, 민족문화추진회, 1979.

______, 『국역 기측제의 II』, 민족문화추진회, 1980.

______, 『국역 인정 I, II, III, IV』, 민족문화추진회, 1980.

______, 『국역 인정 V, 講官論, 색인索引』, 민족문화추진회, 1984.

______, 『明南樓全集』, 여강, 1986.

______, 『明南樓叢書』, 대동문화연구원, 1993.

______, 『增補 明南樓叢書』, 대동문화연구원, 2002.

삼비아시, 프란체스코, 김철범 · 신창석 역, 『영언여작』, 일조각, 2007.

최한기, 김락진 · 강석준 역, 『신기통』, 여강, 2004.

______, 손병욱 역주, 『기학―19세기 한 조선인의 우주론』, 통나무, 2004.

______, 이종란 역, 『운화측험』, 한길사, 2014.

Nicolas Standaert, Adrian Dudink(ed.), 『耶穌會羅馬檔案館明淸天主敎文獻』, 台北 : 利氏
    學社, 2002.


## 논저


권오영, 『최한기의 학문과 사상연구』, 집문당, 1999.

______ 외, 『혜강 최한기』, 청계, 2000.

김선희, 『마테오 리치와 주희, 그리고 정약용』, 심산, 2012.

김용옥, 『혜강 최한기와 유교』, 통나무, 2004.

노혜정, 『지구전요에 나타난 최한기의 지리사상』, 한국학술정보, 2005.

박희병, 『운화와 근대』, 돌베개, 2003.

서욱수, 『혜강 최한기의 세계인식』, 소강, 2005.

야규 마코토, 『최한기 기학 연구』, 경인문화사, 2008.

이용범, 『중세 서양과학의 조선 전래』, 동국대 출판부, 1988.

이종란, 『최한기의 운화와 윤리』, 문사철, 2008.

이현구, 『최한기의 기철학과 서양과학』, 성균관대 대동문화연구원, 2000.

채석용, 『최한기의 사회철학』, 한국학술정보, 2008.

최영진 외, 『조선 말 실학자 최한기의 철학과 사상』, 철학과현실사, 2000.


권오영, 「惠岡 崔漢綺의 學問과 思想 硏究」, 한국정신문화연구원 박사논문, 1994.

______, 「혜강 최한기의 과학사상」, 『국사관 논총』 63, 국사편찬위원회, 1995.

______, 「최한기의 생애와 학문편력」, 『동양철학연구』 18, 동양철학연구회, 1998.

금장태, 「혜강 최한기 철학의 근대적 성격」, 『제3회 국제학술회의논문집』, 한국정신
　　　문화연구원, 1985.

______, 「기철학의 전통과 최한기의 철학적 특성」, 『동양학』 19, 단국대 동양학연구
　　　소, 1989.

______, 「다산과 혜강의 인간 이해 ─ 실학적 인간관의 두 유형」, 『동양학』 24, 단국대
　　　동양한연구소, 1994.

김용헌, 「崔漢綺의 西洋科學 受容과 哲學 形成」, 고려대 박사논문, 1995.

______, 「최한기의 자연관」, 『동양철학연구』 18, 동양철학연구회, 1998.

______, 「최한기의 시대인식과 자연학적 인식론」, 『한국학논집』 36, 한양대 한국학연
　　　구소, 2002.

박성래, 「한국근세의 서구과학수용」, 『동방학지』 20, 연세대 국학연구원, 1978.

박종홍, 「최한기의 과학적 철학사상」, 『박종홍전집』 V, 형설, 1988(「최한기의 경험주
　　　의」, 『아세아연구』 8-4, 고려대 아세아문제연구소, 1965의 재수록).

손병욱, 「혜강 최한기 기학의 연구」, 고려대 박사논문, 1994.

______, 「혜강 최한기 기학의 철학적 구조」, 『동양철학연구』 18, 동양철학연구회,
　　　1998.

신원봉, 「최한기의 기학 연구 ─ 사상 형성과정을 중심으로」, 『논문집』 4, 한국정신문
　　　화연구원 한국학대학원, 1989.

______, 「惠崗의 氣化的 世界觀과 그 倫理的 含義」, 한국정신문화연구원 한국학대학
　　　원 박사논문, 1994.

______, 「최한기의 기화적 윤리관」, 『동양철학연구』 18, 동양철학연구회, 1998.

안영상, 「토미즘과 비교를 통해서 본 혜강 최한기 인식론의 특징」 『동양철학연구』

49, 2007.

이우성, 「최한기의 가계와 연표」, 『유홍렬박사회갑기념논총』, 1971.

______, 「최한기의 사회관—『기학(氣學)』과 『인정(人政)』의 연계 위에서」, 『동양학』 18, 단국대 동양학연구소, 1988.

______, 「혜강 최한기의 사회적 처지와 서울생활—최한기 연구서설의 일단」, 『제4회 동양학국제학술회의 논문집』, 성균관대 대동문화연구원, 1990.

이현구, 「최한기의 기학과 근대 과학」, 『과학사상』 30, 범양사, 1999.

______, 「최한기의 서양과학 수용과 그 문화적 함의」, 『한국학논집』 36, 한양대 한국학연구소, 2002.

______, 「최한기의 철학적 담론 모색」, 『시대와 철학』 3-1, 한국철학사상연구회, 2002.

______, 「기학의 성립과 체계에 관한 연구—서양 근대과학의 유입과 조선 후기 유학의 변용」, 성균관대 박사논문, 2005.

# 진화론적 비유의 한자어 번역

양일모

## 1. 서 박사의 출현

1873년 윤 6월 29일(양력 8월 1일), 상하이에서 발간된 중국어 신문 『신보(申報)』에는 「서 박사(西博士) 신작 인본(人本) 한 권」이라는 제목 아래 다음과 같은 기사가 게재되었다.

영국에 다윈[大蘊]이라고 하는 박사가 책을 저술하여 세상에 크게 이름을 날렸다. 최근의 신작으로 『인본』이 나왔다. 우주 내의 사람이 지니는 성정(性情)과 혈기가 모두 동일한 근본에서 나온 것인지 탐구한 것이다. 이 책을 쓰기 전에 일찍이 세계 각 지역에 거주하는 선비들에게 자신의 뜻을 전달하고 각 종족의 사람들에게 부탁하여 성정이 형상으로 드러나는 것에 어떠한 차이가 있는지, 즉 부여받은 올바른 성정에 어떤 차이가 있는지 탐구하고 조사하도록 하였다. 증국인을 예로 말하자면, 안심할 때 눈살을 펴고 입을 벌리는지 놀랄 때 몸을 움츠리고 다리를 떠는지 부끄러워할 때 얼굴을 붉히는지 또한 분노할 때 어떠하고 원망할 때 어떠한지 하는 것이다. 한곳에서부터 만방에 이르기까지 만약 모두 동일한 사례가 드러나면 천생의 성(性)이 역시 하나의 근본으로 돌아간다는 것을 알 수 있다. 그렇지 않다면, 아마도 갈라져 나온 뿌리일 것이다. 현재 이 책은 이미 완성되었는데 서양어로부터 그 대략을 번역하면 이와 같다. 여기에서 서양인의 용심과 실학의 일단을 볼 수 있다.[1]

'서 박사'는 서양의 박사 찰스 다윈(C. Darwin, 1809~1882)이며, 『인본』은 1871년에 간행된 *The Descent of Man and Selection in Relation to Sex*를 한자어로 번역한 책이다. 런던에서 출간된 서적이 2년 남짓 만에 상하이의 조계에서 간행되고 있던 최대의 일간지에 소개되었다. 영국에서 전개되고 있던 과학 분야의 학문적 활동이 멀고 먼 바다 건너 중국의 독자들에게 전달된 것이다. 『신보』의 발간인인 어네스트 메이저(Ernest Major)가 선교의 목적이 아니라 상업을 위해 중국에 온 영국인 무역상이었기 때문이기도 하지만, 다윈의 신간 서적이 중국에 소개된 것은 거의 동시대적인 일이었다.

『신보』에 소개된 내용은 인간이 유인원과 공통된 조상에서 유래하고 있다는 다윈의 주장을 직접적으로 전달하기 보다는, 세계 각 지역의 다양한 인종들의 성정과 행동의 관계를 경험적으로 탐구하는 다윈의 학자적 태도를 보여 주고 있다. 중국인 독자의 관점에서 보면, 그 내용은 이전보다 넓은 지

---

1 「西博士新作人本一書」, 『申報』 404호, 2쪽, 同治12年 癸酉閏六月二十九日.

역까지 경험적으로 탐구하는 점이 있다고 하더라도 그다지 신기한 것이 아니었다. 인간의 본성에 관한 탐구가 중국 철학의 고유한 문제였기 때문이다. 따라서 『신보』가 전국적으로 유포된 일간지였음에도 불구하고, 다윈과 그의 저서를 소개한 『신보』의 광고가 중국인들 사이에 널리 전파된 것 같지는 않다. 서양의 학계에서 논란이 되었던 다윈은 같은 시기에 중국에서는 신실하고 온화한 학자의 모습으로 나타난 것이다.

서양의 진화론적 사고가 중국 사회에 충격적으로 받아들여지게 된 것은 다윈이라는 이름이 중국의 일간지에 소개된 지 20여 년이 지난 19세기에서도 가장 마지막 시기였다. 청일전쟁(1894~1895)에서 청조가 패배하면서 일본이 랴오둥반도와 타이완, 펑후제도를 차지하게 되고, 곧이어 1897년 독일이 자오저우만을 강제로 점령하여 다음해 조차지로 만들면서, 중국 내부에서 중국이 제국주의 열강에 의해 분할되어 멸망할지도 모른다는 위기감이 고조되던 때였다. 세계의 질서가 선린의 평화가 아니라 힘의 우열에 의해 결정되고 있는 국제정치의 현실을 직접 경험하면서 중국인들이 진화론이라는 서양의 과학에 주목하게 된 것이다.

19세기 중엽 이래로 중국은 이미 자족적인 중화의 체제에서 세계사의 단계로 진입하고 있었다. 서양과의 교섭과 거래가 증가되면서 서방세계의 제도와 문물, 사회와 사상이 중국에 소개되었으며, 이와 관련된 서양의 언어가 번역이라는 언어적 필터를 통해 동아시아 지역의 한자문화권 속으로 들어왔다. 다윈과 그의 저서가 1870년대에 소개되었지만, 중국에서 그것이 본격적으로 수용되기 위해서는 시대적 조건과 정치적 현실을 기다려야 했다. 또한 적지 않은 중국인들이 한자어로 번역된 진화론의 언어를 구사하면서 중국의 역사와 현실을 설명하고 새로운 미래를 구상해 가는 언어적 실천이 수반되어야 했다.

이 글은 생물학적 진화론의 기본 용어들이 한자어로 번역되는 과정을 분석하면서, 번역된 진화론의 언어가 중국 사회에서 의미를 획득하고 사회적 실천 속에서 작용하는 양상을 고찰하고자 한다. 20세기를 전후하여 중국에 서양의 다양한 지식 체계가 거의 동시에 수용되었고 진화론 또한 그 가운데 하나였다. 따라서 복수의 한자어로 번역된 생물학적 진화론의 언어들은 그 자체로서 의미를 획득하기 보다는 사회진화론, 계몽주의적 역사관, 사회주의 등과 밀접하게 관련을 지닌 채 탄생하였고, 근대 중국의 정치적 변혁과 사회적 변화와 연동하면서 새로운 의미로 성장해 간 것이다. 이 글은 동일한 저작 속에서 혼재하기도 하고, 화자(話者)에 따라 다른 의미를 지니기도 한 이러한 용어의 탄생과 성장 과정을 분석하면서, 번역을 통해 만들어진 근대 중국의 신조어가 지니는 정치적 사회적 의미를 살펴보고자 한다.


## 2. 과학 지식으로서의 진화학설


제2차 아편전쟁이 종결된 이래로 청나라 조정에서는 서양의 군사무기의 위력을 절감하면서 서양으로부터 과학기술을 수용하여 국력을 신장하고자 하는 양무 정책을 시행했다. 1865년 상하이에 설립된 강남기기제조총국은 양무파 진영의 관료들이 선택한 국방 근대화 노선에 의해 설립된 무기를 제조하는 공장이었으며, 서양의 과학기술을 습득할 기술 인력을 양성하는 배움의 공간이기도 했다. 중국에서 가장 빨리 진화의 학설과 관련된 정보를 전달한 것은 여기에 부설된 번역관에서 출간된 서적들이었다. 지질의 진화를 설명하는 『지학천석』(1873, 원저는 Charles Lyell, *Elements of Geology*)에서는 다음과 같이 라마르크와 다윈의 학설을 소개하고 있다.

> 앞에서 논한 내용이 만약 조물주가 사물을 만들 때 어떤 물건의 형상과 성정이 각각 일정하여 변할 수 없고 또한 이 사물에서 저 사물로 변할 수 없는 것이라고 한다면, 이는 옛날 학설이다. 라마르크는 생물의 종이 모두 점진적으로 변할 수 있으며 이 사물에서 저 사물로 변하며, 역시 이 형태에서 저 형태로 변할 수 있다고 말했다. 이러한 주장은 사람들이 아직 믿지 않고 있다. (…중략…) 최근에 다윈[兌兒罕]은 생물이 각각 자기에게 적합한 곳을 선택하여 살고 그 성정 또한 모두 변할 수 있다고 주장했다.[2]

이 책은 영국 출신의 의사 맥고원(MacGowan, Daniel, 중국어 이름 瑪高溫)이 원전을 구두로 번역하고 중국인 수학자 화형팡[華蘅芳]이 이를 듣고서 한자어로 옮기면서 만들어졌다. 라이엘의 원서는 1830년 런던에서 초판이 간행되었지만, 이들이 번역의 원전으로 삼은 것은 1865년에 간행된 6판이었다.[3] 그들은 동식물의 이름과 지명과 같은 서양 언어의 고유 명사를 음역의 형태로 번역하였지만, 내용상으로는 기존의 한자어 어휘의 영역을 벗어나지 않고서 지층에 포함된 화석을 통해 고생물의 변천을 주장하는 서양의 학설을 소개

---

2　『地學淺釋』卷十三, 16쪽, 瑪高溫 口譯 · 華蘅芳 筆述, 上海: 江南製造局飜譯館, 1873(서울대 도서관 소장본).

3　龍村倪, 「雷俠兒與地學淺釋」, 『地質』 4권 2기, 臺灣 : 經濟部中央地質調查所, 1983.

했다. 라이엘은 대규모의 지질조사를 통해 지구는 매우 긴 세월을 통해 동일한 과정으로 끊임없이 변화가 일어났다는 동일과정설(uniformitarianism)을 주장하면서 기독교의 창조설뿐만 아니라 여러 차례의 격변으로 현재의 지구의 모습을 설명하는 격변설을 부정했고, 한편으로는 라마르크의 획득형질의 유전설 등을 비판했다. 라이엘의 저서는 다윈이 비글호를 타고 있을 때 열심히 읽고 영향을 받은 책이기도 하다. 라이엘 원서에 대한 한자어 번역은 서양에서 천지창조설이 시대에 뒤진 낡은 견해로 비판의 대상이 되고 있음을 전달하고 있다. 또한 라마르크의 진화론이 그 동안 사람들에게 신뢰를 받지 못했지만, 최근에 다윈이 다시 생물의 변화와 적응에 관한 이론을 제시했다는 사실을 전했다. 그렇지만 위의 인용은 라이엘의 원서에 없는 내용으로서 번역자들이 추가로 삽입한 보충 설명이다.

동물의 진화와 인류의 기원에 관한 지식은 의외로 중국에 와 있던 선교사들이 전하기 시작했다. 상하이 주재 영사인 월터 메더스트(Walter H. Mdehurst)는 상하이 조계지에 중국인에게 과학과 기술을 가르치는 교육 기관을 설립하자고 제안했다. 중국에 와 있던 외국인 선교사들과 중국인들이 공동으로 기금을 모아 1876년 실험실과 도서실을 갖춘 격치서원(영어명은 The Chinese Polytechinic Institution and Reading Room)을 설립했다. 당시 직예총독이었던 리훙장(李鴻章, 1823~1901)이 최대의 기부금을 제공하였지만, 어디까지나 외국인, 외국회사, 중국인 관료들의 합작으로 만들어진 민간 학교였다. 격치서원의 이사로 있던 성공회 소속의 영국인 선교사 존 프라이어(John Fryer, 1839~1928)는 과학기술에 관한 지식을 중국에 확산하기 위해 격지서원과는 별도로 『격치휘편』이라는 잡지를 간행했다.[4] 이 잡지에는 다음과 같이 원숭이로부터 인류가 생겨났다는 생물진화론이 서술되어 있다.

서양 학자들은 최근 인류가 점차 최초에 어디에서 나왔고 어떤 방식으로 성장했으며, 지구는 인류가 출현한 이래로 얼마나 경과했는지 수고를 아끼지 않고 상세하게 탐구하고 있다. 서양 기독교의 구약성서 안에서 인류의 원류를 연구하기도 하고, 한편으로는 지질학자가 각 지층의 토석에서 인간과 각 동물의 유골을 세밀히 조사하여 인류 출현 이래로 지구가 얼마간의 세월이 흘렀다는 것을 알아냈다. 또는 동물은 최초에 매우 간단하였지만 후대로 가면서 점차 복잡하게 되었고, 처음에는 충류이었으나 점차 어류와 조수가 생겨났고 조수 가운데 큰 원숭이가 있었고 원숭이가 사람으로 바뀌었다고 말한다. 천한 것에서 귀한 것으로 간단한 것에서 복잡한 것으로 되었다는 것이다. 이는 이치에 정통한 설명으로 믿을 만하다.[5]

1883년에는 미국북장로회 소속의 선교사이며 일찍이 양무운동 시기 베이징의 경사동문관에서 청조의 국가적 번역 사업에 관여했던 윌리엄 마틴(W. A. P. Martin, 중국어 이름 丁韙良)이 서양의 최신 학문을 소개하는 『서학고략(西學考略)』을 간행했다. 그는 이 책에서 린네(C. Linné, 1707~1778)의 동물분류설 및 침팬지와 같은 직립하는 동물로부터 인간이 진화했다는 라마르크의 견해를 소개했으며, 이러한 견해가 당시에 신뢰를 받지 못했다는 역사적 사실을 서술한 뒤 다윈의 주장을 소개했다.

40년 전에 영국의 의사 다윈[達爾溫]은 세계를 두루 다니면서 각 지역의 동식물을 조사하여 라마르크의 학설을 다시 전개하면서 다음과 같이 말했다. 각 생물이 형체를 변화시키는 원인은 세 가지이다. 첫째 지리적 형세이다. 예컨대 북방은 날

---

4    熊月之, 「格致書院與西學傳播」, 『史林』, 1993.2.
5    「混沌說」, 『格致彙編』(1877.9), 南京古舊書店, 1991(영인본).

씨가 차서 두꺼운 털을 지닌 생물이 많고, 남방은 기후가 온화하여 동일한 부류의 생물이라도 털이 없다. 지각의 각층에 포함된 유골의 흔적을 취해서 이를 증명할 수 있다. 태고의 시절에는 지면에 물이 많았고 그 때의 생물은 물과 육지에 동시에 적응했다. 나중에 물과 육지가 분리되자 육지에 금수가 처음으로 출현했고, 인류는 지각의 가장 새로운 층에서야 유골 화석이 나타나므로 인류의 출현이 가장 나중이라는 것을 알 수 있다. 둘째는 짝의 선택이다. 각 생물의 형체에 우연히 변이가 일어나면 반드시 같은 형태의 짝을 찾는다. 예컨대 바닷새 가운데 우연히 날 수 있는 것은 자기들 암수끼리 짝을 맺어 새로운 종류를 전한다. 셋째는 강약으로 존망을 결정하는 것이다. 자연적인 더위와 추위, 지리적 형세의 높고 낮음으로 점차 변화가 일어나면 생물의 형체가 그러한 조건에 적응하는 자는 강해지고 살아남을 수 있다. 함풍 9년 다윈이 이러한 원리를 밝히는 서적을 저술하여 『물류추원(物類推原)』이라고 이름 지었다. 이 책은 의미가 깊고 내용이 분명해서 각국이 경쟁적으로 번역하여 널리 전하고 있으며, 오늘날 그를 따르는 학자들이 많다.[6]

마틴의 설명에 따르면, 생물이 환경에 적응하고, 그 과정에서 우연하게 변이가 발생하고, 변이로 인해 동일한 변이를 지닌 생물들끼리 짝을 선택하여 그러한 변이를 후세에게 전달하며, 환경에 적응하는 종이 강해져서 살아남는다는 것이다. 그는 다윈의 *Origin of Species*를 '물류추원'으로 번역하면서 그 이전의 단편적으로 소개된 생물학적 진화론을 보다 체계적으로 설명했다. 생물학적 진화의 관점에 근거한 인간의 출현에 관한 설명은 이미 1870년대에 소개되었지만, 그는 다윈의 학설에 근거하여 보다 세밀하게 중국에 전달

---

6  『西學考略』「西學源流」, 『續修四庫全書』, 上海古籍出版社, 1995~1999.

했다고 할 수 있다. 그렇지만 생물학적 진화 학설에 관련된 지식은 중국 내에서는 서양과는 달리 반론이 거의 제기되지 않았다. 만물의 생성과 변화를 하나의 기(氣)의 운행 과정으로 설명하고, 창조신화를 받아들이지 않았던 중국 사회에서 인간과 동물의 생물학적 연속성의 주장은 그다지 큰 충격으로는 받아들여지지 않았다고 할 수 있다.

1885년 왕타오[王韜]가 격치서원의 원장으로 초빙되어 프라이어의 건의에 따라 전국에 있는 중국의 사대부들을 대상으로 연 4회에 걸쳐 서양의 학문을 주제로 하는 논문 경시대회를 개최했다. 1889 춘계 대회에서 제시된 문제 중 하나는 '정현(鄭玄) 이후『대학』의 격치에 관한 대략 수십 명의 학설이 서양의 최근 학문과 부합하는가? 서양의 격치는 그리스의 아리스토텔레스에서 시작하였으나 영국인 베이컨이 나타나 이전의 학설을 모조리 바꾸면서 학문이 새롭게 정밀해졌다. 다윈, 스펜서 두 학자의 서적이 간행되어 그 학문이 더욱 정비되었는데 그 원류를 상세히 소급할 수 있는가'였다.[7] 이 문제의 출제자가 당시 청조의 최고위급 관료라 할 수 있는 리훙장이었다는 점을 고려하면, 당시 서양 학문에 대한 중국의 관심과 열의를 볼 수 있다. 이 문제에 특별상을 받은 답지에서는 "격치의 학문은 중국과 서양이 다르다"는 첫 문장으로 시작하여 아리스토텔레스, 베이컨, 다윈, 스펜서의 견해를 서술하면서 서양 학문의 흐름을 진단하고 있다.

1809년 다윈[達文]이 태어났다. (…중략…) 1859년 특별히 저서를 지어 만물이 각각의 종(種)으로 나누어지는 근원을 논하고 아울러 만물이 강하면 살아남고 약

---

7   王爾民,『上海格致書院志略』, 香港 : 中文大學出版社, 1980, 56쪽.

하면 소멸하는 원리를 논하였다. 그 주요 내용은 다음과 같다. 식물과 동물의 종은 시대에 따라 변천하며, 만들어진 이래로 지금까지 변하지 않는 것이 아니다. 적응하지 못하는 동물은 점점 소멸하며, 적응한 것이 오래도록 살아남을 수 있다. 이것은 천도자연의 이치이다. 다만 이러한 학설은 예수의 주장과 상반되므로 각국의 학자들이 모두 그 말에 따르지 않았다. 처음에는 많은 비판이 제기되었지만, 지금은 따르는 자가 점차 늘어났고 격치의 학문이 이로 인해 크게 바뀌었다. 이는 역사에 길이 남을 뛰어난 인물이라 할 수 있다.[8]

이 답안지를 제출한 주인공은 중톈웨이(鍾天緯, 1840~1900)이다. 그는 중국에서 태어나 25세에 과거시험에 합격하였지만, 격변하는 중국 사회를 목도하고 관료의 길을 버리고 33세에 상하이에 있던 외국어학교 광방언관(廣方言館)에 입학하여 영어를 배우기 시작한 인물이다. 청조가 점차 쇠퇴하고 서양으로부터 새로운 지식이 수용되기 시작한 시대를 살았던 그는 당시의 일반적인 사대부들과는 달리 새로운 흐름에 따라 서양의 문화를 적극적으로 흡수하는 방식의 삶을 택한 것이다. 강남제조국 번역관에서 일하면서 그는 프라이어 등과 함께 해외의 신문 기사를 중국어로 번역하여 게재하는 비정기 간행물인 『서국근사휘편(西國近事彙編)』의 편집을 주로 맡았다.[9] 해외의 정보에 누구보다도 빨리 접했던 그는 서양의 학문에 관한 상당한 지식을 갖고 있었다고 할 수 있다.

중톈위는 다윈의 서명을 직접 언급하지는 않았지만, 답안지에 사물의 진

---

8　鍾天偉,「中西格致之學異同論」, 王揚宗 編,『近代科學在中國的傳播：文獻與史料選編』上, 山東教育出版社, 2009, 341~342쪽.
9　薛毓良,『鍾天緯傳』, 上海社會科學院出版社, 2011, 1~2장.

화하는 원리가 "강한 것이 살아남고 약한 것이 소멸하는 원리[强存弱滅之理]"로 도식적으로 번역되어 있고, 이러한 주장이 서양에서는 기독교 교리와 다르지만 점차 인정받고 있다고 서술하고 있는 점이 주목된다. 스펜서에 관해서는 "다윈의 이론에서 미루어 나간 것이 많다"라고 평가했지만, 일찍이 스펜서의 교육 이론에 대한 한자어 번역서인 『이업요람(肄業要覽)』(顔永京 譯, 1882)을 거론하면서 지식의 확실성에 관한 논의를 간략히 논하는 데 그치고 있다. 이 책은 *Education : Intellectual, Moral, and Physical*(1861)의 1장 "What Knowledge Is Of Most Worth?"를 번역한 것이다. 즉 당시 중국의 지식인들이 스펜서의 사회진화론에 주목한 것은 아니었고, 생물학적 진화 학설의 중심을 이루는 다윈의 주요 용어도 아직은 한자어의 세계에 등장하지 않았다. 1880년대까지 서양의 진화 학설에 관한 논의가 번역을 통해 거의 동시대적으로 중국에 전달되었지만, 그 내용은 사회진화론이 아니라 지질학, 생물학 등의 과학적 영역이 중심이었다. 물론 그러한 지식 정보가 인간의 생물학적 조상이 무엇인지에 관한 지적 고민이나 동식물의 변이 등에 관한 생물학적 고민을 크게 자극하거나 심화하지는 않았다. 힘에 의한 강자와 약자의 역학 관계 또한 심각한 문제로 떠오르지 않았다. 이는 서양의 지식 체계가 단편적으로 전달되었기 때문이라고 하기보다는, 그러한 논의가 중국 사회에 적용될 수 있는 시대적 조건이 구비되지 않았기 때문이라고 할 수 있을 것이다.

# 3. 다윈의 비유적 언어와 일본의 한자어 번역

다윈의 생물학적 진화 학설에서 중요한 용어는 'Struggle for existence'와 'Survival of the fittest'이지만, 이러한 어휘는 실제로 다윈이 처음으로 사용한 것이 아니었다. 전자는 맬더스(Malthus, T. R.)가 *An Essay on the Principle of Population*(1798)에서 사용했고, 후자는 스펜서가 1852년에 쓴 「인구론(A Theory of Population, Deduced from the General Law of the Human Fertility)」(*Westminster Review* 57)에서 처음으로 사용했다. 스펜서는 나중에 다윈의 저서를 읽고 난 뒤 *Principles of Biology*(1864)에서 'Survival of the fittest'가 다윈의 'Natural selection'과 같은 의미라고 말했다.[10] 다윈은 자신의 이론을 설명하기 위해 이와 같이 기존의 언어를 차용했지만, 어디까지나 광의적 의미(large sense) 혹은 비유적 의미(metaphorical sense)에서 이러한 용어를 사용한 것이라고 분명히 밝혔다.[11] 심지어 자신이 고안한 용어 'Natural selection'이 적지 않은 비판을 받자, 글자 그대로의 의미에서는 잘못된 용어(false term)이지만 비유적 표현으로서 이러한 용어를 중력과 인력과 같은 자연계의 법칙이라는 의미에서 사용한다고 설명했다.[12] 뿐만 아니라 다윈은 『종의 기원』 초판에서 종의 변이를 설명하기 위해 'transmutation'을 사용했으며, 6판(1872)에서야 비로소 'evolution'이라는 용어를 사용하게 되었다. 스펜서가 처음으로 사용한 'evolution'은 다윈의 진화 학설을 사회적으로 확산시키는 데 혁혁한 공로를 세운 토머스 헉슬리(Thomas Huxley, 1825~1895) 등에

---

10  鵜浦裕, 「比喩的表現としての'生存競爭', '適者生存'」, 『現代英米文化』 15, 日本 英米文化學會, 1984.
11  Darwin, *The origin of species by means of natural selection, or the preservation of favoured races in the struggle for life*(6th edition), London : John Murray, 1872, p. 50; Darwin Online : http://darwin-online.org.uk/.
12  ibid., p. 63.

의해 1870년대 후반 이후에야 유럽에서 언어적 권위를 획득하게 된 것이다.

서양에서 생물학적 이론으로 정립되기 시작한 진화에 관한 지식 체계는 거의 동시기에 중국뿐만 아니라 일본에도 전달되었다. 동경대학의 동물학 교수로 초빙되어 온 미국인 모스(Edward Sylvester Morse)는 1877년 진화를 주제로 하는 연속 강의를 했으며, 이는 일본에서 생물학적 진화 학설에 관한 최초의 공식적인 강의였다. 그의 제자인 이시카와 치요마쓰(石川千代松, 1860~1935)는 스승의 강의를 정리하여 『동물진화론』(1883)이라는 제목으로 출판했다. 이때를 전후하여 일본에서는 진화 학설 관련의 서적이 활발하게 간행되기 시작했다. 헉슬리의 *On the Origin of Species : or, the Causes of the Phenomena of Organic Nature*(1863)에서 앞의 두 장을 번역한 『生種原始論』(伊澤修二 譯, 1879)과 그 완역판 『진화원론』(1889), 다윈의 *The Descent of Man*(2판, 1874)의 번역인 『인조론(人祖論)』(神津專三郎 譯, 1881), 획득형질의 유전을 비판한 독일의 유전학자 바이스만(August Weismann)의 글을 번역한 『만물퇴화신설』(石川千代松 譯, 1889), 그리고 이시카와 치요마츠가 직접 저술한 『진화신론(進化新論)』(1891) 등이 간행되었다. 영국의 과학잡지 *Nature*와 미국의 잡지 *Science*에서 1880년대의 크고 작은 기사 가운데 진화론이 차지하는 비율이 1% 미만이었던 것에 비해 일본의 종합잡지 『동양학예잡지』에서 그 비율이 게재 논문 총수의 8%에 이르렀다고 하는 것을 보면,[13] 그야말로 1880년대 일본의 지식계에 생물학적 지식으로서의 '진화'라는 번역이 유행하면서 정착되어 가고 있었다는 것을 알 수 있다.

스펜서가 1880년대 미국에서 열렬한 지지를 받았던 것과 마찬가지로, 일

---

13 渡辺正雄, 『日本人と近代科學』, 東京 : 岩波書店, 1976, 109~110쪽.

본에서도 스펜서는 당시 수용된 서양의 사상가 중에서 최대의 비중을 차지했다. 그의 저서 가운데 『대의정체론』(鈴木義宗 譯, 1878)이 번역된 이래로 같은 서적을 다시 번역한 『대의정체 득실론』(平松熊太郎 譯, 1888)이 간행되기까지 10여 년 동안 총 21권이나 출간되었다.[14] 다윈과 헉슬리, 스펜서 등 영국의 사상계를 주도하는 지성들의 논의가 서양에서 뿐만 아니라 동아시아에서도 동시대적으로 활발하게 전개되고 있었던 것이다.

　진화 학설을 설명하는 다윈의 기본 용어가 동아시아 지역에서 먼저 한자어로 번역된 것은 역시 서양에 먼저 문호를 개방한 일본이었다. 'evolution'은 일본에서는 초기에는 주로 『주역』 「계사전」의 "천지인온, 만물화순(天地絪縕, 萬物化醇)"과 『사기』 「오제본기」의 "순화(淳化)"의 전고에 의거하여 '화순(化醇)'으로 번역되었지만, '진화(進化)', '개진(開進)' 등의 번역도 함께 사용되었고 'Theory of Evolution'은 '화순론(化醇論)' 혹은 '진화론(進化論)'으로 번역되었다.[15] evolution의 의미를 자연계의 조화로운 질서라는 의미인 '화순(化醇)'으로부터 분리시킨 것은 동경대학 초대 총장이었던 가토 히로우키(加藤弘之, 1836~1916)의 역할이라 할 수 있다. 그는 일찍이 시강(侍講)의 자격으로 『진정대의(眞政大義)』(1870)를 저술하여 일본국왕에게 천부인권론을 강의했지만, 진화론을 학습하면서 "물리의 학과와 관련된 진화주의로써 저 천부인권주의를 격파하고자"[16]했다. 그는 "진화주의란 동식물이 생존경쟁과 자연도태의 작용에 의해 점차 진화함에 따라 점차 고등 생물이 생겨나는 원리를 연구하는 것"으로 규정했다. 진화의 학설은 '진화주의(進化主義)'로 격상되었고, 다

---

14　山下重一, 『スペンサーと日本近代』, 東京 : 御茶の水書房, 1983, 5~6쪽.

15　和田垣謙三 等編, 『哲學字彙』, 東京大學三學部, 1881, 32쪽. 일본 국회도서관 Digital Library.

16　加藤弘之, 『人權新說』, 東京 : 山城屋佐兵衛, 1883, 1장. 일본 국회도서관 Digital Library.

원의 비유적 언어는 '생존경쟁(生存競爭)', '자연도태(自然淘汰)'와 같은 일본제 한자어로 정착되기 시작했다. 또한 그는 이러한 원리를 영원토록 변하지 않는 '자연규율(自然規律)'이요 '만물법(萬物法)'이라고 하면서 이를 '우승열패(優勝劣敗)'로 설명함으로써 조화보다는 갈등의 세계를 구축하고자 했다. 그가 이러한 사상적 전향을 보였던 『인권신설』의 표지 안쪽에는 "우승열패는 천리이다[優勝劣敗, 是天理也]"가 자필로 씌어져 있다. 다윈의 비유적 언어가 일본제 한자어에 의해 구체화되는 과정에서, 생물의 기원을 탐구하는 진화의 학설로서보다는 '생존경쟁'과 '우승열패'라는 강자와 약자 사이의 역학관계를 설명하는 '진화주의'의 성격이 강조된 것이라고 할 수 있다.

일본에서는 진화의 학설이 천부인권론과 자유민권주의를 비판하는 사회과학적 이론으로 변질되기 시작한 뒤에서야 비로소 다윈의 저서가 일본어로 번역되기 시작했다. 1896년 다치바나 센자부로(立花銑三郎, 1867~1901)가 번역한 『생물시원─일명 종원론(生物始源 : 一名 種源論)』이 동경의 경제잡지사에서 간행되었다. 그는 동경제국대학의 철학과를 졸업하고 학습원대학에서 사회학을 가르치고 있을 때 동식물의 진화에 관한 다윈의 대표작을 번역한 것이다. 이 책은 다윈의 『종의 기원』 6판을 토대로 번역한 것이라고 「일러두기[例言]」에서 밝히고 있으며, 원저를 완역한 것으로서 1,000쪽이 넘는 대저이다. 자연과학이 아니라 철학과 사회학 등을 학습한 번역자는 '진화', '생존경쟁', '자연도태, 즉 최적생존(最適生存)'이라는 일본에서 이미 만들어진 한자어 번역을 그대로 답습했다. 1880년대 가토가 다윈의 비유적 언어를 근대 일본이라는 정치적 공간 속에서 정치적 요청에 따라 가공했고, 그가 가공해 낸 한자어 번역은 1890년대에 이루어진 다윈의 저서에 대한 일본어 번역 속에서도 계속해서 작동해 간 것이다. 1905년 동경개성관[東京開成館]이 새로 번역하고 동물학자 오카 센지로(丘淺次郞, 1868~1944)가 교정하여 간행한 판본 또한 『종의 기원―생존경쟁 적자생존의 원리(種之起原 : 生存競爭適者生存の原理)』라는 제목으로 되어 있을 정도로 한자어 번역은 20세기에도 연명하고 있었다.

## 4. 비유의 비약과 전유―중국의 번역

다윈의 『종의 기원』을 최초로 중국어로 번역한 것은 마쥔우(馬君武, 1881~1940)였다. 그는 다윈이 『종의 기원』 3판 이후에 붙인 "An Historical Sketch of the Recent Progress of Opinion on the Origin of Species"를 「신파 생물학(즉 천연학)가 소사(新派 生物學(即天演學)家 小史)」로 번역했다.[17] 같은 해 그는 『종의 기원』 3장을 『다윈 물경편』이라는 제목으로 번역하였고, 스펜서의 *Social Statics* 16장 "The Rights of Women"을 번역한 것과 합하여 간행했다.[18] 1903년에는 4장을 『다윈 천택편』(文明書局)으로 간행했고, 다음해에는 1장, 2장, 5장을 번역하여 그 전에 번역한 것들을 함께 묶어 『물종유래(物種由來)』(開明書店)라는 제목으로 출판했다. 『종의 기원』이 중국에서 완역된 것은 그가 베를린농과대학에서 박사학위를 받고 중국에 돌아와서 완성한 『다윈 물종원시[達爾文 物種原始]』(상무인서관, 1919)이다. 그는 1930년에 다윈의 *Decent of Man*의 번역으로 『인류 기원 및 종의 선택[人類原始及類擇]』(상무인서관)을 간행했으

---

17  馬君武, 「新派生物學(即天演學)家小史)」, 『新民叢報』 8호, 橫濱 : 新民叢報社, 1902.
18  馬君武, 『斯賓塞女權篇達爾文物競篇合刻』, 上海 : 少年中國學會, 1902.

니, 30여 년 동안 다윈의 저서 번역에 매달렸다고 할 수 있다.

마쥔우의 초기 번역은 그가 일본에 유학하던 시기에 이루어진 것이며, 일본에 있던 중국인 유학생회관에서 만주족 왕조인 청조를 타도하자는 주제로 강연하고 있던 시기였다. 실제로 그는 1905년 쑨원(孫文, 1866~1925)이 이끌고 있던 중국동맹회에 가입하여 혁명의 길을 걸었던 인물이다. 이러한 시기에 그는 다치바나 센자부로의 일본어 번역을 참조로 하면서 다윈의 원서를 상당할 정도로 축약하여 백화체의 중국어로 중역한 것이다. 그의 번역에는 일본에서 만들어진 한자어 번역의 흔적이 상당히 남아 있지만, 다윈의 주요 용어에 대해서는 일본에서 만들어진 번역을 그대로 따르지 않았다. 그가 다윈의 저서를 번역하기 이전에 이미 중국에서는 다윈의 비유적 언어가 한자어로 번역되어 있었고, 그는 그것을 선택한 것이다. 그는 'Struggle for Existence'의 번역으로 '물경(物競)', '경쟁생존(競爭生存)', 'Natural selection'의 번역으로는 '천택(天擇)'을 선택했고, 'Survival of the fittest'는 '최의자존(最宜者存)' 등으로 번역했으며,[19] 다윈의 진화론적 생물학을 '천연학'으로 규정했다. 한편 그가 1919에 간행한 『종의 기원』의 완역판에는 "다윈은 진화론의 시조"[20]라고 설명했으며, 'evolution'의 번역으로 '진화'가 선택되었고, '생존경쟁'과 '자연도태'와 같은 일본에서 만들어진 한자어 번역도 빈번하게 사용되었다. 일본에서 만들어진 한자어 번역은 지금도 중국의 지식 공간에 살아남아 있다.

마쥔우의 번역이 나오기 이전에 진화의 학설과 관련하여 새로운 한자어 번역을 만들어내고 이를 중국 사회에 널리 전파한 것은 젊은 시절 영국에 유

---

19　馬君武 譯, 『達爾文物競篇天擇篇』, 王揚宗 編, 『近代科學在中國的傳播 : 文獻與史料選編』上, 山東敎育出版社, 2009, 341~342쪽.
20　馬君武 譯, 「序詞」, 『達爾文物種原始』, 臺灣中華書局, 1984, 282・297쪽.

학한 경력을 지닌 옌푸(嚴復, 1854~1921)였다. 그는 중국에서 다윈의 저서가 번역되기 이전에 다윈의 비유들을 한자어로 번역하고 이를 토대로 중국의 전반적 개혁을 부르짖었다. 마쥔우가 『종의 기원』을 번역하면서 사용한 '천연', '물경', '천택' 등의 용어는 『천연론(天演論)』(1898)을 통해 근대 중국의 언어 속에 새롭게 추가된 어휘이다. 『천연론』은 옌푸가 영국의 사상가 헉슬리의 *Evolution and Ethics*(1894)를 중국어 고문으로 번역한 책이었다. 그는 다윈의 진화론을 다음과 같이 설명했다.

자연 상태에서는 끊임없는 변화가 일어나고 있지만, 그 가운데 변하지 않는 원리가 있다. 변하지 않는 원리란 무엇인가? 그것은 천연이다. 천연이라는 기본 원리에는 두 가지 작용이 있는데, 물경과 천택이 그것이다. 세상만사에 이 원칙이 적용되는데, 특히 생물계에 이 원칙이 두드러지게 보인다. 물경이란 생물이 스스로를 보존하기 위해 싸우는 것이다. 어떤 한 생물이 다른 생물과 싸워 살아남기도 하고 죽기도 하는데, 그 결과는 천택에 달려있다.[21]

위의 인용은 옌푸가 헉슬리의 저서를 번역하면서 추가로 삽입한 부분으로 원문에도 없는 내용이다. 옌푸는 한자어의 전통적 문법을 충실히 따라 다윈의 비유를 번역하였으며, 초기에는 '자신의 생존을 다툼[爭自存]'과 '가장 적절한 종이 살아남음[遺宜種]'으로 번역하였다가,[22] 『천연론』에서 '물경'과 '천택'으로 번역한 것이다. 옌푸는 다윈의 진화론을 '천연'의 학문으로 규정하고,

---

21 『天演論』「導言 1・「察變」」, 王栻 主編, 『嚴復集』 5책, 北京 : 中華書局, 1986, 1324쪽; 『천연론』의 한국어 번역은 양일모 외역, 『천연론』, 소명출판, 2008 참조.
22 「原强」, 『嚴復集』 1책, 5~6쪽.

'물경'과 '천택'이라는 법칙이 자연계와 인간사회를 관통하고 있다고 보았다. 옌푸가 번역이라는 작업을 통해 창안한 용어는 "점차 신문과 잡지에서 관용어가 되었으며 애국지사가 입버릇처럼 하는 말 되었다."[23] 이렇게 해서 서양의 진화론과 관련된 용어는 생물학적 영역의 논의를 넘어서 중국의 정치에 관심을 갖는 자들에 의해 현실과 미래를 재단하는 주요 개념으로 변해 간 것이다. 마쥔우의 용어법은 다윈의 비유에 대한 옌푸의 번역에 의거한 것이었고, 중국 사회의 개혁과 혁명을 외치던 지식인들 또한 옌푸의 언어를 기반으로 변화와 개혁의 정당성을 확립하고 중국의 분할을 획책하는 외세에 대응하고자 했다. 한편으로 그들은 붕괴되어 가고 있는 청나라 왕조의 통치체제를 비판하고자 했다.

옌푸의 한자어 번역은 다윈의 학설에만 한정되어 탄생된 것은 아니었다. 그는 헉슬리의 저서를 번역하기 전에 이미 다윈과 스펜서 등을 학습하고 있었다. 그는 『천연론』에 붙인 해설에서 "진화는 언제나 물질의 집합과 운동의 분산이다"[24]라고 설명했다. 이는 스펜서가 *Sytem of Synthetic Philosopy* 제1부 *First Principle*에서 내린 진화에 대한 정의이다. 스펜서는 질량과 운동의 작용은 단순한 것에서 복잡한 것으로, 동질적인 것에서 이질적인 것으로, 불안정에서 안정으로, 혼란에서 질서로 전개된다고 보았다. 옌푸는 19세기 후반 영국에서 사회진화론의 선봉에 섰던 스펜서가 정의했던 '진화' 개념을 '천연'으로 번역한 것이었다. 그는 "'천연'은 영어 'evolution'의 번역이며, 스펜서가 최초로 사용했다"[25]라고 밝히고 있듯이 서양의 지적 흐름과 체계를 익히 알

---

23 胡適,『四十自述』, 歐陽哲生 編,『胡適文集』1, 北京大學出版社, 1998, 70쪽.
24 Herbert Spencer, CHAPTER XI.: EVOLUTION AND DISSOLUTION, *First Principles*(2nd ed), London : Williams and Norgate, 1867, p.278; Online Library of Liberty : http://oll.libertyfund.org/titles/spencer-first-principles-1867.

고 있었다. 중국에서 만들어진 '천연'의 세계관은 옌푸가 다윈과 스펜서, 그리고 헉슬리를 함께 학습한 지적 배경 속에서 다윈의 비유를 한자어로 옮긴 것이었으며, 동시에 한자어의 전통적 문법 속에서 새롭게 만들어진 것이었다.

고전 한자어의 문법에서 보면, '천연(天演)'에서 '연' 자는 연출 혹은 연역 등의 의미로 사용되며, 드러남 혹은 전개, 흐름 등의 의미를 지니고 있다. 따라서 천연은 글자 그대로는 자연세계와 인간사회를 포함한 전우주의 변화를 의미한다. 옌푸는 '천연'의 '천' 자에 대해 절대적 존재로서의 상제(上帝)나 일상적으로 볼 수 있는 푸른 하늘을 지칭하는 것이 아니라 "누가 한 것도 아닌데 원인과 결과의 구체적 모습이 드러나고, 그러한 인과의 과정을 파악할 수 없을 때는 공교롭게도 그렇게 되어 가는 과정"[26]이라고 설명했다. 그가 '천연'을 통해 말하고자 한 것은 세계의 부단한 변화가 생존을 위한 경쟁, 그리고 이러한 경쟁으로 인해 나타나는 자연적 결과라는 것이며, 이러한 변화가 결국 이상적인 방향으로 전개된다는 일종의 낙관적 세계관이었다. 따라서 『천연론』에서 옌푸는 헉슬리가 만년에 진화론적 윤리관에 이의를 제기하는 관점을 '승천(勝天)'이라는 고대 한자어의 문법에 따라 번역했고, 반면 스펜서의 낙관주의적 사회진화론을 '임천(任天)'으로 번역했다. 나아가 그는 헉슬리의 저서를 번역하면서도 스펜서의 낙관적 관점에 의거하여 헉슬리를 비판한 것이었다.[27]

헉슬리는 생존을 위한 경쟁과 그 가운데 최적자가 생존한다는 소박한 진화론적 사고에 내재하는 오류를 지적하면서 "이는 적자생존이란 표현이 불

---


25　「天演進化論」, 『嚴復集』 2책, 309쪽.
26　『群學肄言』 「復按」, 『嚴復集』 4책, 345쪽.
27　졸고, 「중국의 근대성 문제와 엄복의 『천연론』」, 『중국학보』 53, 2006 참조.

행하게도 애매하기 때문에 생겨나는 오류라고 본다. 적자(the fittest)라는 용어는 최선(the best)이란 의미를 함축하고 있으며, '최선'은 도덕적 색채를 띠게 된다. 그러나 자연과정에서 '적자'라는 것은 환경적 조건에 의해 결정되는 것일 뿐이다"[28]라고 말했다. 다윈의 비유에 대한 비판은 다윈의 불도그라 지칭될 만큼 서양에서 진화론의 전파에 정렬을 쏟았던 헉슬리로부터 제시되었다. 그렇지만 옌푸는 한자어의 문법에 의거한 '천연'의 관점에서 헉슬리의 견해를 비판했고, 이러한 토대 위에서 다윈의 비유를 이해한 것이다.

20세기 벽두에 중국에서 번역된 서양 사상 관련의 수많은 서적을 정리한 목록서인 『역서경안록』에서는 마쥔우의 『다윈 물경편』을 다음과 같이 평가하고 있다.

전서에서는 물경과 천택, 그리고 식물 간의 생존경쟁의 상호 관계를 분명히 밝히고, 아울러 아메리카와 아프리카 두 대륙에서 각종 동식물이 생존을 경쟁하는 사례에 의거하여 모든 생물에 대해 천전(天戰)을 두려워하지 말고 언제나 자강하여 멸종을 막아야 한다고 경계하고 있다. 사리를 꿰뚫어 보는 주장이라 할 수 있다.[29]

이 글에 나오는 '천전', 즉 자연세계와의 전쟁이라는 투쟁적인 개념은 마쥔우가 서양의 진화 학설을 이해하면서 독자적으로 제시한 개념이다. 그는 진화의 원리 속에서 장래에 세계가 여러 종족을 통합하였다 할지라도 자신의 생존을 위한 일은 그치지 않을 것이며, 최후에도 천(天)과의 싸움은 영원히

---

28  Huxley, *Evolution and Ethics And Other Essays*, Macmillan And Co, 1894, p.80.
29  『譯書經眼錄』卷9「哲理」第18, 329쪽. 熊月之 編, 『晚淸新學書目提要』, 上海書店出版社, 2007, 329쪽.

지속될 것이라고 보았다. 그는 다윈의 저서를 번역하였을 뿐만 아니라 매우 이른 시기에 중국에 사회주의를 소개한 인물이다. 그는 "사회의 진보가 자신의 생존을 위한 싸움이라는 단순한 원리로써만 이루어지는 것이 아니다. 평균(平均)과 화친(和親)도 사회 진보의 불가결한 원리이다"[30]라고 주장했다. 사회진화론과 사회주의 모두 사회의 진보를 가정하고 있지만, 사회 발전의 원리가 각각 경쟁과 화친으로 파악되었다. 여기에서 그는 진화의 단계가 단체의 협동이라는 발전된 단계로 이행할 것이라는 사회발전론을 제시하면서, 사회진화론과 사회주의 사이의 사상적 이질성을 사회발전의 연속태로 파악하면서, 이들 양자를 모순 없이 수용하고자 했다. 이러한 사상적 배경 속에서 그는 "장래에 세계의 종족이 하나가 되는 데 이르더라도 자신의 생존을 다투는 일은 끝나지 않는다. 누구와 싸우는가? 천(天)과 싸우는 것이다. 천이란 것은 세계 자연의 큰 힘으로서 인치(人治, 인간의 작위)를 파괴하는 것이다. 인류사회의 최대의 적이 천이요, 인류사회의 최후의 적이 천이다"[31]라고 주장했다. 그는 끝임 없는 경쟁의 원리를 주장하는 '천전'이라는 개념을 제시하면서, '임천'의 입장에서 경쟁을 통해 이상적인 사회가 도래할 것이라고 낙관하는 옌푸와는 달리, 청조를 타도하고자 한 공화혁명의 진영에 가담했다.

다윈과 스펜서의 저서에 대한 마쥔우의 번역에 대해 『신민총보』에서는 "이 책은 영어와 일본어를 참작해서 번역한 것이며 그 가운데 술어와 명사가 일본에서 오래전에 나온 번역에 따른 것이 많고 옌푸의 작품과는 다소 체재를 달리 하고 있다"[32]라고 소개했다. 다윈의 『종의 기원』은 이처럼 영어와

---


30 「社會主義與進化論比較」, 章開沅 主編, 『馬君武集』, 華中師範大學出版社, 1991, 89쪽.
31 위의 글, 87쪽.
32 「紹介新書」, 『新民叢報』 25호, 1902.

일본어의 혼재 속에서 최초로 중국어로 번역되었다. 일본의 번역서를 중역한 마쥔우의 번역이나 스펜서와 헉슬리를 통해 다윈을 이해한 옌푸의 번역은 다 같이 다윈의 비유를 한자어로 옮기고 있지만, 어느 번역이든 다윈의 비유로부터 비약되면서 자신의 지적 선이해와 사회적 조건 속에서 전유된 것이라 할 수 있다. 다윈의 비유가 서양에서 성공의 요인 혹은 비판의 과녁으로서 기능했다고 한다면, 중국에서 이루어진 다윈의 비유에 대한 한자어 번역은 중국의 정치적 사회적 토양 위에서 서양과는 다른 또 하나의 기능을 담당했다고 할 수 있다.

## 5. 나오는 말

다윈의 비유적 언어는 청일전쟁 이래로 국가의 존망에 위기감을 느끼기 시작한 중국인들뿐만 아니라 1905년 이후에는 일본에게 외교권을 박탈당한 한국에서도 널리 사용되기 시작하였다. 옌푸가 중국의 고문에 의거하여 번역한 『천연론』이 공식적으로 출간된 지 얼마 지나지 않아 '생존경쟁'과 '적자생존', '자연도태' 등과 같이 일본에서 만들어지고 중국에 전해진 한자어 번역은 중국에서 만들어진 한자어 번역과 공존하면서 혹은 경쟁하면서 중국에서 진화론의 사상적 공간을 구축해 갔다. 다윈과 스펜서의 진화론을 '천연'으로 소개한 것은 옌푸였지만, '천연'을 중국 사회에 널리 전파한 것은 청말의 언론 무대를 장식한 량치차오(梁啓超, 1873~1929)였다. 그는 옌푸를 "철학의 시조 천연 옌선생"[33]으로 기억했다.

량치차오는 『천연론』의 충실한 독자였으며, 선교사들의 저작으로부터 생물의 진화에 관한 초보적인 지식을 이미 습득하고 있었다. 그는 "원숭이로부터 인간이 되고, 야만의 천한 종족에서 문명의 귀한 종족이 된다"[34]는 것을 일찍부터 당연한 사실이라고 믿고 있었다. 인간의 유래, 혹은 지구의 변화, 생물의 형태적 변화 등과 관련된 생물학적 진화론은 20세기 이전의 중국에서는 과학적 사실로서 받아들여졌지만 당시에 '사상'으로서 기능하지는 않았다. 1870년대, 1880년대의 중국에는 서양에서 전개되고 있던 진화론을 둘러싼 과학적 혹은 종교적 차원의 논의가 소개되었지만, 중국인들은 이를 과학적 사실로서만 수용하면서 이러한 논의의 배후에 놓인 사회적 함의에 대해 깊게 고민하지 않았다.

무술변법의 실패로 일본으로 망명한 후, 량치차오는 일본에서 간행된 서양 사상 관련 서적을 학습함으로써 일본에서 만들어진 신조어를 빈번하게 사용하기 시작했다. 옌푸로부터 배운 '물경·천택'을 일본어의 '생존경쟁·우승열패'와 동일한 의미로 사용하기 시작하였고, '물경천택·우승열패'라는 중국어와 일본어가 혼재된 어구를 만들기도 하였다.[35] 중국과 일본에서 다윈의 비유에 대한 한자어 번역은 각각의 발생의 계통론적 기원으로부터 비약되었으며, 생물학적인 과학 이론, 혹은 자연세계의 법칙과 인위적 실천과의 관계 문제보다는, 약육강식의 냉혹한 국제질서를 보다 상징적으로 표현하는 사회진화론의 과학적 근거로 작동하게 되었다.

---

33 「廣詩中八賢歌」, 『新民叢報』 3호, 1902.
34 「變法通義·論女學」, 『時務報』 22·23책, 1897.
35 「自由書·放棄自由之罪」, 『清義報』 30책, 1899.

비유는 여러 가지 기능을 지니고 있다. 다윈이 『종의 기원』에서 사용한 비유는 자신의 생물학적 견해를 전달하기 위해 이전의 학자들의 언어를 차용한 것이었다. 그는 비유적 언어를 통해 자신의 과학 이론을 널리 전파시키는 데 성공했고 한편으로는 헉슬리로부터 승인과 비판을 동시에 받았다. 그렇지만 서양이라는 지적 담론의 공간을 떠나 일본이나 중국에서 한자어로 번역된 진화론의 언어는 비유가 아니라 실제로 정치적 실천이었다. 다윈의 비유적 언어는 동일한 언어의 내적인 차원에서 이루어진 일종의 번역이라고 할 수 있다. 한편 문화와 역사를 달리하는 한자문화권에서 한자어 번역 작업은 언어 외적인 차원에서 이루어진 사회적 실천이었던 것이다.

# 참고문헌

## 자료


『格致彙編』, 南京古舊書店, 1991(영인본).

『時務報』, 北京 : 中華書局, 1991(영인본).

『新民叢報』, 北京 : 中華書局, 영인본, 2008(영인본).

『申報』, 上海 : 申報有限公司, 1873(마이크로필름).

『淸義報』, 北京 : 中華書局, 1991(영인본).


## 논저


양일모, 「중국의 근대성 문제와 엄복의 『천연론』」, 『중국학보』 53, 2006.

加藤弘之, 『人權新說』, 山城屋佐兵衛, 1883(일본 국회도서관 Digital Library).

歐陽哲生 編, 『胡適文集』, 北京大學出版社, 1998.

雷俠兒 撰, 瑪高溫 口譯, 『地學淺釋』, 江南製造總局繙繹館, 1873.

渡辺正雄, 『日本人と近代科學』, 東京 : 岩波書店, 1976.

馬君武 譯, 『達爾文物種原始』, 臺灣中華書局, 1984.

山下重一, 『スペンサーと日本近代』, 東京 : 御茶の水書房, 1983.

薛毓良, 『鍾天緯傳』, 上海社會科學院出版社, 2011.

王栻 主編, 『嚴復集』, 中華書局, 1986.

王揚宗 編校, 『近代科學在中國的傳播 : 文獻與史料選編』, 山東敎育出版社, 2009.

王爾民, 『上海格致書院志略』, 香港 : 中文大學出版社, 1980.

龍村倪, 「雷俠兒與地學淺釋」, 『地學』 4권 2기, 臺灣經濟部中央地質調査所, 1983.

熊月之, 「格致書院與西學傳播」, 『史林』, 1993.2.

______ 編, 『晩淸新學書目提要』, 上海書店出版社, 2007.

章開沅 主編, 『馬君武集』, 武漢 : 華中師範大學出版社, 1991.

丁韙良, 『西學考略』, 『續修四庫全書』, 上海古籍出版社, 1995~1999.

鵜浦裕, 「比喩的表現としての'生存競爭', '適者生存'」, 『現代英米文化』 15, 1984.

和田垣謙三 等編, 『哲學字彙』, 東京大學三學部, 1881(일본 국회도서관 Digital Library).

Darwin, C., *The origin of species by means of natural selection, or the preservation of favoured races in the struggle for life*(6th edition), London : John Murray, Darwin Online Site, 1872.

Huxley, T., *Evolution and Ethics And Other Essays*, Macmillan And Co, 1894.

Spencer, H., *First Principles*(2nd ed), London : Williams and Norgate, 1867.

# 진화론적 상상력과 자연주의 소설의 형성

염상섭의『만세전』을 중심으로

오윤호

## 1. 서구 진화론의 영향과 동아시아 문학 장의 형성

1859년 다윈의『종의 기원』이 발간된 이후, 진화론에 대한 논쟁은 200여 년이 지난 현재까지도 뜨겁게 진행되고 있다. "자연선택설을 근간으로 하여 변이를 일으켜 생겨난 새로운 종이 생기는 매커니즘"을 설명하는 다윈의 주장은 과학뿐만 아니라 정치·경제·사회·문학 및 종교의 전 분야에 영향을 미치게 된다.

특히 사회진화론은 사회의 역사적 변동을 생물진화와의 유추나 병렬에 의해서 설명하려는 이론(즉 다윈의 진화론에서 강조하는 선택원리와 생존 경쟁)의 개념을 빌려와서 인간 사회의 진화 발전을 설명하려는 이론으로서, 19세기 후반 영국의 스펜서(H. Spencer)에 의해서 제창된 것이다. 스펜서가 내세운 '적

자생존' 개념과 원리를 기반으로 사회에 적용하는 것이 사회 진화론의 기본적인 입장이다. 이러한 시각은 대영제국의 식민지 확장과 경영에 정치적 과학적 정당성을 부여하는 이론으로 받아들여졌다.

19세기 말에서 20세기 초에 서구 유럽 사회에서 널리 유행했던 사회진화론[1]은, 만국공법의 논리와 궤를 같이 하면서 19세기 후반에 동아이사 지식층을 강타했던 최초의 서구 사회이론이라 할 수 있다. 일본에서는 계몽의 진보사상이 먼저 들어오고, 그 뒤를 이어 스펜서나 헤켈(E. H. Haekel) 등으로 대표되는 진화 이론이 들어왔다. 이 둘이 합류해서 자유 민권기의 일본식 진보 사상으로 발전한다. 이때 중심이 되었던 진화론 학자가 카토 히로유키였다. 18세기 계몽사상과 19세기 다위니즘은 서로 받아들일 수 없는 부분이 분명히 있지만, 일본에서는 한 덩어리로 들어와 섞여 진보 사상을 구성했다. 메이지 10년을 전후하여 '개량주의 = 사회진화론'은 명확해진 문학적 계몽기에 시대 사조의 유력한 지도 이념이었던 것이다.[2]

한편 중국에서는 1890년대 서구적 정치 제도의 도입, 즉 제도적 개혁을 주장하는 변법 운동이 전개되는 가운데, 1897년 옌푸가 헉슬리(T. H. Huxley)의 『진화와 윤리』를 『천연론』으로 번역하면서부터 사회진화론이 급속하게 확산되었다. 카토 히로유키의 사회진화론적 제국주의에 영향을 받은 량치차오의 경우는 '적자생존'이라는 말을 '우승열패'라는 중국식 용어로 번역하면서, 사회진화론을 국가관의 중요한 내용으로 받아들였다. 이렇게 '생존경쟁', '우

---

1 "19세기 말에 유럽에서 역사에 대한 관념은 '진보관'의 형태로 지금 우리에게 익숙한 모습을 거의 갖추게 된다. 거기에는 적자생존이라는 '생물학적 = 유기체적 진화이론'과 계몽사상 속에 있던 '완성'의 이미지를 갖춘 진보사상, 그리고 헤르더와 헤겔의 역사철학에서 시작해 마르크스에서 받아들여지고 그 후 독일 역사학파로 이어지는 '발전'의 사상이 엉키어 있었다." 마루야마 마사오, 김석근 역, 『문명론의 개략을 읽는다』, 문학동네, 2007, 96쪽.
2 미요시 유키오, 정선태 역, 『일본문학의 근대와 반근대』, 소명출판, 2002, 121쪽.

승열패'의 사회진화론은 청말 시대의 정치와 사회에 커다란 영향을 미치게
되었으며, 중국의 국가적 위기를 극복하는 이론적 기반이 되었다.[3]

이러한 움직임과 함께, 1890년경 조선에서도 다윈의 이론이 서양문물을
소개하는 저서에서 짧게 인용되었고, 개화파 인사들을 중심으로 진보적 지
식인과 정치인들이 약육강식의 사회진화론적 시각을 받아들이게 되었다. 특
히『독립신문』은 윤치호와 함께 사회진화론 사상을 적극적으로 소개했다.
사회진화론은 국제사회에 있어서 힘 정치의 메커니즘을 설명하는 역할을 했
을 뿐 아니라, 국민들에게 근대화의 필요성을 일깨워주는 이론적 도구의 기
능을 하였다.[4]

또한 신소설과 같은 근대 초기 문학도 사회진화론을 적극적으로 받아들였
다. 신소설의 대가인 이인직과 이해조의 소설뿐만 아니라, 신채호의 사상에
도 우승열패, 적자생존, 계몽과 같은 사회진화론적인 시각이 담기게 된다.
사회진화론은 이인직, 신채호를 시작으로 이광수의 사회진화론적인 문학담
론을 거쳐 1920년대 근대소설 형성에도 영향을 미치게 된다. 이렇듯 사회진
화론은 일본의 메이지, 중국의 청말과 민국 초기, 조선의 대한제국 시기 등에
걸쳐 동아시아 지식인들의 사상적 배경으로 자리잡았다.[5]

동아시아 국가들이 보다 적극적으로 받아들인 사회진화론은 적자생존의

---

3    전복희,『사회진화론과 국가사상』, 한울, 2010(1996), 3장 참조.
4    전복희, 위의 책, 4장 참조.
5    이와 관련해서는,『역사비평』통권34호(역사비평사, 1996)에 기획특집 2 '사회진화론 수용의
     비교사적 검토'에 사회진화론의 발생과 전개 과정에서부터 중국, 일본, 한국으로 전해지는 양
     상을 소상하게 분석한 논문들「사회진화론의 발생과 전개」(김병곤),「중국에서의 사회진화
     론 수용과 극복」(조경란),「일본의 사회진화론과 그 영향」(윤건차),「한말 일제시기 사회진화
     론의 성격과 영향」(박찬승)이 발표되었다. 이외에 이광린의『구한말 진화론의 수용과 그 영향』
     (1979), 진복희의「사회진화론의 19세기 말부터 20세기 초까지 한국에서의 기능」(『한국정치
     학회보』27, 1993) 등이 있다.

논리를 마치 과학적 합리주의인 것처럼 위장한 제국의 담론으로 기능했다.[6]
한국, 일본 및 중국에서의 진화론 수용 과정은 단순한 제국 지식 담론의 수용
에 머물렀던 것이 아니라, 계몽과 진보를 지향하는 동아시아 지식인의 욕망
을 담고 있기도 했다. 동아시아 근대 지식 체계의 형성 과정에서 본다면, 서
구의 근대 과학은 새로운 지식의 빛이며, 제국의 침략적 정책에 맞서 근대화
로 나아가기 위한 부국강병책이거나 전근대적 삶을 바꿔놓을 진보·계몽사
상과 다르지 않았던 것이다.

이 일련의 양상 속에서, 초기 동아시아 근대문학의 형성은 서구유럽의 진
화론(혹은 사회진화론)을 수용하고 내면화했던 일본 제국주의와 중국의 민족
주의적 시각에서 비롯되었다고 해도 과언이 아니다. 하나의 과학담론이면서
사회적 이상을 구체화할 수 있는 사회사상이기도 했고, 문학적 방법론이기
도 했던 19세기 말 20세기 초의 진화론을 전유하고 재인식함으로써, 동아시
아 근대 지식 체계와 '문학 장'이 형성되었던 것이다. 다윈의 진화론이 사회진
화론에 영향을 미치고, 그것이 다시 동아시아 근대문학의 형성에 동시대적으
로 조응하고 있다는 사실은, 20세기 초의 동아시아 근대문학의 형성과 관련
하여, 제국과 식민지의 지식담론이 상호교섭적인 관계에 놓여 있었음을 확인
하고, 동아시아 문학담론의 능동적인 정체성을 확인하는 중요한 단서다.

위에서 살펴보았듯, 제국 열강의 침략 속에 놓인 19세기 말 20세기 초 동
아시아는 제국·식민지의 침략적 근대 문화 환경(자연, 생태) 속에 놓이게 된

---

6    이러한 제국 담론의 변용은 사이드가 문제시했던 '오리엔탈리즘'이라는 단어 속에서도 찾을
     수 있다. 서구는 '오리엔트'의 개념을 통해 다름과 차이를 열등한 조건으로 바라봄으로 자신들
     의 기준을 지역에 상관없이 보편화함과 동시에 다른 문화에 대한 가상적인 우위를 일종의 지
     식체계로서 유지해 왔다. 오리엔탈리즘은 서구의 허상이었으며 그런 인식 과정도 가상이었
     던 것처럼 적자생존, 우승열패의 논리 역시 신화에 불과한 것이다.

다. 자연의 환경이 여러 조건에 따라 변화하듯, 동아시아인들에게 제국의 출현은 새로운 정치적·사회적·문화적 환경을 경험하게 만드는 계기가 되었고, 동아시아 지식인들은 그 변화된 환경 속에서 어떻게 살아남을 것인가를 고민하게 되었다. 동아시아 근대의 주요한 문학 담론인 량치차오의 '소설계 혁명'이나 이광수의 '민족개조론' 등은 하나의 질문으로부터 촉발되었다고 보는데, 그것은 "어떻게 살아남을 것인가?"라는 본능적인 생존에 대한 욕구를 문화적인 담론으로 재인식한 경우라 할 수 있다. 이 질문 혹은 살고자 하는 의지·욕망은 진화론적 비평을 통해 근대 자연주의 경향의 소설을 분석하는데 있어서도 유효하다고 생각한다.

이에 이 글은 '어떻게 근대문학담론이 과학적 인식 및 지식체계를 내면화하게 되었는가'라는 질문에 답하는 것이기도 하고, '생태적 환경 속에서 개체적 존재인 인간이 인간의 보편적 특성과 특수성(개성)을 어떻게 보여주고 있는가?'라는 진화론적 인간학을 염상섭 자연주의 경향의 『만세전』을 통해 살펴보려고 한다. 『만세전』에 나타난 제국·식민지의 '문화 환경'을 생물학적 환경으로 재인식함으로써, 자연선택, 적응과 개체 변이의 과정을 통해 진화해 온 인간 종의 보편성과 1920년대 식민지 현실과 식민지인이 가지고 있었던 탈식민주의적 특수성을 근대소설의 형성과 관련시켜 논의하려고 한다.

# 2. 근대문학과 염상섭 소설에 대한 진화론적 이해

그동안 한국 근대소설과 진화론과 관련해 여러 논의[7]가 있어 왔다. 논의의 관심들이 진화론의 도입에 따른 일반론을 다루거나, 시기적으로는 개화기에 집중되어 있고, 다윈의 진화론 맥락에 대한 보다 적극적이고 심화된 연구가 부족하며, 사회진화론적 경향을 강조함으로써 한국 근대문학 사상과의 연관성도 잘 드러나지 않았다[8]는 한계도 있지만, 한국 근대소설의 형성과 진화론의 영향에 대한 전반적인 연구 영역을 확인할 수 있다는 점에서 매우 유효하다.

먼저 서구의 사회진화론이 한국 근대문학에 끼친 영향을 계보학적으로 연구한 성과들이 있다. 유봉희의 「사회진화론과 신소설 작가, 이해조와 이인직」[9]은 서구 유럽에서 발생한 사회진화론이 어떠한 경로를 거쳐 이해조(벤자민 키드→량치차오→이해조)와 이인직(스펜서→가토 히로유키→이인직)의 작품 활동에 영향을 미치고 있는지를 계보학적으로 재구성하고, 그들의 문학성과 정치성의 상관관계를 밝히고 있어 서구 사회진화론과 동아시아 근대 지식담론의 교섭 양상을 잘 확인할 수 있다.

두 번째, 한국 근대문학 형성에 지대한 영향을 미친 이광수와 그의 문학이 갖고 있는 진화론적인 인식과 지식 체계를 분석하는 연구가 있다. 장영우의

---


7 　윤홍로, 「개화기 진화론과 문학사상」, 『동양학』 16, 단국대 동양학연구소, 1986; 장수익, 「한국 근대소설과 사회진화론」, 『한국현대문학연구』 19, 2006.
8 　이재선, 『이광수 문학의 지적 편력』, 서강대 출판부, 2011, 314쪽.
9 　유봉희, 「사회진화론과 신소설 작가, 이해조와 이인직」, 『한국학연구』 24, 인하대 한국학연구소, 2011.

「이광수의 진화론적 사상과 일제말 문학의 특질」[10]은 '이광수는 왜 친일을 하게 되었는가'를 진화론적 영향으로 해명하면서, "단일민족의 정체성을 포기하고서라도 제국의 국민으로 재생하겠다는 욕망을 견지했다는 점에서 진화론의 열렬한 숭배자"로 이광수를 평가하며, 이광수 문학에 내재되어 있는 진화론적 담론을 재구성하려고 하고 있다. 그러나 이러한 시각은 이광수의 계몽 욕망을 텍스트 분석보다는 사회진화론의 수용 양상에 초점을 맞추어 강조하는 입장이어서, 진화론의 다양한 국면들이 이광수 소설 속에 담론화 되는 양상을 구체적으로 분석해내지는 못하고 있다. 이에 반해 이재선은 『이광수 문학의 지적 편력』의 「제8장 이광수의 진화론 사상―사회진화론 및 에른스트 헤켈과의 관계」에서 서구 진화론의 이론적 시각이 이광수의 글과 소설에 영향을 미친 내용과 그에 대한 구체적인 비교문학적 분석을 담아내고 있다. 이에『무정』에 재현된 성장소설적 특징이 진화론과 밀접하다는 점을 지적하고,『재생』·『사랑』·『흙』과 같은 소설은 '퇴화'론적 시각을 갖고 있음을 제시하여, 이광수의 진화론적 문학론의 지형에 대한 새로운 방향성을 제시하고 있다.

세 번째 연구 경향은 제국의 과학담론 및 사회담론이 동아시아의 문학담론으로 전유되며 작품화 되는 과정에서, 근대문학의 진화론적인 상상력을 20년대 자연주의 경향의 소설 속에서 찾는 연구이다. 특히 염상섭 소설 속에서 진화론적 인식을 탐색하는 논문에 주목할 수 있는데, 장수익은 염상섭의 「표본실의 청개구리」에 나타난 '우승열패'의 신화가 절망적 현실에 대한 대응으로 보았고, 「만세전」에서는 약소국 조선에 대한 좌절감이 사회진화론적

---

10  장영우, 「이광수의 진화론적 사상과 일제 말 문학의 특질」, 『한국문예창작』 11-2, 2012.

구도 속에서 표현된다[11]고 분석하며 이후 소설들이 진화론적 관점을 벗어난다[12]고 보았다. 그러나 이러한 평가는 사회진화론적인 우승열패의 논리를 강조하며, 염상섭 소설의 식민지적 좌절의식을 부각하는데 초점이 맞춰져 있다.

한국 근대소설은 외세의 침입과 일제의 강점으로 인해 '왜곡된 근대화 혹은 자본주의'를 경험해야 했고, 이러한 환경과의 긴밀한 상호 작용을 통해 존재했다. 동아시아 근대의 문화적 환경(실제 현실이든 소설 속 현실이든)을 하나의 '생태'로 이해하고 그 안에서 식민지인(개체)이 어떠한 '자연선택'과 '적응'을 하게 되는지를 염상섭 자연주의 경향의 소설[13] 「만세전」[14]의 재현 양상 속에서 살펴보는 것은 새로운 비평 시각이 될 것이다. 또한 식민지 근대의 지식 담론장 안에서 '문학의 위치' 특히 '소설의 위치'를 가늠하는데 있어 학제간 연구의 방법론을 새롭게 모색할 수 있을 것이다.

사회진화론적인 국가시스템을 구축한 제국의 식민지 환경과 부국강병 및 민족개조를 강조했던 분위기 속에서 염상섭은 자연주의를 문학적 관점으로 삼아 소설을 쓰게 된다. 그 소설화 과정에는 인간에 대한 생물학적인 인식과 사회 환경에 대한 생태학적인 비유가 담겨 있다.

염상섭은 「개성과 예술」에서 '각성'한 자아를 강조하며 자신이 설정한 '개성'에 대해서 '개개인의 풍부한 독이적 생명이 곧 각자의 개성이다'고 정의 내린다. 그러면서 다음과 같은 '생명'에 대한 자신의 의견을 제시한다.

---

11  장수익, 「염상섭 소설과 계몽주의」, 『한국 근대소설사의 탐색』, 월인, 1999 참조.
12  위의 글, 303쪽.
13  기존논의를 살펴보았을 때, 한국 근대문학에서의 '자연주의'와 '사실주의'는 크게 구분하기 어렵다. 따라서 본고에서는 기존논의의 경우 자연주의와 사실주의를 혼용하여 사용할 것이며, 염상섭 소설을 언급할 때는 '자연주의 경향'으로 명명하려고 한다.
14  염상섭, 『염상섭전집』 1, 민음사, 1987.

　이에서 이른바 생명이라 함은 생물적 번식을 의미함이 아님은 물론이다. 생물적 증식을 의미하는 생명은, 다만 수나 양의 문제요, 피상적 물적 생명의 연장, 즉 종족의 보지(保持)라는 의미밖에 아니 된다. 그러나 자아각성에 유한 인간성의 해방, 개성의 고조 또는 그 표현으로서 의미하는 생명은, 물적 의의로부터 초월한 심오한 의미가 없으면 아니 될 것이다. 그러면 개성의 표현을 의미하는 바 생명이란 무엇을 의미함인가. 나는 이것을, 무한히 발전할 수 있는 '정신생활'이라 하려 한다.[15]

　염상섭이 이 글에서 강조하고 싶었던 것은 '개성'이 가지고 있는 무한히 발전하는 '정신생활'이다. 그러나 그러한 개념을 도출해내는 과정에서 '생명'은 '피상적·물적 생명의 연장, 종족의 보지(保持)'라는 의미를 가지고 있다고 밝히고 있다. 염상섭은 생명을 인간적 특성과 생물적 특성으로 구분하고 있으며, 개성을 가진 인간의 변화하는 정신생활을 명확하게 인식하려고 한다. 이러한 인식 속에는 생명을 매개로 인간과 다른 생물을 함께 묶어 동물이라고 표현하면서 인간과 다른 생물을 구별하려고 하는 태도 또한 발견할 수 있다. 또한 인간 활동을 '종족의 보지'라는 측면에서 파악함으로써, 염상섭이 생존을 위한 적응과 종족의 유지라는 진화론적인 메커니즘을 상세히 이해하고 있었음을 확인할 수 있다.

　염상섭 문학이 생물학적인 이해를 담고 있기도 하지만, 인간의 보편적 삶과 식민지적 현실을 명료하게 인식하기 위해 진화론적인 '비유'를 사용하기도 한다. 염상섭은 「문학상의 집단의식과 개인의식」에서 계급투쟁 일변도

---

15　염상섭, 「개성과 예술」, 한기형·이혜령 편, 『염상섭 문장 전집』, 소명출판, 2013, 194~195쪽.

의 문예관을 비판하면서 다음과 같이 언급하기도 한다.

> 인생 생활의 모든 부분을 폐쇄하고 계급투쟁 이외에 표백하는 것이 없는 문예 — 이것이 가능할 것인가? 과연 인생은 고투의 연쇄다. 식욕, 애욕, 영예욕 — 욕망에는 고통이 따르고 투쟁이 전개된다. 계급투쟁이라 하여도 결국에는 삼대욕망의 통괄적 투쟁이요, (…중략…) 문예가 생활사요 생명 성장의 도정과 그 진로를 같이한 것이면야 과거의 모든 작품도 또한 이 삼대욕망의 갈등과 고민과 불만을 그린 것이 아니냐.[16]

염상섭이 주장하는 것은 식욕, 애욕, 영예욕은 인간의 가장 근본적인 본성(보편성)을 지칭하며, 그것이 곧 인간의 인생 생활을 의미한다는 점이다. 또한 "문예가 생활사요 생명 성장의 도정과 그 진로를 같이하는 것"으로 보는데, 예술과 삶을 상동적 구조로 파악하고 예술의 보편적 주제에 대해서 언급하고 있다. 또한 '생명 성장의 도정'에서 알 수 있듯 생명체의 성장을 일련의 과정으로 인식하고, 생명 성장의 생활사를 표현하는 것이 문예라고 강조함으로써 생물학적인 시각에서 재구성된 문학관을 엿볼 수 있다. 특히 「만세전」의 경우 인간을 동물로 칭한다거나, '식민지 현실 속에서도 진화론적 조건이 작동한다'는 등 식민지 현실에 대한 진화론적 비유가 담겨있어 진화론적 시각이 염상섭 소설을 분석하는 하나의 기준이 될 수 있음을 확인할 수 있다.

이러한 생물학적 혹은 진화론적 지식뿐만이 아니라, 문예사조를 이해하는 방식에서도 염상섭의 진화론적인 시각을 발견할 수 있다. 신언철은 염상섭

---

16 염상섭, 「문학상의 집단의식과 개인의식」, 『염상섭전집』 12, 민음사, 1987, 166쪽.

의 자연주의가 일본식 자연주의[17]로부터 영향을 많이 받아 낭만주의적 속성이 강하다고 보면서, "낭만적인 특성인 개성의 중시와 창조적 자아의 각성이 자연주의에 유입"되면서 염상섭식 자연주의가 만들어졌다고 보았다. 그러면서 "염상섭은 서구의 사조를 변화와 극복의 차원에서가 아니라 진화론적 차원에서 파악했다. 이는 당대를 풍미하던 제국주의의 사상적 기반인 사회진화론과 발전의 차원에서 이해될 수 있는 우리나라의 문학적 상황의 영향을 받아 이루어진 사관 때문이다"[18]고 평가한다. 즉 염상섭이 자연주의를 문예사조의 연속적이고 유기적인 친족관계 속에서 파악함으로써, 서구유럽의 자연주의를 일본식으로 염상섭식으로 재구성하고 있음을 강조하고 있다. 이러한 이해 속에는 당대 문학담론이었던 사회진화론적인 시각이 전제되어 있으며, 이후의 창작 활동 및 문학론에 깊은 영향을 미쳤다고 보는 것이 타당하다.

염상섭 문학의 진화론적인 상상력은 당대 사회담론이었던 사회진화론적인 시각에 대해서 명확한 문학적 비판을 시도하고 있다는 점에서도 잘 드러난다. 장수익은 「표본실의 청개구리」와 「만세전」의 경우 사회진화론적인 시각을 가진 식민지 지식인이 경험하는 좌절의식을 강조하였다. 「표본실의 청개구리」의 김창억은 부유한 집안에서 태어났지만, 시대의 변화 속에서 동서화합과 세계평화를 주창하는 미치광이로, 제국의 침탈 속에서 식민지적 현실에 '부적응'할 수밖에 없는 식민지 지식인으로 그려진다. 즉 우승열패 신화에 좌절당하는 식민지 지식인의 우울과 좌절의식을 형상화하고 있는 것이다. 그러나 「표본실의 청개구리」에서 김창억을 광인으로 재현하는 이면에

---

17  일본은 서구 문예사조를 단기간에 들여오면서 낭만주의와 자연주의에서 자신들에게 맞는 부분을 동시적으로 받아들였다. 그래서 일본식 자연주의 문학관 속에는 낭만주의적인 요소가 다분히 담겨있다.

18  신언철, 「한국 근대 리얼리즘론 연구 (하)」, 『웅진어문학』 2, 1994, 208쪽.

는 세계주의 및 일제 식민주의 침탈에 대한 비판적 인식이 담겨있으며, 「만세전」에서 제국의 수탈 상황을 치욕적으로 경험하고 가부장적인 허례허식에 비판적인 태도를 취하고 일제의 식민지 정책이 식민지 조선을 유린하는 과정을 적나라하게 보여주거나, 『해바라기』에서 식민지 환경에 '돈'이냐 '사랑'이냐를 두고 갈등하며 적응하는 신여성의 결혼관을 비판하는 내용에서 보면 단순한 좌절의식만으로 보기는 어렵다. 사회 계몽 및 부국강병을 강조했던 사회진화론이 획일적이고, 집단적인 성격의 식민지 담론이라는 점에서 보자면, 염상섭 소설은 실천적 영역에서 집단적 관념을 강요한 사회진화론 담론을 비판하고 각성한 자아의 자율적 선택의 문제를 제기함으로써 제국의 식민지 지배 담론에 균열을 내고 있다.

무엇보다 염상섭 자연주의 경향의 소설은 식민지 문화 환경(생태) 속에서 식민지인(개체)의 선택과 적응, 변이 과정을 사실적으로 그리면서, "어떻게 적응할 것인가"라는 개체 적응의 문제를 잘 보여주고 있다고 할 수 있다. 식민지 조선의 현실을 하나의 생태적 환경(자연)이라 생각하고 그 안에서 자연선택의 적응 과정을 통해 '생존', '짝짓기', '친족관계' 등 인간 행동과 인간 내면을 나름의 사실주의적 상상력으로 보여준다고 본다면, 신여성의 연애와 결혼, 중산계급의 가족 문제 등 식민지 가부장제 사회의 현실적인 문제를 재현했던 염상섭의 1920년대 중반 이후 소설들은 진화론적 관점을 포기한 것이 아니라, 보다 근본적인 생태적 관점에서 식민지 현실을 경험하는 식민지인들의 '선택'과 '적응' 과정을 재현하고 있다고 볼 수 있다.

이상의 논의에서 염상섭 문학 속에 나타난 생물학적 이해, 진화론적인 인식, 사회진화론에 대한 비판적 이해 등을 살펴보았다. 염상섭이 본격적으로 자신의 문학담론 안에서 진화론적인 지식을 전면화한 것은 아니지만, 앞서의 여러 정황을 놓고 볼 때에 염상섭이 진화생물학적인 지식 및 사회진화론에 대한 이해를 자신의 문학담론 안에 내면화하고 있음을 짐작해 볼 수 있다.

이 글에서 염상섭 자연주의 경향의 소설을 진화론적인 관점으로 이해하려는 것은, 새로운 이데올로기적 관점이나 프레임으로 염상섭 소설을 재단하려는 것이 아니라, 식민지 시기의 식민지인이 경험하게 되는 생태적 경험을 보다 효과적으로 부각시키고자 하는 것이며, 그 과정에서 기존에 염상섭 비평이 가지고 있었던 담론적 해석들을 새롭게 보려는 것이다. 특히 「만세전」의 경우, 식민지 조선에 대한 인식이 생태학적 깊이를 갖고 있으며 우승열패의 제국주의적 국가 시스템에 대한 비판적 태도(사회진화론에 대한 비판)를 취한다는 점에서 진화론적 상상력이 염상섭 자연주의 경향의 소설 속에 내면화되는 양식을 살펴보는데 있어 매우 중요한 작품이다. 「만세전」을 생태학적인 비평 및 진화론적 상상력으로 살펴보면서, "염상섭 자연주의 경향의 소설 속에 진화론 혹은 사회진화론적 사상이 있다"에서 멈추지 않고, "식민지적 생태 속에서 어떻게 생존하려고 하였는가?"라는 질문을 던지고, 식민지문화(생태)에 적응하는 식민지인(개체)의 특성을 진화 비평적 시각에서 다루어봐야 한다.

그 논의를 전개하며, 문학 다위니즘과 진화심리학의 이론과 개념을 중요한 방법론으로 받아들이려고 한다. 최근 문학연구에서 두드러진 성과를 보이고 있는 문학 다위니즘(Literary Darwinism)[19]은 그 한계에도 불구하고 인간 본질에 대해 탁월한 설명을 제공하는 진화심리학의 핵심 개념들을 수용하여 문학

---

19  다음과 같은 책들을 주목해볼 수 있다. Denis Dutton, *The Art Instinct: Beauty, Pleasure, and Human Evolution*, Bloomsbury Press, 2009; Brian Boyd, Joseph Carroll · Jonathan Gottschall, *Evolution Literature & Film: A Reader*, Columbia University Press, 2010; Joseph Carroll, *Literary Darwinism*, Routledge, 2004.

고유의 분석 작업에 연결시키고 있다.[20][21] 다윈의 진화론적인 시각으로 문학을 비평하는 다윈 비평은 자연선택, 적응과 재생산의 과정을 통해 진화해 온 이와 같은 인간 본성이 구체적인 문학 텍스트에서 어떻게 재현되고 있으며, 그것을 어떻게 해석할 것인가에 초점을 맞춘다. 작품에 두드러지게 나타난 인간 본성을 재현방식, 관점의 차이 등 문학의 서술 양식을 통해 분석함으로써 섬세하고 미묘한 문학적 의미와 연계시키는 것이다. 염상섭 자연주의 경향 소설은 당대의 식민지적 환경을 잘 드러내는 것이면서, 그러한 식민지 생태에 적응하기 위한 개체의 선택과 변이 과정이라는 점에서 보다 심도 깊은 분석을 요구하는데, 문학 다위니즘은 그 분석의 이론적 토대를 제공한다.

또한 인간의 정신활동과 행동을 다윈의 생물학적 패턴으로 연구한 진화심리학[22]은 인간의 보편적 본성은 존재하며, 그것은 자연선택의 적응과정을 통해 진화한 내면적 구조를 가진다고 주장한다. 진화심리학의 관점에서 볼 때 인간은 다른 생물 종들과 다르지 않게 자연 선택과 적응이라는 보이지 않는 속성에 의해 진화되었으며 그 반복의 결과 생존, 번식, 양육, 친족, 집단, 사회적 삶의 문제들 같은 인간 본성의 "모듈"을 갖게 되었다고 보는 것이다. 이렇게 인간의 본성을 "생물학적으로 강제된 일련의 인지적이고 동기화된

---

20 브라이언 보이드, 『이야기의 기원 ─ 인간은 왜 스토리텔링에 탐닉하는가?』, 휴머니스트, 2013, 537쪽.

21 조셉 캐롤은 분석 방법으로 "삶의 역사의 기본적인 목적들(생존, 성장, 그리고 재생산)을 문학적 의미를 구성하는 주제, 톤, 스타일 등 섬세한 뉘앙스와 연계"시킬 것을 제안하며 "지상의 어느 곳, 어느 시대, 어느 작가의 문학 작품 중에서 다윈주의의 분석 범위를 벗어나는 작품은 없다"고 단언할 정도로 문학적 다윈주의가 갖는 보편성을 강조한다. 캐롤은 심리학과 문학 연구 둘 다에 적합한 패러다임을 구성하기 위해 반드시 필요하다고 강조한 것이 '인지행위 시스템'이다. 이유는 인지 행위야말로 인간이 포괄적으로 적응하기 위해서 고도로 진화시켜온 인간 본성이며, 그 내용을 파악하는 것이 곧 문학의 주요 기능이라고 인식하기 때문이다.

22 진화심리학에 대한 이론적 시각은 김애주의 「부적응에 대한 옹호 ─ 진화 심리학으로 읽는 미국 흑인 문학」, 『미국소설학회』 19-3, 2012에 상세하게 잘 정리되어 있다.

특성"으로 보는 진화심리학은 진화된 인간의 심리적 메커니즘을 설명하는 데 초점을 맞춘다.[23] 이러한 이론적 시각은 「만세전」에 나타난 식민지적 생태에서 정신활동과 행동을 수행하는 식민지인들의 인간 보편의 특성과 문화적 특수성을 구체적으로 규명하기 위해, 근대소설의 자연주의적 재현을 분석하는데 유용할 것이다.

## 3. 「만세전」에 나타난 진화론적 상상력

### 1) '이기적 동물'과 식민지 지식인의 이중적 정체성

앞서 살펴보았듯 「만세전」은 식민지 현실에 대한 진화론적 인식과 자연주의적 재현이라는 측면에서 매우 중요한 작품이 아닐 수 없다. 여러 논자들에 의해서 「만세전」은 인화의 자아각성 및 민족의식이 중요하게 다루어졌으며, 식민지 조선에 대한 재발견이라는 점에서도 깊이 연구되었다.

「만세전」은 제국 동경과 식민지 경성의 지리적 거리를 통해 재구성되는 제국-식민지의 식민주의적 생태 변화를 감지하고 탐색하는 과정[24]이기도 하

---

23  이러한 진화심리학에 대해서 에드워드 윌슨은 "과학과 인문학의 통섭이야말로 지적 역사에서 최고로 위대한 사건 중 하나일 것"이라고 말하고, 스티븐 핑커의 경우에도 "인간에 대한 연구에서 아름다움, 모성, 핏줄, 도덕성, 협동, 성, 폭력과 같은 인간 경험의 핵심들에 대한 응집성 있는 이론을 제공하는 유일한 학문이 진화심리학"이라고 극찬하기도 한다.
24  또한 인화의 귀국 여행은 근대적 운송 수단을 통한 식민지 조선에 대한 재인식이며, 제국주의 침략의 방향을 구체적으로 보여주면서 제국의 약육강식에 의한 식민지 침탈의 현장을 인화가

다. 특히 일본제국에 침탈을 당하는 식민지 조선의 생태에 대한 사실적 재현은 「만세전」이 내면화하고 있는 제국의 내재된 폭력성과 억압에 대한 공포와 두려움이라는 식민주의적 무의식을 표상하게 된다. 그 과정에서 "어떻게 살아갈 것인가?", "이 구더기가 들끓는 무덤에서 어떻게 빠져나갈 것인가?"가 인화의 가장 큰 화두가 된다.

「만세전」의 인화는 동경에서는 근대적 생활을 영위하는 '근대 문화인'이지만, 식민지 현실 속에서 인종주의적으로 규정된 '식민지 지식인'이기도 하다. '현대 생활', '도회 생활'과 '근대인의 생활'을 강조하는 인화의 의식 상태는 제국의 근대인으로 자신의 정체성을 규정하려고 한다. 그러한 태도 속에 환경(생태)과 근대문화, 동물로 비유되는 인간에 대한 생물학적 사색이 담겨 있다.

> 하고보면 결국 사람은, 소위 영리하고 교양이 있으면 있을수록, (정도의 차는 있을지 모르나) 허위를 반복하면서 자기 이외의 일절에 대하여, 동의와 타협 없이는, **손 하나도 움직이지 못하는 이기적 동물이다.** 물적 자기라는 좌안과 물적 타인이라는 우안에, 한발씩 걸쳐놓고, 빙글빙글 뛰며 도는 것이, 소위 근대인의 생활이요, **그러케 하는 어릿광대가 사람이라는 동물이다.** 만일에 아모 편에든지 두발을 모으고 선다면, 위선 어떠한 표준하에, 선인이나 악인이 될 것이요, 한층 더 철저히 그 양안의 사이로 흐르는 진정한 생활이라는 청류에, 용감히 뛰어 들어가서 전아적으로 몰입한다하면, 거기에는 세속적으로는 낙오자에 자적하겠다는 각오를 필요조건으로 한다. (강조―인용자, 「만세전」, 23쪽)

---

발견해 나가는 것이다.

이 장면에서, 전철을 탄 인화는 주변의 인물들을 조롱의 시선으로 쳐다보며 '교양'과 '근대인의 생활'을 이야기한다. '현대생활상, 그 중에서도 도회생활을 하는 자에게 있어 의복과 언어는 시속적(時俗的) 유행에 따라야지 부끄러움이 없다'[25]라고 생각하는 인화의 의식은 근대인의 삶이 보여주는 특성을 잘 보여준다. 한편 그러한 삶에 젖어있는 자신의 처지를 비아냥거리듯 서술하는 태도에서 가치중립적 서술태도[26]를 찾을 수도 있지만, 이인화의 이중적 정체성과 현실에 대한 비판적 태도가 보다 강조되어야 한다.

인화가 "사람은 자기만을 생각하는 이기적인 동물이요, 이것도 저것도 선택하지 않은 채 허둥대는 어릿광대와 같다"라고 말하면서, 근대인을 '이기적 동물'로 비유하는 내용에서는 인간이 곧 동물이라는 진화생물학적 인식을 확인할 수 있는데, 문화적으로 진화한 근대인이라 하더라도 막연한 동경의 대상이 되거나, 긍정적 가치를 가지고 있는 대상으로 인식되지 않는다는 점에서 반-계몽적인 입장을 취하고 있다.

사실 식민지 본국과 식민지, 도시와 시골이라는 공간적 이분법 속에서 식민지 지식인과 노동자 등은 식민지 근대화와 산업화 과정에서 파생된 잉여 존재들이며 열등한 타자들이다. 억압받는 조건으로 본다면 경제적으로 차별받는 일본인 노동자나 민족적 차이에 근거한 식민 지배 논리로 억압당하는 조선인은 서로에 대해 일종의 연대감이 존재할만 하지만, 인화의 부르주아적인 이기주의는 뚜렷한 계급의식과 제국주의적 인종주의를 표출하고 있다. 인화는 단순한 식민지인도, 평범한 학생도 아닌 제국주의 문화를 향유하는

---

25  염상섭, 「만세전」, 『염상섭전집』 1, 민음사, 1987, 22쪽.
26  김윤식은 가치중립적인 창작태도야말로 염상섭 문학의 근대성을 말해준다고 보았다. 김윤식, 『염상섭 연구』, 서울대 출판부, 1986, 432쪽.

부르주아 시민으로서의 정체성을 지향하면서, 스스로를 비판적으로 대하고 있기도 한 것이다. 인화의 내적독백 속에는 문명과 미개를 구분하는 제국주의적 시각이 잠재되어 있으며 문명·문화·교양의 허위의식을 비판적으로 인식하고 있다.

인화가 식민지 조선인으로서의 정체성을 발견하는 곳은 공교롭게도 일본과 조선의 중간인 현해탄 바다 한가운데다. 일본인 상인들이 아시아의 다른 나라 사람들을 미개인으로 인식하는 장면은 제국주의의 인종적 시선이 표출되는 순간이기도 하며, 인화의 민족적 자각이 생기는 순간이기도 하다.

"그러나 조선 사람들은 어때요?"

**"요보말씀에요? 젊은 놈들은, 그래도 제법들이지만, 촌에 들어가면 대만의 생번(生蕃)보다 낫다면 나을까. 인제 가서 보슈 …… 하하하"**

'대만의 생번'이란 말에, 그 욕탕에, 들어앉았던 사람들이, 나만 빼놓고는 모두 킥킥 웃었다. 나는 가만히 앉았다가, 무심코 입살을 악물고 치어다 보았으나, 더운 김에 가리워서, 궐자들에게는 자세히 보이지 않은 모양이었다.

사실 말이지, 나는 그 소위 우국의 지사는 아니다. 자기가 망국민족의 일분자(一分者)라는 사실은 자기도 간혹은 명료히 의식하는 바요, 따라서 고통을 감하는 때가 없는 것은 아니나, 이때껏 ─망국민족의 일분자가 된 지, 벌써 칠 년 동안이나 되는 오늘날까지는, 사실 무관심으로 지냈고, 또 사위가 그러하게, 나에게는 관대하게 내버려 두었었다. (…중략…) 그러나 일 년 이 년 세월이 갈수록, 나의 신경은 점점 흥분하여 가지 않을 수 없었다. 이것을 보면 적개심이라든지 반항심이라는 것은, 보통 경우에 자동적 이지적이라는 것보다는, 피동적 감정적으로 유발되는 것이다. 다시 말하면 일본사람은, 소소한 언사와 행동으로 말미암아, 조선 사람의 억제할 수 없는 반감을 비등(沸騰)케 한다. 그러나 그것은 결국 **조선사람으로 하여금 민족적 타락에서 스스로 구하여야 하겠다는 자각**을 주는 가장 긴요한 동인이 될 뿐이다.(강조-인용자, 36~37쪽)

일본인들의 대화란 일제의 차별적인 경제정책 때문에 빈곤해진 식민지 조선의 노동자를 싼값에 일본에 있는 탄광에 팔아넘기고 이익을 취한다는 내용을 담고 있다. 무엇보다도 인화는 일본인들이 대만인을 '생번'이라고 부르며 조선인을 비하하여 말하는 것에 심한 불쾌감과 민족적 반감을 갖게 된다. '생번(生蕃)'은 타이완 원주민으로 일본이 타이완을 점령하여 다스릴 때, 타이완의 고산족 가운데 대륙 문화에 동화되지 않은 민족을 이르던 말이다. 극단적으로 말하면, 미개인이나 원시부족과 같은 의미로 말한 것으로, 인종주의적 시각을 제국 시민의 목소리로 언어화하여 표상한 것이다. 그런 점에서 요보나 생번에 대해 함부로 대하는 일본인들의 태도 속에는 '우승열패'의 제국주의적 의식이 내포되어 있다. 그러한 인종주의[27]적 시선과 차별에 인화가 예민하게 반응함으로써, 제국과 식민지 사이에 놓인 식민지 지식인의 정체성에 대한 위기의식을 잘 드러내고 있다.

귀국 과정에서 인화의 가장 큰 고민은 '연애', '사랑'과 같은 사적 생활의 문제였다. 그러나 이 장면에 이르게 되면, '비참한 민족적 현실'과 인종주의적

---

[27] "인종은 민족성과 마찬가지로, 늘 정치적, 과학적, 사회적 구조물이면서 동시에 문화적 구조물이었다. 그것들은 비늘처럼 서로 겹쳐있어서 서로 의존하며 분리될 수 없다. 이러한 상황은 특히 19세기에 인종화된 사고가 학계로 스며들고 확산되는 방식에 분명하게 나타난다. (…중략…) 제국주의적인 문화전파 이론도 인종에 기반을 둔 이론이 학문에서 학문으로 확산되어 지식 일반을 구성하는 주요 원리가 되는 방식을 잘 설명한다. 인종은 인간의 문화와 역사를 결정하는 근본 요인이 되었다." 로버트J. C. 영, 『식민 욕망-이론 문화, 인종의 혼종성』, 북코리아, 2013, 148~149쪽.

모순이 섬세한 지식인의 인식 속에 들어오게 된다.[28] 위의 내용을 보면 "인화는 조선 현실에 대한 비관적 전망을 보이기도 하고 약간의 계몽적인 태도를 가지기도 한다."[29] 즉, 일제의 조선 민족에 대한 비인간적인 폭력 행사를 고발하고 있으며, 민족적 자각의 문제를 제기하는 것이다. 그러한 민족적 자각은 인종적 차별에 대한 역-감정을 통해서 구체화되었다고 해도 과언이 아니다. 인화는 문화적 우월의식과 인종적 열등의식 사이에서 갈등하며 스스로를 합리화하기 위한 '논리'를 찾게 되는데, 그 논리란 스스로 구하는 '독이적 개성'과 긴밀하게 연결된다.


## 2) 식민지 조선에 대한 '생태적 비유'로서의 '공동묘지'

인화의 식민지 경험은 제국-식민지를 연결하는 운송수단-경제활동-정치적 통제라는 유연하게 작동하는 국가 시스템 안에서 이루어진다. 인화의 근대적 주체 구성에 대한 욕망에도 불구하고 그는 식민지 경찰 제도에 의해 미행과 감시를 받으면서 식민지 조선의 지식인이라는 통제 대상이 된다.

인화는 "근대화에 의한 신문명에는 반드시 권력관계가 수반되며 식민적 근대화에서는 그것이 매우 뚜렷이 드러남을 목격한다. 인화는 전등도 달게 되고 전차도 개통된 부산에서 신문명의 혜택보다는 억압적 권력 하에 타자

---

28 「만세전」에서 이 장면은 조선 유학생으로서 동경에서 근대적 교육을 받은 인화가 민족의식의 고취나 식민지 현실에 대한 정치적 저항으로 나아갔기 때문에 중요한 것이 아니라, '열정 없는 사랑에 대한 처신의 문제'에 '외면할 수 없는 비참한 민족적 현실의 문제'가 덧붙여지는 시점이기 때문에 중요하다.
29 김한식, 「현실의 구체성과 근대적 주체의 성립」, 김종균 편, 『염상섭 소설연구』, 국학자료원, 1999, 488쪽.

화된 조선인의 모습을 보게 된다."[30] 인화가 동경에서 경성까지 이동하는 과정에서 경험하는 근대 운송 시스템과 경찰 시스템은 우승열패의 사회진화론적인 사회 시스템이 식민지 일상에 내면화되는 상황을 적나라하게 보여준다.

식민지 조선에서 기차를 타면서 경험하게 되는 식민지 조선인의 비참한 삶은 인화에게 왜곡된 식민지 근대의 생태에 대한 비판적 인식을 갖게 만든다.

'이것이 생활이라는 것인가? 모다 뒤져버려라!'

(…중략…)

'공동묘지다! **구덱이가 우글우글하는 공동묘지다!**'라고 속으로 생각하였다.

'이 방안부터 어불업는 공동묘지다. 공동묘지에 잇스니까 공동쿄지에 들어가기를 싫어하는 것이다. 구덱이가 득시글 득시글 하는 무덤 속이다. 모두가 구덱이다. 너두 구덱이, 나두구덱이다. **그속에서도 진화론적 모든 조건은 한 초 동안도 걸리지 않고 진행되겠지! 생존투쟁이 잇고 자연도태가 잇고 네가 잘낫느니 내가 잘낫느니하고 으르렁대일 것이다.** (…중략…) 엣 되어저라! 움도 싹도 없어져버려라! 망할대로 망해 버려라! 사태가 나든지 망해 버리든지 양단 간에 끝장이 나고 보면 그 중에서 혹은 조금이라도 나은 놈이 생길지도 모를 것이다.(강조－인용자, 「만세전」, 83쪽)

대전역에서 인화는 일본 경찰에 결박당해 끌려가는 아이를 업은 젊은 아낙을 보면서 심한 분노를 느낀다. 자발적인 주체적 의식을 통해 발견한 풍경이 아니라, 식민담론의 제도적인 작동(일본 경찰의 감시와 처벌, 기차의 운행)에

---

30  나병철, 『근대서사와 탈식민주의』, 문예출판사, 2000, 131쪽.

의해 인화에게 보여진 풍경이다. 그 풍경이 '어떤 책 속에서 본 것을 실연하야 보여주는 것 같은 생각'을 하며 자신이 감당하지 못하는 민족적 현실을 체험하게 된다. 게다가 문명화되지 않은 조선인의 모습들은 인화에게는 더 이상 근대적 생활이 아니다.

인화는 이 광경을 본 이후 강한 분노를 느끼며 '무덤이다. 구덱이가 끓는 무덤이다'라고 외친다. 공동묘지란 죽음처럼 썩는 악취만이 나는 식민지 조선의 현실에 대한 비유적 표현이며, 비참한 현실을 경험하면서도 뜯어 고칠 생각을 하지 않는 전근대적 사고방식을 가지고 있는 조선 민족의 현실을 질타하는 표현이다. 그것은 제국주의적 시선 속에 드러나는 '풍경'이 아니라, 식민지인이 내면화하게 되는 '환경'(생태)의 '발견'인 것이다. 이러한 발견을 통해서 인화는 식민지 조선이 처한 식민지적 현실을 진화론적 비유이긴 하지만, '공동묘지'라는 가장 현실적인 모습으로 인식하게 된다.

또한 식민지 조선을 '구데기가 득시글거리는 무덤'이라고 묘사하면서, 그 안에서도 '생존투쟁'과 '자연도태' 그리고 '약육강식'의 진화론적 세계가 펼쳐지고 있음을 서술한다. 약육강식의 전장 속에서 결국 '나은 놈'이 살아남는다는 진화론적인 인식[31]은 단순히 식민지 현실을 공동묘지에 비유한 것으로 끝나는 것이 아니라, 더 나아가 식민지 조선의 도태 혹은 생물종으로서의 멸종에 대한 두려움마저 내포하고 있다.

인화의 서술 속에서, 인간의 삶이 펼쳐지는 곳에서는 어느 곳이든 (사회)진화론적인 삶의 양태가 전개된다는 점을 확인할 수 있다. 제국과 식민지 사이

---

31 "나는 생존경쟁이라는 말을, 하나의 생물이 다른 생물에 의존하는 것과 개체가 살아가는 것뿐만 아니라, 후손을 남기는 것까지 포함하여, 넓은 의미에서 비유적으로 사용할 것임을 미리 말해두고 싶다." 찰스 다윈, 『종의 기원』, 송철용 역, 동서문화사, 2013, 140쪽.

의 정치 관계이든 식민지 조선 내에서 펼쳐지는 (전)근대의 갈등 관계이든
'약육강식의 경쟁구도'에 대해 비판적 환멸을 경험하는 인화에게 민족적 의
식은 비판적인 진화론적인 사유의 결과물이라 할 수 있다.


## 3) 왜곡된 사회진화론의 전유와 '독이적 개성'의 발견

앞서 살펴본 내용에서 인화는 '일제 식민지 지배자와 식민지 조선인 사이
에 형성된 불평등한 관계는 식민지 지배자의 차별적인 정책과 행동에 기인
한 것이며, 민족적 감정이라는 것은 이러한 타자적 조건 속에서 형성된 상대
적 가치'라는 점을 밝히고 있다. 즉 민족적 감정이라는 것은 자발적인 자의식
의 각성을 통해 구체화될 수도 있지만, 식민지적 현실에서는 외적 조건 즉 제
국과 식민지 환경 속에 '적응'하기 위한 개체적 선택을 통해 형성되는 것이
다. 제국의 폭력적 국가시스템이 작동하는, 식민지인을 억압하는 식민지 생
태에 대한 인화의 자각은 식민지 조선을 공동묘지라 부르게 만드는 계기가
되었고, 그 안에서 하나의 개체로서 어떻게 살아야 할 것인지에 대한 인식이
싹트게 된다. 식민지 현실에 대한 환멸과 그로부터 살아남을 수 있는 방법은
인화가 정자에게 쓰는 편지에서 보다 구체적으로 제시된다.


정자양!
그러나 나는 스스로를 구하지 않으면 아니 될 책임이 있는 것을 깨달았습니다.
스스로의 길을 찾아내고 개척하여 나가지 않으면 안 될 자기 자신에게 스스로 부
과한 의무가 있는 것을 깨달았습니다. 나의 처는 기어코 모진 목숨을 끊었습니다.

그러나 그는 결코 죽었다고는 생각할 수 없습니다. 웨 그러냐 하면 그 남편되는 나에게 **'너를 스스로 구하여라! 너의 길을 스스로 개척하여라!'**는 귀엽고 중한 교훈을 주고 가기 때문이올시다.

(…중략…) 우리는 다만 호흡을 하고 의식이 남아있다는 명료하고 엄숙한 사실을 대할 때에 현실을 정확히 통찰하며 스스로의 길을 힘있게 밟고 굿세게 살아나가야 할 자각만을 스스로 자기에게 강요함을 깨달아야 할 것이외다.

정자양!

이제 구주의 천지는 그 참담하던 도륙도 종언을 고하고 휴전조약이 완전히 성립되지 않았습니까? **구주의 천지, 비단 구주천지 뿐이리요, 전 세계에는 신생의 서광이 가득하여졌습니다. 만일(萬一) 전체의 '알파'와 '오메가'가 개체에 있다 할 수 있으면 신생이라는 광영스런 사실은 개인에게서 출발하여 개인에 종결하는 것이 아니겠습니까.** 그러면 우리는 무엇보다도 **새롭은 생명**이 약동하는 환희를 얻을 때까지 우리의 생활을 광명과 정도로 인도하십시다.(강조-인용자, 「만세전」, 105~106쪽)


인화는 결국 정자의 사랑을 받아들일 수 없음을 편지로 쓰면서 현재에 대한 위기의식과 미래에 대한 전망을 토로하고 있다. 아내가 죽었지만, 자신은 '스스로 구하라'는 교훈을 얻었다고 만족하는 인화는 정자에게 다시 한 번 스스로 구하라는 말을 강조한다. 귀국하게 된 시점부터 인화는 '열정 없는 사랑'에 대한 자기 모순성을 극복하는 것이 가장 큰 관건이었다. 사실 자신의 아내도 사랑하지 않았고, 정자에게도 성욕 이상의 애정을 품지 못했기 때문에, 근대적 연애 감정 속에서 누구를 택할 것인가를 고민할 필요도 없었던 것이다. 그럼에도 불구하고 '스스로 구하라'라는 발언은 여성의 성 선택에 대한 거부이면서, 자신을 둘러싸고 있는 애인, 가족, 경성, 민족, 국가, 제국으로부터 벗어나고자 하는 '의지'를 드러낸 것이다. 이러한 의지는 낭만주의적인 개인의 열정으로 볼 수도 있지만, 개인이 자신의 생존만을 가치 있게 여기는 이기적 태도와 별반 차이가 없는 것이다. 사회진화론자들은 국가가 '모든 개인이 유기체적으로 이루어진 하나의 총체적 인간'으로 보려고 했고, 그 과정에서 개인의 자유나 가치보다는 국가를 보다 상위에 설정해 놓게 된다.[32] 개화기나 식민지 시기의 지식인들이 보기에는 인화의 '자립'적 태도 혹은 자율적 선택은 반민족적 · 반국가적 태도와 다름없다. 한편 귀국 과정을 염두에 본다면, 식민지 지배자에 의해 타자화된 주체가 '민족적 타락에서 스스로 구해야겠다는 자각'에 이르게 되었다는 점에서 보면, 제국의 식민지 지배 시스템에 대한 거부이기도 하다.

또한 "만일(萬一) 전체의 '알파'와 '오메가'가 개체에 있다 할 수 있으면 신생이라는 광영스런 사실은 개인에게서 출발하여 개인에 종결하는 것이 아니겠습니까"라는 구절에서 염상섭이 내면화하고 있는 진화론적인 인식을 발견할 수 있다. 수십 만 년이 걸리는 진화 과정 역시 결국엔 하나의 개체가 생태 속에서 적응하는 행위로부터 비롯되며, 또 그것이 여러 세대의 유전을 거쳐 '새로운 생명'이 같은 생태 속에서 적응하는 것으로 끝난다. 염상섭은 이러한 진화론적인 시스템을 자신의 소설 속에 담론화 함으로써, 개인과 국가, 식민지와 제국 등 우승열패의 신화 속에 작동하고 있는 사회진화론적인 시각을 비판적으로 인식하고 있다.

그러나 이러한 자의식에도 불구하고 마지막 장면에서 인화는 식민지 현실

---

32 『대한매일신보』 1909년 11월 21일의 「사설」에 보면 민족경재시대에 개인주의로 자신의 보전만을 구하지 말고 민족의 진흥과 타락이 곧 개인의 진흥과 타락이라는 것을 명심하고 개인의 보전을 구하고자 하면 먼저 민족의 보전을 구하라고 주장한다.

(생태)에서 벗어나고자 한다.

> 차가 떠나랴할제 김천형님은 숭강대에 섯는 나에게로 갓가히 닥아스며,
>
> "내년 봄에 나오면, 어떠케 다시 성례를 해야 하지 안니? 네겐 무슨 심산이 잇니?" 하며 난데업는 소리를 뭇기에,
>
> "겨오 무덤 속에서 빠저 나가는데요? 땃듯한 봄이나 만남서 별장이나 한아작만하고 거드러어일 때가 되거든요? ……" 하며 나는 **웃어버렷다.**(강조—인용자, 「만세전」, 107쪽)

김천 형님은 인화에게 아내가 죽었으니, 다시 결혼을 해야 하지 않겠냐고 묻는다. 그러나 인화는 '겨우 무덤 속에서 빠저 나간다'고 답한다. 공동체적 삶이나 전통적인 풍속에 휩쓸리지 않으려는 인화의 태도는 근대 지식인과 전근대인과의 갈등으로 적나라하게 보여주고, 한편으로는 식민지 환경(생태)에 적응하지 못한 하나의 '개체'로서, 경성이라는 식민지 환경에서 벗어나려는 식민지 지식인의 도피의식을 보여준다. 결국 「만세전」은 귀국·귀경 이야기가 아니라, 소설 속에 재현되지는 않았지만 '동경으로 돌아가는 이야기'라고 말할 수 있다.[33]

---

[33] 이보영이 지적하듯, "항일적 민족의식은 관념적 차원에만 머물게 되고, 오히려 근대문화의 중심지요, 학문과 연애의 자유가 있는 동경이 그리워서 아내가 사망한 뒤 얼마 안 지나서 동경으로 건너가는 것이다. 이는 「만세전」 작가의 반체제적 정치의식의 미숙을 말해준다." 이보영, 「민족의식과 정치소설적 특성」, 김종균 편, 『염상섭 소설 연구』, 국학자료원, 1999, 28쪽.

# 5. 나오는 말

이상에서 한국 근대소설이 형성되는 과정에서 서구 진화론이 어떠한 양상으로 영향을 미쳤는지를 살펴보고 염상섭의 「만세전」 속에 나타난 진화론적 상상력에 주목하여 염상섭이 갖고 있는 진화론적 시각이 비유적인 언어와 개성에 대한 인식으로 드러나는 양상을 살펴볼 수 있었다. 이인화의 자율적 '선택'이 어떻게 식민지 생태 속에서 유효할 것인가를 유의미하게 분석하면서, 결국 '식민지 현실(생태)에서 어떻게 살아남을 것인가?, 어떻게 적응할 것인가?'라는 질문에 대한 자연주의적 재현이 염상섭 소설의 진화론적 상상력을 작동시킨다고 보았다. 또한 국가 시스템으로 자리잡은 제국 지배담론과 그것에 대한 무의식적인 저항을 진화론적 상상력으로 표현함으로써, 「만세전」의 민족주의 의식을 새롭게 인식하는 계기를 마련하였다.

염상섭 소설 속에서 '경성'은 식민지 조선의 현실을 보여주는 상징적인 공간이면서, 근대인의 문화를 누릴 수 있는 낭만적 사랑이 있는 등경과 대비해서 적응해야만 하는 생태적 공간이다. 식민지 현실(생태)에 대한 식민지인(개체)의 적응 문제로 봤을 때, 경성 안에서 현실적인 타협이지만 결혼을 하고 한 남자의 여자로 살고자 하는 『해바라기』 속 영희의 경우가 문화적으로 '적응'했다고 말할 수 있지만, 경성을 떠나버리는 「만세전」의 인화의 경우는 적응하지 못한 경우라 할 수 있다. 마찬가지로 「표본실의 청개구리」에서 김창억의 몰락에서도 볼 수 있듯, 염상섭 초기 자연주의 경향 소설들은 진화론적인 시각에서 보자면, 식민지 현실인 조선 및 경성에서 사는 식민지 부르주아 지식인들의 '자연도태'를 형상화했다고 할 수 있다.

　　1920년 중반 이후 연애와 가족 이야기가 반복되는 염상섭 장편 소설(『해바라기』, 『너희는 무엇을 어덧느냐』, 『이심』, 『사랑과 죄』, 『삼대』, 『무화과』 등)의 사실주의적 경향은 식민지 경성(환경)과 그 안에서 살아가야 하는 사람들(개체)에 대한 일종의 '생태 보고서'와 같다. 진화론에서도 하나의 종이 세대를 거듭하여 개체 변이의 특성을 유전시키듯, 이후의 작품들은 바로 그 경성을 중심으로 식민지 생태 속에서 약육강식, 적자생존의 경쟁 관계 속에서 갈등하는 인간상이 반복적으로 펼쳐지게 된다. 앞으로 1920년대 중반 1930년대 초반 소설들인 『해바라기』, 『이심』, 『사랑과 죄』, 『삼대』, 『무화과』 등 연애와 돈, 가족에 집착하는 식민지인들의 인간 보편의 특성과 식민지 문화 환경의 특수성을 진화비평 및 진화심리학적 이해로 다시금 규명할 것을 기약해 본다.

# 참고문헌

## 자료

염상섭, 『염상섭전집』 1, 민음사, 1987.

## 논저

J. C. 영, 로버트, 『식민 욕망－이론 문화, 인종의 혼종성』, 북코리아, 2013.

김윤식, 『염상섭 연구』, 서울대 출판부, 1986.

김윤재, 「개화기 소설을 통해 본 사회진화론의 수용 양상」, 『이문논총』 19, 한국외국
어대학교, 1999.

김하림, 「노신과 신채호(申采浩)에 있어서 사회진화론의 영향 연구」, 『조선인외국문
화연구(朝鮮人外國文化硏究)』, 1997.

김형국, 「1920년대 초 민족개조론 검토」, 『한국근현대사연구』 19, 한국근현대사학회,
2001.12.

나병철, 『근대서사와 탈식민주의』, 문예출판사, 2000.

다윈, 찰스, 김관선 역, 『인간의 유래』 1·2, 한길사, 2009.

__________, 송철용 역, 『종의 기원』, 동서문화사, 2013.

박노자, 『우승 열패의 신화』, 한겨레출판, 2007.

박성진, 『사회진화론과 식민지 사회사상』, 선인, 2003.

박찬승, 「한말·일제시기 사회진화론의 성격과 영향」, 『역사비평』, 1996 봄.

백지운, 「량 치차오의 사회진화론」, 『중국어문학논집』 55, 중국어문학연구회, 2009.

버스, 데이비드, 김교헌 외역, 『마음의 기원』, 나노미디어, 2005.

보이드, 브라이언, 『이야기의 기원－인간은 왜 스토리텔링에 탐닉하는가?』, 휴머니
스트, 2013.

신연재, 「동아시아 3국의 사회진화론(社會進化論) 수용(受用)에 관한 연구(硏究)－
가토 히로유키[加藤弘之], 양계초(梁啓超), 신채호(申采浩)의 사상을 중심으
로」, 서울대 박사논문, 1991.

______, 「구한말의 사회진화론 수용과 그 영향－중채고(中采誥)의 국가사상을 중심
으로」, 『울산대사회과학논집』 6, 1996.

신용하, 「구한말 한국민족주의 사회진화론」, 『동덕여대인문과학연구』 1, 1995.

엄복, 양일모 · 이종민 · 강중기 역주, 『천연론』, 소명출판, 2008.

유봉희, 「사회진화론과 신소설 작가, 이해조와 이인직」, 『한국학연구』 24, 인하대 한국학연구소, 2011.

윤태욱, 동아시아 사회진화론의 선구자, 엄복의 사상적 지형도—『천연론(天演論)』을 중심으로, 『연세의사학(延世醫史學)』, 12-2, 2009.12.

윤홍로, 「개화기 진화론과 문학사상」, 『동양학』 16, 단국대 동양학연구소, 1986.

이광린, 「구한말 진화론의 수용과 그 영향」, 『세림한국학논총(世林韓國學論叢)』 1, 1977.

이보영, 「민족의식과 정치소설적 특성」, 김종균 편, 『염상섭 소설 연구』, 국학자료원, 1999.

이재선, 『이광수문학의 지적편력』, 서강대 출판부, 2011.

장수익, 「한국 근대소설과 사회진화론」, 『한국현대문학연구』 19, 2006.

전복희, 『사회진화론과 국가사상—구한말을 중심으로』, 한울아카데미, 1996.

제이 굴드, 스티브, 「3. 다윈의 딜레마—진화론의 오딧세이아」, 홍동선 · 홍욱희 역, 『다윈 이후』, 범양사, 2009.

한기형 · 이혜령 편, 『염상섭 문장 전집』, 소명출판, 2013.


Boyd, Brian., "Evolutionary Theories of Art", Jonathan Gottschall · David Sloan Wilson(ed.), *The Literary Animal*, Evanston : Northwestern UP, 2005.

Carroll, Joseph., *Literary Darwinism*, Routledge, 2004.

# 번역과 근대적 문화전이

## 입센의『인형의 집』수용 양상 비교를 중심으로

김연수

## 1. 들어가는 말

입센의 사망 100주년이 되는 2006년에만 해도 72개국에서 4,000건의 입센 공연이 이루어졌고, 전 세계에서 거의 매주 120~150건의 입센 극작품이 공연되고 있다고 온라인 잡지 *Al-Ahram Weekly*에서 확인할 수 있다.[1] 이 정도라고 하면 입센은 '세계적인 작가' 혹은 '글로벌 작가'라 해도 지나치지 않을 것이다. 최근 연구들에서 '글로벌리즘', '글로컬리즘' 혹은 '상호문화주의' 관점에서 입센의 수용에 대해 갑론을박하는 경향도 어렵지 않게 읽을 수 있다.[2] 지역문화 맥락에 따라 변용되어 공연되는 입센의 작품수용[3]에서 소위

---

1  Vgl. Kirsten Shepherd-Barr, "Ibsen's Globalism", *Ibsen Studies* 6-2, 2006, S. 188~198; hier S. 188.

"원작"과의 차이 내지 "원작"에서의 이탈을 어떻게 볼 것이냐의 문제로 요약될 수 있다. '노라'나 '헤다'가 세계문화의 아이콘이 되고 입센이 셰익스피어처럼 보편성을 획득하고 있는 현상과 관련하여, 원작의 생성문화, 즉 노르웨이의 당시 상황에 대한 이해 없이 수용했거나 혹은 현대의 동시대적 취향에 맞게 변용했다고 입센 작품의 변형을 고통스럽게 생각하는 입장[4]이 있는가 하면, '세계적인 작가'로서의 입센의 미래는 '글로컬리즘'에 있다고 보며 지역문화에 따른 변형을 긍정적으로 보면서 세계화를 지향하는 입장도 있다.[5] 한 작품이 시간적, 공간적 경계를 넘어 맥락을 바꾸어가며 수용되는 경우들에서 종종 보이는 논란의 현상이다.

이런 논의에서 소홀히 다루어지고 있는 문제는 바로 수용에 따른 시간적, 공간적 차이의 경계나 문화적 맥락의 문턱선상에서 이루어지는 '번역'과 그 '문화적 파장'이다. 입센 작품들은 극작품들이어서 그 번역이 텍스트(대본) 상의 번역일 수도 있고 무대 위에 올리는 총체적인 번역, 즉 공연일 수도 있다. 입센의 작품들이 번역되어 지구를 가로질러 세계의 독자나 청중의 주목을 받기 시작한 것은 19세기 말 유럽 내 각국에서의 번역 수용 이외에 20세기 초 비유럽권, 아시아, 아프리카와 라틴아메리카에서까지 번역되면서이다. 서

---

2   Vgl. Kirsten Shepherd-Barr, ebd.; Kamaluddin Nilu, "A Doll's House in Asia : Juxtaposition of Tradition and modernity", *Ibsens Studies* 8-2, 2008, S. 112~129; Frode Helland, "Empire and culture in ibsen. Some notes on the dangers and ambiguities of interculturalism", *Ibsens Studies* 9-2, 2009, S. 136~159; Brian Johnston, "The Ibsen Phenomenon", *Ibsens Studies* 6-1, 2006, S. 6~21.

3   입센의 『인형의 집』 공연 시, 예컨대 네팔에서는 노라가 타란텔라 춤을 추는 장면에서 그 지역의 춤으로 대치하기도 했고, 일본에서도 1911년 처음 공연될 때는 이탈리아의 '타란텔라' 춤이 어떤 춤인지 몰라 안무를 할 수 없었기 때문에 2막의 막을 아예 내리고 나레이터가 내용을 이야기해주었다는 기록도 있는데, 현대 일본에서는 이 장면을 노라의 내적 전환점이 되는 것으로 해석하여 일본 전통의 '노'극의 여장남배우와 현대극의 여배우 둘을 등장시켜 춤추게 하기도 했다고 한다. Vgl. Kamaluddin Nilu, a.a.O., S. 114~122.

4   Vgl. Brian Johnston, a.a.O.

5   Vgl. Kirsten Shepherd-Barr, a. a. O.

구와 비서구에서 입센극의 수용은 각기 상이한 방식으로 이루어지기는 했지만 19세기 말, 20세기 초 근대화의 과정과 연동되어 있다.[6] 입센의 수용을 계기로 각 문화권에서 각기 그들의 극장을 근대적으로 발전시켜왔고 배우의 연기에도 소위 '모던' 스타일을 갖추도록 영향을 미쳐왔다. 입센의 작품들이 번역되면서 비단 극단이나 희곡발달사에서만 근대화 현상이 나타난 것이 아니라, 사람들의 의식, 생활문화에 대한 성찰, 특히 젠더적인 관점에서 그 문화적 파급효과는 상당했다고 해도 과언이 아니다. 입센 작품의 번역과 각 수용문화의 근대화 현상 사이의 상관관계는 오늘날 입센의 글로컬리즘 현상보다도 바로 그의 작품이 세계화되기 시작했던 19세기 말 20세기 초의 현상에서 보다 구체적으로 관찰할 수 있다.

따라서 이 글에서는 셰익스피어에게 작품 『햄릿』이 그랬던 것처럼, 입센에게도 그에게 세계적인 작가로서의 명성을 가져다준 『인형의 집』[7]의 번역, 19세기 말 20세기 초 그 수용 양상을 고찰하면서 번역과 근대적 문화에 대해 살펴보고자 한다. 입센의 작품들 중에서 『인형의 집』은 예컨대 『페르 귄트(*Peer Gynt*)』처럼 노르웨이 민족적 문제를 보이는 작품보다는 보다 보편적인 시민사회 문화의 차원에서 읽을 수 있기 때문에 전 세계적으로 반향을 일으켰을 것으로 보인다. 『인형의 집』이 문화적 맥락을 넘나들며 수용될 때 불러일으킨 문화적 파장을 크게 19세기 말 유럽, 특히 독일의 수용 양상과 20세기 초 아시아, 특히 한국의 수용 양상을 살펴보면서 문화적 맥락이 바뀌면서도 공유되는 보편적인 양상과 수용문화의 근대화 맥락과 연동된 양상을 살펴보고자 한다. 이때

---

6    Erika Fischer-Lichte, Barbara Gronau, Christel Weiler(Hg.), *Global Ibsen : Performing multiple modernities*, New York and London : Routledge, 2011, S.4.

7    Vgl. Kirsten Shepherd-Barr, a.a.O., S.189.

이 작품의 수용 양상은 번역, 공연의 양상뿐만 아니라 번안, 개작, 장르적 매체전이, 문화적 파장까지도 포괄하여 고찰한다.

## 2. 노르웨이에서 한국으로 온『노라』의 여정

### 1) 노르웨이에서 유럽 각국으로 – 번역자의 원작 수정요구와 가부장 문화

헨릭 입센의 드라마『인형의 집』이 책의 형태로는 1879년 12월 4일 덴마크 코펜하겐의 길덴달(Gyldendal) 출판사에서 출판되었고,[8] 같은 해 12월 21일 코펜하겐의 왕립극장(Det Kongelige Teater)에서 초연되었다. 초판 8,000부가 한 달도 되지 않아 품절되었고, 이후 1880년 1월 4일에 4,000부, 같은 해 3월 8일에 2,500부 발행되었다. 드라마 작품이 책의 형태로 출판되어 베스트셀러 목록을 장식한 경우는 당시 스칸디나비아 반도에서는 유례를 찾아볼 수 없는 경우였다고 한다.[9] 입센이 본래 자신의 모국어 노르웨이어로 쓴『인형의 집(Et dukkehjem)』이 출판되고 첫 공연이 이루어진 곳은 노르웨이가 아니라, 이웃나라 덴마크라는 사실에서 이미 이 작품의 운명이 언어적으로나 문

---

8  입센의 작품『솔하우그에서의 축제(Das Fest auf Solhaug)』(1857)이 1861년에 덴마크에서 처음 소개되면서 성공적으로 수용되자 1866년부터 입센의 모든 작품이 덴마크에서 출간되었다. Jens-Morten Hanssen, "Ibsen-Übersetzungen", 6. Apr. 2010, http://ibsen.net 참조.

9  Aldo Keel, "Henrik Ibsen-Nora(Ein Puppenheim)", *Erläuterung und Dokumente*, 2000(1990), Reclam Universal-Bibliothek Nr. 8185, S. 40.

화적으로 단순하지 않음을 암시하고 있는 듯하다.

노르웨이는 14세기 후반부터 덴마크의 지배를 받았고, 덴마크의 스칸디나비아 3국 연합통치시기를 거쳐, 스웨덴이 덴마크의 3국 연합통치로부터 독립한 1523년 이후에는 1814년까지 다시 덴마크의 지배 아래 있었다. 그 이후 노르웨이는 1905년까지 스웨덴의 지배를 받았다. 1905년 이후에야 노르웨이어가 공식민족어로 사용되었지만, 약 400년 간 공식어였던 덴마크어의 영향을 받았다. 19세기부터 일었던 민족주의운동과 더불어 노르웨이어 운동도 함께 진행되었다.[10] 입센이 이 작품을 쓴 노르웨이어는 1905년 이후 공식민족어로 선포한 노르웨이어와는 사뭇 다른 언어였고,[11] 스칸디나비아에서의 역사적, 문화적 상호관련성 때문에 덴마크어나 스웨덴어 및 노르웨이어는 상호소통이 가능할 정도여서 노르웨이어 책을 덴마크 출판사에서 출판하는 일이 가능했다.[12]

입센의 『인형의 집』은 '전 유럽의 사건'으로 이목을 집중시키면서 1880년대 말부터 "노라주의" 내지 "노라-논쟁"을 수반했으며[13] 유럽의 여성해방운동에 불을 붙였다 해도 과언이 아니다. 이러한 논쟁과 사회적 움직임이 전 유럽에서 일어날 수 있었던 것은 입센의 작품이 각국 언어로 '번역'되었기 때문이다. 최초의 외국어버전은 독일어 번역본이다. 책의 형태로 번역 출판된 것

---

10  이 운동은 덴마크어를 모체로 하고 여기에 노르웨이어요소를 가미하는 온건파가 주장하는 북크몰(bokmål)과 덴마크어의 그늘에서 벗어나 노르웨이 각지 방언을 토대로 노르웨이어화를 주장하는 급진파의 뉘노쉬크(nynorsk)로 나뉜다. 궁극적으로 공통노르웨이어(samnorsk)를 추구하지만 아직도 하나의 언어로 통합되지 않고 있고, 80% 이상의 노르웨이인이 북크몰을 사용한다.

11  Erika Fischer-Lichte, *Global Ibsen : Performing multiple modernities*, New York & London, Routledge, 2011, S.5.

12  Vgl. Aldo Keel, a.a.O., S.29.

13  Margherita Giordano Lokrantz, "Three unpublished letters by Henrik Ibsen about the first-performances of 'Et dukkehjem' in Italy", *Ibsens Studies* 2-1, 2002, S.59~74.

은 원본의 출판과 거의 동시에 이루어져 이미 1879년 말에 소개되었고, 공연은 코펜하겐에서 첫선을 보인지 두 달 가량 지난 뒤인 1880년 2월 7일에 북독에 위치한 플렌스부르크에서 독일어로 첫 공연이 이루어졌다. 이 해에 계속 킬, 함부르크 등 북독 주변도시들에서 공연되었다. 독일어 첫 번역은 빌헬름 랑에(wilhelm Lange, 1849~1907)에 의해 번역되어 레클람 출판사에서 출간되었고, 유럽 내, 특히 이태리에서 번역의 저본으로 사용되기도 했다.

그러나 당시 노르웨이의 저작권법 상의 문제로 입센은 무단복제 번역과 공연으로 금전적 손실을 입었고, 이에 대해 노르웨이 정부에 손해배상을 청구하며 불만을 털어놓기도 하였다.[14] 노르웨이의 낙후된 저작권법에 늘 불만이었던 입센은 1880년 2월 17일 코펜하겐의 신문 『Nationaltidenede』에 편지를 보내, 외국에서 효력을 발생할 수 있는 저작권이 없어 당하는 문제가 비단 경제적인 손실만이 아니라 바로 원작도 보호하지 못한다고 한탄하였다. 즉 작품에 대한 작가의 권한이 없어서 번역자가 작품을 수정해달라고 요청하는 일이 벌어진다는 것이다. 당시 독일의 여배우 헤드비히 니만-라아베 (Hedwig Niemann-Raabe, 1844~1905)가 이 작품의 결말, 즉 노라의 가출을 수정하지 않으면 연기에 참여하지 않겠다고 주장하자, 번역가 랑에는 입센에게 이 요구를 수용할 것을 청했다. 입센은 고민 끝에 결말을 수정하기로 결정하고 노라가 아이들과 함께 집에 머무르는 것으로 고치긴 했지만, 이를 두고 "야만적 폭행"[15]이라고 보았다.

독일에서 입센이 성공을 거둔 이후로 프랑스어나 이탈리아어로도 번역의

---

14  이후 저작권 문제에 대해서는 주로 Giuliano D'Amico의 "Marketing Ibsen : A Study of the First Italian Reception", 1883~1891, *Ibsen Studies* 11-2, 2011, S.145~175에서 참조함.

15  Rüdiger Bernhardt, *Henrik Ibsen : Nora(Ein Puppenheim)*, Hollfeld : C. Bange Verlag, 2010(2002), S.36.

"물결"이 이어졌지만,[16] 동시에 노라의 가출에 대한 결말 수정 요구도 오스트리아, 영국, 이탈리아 등 유럽의 곳곳에서 빈번히 일어났다. 입센은 번역자들의 결말 수정요구를 저작권 문제로 보았지만, 사실 근본적인 문제는 입센의 작품을 수용하는 도달문화의 맥락과 관련하여 생각하지 않을 수 없다.

입센은 당시 독일 번역자 빌헬름 랑에, 오스트리아 번역자 하인리히 라우베(Heinrich Raube), 프랑스 번역자 모리츠 프로저(Moritz Prozor), 이탈리아 번역자 알프레도 마짜(Alfredo Mazza)나 루이기 카푸아나(Luigi Capuana) 등과 서신을 교환하며 『인형의 집』 결말 수정에 대해 논의했다. 프로저와 카푸아나는 서로 의견을 나누기도 했던 것으로 보인다. 영국에서도 1884년 첫 공연으로 노라가 소개되지만, 원작에 충실하지 않았고, 내용적으로 상당히 변형되었다. 'Breaking a butterfly'라는 제목으로 프린스 극장 Prince's Theare의 무대에 올려진 이 극에서는 헬머가 '신사'로 등장하여 부인의 죄와 책임을 그 자신이 다 떠맡고 노라는 그의 곁에 머무른다는 내용으로 고쳐서 무대에 올렸다. 입센의 의도는 전혀 전달되지 않는 경우이다. '노라의 가출'이라는 당시로서는 받아들이기 어려운 용단과 행동에 대한 충격 때문에 원작의 수정을 요청한 것이다. 이에 대해 입센은 원작에 충실할 것을 주장했다. 입센은 『인형의 집』의 "극작품 전체가 결말을 향하여 맞추어져 있으니" 공연할 때도 결말을 수정하지 말라고 하면서, 독일에서 결말 수정은 저작권이 없던 당시로서는 달리 어쩔 수 없었노라 설명하였다.[17]

결말수정을 요구하는 번역가들의 입장은 당시 비평가들의 반응에서도 확인된다. 덴마크나 독일의 비평가, 극작가 혹은 잡지편집자들은 거의 만장일

---

16  Vgl. Giuliano D'Amico, a.a.O., S.115.
17  위의 글, 156~157면 참조.

치로 노라의 남편 헬머를 두둔하고 나섰고[18] 그의 유일한 실수라면 경솔하고 어린아이 같은 노라를 아내로 삼은 점이라고 보았다.[19] 헬머는 지성적인 귀족으로서 적절하게 보수적이며, 부분적으로는 확신에 차서, 부분적으로는 실용주의 입장에서 중도적으로 행동하며 좋은 사회의 모든 의견을 소유하고 있는 유일한 사람이라고 긍정적으로 평가하는 반면, 노라는 헬머에게 털어 놓고 용서를 구하지 않은 것을 "심리적인 결함"으로 보기도 했고, 입센의 제3막을 작가의 광기, 즉 이전에 들도 보도 못한 것을 보여주어야 한다는 일종의 새로운 것에 대한 광적인 욕구의 산물이라고 혹평하기도 했다.[20] 공연이 이루어지는 동안 특히 3막 공연 중에는 관중들의 야유도 있었다고 한다.[21] 오스트리아 비인의 시립극장에서도 이 작품의 공연을 거부하다가 다소 뒤늦게 1881년 9월 8일에야 비로소 첫 공연이 가능했다. 1880년 3월 남독 뮌헨의 궁정극장에서 있었던 공연은 2월의 플렌스부르크에서 있었던 공연과는 달리 원본의 결말에 충실했다. 그러나 공연 이후 노라에 대해 엄청난 찬반 논란이 있었다고 한다. 이 뮌헨 공연을 입센도 함께 보았는데 원작의 결말에 따르기는 했어도 전반적으로 작품의 분위기와 의도를 살리지 못해 공연 자체에 대해 만족스러워하지 않은 것으로 전해진다.[22]

이와 같이 19세기 말 유럽 전역에서 나타났던 각국 번역자들의 노라 결말 수정 요청, '노라 논쟁' 등 이 작품에 대한 부정적인 반응들은, 이탈리아의 G. 다미코가 지적하듯이, "이탈리아의 특수한 어떤 이유에서 나타났다기 보다

---

18  Vgl. Aldo Keel, a.a.O., S.40.
19  위의 글, 42면 참조.
20  위의 글, 41면 참조.
21  위의 글, 45면 참조.
22  Vgl. Rüdiger Bernhardt, a.a.O., S.81f.

는 19세기 말 유럽 시민사회가 지닌 일반적인 가치관의 발로였다."[23] 즉 이
러한 현상은 유럽 내 각 개별 나라들의 특수한 문화적 맥락에서 비롯된 것이
아니라, 당시 입센의 이 작품이 유럽인들, 특히 시민사회의 독자나 관객들의
기대지평을 깨뜨린 데서 비롯한 유럽적인 현상으로 볼 수 있다. '가족'이라는
단위는 당시 시민사회의 유럽인들에겐 아주 중요한 도덕적 가치들 중의 하
나였다.[24] 가출하는 노라가 '꽝' 소리를 내며 닫고 나가는 현관문 소리가 마
치 유럽인들 자신이 신주단지 모시듯 중요시하던 이 '가족'의 가치를 여지없
이 깨뜨리기라도 하듯 충격적인 사건으로 느꼈던 것 같다. 바로 시민사회가
구축한 그들의 "스위트 홈"[25] 이데올로기에 금이 가는 순간이었고, 전통적인
가부장제 문화와 충돌하는 지점이었다.

입센의 작품구상 의도[26]와는 달리 유럽 내에서 페미니즘 운동의 효과를
증대시킨 것은 사실이다. 그러나 입센은 여성의 문제도 인간의 문제라는 관
점에서 중요하긴 하지만, 이 작품을 쓸 때 그의 과제는 "인간묘사"였지 굳이
가부장 사회에 억압된 여성의 문제에 초점을 맞춘 것은 아니라고 말하고 있
다. 일찍이 아놀드 하우저가 평했듯이, 입센이 전 유럽에서 명성을 얻게 된
것은 '개인의 자기 자신에 대한 의무', '자기실현의 의무', 또는 '편협하고 우둔
하며 생명력을 상실한 부르주아 사회의 인습에 대항하여 자기의 본질을 관

---

23  위의 글, 159면.
24  위의 글, 159면 참조.
25  피터 게이, 고유경 역, 『부르주아 전. 문학의 프로이트 슈니츨러의 삶을 통해 본 부르주아 계급
    의 전기』, 서해문집, 2005, 63쪽 이하 참조.
26  1898년 입센이 노르웨이의 어느 여성단체 앞에서 『인형의 집』에 관해 연설한 바에 따르면, 그
    에겐 여성문제도 늘 인간의 문제였을 뿐이라는 것이다. 그러면서 그는 다음과 같이 말하고 있
    다. "의식적으로 여성해방운동을 위해 일했다는 명예는 거두어져야만 합니다. (…중략…) 여성
    문제를 해결하는 것도 바람직한 일일 것입니다. 이렇게 부가적으로 덧붙여서 말입니다. 그러
    나 그것이 본래의 목적은 아니었습니다. 나의 과제는 인간의 묘사였지요." Rüdiger Bernhardt,
    *Henrik Ibsen : Nora(Ein Puppenheim)*, Hollfeld : C. Bange Verl., 2010(2002), S.86.

철하는 과제'를 제시하는, 한마디로 근대적 사유를 담지하고 있는 그의 사회문제극 특성 때문이었다. 입센의 '개인주의 복음', '개성에 대한 찬미'가 당시 젊은이들을 감동시켰다는 것이다.[27] 그 개인이 남자이든, 여자이든, 개개인의 자유와 자기실현을 중점에 두었으나 '노라'의 경우처럼 여주인공에게서 그것이 문제가 되어 작가의 예상과는 다소 다른 반향을 낳았던 것이다. 결국 페미니즘 운동의 현상을 포함하여 전체적으로 생각해보면, 유럽의 전통적인 '가족'문화와 '근대적 개인'의 충돌을 보여주는 것이다.

빅토리아 시기의 영국에서도 입센의 노라가 소개되기는 하지만, 첫 공연은 독일과 오스트리아 보다 뒤늦은 1884년에서야 이루어졌고, 앞서 언급했듯이 결말에 상당히 수정을 가한 보수적인 내용으로 공연되었다. 그러나 영국에서 입센을 새로이 평가하는 시각이 나타났고 소위 '입센주의'를 표방하는 움직임까지 나타났다. 바로 이러한 시각에 기여한 비평가는 마르크스의 막내 딸 엘리너 마르크스(Eleanor Marx, 1855~1898)와 버나드 쇼(George Bernard Shaw, 1856~1950)였다. 엘리너 마르크스는 「여성의 문제-사회주의 관점에서(The Woman Question : From a Socialist Point of View)」(1886)라는 자신의 글에서 입센을 인용하면서, 사회주의 혁명의 범주 안에서 비로소 여성해방이 가능함을 논하였다.[28] 엘리너 마르크스의 경우는 최초의 여성주의적 입센비평가라 해도 과언이 아니다. 그녀는 남편 에드워드 에이블링(Edward Aveling, 1849~1898)과 함께 버나드 쇼 등 친구들을 초청하여 입센의 『인형의 집』을 낭독하였다. 이 낭독회는 그녀의 개인 아파트에서 이루어진 사적인 모임이긴 했지만, 입센을 페비니어니즘 및 사회주의의 맥락에서 해석하며 '입센주의'를 표방하는 자리였다. '입

---

27  아놀드 하우저, 백낙청·염무웅 역, 『문학과 예술의 사회사』 4, 창작과비평사, 2009(1999), 258쪽.
28  Rüdiger Bernhardt, a.a.O., S.82.

센주의'라는 개념은 사실 버나드 쇼가 1890년에 쓴 『입센주의의 정수(*The Quintessence of Ibsenism*)』(1891)에서 유래한다. 이들의 입센 비평을 토대로 입센의 작품세계가 사회주의적 방향으로 조명되는 경향을 띠게 되었다. 자신의 허상에 대해 인식하는 노라, 그녀의 가족 전체가 하나의 허구적인 인형의 집이었음을 자각하는 노라, 그래서 진짜 세상으로 나가 자신의 현실을 발견하고자 하는 노라 분석을 통해 당대 도덕성, 시민계급의 허위와 위선에 대한 비판이라고 입센의 『인형의 집』[29]의 의미를 보여주고 있다. 입센 작품의 영어 번역가 중에서 윌리암 아처(William Archer, 1856~1924)도 입센주의자의 한 사람으로서 입센 예찬을 위해 적극적으로 활동하였다. 그의 번역본 *A Doll's House*(1889)가 차차로 일본과 중국으로 유입되어 입센이 아시아에서도 읽히게 되었다고 한다.[30]

## 2) 유럽에서 아시아로, 한국으로 – 입센 사상의 수용과 근대화

아시아에서 입센의 작품을 가장 먼저 수용한 곳은 일본이다. 이미 입센이 아직 생존하던 시기, 즉 1892년 쓰보우치 쇼오[坪內逍遙]의 글 「헨리크 입센」에서 간략하게 작가 입센을 소개하고 작품연표를 제시하는 정도였고, 이듬해 1893년 다카야스게꼬[高安月郊]에 의해 처음으로 입센의 작품이 영역본을 저본으로 하여 번역되었다. 이해 3월에서 6월에 걸쳐 『동지사문학(同志社文學)』에 『사회(社會)의 적(敵)』을 번역・발표했고, 4월에는 『인형(人形)의 집』을 번역하여 『일점홍(一點紅)』에 발표했다.[31] 옌스-모르텐 한센(Jens-Morten Hanssen)이 밝

---


**29**  Vgl. Bernard Shaw, *The Quintessence of Ibsenism*, New York : Brentano's McmXXVIII, 1913, S.91f.
**30**  Jens-Morten Hanssen, a.a.O.

한 것처럼 일본에서 『인형의 집』 번역의 저본으로 윌리암 아처의 영역본을 사용했는지는 아시아의 자료에서는 확인할 수 없었으나, 독일어본이 저본으로 다용되었던 유럽에서와는 달리, 아시아에서는 영역본이 먼저 유통되었던 것은 사실이다.

일본에서의 '입센열'은 입센이 사망한 1906년 이후부터 본격화되었다. 이 열기는 일본 연극논쟁사 상 자연주의 논쟁 맥락에서 특히 당시 기자였던 하센가와 덴케이의 글들로 시작되었다고 볼 수 있다. 그는 러일전쟁 이후 「환멸시대의 예술」(1906.10)에서 종교, 진화론, 이성 등은 모두 환상이고 이 환멸의 시대에 사는 사람들이 추구하는 것은 "진실 그 자체에 기초를 정하고 진실을 묘사하는 꾸밈없는 예술"뿐이라고 보면서, 이러한 예술의 대표적인 예가 바로 입센의 희곡이라고 보았다.[32] 이후 급속히 높아진 입센열 속에서 일본 '입센회'가 동경대학파 중심으로 1907년 2월에 결성되었다. 이 열기는 1909년 자유극장의 창단 및 11월 『요한 가브리엘 보르크만』 창립공연으로 이어졌다. 입센회 이외에 1906년에 와세다 학파 중심의 문예협회도 창립되었다. 문예협회도 일본의 근대극 확립을 목표로 하지만, 입센 중심의 서구 근대극의 이식에 집중한 자유극장과는 달리, 세익스피어 고전극에 더 많은 관심을 기울여왔다. 그러다 문예협회도 1911년 극단의 운영 방침을 바꾸어 입센의 『인형의 집』을 공연하였다. 그리고 근대극협회가 이어서 1912년 입센의 『헤다 가블러』를 공연함으로써 일본은 이른바 '번역극 전성시대'를 맞이하고 입센주의의 열풍이 그 중심에 있었다.[33] 이러한 열기를 타고 일본의 『인형의

31  고승길, 「한국 신연극에 끼친 헨릭 입센의 영향」, 『중앙논문집』 27, 1983, 304쪽 참조.
32  스가이 유키오, 서연호・박영산 역, 『근대일본연극 논쟁사』, 연극과인간, 2003, 61~69쪽 참조.
33  이상우, 「입센주의와 여성, 그리고 한국 근대극—1930년대 입센주의의 한국수용과 창작극의 관련양상」, 『현대문학의 연구』 25, 2005, 특히 132~133쪽 참조.

집』은 이웃 중국과 한국으로 옮겨진다.

　중국에서는 한국보다 몇 년 앞서, 후스(胡適, 1891~1961)가 1918년에 잡지 『신청년(新靑年)』을 '입센특집호'로 기획하면서 입센의 수용이 본격화되었다. 이 잡지의 서론에 후스가 「입센주의」라는 글을 실었다. 그러나 사실 후스 이 전에 이미 루신(魯迅, 1881~1938)과 루징뤄(陸鏡若, 1885~1915)는 일본에서 입 센을 접했다. 1898, 1900년 의화단 사건 이후 청의 위신은 땅에 떨어지고 혁 명풍조가 일고 서학이 들어오게 되지만, 1900년 이후부터는 대부분 일본으 로부터 서학이 들어오게 되었고 중국청년들의 일본유학 열풍이 불었다. 이 시기 외국어번역서 중 일본어 번역서가 전체 60% 이상을 차지할 정도라고 한다.[34] 이런 분위기 속에서 루신과 루징뤄은 출입국시기 상 서로 약간 차이 가 있다 해도 일본 입센열풍이 불 때 일본에서 공부를 하고 있었다. 귀국 후 루신은 1908년 입센의 『민중의 적』을 언급하면서 "세상의 혼미함에 분개하 고 진리가 빛을 잃음을 슬퍼하여 입센 작품을 통해 입언"한 것이라고 주장했 다.[35] 문학활동을 통해 사회문제를 발언하는 입센의 경향에 주목한 것이다. 루징뤄도 일본도쿄에서 중국유학생들이 일본신파극의 영향을 받아 조직된 '춘류사(春柳社)'에 가담하면서 중국전통 희곡과는 다른 새로운 희곡, 근대극 을 추구하였다. 1911년 귀국 후 루징뤄는 입센의 작품을 번역하고 공연하기 위해 많은 노력을 기울였다. 그러나 대부분 결실을 보지 못하고 「입센의 연 극」이라는 짧은 글만 발표되었다. 그는 입센 작품의 특징을 '사실주의적 사 회극'으로 보았다.[36] 그는 루신과 더불어 입센 수용 초기에 이후 중국에서의

---

34　홍석표, 『중국 현대문학사』, 이화여대 출판부, 2009, 38쪽.
35　김종진, 「중국 근대극의 입센수용과 극복」, 『중국 현대문학』 39, 2006.12, 414쪽.
36　위의 글, 414쪽.

수용 양상을 선취하고 있다고 볼 수 있다.

1911년 신해혁명 이후 민중계몽의 필요성에 따라 창간된 종합계몽지인 『신청년』에 후스의 글 「입센주의」 이외에도 입센의 작품 『노라[娜拉]』, 『민중의 적(國民之敵)』 등이 번역되었고 「입센의 전기」도 소개되었다. 천듀쉬[陳獨秀]가 완역한 입센의 『노라』와 후스의 글이 특별히 주목을 받았다. 이러한 입센 수용은 연극의 근대화 운동차원을 넘어서 1919년 5·4신문화운동이라는 거대한 근대적 문화기획의 일환이었다.[37] 즉 사상적으로는 반전통주의의 성향을 강화시키고, 사회적으로는 여성해방운동을 촉진시켰으며 문예적으로는 사실주의를 발흥시키는데 기여하였다. 특히 "노라" 열풍이 일어 많은 여자들이 집을 뛰쳐나가기도 했다고 한다. 봉건질서의 여성억압을 상징적으로 보여주는 전족제도 아래 신음하던 중국여자들에게 노라의 가출은 신선한 충격이자 해방감으로 다가왔을 법하다. 게다가 후스는 1919년에 번안창작극 『종신대사(終身大事)』를 쓰면서 입센의 "노라"를 중국문화 맥락으로 옮겨놓았다. 입센의 노라는 위선과 독선으로 가득 찬 남편에 대한 갈등이 중심문제라면, 후스의 톈야메이는 미신과 종법질서 때문에 딸의 결혼을 반대하는 부모세대와의 갈등을 보여주고 있다. 즉 중국의 노라에게서는 성별의 젠더문제는 오히려 희석되고 신구세대의 갈등으로 나타난다.[38] 무작정 집을 나가는 것이 해결책이 아니라 여성 스스로 경제력을 가져야한다고 강조하는 루신의 북경여자고등사범학교에서의 연설(1923), "노라는 집을 나간 뒤 어떻게 되었는가"도 이런 노라 열풍의 맥락에서 중국여성의 현실을 진단한 것으로 이해된다.

---

37  위의 글, 417쪽.
38  배연희, 「후스의 『종신대사』에 나타난 입센의 수용과 변형」, 『중국학 논총』 17, 2004, 93쪽.

입센 작품의 공연 자체는 그리 많은 편이 아니었다. 1923년 5월 북경여자 고등사범학교 학생들이 상연한 〈노라〉, 1924년 26극학사가 상연한 〈노라〉, 그리고 1925년 상하이희극협사의 〈인형의 집〉 공연 정도였다. 그러다가 중국 근대극의 성장과 더불어 1930년대 입센의 작품이 공연되었다. 특히 1935년에는 전국 각지에서 『인형의 집』을 비롯해 입센의 작품들이 활발하게 공연되어 "노라의 해"라고까지 명명되었다.[39] 입센주의를 주창한 버나드 쇼가 1933년 2월에 중국을 방문하여 5·4신문화운동의 정신적 지주 역할을 담당했던 차이위안페이[蔡元培]와 루신을 만난 일도 1930년대 입센의 공연이 활기를 띤 현상과 무관하지 않다.[40]

일본에서는 이미 메이지시기에 '번역주의'의 길을 통해 근대화를 꾀해오던 그들의 문화사적 맥락 안에서 '입센'이라는 작가 역시 서구의 다른 작가들이나 사상가들과 마찬가지로 관심을 기울였을 것이다. 또한 일본 연극계의 근대화 과정, 즉 신게키[新劇] 형성 맥락에서 소위 '유럽 근대극의 아버지'로 불리는 입센에 뜨거운 관심을 쏟지 않을 수 없었을 것이다. 그래서 아시아의 이웃국가 중국이나 한국보다 거의 한세대 앞서 입센을 거론하기 시작할 수 있었을 것이다. 일본에서는 초기 '입센의 도입기' 이후로도 계속 '전성기', '재평가 시기' 등 여러 단계의 수용 양상을 보인다.[41] 중국에서도 일본유학파들을 통해 중국 자문화의 근대화 기획 맥락에서 입센을 수용하는 양상을 볼 수

---

**39** 김종진, 앞의 글, 420쪽.

**40** 정선태, 「입센주의 '번역'과 동아시아 근대성 – 후스와 루쉰의 경우」, 『오늘의 문예비평』 43, 2001 겨울, 81~105쪽 참조.

**41** 고승길의 입센 수용사 시기구분에 따르면, 1891년에서 1905년까지의 '입센 도입기'를 거쳐, 제2기 '입센의 유행기, 전성기'는 1906년에서 1926년까지로 잡고 있다. 제3기는 1928년 입센 탄생 백주년에서 1935년까지로 '입센의 재평가' 시기라고 보고, 제4기는 동경예술극장이 『인형의 집』을 공연한 1948년에서 입센 사후 50주년이 되는 1956년까지로 '전후 입센 수용기'라고 보고 있다. 고승길, 「한국 신연극에 끼친 헨릭 입센의 영향」, 『중앙논문집』 27, 1983, 303쪽 참조.

있다. 중국의 전통과 신문화의 불협화음 사이에서 근대화의 길을 찾던 중국 지식인들에게 입센의 사상은 하나의 가능성으로 비쳤던 것이다. 특히 5·4 신문화운동이 일어나던 중국의 시대적 분위기와 버나드 쇼의 입센에 대한 사회주의적 시각이 중첩되는 양상은 다분히 중국적 맥락의 현상이다.

한국에서의 입센 수용은 상당히 일본의 영향을 많이 받았다고 할 수 있다. 그러나 그렇다고 해서 중국의 영향 가능성을 아예 배제할 수는 없다. 최초로 '입센'이라는 작가의 이름이 소개된 글은 1909년 잡지 『소년』에 최남선이 번역하여 실린 우치무라 간조의 「지리학 연구의 목적―지리학과 미술, 문학」 이다. 여기에서 영국의 바이런, 프랑스의 위고와 졸라, 러시아의 톨스토이 등과 나란히 입센이 소개되는데, 노르웨이 작가라고 소개되지 않고 스칸디 나비아의 작가로, 자연주의 작가로 소개되었다. 이후 1910년 유옥겸이 쓴 『서양사교과서』에서 혹은 문예 관련 글들에서 '입센'이라는 작가명이 간간 이 거론되기는 했지만, 정작 그의 작품론이나 작품 번역은 1920년대에 와서 야 가능했다. 1920년 최승만의 글 「문예에 대한 잡감」(『창조』 통권 4호)에서 입센이 사회문제의 극작가로 짧게 소개되고 있고, 1921년 현철의 「근대문예 와 입센」에서 처음으로 입센론이 다루어졌다. 현철은 세계문학의 가장 중요 한 맥을 잇고 있는 인물로 입센을 평가하면서 근대문예를 알기 위해 입센을 알아야 한다는 것이다. 1924년 김우진의 「소위 근대극에 대하여」(『학지광』 통권 22호)라는 글에서도 입센의 중요성을 논하고 있다. 1926년 입센 사후 20 주년 기념하고, 1928년 입센 탄생 백 주년 기념, 그리고 1936년 입센 사후 30 주년 기념으로 보다 다각도에서 입센을 조명하는 글들이 발표되었다.

작품 자체는 양백화와 박계강의 공동 번역으로 『매일신보』에 『인형의 집』이 1921년 1월 25일부터 4월 3일까지 연재됨으로써 처음으로 접할 수 있었다. 이듬해 1922년 6월 25일에 양백화는 단독번역으로 『노라』라는 제목으로 영창서관에서 단행본으로 출판하였다. 이로부터 5개월 뒤인 1922년 11월 15일에 이상수가 『인형의 가(家)』라는 제목으로 한성도서주식회사에서 단행본으로 번역 출간하였고 1929년에 재판까지 나왔다. 이러한 인쇄매체를 통한 번역소개 이외에, 본래 극예술의 특성을 살려 공연형태로 소개된 경우는 1925년 9월 현철의 연출로 그가 설립한 조선배우학교의 졸업생들 중심으로 시연이 있었고, 이후 1926년 11월 근화여학교후원회 주관으로 공연되었으며, 1929년 5월 예술문화협회 경정지회가 후원하고 월간잡지사 중성사가 주관하여 공연되었다. 그리고는 1934년 4월에 『동아일보』학예부가 후원하고 극예술연구회 주관으로 이 작품이 다시 무대 위에 올려졌다. 극예술연구회가 주관한 마지막 공연에서는 박용철의 번역본이 대본으로 사용되었고 이 번역대본은 이후 1940년 『박용철 전집』2에 수록되어 동강당서점에서 출판되었다. 해방 이전까지의 입센의 한국수용을 보면, 총 3가지 혹은 4가지 번역본이 인쇄매체를 통해 보급되었고, 공연의 형태로는 4회 무대 위에 올려졌다. 사실 이는 근대극의 창시자라는 입센의 명성이나 유럽 혹은 가까운 일본과 중국의 입센수용에 비해 그리 많이 번역 소개되었다고 할 수는 없는 실정이다.[42] 그러나 한국 문단에 끼친 입센의 영향은 적지 않다. 한국의 노라였던 나혜석은 시의 형식으로 자신의 인형과 같은 삶을 성찰하기도 하였고, 평문 「지상선(至上善)을 위(爲)하야」를 쓴 염상섭과 같은 작가들은 노라의 영향을 자신의 작품 곳곳에서 드러내기도 하였다.[43] 입센의 작품과 동일한 형식, 즉 드라마로 번역되지는 않았어도, 다양한 형식의 문학 장르를 이용하여

---

42 이승희, 「입센의 번역과 성 정치학」, 『여성학 연구』 12, 2008, 4쪽 참조.
43 최인숙, 「염상섭 문학에 나타난 '노라'와 그 의미」, 『한국학 연구』 25, 2011, 195~225쪽.

입센의 영향을 보여준다. 단순히 번역의 형식은 아니지만, 오히려 번안·개작의 형태로 발표된 작품들에서도 입센의 파급력이 읽힌다. 그래서 1933년 5월 27일에서 동년 11월 14일까지 조선일보에 약 140회에 걸쳐 연재되었던 채만식의 소설 『인형의 집을 나와서』까지도 입센 작품의 한국적 수용으로 보아야 할 것이다. 이렇게 다양한 형태로, 장르를 전환하면서까지 번안되고 개작된 현상은 아마도 한국, 혹은 아시아에서는 입센의 작품에 담긴 '입센의 사상'을 수용하는 데에 중점을 두었다고 볼 수 있을 것이다.[44]

한국에서의 입센을 소개한 번역자들을 살펴보면, 주로 일본 유학의 경험이 있었다. 일본에서 입센의 유행기·전성기를 입센의 사후 20주년을 기념하는 1926년까지로 볼 수 있다면,[45] 한국에 입센론을 소개하고 처음으로 1925년 『인형의 집』 공연 연출을 맡았던 현철이나, 1934년 공연의 대본을 번역한 박용철은 이 시기 일본 유학 중이었다. 현철(1891~1965)의 경우, 1917년까지 일본에서 연극을 공부하고 직접 입센 작품이나 톨스토이 작품 등 배우역할도 경험해보았기에 이 시기 최소한 15편에서 16편의 입센 공연을 감상했을 뿐만 아니라 수많은 입센 이론서들을 접했을 것으로 추정하기도 한다.[46] 박용철(1904~1938)은 1923년부터 도쿄외국어대학에서 독문학을 공부하면서 다소 뒤늦게나마 입센주의 열풍의 잔열을 경험했을 것으로 보이고, 그의 번역 상에서 단서를 찾을 수는 없지만, 1926년 발족된 해외문학파의 일원이었기에 독일어 텍스트를 저본으로 삼았을 가능성이 높다. 입센작품을

---

44 중국에서도 후스가 중국의 문화적 맥락에 맞게 번안하여 『종신대사』를 썼듯이, 일본에서도 모리 오가이의 『청년』 등을 비롯해 입센의 영향을 받아 자신의 작품에서 변용한 경우가 많을 것이다. 이에 대해서는 별도의 조사연구가 필요하겠다.
45 고승길, 앞의 글, 303쪽 참조.
46 위의 글, 306면.

번역한 한국어 번역가 중 양백화나 박계강, 이상수가 일본 유학을 했을 거라는 단서는 찾을 수 없었으나 그들이 번역시 참조한 저본이 일역본들이므로 역시 간접적인 일본영향을 부인하기 어렵다. 양백화와 박계강은 공동으로 번역한 『매일신보』의 텍스트 아래 역자의 변을 추가하여 "시무라 호께스[島村抱月] 씨"의 번역과 "다카야스게꼬[高安月郊] 씨"의 번역, 즉 두 가지 일역본과 "마쥐손 쇠안 씨"의 영역본을 저본으로 한 중역임을 밝혔다.[47] 또한 양백화가 단독으로 영창서관에서 출판한 책에서 흥미로운 점은, 「역자언」에서 모정 때문에 집을 나가지 않는 독일어 번역의 결말 수정을 그대로 인용해서 옮겨놓고 있을 뿐만 아니라, 작가 입센이 이러한 결말 수정을 "야만의 폭행"이라고 일컬었다는, 이미 위에서 언급한 독일의 수용 양상까지 전하고 있다. 양백화가 독일어 버전까지 참조했다고 보기는 힘들지만, 적어도 이미 입센이 사망한 1906년 무렵 '입센열(熱)'이 강하게 일었던 일본에서 독일의 수용에 대해 상세히 소식을 접하고 있었다고 추정할 수 있겠고, 이는 한국에서의 입센 수용 역시 당시 대부분의 서양문학 수용과 마찬가지로 일본을 통해서 들어왔다고 볼 수 있겠다. 그러나 양백화의 경우는 일역본과 영역본을 번역시 참조했다고 밝히기는 했어도, 한국에서의 '중국문학통'으로 활동했을 뿐만 아니라, 그의 글 「유학 십 년(遊學十年)」에 보면 중국에서 유학생활을 했던 것으로 추정된다.[48] 중국으로 향한 그의 관심에 따라 중국에서의 입센주의에 대해 무관심했을 리 없다. 그의 문집을 출간한 김영복은 중국의 호적과 그 제자들이 번역한 중국판 『노라』를 중역했을 거라고 추정한다.[49] 채만식의

---

47  양백화, 「인형의 가 — 역자의 변」, 『매일신보』, 1921.1.25.
48  양백화, 「遊學十年」, 『양백화문집』 3, 서울, 1988, 30쪽; 정선경, 「근대시기 양건식의 중국고전 소설 번역 및 수용에 관하여」, 『중국어문학논집』 73, 2012.4, 355쪽 참조.
49  김영복, 「백화의 문학과 그의 일생」, 『양백화문집 1 — 소설·번역소설』, 서울, 1988, 287쪽 참조.

소설에서는 주인공 노라가 아우구스트 베벨의 『부인론』을 읽을 뿐만 아니라 결국에는 건강한 노동자로 거듭나면서 그녀 앞에 있는 한국과 일본의 이중적 남성지배를 직시하는 것으로 보아, 중국의 5·4신문화운동의 맥락에서 수용되었을 사회주의적 입센주의 시각을 공유하는 경향도 부인할 수 없을 것이다.

## 3. 번역·번안된 '노라'와 근대화 과정들

입센의 『노라 혹은 인형의 집』이 전 세계적으로 번역되면서 여러 국가와 문화의 경계를 넘어 수용되었다. 소위 "원본"을 묻는다면 노르웨이어로 입센이 쓴 텍스트이다. 이 텍스트가 그 출발문화(source culture)를 떠나 시기적, 공간적으로 그 콘텍스트를 달리하며 각기 도달문화(target culture)에서 "다시 쓰이고"(즉 번역되고), 새로이 읽히는 과정을 거치면서 유럽에서 아시아로까지 전해진다. 입센의 『노라』가 아시아에, 제일 먼저 일본에 도착하게 된 것은 단순히 입센의 작품 『노라』, 즉 그 '텍스트'의 도착만을 의미하지는 않는다. 그 텍스트가 내포하고 있는 문화의 전이이고 그 전이된 문화 자체가 아시아의 문화적 맥락에서 출발문화의 것과 유사하면서도 동시에 다르게, 혹은 새롭게 변이되는 것을 볼 수 있다. 아시아, 즉 일본, 중국 그리고 한국에서의 입센 사상은 유럽과 어떻게 수용되었는가?

## 1) '개인', '개인주의' 담론의 맥락에서

'개인', 혹은 '개인주의'라는 개념들은 서구에서는 '근대'를 떠올리면 거의 자동적으로 함께 수반되는 개념이다. 반면에 아시아에서는 '근대' 혹은 '근대 형성'을 떠올리면 우선적으로 '개화'나 '계몽', 혹은 '국가'나 '민족'을 생각하기 마련이다. 아마도 '개인' 내지 '개인주의'를 핵심요소로 내포하고 있는 '근대'라는 것이 서구의 산물인데 반해, 아시아에서는 대체로 '근대화'가 서구의 외압 내지 무력으로 시작된 역사, 혹은 국권상실 및 식민지 체제 경험과 맞물리면서 개인인 '나'보다 모두 함께 합심하여 우선 나라를 발전시켜야 한다고 생각했거나, 민족이나 국가의 문제를 중심으로 '근대화'를 생각해왔던 경향도 없지 않을 것이다.[50] 이 개념의 역사나 담론사를 거론하기 보다는 입센의 작품을 중심으로 생각해보고자 한다.

중산층 평범한 가정의 노라는 경제영역에서 남편의 수입에 의존해있을 뿐 소유권이 없다. 서구 근대사회에서 '개인'의 개념이 국가나 공동체가 간섭할 수 없는 개인 소유의 영역이 형성되고 보장되는 개인 소유권의 문제와 밀접히 연관되어 있음을 상기해보면, 노라는 결함이 있다. 그녀 개인적으로 보장된 소유권이 없기 때문에 그녀는 합법적인 효력을 발생할 수 있는 '사인'의 권한이 없다. 이는 경제적, 법적, 정치적인 영역에서 그녀는 배제된 존재임을 의미한다. 그러면서 도덕적 영역에서는 남편의 아내로서, 아이들의 어머니로서의 전통적인 성역할을 이상화하여 그녀의 "신성한 의무"라고 요구한다. 그런데 문제는 그녀의 '신성한 의무'를 수행하자면 범법자가 될 수밖에

---

50  박주원, 「『독립신문』과 근대적 '개인', '사회' 개념의 탄생」, 『근대계몽기 지식개념의 수용과 그 변용』, 소명출판, 2008(2004), 128쪽 이하 참조.

없는 구조이다. 그녀가 자신의 신성한 의무를 다하느라, 병든 남편을 살리기 위해, 죽어가는 아버지에게 걱정을 끼치지 않기 위해 위조 사인을 하고 돈을 빌렸던 것이다. 최소한 감정적인 차원에서는 그녀 개인의 감정에 충실했다고 하자. 사랑하는 남편을 위해, 그녀의 '신성한 의무'를 수행하기 위해, 가정을 지키기 위해 그녀는 범법을 할 수밖에 없었다. 심지어 출입문에 달린 우편함의 열쇠를 남편 헬머만 가지고 있고 그녀는 우편함에 대한 권한조차 없다. 전적으로 바깥의 세상에 대해서는 소통의 권한도, 소유의 권한도 없었다.

그러면 가정이라는 최소단위의 공동체 내에서 그녀에게 요구되는 "신성한 의무"의 토대인 소위 '가족사랑'이라는 개인적인 감정의 가치가 소외되고 배제된 바깥의 모든 영역에 대한 권한을 보상해줄 수 있을 만큼 동등한 가치로 인정받고 있는가? 그렇지 않다. 그랬더라면 사건의 진상이 표면화되었을 때 헬머의 태도가 달랐어야 한다. 그는 아내의 진심이나 감정차원 따위는 안중에도 없었고 이 사건으로 인해 그의 명예에 그어질 금, 바깥의 시선, 체면에만 급급하더니 크로그스타 측에서 차용증을 되돌려줌으로써 문제가 해결되자 아내의 모든 죄를 용서해주겠다고 급변한다. 그의 위선적인 이런 태도는 바깥의 사회적 시선과 지위와 그 자신이 누리고 있는 권한들의 노예와 다를 바 없는 모습으로, 진정 자율적이고 자유의지를 지닌 개인의 모습과는 거리가 있다. 그래서 입센은 이 극을 노라의 자각에만 초점을 맞추지 않고 인간 모두의 진정한 해방을 문제로 제기하는 것이라 할 수 있다.

이렇게 볼 때, 이 드라마가 보여주는 '인간으로서 개인의 자각과 발견'이라는 문제를 북독일의 초기 수용에서는 이해받지 못했던 것이다. 그래서 북독의 수용자(번역자 포함)들은 "번역"과정에 작가로 하여금 "개작"을 강요했던 것이다. 이 작품의 출발문화와 시공간적으로 멀리 떨어지지 않았던 유럽 내에서 오히려 이 작품에 대한 몰이해 현상이 보였던 것이다. 이와는 달리 중국의 수용사례에서 보면, 후스는 입센을 소개하는 이유가 바로 '건실하고 완전한 개인주의'를 입센을 빌어 말하고자 했다.

나는 「입센주의」라는 제목의 평론을 쓰기로 했는데, 여기에 『신청년』의 전 구성원이 공유하던 신념, 즉 '건실하고 완전한 개인주의'에 대한 우리의 헌신을 명료하게 표현하기 위해 입센의 말들을 빌어다 썼다. 입센은 이렇게 말했다. "당신이 가져야만 한다고 내가 가장 크게 바라는 것은, 진실하고 순수한 형식의 자아중심주의다. 때로 당신 자신의 요구가 가장 중요하며 그 밖의 것은 아무런 상관이 없다는 느낌을 가졌으면 한다."[51]

후스의 번안 창작극인 『종신대사』도 입센의 원작과 출발문화를 충실히 이해하고 도달문화인 중국의 현실을 제대로 진단하고 있어서 원작의 의도를 살리면서 중국의 현실에 맞게 "개작"한 것이라 볼 수 있다. 앞서 언급했듯이, 『종신대사』에서는 중국판 노라가 개인의 감정을 존중하지 않는 전통 혼례문화에 대한 대립구도를 통해 개인의 문제를 다루고 있다. 그러나 신문화운동 시기에 '쯔워(자아)' '꺼런(개인)', '꺼런주이(개인주의)'와 같은 신조어들이 유행을 했으나 제대로 발흥할 수 없었고, 그 까닭은 중국과 서양 사이에 있었던 접촉의 폭력성이 근대적 국민을 자아보다 우위에 두도록 강제하기 때문이라고 종종 언급된다. 다시 말해 일반적으로 개인의 자유, 개인주의를 내포하는 계몽의 근대기획을 위태롭게 만드는 것은 5·4민족주의라는 것이다. 그러

---

51 후스, 「導言」, 리디아 리우, 민정기 역, 『언어횡단적 실천』, 소명출판, 2005(1996), 147쪽 재인용.

나 5·4신문화 시기 '개인'의 개념에는 늘 '민족, 국가, 사회'와 같은 개념들과 연관되어 있기는 하지만, 이는 서양의 원본 개념 역시 그런 외재적 고려로부터 자유롭지 못하기 때문에, 바로 중국개념은 서양 원본개념의 왜곡 혹은 오류로 보는 것을 거부하는 시각도 있다.[52] 이런 시각은 근대성 비판과 관련하여 고려해볼 만한 제안이라고 본다.

그러면 한국에서 입센 수용과 관련하여 '개인', '개인주의'의 문제는 어떻게 이해되고, 어떻게 옮겨졌을까? 번역본들의 앞뒤에 덧붙여진 부가텍스트들을 살펴볼 필요가 있다.

최초로 양백화와 박계강이 공동으로 번역하여 『매일신보』에 연재했던 경우에는 첫 회분에 번역의 저본으로 삼은 텍스트에 대한 정보나 "드라마" 장르를 신문연재의 형태로 하는 것에 대한 역자의 견해를 전하고 있다. 마지막 회에서 부가텍스트로 나혜석의 노랫말과 김영환의 곡으로 〈인형의 가〉라는 노래가 인쇄되어 있다. 신여성이었던 나혜석의 텍스트는 입센의 "노라"가 자각한 문제를 그녀 자신의 개인사에서 인식하고 통감하며 시의 형태로 쓴 것이다. 그녀 또한 "아버지의 딸인 인형으로 / 남편의 아내 인형으로 / 위안물로 살았노라"며 자신의 생을 성찰하고 자각한다. 긴 드라마 형식을 취하지는 않았고 짧은 시의 형태를 취하긴 했어도 입센의 근본적인 문제제기를 제대로 인식하고 옮겨 놓았다고 본다. 또한 『매일신보』의 연재가 1921년 4월 3일자로 끝나고 사흘 뒤, 4월 6일부터 9일까지 양백화가 쓴 「〈인형의 가〉에 대하여」라는 제목의 비평을 싣고 있다. 이 연재기사에서 양백화는, 입센 자신의 의도는 여성운동이 아니었다는 연설문도 번역소개하고 있고 독일 등 유

---

52  리디아 리우, 민정기 역, 『언어횡단적 실천. 문학, 민족문화 그리고 번역된 근대성—중국』, 소명출판,  2005(1996), 155쪽.

럽에서 이 작품의 공연 시에 야유를 퍼붓는 관객의 반응에 대해서도 소개하고 있다. 그러면서 결말 수정을 요구한 독일의 수용현상에 대해 "원문의 정신을 파괴하여 극히 천박한 것이었도다"라고 비판한다. 그는 기본적으로 개인의 자각 및 부녀자와 노동자의 자각까지도 필요함을 논하고 있다. 그의 글에는 개인의 발견이라는 측면과 동시에 사회계몽적인 측면을 모두 함의하고 있다.

1922년 6월 양백화가 단독으로 번역 출간한 책의 앞뒤에는 다수의 부가텍스트가 수록되어 있다. 나혜석의 「노라」라는 제목의 노랫말이 실려 있고, 그 다음 페이지에는 그 노랫말에 백우용이 곡을 붙였다. 나혜석의 노랫말은 『매일신보』에 실린 〈인형의 가〉와 유사하다. 운정생(김정진)이 쓴 서문이 3페이지 가량의 분량으로 실려 있고, 춘원 이광수가 「노라야」라는 제목으로 4페이지에 달하는 글을 썼다. 그 다음에는 양백화가 「역자언」이라는 역자의 변을 7페이지에 걸쳐 쓰고 있다. 입센의 사진도 실려 있다. 작품 번역텍스트가 게재된 다음엔 맨 뒤에 2페이지에 걸쳐 김일엽이 발문을 썼다. 이 책의 부가텍스트에는 당시의 다양한 목소리들이 수록되어 있는 것이다. 양백화의 「역자언」에는 근대극의 대표자 입센과 그의 작품에 대한 소개, 독일의 결말 수정본 등 일반적인 정보가 들어 있고, 운정생의 서문에는 당시 문단의 상황, 특히 과거나 생활에서의 문제를 성찰할 줄 모르는 세태를 비판하면서 입센이 묘사하는 현실의 문제를 보고 독자들이, 특히 여성독자들이 노라를 참으로 이해하고 자각할 수 있기를 바라고 있다. 이 두 편의 글은 번역서에서 흔히 볼 수 있는 부가텍스트들이다. 이 책의 부가텍스트들 중에서 특별히 흥미로운 것은, 신여성 나혜석의 노라적 각성을 시화한 목소리와 당시 민족작가의 대표자인 춘원 이광수의 나무라는 듯한 가부장의 목소리가 서로 대립극을 이루고 있다는 점이다(이에 대해서는 아래에서 살펴볼 것이다). 당시 노라이즘에 대한 담론들을 고스란히 담고 있는 듯하다. 5개월 뒤인 1922년 11월에 출간된 이상수의 번역본에서는 역자 갓별이 쓴 「머리글」이 유일한 부가텍스트이다. 갓별 이상수는 입센의 이 작품이 "부인문제보다도 오히려 한층 더 깊히 인생전반의 문제를 파뒤집"은 것으로 설명하고, 노르웨이의 여성단체에서 한 연설의 내용을 전하고 있다. 또한 이 극이 다양한 인생의 문제를 내포하고 있어 관객들 사이에 논란을 일으키는 문제극이라고 하면서 독자들에게 이 작품을 단순한 오락거리로 읽지 말고 "진심으로 우리 인생의 가장 큰 이 문제를 갓치 연구하며 보아줍시사하노라"는 부탁의 말을 덧붙이고 있다.

이렇게 보면 한국의 초기 번역자들은 입센의 이 작품이 여성의 자각만이 아니라 인간 모두의 자각, 나아가 사회계몽 차원의 의미를 읽어냈다고 할 수 있다. 또한 입센론을 최초로 1921년에 소개했던 현철도 입센의 '개인주의'에 대해 보다 명확하게 설명하였다. 남이야 어떻든지 간에 나만 좋으면 그만이다는 식의 '이기적인 개인주의'를 의미하는 것이 아니라고 꼭 짚어 말하면서, "개개인의 자각, (…중략…) 자각한 남자! 자각한 여자! 이것이 입센의 중심 생명이올시다"라고 주장하고 있다.[53] 현철도 일찌기 '자각적인 생활'과 '사회의 개선'에 대한 입센의 의도를 꿰뚫어 보았다고 할 수 있다. 당시 '개인'의 문제, 이에 대한 사유를 보다 집중적으로 개진하고 자신의 작품에도 반영한 작가가 바로 염상섭이다. 그는 자신의 평문 「지상선(至上善)을 위(爲)하야」(1922)에서 입센의 노라를 자아혁명의 모델로 보고 예수에까지 비교하고 있다.[54] 그는 전래적인 가정제도를 예리하게 분석하면서 노라와 같은 자각, 자아발

---

53 현철, 「근대문예와 입센」, 『개벽』 제7호, 1921.1.
54 염상섭, 「至上善을 爲하야」, 『신생활』 9월호, 1922.

견의 필요성을 설득력 있게 밝히고 있다. 이때 염상섭은 아나키스트적 개인주의 사유를 독보적으로 개진한 독일철학자 막스 슈티르너(Max Stirner, 1805~1856)의 『유일자와 그의 소유(*Der Einzige und sein Eigentum*)』[55]를 인용하면서 '자아발견'이 곧 "근대문명의 정신적 일대수확"이요, 개성이 자유롭게 표현되는 곳에서 비로소 완성되고 실현되는 '자아 혁명'이 곧 "지상선"이라고 본다. 이를 위해서는 노라처럼 "타협하지 않는 용기"가 필요하다는 것이다.

중국에서 '개인'이라는 개념은 특히 5·4신문화운동의 맥락에서는 '민족', '사회', '국가'에 대한 개념과 연관되어 있다고 리디아 리우가 지적했듯이, 한국에서도 이런 '개인의 자각', '자아의 자각과 실현'은 '일제 강점기'라는 시대상황에 대한 인식과 연동되어 있었던 듯하다. 번역자 양백화와 이상수는 이 작품을 여성의 자각 문제로만 보지 말고 노동자의 자각도 언급했을 뿐만 아니라 사회전반, 인생전반의 변혁이 필요함을 암시하고 있다. 입센의 '노라'를 민족적 각성으로 읽는 경우는 최근 탈식민의 논리에서만 비롯된 독서법[56]이 아니었다. 이미 당시 심훈은 "조선(朝鮮)에서는 한 사람의 '노라'를 아즉가지 보지 못하엿슬 뿐 아니라 돌이어 '노라'와 가튼 남성(男性)이 쏘다져 나와야 할 시기(時機)에 잇지 안흔가"[57]라고 시대인식의 차원에서 노라와 같은 각성을 요청하고 있다.

이와 같이 20세기 초 중국이나 한국에서의 개인주의 담론 맥락에서 입센의 노라 수용 양상을 볼 때, 시기적으로나 공간적으로 원작의 츨발문화에 더

---

55 일본에서 쓰지 준이 완역했고, 그 버전은 1921년 改造社에서 발간되었으며 쿨과 몇 년 사이에
　　재판(1922), 개정판(1925)이 나왔다. 또한 이화여대 중앙도서관에는 동경의 춘광사(春秋社)에
　　서 발행한 『세계사상사전집』의 한 권으로 1928년도 번역본이 있다. 이런 사실들로 미루어보
　　아 막스 슈티르너의 철학은 당시 상당히 주목을 받았던 것으로 보인다.
56 이승희, 앞의 글 참조.
57 심훈, 「입센의 문제극」, 『조선일보』, 1928.3.20.

가까운 19세기 말 유럽에서의 수용 양상보다 훨씬 더 작가의 의도를 더 잘 이해하고 파악했을 뿐만 아니라 '개작' 역시 각 문화권에서 작가의 이념을 보다 더 잘 표현할 수 있는 맥락에서 개작이 되었지, 독일 초기의 개작처럼 작품에 대한 "야만적인 폭행"이 보이지 않는다. 문학 작품으로 형상화된, 소위 '서구발 근대'의 단면이 여러 문화적 경계를 넘으며 번역되는 과정을 통해 수용될 때 비서구, 비유럽권으로 옮겨지고 번역된다고 해서 그것이 소위 '원본'에 대한 오해 내지는 왜곡, 혹은 저급한 모방이라고 말할 수 있는 근거는 무엇인가? '근대'를 성찰하는 패러다임에 있어서 반듯이 "서구발 확산모델"식으로 생각해야 할 필요는 없지 않을까?[58] "근대의 단일성과 다원성(Die Vielfalt und die Einheit der Moderne)"[59]를 동시에 포착하는, 즉 전통과 근대, 서구와 비서구의 단절적 이분법을 극복하는 패러다임 모색이 과연 불가능한 작업만은 아닐 것이다.


## 2) '신여성' 담론의 맥락에서

입센의 『노라』 번역을 통해 그 문화적 파장을 함께 고려하면서 '근대'를 생각할 때, 간과할 수 없는 사실은, "서양의 근대는 '남성들만의 근대'였다"[60]는 점이다. 다시 말해 근대성은 남성들에겐 다양한 의미를 부여하고 새로운 영

---

58 강내희, 「근대성과 번역」, 『비평과 이론』 14-1, 2009, 6쪽 참조.
59 Thomas Schwinn(Hg.), *Die Viefalt und Einheit der Modern; Kultur-und strukturvergleichende Analysen*, Wiesbaden, 2006.
60 박지향, 『일그러진 근대 —100년 전 영국이 평가한 한국과 일본의 근대성』, 푸른역사, 2009(2003), 38쪽.

역을 열어주었지만, 여성에게는 새로운 정체성을 부여한다면서 실제로는 전통적 가치를 재확인하고 기존의 속박에 묶어둘 뿐이었다. 바로 이러한 젠더적 시각에서의 근대 성찰은 근대의 발원지인 서구나 서구의 근대를 번역한 비서구에서 모두 유사하게 나타나는 문제이다. 즉 유럽이나, 아시아에서도 혹은 식민지배국이나 식민피지배국에서도 여성은 근대의 수혜를 빗겨갔다. 바로 그 예를 입센의 『노라』가 불러일으킨 노라이즘 현상에서 생각해볼 수 있다.

우선 1922년 양백화가 번역한 『노라』의 부가텍스트로 삽입된 나혜석의 「노라」와 춘원 이광수의 「노라야」를 보면, 거의 유일하게 목소리를 낸 신여성 나혜석의 목소리는 근대적 개인으로 자각한 노라의 목소리이다. 지금까지 아버지의 인형으로, 남편의 인형으로 살아왔지만, 남편의 아내, 자녀의 어미이기 이전에 "나는 사람이라네" 하고 깨닫는다. "자유의 대기 중에 노라를 노하라", "새날의 광명이 빗첫네"라며 희망찬 "새날"을 노래한다. 아버지와 남편으로 상징되는 가부장 사회를 향해 자유의 대기 중에 순순히 노라를 놓아줄 것을 요구하는 노래를 통해서 이 글의 화자인 나와 노라는 완벽하게 동일시되고 있다. 가장 성스러운 임무는 남편에 대해서도 자식에 대해서도 아닌 자기 자신에 대한 임무이며 이는 노라의 마지막 선언과 그대로 일치하는 것이다.

그런데 앞서 살펴보았듯이 번역가들이 독자들에게 이 작품을 단순한 오락거리로 읽지 말고 "진심으로 우리 인생의 가장 큰 이 문제를 갓치 연구하며 보아줍시사하노라"는 부탁의 말을 덧붙이고 있다. 어쩌면 식민지 상황 속에서 조선인들이 노라처럼 근대적 주체, 근대적 개인으로 눈을 뜨기를 번역가들은 바랬을지도 모른다. 그러나 막상 '조선인'이 아니라 '조선의 여인들'이

노라처럼 근대적 주체 내지 개인으로 자각하는 일은 혼쾌히 환영하지 않았다. 춘원 이광수 글의 제목이 "노라야"라고 하대하듯 신여성을 부르고 있다는 데서도 짐작할 수 있다. 제목에서만이 아니라 춘원은 노골적으로 말한다.

> 노라야! 너는 한 가지를 더 깨달아야 한다. 네가 '나는 사람이다!' 하는 깨달음은 하느님도 능(能)히 막지 못할 당당(堂堂)하고 당연(當然)한 깨달음이다. (…중략…) 그러치마는 너는 한걸음을 내켜서 '나는 계집이다!' 하는 자각(自覺)을 어더야 되고 인(因)하여 '나는 안해다!' '나는 어미다!' 하는 자각을 어더야된다. 이에 비롯오 네 개성(個性)이 완성(完成)하는 것이다! (…중략…) 노라야 조선(朝鮮)의 딸들에게 크게 소리쳐 '사람'으로 깨어 세계(世界)의 넓은 마당에 나오게 하여라. 그러나 계집으로 깨어 다시 규문(閨門) 안으로 드러가게 하여라. 다만 그 규문은 여비(女婢)의 옥(獄)이 아니오. 여황(女皇)의 대궐(大闕)이 되게 하여라.[61]

나혜석의 자아, '나'가 깨달은 성스러운 "자기 자신에 대한 임무"를 춘원은 다시금 헬머가 떠나는 노라에게 상기시켰던 "신성한 의무", 즉 남성들에 의해 이상화된 "어미로서, 아내로서의 의무"로 되돌려 놓고 있다. 이는 조선의 노라를 다시금 가정의 울타리 안으로 재배치하고자 한다. 당시 민족주의자들이 신여성을 향해 비판의 소리를 냈던 논리와 동일하다.[62]

채만식이 입센의 『노라』를 장르를 바꾸어 『인형의 집을 나와서』라는 제목의 장편소설로 '옮겼다'. 조선의 노라 임순이가 인형의 집을 나온 뒤 당시 현실상황에서 접할 수 있는 숱한 고난과 역경, 심지어 자살시도까지 하고 나

---

61 춘원, 「노라야」, 입센, 양백화 역, 『노라』, 영창서관, 1922.5, 7쪽.
62 박지향, 앞의 책, 40쪽.

서 건강한 노동자의 모습으로 거듭 태어났으나, 그녀가 맞싸워야 하는 상사로서 전남편과 그 회사의 사주 일본인을 마주하는 구도에서 당시 조선의 노라가 처한 상황을 선명하게 제시하고 있다. 조선의 노라는 본인이 사람임을 깨달아도, 근대적 개인으로 자각해도 이중의 가부장적 굴레, 즉 조선사회의 전통적 가부장과 그 위에 군림하고 있는 식민지배자 혹은 남성중심의 지배질서에 대응하지 않으면 안 되는 현실이었다. 입센의 『노라』가 번역이나 공연에 있어서 그 사회적 반향만큼 많이 활성화되지 않은 이유도 이러한 억압적 젠더정치의 연속에서 검열로 공연을 금하였다.

이러한 조선의 노라 아닌 노라들의 모습은 사실 식민지배자 일본사회의 신여성들과 크게 다르지 않다. 나혜석의 평탄하지 못하고 굴곡진 삶처럼, 일본에서 노라 역을 맡았고 실제 일본의 노라로 살았던 여배우 마쓰이 스마코[松井須磨子]의 삶 역시 일본 남성중심 사회의 시선 속에서 순탄하지 않았다. 일본 전통극에서는 여성이 배우로서 무대에 설 수 없었으나 신파극이나 세익스피어 연극에서 게이샤 출신의 여자배우가 등장했고 이후 신게키의 첫 여배우가 바로 노라의 역을 맡았던 마쓰이 스마코이다. 입센극을 통해 일본의 극문화는 근대화의 과정을 밟지만 그 여배우 마쓰이 스마코나 일본 여성들의 삶도 한국 여성들의 삶 못지 않게 굴곡진 길을 걷게 된다. 스마코는 어느 인터뷰에서 여배우로서 자랑스러울 때가 언제냐는 질문에 일본사회에서 전문직 여성으로, 여성 예술가로 살아가는 것은 끊임없는 치욕의 연속이라고 답했다고 한다.[63] 결국 자살로 생을 마감한다. 서양의 근대나, 그것을 "번역해온" 일본의 근대는 남성의 근대였기 때문이라고 보아도 지나치지 않을

---

63  최성희, 「입센과 동아시아의 신여성―마쓰이 수마코와 나혜석의 경우」, 『한국연극학』 30, 2006.9, 227쪽 참조.

것이다.

신여성의 담론에서 이 작품의 수용 양상을 생각해보면, 아시아의 여성들도 노라와 같은 각성의 필요성을 인식했기에 한편으로는 '신여성', '모던 걸'의 문화를 이끌었다. 그러나 다른 한편으로 전통적인 가부장 문화는 그들이 넘어야 할 산이었다. 이는 유럽의 여성들에게도 마찬가지였다. 여성의 입장에서는 유럽의 여성이나 일본의 여성이나 한국의 여성이나 마찬가지로 자유와 개성의 발현에 있어서 남성들의 지배 아래서 그 운신의 폭이 제한되었었다. 식민제국으로서 일본의 근대를 이끌었던 일본 남성들이나 유럽의 식민제국 남성들 사이에는 모종의 닮음꼴이 있었던 것과 마찬가지이다. 일본의 근대는 남성중심의 지배질서였던 서양의 근대를 '번역해오면서' 배웠기 때문이다. 그러나 아시아에서 식민제국인 일본의 여성들과 식민피지배의 한국 여성들 사이에는 차이가 있다. 바로 채만식의 소설에서 그려졌듯이 한국의 전통적인 가부장 위에 또 하나의 지배층으로 일본인 사장이 자리하고 있는 이중지배질서 아래 한국의 여성들은 있었기 때문이다. 각 개개인의 각성과 자아발견의 필요성 인식 이외에 이러한 구조적 인식과 깨달음을 입센의 '노라'가 아시아에서, 한국에서 기여한 바일 것이다.


## 4. 유동하는 이념 혹은 상호문화적 소통으로서의 문학번역


19세기 말 유럽에서, 20세기 초 아시아에서 입센의 『인형의 집』 번역과 그 수용 양상을 살펴보면서 한 작품 텍스트의 '번역'은 곧 문화적 전이 및 변이를 수반함을 확인할 수 있었다. 19세기 말 유럽에서 보여준, 이 작품에 대한 보수적인 수용 양상에 비해 오히려 20세기 초 아시아에서는 이 작품 텍스트를 다양하게 '번안' 혹은 '개작'하면서, '근대적 자아의 각성'이라는 원저자 본래 의도를 자문화의 맥락에 맞게 변형·수용했다. 이렇게 보면 20세기 초 아시아에서의 수용이 원작에 더 다가갔다고 할 수 있지 않을까? 설사 그것이 형식적으로 다른 장르매체를 활용했다고 하더라도 말이다. 그러나 젠더적인 관점에서는 유럽에서든 아시아에서든 여성들은 마찬가지로 근대의 수혜를 빗겨갔다. 오히려 근대적 자아를 발견한 신여성들의 경우조차 전통적인 문화의 벽에 부딪혀 힘든 삶을 살 수밖에 없었다.

'번역'을 어떻게 이해해야 하는가? 전통적인 의미에서라면 "하나의 이원적인 현상(ein binäres Phänomen)"[64]으로 이해해왔다. 즉 모든 번역과정에서는 항상 '한 언어로 된 원본텍스트'와 '다른 언어로 된 그 이차적인 생산물'이라는 두 가지 요소가 있다고 생각해왔다. 이미 오래전부터 언어적 등가성의 한계가 거론되어왔다. 이렇게 번역을 이해하면, 언어적 등가성의 문제 이외에도 '원본'에 대해 '번역'이 갖는 관계가 모든 번역을 결정적으로 규정한다는 문제가 있다. 이런 경우에는 번역주체의 존재나 번역행위 자체를 간과하는 경향이 있다. 마치 한 언어에서 다른 언어로의 이행이 투명하게 이루어질 수 있는 것처럼, 마치 그 사이에 번역자가 존재하지 않는 것처럼 말이다. 이런 경우 원본과 그 이차적인 생산물 사이의 관계는 대칭적이지 않을 수 있다. 혹은 비대칭적이거나 위계적일 수도 있다. 원본의 관점에서만 보게 되면 그 이

---

64 Boris Buden · Stefan Nowotny, *Übersetzung : Das Versprechen eines Begriffs*, Wien, 2008, S.16.

차적인 생산물은 옳거나 틀리다고, 이해했거나 이해하지 못했다고 원본의 시각에서 판단을 내릴 수도 있다. 예컨대, 이러한 전통적인 번역의 이해를 근대화 과정이라는 역사적 맥락에서 생각해본다면, 소위 근대, 혹은 근대화 는 서구에서 비서구로 옮겨진, 번역된 것이다. 다른 말로 하면, 근대의 본질 적인 근원은 서구세계의 근대이고 그것이 제국주의적이든 식민주의적이든 간에 비서구 세계로 옮겨졌다고 생각할 수 있다. 그러면서 비서구의 근대 번 역은 '모방' 혹은 '오해' 혹은 '짝퉁'이라는 식의 폄하적 평가를 내리기도 한다. 그러나 누가, 무엇을, 어떻게 번역하느냐의 문제는, 원본의 시각에서만 판단 을 내릴 수 있을 정도로 그리 간단하지 않다. 거기엔 복합적인 사항들, 역사 적 조건들, 문화적 맥락들이 시간차, 공간차를 두고 상호작용하는 가운데 이 루어지 때문이다. 최소한 본 글의 입센 수용사 비교 결과를 생각해 본다면 이 러한 문제를 제기하기에는 충분했다고 본다.

어떤 개념, 혹은 어떤 가치, 혹은 어떤 문학텍스트가 언어와 문화적 경계 들을 넘나들며 수용되고 어느 도달문화 안에서 옮겨지거나 다시 쓰이거나 새로이 창조되는 현상을 포괄적으로 고려하기 위해 그 과정에서 이루어지는 '번역'의 개념을 확대할 필요가 있다. 그러나 문제는 얼마나, 어떻게 확장된 번역 개념을 정의해야 하는가이다. 번역은 원본과의 대화 그 이상일 뿐만 아 니라 도달문화에 있는 다른 텍스트들과의 상호문화적 소통현상이기도 하다. 하나의 문학텍스트가 상호문화적 소통을 위한 매체이고 그 번역은 상호문화 적 소통의 수행적 실천의 한 양상이라고 한다면, 혹 사카이 나오키의 번역개 념을 문학번역에 적용해 볼 수 있을까? 그는 '수신자가 발신자의 메시지를 받 을 때는 언제나, 그리고 그들이 이주자로서 이질적인 언어문화 사이에 서 있 는 한, 그들이 무언가를 읽거나 들을 때는 언제나 '번역'이 일어난다'고 말함으로써,[65] 번역의 개념을 확장시켰다. 아니면 원본과 번역본 사이의 관계를 설명하기 위해 발터 벤야민의 "접선(Tangente)"-메타포가 도움이 될까? 즉 둥근 원(= 원본)을 한 점에서만 만나고 그 이후에는 독자적으로 자신의 길을 따르는 접선과 같은 것이 번역이라고 볼 수 있을까? 이렇게 보면, 원본도, 번역도, 원본의 언어도, 번역의 언어도 고정된 불변의 카테고리가 아니라 시간과 공간 속에서 끊임없이 변할 수 있는 카테고리로 설명될 수 있지 않을까? 번역, 중역, 문학번역, 문화번역에 대한 이론적인 논의는 좀 더 정치하게 이루어져야 할 과제이다.

---

65  사카이 나오키, 후지이 다케시 역, 『번역과 주체』, 이산, 2005, 55~56쪽 참조.

# 참고문헌

## 자료


Ibsen, Henrik, "Nora. Ein Puppenheim. Et dukkehjem", *Zweisprachige Ausgabe Deutsch Norwegisch*, Frankfurt a. M. : Ondefo, 2006.

이브센, 헨릭, 이상수 역, 「인형의 家」, 1922.

입센, 헨릭, 박용철 역, 「인형의집」, 『박용철 전집』 2, 동광당서점, 1940.

__________, 양백화 역, 『노라』, 영창서관, 1922.


## 논저


강내희, 「근대성과 번역」, 『비평과 이론』 14-1, 2009.

고승길, 「한국 신연극에 끼친 헨릭 입센의 영향」, 『중앙논문집』 27, 1983.

김영복, 『양백화 문집 1 — 소설·번역소설』, 서울, 1988.

김종진, 「중국 근대극의 입센수용과 극복」, 『중국 현대문학』 39, 2006.12.

리디아 리우, 민정기 역, 『언어횡단적 실천 — 문학, 민족문화 그리고 번역된 근대성 — 중국』, 소명출판, 2005(1996).

박주원, 「『독립신문』과 근대적 '개인', '사회' 개념의 탄생」, 『근대계몽기 지식개념의 수용과 그 변용』, 소명출판, 2008(2004).

박지향, 『일그러진 근대 — 100년전 영국이 평가한 한국과 일본의 근대성』, 푸른역사, 2009(2003).

배연희, 「후스의 『종신대사』에 나타난 입센의 수용과 변형」, 『중국학 논총』 17, 2004.

사카이 나오키, 후지이 다케시 역, 『번역과 주체』, 이산, 2005.

스가이 유키오, 서연호·박영산 역, 『근대일본연극 논쟁사』, 연극과인간, 2003.

심훈, 「입센의 문제극」, 『조선일보』, 1928.3.20.

아놀드 하우저, 백낙청·염무웅 역, 『문학과 예술의 사회사』 4, 창작과비평사, 2009(1999).

양백화, 「인형의 가 — 역자의 변」, 『매일신보』, 1921.1.25.

염상섭, 「至上善을 爲하야」, 『신생활』 9월호, 1922.

이상우, 「입센주의와 여성, 그리고 한국 근대극 — 1930년대 입센주의의 한국수용과 창작극의 관련양상」, 『현대문학의 연구』 25, 2005.


"

이승희, 「입센의 번역과 성 정치학」, 『여성학연구』 12, 2008.

정선경, 「근대시기 양건식의 중국고전소설 번역 및 수용에 관하여」, 『중국어문학논집』 73, 2012.4.

정선태, 「입센주의 '번역'과 동아시아 근대성 ― 후스와 루쉰의 경우」, 『오늘의 문예비평』 43, 2001 겨울.

최성희, 「입센과 동아시아의 신여성 ― 마쓰이 수마코와 나혜석의 경우」, 『한국연극학』 30, 2006.9.

최인숙, 「염상섭 문학에 나타난 '노라'와 그 의미」, 『한국학 연구』, 25, 2011.

피터 게이, 고유경 역, 『부르주아 전. 문학의 프로이트 슈니츨러의 삶을 통해 본 부르주아 계급의 전기』, 서해문집, 2005.

현철, 「근대문예와 입센」, 『개벽』 제7호, 1921.1.

홍석표, 「중국 현대문학사」, 이화여대 출판부, 2009.


Bernhardt, Rüdiger, *Henrik Ibsen : Nora(Ein Puppenheim)*, Hollfeld : C. Bange Verl., 2010(2002).

Buden, Boris · Nowotny, Stefan, *Übersetzung: Das Versprechen eines Begriffs*, Wien, 2008.

Erika Fischer-Lichte, Barbara Gronau, Christel Weiler(ed.), *Global Ibsen : Performing multiple modernities*, New York and London : Routledge, 2011.

Freund-spork, *Walburgs : Henrik Ibsen Nora(Ein Puppenheim)*, Stuttgart, 2006.

Helland, Frode, "Empire and culture in ibsen. Some notes on the dangers and ambiguities of interculturalism", *Ibsens Studies* 9-2, 2009.

Johnston, Brian, "The Ibsen Phenomenon", *Ibsens Studies* 6-1, 2006.

Keel, Aldo, "Henrik Ibsen : Nora(Ein Puppenheim)", *Erläuterung und Dokumente*, 2000(1990), Reclam Universal-Bibliothek Nr. 8185.

Lokrantz, Margherita Giordano, "Three unpublished letters by Henrik Ibsen about the first-perfomances of 'Et dukkehjem' in Italy", *Ibsens Studies* 2-1, 2002.

Nilu, Kamaluddin, "A Doll's House in Asia : Juxtaposition of Tradition and modernity", *Ibsens Studies* 8-2, 2008.

Schwinn, Thomas(Hg.), "Die Vielfalt und Einheit der Moderne", *Kultur-und strukturvergleichende Analysen*, Wiesbaden, 2006.

Shaw, Bernard, *The Quintessence of Ibsenism*, New York : Brentano's McmXXVIII, 1913.

Shepherd-Barr, "Kirsten : Ibsen's Globalism", *Ibsen Studies* 6-2, 2006.

# 입센 번역과 연극장(場)의 변화

## 1890년대 프랑스를 중심으로

오영주

## 1. 들어가는 말

20세기 후반기에 괄목할 두 가지 사건이 번역학에서 일어났다. 원본의 절대적 권위가 와해된 것이 그 첫 번째 사건이다. 이 사건의 배경에는 언어의 투명성에 의문을 제기하면서 서구의 전 역사를 지배했던 언어관을 해체시킨 소위 '해체철학'의 언어 인식이 놓여있다. 기표와 기의 사이의 일대일 대응은 끊임없이 연기될 뿐이라는, 결국 일대일 대응은 있을 수 없다는 것이 그 요지이다. 그런데 기표와 기의 사이에 놓인 결코 좁혀질 수 없는 거리, 기표와 기의의 차연(差延)을 받아들일 때 서로 다른 두 언어 사이에 존재하는 '언어적 등가성'이란 믿음은 여지없이 무너진다. 언어에 대한 새로운 인식을 받아들인 번역학은 원본에 부여했던 절대적 권위를 철회하면서, 원본 텍스트와 번역 텍스트 사이의 언어적 등가성이 아니라 위계의 등가성을 주장하게 되었다. 이는 그때까지 복제로 간주했던 번역을 또 하나의 창조로 바라보는 시각의 변화를 가져왔다. 범박하게 말하자면, 하나의 원본에서 출발해 같은 언어로 행해진 수천의 번역 중에서 동일한 번역이 있을 수 없다는 사실은 번역이 언어적 복사가 아니라 새로운 쓰기, 일종의 창조라는 사실을 암시한다. 이는 또한 번역에는 번역주체의 정신적, 심리적, 문화적 더 나아가 정치적 자산과 편견까지 끼어들 수밖에 없다는 사실을 반증한다. '번역'은 언어적 이동과 함께 주체 구성의 실천을 아우른다.

번역학에서 일어난 두 번째 사건은 1980년대 일어난 '번역학의 문화적 전이'이다. 번역학의 영역을 언어 텍스트만이 아니라 이를 둘러싼 역사적·사회적·문화적 텍스트로 확장시킨 이 사건은 1960년대 태동한 '문화연구'의 궤적과 무관하지 않다. 문화연구와 마찬가지로 '문화적 번역학'은 문학에서부터 역사학, 인류학, 사회학 등을 아우르는 학제간 연구의 성격을 띠며 철학, 기호학, 정신분석학 등의 개념 뿐 아니라 필요하다면 자연과학의 개념을 이용한다. '번역'이 두 언어 사이에서 일어나는 옮겨 쓰기라는 좁은 의미의 번역뿐 아니라 번역된 텍스트를 매개로 문화들 사이에서 일어나는 교류와 문화전이를 함의하게 된 것이다. 문화연구가 한 사회를 구성하는 계급, 성별, 인종, 지역 등 지배와 피지배의 구도가 작동하는 방식을 드러내듯이, '번역연구'는 번역이 권력관계 속에서 행해지는 어떤 실천임을 강조하며, 번역을 가능하게 하는 제도나 맥락을 드러내고자 한다. 텍스트 번역을 둘러싼 문화간(間)의 역학관계, 번역된 텍스트를 통해 이루어지는 문화의 전이, 변용, 전유, 왜곡, 혼종의 양상에 관심을 가지는 이유가 그 때문이다.

원전 텍스트의 절대적 권위가 약화되고 번역 텍스트를 또 다른 창조물로 간주하는 인식이 문화 간의 교류에 적용될 때 출발 문화와 수용 문화 사이에 놓여 있는 위계질서는 허물어진다. 번역이 제2의 창조라는 사실을 인정하게 되면, 문화 수용 주체의 욕망, 의지, 전략과 전술이 강조되고, 원본-출발문화와 번역본-수용문화는 의존이 아니라 평등한 관계를 맺게 된다. 최근 한국학과 중국학 연구자들을 중심으로 진행되고 있는 한·중·일 3국에서 행해진 입센극 초기 번역과 수용에 대한 연구는 지난 40년간 번역을 둘러싸고 이루어진 이러한 논의들의 문제의식을 공유하고 있다. 한국, 중국, 일본에서 입센이 어떤 경로를 통해 들어왔는지, 어떤 움직임을 만들어 내었는지, 어떤 모방과 패러디를 생산해내었는지를 공구(攻究)한 글들은 입센에 대한 각국의 이해와 방향과 윤곽을 결정지은 코드, 규범, 관심을 분석한다. 이러한 열기는 입센의 문학세계 자체에 대한 관심이라기보다 '번역 주체'[1]에 대한 관심, 즉 동아시아의 근대성에 대한 관심의 발로이다. 동아시아의 근대가 서구를 '번역'하는 행위와 함께 시작되었다는 점, 그 과정에서 입센의 작품이 하나의 극이기를 너머 서구 근대를 대표하는 일종의 기호로 작용한 점이 입센과 동아시아 근대성 사이에 연결고리를 만들었던 것이다.

동아시아에서 입센을 최초로 번역한 나라는 일본이다. 1892년에 소개되고 다음 해『사회의 적』과『인형의 집』이 번역되었다. 노르웨이어를 직접 번역한 것이 아니라 영어, 독어, 프랑스어를 통한 중역이었으리라고 추정되지만, 독일을 제외한 유럽에서 입센이 소수의 문예가들의 살롱을 벗어나 대중적으

---

1  "번역은 외국 텍스트와 외국 문화에 대한 자국적 재현을 구축하는 동시에 어떤 자국적 주체 또한 구축하게 되는 것이다. 여기서 자국적 주체라 함은 자국의 어떤 사회 집단들의 코드들과 규범들, 관심들과 의제들로 구성되는 어떤 이해 가능성의 입장(a position of intelligibility), 혹은 어떤 이념적 위치를 의미한다." "(역주) 이해가능성의 입장 : 대상에 대한 어떤 주체의 이해와 방향과 윤곽을 결정하는 요인들(코드, 규범, 관심, 의제 등)에 의해 형성되는 입장 또는 위치." 로렌스 베누티, 『번역의 윤리』, 임호경 역, 열린책들, 2006, 120쪽.

로 알려진 것이 1890년대라는 사실을 감안하면, 일본의 입센 번역은 동시 번역은 아니라 할지라도 재빠른 번역이었음을 알 수 있다. 아시아에서 근대의 창구 역할을 했던 일본이 입센을 들여왔다면, 입센을 가장 적극적으로 '번역'했던 나라는 중국이었다. 1918년부터 본격화된 입센 번역은 5·4신문화운동과 결합되면서 근대화 문화 운동의 일환이 된다. 입센의 사회극에 나타난 개인의 자율, 사회의 위선과 억압, 가부장적 문화 속에서 여성의 위치에 대한 문제의식은 5·4운동이 기치로 내건 반봉건의 맥락 속에서 변용되면서 입센은 근대정신의 대명사가 되었다. 수십 년 전부터 동아시아에서 일고 있는 근대에 대한 관심은 미래에 대한 유토피아적 전망이 어려워진 20세기 후반기에 시작된, 근대를 반성하고 새로운 가능성을 모색하고자 하는 세계적 열망과 보조를 같이한다. 반성할 대상의 실체를 제대로 알아야 제대로 반성할 수 있다. 근대의 약속인 유토피아가 불가능하다면 근대의 무엇이 문제였는지를 고민해야 하는 것이다. 동아시아 연구자들 사이에서 진행되고 있는 '번역' 연구를 통한 근대 알기의 노력은 동아시아 각국의 자기 인식의 일환이자 근대 넘어서기의 출발점이라 할 수 있다.

본 연구는 동아시아에서 행해진 입센 작품의 초기 번역에 대한 공동연구의 일부로 프랑스를 그 대상으로 한다.[2] 동아시아에서 번역될 때 노르웨이의

---

2    공동연구는 '문화번역'을 표방했으나 본 글에서는 현재 문화번역에 실려 있는 다양한 의미로 인해 오해를 불러일으킬 수 있다고 판단해 이 용어를 사용하지 않았다. 문화번역은 인류학적 맥락에서는 '타문화를 기록'하는 것으로, 번역학적 맥락에서는 '언어 텍스트 번역과 이를 둘러싼 문화적 역학, 다른 문화들이 작가와 텍스트 이미지를 다르게 구성하는 방식'으로, 또 탈식민주의의 맥락에서는 이에 새로운 주체 구성의 요구가 결합되어 사용되는 짧지 않은 역사를 가진 개념이다. 본 연구는 언어 간(間) 번역과 무관한 인류학적 맥락이나 유토피아적 전망이 스며있는 탈식민주의적 맥락과 차별되는 번역학적 맥락에 위치하는 바, 우리는 이 경우 '번역'이라는 용어를 고집하는 것도 의미있다고 생각했다. 잘 알려진 바와 같이, 문화번역이란 용어를 가장 적극적으로 사용하고 또 '유행'시킨 인물은 니란자나, 로빈슨, 호미 바바 등 탈식민주의 학자들이며, 그들에 의해 이 용어는 탈식민적 실천의 의미를 띠게 되었다. 즉 문화번역에는

극작가 입센은 '서구'를 대변했다. 반면 프랑스에서 입센은 자국어의 체제를 정립한 지 일 세기도 채 되지 않는, '셰익스피어도, 몰리에르도, 괴테도 없는', 유럽의 '변방', 북구의 한 극작가였을 뿐이다. 입센은 16세기 이후 유럽 문화사에서 주변부의 작가가 중심부에서 번역되어 문화전이가 행해진 대표적인 예이다. 본 연구는 서구 근대를 적극적으로 흡수하고자 했던 동아시아 입센 번역과 대조되는, 서구 근대의 중심부로 자처했던 프랑스의 입센 번역을 독일과 영국의 경우를 참조하며 살펴본다는 점에서, 동아시아 입센 수용에 대한 연구의 논의에 일조할 수 있을 것이다. 현대극의 선구자로 간주되는 입센이 세계 문화사에 끼친 영향은 연극사적 측면과 사회적 측면으로 나누어 볼 수 있다. 본 연구는 여성주의 담론과 관계된 사회·문화적 맥락에서의 번역은 다음의 연구 과제[3]로 남겨두고 1890년대 프랑스의 연극장(場)을 중심으로 입센 번역을 고찰해 보고자 한다.

---

"서구 근대성을 보편으로 상정하는 인식론에서 벗어나는 담론 뿐 아니라 새로운 주체성의 생성가능성"(윤조원, 「번역자의 책무―발터 벤야민의 문화번역」, 『영어영문학』 57-2, 2011, 219쪽)의 전망이 투사된다. 비록 본 연구가 거시적으로는 새로운 주체성 탐구의 일환인 동아시아의 근대사 다시 쓰기로부터 추동되었지만, 연구의 대상인 1890년대 프랑스가 탈식민의 맥락과 무관하므로, 용어의 남용과 오해를 피하기 위해 '번역'이란 용어를 사용하였다. ('문화번역'의 역사와 용례 그리고 용어 사용에 요구되는 연구자의 엄정한 자의식은 이경란, 「'문화번역'과 포스트식민 이주서사―자메이카 킨케이드의 『루시』」, 『현대영미소설』 19-1, 2012, 59~63면을 참고하라)

3   이 연구는 졸고, 「입센의 페미니즘과 프랑스의 실패한 만남」, *Comparative Korean Studies* 21-3, 2013에서 이루어졌다.

## 2. 텍스트 번역과 초연

### 1) 늦은 텍스트 번역

1889년 프랑스에서 최초로 입센(Henrik Ibsen, 1828~1906)의 희곡이 번역·출판되었다.[4] 입센에게 세계적 명성을 가져다 줄 『인형의 집』과 유럽에서 가장 많은 논란을 일으킨 『유령』이었다. 1870년대부터 독일에서 입센극이 번역, 상연되었고 영국에서도 산발적으로나마 번역되면서 작품 해설이 이루어진 점, 더구나 1893년 일본에서 『인형의 집』이 번역된 점을 감안하면, 프랑스의 입센 번역은 상당히 늦게 시작되었다. 1889년 독일에서 입센은 당대의 어떤 독일작가보다 인정을 받고 있었고, 영국에도 상당히 알려져 있었다. 노르웨이가 1814년까지 덴마크에서 스웨덴 지배하로 넘어갔다는 점, 스웨덴으로부터 독립하는 1905년 이후에야 노르웨이어가 공식민족어로 사용되었다는 점을 생각할 때, 프랑스에서의 늦은 번역보다 독일과 영국이 보여준 입센에 대한 관심의 이유가 더 궁금해진다. 우선 국가 간의 교류와 언어 문제를 생각해 볼 수 있을 것이다. 독일과 영국은 북구와 인종적·언어적으로 가까웠고, 문화적 토대가 유사했다. 독일은 19세기 노르웨이가 민족 문화의 밑그림을 그리기 위해 참조했던 나라였고, 입센은 독일에 오래 체류하기도 했다. 더구나 영국에는 입센을 번역하고 선전하고 연출까지 맡을 정도로

---

4　1889~1900년 사이에 있었던 입센 작품의 프랑스어 번역을 순서대로 정리하면 다음과 같다. 제시된 목록은 최초 버전이며 보다 자세한 목록은 Kirsten E. Shepherd-Barr, "Ibsen in France from breakthrough to renewal", *Ibsen Studies* 12-1, Routledge, 2012, pp.77~79를 참고할 수 있다. 출판서적에 표시하는 문장기호(『』)는 생략한다.

노르웨이어에 정통하면서 열정적인 아처(William Archer) 같은 번역가가 있었다. 프랑스와 북구 사이에 놓인 민족·언어·문화적 거리는 '늦은 번역'의 일차적 이유이다. 1889년까지 프랑스의 대중들은 입센 뿐 아니라 북구의 어떤 극작가에 대해서도 알지 못했다.

첫 번역이 늦은 반면 이후 10년간의 번역은 활발히 진행된다. 1891년『헤다 가블러』, 1892년『바다에서 온 여인』과『민중의 적』이 번역·출판된다.

| 번역연도 | 원작연도 | 작품 | 번역가 |
|---|---|---|---|
| 1889 | 1881 | 유령(Les Revenants) | Prozor |
| | 1879 | 인형의 집(Maison de Poupée) | Prozor |
| 1891 | 1890 | 헤다 가블러(Hedda Gabler) | Prozor |
| 1892 | 1888 | 바다에서 온 여인(La Dame de la Mer) | Chenevière |
| | 1882 | 민중의 적(Un Ennemi du people) | H. Johansen |
| 1893 | 1892 | 대건축가 솔네스<br>(Soleness le Constructeur) | Prozor |
| | 1877 | 사회의 기둥<br>(Les Piliers de la société) | P. Bertrand<br>E. de Nevers |
| | 1884 | 들오리(Le Canard Sauvage) | Prozor |
| | 1886 | 로스메르스홀름(Rosmersholm) | Prozor |
| | 1863 | 왕위 주장자들<br>(Les prétendants à la couronne) | J. Trignant-Geneste |
| | 1869 | 청년동맹<br>(L'Union de la jeunesse) | P. Bertrand<br>E. de Nevers |
| 1895 | 1894 | 어린 에욜프(Lille Eyolf) | Prozor |
| | 1866 | 브란(Brand) | Prozor |
| | 1873 | 황제와 갈릴리 사람<br>(Empéreur et Galiléen) | Casanove |
| 1896 | 1862 | 사랑의 희극(La Comédie de l'Amour) | Vicomte de Colleville<br>Fritz de Zepelin |
| | 1867 | 페르 귄트(Peer Gynt) | Prozor |
| 1897 | 1896 | 욘 가브리엘 보르크만<br>(John Gabriel Borkman) | Prozor |
| 1900 | 1899 | 우리 죽은 자들이 깨어날 때<br>(Quand nous nous réveillerons<br>d'entre les morts) | Prozor |

1893년은『대건축가 솔네스』,『사회의 기둥』,『들오리』,『로스메르스홀름』을 비롯한 6편이 나와 입센 번역에 있어 풍성한 해로 기록된다. 이후 1900년까지 입센의 대부분의 사회문제극을 비롯한 전체 17편의 작품이 번역된다. 첫 번역인『인형의 집』이 원작에 비해 20년 늦은 반면, 1890년부터 입센이 창작한 4편의 희곡은 모두 거의 동시에 번역된다. 한 마디로 1890년대 프랑스의 입센 텍스트 번역의 특징은 '늦은 첫 번역과 이후의 집중적인 번역'이라 하겠다. 1900년 이후 입센 번역은 전집 출판의 단계로 넘어간다. 16권으로 기획된 전집의 1권이 1914년 나왔고, 제1차 세계대전으로 중단되었다가 1930년에 완성된다.

입센을 프랑스에 소개한 번역자는 프로조(Moritz Prozor, 1848~1928)이다. 프랑스어와 노르웨이어에 능통했던 프로조는 의외로 스웨덴 여인을 아내로 둔 러시아 외교관이었다. 1916년 남프랑스에 거주할 때 부인이 마티스의 모델로 서기도 했던 프로조 부부는 상류 사교계와 예술계와 가까웠다고 한다. 프루스트의 소설에 등장할 법한 이 러시아 백작은 1881년 스톡홀름 대사관에서 근무할 당시 〈유령〉을 관람하고 입센의 열렬한 팬이 되었다. 1887년 스위스에서 비평가 로드(Edouard Rod)를 만나고 그의 소개로 파리의 사빈(Savine) 출판사에서『유령』의 번역을 출간할 생각을 하게 된다. 편집자가 책의 부피를 감안해 다른 희곡과 함께 묶길 원했고, 그는 "입센의 작품 중에서 무대 상연에 가장 적합한"[5]『인형의 집』을 선택했다. 이리하여 로드의 서문과[6] 프로조의 번역자 해제와 함께『유령』-『인형의 집』이 입센의 작품으로는 프랑스

---

5  1888년 8월 10일 프로조가 사빈출판사에 보낸 편지. Yves Chevrel, *Henrik Ibsen. Maison de poupée*, PUF, 1989, p.27 재인용.
6  1879년 제네바에서 출판한 글을 다시 실었다.

최초로 번역·출판된 것이다.

프로조는 1900년까지 번역된 17편의 초판 번역본 중에서 『민중의 적』을 제외한 입센의 현대극 10편을 모두 번역했다.[7] 영국의 입센 번역가이자 선전가이며 비평가이기도 했던 아처에 비유되기도 하는 프로조는, 영국의 아처처럼 무대 예술의 전문가는 아니었지만, 입센의 세계에 진정으로 매료되었고 입센으로부터 전적인 신뢰를 받았다. 그의 『인형의 집』 번역본은 1963년까지 공연 독점권을 획득해 연출의 저본으로 제공되었다. 프랑스어를 전혀 몰랐던 입센이 어떻게 프로조에게 전적인 신뢰를 보낼 수 있었을까? 입센이 프로조에게 보낸 편지에 따르면 그는 중역이 아니라 노르웨이어를 직접 번역하길 원했다.[8] 그런데 프랑스에는 노르웨이어를 잘 알면서 연극에 정통한 전문가가 없었다. 더구나 당시 노르웨이어 번역 실태는 노르웨이어에 무지한 교수나 소설가가 프랑스어를 모르는 스칸디나비아인과 공역하는 것이 일반적이었다. 이를 모르지 않았던 입센에게 프로조만한 번역가도 없었을 것이다.[9]

프로조의 번역은 전체적으로 신중한 번역으로 평가받는다. 로비셰(Jacques Robichez)는 프로조의 번역이 입센의 지극히 사실적이고 명료한 대사를 모호하고 불투명하게 옮겼다고 비판하기도 하지만, '극도로 정확하나 상연 불가능한' 라셰네(La Chesnais)의 번역보다 우위에 둔다.[10] 라셰네는 1914~1930년

---

7　『바다에서 온 여인』을 처음 소개하진 않았지만 이후 직접 번역한다.

8　Jacques Robichez, *Le Symbolisme au théâtre, Lugné-Poe et les débuts de l'Oeuvre*, L'arche, 1957, pp. 228~229.

9　입센 전기 연구자들은 프랑스어와 독일어에 능했던 입센의 아들 지거드(Sigurd)나 지인들이 입센에게 프로조의 번역을 보증했으리라 추론한다. 또 스노비즘이 없지 않았던 입센에게 백작이라는 프로조의 타이틀이 주었을 효과도 무시할 수 없었으리라 추측한다.

10　Jacques Robichez, op. cit., pp. 229~232.

에 나온 입센 전집의 번역가로, 전집이 완성되었을 때 '스칸디나비아 연구와 견해(Scandinavian Studies and Notes)'로부터 "박식함과 이해가 돋보이는 심오한 입센 학자"[11]라는 격찬을 받은 바 있다. 프로조와 라셰네의 『인형의 집』 번역을 비교한 쉬브렐(Yves Chevrel)은 프로조의 번역이 조금도 뒤지지 않는다고 평가한다. 쉬브렐은 프로조의 번역이 라셰네의 축어(逐語)적 번역보다 더 자연스러울 뿐 아니라, 곳에 따라 원작의 정신에 더 부합한다고 보았다.[12] 2005년 입센의 현대극 12편을 엮어 출판한 리브르 드 포쉬(Livre de Poche) 출판사가 프로조의 번역 11편을 사용한 것을 보면 그의 번역은 이제 신뢰성을 공인받은 듯하다. 리브르 드 포쉬 출판사의 의뢰를 받고 프로조의 번역을 감수한 오슬로 대학의 프랑스 문학 전공 교수인 카린 군데르슨(Karin Gundersen)은 고어투를 제외하고 (이는 프로조의 잘못이 아니라, 시간의 잘못이다!) 손 댈 곳이 없었다고, 자신이 한 일은 '먼지를 털어내는 일' 뿐이었다고 적고 있다.[13]


## 2) 신속한 무대 번역

연극은 글쓰기와 공연이라는 이중성에 근거한 예술이라는 특수성을 가지

---

11  Kirsten E. Shepherd-Barr, op. cit., p.58 재인용.
12  『인형의 집』 번역에 관한 한 프로조 번역의 부정할 수 없는 장점은 원본의 제목을 존중했다는 점일 것이다. 잘 알려진 바와 같이, 『인형의 집』이 유럽과 동아시아에서 최초로 번역되었을 때 대부분의 경우 제목의 변경뿐 아니라 원작에 "야만적 폭행"이 가해졌다. 독일에서는 1880년 『노라 또는 인형의 집』이란 제목으로 번역되었고 노라의 '가출'을 연기하길 거부하는 여배우 때문에 결국 입센이 번역가에게 결말 수정을 허락했다. 1884년 영국에서도 〈Breaking a butterfly〉라는 제목으로 초연되었고 관객들은 '집에 남는 노라'를 만났다. 자세한 내용은 김연수, 「번역과 근대적 문화전이―입센의 〈인형의 집〉 수용 양상 비교를 중심으로」, 『독일어문학』 59, 2012, 4~6쪽 참조하라.
13  Kunt Gundersen, "Moritz Prozor, traducteur d'Ibsen", *Etudes Germaniques* 62-4, 2007.

고 있다. 그로 인해 희곡 작품의 번역은 시나 소설의 번역과는 상이한 과정을
거친다. 희곡은 문자 텍스트로 번역되어 독자에게 제공되기도 하고 무대를
통해 재번역되어 관객에게 제공되기도 하는 것이다. 입센이 프랑스에 소개
된 시기는 '연출가'가 제2의 작가로 부상하게 된 시기, 바로 연극의 중심이 텍
스트 번역에서 무대를 위한 번역으로 넘어간 시기, 연극사에서 '코페르니쿠
스적 혁명'이 진행된 시기였다. 동시대에 무대를 위한 번역을 거치지 않을 경
우 창작되지 않았다고 할 정도로 희곡의 생명에서 공연은 중요하다. 당대 독
자들이 '읽지' 않은 소설이 미래의 '행복한 소수'에 의해 평가받는 일은 가능
하지만, 동시대에 공연되지 않았던 무명작가의 희곡이 사후에 인정받는 일
은 기적에 가깝다. 프랑스인들이 입센을 알게 된 것은 프로조의 번역보다는
무대를 위한 번역을 통해서이다.

프랑스에서는 입센 번역이 늦게 시작된 반면 무대상연은 신속하게 진행되
었다.[14] 1890년 자연주의 연극의 진지(陣地)였던 '자유극장(Théâtre Libre)'에

---

14  1890년대 입센극의 프랑스 초연 순서를 정리하면 다음과 같다. 자세한 목록은 Kirsten E.
Shepherd-Barr, op. cit., pp.79~80을 참조할 수 있다. 출판서적에 표시하는 문장기호(『』)는 생
략한다.

| 초연연도 | 원작연도 | 작품 | 극장 |
|---|---|---|---|
| 1890 | 1881 | 유령(Les Revenants) | Théâtre Libre |
| 1891 | 1884 | 들오리(Le Canard Sauvage) | Théâtre Libre |
| | 1890 | 헤다 가블러(Hedda Gabler) | Théâtre du Vaudeville |
| 1892 | 1888 | 바다에서 온 여인<br>(La Dame de la Mer) | Théâtre moderne<br>(Cercle des Escholiers) |
| 1893 | 1886 | 로스메르스홀름(Rosmersholm) | Théâtre de l'OEuvre |
| | 1882 | 민중의 적(Un Ennemi du people) | Théâtre de l'OEuvre |
| 1894 | 1892 | 대건축가 솔네스<br>(Soleness le Constructeur) | Théâtre de l'OEuvre |
| | 1879 | 인형의 집(Maison de Poupée) | Théâtre du Vaudeville |

서 〈유령〉이 공연되고, 이듬해 〈들오리〉가 상연되었다. 1891년 '보드빌 극
장'이 〈헤다 가블러〉를 원작과 거의 동시에 번역하여 발 빠르게 무대에 올린다.
이후 입센극의 초연은 상징주의 연극의 신전(神殿) '작품극장(Théâtre d'Oeuvre)'
이 독점하게 된다. 앞으로 살펴보겠지만, 작품극장의 입센극 초연 독점은 프랑
스의 입센 번역에 있어 변곡점이 되고, 프랑스의 입센 대리인 격이었던 번역가
프로조는 이에 중요한 역할을 하게 된다.

1890년대 초연 목록을 살펴보면 텍스트 번역과 거의 동시에 무대를 위한
번역이 이루어졌음을 알 수 있다. 이는 번역과 상연 사이의 간극이 길었고,
상연을 위해 필요한 물적, 인적 자원의 부족으로 번역한 텍스트를 무대에 올
리지 못하기도 했던 동아시아의 상황뿐 아니라 영국의 입센 번역과도 대비
된다. 영국에서는 아처와 같은 성실한 번역가이자 뛰어난 비평가의 노력에
도 불구하고 입센이 무대 위에서 성공을 거두지 못했다고 한다. 또 악명 높았
던 무대 검열과 그로부터 발생하는 자기검열로 인해 매독이나 유전과 같이
당시 사회적으로 민감한 문제를 다룬『유령』은 번역된 후 상당한 시간이 지
난 후에 무대에 올랐다. 그런데 일반적으로 검열은 작품에 대한 풍자와 패러
디를 양산하는 경향이 있고, 이는 작품에 직접적으로 노출되지 않았을 사람
들에게 작품을 알게 해주면서 인구에 회자시킨다. 풍자와 패러디는 대상 작

| 1895 | 1894 | 어린 에욜프(Le petit Eyolf) | Théâtre de l'OEuvre |
|---|---|---|---|
| 1896 | 1877 | 사회의 기둥<br>(Les Piliers de la société) | Théâtre de l'OEuvre |
| | 1867 | 페르 귄트(Peer Gynt) | Théâtre de l'OEuvre |
| 1897 | 1896 | 욘 가브리엘 보르크만<br>(John Gabriel Borkman) | Théâtre de l'OEuvre |
| | 1862 | 사랑의 희극<br>(La Comédie de l'Amour) | Théâtre de l'OEuvre |

품의 명성의 결과이자 동시에 명성의 파발마 역할을 하는 것이다. 사실 영국의 악명 높았던 검열 제도는 1890년대 영국의 입센 토착화에 일등 공신이었다고 한다.[15]

입센극을 상연하기 위해 자기 검열이 필요하지 않았던 프랑스에서는 텍스트 번역과 공연이 비교적 동시에 진행되었고, 입센을 둘러싼 담론은 희곡 텍스트 번역본보다는 희곡의 총체적 번역인 공연을 중심으로 형성되었다. 그리고 무대 번역은 독일이나 영국과는 상이한 이슈들을 만들어내었다.

## 3. 번역에 대한 저항과 필요성

번역은 필요에 의해 발생하고 특정한 목적에 따라 수행된다. 번역의 목적은 다양할 수 있지만, 필요성은 언제나 동일하다. 번역은 타자를 참조할 필요가 있을 때 발생한다. 미셸 에스파뉴(Michel Espagne)에 따르면 번역이라는 타자에 대한 참조는 '정당화의 기능'과 '전복의 기능'을 가진다.[16] 이 두 경우 모두 외부에서 자신의 논거에 대한 보증을 찾고자 하는데, 이때 이 논거를 결정짓는 것은 외부가 아니라 내부의 상황임은 말할 필요도 없을 것이다. 타자

---

15 Kirsten E. Shepherd-Barr, Ibid., p.60. 1890년대 입센 패러디 열풍은 이후 영국 대학에 '입센 패러디 연구' 분야가 생길 정도로 대단했다. Vigdis Ystad, "Le théâtre de Henrik Ibsen", *Henrik Ibsen, Drames contemporains,* Le livre de poche, 2005, pp.56~57.

16 Michel Espagne et Michael Werner, "La construction d'une référence culturelle allemande en France : genèse et histoire (1750~1914)", *Annales Économies, Sociétés, Civilisations* 4, 1987, p.978.

의 필요성이란 측면에서 19세기 전반기와 후반기의 프랑스 연극장은 상당히 다른 양상을 보인다. 주지하는 바와 같이, 프랑스 낭만주의 극작가들이 고전 극의 아성을 무너뜨리기 위해 기대었던 것은 외국 극작가들이었다. 셰익스 피어는 말할 것도 없고 동시대의 바이런과 월터 스콧 같은 영국 작가들 그리 고 독일의 질풍노도의 극들을 '번역'했다. 고전극이라는 철옹성을 '전복'시키 기 위해 라신이나 몰리에르와 겨룰 수 있는 강력한 낭만주의 극의 전통이 필 요했고 이를 위해 이미 그 전례를 보인 외국 극작품을 번역했던 것이다. 반 면, 19세기 후반기 입센이 '북구의 셰익스피어'로 떠오르고 있던 당시 프랑스 의 극문학장(場)은 낭만주의 시기의 그것과 사뭇 달랐다.


## 1) 제국—'잘 짜인 극'


1870∼1880년대 입센의 극이 독일과 영국에 소개되고 있을 무렵, 프랑스에 서는 뒤마 피스(Alexandre Dumas fils, 1824∼1895)와 오지에(Emile Augier, 1820∼ 1889), 사르두(Vitorien Sardou, 1831∼1908)가 무대를 지배하고 있었다. 이들은 19세기 전반기의 스크리브(Eugène Scribe, 1791∼1861)가 그 최고의 기술을 보 여주었던 '잘 짜인 극(pièce bien faite)'의 전통을 답습하고 있었다. '잘 짜인 극' 이란 치밀한 복선과 철저한 인과관계에 따라 전개되는 사건을 특징으로 하 는, 이름 그대로 정돈되고 정연한 구성의 극으로 사건의 논리성을 중요시한 다. 단순하고 친숙한 인물을 등장시켜 그들의 연애와 결혼을 가로막는 방해 물이 초래하는 위기감이 극적 흥미를 불러일으키는 통속극, 잘 짜인 극은 19 세기 내내 인기를 누렸다. 스크리브가 돈과 출세와 정략결혼 등 부르주아의

속물적 세계를 아무런 반성력 없이 당당하게 보여주면서 오락성을 공공연히 내세웠다면 그의 후배들은 좀 더 신중했다. 뒤마 피스나 오지에는 여성문제나 사회문제를 소재로 취하면서 연극에 심각성과 깊이를 부여하고자 시도했다. 그러나 새로운 소재를 취했다할지라도 내용 전개에 있어 '잘 짜인 극'을 탈피하지 못했을 뿐만 아니라, 주제 역시 결코 낯설거나 의심스러운 것이 아니었다. 동일시와 핍진성(逼眞性)을 황금률로 삼으면서 가족, 재산, 권위라는 편협한 도덕주의와 공리주의를 충실히 고수했다는 점에서 스크리브로부터 본질적으로 벗어나지 못했다.

오늘날까지 할리우드식 영화와 텔레비전 드라마의 교과서가 되고 있는 '잘 짜인 극'은 연극사상 유례없는 관객들을 동원했다. 바야흐로 시대는 대중사회로 접어들었고, 극장의 관객은 동일한 취향의 연극 애호자들이 아니라 '특수한 방문객들의 혼합집단'으로 교체되어 있었다. 19세기 유럽, 특히 프랑스에서 연극은 오늘날 영화나 텔레비전 드라마에 맞먹는 대중문화의 꽃으로 관객 동원이 자신의 존재이유가 되다시피 했다. 『연극 미학 에세이(*Essai d'esthé-tique de théâtre*)』에서 '잘 짜인 극'의 대표적 이론가이자 비평가인 사르세(Francisque Sarcey, 1827~1899)가 개진하고 있는 복잡한 미학의 핵심은 '대중에게로!'라는 한마디로 요약된다. 흥미로운 것은 대중의 취향을 시금석으로 삼는 사르세가 당시 '고상한' 관객을 겨냥한 고전극의 열렬한 수호자이기도 했다는 점이다. 사실 잘 짜인 극은 "고전주의 비극의 막다른 골목으로",[17] 자신도 모르는 채 고전극을 완성했다. 두 극의 친화성은 그 틀이 어떠하든 간에 그 안에 사건들이 주조되어 있는 주형이라는 점, 내용에 적합한 형식의 탐구나 내용과 형식 간

---

17  파트리스 파비스, 신현숙 외역, 『연극학 사전』, 현대미학사, 1999, 390쪽.

의 유기적인 발전을 고려하지 않은 채 정해진 모델에서 차용한 기계적 적용만이 있다는 점에 있다. 요컨대, 오락성(경제적 유용성)과 도덕성(사회적 유용성)에 충실한 '잘 짜인 극'은, 낭만주의 연극이 고전극의 원리에 결정적인 타격을 가한 '에르나니 전(戰)' 이후 자신의 미학을 장대하게 펼칠 극을 창작하지 못한 채 비워 놓은 무대를 점령했고, 새로운 문화 소비층으로 대두한 대중은 이에 열광했다.

독일과 영국의 상황도 마찬가지였다. 위대한 극작가 쉴러(1759~1805)와 괴테(1749~1832)를 배출한 이후 낭만주의 극이 이미 퇴조한 19세기 초 독일에서는 뷔히너(1813~1837)와 같은 천재적인 극작가는 철저히 외면당한 반면, 멜로드라마가 폭발적 인기를 누리고 있었다. 셰익스피어 이후 이렇다 할 극작가를 만나지 못하고 그 그늘에 짓눌려 있던 영국에서도 19세기를 지배한 것은 통속극이었고, 그 모범은 바로 프랑스의 '잘 짜인 극'이었다. 한 마디로 19세기 후반기 유럽의 극장을 지배하고 있던 모델은 프랑스산(産)이었고, 각국의 극장 레퍼토리에는 '완벽한 말솜씨와 무대에 대한 감각과 작품을 교묘하게 구성할 줄 아는 기술'을 가진 뒤마 피스-오지에-사르두 트리오의 작품이 어김없이 들어 있었다. 잘 짜인 극은 "유럽 전체가 즐기는 신기하고 재미있는 장난감"[18]이었던 것이다. 1850~1860년대 입센이 극장장으로 있었던 베르겐(Bergen)이나 크리스티아니아(Christiania) 극장의 상연 목록에도 '프랑스 연극의 대가들'의 이름은 빠지지 않았다. 당대 유럽의 극작가치고 스크리브의 잘 짜인 극작술에서 배우지 않은 이는 없었고 입센도 예외가 아니었다.[19]

---

18  Emile Zola, "Le naturalisme au théâtre", *Face aux romantiques,* Edition complexe, 1989(1881), p.174.

19  에드윈 윌슨·알빈 골드파브, 김동욱 역, 『세계 연극사』, 한신문화사, 2000, 452~502쪽.

노르웨이에서 모스크바까지 프랑스산 '잘 짜인 극'이 무대에 올려진 19세기 말 프랑스는 외국 극장의 레퍼토리에 대해 거의 무지한 상태였다. 과거의 '고상한' 고전극은 '코메디 프랑세즈'의 무대 위에 올려지고, 동시대 자국 극작가의 극들이 역사상 유례없는 수의 관객을 동원하고 또 유럽 전역에서 연일 상연되고 있는 상황에서 왜 굳이 동시대의 외국 작가들을 번역해야 했겠는가? 번역의 역사에서 제국은 지배하기 위해, 식민지는 그로부터 벗어나기 위해 번역한다. 19세기 유럽 연극장(場)에서 '제국'이었던 프랑스에게 영토는 정복되어 있었고, 사르세를 필두로 한 제국의 파수꾼들에게 '타자'는 필요하지 않았던 것이다. 그러나 이 문화적 나르시시즘만으로 입센 번역의 지체를 설명하기엔 충분하지 않다. 왜냐하면 19세기 후반기 '잘 짜인 극'이 노회하여 시대의 요구에 부합하지 못하면서 새로운 연극에 대한 열망이 프랑스는 물론이고 유럽 전역에서 태동했기 때문이다.


## 2) 전복—자연주의 연극

프랑스에서 '잘 짜인 극'에 대한 비판의 목소리가 들리기 시작한 것은 1870년대이다. 1860년대에 이미 공쿠르 형제(Edmond de Goncourt(1822~1896), Jules de Goncourt(1830~1870))는 화려한 상업적 성공 뒤에 예술로서의 연극이 병들어 가고 있음을 간파하고 직접 희곡을 창작하여 새로운 피를 수혈하고자 했다. 저널리즘을 거쳐 문학장에 진출한 졸라(Emile Zola, 1840~1902)는 1872년 한 신문에 기고한 글에서 연극의 빈사상태에 대해 탄식하고, 스스로 연극의 갱생에 뛰어든다. 그러나 공쿠르 형제의 시도는 실패했고,[20] 극작가로서 졸라 역시 소설가 졸라가 발휘했던 재능을 보여주지 못했다. 『테레즈 라캥(*Thérèse Raquin*)』을 직접 각색하여 1873년 무대에 올렸으나 야유가 돌아왔을 뿐이다. 이후 의견을 같이하는 연극인들의 각색으로 규칙적으로 자신의 소설을 무대에 올리지만 소설 『목로주점(*L'Assommoir*)』(1879)의 기록적인 성공에 비견할 만한 실패가 돌아왔을 뿐이다.[21] 무대 위에 올린 그의 작품은 소설의 유명한 장면을 잘라서 모아놓은 컬렉션에 지나지 않았고 통속극 이상도 이하도 아니었다.

공쿠르와 졸라처럼 잘 알려진 경우 외에도 플로베르와 도데 또한 극작품을 썼고, 그 외 군소작가들이 직접 희곡을 창작해 연극계에 출사표를 던졌다. 소설가의 연극계 진출은 당시 대중문화의 꽃이었던 연극이 단시간에 작가로서의 명성과 경제적 성공을 획득할 수 있는 최상의 공간이었기 때문이기도 했지만, 시대의 요구에 답하지 못하는 극문학의 늦은 걸음에 대한 불만 때문이기도 했다. 소설이 사실주의와 더불어 풍속연구의 방대함, 사회비판의 예리함, 심리분석의 치밀함을 성취하는 동안, 여전히 진부하고 현실 추수적인 내용과 편협한 도덕을 설교하며 시대의 요구인 '사실'과 '진실'에 답하지 못하는 무대를 보며 예술가로서 도전의식이 생기거나 소명의식을 느꼈을 것이다. 그러나 문제점을 파악하는 능력이 문제 해결 능력을 반드시 보증하진 않는 법이다. 자연주의극의 이론가이자 극작가였던 줄리앙(Jean Julien, 1854~

---

20 1860년대 공쿠르 형제가 시도한 극작품은 『앙리에트 원수(*Henriette Maréchal*)』(1865)와 『위험에 빠진 조국(*La patrie en danger*)』(1867)로 전자는 상연되었으나 6회 만에 막을 내려야 했으면 후자는 20년 후에나 상연된다. 1879년 에드몽은 이 두 희곡을 묶어내면서 쓴 서문에서 연극에서의 사실주의는 불가능하다고 생각을 표명하고 극작에서 완전히 손을 뗀다.

21 뷔스나흐(Busnach)와 가스티노(Gastineau)가 무대에 올린 각색극 〈나나(Nana)〉(1881), 〈살림(Pot-Bouille)〉(1883), 〈파리의 중심(Le Ventre de Paris)〉(1887), 〈제르미날(Germinal)〉(1888). 괄호 속의 숫자는 상연 연도를 가리킨다.

1919)이 졸라가 무대에 올렸던 작품에 대해 내린 "잉어와 토끼의 교접"[22]이라는 사후적 평가는 이들 소설가들의 희곡에 다소간 적용될 수 있을 것이다. 그들은 소설에서 얻은 명성의 높이에 비례해서 무대 위에서 실패했다.

1881년에 출판된 졸라의 『연극에서의 자연주의(*Le naturalisme au théâtre*)』는 소설가들을 중심으로 형성된 연극 혁신의 열망을 이론화한다. 길지 않은 이 글에서 졸라는 당대 연극의 상황과 대비되는 사실주의 소설의 성과를 서술한 뒤, 3장에 이르러 사르두-뒤마 피스-오지에를 차례로 소환한다. 검사 졸라의 논고 방식은 일정한데, 비판하기 위해 그들의 재능에 대한 서술부터 시작한다. 사르두의 시사에 대한 예민한 후각과 뛰어난 극 기술, 뒤마 피스의 진실한 주제 도입과 탁월한 심리 분석, 오지에의 사실적 소재의 선택과 정확한 관찰에도 불구하고 왜 이 연극계의 삼총사가 "새로운 기념비를 세울 창조자나 천재가 아니라 도로를 빗질한 노동자"[23]에 지나지 않는지를 조목조목 따진다. 졸라는 연극 또한 "진실의 거대한 흐름"에 합류할 것을 열망하면서 이제는 로마네스크한 줄거리의 복잡함, 지나치게 잘 구성되어 인위적이 되어버린 플롯, 대중 관객들이 환호해 마지않는 '작가들이 사용하는 온갖 술책 더미'로부터 벗어날 것을 요구한다.[24] 비록 졸라가 자연주의 소설 미학을 극예술

---

22 Jean-Pierre Sarrazac, "Reconstruire le réel ou suggérer l'indicible", *Le théâtre en France 2. De la Révolution à nos jours*, Armand Colin, 1992, p.193.
23 Emile Zola, op. cit., pp.186~187.
24 "나는 현실 속의 살과 뼈로 된 인간을 거짓 없이 과학적으로 분석하는 연극을 바란다. 나는 인간의 기록으로서 아무 가치도 없는 가공적인 인물들이나 판에 박힌 선과 악의 상징들을 배격하기를 기대한다. 나는 인물들이 환경에 의해 결정되고 또한 그들이 자신의 기질과 잘 부합되는 사건의 논리에 따라 행동하기를 기대한다. 나는 매순간 사물과 인간들을 바꾸어 놓는 요술 방망이질이나 어떤 종류의 속임수도 더 이상 없기를 기대한다. 나는 사람들이 믿을 수 없는 역사들을 더 이상 이야기하지 않으며, 결과적으로 작품의 많은 부분들을 파괴할 뿐인 로마네스크한 사건들을 위해 정확한 관찰을 이제 희생시키지 않기를 기대한다. 나는 사람들이 진부한 방법들, 사용하기에 진력이 난 표현들, 눈물과 깊이 없는 웃음들을 버리기를 기대한다. 나는 극작품이 미문과 과장된 말과 감정에서 벗어나서 진실하고 격조 높은 도덕성을 갖거나 또는

에 응용시키고 있지만, 그의 연극론은 분명 새로운 극예술을 창즈하려는 같은 세대 예술가들의 오랜 의지를 대변하는 것이었다. 1880년대 프랑스 연극계는 이처럼 예술 장르 중에서 언제나 "관례의 최후 보루"[25]로 남아 있는 연극을 혁신시키기 위한 이론과 더불어 '연극의 발자크'를 고대했으나, 이론에 필적할만한 독창적이고 강력한 작품을 만나지 못하고 있었다. 입센이 프랑스에 번역된 것은 자연주의 연극 운동이 '자신의 라신과 몰리에르를 만나지 못한 채' 막바지에 달한 바로 이 시점이었다.

입센을 최초로 무대에 올린 사람은 앙투안(André Antoine, 1858~1943)이다. 그는 졸라의 후원을 받으며 1887년에 '자유극장'을 세우고, 자연주의 연극 미학에 부합하는 희곡을 찾아 무대에 올리며 새로운 연기법을 지도하고 있었다. 앙투안의 '자유극장'은 극장주의 간섭이나 정부 검열을 피하기 위해 회원 참여만으로 극장을 운영한, 유럽 최초의 독립극장으로 독일과 영국 그리고 러시아에 선례를 제공함으로써 유럽 자연주의 연극 운동에 일조했다.[26] 『유령』이 프랑스 무대에 오르게 된 경위를 살펴보면 다음과 같다. 우선, 1887년 한 연극 전문 잡지에 실린 입센에 대한 논문이 있다. 논문은 입센을 자연주의

---

진실한 조사의 무서운 교훈이 되기를 기대한다. 마지막으로 나는 소설에서 성립된 변화가 연극에서 완성되고 또한 이제까지 아무도 무대에서 감히 시도해보지 못했던 만큼 더욱 독창적이고 영향력 있는 정확한 보고서로 삶을 묘사하고 인간을 분석하고 자연을 연구해서 과학과 현대 예술의 근원에 귀착되는 것도 연극을 통해서이기를 기대한다."(Ibid., pp.187~188)
25  Ibid., p.185.
26  프랑스의 선례에 따라 독일 베를린에 '자유무대(Freie Bühne)'(1889), 영국의 '독립연극협회 (The Independent Theater)'(1891), 러시아 '모스크바 예술극장(Moscow Art Theater)'(1898)이 설립되었고 이후 줄줄이 독립극장이 생겨났다. 독립극장 시스템은 무엇보다 레퍼토리 선정에서 외부 검열과 자기 검열을 피할 수 있게 해주었다. 독일과 영국에서 검열 때문에 공식적으로 무대에 올리지 못했던 『유령』이 양국의 독립극장 창설과 더불어 상연될 수 있었던 이유도 여기 있다. 『유령』의 독일 초연은 1886년 비공개로 있었는데 1889년 독일 '자유극장'이 창단 공연으로 『유령』을 최초로 대중들에게 선보였고, 영국에서는 1891년 '독립연극협회'가 창립된 이후 무대에 올려졌다.

자로 분류하면서 다윈에 연결시켰고 이를 읽은 졸라가 앙투안에게『유령』을 무대에 올려보라고 권했다.[27] 다음으로 1889년 출판된 프로조의『유령』번역본이 있다. 그리고 가장 결정적인 역할을 했을 독일의 본격적인 입센 열풍이 있다. 1889년 독일 베를린의 '자유무대(Freie Bühne)'가 창립 공연으로 〈유령〉을 무대에 올렸고, 같은 주에 입센의 작품들이 여러 극장에서 공연되었던 것이다. 독일의 1889년 3월 첫 주는 '입센 주간'을 방불케 했다고 한다.[28] 졸라와 앙투안을 비롯한 프랑스의 자연주의자들이 독일의 자연주의자, 오토 브람(Otto Brahm, 1856~1912)이 이룩한 '쾌거'를 몰랐을 리 없었다. 또 앙투안은 1888년부터 톨스토이나 스트린드베리와 같은 동시대 외국 작가의 작품을 연출해 무대에 올리면서 프랑스 자연주의 희곡의 왜소함을 극복하고자 애쓰는 중이기도 했다.

1890년 5월 30일 자연주의 극의 전진기지였던 자유극장이 〈유령〉을 무대에 올렸을 때 객석은 잘 짜인 극의 옹호자들과 새로운 연극의 대변자들 사이의 팽팽한 긴장으로 '에르나니 전투'의 전사들이 유령이 되어 돌아왔다고 느껴질 정도였다고 한다.[29] 입센의 이름은 곧 졸라와 결합되어 '스크리브뿐 아니라 오지에와 뒤마 피스와 결별하고자 하는 대담하고 격렬한 젊은 유파'의 일원으로 알려졌다. 그러나 자유극장이 무대에 올린 입센 작품은 〈유령〉과 다음 해의 〈들오리〉 뿐이었다. 자연주의 연극이 입센을 대항마로 내세웠던 기간은 여전히 2~3년에 지나지 않는 것이다. 입센은 곧 상징주의자들이 자

---

27 『극예술지(紙)(*Revue d'art dramatique*)』에 실린 "북구의 한 시인─헨릭 입센(Un Poète du Nord : Enrick Ibsen", A. Dikka Reque, *Trois auteurs dramatiques scandinaves Ibsen, Björnson, Strindberg devant la critique frnaçaise 1889~1901*, Champion, 1930, p.18.
28 김미혜, 『헨리크 입센』, 연극과인간, 2010, p.97.
29 A. Dikka Reque, op. cit., pp.55~56.

연주의 극에 대항해 내건 깃발의 상징이 되어버렸기 때문이다.


## 3) 늦게 도착한 대항마


독일이나 영국과 달리 프랑스에서 입센이 자연주의 연극이 내세운 대항마로 단명한 이유는 무엇일까? 번역의 뒤처짐이 주요한 원인일 것이다. 낭만주의 운문극으로 출발한 입센은 1870년대 후반기 〈사회의 기둥〉(1877)과 『인형의 집』(1879)과 더불어 당대 사회의 모순에 천착하는 사실주의 극작가로 변모한다. 그런데, 1890년 이전 프랑스에서 입센은 기껏해야 노르웨이 낭만주의 민족극 작가로 소개되던 실정이었다. 반면 1870년대부터 입센을 번역했던 독일은 입센극의 변화를 실시간으로 주목할 수 있었다. 1878년 베를린의 3개 극장에서 『사회의 기둥』이 동시에 공연되었을 때, 이 작품이 무대 위에서 폭로하고 있는 부르주아 사회의 자기기만은 독일 관객들에게 새로운 연극적 체험을 제공했다. 독일의 자연주의는 입센의 연극적 수용으로부터 시작되었던 것이다.[30]

영국의 상황도 비슷했다. 잘 알려졌듯이, 영국에서 입센은 버나드 쇼(Bernard Shaw, 1856~1950)의 『입센주의의 정수(*The Quintessence of Ibsenism*)』(1891)를 통해 대중에게 널리 알려졌다. 쇼의 '입센주의'는 현실의 재현을 통한 사회 고발이

---

30 이원양, 『독일 연극사』, 두레, 2002, 158~183쪽. 독일에서 최초로 공연된 입센극은 1876년 마이닝겐 극단이 베를린에서 상연한 〈왕위 요구자〉이다. 이후 1878년 베를린에서 〈사회의 기둥〉이 3개의 극장에서 동시에 공연됨으로써 입센이 본격적으로 무대 위에서 소개되기 시작한다. 1880년 결말이 수정된 〈인형의 집〉이 공연되고, 이어 1900년까지 〈유령〉, 〈민중의 적〉, 〈로스메르스홀름〉, 〈들오리〉, 〈바다에서 온 여인〉이 차례로 무대에 올려졌다. 참고로 입센의 영국 최초 상연은 1880년으로 Quicksands가 무대에 올린 〈사회의 기둥〉이다.

라는 비판적 사실주의자로서의 입센을 강조했고, 계몽의 전통 속에 위치한 이러한 입센의 모습이 영국에서의 초기 입센 수용의 특징이었다. 이는, 쇼의 입센주의가 원작자 입센보다는 당시 영국 연극을 쇄신하고자 했던 쇼 자신의 열망에 더 충실했다는 사실로 미루어 짐작할 수 있듯이, 1890년대까지 '사회비판'이라는 극문학의 기능이 영국에서 절실했다는 말이 된다. 십여 년의 시차를 두고 입센 열풍이 불었으나 독일과 영국에서 그 관심은 모두 계몽사상을 이어받아 연극을 시민 사회의 토론 광장으로 삼은 극작가로서의 입센의 면모에 모아졌다.

반면, 프랑스에 입센이 번역되었을 때 입센극의 사회비판적인 측면은 크게 신선하거나 충격적으로 받아들여지지 않았다. 프랑스 관객은 사회에 거울을 들이대고 그 위선적인 도덕을 폭로하는 '거울로서의 연극'에 익숙해 있었다. 잘 짜인 극의 전통 속에 있던 뒤마 피스나 오지에도 이미 진지한 사회극을 표방하면서 민감한 사회 문제를 무대에 올렸던 것이다. 더구나 빌리에 드 릴아당(Villiers de l'Isle-Adam, 1838~1889)은 단막극 〈반란(La révolte)〉(1870)에서 한 영혼의 무력과 마비와 피폐를 초래하는 부르주아 가정에 대한 혐오감을 절제된 대사로 표현해낸 바 있다. 여주인공 엘리자베스가 '다르게 살기 위해' 남편인 은행가 펠릭스를 떠나기로 결심한다는 내용은, 노라와 달리 가출에 성공하지는 못하지만, 간결하고 축약적인 대사를 통해 소리 없는 아우성으로 결혼 생활의 비열함과 진부함을 적나라하게 느끼게 했다. 베크(Henry Becque, 1837~1899)는 자연주의 연극 운동과 거리를 취하고 있었음에도 불구하고 당대 사회를 향해 졸라보다 더 신랄한 시선을 던졌다. 그의 〈까마귀떼(Les corbeaux)〉(1882)는 한 과부와 그 딸들을 '등쳐먹는' 파렴치한 공증인과 은행가들을 등장시켜 부도덕한 사회가 합법이라 규정한 것에 대해 관객으로

하여금 질문하게 했다. 입센이 프랑스에 소개되었을 때 사회비판적 측면에서 그의 극이 지닌 선구적 특성은 이미 바래있었다.

보수주의 비평의 거두 사르세가 〈인형의 집〉 초연을 관람한 후 내린 평가는 이러한 정황을 잘 보여준다. 유럽에서건 동아시아에서건 노라의 가출이 가부장제 문화와 충돌했고 비판받았다는 것은 잘 알려진 사실이다. 그런데 외국 극작가에 대한 공인된 저격수였던 사르세가 이 극이 외국 작품 중에서 "가장 잘 짜여 있고 가장 흥미롭다"[31]며 처음으로 예외적인 칭찬을 했던 것이다. 사실 3막의 후반부에서 노라가 남편 앞에 자리를 잡고 앉아 긴 대사를 하기 전까지, 『인형의 집』의 플롯은 당시의 관객에게 익숙한 것이었다. 치밀하게 복선을 깔고 다종의 '끈(ficelle)'을 사용해 원인과 결과가 교묘하게 맞물리도록 구성된 '잘 짜인 극'의 조건을 충실히 만족시키고 있었다. 사르세는 물론 결말에 대해 불만을 표시했다. 하지만 그 불만은 유럽 여러 나라의 비평가들을 흥분시켰던 여주인공의 '부도덕함'과는 무관했다. 그의 눈에 문제는 결말이 논리적이지 않다는 것, 정부(情夫)도 없이 한 부인이 가출한다는 설정은 무리가 있다는 것이었다. 달리 말하자면, 지극히 '도덕적인' 노라의 가출이 마음에 들지 않았다. 극의 내용이 아니라 구성을 문제 삼았던 것이다.

프랑스 자연주의 연극인 앙투안이 번역한 입센은 사회비판보다는 오히려 과학 지식이나 연출과 관계된 담론을 형성했다. 상술한 바대로, 졸라가 『유령』에 관심을 가졌던 이유는 유전이라는 소재 때문이었다. 인간이 자유로운 존재가 아니라 환경에 지배당한다는 것이 자연주의들의 기본 생각이었고, 생물학적 환경인 유전은 자연주의자들의 관심사였던 것이다. 앙투안이 무대에

---

31 Francisque Sarcey, *Quarante Ans de Théâtre. Feuilletons dramatiques* 8, Bibliothècue des Annales politiques et littéraires, 1902, pp.358~359.

올린 『유령』은 유전에 압도당한 인간을 제시했다. 그리하여 프랑스에서 이 극은, 여주인공의 불행의 한 원인인 가부장제 사회의 '이중 도덕'을 문제 삼는 여성주의 담론을 형성하는 대신, 매독, 유전, 퇴화(退化)와 같이 당시 논란이 많았던 '과학적 정보'를 무대에 올리는 문제를 둘러싼 설전을 유발했다. 초연 첫날 『피가로 지(紙)』에 실린 데자르댕(Paul Desjardins, 1859~1940)의 글은 유전이라는 소재가 입센-자연주의자 담론의 중심에 있었음을 보여준다. "입센은 자기가 본 것을 그린다. (…중략…) 그건 인생, 꾸미지 않고 손보지 않은 그대로의 인생이다. 리얼리즘을 원하시는지요? 그렇다면 여기 리얼리즘이 있습니다. (…중략…) 존경하는 사르세 선생님, '이것이 연극이냐고요? 예, 이것은 연극입니다!' (…중략…) 여기 모파상이 이야기하는 방식과 다르게 이야기한, 가공할 두려움과 함께 눈앞에 제시된 유전이 있다. (…중략…) 평범한 사실 가운데 있는 전율, 불안, 공포 이것이 바로 입센 연극의 효과이다. 이상할 정도로 새로운 이것이야말로 우리의 연극이 암중모색하고 있었던 것이다."[32]

〈유령〉을 관람한 후 사르세는 연극을 보러가기 전에 대본을 읽지 않았다면 아무 것도 이해하지 못했을 것이라며 "나는 알아들을 수 없게 대사를 발음하는 자를 결코 훌륭한 연기자라 생각하지 않는다. 나로서는 극의 절반을 알아들을 수 없었다"[33]라고 배우들의 연기를 문제 삼는다. 자유극장을 창립할 때부터 앙투안은 디드로의 '제4의 벽' 이론에 따라 실제 생활과 가장 유사한 무대 배경과 배우들의 몸짓과 음성을 요구했다. 배우들이 웅변조로 말하고, 항상 관중을 향해 연기하고, 자동인형처럼 무대에 등장하는 것을 지양함으

---

32  A. Dikka Reque, op. cit., p.59 재인용.
33  Francisque Sarcey, op. cit., p.330.

로써 관객들이 극장이라는 인위적인 공간에 있는 것이 아니라 실제 사건의 현장에 있듯이 느끼도록 하기 위해서였다. 〈유령〉과 〈들오리〉의 자연주의적 연출법이 전통주의자들을 불편하게 했기에, 입센 담론은 배우의 연기를 둘러싸고 형성되었다.

입센은 프랑스 자연주의 극운동에 큰 파장을 일으키지 않았다. 사람들은 입센에게서 연극을 해방시킨 선구자보다는 스크리브에서 졸라까지 19세기 프랑스 극이 이루어낸 발전을 총체적으로 구현하고 있는 종결자의 모습을 보았다. 사르세에 맞서 입센을 옹호했던 에르하르드(Auguste Ehrhard)는 입센의 『청년동맹』에서는 스크리브를, 『사회의 기둥』에서는 오지에를, 『인형의 집』에서는 뒤마를, 『유령』에서는 연합전선을 펴고 있는 뒤마와 졸라를 보았다며 이렇게 쓴다. "(입센은 『청년동맹』에서 『유령』까지) 단 12년 만에 계략극(comédie d'intrigue)[34]과 사실주의 드라마 사이에 놓인 엄청난 간극을 뛰어넘었다. 12년 만에 그는 혼자서 일군의 프랑스 작가들이 반세기 이상 걸려 이룬 발전을 성취했다."[35] 전적으로 새롭게 입센을 번역할 이들은 자연주의 극에 대항한 상징주의자들이 될 것이다.

---

34  잘 짜인 극을 가리킨다.
35  Auguste Ehrhard, *Henrik Ibsen et le théâtre contemporain*, Lucène, Oudin et Cle, Editeurs, 1892, pp.337~338.

## 4. 창조적 오독—상징주의자 입센

### 1) '자유극장'에서 '작품극장'으로

프랑스 문예사에서 자연주의 시기는 상징주의 시기이기도 했다. 졸라의 『루공 마카르』 총서가 출판된 1871～1893년은 말라르메와 라포르그와 메테를링크의 작품이 출간된 시기와 일치한다. 시인이 주를 이루었던 상징주의자들은 연극의 쇄신에 적극적으로 뛰어들진 않았지만, 뒤마 피스를 거부한 만큼 졸라의 이름이 대변하는 연극에 거부감을 느꼈다. 소설가들이 사실과 진실의 이름으로 소설에서 이루어낸 변화를 연극에 도입하려고 시도하고 있을 때, 상징주의자들은 반대로 시적인 꿈과 암시의 극작법을 모색하고 있었다. 1890년경, 메테를링크(Maurice Maeterlinck, 1862～1949)의 첫 희곡이 창작되고 젊은 시인 포르(Paul Fort, 1872～1960)가 '예술극장(Théâtre d'Art)'을 창설했을 때, 졸라-앙투안의 반대편에서 연극을 변화시키려는 노력이 가시화되었다. 단명한 '예술극장'의 뒤를 이어 뤼네-포(Lugné-Poe, 1869～1940)가 설립한 '작품극장(Théâtre d'Oeuvre)'은 상징주의 연극의 신전으로 자리매김하게 된다.

1893년 작품극장은 창립 공연작으로 메테를링크의 『펠레아스와 멜리장드(Pelléas et Mélisande)』(1892)를 무대에 올리고 다음 작품으로 입센의 『로스메르스홀름』(1886)을 선택한다. 뤼네-포는 스칸디나비아 희곡들을 대거 무대 위에 올리면서 '위대한 스칸디나비아인'이라 불리게 되고, 무엇보다 입센극의 초연을 독점하며 입센에 대한 프랑스의 중요한 무대 번역가가 된다. 그는 『유령』처럼 이미 상연된 입센의 희곡뿐 아니라 『페르 귄트』나 『브란』 같은 입센 자신이 상연을 생각하지도 않았던 희곡을 무대에 올렸다. 『브란』은 입센이 노르웨이 밖에선 결코 이해받지 못할 거라고 생각한 작품이기도 하다.

입센극의 초연 무대가 자유극장에서 작품극장으로 옮겨가게 된 배경에는 프로조와 앙투안 사이의 갈등이 놓여있다. 앙투안이 〈유령〉 초연 때와 마찬가지로 다른 번역가의 텍스트를 〈들오리〉의 대본으로 삼으려 한다는 소식을 듣고 프로조는 입센이 자신에게 준 '특권'을 내세우며 저지하나 실패한다. 프로조는 비평가 데자르댕, 사빈 출판사, 극작가협회, 결국 입센까지 끌어들였으나 앙투안은 꿈쩍도 하지 않았다. 1891년 4월 앙투안은 독일인의 번역을 대본으로 〈들오리〉를 초연했다. 그런데 공연의 결과가 신통치 않았다. 입센과 프로조가 앙투안과 멀어졌고, 다른 극장을 찾게 되었다. 자유극장에 집착할 이유가 없어 보인 것이다. 그해 봄 앙투안의 제자였던 뤼녜-포는 막 군복무를 마치고 야심만만하게 무대로 돌아와, 자유극장이 아니라 에스콜리에 서클(Cercle des Escholiers)에 합류한 참이었다.[36]

대본 선택을 둘러싸고 일어난 텍스트 번역가와 무대 번역가 사이의 불화는 자유극장의 초연 레퍼토리에서 입센극이 사라진 이유를 알게 하지만, 작품극장이 입센극 초연을 독점하게 된 이유를 설명해주지는 않는다. 입센의 희곡 자체에 상징주의자들을 사로잡는 요소가 없었다면 이는 불가능했을 것이다. 물론 뒤마 피스에게서 상징을 운위할 정도로 '상징'이 남용되는 시기이긴 했으나,[37] 작품극장이 뒤마 피스의 희곡을 무대에 올린 일은 결코 없었다.

---

36 에스콜리에 서클은 1886년 뤼녜-포가 콩도르세 고등학교 3학년 때 부르동(Geroges Bordon)과 함께 만든 연극 서클이다. 당시 유행하던 아마추어 연극 모임 중의 하나였던 이 서클은 연극뿐 아니라 콘서트, 컨퍼런스, 무도회 등도 주관한 다분히 사교적인 클럽이었다. 1년 뒤 뤼녜-포는 이 클럽을 탈퇴했고, 이후 1889년부터 1년 반 동안 앙투안의 자유극장에서 배우 겸 무대감독(régisseur)으로 일한다. 에스콜리에 서클, 뤼녜-포와 앙투안의 관계에 대해선 Jacques Robichez, op. cit., pp.52~79 참고할 수 있다.

'상징'이란 단어는 1889년의 『인형의 집』 번역본 해제에서 이미 등장했다. 노라의 가출이 유럽 전체에서 불러일으킨 반응을 잘 알고 있는 프로조는 극의 마지막 장(章)이 뜬금없다고 불평할지도 모를 독자에게 "작가는 줄거리 내내 인물들에게 최대한 현실성을 부여한 후, 극이 줄 수 있는 최대한의 도덕을 끌어내야 하는 마지막 순간에 이 외투를 벗겨버리고 인물들을 솔직하게 있는 그대로, 입센 드라마의 모든 인물들이 그러한 대로, 다시 말해 상징으로 제시한 것"[38]이라고 설명하면서, 사실과 상징의 결합을 입센극의 특징으로 내세웠다. 프랑스의 입센 대리인 격이었던 프로조가 앙투안에서 뤼녜-포에게로 옮겨간 것을 단지 저작권이라는 현실적인 이해관계로만 설명할 수 없게 만드는 부분이다.

앙투안의 〈유령〉이 무대에 올랐을 때 비평가들은 망설이지 않고 사실주의 극으로 분류했지만, 극 속의 태양과 비가 무엇을 의미하는지를 두고 설왕설래했다. 그런데 그가 두 번째로 연출한 〈들오리〉 공연에 대해서는 '북구의 안개'니 '모호하다'느니 하는 소리가 사방에서 터져 나왔고 들오리가 무엇을 상징하는지를 공공연하게 묻고 답하느라 적지 않은 잉크가 소모되었다. 에르하르드는 "이 오리는 침울한 천성으로 인해 어둠과 오욕 속에서 살도록 선고받은 인간의 상징"[39]이라고 친절히 설명하기도 했다. 그런데 도대체 상징이란 무엇인가? 당시 사람들은 극이 진행될수록 새로운 면모를 보이는, 세밀한 분석이 요구되는, 다차원적인 심리를 보여주는 비밀스러운 인물이 등장할 때 '상징'이라 말하기도 했고 또는 알레고리와 동의어로 '상징'을 이해하기

---

37  A. Dikka Reque, op. cit., p.90 참고.
38  Ibid., pp.82~83 재인용.
39  Auguste Ehrhard, op.cit., p.346.

도 했다.[40] 여하튼, 입센 번역의 초입부터 '모호함'은, 그것을 독창성으로 환호하기 위해서든 서투름으로 비난하기 위해서든, 그를 둘러싼 담론의 라이트모티브였다. 명확하지 않다는 것, 모호하다는 것, 한마디로 이해할 수 없다는 것이 보수적인 비평의 일관된 주장이었고, 그럼에도 불구하고 아름답다는 것이 중도파의 입장이었다. "아주 아름답지만 우리 라틴 사람들의 두뇌엔 명확하지 않아!"[41]

스칸디나비아에서는 물론이고 독일이나 영국에서도 알지 못했던 입센극의 '모호함'이 왜 프랑스에서 제기되었던 것일까? 오랫동안 사람들은 그 책임을 텍스트 번역자 프로조에게 돌렸다. 이 러시아 백작이 입센의 명료한 노르웨이어를 모호한 프랑스어로 옮겼다는 것이다. 앞에서 살펴본 대로, 현재 프로조의 번역은 만장일치는 아니라 할지라도 무죄판결을 받았다.[42] 이 모호함의 공과(功過)는 1892년 〈바다에서 온 여인〉을 연출하고 이듬해 작품극장 창단과 함께 5년 동안 입센극의 초연 무대를 독점하면서 연출한 뤼네-포에게 돌아간다.


## 2) 제2의 창조


작품극장 창단에 즈음하여 이루어진 상징주의의 대표 극작가인 메테를링크의 인터뷰는 왜 작품극장의 무대에 올라가면 일반적으로 사실주의 극으로

---

40 Jacques Robichez, op. cit., p.153.

41 A. Dikka Reque, op. cit., p.35 재인용.

42 프로조가 입센을 모호하게 만들었다는 의견을 고수하는 경우는 Jacqueline de Jomaron, "En quête de textes", *Le théâtre en France 2. De la Révolution à nos jours*, Armand Colin, 1992, p.274.

간주되는 입센극조차 상징적으로 번역되는지를 알게 한다. 뤼네-포의 예술적 조언자였던 그는 연극의 궁극적 지향점은 시일 것이라고 말한 뒤, 사실성이 희곡에서 차지해야 하는 위치에 대해 입센을 예로 들면서 설명한다. 그에 따르면 입센의 사실주의는 관객의 요구에 대한 작가의 '양보' 혹은 '책략'일 뿐이다. "(입센은) 아주 명백하고 세세하고 개인적인 삶을 사는 인물들을 제시한다. 그래서 그는 인간의 사소한 일들을 아주 중요하게 생각하는 것처럼 보인다. 그러나 그는 내심 그것을 비웃는데, 이 최소한의 임시방편들을 사용하는 이유는 오로지 우리를 설득하기 위해서 또 부차적 존재들의 소위 판에 박힌 현실을 제3의 인물이 이용하도록 하기 위해서일 뿐이다. 입센의 대사 속에 줄곧 미끄러져 들어오는 이 미지인만이 고갈되지 않는 심원한 삶을 살고, 다른 인물들은 모두 얼마동안 시선을 끌기 위해 사용될 뿐이다." 이것이 바로 입센이 "망자(亡者)의 방에서 날씨 이야기를 하고 앉아 있는 사람"[43]처럼 보이는 이유인 것이다. 뤼네-포는 조언자의 이 독특한 해석을 그대로 실천했다.

'삶의 한 조각'을 무대 위에 제시하고자 했던 자연주의의 연출이 자유극장의 무대 위에 진짜 고깃덩어리를 걸어놓게 만들었다면, 상징주의 연출은 이 물질화된 무대를 최대한 기화(氣化)시키고자 한다. 연극에서 중요한 것은 성격과 사건의 정수들을 보여주는 것이지 물리적인 디테일이 아닌 것이다. 연극이 제시해야 할 것은 일상의 삶이 아니라 존재의 신비와 우주라고 생각한 상징주의 연극은 무대 제작을 거부하진 않았지만 그렇다고 강조하지도 않았다. 마찬가지로 궁극적으로 '눈에 보이지 않는 존재'를 연기해야 할 배우의

---

43 Jacques Robichez, op. cit., p.168 재인용.

몸짓이나 언어 역시 최대한 비육체화시키고자 했다. 1892년 뤼네-포가 에스콜리에 서클을 이끌고 '현대극장(Théâtre moderne)'의 거의 헐벗은 무대 위에서 몽환적인 동작과 발성으로 〈바다에서 온 여인〉을 공연했을 때, '프랑스의 입센' 초상화는 그 밑그림이 그려졌다. 이 공연을 본 상징주의 작가 레니에(Henri de Régnier)는 입센이 "갑작스럽게 소용돌이 속으로 빨려 들어가며 그 휘몰아치는 소용돌이 속에서 가장 깊은 내면의 몽상을 보게 하는 영혼의 동요"를 지닌 인물들, "평범하고 표피적인 존재 너머 또 다른, 벌거벗은, 이상하면서도 진실한 존재들"을 창조했다고 극찬했다. 그런데 "마치 그들 자신의 유령인 듯한"[44] 이 인물들을 창조한 자가 과연 입센이었을까?

노르웨이는 '문화의 수도' 파리가 번역한 입센의 모습에 환호하진 않았다.[45] 〈바다에서 온 여인〉의 초연이 가져온 '성공'[46]의 바람을 타고 뤼네-포가 1894년 스칸디나비아 순회공연에 나섰을 때, 노르웨이 관객과 신문은 프랑스발(發) 입센의 모습에 당혹해했지만 예의를 갖추었다. 자신들의 국민작가가 파리에 알려진다는 것, 작품극장이 크고 화려한 문이 아니라 할지라도 파리의 대로로 열린 '파리의 문'이라는 사실이 소중했다. 그것을 이용해 파리로 들어갈 수 있다면 그 문이 마음에 들지 않는다는 사실은 크게 중요하지 않았던 것이다. 흥미로운 것은 파리에서는 조롱의 표적이었던 느리고 단조로운 배우들의 어법을 노르웨이 관객은 환영했다는 점이다. 사실 빠른 프랑스어를 이해할 관객은 거의 없었을 것이다. 프랑스 사람의 아이러니나 과장법과 거리가 먼 점잖은 노르웨이 평론가들은 다음과 같이 작품극장의 순회공

---

44  Ibid., p.157 재인용.
45  뤼네-포의 1894년 노르웨이 순회공연과 1894~1896년의 『스칸디나비아 신문』의 반응과 입센의 입장에 대해선 Ibid., pp.269~290 참고하라.
46  프랑스에서 대중적으로 가장 큰 성공을 거둔 것은 1894년 초연한 〈인형의 집〉이다.

연을 정리했다. "프랑스인들의 크리스티아니아 방문의 의미는 크지 않다. (…중략…) 후세가 뤼녜-포의 방문을 기억하게 된다면 이 방문이 1894년 유럽에서의 입센의 명성을 증명해주었기 때문일 것이다." "그 결점이 무엇이든 지간에 작품극장의 이번 순회공연은 연극에 발을 들여놓은 우리 젊은이들에게 일하면서 위험을 무릅쓰고 시도하는 것을 가르쳐주었고, 위험을 무릅쓰고 시도하면서 신념을 갖는 것을 가르쳐주었다."[47]

입센의 태도도 비평가 그룹과 비슷했다. 크리스티아니아 극장에서 뤼녜-포의 공연을 직접 본 노작가는 신중했다. 찬사도 비난도 아닌 외교적인 발언을 던졌을 뿐이다. 대작가의 도량에서든, 명성에의 욕망에서든, 원본-원저자의 권위란 없다는 생각에서든, 입센은 자신의 극이 무대 위에서 번역되는 방법에 대해선 크게 문제 삼지 않은 듯하다. 프로조가 '상징주의자 입센'을 자신이 주장해도 되겠느냐고 물었을 때, 입센은 각자 자기 생각을 주장할 수 있다고 답하면서, 다만 대낮같이 환하게 밝혀진 무대 위를 대본이 지시한다고 곧이곧대로 램프를 들고 입장하는 배우를 본 적이 있다며 부디 프로조의 능력을 연기자들이 자기 희곡을 철학서가 아니라 예술작품으로 만드는 데 사용해달라고 부탁한다. '뤼녜-포의 입센'이 창조된 이후 입센은 자신의 희곡이 상징주의 연극의 이상형처럼 간주되는 현상에 대해 의견을 표명할 것을 끊임없이 요구받았고, 입센은 언제나 우회적으로 대답했다. '모든 것이 상징이란 의미에서라면 자신도 상징주의자다'라는 식으로. 입센은 자신이 상징주의자가 아니라고 말하지는 않았지만, 상징주의자라고 말한 적은 결코 없다. 1900년 이 문제를 확실히 매듭짓고자 했던 한 미국인에게 이 거장은 이

---

47  Ibid., pp. 277~278.

렇게 답했다. "상징주의, 그것은 호의적이고 사색적인 독자들이 전적으로 사실적인 제시(提示)에 수를 놓은 것이다."[48]

　상징주의 연극과 입센극과의 등식은 그 등식의 주범이었던 뤼네-포에 의해 철회된다. 1897년 뤼네-포는 프랑스 상징주의 극작품의 빈곤함과 얄팍함을 문제 삼으며 "작품 극장(이) 신비주의적 경향을 받아들인 것이 몇몇 사람들을 혼란스럽게 만들었는데 이젠 그것을 멈춰야 할 시기인 듯하다. 드라마적인 견지에서 그 신비주의 경향은 메테를링크의 감탄할 만한 극들을 제외하고는 아무 것도 창출하지 못했기 때문이다"라고 선언하고, "입센극과 상징주의 이론 사이의 명백한 모순"[49]을 천명한다. 이후 작품극장이 문을 닫는 1899년까지 '위대한 스칸디나비아인' 뤼네-포는 파리와 지방을 순회공연하며 앙투안의 자연주의적 입센 번역과 과거 자신의 과장된 입센 번역 사이 그 어디쯤에 위치하며 입센극을 프랑스 대중들에게 널리 알렸다. 하지만 1893～1897년 동안 상징주의자 뤼네-포에 의해 "포로가 된 입센"[50]은 입센에 대한 현대주의적 해석에 영향을 미쳤다. 헨리 제임스에서 제임스 조이스와 버지니아 울프에 이르기까지 현대주의자들이 '입센 속의 입센', "연극 무대의 성격을 '거울'에서 '등불'로, 부르주아의 존재만 반영하는 세계에서 현상세계의 배후에 도사린 보이지 않는 세력들이 폭로되는 세계로"[51] 만든 입센을 간파할 수 있었던 것은 뤼네-포의 입센 번역과 무관하지 않기 때문이다.

---

48　A. Dikka Reque, op. cit., pp.125～126 재인용.
49　Jacques Robichez, op. cit., p.394 재인용.
50　Ibid., p.477.
51　에롤 뒤르바흐, 「입센비평 100년」, 김성균 역, 『공연과 리뷰』 75, 현대미학사, 2011, 210쪽.

# 5. 나오는 말

서구 연극사에서 입센은 현대극의 선구자로 간주된다. 그의 극이 현대 인간의 조건과 현대적 사유와 현대적 삶의 감각을 구현했기 때문이다. 위대한 셰익스피어라 할지라도 산업혁명을 겪고, 사회주의 이론을 듣고, 부르주아 살림살이를 경험한 현대인을 창조할 순 없다. 입센이 '현대'의 셰익스피어인 이유는 그의 극이 현대 사회의 특징인 개인과 사회의 불화, 현대인의 특징인 다차원적 심리, 존재의 심연에 대한 환상 없는 시선을, 기술의 발전과 함께 변화한 무대 조건에 가장 적합하게 제시한 작가였기 때문이다. 1880~1890년대 독일, 영국, 프랑스에서 입센 번역이 활발했던 이유는 바로 당시 연극장이 요구하고 열망했던 것, '현대성'에 입센의 극이 가장 충실하고 총체적으로 대답했기 때문이다. 거시적으로 독일, 영국, 프랑스 3국의 입장에서 보면 입센이라는 원본의 번역은 현대성이라는 '유럽 연극장의 주체', 즉 연극장을 구성하고 있던 집단들의 '이해가능성의 입장, 이념적 위치'를 구성했다.

그러나 입센이라는 현대성을 번역하는 각국의 방법은 달랐다. 각국의 연극과 문화적 정세에 따라 번역의 시기와 강조점이 상이했고 번역을 둘러싸고 형성된 담론도 달라졌다. 독일과 영국에서는 거울로서의 연극이라는 사실성과 사회비판의 측면이 집중 번역되어 현대성의 담론을 주도했다. 반면 프랑스에서는 자연주의 연극이 내세운 대항마로서 입센극이 밀도 있게 번역된 기간은 짧았고 형성된 이슈도 연출을 둘러싸고서였다. 이어 상징주의자들에 의해 전유된 입센은 입센 자신도 기대하지 않았던 새로운 담론을 만들어 내었다. 본 연구는 그 담론을 결정한 것이 입센의 희곡이 아니라 당시 프랑스 연극장의 내적인 요구였다는 점, 즉 연극장의 경쟁적 연극 집단의 상이한 처지와 가치와 신념이었음을 드러내고자 했다. 사실 '드러내고자 했다'는 표현이 적합하지 않기도 한데, 이웃나라의 경우를 참조하며 1890년대 입센 번역의 변곡점을 추적하는 것만으로도 그것은 스스로 드러났기 때문이다.

번역은 언어적 국경 너머의 타자를 전유하면서 자신을 인식하는 하나의 방법이다. 이때 자기 인식이란 자아를 하나의 자국적 주체로서 규정하는 자국의 문화적 규범들과 자원들을 인식함을 의미한다. 그리고 이 과정에서 형성되는 정체성이란 수많은 규범들과 제도들과 욕망들이 교차하면서 구성되어 가는 것, 관계에 의해 끊임없이 변화하는 것이다. 19세기 말 앙투안과 뤼네-포가 입센에 의존한 이유는 프랑스 자연주의와 상징주의 드라마의 빈곤함 때문이었고, 입센에게서 자신들의 이론을 뒷받침해주는 극작가를 보았기 때문이다.

20세기 초 아일랜드의 입센 번역 역시 번역에 있어 관건은 번역주체라는 사실, 자국 정체성은 서로 길항하는 번역들의 관계이기도 하다는 점을 잘 보여준다.[52] 예이츠(William Yeats, 1865~1939)를 비롯한 아일랜드의 문예부흥을 열망했던 민족주의적 극작가들은 영국의 상업극에서 벗어나 아일랜드의 민족적이고 켈트족 전통을 부활시키기 위해 노르웨이 연극, 특히 입센의 초기 극이 노르웨이에서 이룬 것을 아일랜드에서 이루고자 했다. 애비 극장(Abbey Theater)을 중심으로 모인 이들이 예술의 자율성을 목표했을지라도 그 전제와 목적은 무엇보다 국가였다. 이러한 경향은 민족국가를 비롯한 모든 구속으로부터 예술을 해방시키기를 원했던 조이스(James Joyce, 1882~1941)로

---

52  이하 아일랜드의 초기 입센 번역에 대한 내용은 Tore Rem, "Nationalism or internationalism? The early Irish reception of Ibsen", *Ibsen Studies* 7-2, Routledge, 2007을 참고했다.

대변되는 또 다른 해석과 대립했다. 물론 외국의 사상에 기대고 있었던 민족극의 움직임도 국제주의와 무관하진 않았지만, 어디까지나 국가와 민족의 중요성을 믿는 국제주의였다. 반면 조이스는 모든 종류의 문화적 민족주의를 거부했다. 이리하여 바이킹의 전통에 젖줄을 댄 젊은 입센과 외국으로 자발적 망명을 택한 장년의 입센이 동시에 '번역'되었다. 원저자의 삶과 작품을 시간 순서대로 접할 수 없는 '번역의 조건'이 동시대의 아일랜드에서 서로 다른 입센의 전유를 가능하게 했다.

초입에서 말했듯이, 이 연구는 동아시아 입센 번역 연구의 논의를 풍성히 하고자 하는 목적에서 시도되었다. 그런데 연구의 일부가 일단락된 지금, 우리는 이 연구가 앞으로의 동아시아 입센 번역 연구에 자극제가 될 수 있으리라는 기대를 감히 하게 되었다. 기존의 연구들은 동아시아 3국의 입센 번역이 전체적으로 '입센주의'에 경도되었다는 사실을 부각하면서 각국의 '번역주체'의 차이보다 유사성에 주목하는 경향이 있다. 『인형의 집』이 불러일으킨 열풍으로 인해, 입센의 사실주의가 지닌 넓은 스펙트럼 중에서 현실폭로와 개혁의지라는 측면이 강조되었고, 그 결과 예술가로 인식되었다기보다 사회개혁자 혹은 여성해방론자로 받아들여진 접점을 부각시킨다. 각국의 번역주체의 차이에 방점을 찍은 연구는 그다지 많지 않다.

이제 이 '차이'에도 관심을 기울여야 하지 않을까? 예를 들어, 우리가 참고했던 연구들에 따르면, 중국 연극이 입센을 근대 계몽 사상가로 만들어 버린다면, 일본 연극계는 입센이 극예술에 가져온 혁신에 관심을 보이며, 근대 계몽에 대한 환멸이 배태한 진실추구로서의 사실주의라는 측면 또한 간과하지 않는다. 이러한 접근은 한국에서도 목격할 수 있는데 한국의 입센 번역이 주로 일본을 경유했기 때문일 것이다. 우리가 보기에 차이는 각국에서 번역되고 또 무대에 올린 작품보다 그렇지 못한 작품 목록에서 더 잘 드러난다. 동아시아의 입센 열풍이 『인형의 집』으로 촉발되었고 또 노라와 더불어 입센이 세계적 작가가 되었다는 사실을 일단 짚고 넘어가자. 그런데 일본과 중국의 경우, 『인형의 집』과 마찬가지로 문제적 여성을 주인공으로 삼고 또 유럽에서 논란을 불러일으킨 『헤다 가블러』에 대한 수용은 상이하다. 일본에서는 『헤다 가블러』에 대한 연구가 이루어지고 희곡이 상연되면서 문학계에 상당한 파장을 일으킨 반면, 중국에서는 출판되지도 상연되지도 않았다고 한다. 이러한 차이는 번역에서 중요한 것이 원본이라기보다 번역을 필요로 하는 쪽의 욕망이라는 사실을 웅변한다. 미루어 짐작하건대, 탈아입구(脫亞入歐)를 외치며 '나쁜 친구' 한국과 중국과의 차별화를 추구하고 '좋은 친구' 서구의 모방에 전력을 기울이던 일본의 제국적 주체는 원저자 혹은 서구가 창조한 '괴물' 헤다 가블러를 제국의 영토에서 나타나는 데카당한 현상으로 자신 또한 감당해야 할 문제로 간주했을 수 있다. 반면 일본 제국주의에 대항해 싸워야했고 봉건의 족쇄로부터 벗어나기 위해 연극을 해방의 도구로 사용해야 했던 중국에서 『헤다 가블러』는 '이해 가능성의 입장'에 포섭되지 않는, 다시 말해 번역주체와 무관한 작품이었을 것이다. 실증적 조사로부터 도출한 이러한 차이에 대해 보다 끈질기고 섬세하게 파고들 때, 동아시아 3국의 근대의 모습이 보다 명확하게 그려질 수 있고, 그 위에서 근대 넘어서기의 가능성에 대한 논의가 더욱 풍성해 질 수 있을 것이다.

# 참고문헌

## 자료


Ehrhard, Auguste, *Henrik Ibsen et le théâtre contemporain*, Lucène, Oudin et Cle, Editeurs, 1892.

Ibsen, Henrik, *Drames contemporains*, Le livre de poche, 2005(1877~1900).

Sarcey, Francisque, *Quarante Ans de Théâtre. Feuilletons dramatiques* 8, Bibliothèque des Annales politiques et littéraires, 1902.

Zola, Emile, "Le naturalisme au théâtre", *Face aux romantiques*, Edition complexe, 1989(1881).


## 논저


고승길, 「한국 신연극에 끼친 헨릭 입센의 영향」, 『중앙논문집』 27, 1983.

김미혜, 『헨리크 입센』, 연극과인간, 2010.

김연수, 「번역과 근대적 문화전이-입센의 〈인형의 집〉 수용 양상 비교를 중심으로」, 『독일어문학』 59, 2012.

김용덕 편, 『영국 희곡의 이해』, 동아대 출판부, 2002.

김종진, 「중국 근대극의 입센 수용과 극복」, 『중국현대문학』 39, 중국현대문학학회, 2006.

노그레트, 카트린, 김덕희 외역, 『프랑스 연극 미학』, 연극과인간, 2007.

뒤르바흐, 에롤, 김성균 역, 「입센비평 100년」, 『공연과 리뷰』 75, 현대미학사, 2011.

로빈슨, 더글러스, 정혜욱 역, 『번역과 제국』, 동문선, 2002.

리우르, 미셸, 김찬자 역, 『프랑스 희곡사』, 신아사, 1992.

베누티, 로렌스, 임호경 역, 『번역의 윤리』, 열린책들, 2006.

윌슨, 에드윈 · 골드파브, 알빈, 김동욱 역, 『세계 연극사』, 한신문화사, 2000.

윤조원, 「번역자의 책무-발터 벤야민의 문화번역」, 『영어영문학』 57-2, 2011.

이경란, 「'문화번역'과 포스트식민 이주서사-자메이카 킨케이드의 『루시』」, 『현대영미소설』 19-1, 2012.

이상우, 「입센주의와 여성, 그리고 한국 근대극-1930년대 입센주의의 한국 수용과 창작극의 관련 양상」, 『현대문학의 연구』 25, 2005.

이원양, 『독일 연극사』, 두레, 2002.

정선태, 「〈인형의 집을 나와서〉 – 입센주의의 수용과 그 변용」, 『한국 근대문학연구』 3-2, 한국 근대문학회, 2002.

칼슨, 마빈, 김익두 외역, 『연극의 이론』, 한국문화사, 2004.

파비스, 파트리스, 신현숙 외역, 『연극학 사전』, 현대미학사, 1999.


Briens, Sylvain, *Paris. Laboratoire de la littérature scandinave moderne 1880∼1905*, Harmattan, 2010.

Casanova, Pascal, "Points", *La république mondiale des lettres*, Seuil, 2008.

Chevrel, Yves, *Henrik Ibsen. Maison de poupée*, PUF, 1989.

De Decker, Jacques, "folio", *Ibsen*, Gallimard, 2006.

Delsemmec, Paul, "La première représentation en langue frnaçaise de Maison de poupée", *Degré* 4, 1982.

*Europe* 840(consacré à Henrik Ibsen), 1999.

Gundersen, Kunt, "Moritz Prozor, traducteur d'Ibsen", *Etudes Germaniques* 62-4, 2007.

Holledge, Julie, "Adressing the global phenomenon of a doll's house : an intercultural intervention", Ibsen Studies 8-1, Routledge, 2008.

Jomaron, Jacqueline de, "En quête de textes", *Le théâtre en France 2. De la Révolution à nos jours*, Armand Colin, 1992.

Lindenberg, Daniel, "La tentation du vaudeville", *Le théâtre en France 2. De la Révolution à nos jours*, Armand Colin, 1992.

Marie, Gisèle, *Le théâtre symboliste. Ses origines-ses sources pionniers et réalisateurs*, Nizet, 1973.

Rem, Tore, "Nationalism or internationalism? The early Irish reception of Ibsen", *Ibsen Studies* 7-2, Routledge, 2007.

Reque, A. Dikka, *Trois auteurs dramatiques scandinaves Ibsen, Björnson, Strindberg devant la critique frnaçaise 1889∼1901*, Champion, 1930.

Robichez, Jacques, *Le Symbolisme au théâtre, Lugné-Poe et les débuts de l'Oeuvre*, L'arche, 1957.

Sarrazac, Jean-Pierre, "Reconstruire le réel ou suggérer l'indicible", *Le théâtre en France 2. De la Révolution à nos jours*, Armand Colin, 1992.

Shepherd-Barr, Kirsten E., "Ibsen in France from breakthrough to renewal", *Ibsen Studies* 12-1, Routledge, 2012.

Ystad, Vigdis, "Le théâtre de Henrik Ibsen", Ibsen, Henrik, *Drames contemporains*, Le livre de poche, 2005.

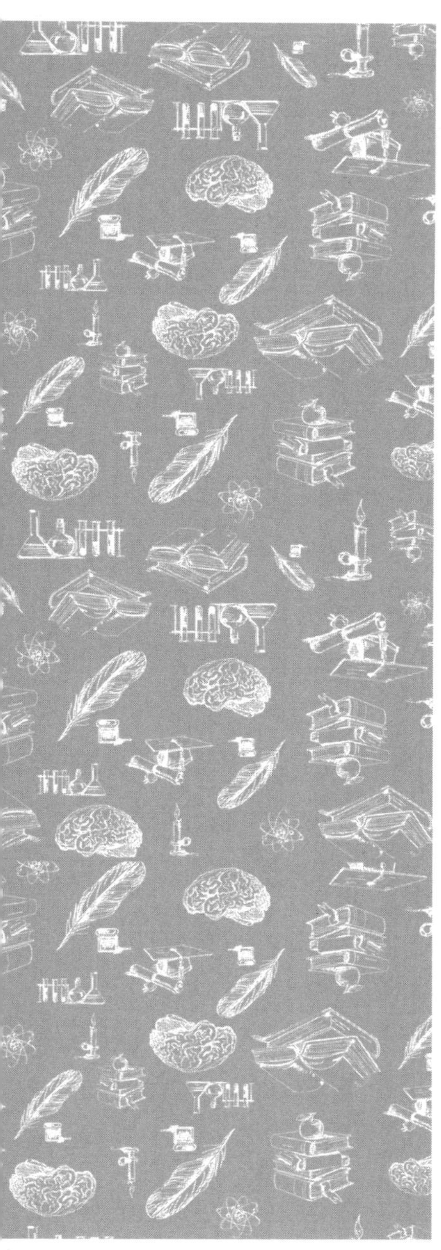

제3장 /

# 이동하는 텍스트의
# 근대적 수용과 소비

/

**이선윤**
고전의 번역과 소비의 양상
「춘향전」 최초의 일본어 번역
나카라이 도스이[半井桃水] 역
「계림정화 춘향전(鷄林情話春香傳)」을 중심으로

**정선경**
중국 고전소설의 번역과 근대적 수용
『매일신보』에 연재된 『삼국연의』를 중심으로

**송태현**
볼테르의 〈중국 고아〉와 오리엔탈리즘

**박인원**
네이션 빌딩과 녀성영웅의 서사
쉴러의 『오를레앙의 처녀』와 장지연의
『애국부인전』을 중심으로

**김수자**
신채호의 『이태리건국삼걸전』과 영웅,
그리고 '신국민'

# 고전의 번역과 소비의 양상

「춘향전」 최초의 일본어 번역 나카라이 도스이[半井桃水] 역
「계림정화 춘향전(鷄林情話春香傳)」을 중심으로

이선윤

## 1. 들어가는 말

한 '전통'이 경계를 넘어 번역되며 서로 다른 문화권으로 유통될 때 그 전통은 재구성된다. 번역되고 소비되는 과정에서 타자의 시선이라는 필터를 거치게 된 고전텍스트는 이방의 문화적 전통을 구성하는 한 요소로 소개되고 여기에 국가 간 권력관계가 매개되면서 타자성을 향한 수직적 시선을 형성하게 한다.

번역 행위는 다른 언어를 말하는 복제물을 산출하는 과정이 아니라, 같은 뿌리를 가지는 돌연변이처럼 스스로 차이를 드러내고 그 과정에서 차이를 조작하거나 재구성하는 과정이다. 문화의 번역, 문화적 차이의 서술은 반드

시 필자 자신을 포함하는 특정한 사회관계를 각인하고 제도화하는 행위와 항상 관련되어 있다. 문화적 차이의 서술이 문화적 차이를 산출하고 제도화[1]하는 것이다.

번역은 새로운 관계를 성립시키려 시도하며, 번역된 산물은 그 소비 패턴과 결합하면서 특유의 형식이나 방향성의 고착화가 이루어지며 제도화되기도 하고, 그 과정을 통해 축적된 표상은 또 다른 이차적 문화텍스트의 창작을 낳기도 한다.

한국의 대표적 고전소설 「춘향전」은 최초의 일본어 번역자 나카라이 도스이[半井桃水]에 의해 번역되기 시작했다. 나카라이 도스이는 조선 체류(1872~1875, 1881~1888)경험을 살려 활약한 근대 일본의 번역자, 저널리스트 겸 신문소설가이다. 그는 일본의 근대국가 형성기의 일본 신문독자들에게 조선 개화기의 자극적인 사건 및 소설 텍스트의 발신을 통해 문화표상으로서의 조선이라는 소비 대상을 제공했다. 그의 기사와 연재소설에 의해 조선에 관한 관심은 촉발되었고 이 시기의 발매부수 또한 크게 늘어나게 된다. 본고에서는 「춘향전」의 최초 번역본의 양상을 연구의 중심에 두고 이를 일본의 근대 초기라는 시대적 흐름 속에서 조명해보고자 한다.

---

1    사카이 나오키, 『번역과 주체』, 이산, 2005, 213쪽.

# 2. 한국 고전 작품의 초기 일본 유입 루트

「계림정화 춘향전(鷄林情話春香傳)」은 일본어로 번역된 한국의 고전문학 중 가장 앞선 시기에 일본에서 발표된 작품이다. 메이지기 이전에 일본에 소개된 한국의 고전소설은 필사본의 형태로 전해진 경우가 대부분이며 따라서 현대적 의미의 번역과정을 거쳤다고 보기는 어렵다. 일본에 소개된 한국고전문학 역사적 유입에 대해 살펴본 최근의 연구로는 니시오카 겐지의 「한국문학의 일본으로의 전래에 대하여[戰前編]」(2008)가 있다. 한국 서적을 일본인이 접한 루트 중 하나는 임진왜란 당시 강탈에 의해 가져간 문헌들로 이 시기에 유입된 서적 중 문학서는 한정되어 있다. 다른 하나는 조선통신사와의 교류 및 쓰시마의 역관[通詞] 등이 부산 왜관 등을 통해 입수한 루트이다.

위 연구에 따르면 에도시대에 읽힌 한국의 고전문학 중 가장 대표적인 것은 『금오신화(金鰲新話)』로, 에도 초기인 1653년에 간행된 바 있다. 그 후에도 중기 1799년에는 『임경업전(林慶業傳)』[2]이 필사된 기록이 있다. 이 사이에도 쓰시마의 역관들에 의해 『최충전(崔忠傳)』, 『숙향전(淑香傳)』 등의 고전 소설이 읽혀지고 필사되어 어학교재로 사용되었던 것으로 보이나 그 원문은 전해지지 않는다. 1794년에 간행된 조선에 관한 소백과사전적 성격의 야마다 도운(山田土雲)의 『상서기문(象胥紀聞)』의 잡편에는 조선의 소설명이 소개되어있다. 『장풍운전(張風雲傳)』, 『구운몽(九雲夢)』, 『최현전(崔賢傳)』, 『소대성전(蘇大成傳)』, 『장박전(張朴傳)』, 『임장군충렬전(林將軍忠烈傳)』, 『소운전(蘇雲傳)』, 『최충전』, 『사

---

2　『임경업전』의 경우, 한글활자본이 일본 외무성에서 일본인을 위한 어학용 교재로 인쇄(1881)된 바 있으며 『최충전』의 한글 활자본(1883)도 외무성에서 어학용 교재로 인쇄되었다.

씨전(泗氏傳)』, 『숙향전』, 『옥교리(玉橋梨)』 등 다수의 군담소설을 포함하는 소설 명이 언급되어 있으며, 이백경전(李白慶傳), 『삼국지』 등이 읽기 쉽도록 한글로 쓰여 있다는 사실도 소개되어 있다.

일본 내에서 조선의 고전소설이 대중적으로 소비되기 시작하는 것은 메이지기에 들어서이다. 이전까지는 주로 역관들을 중심으로 한문필사본 등으로 유통되던 조선의 고전 소설이, 1880년대에 들어 본격적인 번역작업을 통해 소개되기 시작한 것이다. 나카라이 도스이에 의한 『계림정화 춘향전』 번역이 그 시초의 것으로 볼 수 있다. 호사코 시게마사[宝迫繁勝]에 의해 일본어로 번역된 『임경업전』의 번역본은 『조선신보』에 1882년 4월에서 5월까지 4회에 걸쳐 연재되어 『계림정화 춘향전』보다 시기적으로 두 달 앞서지만, 일본에서가 아니라 재조선부산항상법회의소에서 발행된 것으로 임경업의 아버지대의 이야기만이 그려지는 데에 그친 부분 번역 텍스트이다.


## 3. 나카라이 도스이[半井桃水]와  「계림정화 춘향전(鷄林情話 春香傳)」


나카라이 도스이 역 「계림정화 춘향전」(1882.6.25~7.23, 총20회 연재)은 「춘향전」 최초의 외국어 번역본이자, 일본에서 발표된 한글 고전문학 번역본의 효시로 꼽힌다. 나카라이는 부산 왜관에서 유년기를 보내고 『아사히 신문』 최초의 조선 특파원을 지냈다. 대대로 쓰시마[対馬]의 영주 집안에 소속된 전의(典醫)로서 근무해온 나카라이의 집안은 메이지 유신 이후 쓰시마의 대조무역, 외교권이 중앙정부로 넘어감과 동시에 쓰시마의 재정난과 함께 어려워지기 시작했다. 나카라이는 1872년에 12살의 나이로 부산 왜관에서 의사로 근무하던 아버지에게 건너와 급사일을 하며 1875년까지 체재하였다. 당시 왜관은 폐쇄적인 공간으로 외부인의 출입이 자유롭지 못했으나 소년 나카라이는 왜관에서 접한 조선인들과의 제한된 교류와 서적을 통해 조선어를 습득해갔다. 그는 일본 근대기를 대표하는 여성작가 히구치 이치요[樋口一葉]의 스승이자 히구치가 연애감정을 품었던 신문소설가로 알려지기도 하였는데, 후대에는 그의 작품에 의해서보다 히구치가 남긴 글을 통해 언급되어온 측면도 있다. 이후 특파원적인 자격으로 1881년에 다시 조선을 찾은 나카라이는 1888년까지 조선에 체류하면서 기사와 소설 등을 발신하게 된다.

「계림정화 춘향전」은 연재 당시 조선에 대한 관심 속에서 호평을 얻었으며 나카라이는 이후 일본인 아버지와 한국인 어머니 사이에서 태어난 주인공이 임오군란, 갑신정변, 동학혁명 시기의 조선 배경으로 활약하는 정치소설 『변방에 부는 바람(胡砂吹く風)』(1891년 10월~1892년 4월)을 집필했다. 그 외에도 가정, 추리, 역사소설 및 주군에 대한 충성이나 복수를 그린 소설 등 다양한 신문 소설을 집필한 바 있다. 후타바테이 시메이[二葉亭四迷]가『아사히 신문』에 연재를 시작한 1897년 이후, 특히 나쓰메 소세키[夏目漱石]의 소설이 연재된 이후에는 이 자리에서 물러나게 되었다.

사쿠라이 노부히데[桜井信栄]는 히구치 이치요가 스승으로 따를 만큼 당대에 알려진 신문작가였던 나카라이가 후대에 크게 이름을 남기지 못한 이유를 "에도시대 문학흐름을 잇는 한문체의 문체와 권선징악의 드라마가, 자연주의 문학의 대두와 함께 구태의연한 것으로 보이게 되어 근대인의 내면을 그리는 근대문학 중심의 문학사에서는 주변부에 놓이게 된 것"이기 때문이라고 설명하였다. 또한 도스이에 의해 촉발된 조선에 관한 관심도『변방에 부는 바람』의 연재가 끝난 후 13년째인 1905년 을미조약이 체결되면서 "수중에 넣은 조선에 대해 새삼 이해해야할 필요가 사라져 도스이의 조선관련 작품도 아시아의 열강인 일본의 근대인의 관심에서 사라지게"된다. 당시 정론을 중심으로 하는 대신문에는 물론 민간의 관심사를 많이 다룬 소신문들도 일본의 대외관계에 대한 대중의 큰 관심을 반영하듯 많은 지면을 할애하여 보도하고 있다. 조선 관련기사 또한「춘향전」의 집필기 전후로 상당히 많이 눈에 뜨인다. 특히 이 시기 임오군란으로 인한 혼란상과 갑신정변에 이르는 조선의 개화파와 수구파의 움직임을 상세하게 보도하고 있다.

나카라이가 번역한「계림정화 춘향전」의 원전텍스트는 판소리문화권인 전라도 지역의 춘향가의 영향 하에 형성된 완판본과 달리 서울, 경기 지역의 유행가요를 수용하여 형성된 경판본으로 보인다. 춘향전 권지단계의 초기본인 경판본, 그 중에서도 경판의 최선본인 경판 30장본이 가장 유사한 것으로 보이나 많은 부분이 개작(이도령이 암행어사가 되어 농부의 이야기를 듣는 장면에 원문에는 없는 여성 이야기가 삽입, 암행어사가 연회장 뒤의 벽면에 시를 쓰기도 한다)되어 있으며 부분적으로 다른 판본의 표현이 보이기도 한다. 번역본에 있어서 삭제, 추가, 변형된 부분을 살펴봄으로써 당시 춘향전의 번역 의도 및 역자가 예상한 당시 일본어 독자에 의한 조선 표상의 수용 가능치를 가늠해볼 수 있을 것이다.

# 4. 고전 텍스트의 변형과 재구성
### ―「계림정화 춘향전」 번역 표현의 특징

춘향전의 판본은 전부 파악되어있지 못할 만큼 다수에 이르므로 경판 30장본의 성격에 가까운 구성과 표현을 보이는 「계림정화 춘향전」의 번역시에 사용된 판본이 실은 새로운 미발견본일 가능성도 없지는 않다. 하지만 본 글에서는 다음을 근거로 하여 경판 30장본을 기점텍스트로 보기로 한다. 경판 30장본이 그 구성과 표현에 있어 「계림정화 춘향전」과 일치하는 부분이 가장 많은 판본이라는 점이다. 나카라이에 관한 대표적 연구서 중 한 권인 쓰카다 미쓰에[塚田滿江]의 『나카라이 도스이 연구[半井桃水研究全]』에서도 경판본이 저본일 가능설이 지적되었으며, 이후에 등장한 대표적 나카라이 연구인 가미가이토 겐이치[上垣外憲一], 김신중・김용의・신해진(2003), 니시오카 겐지(2004) 등 많은 선행 연구에서 경판본, 특히 경판 30장본 설을 택하고 있다. 나카라이가 원문을 입수할 당시 가장 대중적으로 보급되었으며 읽기 쉬운 문체와 내용을 특징으로 하는 경판이 신문 연재소설에는 적합했을 것이다. 서두에 언급된 시대배경도 주목해야 한다. 「계림정화 춘향전」은 인조조로 설정되어 있어 이와 일치하는 판본은 존재하지 않으나 완판 84장본 등에서는 숙종조 등 전혀 다른 것에 비해, 경판 30장본의 배경인 인조조와 한자가 유사한 인종조를 선택하고 일본인 독자에게 이해되기 쉬운 '종(宗)'으로 대체한 것이라고 가미가이토는 해석하고 있다.(上垣外, 1996)

경판 30장본을 기점 텍스트로 볼 때 「계림정화 춘향전」은 역자에 의해 시간의 분할, 이로 인한 장면 분할이 여러 차례에 걸쳐 이루어져 있다는 점을

지적할 수 있다. 경판본에서 이도령은 꽃놀이를 가기위해 방자를 불러 이야기한 당일에 광한루로 나서는데, 「계림정화 춘향전」에서는 당일에는 행차 준비만을 시키고 다음날에 길을 나서는 것으로 되어 있다. 이는 신문 연재를 위한 텍스트의 분할과 배치로 보인다. 역자의 개입 또한 종종 등장하는데 1회의 마지막 부분은 "이 장면의 삽화는 다음 호에 자세히 나와있다"는 문장으로 끝을 맺어 다음 회에 대한 기대감을 갖게 한다. 이 예고대로 삽화를 게재한 2회는 춘향의 등장과 그 아름다운 자태를 그리는 것으로 시작된다. 그리고 첫 만남인 5월 5일에 춘향이 그네를 타는 장면은 3월 3일에 곡수연(曲水の宴)을 즐기는 것으로 변경된다.[3] 이후에 이도령이 춘향에게 써주는 불망기의 내용도 이러한 시간 변경에 따라 바뀌게 된다. 첫 만남의 상황이 "우연히 산천 구경코자"라는 표현에서 "곡수 놀이를 보려고"로 변경되어 있다. 이도령과 춘향의 초야 장면도 시간적 분할이 이루어진 부분이다. 이 중 〈장한가〉를 삽입하고 이도령이 늦잠을 자는 등 원문의 초야를 이틀로 나누어 서술한 것, 춘향이 조용히 하늘을 바라보며 이도령을 기다리는 모습의 도입 등의 삽입도 선행연구[4]에서 지적되고 있다. 경판에서는 글자놀이가 모두 초야에 이루어지나 도스이는 이를 다음날 아침으로 변경했다. 이는 6회 연재가 시작하는 부분에 해당된다. 하지만 신문연재라고 하여 전회의 말미 부분과 이어지는 내용이 올 수 없는 것은 아니므로 모두 신문연재에 따른 불가피한 조정이라기보다는, 번역자의 시점에서 장황하다고 생각되는 부분을 나누어 전체의 회별 구성에 맞추어 밸런스 있게 재구성한 것으로 보인다. 이러한 재구성의 과정에서 번역에 의한 전달이 어려운 부분, 역자의 구상 속의 「춘향전」의 이

---

3    니시오카, 2004, 245쪽.
4    니시오카, 2004, 242~244쪽.

미지에 부합되지 않는 부분 등이 삭제되고 이를 대체하는 요소가 삽입되었다.

　기점 텍스트에 비교하여 삭제 및 축소된 부분이 많은 「계림정화 춘향전」에서 주목되는 삭제부분은 경관이나 장식, 문학적 수사, 등장인물의 일부행동의 묘사이다. 주위경관이나 장식의 세밀한 묘사가 생략되는 경우(산과 들의 풍경묘사, 춘향의 집의 묘사 등)도 많으며 일탈적인 행위 또한 삭제되어있다. 이 도령의 아버지가 젊은 시절 여성들과 문란한 관계가 있었다는 것, 춘향에게 빠져 글공부를 소홀히 하다 교묘히 거짓말로 꾸중을 면하는 부분 등은 양반자제로서의 행동규범을 벗어난 것으로 보여 삭제된 것으로 보인다. 이 도령이 박맹단(변사또) 생일잔치에서 난동을 부리는 장면, 춘향에게 수청을 들라며 장난을 하는 장면도, 인간적으로 지나친 면이 있어, 양반자제의 중용을 지키는 모습을 기대한 역자에 의해 삭제된 듯하다. 또한 지방관리들이 어사 출두에 놀라 그 자리에서 대소변을 볼 정도로 매우 흐트러진 모습을 보이는 것과, 하급관리들의 뇌물 수수 등 부정적 관리상도 생략되어 있다. 니시오카는 이러한 삭제가 행동규범을 준수하는 본래의 관리상을 내세우려 한 것이라고 논한다. 하지만 이러한 해석은 악역인 신관 사또의 악행과는 모순되는 측면이 있다. 신관사또의 악행은 삭제되지 않는다. 박맹단의 삭제는 소설의 플롯 자체를 해체시키는 위험한 시도일 것이다. 그 경우 두 연인이 시련을 겪고 다시 재회하는 기본 구도 중 가장 핵심적인 시련 하나가 소멸되며, 어사가 출두하는 클라이맥스의 효과 또한 사라진다. 부정적 양반상을 제거하고자 했던 시도는 중심적 인물들에게 차별적으로 이루어졌으며, 악인과 선인의 대조적 구도를 더욱 명확히 하여 선인의 악행은 배제하고자 한 것을 알 수 있다.

　또 다른 삭제로는 피지배계층과 여성이라는 위치에 맞지 않는 행동을 들 수 있다. 방자가 이도령이나 춘향에게 농담을 하거나 예의에 어긋나는 언행을 보이는 장면이 그 중 하나이다. 신분적 질서를 흔드는 이러한 모습은 번역본에서는 삭제되어 있다. 춘향전은 신분적 질서를 넘어선 사랑의 쟁취라고 평가받는 경우가 많지만, 「계림정화 춘향전」의 번역의 경우 춘향과 이도령의 결합 이외의 신분질서에 관련된 부분은 극히 보수적인 신분제의 필터를 통해 번역, 소개되고 있다. 월매가 이도령을 욕하고 화를 내며 홀대 하는 부분, 춘향에게 정절을 꺾고 수청을 권유하는 부분 또한 이러한 기준에 의해 삭제된다.

나카라이는 문화적 차이가 큰 부분도 삭제, 축소하였다. 예를 들면 경판에 삽입되어 있는 시조나 가사 등이 그것이다. 글자타령, 권주가 등도 소개되어 있으나 크게 축소된다. 조선 독자의 특수한 문화적 요소 뿐 아니라 중국 문학적 시구도 다수 삭제되어 있다. 한문적 소양이 있었던 나카라이에게 있어 이는 원본의 한문 표현부분에 대한 역자의 이해부족이 아니라 신문독자라는 대중의 이해도를 고려한 것일 것이다. 조선 특유의 관습이나 문화적 상황의 삭제도 눈에 뜨인다. 5장에서 다룬 나카라이의 번역론에서 언급되듯이 간결함을 추구하는 차원에서 흥미를 유발하지 못할 부분 또한 삭제된 것으로 보인다.

원전에 없는 일본 고유의 문학적 표현인 가케코토바(掛詞)의 도입 등 조선적 정서의 문화적 이질성을 그대로 노출하지 않고 상투적인 일본식 문학표현으로 대체하여 타자성과의 대면의 강도를 완화시키고 있다는 지적[5]도 중요하다. 이러한 방식은 이해를 돕는 긍정적 측면을 갖기도 하지만 번역 기점 텍스트에 쓰인 외국어 고전문학본의 특수성을 완전히 자국의 문학적 전통으

---

5    니시오카, 2004, 241~242쪽.

로 대체함으로서 소실시켜 버린 오류를 낳았다고 볼 수 있다. 이러한 문제는 식민지기 춘향전 번역을 둘러싼 논란에서도 재차 거론되게 된다.

「계림정화 춘향전」에는 새로운 창작과 삽입도 눈에 뜨인다. 역자에 의한 부가적 해석을 드러내는 설명적 부분이 본문에 직접 삽입되기도 하고, 삽화의 정정, 어사 등 일본 독자에게 낯선 조선 문화에 대한 설명 등을 다룬 역주의 형식으로 등장하기도 한다. 특히 특징적인 삽입으로는 농부가 이도령에게 자신의 딸 이야기를 하는 장면을 들 수 있다. 이는 춘향의 정절을 부각시키기 위한 장치로 보이는데 딸이 다섯 번에 걸쳐 결혼을 하고 돌아와 창녀나 첩으로 보내려한다는 농부의 이야기는 당시 조선이나 일본의 상황에 비추어 볼 때 현실 감각이 떨어지며 아버지가 화자인 것을 고려할 때 그다지 해학적으로도 느껴지지 않는다. 가난한 집의 딸 창녀나 첩으로 팔려가는 이야기는 당시의 일본 대중소설, 신문잡지의 기사에도 흔히 등장하는 소재이지만 「계림정화 춘향전」이 조선의 문화의 소개를 표방한 최초의 본격 번역소설이라는 측면에서 볼 때 이는 문화적 오해를 불러일으킬 소지가 있는 부분이다.

등장인물의 내면의 목소리로 등장하는 역자의 새로운 해설의 도입은 이도령이 학업에 열중하는 심정을 밝히는 부분이나 암행어사에게 호출을 받은 춘향이 어제 서방님이 다녀가신 일이 발각된 것일까 하고 걱정하는 부분에서 엿보인다. 이도령의 경우 이 해설은 당당하고 진취적인 자서에 대해 부연 설명하고 있으며 춘향의 경우에는 망설임이나 절제된 모습, 고통을 내면적으로 감내하는 여성상을 만들기 위한 설명으로 덧붙여져 있다.

한국인들이 춘향전을 떠올릴 때 가장 중요한 이미지의 중심에는 오월 오일 단옷날에 그네를 타는 춘향의 모습이 있을 것이다. 회화화, 영상화 되는 경우에는 빠짐없이 이 광한루에서의 추천 장면이 등장하는더, 나카라이의

번역에서는 이 부분이 등장하지 않는다. 앞서 지적했듯이 5월 5일의 그네 타는 장면이 3월 3일에 곡수연을 즐기는 것으로 변형되어 있기 때문이다. 곡수연이란 물이 흐르는 정원등에서 물가에 앉아 흘러오는 잔이 자기 앞을 지날 때까지 시를 읊은 후 술잔을 비워서 흘려보내는 연회이다. 니시오카는 이를 일본문화적 개작의 예로 지적하면서 일본에서 단오절은 남자아이들을 위한 명절이므로 여자아이들을 위한 축제일(히나마쓰리, ひな祭り)인 3월 3일로 바꾸고, 3월 3일에 행해졌다는 곡수연으로 개작했다는 설명이다. [6] 그 뿐 아니라 경판 30장본에서는 춘향이 꽃이 핀 산과 들을 거니는 아름다운 경치가 묘사되면서 꽃을 따서 "구곡수(九曲水)"에 띠우는 장면이 그려지고 있다. 이 "구곡수"라는 단어에서 곡수연을 연상하고 전거한 이유에 근거하여 개작을 한 것으로 보인다. 단오절에 그네를 타는 미인이라는 설정은 한복 의상의 펄럭임과 더불어 생동감 있는 미적 정감을 부여하는 요소이다. 3월 3일의 곡수연으로의 변형은 그네뛰기의 역동적 요소를 억제하고 비교적 정적이자 지적인 곡수연을 즐기는 단아하고 조용한 춘향상을 뒷받침한다. 도입부의 이러한 설정은 텍스트 전체의 춘향의 이미지를 예고하는 듯하다. 따라서 격정적으로 감정이 고조된 부분의 춘향의 언사는 많은 부분 생략되어 있다. 춘향이 방자에게 화를 내는 장면도 정숙한 춘향에게 어울리지 않다고 판단된 듯이 배제되어 있으며, 옥에 갇혀 있던 춘향이 "미친 듯 칼머리를 차고 벌떡 일어나" "이것이 웬말이고? 꿈인가 생시인가?"라고 기뻐하는 부분 등도 번역본에서는 삭제되어있다.

　　연재 당시인 메이지기는 일본의 여성들의 지위에 많은 변화가 일어난 시

---

6　니시오카, 2004, 245쪽.

기이다. 1871년에는 정부에서 다섯 명의 소녀를 미국으로 유학시켰고, 1872년에는 의무교육제도가 시행되어 원칙적으로는 남녀가 평등하게 초등교육을 받을 법적 근거가 마련되었다. 여학교의 개설도 연이어 이루어졌는데 일본 최초의 근대 여성교육기관 훼리스 여학교의 전신이 1867년에 개교한 이후로 1880년대 전후까지 20개교에 가까운 여학교가 설립되었다. 1874년 국민 참정권을 요구한 이후 자유민권 운동은 지속적인 탄압 하에서도 시민적 정치운동으로 발전하여 1881년에는 1890년에 국회를 열 것을 약속하는 소칙[詔勅]이 발표되었다. 이러한 민권신장의 흐름 속에서 1874년부터 1890년 사이에 25종 이상의 남녀평등에 관한 책이 출판 되었다. 창기, 예기의 해방되어야한다고 주장하는 권리의 문제가 제기되었고 여성의 이혼 청구도 인정되기 시작했다.[7]

이렇듯 제도적 변환이 이루어지는 듯 했지만 이는 아직 구호에 불과했으며 현실적으로 많은 가난한 아이들은 학교에 갈 수 없었고, 여자 유학생의 파견도 그 후로는 시행되지 않았으며, 여성의 이혼 청구에는 부형의 도움이 필요했다. 형법에 의해 첩은 2촌으로 취급받았으며, 남편이 처첩을 폭행한 경우는 무죄, 살해한 경우에는 곤장 90대와 징역1년인 것에 비해, 처첩이 남편을 때린 경우에는 곤장 100대, 중상을 입힌 경우에는 교수형에 처해졌다.[8] 표면적으로는 기회와 자유가 증대된 것으로 보였으나 이러한 예에서 드러나듯 여러 법제의 보완을 통해 결국 가부장권이 강화된 측면조차 있었다. 1880년대 초 일본 대중의 관심사를 민감하게 쫓던 기자 겸 소설가 나카라이가 그린 춘향이라는 조선 여성상은 하인 방자와 설전을 벌이고, 흥분하면 격앙된

---

7    이노우에, 2004, 266 · 310~312쪽.
8    이노우에, 2004, 268쪽.

말투를 뱉어내기도 하는 솔직하고 강한 여성은 아니었다. 역동적인 여성상이 아직 뿌리내리지 못한 일본에서 독자가 기대하는 것으로 예상된 춘향의 표상은, 기생으로 설정되어 있음에도 불구하고, 유교적 문화가 뿌리 깊은 조선의 지조 있고 침착한 여성상이었다. 경판본의 생기 넘치는 춘향의 모습은 번역의 과정을 통해 정제되어 고전적 조선 여성으로 변모된 것이다.

# 5. 메이지 초기의 번역론과 나카라이 도스이의 번역문체

메이지 초기의 번역된 출판물 중 번역자의 입장을 표명한 번역론적 언설 중 가장 초기의 것으로는 1873년 간행된 와타나베 온[渡部温] 번역『통속 이솝 이야기[通俗伊蘇普物語]』가 있다. 그 서문에서 와타나베는 "아동의 계몽과 교육"을 그 목적으로 명시하고 있으며 목표언어 중시의 태도와 기점언어 중시의 태도가 병존하고 있다. 1879년, 1883년에 연이어 간행된 페늘롱의『텔레마크의 모험(Les Aventures de Télémaque)』의 번역본『텔레마코스의 모험(テレマコスの冒険)』의 서문이 앞선 두 가지의 번역태도를 표명하는 등 당시는 번역 규범의 경합이 이루어지던 시기였다. 1885년에 후지타 모키치, 오자키 야스오가 번역한 릿튼의『풍세조속게사담(諷世嘲俗繫思談, Kenelm Chilingly)』의 서문에서는 문학을 문학으로서 나타내어야 한다는 직역중시의 입장이 주장된다. 에도시대 이래의 기성문체인 한문적 어투나 게사쿠조[戲作調]를 빌어온 번안물이 주류를 점해온 경향을 이 서문은 비판하고 있다. 원문의 형모면목(形貌

面目)을 지키기 위해서라면 일본어의 법도를 파괴하는 것도 필요하다는 주장이다. [9] 이러한 의지는 메이지기의 번역왕이라 불렸던 모리타 시켄[森田思軒]의 기점언어 중시의 태도와 '주밀문체(周密文体)'로, 그리고 후타바테이 시메이의 트루게네프의 「밀회(あひゞき)」 번역으로 이어진다. 특히 「밀회」는 언문일치 지향과 맞아떨어지면서 당시의 문학자들에게 큰 호응을 얻었다.

모리타 시켄의 번역소설의 매력은 원작소재의 신기함, 기상천외함은 물론 그런 미지의 허구세계로 독자를 이끄는 장치로서의 문체에 있었다. 그는 상투적 어휘를 피하고 틀에 박힌 문장구성법을 타파함으로써 형성되는, 독자와의 상호작용 속에서 허구세계를 만들어내는 텍스트를 구현하기위해 원문의 문장구성에 충실한 번역 문체를 만든 것[10]이라 할 수 있다.

나카라이는 「계림정화 춘향전」 번역 이후에도 『아사히 신문』지상에 연이어 작품을 발표하고 넓은 독자층을 확보했던 대중적 신문소설 작가였다. 그의 "매회 마다 독자의 호기심을 환기시키는 내용과 문구를 넣어, 깜짝 놀라게 한다. 그렇게 하면 독자는 매번 다음 회를 기다리게 된다, 따라서 그 소설은 환영받는 것"[11]이라고 자신의 신문소설 작법에 대하여 논한 바 있다. 그는 대중의 취향에 맞추어 문장을 평이하게 하고 사건의 변화를 중심으로 하여 독자들에게 정체감을 주지 않을 것을 중요시 했던 것이다. 하지만 독자의 흐름을 쫓던 나카라이 도스이 소설의 인기는 그가 러일전쟁에 종군기자로 파견된 1904년 이후 점차 하강세를 타게 된다. 「계림정화 춘향전」에서 동양적 공감대와 적절한 이국정취를 전달하는 유효한 수단으로 사용되었던 한문

---

9　水野的, 2010, 36~52・54~58・71~78쪽.
10　小森, 1988, 36~44쪽.
11　半井桃水, 「新聞小說は何うして書かれるか」, 『文章世界』, 1911. 『近代文學硏究叢書』 25, 1966, 361쪽에서 간접인용.

체의 표현이, 모리타 시켄의 경우와는 대조적으로, 점차 상투적인 것, 틀에
박힌 것이라는 꼬리표를 달게 하였던 것으로 생각된다.


## 6. 「계림정화 춘향전」 이후 「춘향전」의<br>일본어 번역 상황과 미디어의 다양화


「계림정화 춘향전」 이후 처음으로 번역된 「춘향전」 번역물은 1910년에 잡
지『조선』에 실린 조선학 연구자 다카하시 도오루[高橋亨]가 번역한 「춘향전」
이다. 1919년 이후에는 더욱 다양한 춘향전의 번역텍스트가 발표되는데,
1921년에 자유토구사에서 간행된『통속조선문고(通俗朝鮮文庫)』4에는 조경
하와 시마나카 유조의 공역 「광한루기」가 실려있으며, 1924년의『여성개조
(女性改造)』에는 여규형(呂圭亨)과 나카니시 이노스케[中西伊之助] 공역 「춘향전」
이 게재되었다. 이 시기에는 같은 번역 텍스트가 여러 선집에 중복되어 실리
기도 하였다.

1922년 아베 이소지의 희곡 〈춘향전 3막 4장〉을 시작으로, 1930년대에는
희곡·오페라 〈춘향전〉이 번역, 발표되었다. 1920년대까지는 번역소설이 주
류를 이루었던 「춘향전」이, 1930년대와 1940년대 초에는 희곡과 오페라가 16
건이나 소개된 반면, 소설은 부재한다. 춘향전의 번역과 소비에 있어 장르적
이동이 보이는 것이다. 1930년대의 대표적인 춘향전 번역자로는 장혁주(張赫
宙)를 들 수 있다. 1938년 3월호『신쵸[新潮]』에 발표된 장혁주 역 희곡 〈춘향전〉

은 대부분의 등장인물 이름을 한자로만 표기하고 후리가나를 달지 않았다. 이러한 한자 표기의 경우 일본식 한자 읽기 방식에 따라 독자에게 "춘향"은 "하루카" 혹은 "~코" 등의 일본어식 이름으로 읽히고 인식되었을 가능성도 있다.

무라야마 도모요시[村山知義]는 장혁주의 〈춘향전〉을 유치진의 도움을 받아 각색하고 연극, 오페라 〈춘향전〉을 연출하였다. 대량 전향이 심화된 1930년대 말에는 대동아공영권의 구호 아래 '일본적 오리엔탈리즘'의 대중화로서의 조선 붐이 일고 있었다. 영화 〈춘향전〉 제작을 둘러싼 에피소드가 등장하는 소설 무라야마 도모요시[村山知義] 「단청(丹青)」(1939)은 이 일본적 오리엔탈리즘의 현실을 반영하고 있다. 이 텍스트는 당시 일본 지식인들을 양분했던 구라하라 고레히토[藏原惟人] 등의 논리파와 고바야시 히데오[小林秀雄], 요코미쓰 리이치[橫光利一] 등의 반논리파의 틈새에서 당시 좌우익 문화사조의 오류 양쪽을 모두 지양한 위치에 있었기 때문에 지식인들에게 조차 이해되지 못했고 근대 일본 사상사의 골짜기에 묻혀버린다.[12] 일본적 오리엔탈리즘의 발흥기를 1, 2차로 나누어 생각할 때 그 초기에 해당하는 것이 「춘향전」이 처음 번역 소비된 일본 근대국가 형성기와 겹치며, 후기가 「춘향전」의 재조명이 일어난 식민지기의 1930년대 말에 해당된다. 양 시기 모두에서 타국의 고전문학을 바라보는 제국의 시선을 추출할 수 있으나 춘향전을 통한 조선상의 소비에는 좀 더 다양한 층위가 있음을 간과해서는 안 될 것이다.

아시아태평양 전쟁 패전 후 일본에서는 이은직 역 『신편 춘향전』과 허남기 역 『춘향전』이 꾸준히 재판을 거듭하며 발행되고 있다. 서적의 경우 기존의 소설 장르와 함께 민화로서의 수용도 들 수 있을 것이다. 한국의 민화는

---

12  정대성, 2001, 352쪽.

김소운 등에 의해 본격적으로 번역, 소개된 이후 일정 독자층을 형성하고 소비되어 왔다. 춘향전은 『한국의 민화집』에도 포함되는 등 민화로서 받아들여져 출판되고 있기도 하다.

현대 일본에서 문화 콘텐츠로 소비되고 있는 「춘향전」은 서적과 만화, 영상, 음악 등 다양한 미디어 양식으로 유통되고 있다. 인터넷에서 검색되는 아마존 등 온라인 시장의 판매순위에서는 위의 두 가지 소설 「춘향전」에 앞서, 만화 및 영상물, 역사가이드북 등이 상위를 점하고 있다. 현대 일본에서 새롭게 발표된 「춘향전」 텍스트 중 주목할 만한 것은 만화화되어 등장한 「춘향전」이다. 만화창작집단 CLAMP에 의해 1996년에 『신춘향전』이라는 타이틀로 출판되었다. 시대는 고려시대로 바뀌고 전체적으로 과감하게 각색되어 무협 판타지적 요소를 강하게 띠는 만화 『신춘향전』은 일본에서 한류 붐이 시작된 이후인 2003년에 재판이 등장한다. 2000년대에 들어 한국 드라마가 본격적으로 일본에 소개되기 시작하면서 〈겨울연가〉의 방영으로 인해 한국 드라마 붐이 일었다. 한류 붐 이후에 간행된 재판 『신춘향전』의 표지에는 초판에 없던 이도령의 캐릭터가 춘향과 함께 등장하여 로맨스물로서의 분위기를 강조하고 있다. 또한 드라마 〈쾌걸춘향(快傑春香)〉이 일본어로 번역되어 방영되었다. 춘향이라는 이름을 사용하고는 있으나 크게 각색된 이 드라마는 고전적 춘향전에 충실했던 영화 〈춘향전〉에 비해 훨씬 큰 파급력을 띠고 한류 팬들을 중심으로 소비되고 있는 영상 소프트라고 하겠다. 적극적 성격의 여성으로 춘향이 묘사되고 있다는 점은 만화 『신춘향전』과 맥락이 닿아 있다. 한류 드라마의 경우 관련 서적, 즉 드라마나 만화의 노벨라이즈본과 드라마의 이해를 돕기 위한 역사드라마 해설서, 드라마 대본을 이용한 한국어 교재 또한 다수 출판되었는데 이들은 한류 상품의 일환으로 소비되었다고 볼 수 있을 것이다.

특히 여성상의 변모라는 점에서 볼 때, 앞서 언급된 나카라이의 번역에 의해 삭제되어버린 활발한 여성으로서의 춘향의 매력이, 한 세기 이상을 지난 지금 여성작가와 다수의 여성 독자층을 지니는 소녀만화 등의 대중적 현대 일본어 번역물에서 집중적으로 조명되고 있다는 특징을 찾을 수 있다.


## 7. 나오는 말


본 글은 한국의 대표적 고전 한글 소설 「춘향전」의 일본어 번역의 문제를 번역본의 효시인 「계림정화 춘향전」을 중심으로 분석한 것이다. 메이지 초기에 만국공법의 논리를 내면화하여 자기식민지화[13]를 진행해간 일본의 근대에는 외교관들이 번역자이자 통역자의 역할을 하였다. 이와 역으로 번역자가 외교적 사건에 연결되는 사례도 존재하는데 그 한 예가 나카라이 도스이이다. 1872년부터 부산 왜관에 체류하던 소년 나카라이는 일본에 대해 비판적으로 쓰여진 방이 붙어있는 것을 당시 조선과의 외교를 담당했던 히로즈 히로노부[広津弘信]에게 전달한 바 있는데 이것이 일본 정부에 전해지면서 1873년 당시 사이고 다카모리[西郷隆盛] 등에 의해 대두된 정한론(征韓論)을 직접적으로 자극했을 것이라고 나카라이 자신은 회상[14]했다. 나카라이 소년은

---

13  小森陽一, 2001, 11~13쪽.
14  『아사히신문[朝日新聞]』, 1898.2.7.

1875년에 일본으로 돌아간 후 교리쓰학사[共立学舎]라는 영어학교에서 학업을 수행하면서 신문에 기사를 투고하기 시작했다. 신문기자적인 문필의 재능을 인정받은 그는 『아사히 신문』 해외특파원의 효시에 가까운 자격으로 1881년에 조선으로 향한다. 이 당시는 조선의 신사유람단의 내빙 소식, 강화도 사건 및 강화도 조약 관련소기, 조선의 개화당과 수구당에 대한 보도, 왜관에 거주하는 일본인들의 동향 등이 꾸준히 신문지상에 소개되면서 일본의 독자들에게 조선이 많은 주목을 받고 있던 시기이다. 나카라이의 「계림정화 춘향전」은 1880년 초에 조선으로 향한 일본 신문 독자라는 대중에게, 폭력적 사태를 포함한 자극적인 사건 혹은 정한론적 담론의 소재가 아닌, 고전 소설이라는 문화적 표상으로서 조선이라는 소비 대상을 제공하고자 했다.

나카라이가 조선에 대한 취재와 기사의 집필뿐만 아니라 조선관련 소설의 번역과 창작을 통해 외교적 채널로서의 기능을 하고자 했던 것은 「계림정화 춘향전」 모두의 역자서문에 해당하는 부분에서도 쉽게 읽을 수 있다. 그는 이 번역소설의 연재를 통해 조선에 문화에 대한 이해의 촉구를 위해 '조선의 풍토와 인정에 대한' 정보의 제공을 꾀하였고, 이것이 '통상무역을 원활하게 하는데 있어 무엇보다 필요하다'고 생각했기 때문이다. 이는 당시 서구 열강의 식민지화 전략을 모방하여 조선을 침략하고자 했던 일본의 움직임 속에서 미곡 등의 수출입을 둘러싸고 끊이지 않던 조선과 일본 간의 트러블 등을 직접 어린 시절부터 왜관에서 목격해온 나카라이의 경험에서 비롯된 것이라 할 수 있다. 나카라이는 자신이 번역을 통해 「춘향전」이라는 고전을 일본 독자들의 취향에 맞도록 정제하여 권선징악이라는 테마로 공감대를 이끌어내고, 아시아의 유교 문화적 양반상과, 정조를 지키는 여성상을 제시했다. 이 과정에서 조선의 민족적 특수성을 드러내는 많은 문화적 요소들이 삭제되었

으며, 일종의 정리된 이국적 정서를 제공하게 된 것으로 볼 수 있다. 「계림정
화 춘향전」이라는 일종의 문화적 번역이 의미를 갖는 것은 조선을 식민의 대
상으로 고착화 시키는 식민담론이 아직 정착되지 않은 근대 초기의 일본대
중에게 제공되고 소비된 조선의 표상이라는 점이다.

한국의 고전소설 「춘향전」은 일본어 번역을 통해 일본의 근현대 독자들
에게 소비되면서 다양한 변모를 보였다. 현대적 번역개념이 성립되지 않았
던 초기의 번안레벨의 변화를 능가하는 과감한 개작이 만화 등을 통해 나타
나며, 추리소설의 주요배경으로 남원의 춘향제가 등장[15]하는 등, 고전의 번
역을 통한 춘향전의 문화적 소비 경험이 그 축적을 통해 다양한 층위에서 축
적, 공유되고 있으며 그 과정에서 성립된 춘향의 표상이 현대 일본의 새로운
문화 텍스트 생산의 자료로도 사용되고 있음을 알 수 있다.

---

15  西村京太郎, 2008.

# 참고문헌

## 논저


김신중·김용의·신해진, 「나카라이 도스이[半井桃水] 역 「鷄林情話 春香傳」연구」, 『일본어문학』, 9-4, 2003.

사카이 나오키, 후지이 다케시 역, 『번역과 주체』, 이산, 2005.

서석배, 「신뢰할 수 없는 번역-1938년 일본어 연극 〈춘향전〉」, 『아세아연구』 51-4, 2008.

이노우에 키요시[井上淸], 성해준·감영희 역, 『일본여성사』, 어문학사, 2004.

이문성, 『경판 춘향전 연구』, 고려대 석사논문, 1999.

이응수·윤석임·박태규, 「일본에서의 「춘향전」 수용 연구」, 『일본언어문화』, 19, 2011.

이창헌, 『경판방각소설 판본 연구』, 서울대 박사논문, 1995.

이한정, 미즈노 다쓰로 편역, 『일본작가들이 본 근대조선』, 소명출판, 2009.

정대성, 「「단청(丹靑)」의 포스트콜로니얼 비평적 되읽기-1930년대 말의 무라야마 도모요시; 〈일본적 오리엔탈리즘〉과 민족·언어 문제」, 『일본문화연구』, 5, 2001.

정하영, 『춘향전』, 신구문화사, 2006.

홉스봄, 에릭, 박지향·장문석 역, *The Invention of Tradition*, 『만들어진 전통』, 휴머니스트, 2004(1983).


桃水野史, 「鷄林情話春香傳」, 『大阪朝日新聞』, 1882.6.25~7.23(총 20회 연재).

李殷直, 『新編 春香伝』, 高文硏, 2002.

上垣外憲一, 『ある明治人の朝鮮觀: 半井桃水と日朝關係』, 筑摩書房, 1996.

西岡健治, 「「鷄林情話春香伝」 해제」, 『古小說研究』 17, 2004.

________, 「日本에서의 『春香伝』 翻譯의 初期樣相: 半井桃水譯 「鷄林情話 春香伝」을 對象으로」, 『어문논총』, 41, 2004.

________, 「日本への韓國文學の伝來について(戰前編)」, 『韓國の古典小說』, ペリカン社, 2008.

西村京太郎, 『十津川警部, 海峽を渡る: 春香伝物語』, 文春文庫, 2008.

小森陽一, 『構造としての物語』, 新曜社, 1988.

________, 『ポストコロニアル』, 岩波書店, 2001.

昭和女子大學近代文學研究室, 『近代文學研究叢書25』, 昭和女子大學, 1966.

水野的, 柳父章, 長沼美香子 編 『日本の翻譯論 アンソロジーと解題』, 法政大學出版
　　　局, 2010.

櫻井信榮, 「半井桃水 『鷄林情話春香伝』について」, 『일본학』, 31, 2010.

塚田滿江, 『半井桃水研究全』, 丸の內出版, 1986.

許南麒, 『春香伝』, 岩波文庫, 1956.

CLAMP, 『新・春香伝』, 白泉社レディースコミックス, 1996.

______, 『新・春香伝』, 白泉社文庫, 2002.

# 중국 고전소설의 번역과 근대적 수용

### 『매일신보』에 연재된 『삼국연의』를 중심으로

정선경

## 1. 양건식과 『삼국연의』

이광수가 "조선 유일의 중화극 연구자요 번역자"[1]라고 평가했던 양건식은 근대시기 중국문학의 전신자로서 중국의 문학작품과 문단의 신동향을 서둘러 국내에 소개하고자 했다. 지식인들이 일본을 보면서 서구 문명을 배우려고 노력하던 시기, 양건식은 중국문단의 상황을 국내에 알리고자 했으며 문학작품을 번역하여 발표하는데 적극적이었다. 중국의 신문학 뿐 아니라 당시 대다수의 지식인들이 외면했던 고전문학까지 수용하고자 했다는 점에서 주목할 수 있다. 그러나 그에 대한 연구는 일본을 향한 지식인들에 가려져 주

---

1   李光洙, 「梁建植君」, 『開闢』 44, 1912.4.

목받지 못했다. 게다가 고전과 현대문학의 갈래를 구분짓는 학계의 관행은 그 경계에 놓인 작품에 대한 연구를 더디게 만들었다.

양건식은 주로 소설과 희곡을 번역해서 소개했고 사대기서 중 전문을 완역했던 작품은 『삼국연의』가 유일하다. 『매일신보』에 번역을 시도하고 평론문을 발표했던 『홍루몽』을 완역하지 못했지만 동일 일간지에 1929년 5월 5일부터 1931년 9월 21일까지 2년 5개월 동안 『삼국연의』를 번역했다. 『동아일보』나 『조선일보』가 몇 차례 정간되던 상황에서 『매일신보』는 조선총독부의 기관지로써 1945년 해방 때까지 한 번도 정간된 적이 없었다. 더욱이 『매일신보』는 외국문학 작품의 번역과 번안에 적극적이었기 때문에 이 당시 일제의 식민정책과 중국소설 번역의 상관관계를 재고하는데 좋은 자료가 된다. 특히, 한일병합 후 강력하게 민족의 목소리를 드높였던 1919년 3·1운동을 기점으로 『매일신보』의 문예물 편집 정책에 여러 가지 변화가 있었다. 문화통치라는 형식적인 허용이 실질적인 감시와 통제로 이어졌던 이 시기, 신문에 번역된 문학작품을 중심으로 당시 사회의 문학적 풍경을 읽어보고자 한다. 중국 고전소설 『삼국연의』에 대한 양건식의 번역은 한국 근대 문학사에서 어떤 위상을 지니는지, 문학작품의 생산과 보급에 주요한 역할을 담당했던 근대매체와는 어떤 관련성이 있는지 탐색할 것이다.

이러한 문제의식에 입각하여 『매일신보』에 번역된 『삼국연의』를 중심으로[2] 문체와 번역자의 글쓰기 방식, 역사적 영웅과 민족의식의 관계, 신문 삽

---

2　1920년대 말 『매일신보』에 실린 문예물 및 문학작품에 관한 연구 성과는 많지 않으나 이희정의 「1920년대 식민지 동화정책과 매일신보 문학연구 2 — 후반기 연재소설의 전개과정을 중심으로」, 『현대소설연구』 48, 2011을 주목할 수 있다. 또 『매일신보』에 번역된 『삼국연의』에 관한 전문적인 논문은 현재까지 한 편(홍상훈, 「梁建植의 『三國演義』 번역에 대하여」, 『한국학연구』 14, 2005)이 발표된 실정이며, 이 두 편의 논문은 본고를 기획하는데 큰 참고가 되었다. 또한 남윤수·박재연·김영복이 엮은 『양백화문집』 1·2·3(강원대 출판부, 1995)은 현재 구

화와 대중문예에 관해 살펴보고자 한다. 논의 전개의 필요에 따라서 동일 일간지에 연재했던『홍루몽』번역을 부분적으로 함께 언급하기로 한다.

## 2.『삼국연의』의 한국 전래와 수용

한국과 중국은 예로부터 한자공동체 문명권에 속해 있었고 양국이 한자를 사용했기 때문에 세종대왕이 한글을 창제하기 이전까지 중국의 문학작품이 국내에 들어와도 번역의 문제는 존재하지 않았다.[3] 조선시대 국내에 유입된 중국소설은 총 460여 종으로 추정되며 그 중 번역된 고전소설은 약 68종, 출판된 고전소설은 약 22종에 이른다. 조선시대에 중국어 원문으로 출판되기도 했고, 재밌는 장면만 선역해서 부분 번역이 이루어지기도 했으며, 번안되기도 했다. 1920년대 말까지 번역 출판된 중국고전소설의 종류는 부분 발췌한 단행본까지 합치면 40여 종이 넘는다. 또, 일제시대와 광복을 거쳐 최근에 이르기까지 중국고전소설은 약 90여 종의 작품들이 번역·출판되었다. 그 중 가장 많이 번역 출판된 작품은『삼국연의』로 판본만도 70여 종에 달하

하기 힘든 양건식에 관한 자료를 모아 엮었기 때문에 불모지와 같았던 이 분야 연구에 공로가 크다. 그러나 원문의 형태가 아닌 현대어로 쓰여 있고, 그와 관련된 20세기 초 신문이나 잡지의 원자료를 찾아보면 유실되었거나 혹은 알아볼 수 없는 형태로 남겨진 경우가 많아서 이에 대한 연구를 진행하는데 어려운 점이 있다.

3　조선시대『삼국연의』의 전래와 수용에 관해서는 민관동,「三國演義의 國內 流入과 板本 研究」,『중국소설논총』Ⅵ, 학고방, 1995;「국내의 중국고전소설 번역 양상」,『중국어문논역총간』24, 2009;「중국고전소설의 출판문화 연구-조선시대 출판본과 출판문화를 중심으로」,『중국어문논역총간』30, 2012를 참조하여 정리했다.

며 조선시대에 이어 한일병합 이후에도『삼국연의』의 인기는 계속되었다.

『삼국지평화』는『노걸대』에 언급된 것으로 보아 고려 말에 유입된 것으로 보이며,『삼국연의』의 최초 국내 유입은『조선왕조실록』의 기록을 토대로 1569년 이전으로 추정한다. 그러나 최근 박재연 교수에 의해 국내에서 발견된『삼국지통속연의』판본에 근거해 보면 대략 1552년 이후부터 1560년대 초・중반 사이에 간행된 것으로 여겨진다. 새로 발굴된 판본은 우리나라에 현존하는『삼국지연의』간행본 중 가장 오래된 것이자 한중일 삼국을 통틀어 첫 번째 금속활자본이란 점에서도 세계적인 주목을 받은 바 있다.[4] 이후『신간교정고본대자음석삼국지』는 인조 5년인 1627년에, 가장 널리 유통된 것으로 사료되는『관화당제일재자서』는 숙종 년간(1674~1720)에 간행되었다.

조선시대에 번역된 중국 소설 중에는 연의류 소설이 많은데, 장편의 백화소설을 번역할 때 전문을 완역하기보다 축약해서 번역하거나 번안 및 재창작을 했다. 특히,『삼국연의』는 관우, 장비, 제갈량, 조자룡 등의 이야기 일부만 발췌해서 국내에 소개되는 경우가 많았다. 원문의 처음부터 끝까지 완역한 경우는 낙선재본『홍루몽』이 가장 이르다. 1884년경 만들어진 것으로 추정되며 중국어 원문과 중국어 발음 및 우리말을 모두 번역하였고 원문에 입각하여 매 글자 하나하나를 축자번역한 세계 최초의 완역필사본이다.[5] 창덕궁 내 왕실도서관 격인 낙선재는 헌종 13년(1847년)에 후궁 김 씨를 위해서 지어졌으나 후에 고종의 편전으로 사용되기도 했다. 조선시대 역관 이종태

---

4    박재연,『중국 고소설과 문헌학』, 역락, 2012, 273쪽. 조선시대 중국 통속소설 번역본에 관해 꾸준한 연구를 진행해 온 박재연은 새로 발굴된『삼국지통속연의』판본을 2010년 1월 정기학술발표회에서 처음 공개했다. 그에 관해서는 같은 책, 245~274쪽 참조.

5    낙선재본과 양건식의『홍루몽』번역 및 한국으로의 전파에 관해서 최용철의「梁建植의 紅樓夢 評論과 飜譯文 분석」,『中國語文論叢』, 1993;『홍루몽의 전파와 번역』, 신서원, 2007 참조.

가 자신의 집에 수십 인의 문사를 두고 오랫동안 중국소설을 번역해서 백여 종을 보관했다. 나중에 창경궁의 장서각으로 이관 소장되었다가 1981년 창경궁 보수공사로 현재는 한국학 중앙연구원에서 관할하고 있다. 양건식은 『홍루몽』에 대해 세 번의 평론문을 발표하고 『매일신보』와 『시대일보』에 번역을 시도했으나 완역하지 못했다.

『삼국연의』는 낙선재에 보관되어온 완역본 39책 이외에도 17책, 19책, 20책, 27책, 30책, 38책 등 방각본, 번각본, 필사본의 다양한 판식과 판본으로 유통되었다. 조선시대에 많은 중국소설이 간행되었으나 백화소설 중에는 『삼국연의』가 처음이었고, 가장 널리 유통되어 끊임없는 사랑을 받은 것도 이 책이었다. 근대시기에 가장 흥미로운 부분을 떼어내서 번역하는 부분 번역이 활발했는데 『화용도실기(華容道實記)』(1913~1916), 『삼국대전(三國大戰)』(1918~1935), 『대담강유실기(大膽姜維實記)』(1922), 『적벽대전(赤壁大戰)』(1925) 등이 그러하다. 번안한 작품으로는 『산양대전(山陽大戰)』(1916~?), 판소리 〈적벽가(赤壁歌)〉(1916~1932), 『관운장실기(關雲長實記)』(1917~1918), 『장비마초실기(張飛馬超實記)』(1917~1925) 등을 들 수 있고, 재창작된 것으로는 『황부인전(黃夫人傳)』, 『몽결초한송(夢決楚漢訟)』, 『오호대장군기(五虎大將軍記)』, 『몽견제갈량(夢見諸葛亮)』, 『제갈량전(諸葛亮傳)』 등을 꼽을 수 있다.

낙선재본의 뒤를 이어 양건식은 『매일신보』에 『삼국연의』 원문 120회를 우리말로 번역하여 연재했다. 이것은 근대시기 일간지 신문에 당시의 현대어로, 최초로 완역한 『삼국연의』이다. 이후 양건식의 완역을 기반으로 한용운, 박태원, 정비석 등의 작가들이 연이어 번역을 시도했다. 양건식이 번역의 저본으로 삼은 『삼국연의』는 당시 한국에서 가장 널리 퍼져있던 모종강 평본으로 추정되며, 원작의 평점과 일부 삽입시를 제외한 원문만 번역했다.

목차의 구분에서도 모종강 판본의 장회 체제를 거의 그대로 따르고 있으나 중국의 장회소설을 한국의 일간지에 번역하기 위하여 사건 위주로 목차를 재구성했다.[6]

양건식이 번역한 지 10년 후 만해 한용운은 『조선일보』에 「삼국지」라는 제목으로 연재했다. 한용운은 양건식보다 열 살이나 많았지만 양건식과 함께 불교 단체에서 활동하면서 종교적인 교감을 나눈 바 있다. 그는 1939년 11월 1일부터 1940년 8월 11일까지 총 281회를 번역했다. 한용운의 『삼국연의』 번역은 일본 베스트셀러 작가였던 요시카와 에이지[吉川英治]의 영향을 받은 것으로 보인다. 요시카와 에이지는 일본에서 1939년 8월 26일부터 1943년 9월 5일까지 『중외상업신보』에 『삼국지』를 연재했고, 한국에서는 1939년 9월 20일부터 1943년 9월 14일까지 일본어 신문인 『경성일보』에 연재했다. 박태원은 「신역 삼국지」라는 제목으로 번역하여 『신시대』에 1941년 4월부터 1943년 1월까지 연재한 후 1945년에 박문서관에서, 1950년에는 정음사에서 출판했다.[7] 정비석은 1963년 1월부터 1967년 10월까지 『학원』이란 월간지에 연재하고 이듬해 단행본으로 출판했다.

기존의 연구에서 이미 지적되었듯이, 해방 이후부터 1990년대 사이 『삼국연의』에 대한 번역은 이전의 번역본을 베껴 썼거나 중국어 원본이 아닌 일본어판 저본을 이용하거나 중문학자가 아닌 소설가들에 의해 번역되거나 혹은 출판사의 상업적 전략에 의해 개작되는 등 여러 가지 문제점을 내포하고 있다.[8]

---

6  홍상훈, 「梁建植의 『三國演義』 번역에 대하여」, 『한국학연구』 14, 2005, 63~64쪽.
7  한용운과 박태원의 번역에 관해서 조성면, 「한용운 삼국지의 판본 상의 특징과 의미」, 『한국학연구』 14, 2005, 75·86·92쪽.
8  민관동, 앞의 글, 2009, 622~628쪽과 오순방, 『중국 근대의 소설번역과 중한소설의 쌍방향 번역 연구』, 숭실대 출판부, 2008, 265~267 참조.

# 3. 『매일신보』에 번역된 『삼국연의』에 대하여

## 1) 국문체와 번역자의 글쓰기

양건식의 중국소설 번역문에서는 국한문체와 국문체가 모두 사용되고 있다. 아래 국문체로 번역한 『삼국연의』의 첫 단락을 실어본다.

독자여 천하의대세[天下大勢]는 아마도 난호인지가 오리면 합하고 합한지가 오리면 또 난호이는 것인가 봅니다. 그리서 그러한지요? 주(周) ㅅ나라 말년에는 일곱나라로 난호여 서로 다토다가 진(秦)나라에 병합이 되엇고 진나라가 멸망한 뒤에는 초(楚) ㅅ나라와 한(漢)나라로 쏘한 난호여 다토다가 나종에 한나라에 합처지고 말핫습니다. 원리 이 한나라는 고조(高祖)가 삼척검(三尺劍)을 들고일어나 천하를 통일한 뒤로 광두황제(光武皇帝)가 한번 이를 중흥(重興)하고 헌데(獻帝) 째에 일으러 마츰내 쏘 난호여 세나라가 되엿습니다. (『매일신보』, 1929.5.5)

話說天下大勢, 分久必合, 合久必分：周末七國分爭, 幷入於秦. 及秦滅之後, 楚, 漢分爭, 又幷入於漢. 漢朝自高祖斬白蛇而起義, 一統天下. 後來光武中興, 傳至獻帝, 遂分爲三國. (羅貫中 著, 『全國圖像三國演義』)

번역의 저본으로 추정되는 모종강 평본은 명대 나관중의 『삼국지통속연의』를 개작한 것으로 언어와 서사구조를 치밀하게 다듬고 자신의 비평을 첨가하여 다른 판본들을 압도하고 유행했다. 청대 모윤·모종강 부자는 구어로 된 백화문학의 가치를 높게 인식했던 이지와 김성탄의 영향을 받아서 매회 제목을 붙이고 평점을 덧붙이면서 작품의 서사적 완성도를 높였다.[9] 오늘날 보통 우리가 읽는『삼국연의』는 청대 강희 년간 모종강이 비평하고 개작한 모본이며, 양건식이 저본으로 삼았던 판본도 바로 청말에 출판되어 당시 국내에 널리 유행했던 모종강본으로 추정된다.[10]

양건식은 1918년『홍루몽』을 연재할 때에 북경의 구어가 가득하게 묘사된 원문을 국한문혼용체로 번역했고, 1929년『삼국연의』를 연재할 때에는 국문체로 번역했다. 아래 국한문혼용체로 번역한『홍루몽』의 첫 단락을 실어 비교해 볼 수 있다.

> 江湖의 讀者야 이 小說의 첫머리는 이러흐다. 作者는 말흐지 내! 일즉이 한번 夢幻境을 단이여온 일이 잇셧다.(꿈을 꾸엇노라) 그리고 짐짓 眞正흔 事實은 숨기고 (眞事隱去) 通靈을 빌어가지고 말흔다 이것이 이 石頭記의 小說이라는 것이다. 그 싯닭에 진사은(甄音진 土隱은 진사은과 音이 서로갓흠으로)이라 흠이다. 그러면 이 小說의 內容이 엇더케된 것이냐? 作者는 또 말흘란다.(『매일신보』, 1918. 3. 23)

그의 문체는 문필활동의 시작에서부터 살펴볼 필요가 있다. 양건식은 1917년 5월『조선불교총보』에「소설서유기(小說西遊記)에 취(就)흐야」라는 평론문을 기고하면서 중국문학을 국내에 소개하기 시작했다. 당시 불교 잡지에서 활동하는 문인들이 한문체를 즐겨 사용했고 그 역시 국한문 혼용체로 글을

---

9  청초 소설의 평점 중 가장 영향력이 컸고 광범위하게 유포된 것이 바로『삼국연의』였다. 이에
   관해서는 王先霈 · 周佛民 共箸,『明淸小說理論批評史』, 中國 : 花城出版社, 1988, 863쪽.
10 홍상훈, 앞의 글 참조.

쓰기 시작했다. 그 해 11월『매일신보』에「지나(支那)의 소설급희곡(小說及戲曲)에 취ᄒᆞ야」를 발표하여 국내에 하루빨리 중국문학을 소개해야 하는 필요성과 중국문학의 가치를 언급하고 있다.

> 大抵 外國文學을 硏究ᄒᆞᄂᆞᆫ 目的은 自國文學의 發達에 資코저 홈이니, 저 支那文學은 朝鮮에 輸入된지 三千餘年 以來에 大혼 影響을 及ᄒᆞ야 深혼 根底를 有혼 故로 支那文學을 不解ᄒᆞ면 我文學의 一半을 解키 不能ᄒᆞ다ᄒᆞ야도 不可치 안케 되얏거던 況 支那文學은 一種의 特性을 備ᄒᆞ야 世界의 文壇에 異彩를 放홈이리오.(『매일신보』, 1917.11.6)

이 시기 발표했던 평론문들은 지식인의 참여를 촉구하는 것이 시급한 목표였기 때문에 국한문혼용체를 사용했다. 이후 중국 신문화운동의 추이를 주시하고 호적의 문장과 중국문단의 흐름을 국내에 적극적으로 소개하게 된다. 1917년 호적이「문학개량추의(文學改良芻議)」를 발표하자 양건식은 1920년에「호적씨(胡適氏)를 중심(中心)으로 한 중국(中國)의 문학혁명(文學革命)」이란 제목으로 국내에 소개했다.『개벽』제5호에 발표된 이 글은 호적의「문학개량추의」에서 주장했던 8가지 항목 중 '불모방고인(不模倣古人)'에서 "三千年 以前의 死語를 墨守함보다 二十世紀의 活語를 操이 可하고 耳가 遠한 秦漢六朝의 文言을 摸함보다 누구나 易 鮮할 水滸・西遊式의 俗語를 使用함이 可하다"[11]고 하면서 한 시대는 그 시대에 따른 문체가 있음을 강조하며 백화문의 필요성을 주장했다. 이 글은 호적을 국내에 처음 소개하는 글이라는

---

11 「胡適氏를 中心으로 한 中國의 文學革命 : 最近 發行된『支那學』雜誌에서」,『開闢』5, 1920.11.

점에서도 주목받고 있는데 고문보다 구어체 형식인 백화문을 주장했던 호적의 언문일치 사상에 양건식이 적극적으로 동조했음을 살필 수 있다. 호적이 명청시기 백화소설이나 원대 희곡에서 사용된 백화문을 추구해야 할 근대적 문체라고 주장했던 것처럼, 양건식은 중국고전소설 중 백화문 운용이 성공적인 『수호전』을 극찬했다.

그는 평생에 걸쳐서 중국문학 연구의 시급함과 번역의 필요성을 주장했지만, 글쓰기 문체에 관해서는 다른 태도를 견지하고 있었다. 중국문학을 번역하는 이유는 우리 문학의 발전에 공헌하기 위함이라는 뚜렷한 목적의식을 가지고 있었으나 서사 방식에 있어서는 한문체 문장에 관한 불만을 토로하며 우리식 문체를 부흥시키고자 했다. 1916년에 발표한 「춘원의 소설을 환영하노라」에서 문체의 특질은 사람의 특질이라고 언급하면서[12] 일찍부터 문체의 중요성을 환기시키고 있다. 『매일신보』에 연재했던 『홍루몽』에서 중국의 시를 우리의 시조 가락에 맞게 번역했고[13] 1925년 『시대일보』에 발표했던 글에서도 문체에 관한 확고한 견해를 알 수 있다.


自來로 漢文에 넘우 中毒된 우리 朝鮮에서 自國의 詩인 時調에 對하야 넘우 等閒에 부치고 虐待에 갓가움게 돌아보지 아니한 것도 事實이다. (…중략…) 우리의 詩는 그 後에 니르러 漸次로 漢詩의 큰 壓迫을 바다 우리의 固有한 精神을 일허버린 까닭에 近代에 니르러서는 우리의 創作과 우리의 創造가 업고 民族은 그로 因하야 勇

---

12 "吾人은 常히 自己를 語코자 ᄒᆞᄂᆞᆫ者이니 或은 言語로 或은 姿勢로 或은 容貌로 或은 文體로 胸中의 秘密은 廣告되는 것이며 人은 四支五官의 間諜者에게 싸히여 잇는 者임으로 間諜者는 如何히 語치안이코 ᄌᆞᄒᆞᄂᆞᆫ 秘密이라도 暴露ᄒᆞ나니 故로 그 文體의 特質은 卽 其人의 特質이라. 文體가 旣히 性格을 語흠이 如斯ᄒᆞᆯ진뎌 그 內容된 精神이 其人의 面影됨을 엇지 多言을 要ᄒᆞ리오." (『매일신보』, 1916.12.28)
13 최용철, 「梁建植의 紅樓夢 評論과 飜譯文 분석」, 『中國語文論叢』, 1993, 297~298쪽.

敢活潑한 氣像이 업서지는 同時에 지금은 참아 말 못할 地境에 빠지고 말앗다. 이 意味에 잇서 저 千餘年以來로 腦를 이며 피를 배아트며 螢窓雪案에 蕭條生涯로 되지도 안흘 李杜韓蘇를 애를 써가며 본을 뜨랴고 한 漢詩人들은 쏘한 우리 民族의 罪人이라고 할 것이다. (「시조른(時調論)」, 『시대일보(時代日報)』, 1925.7~8)

양건식은 한문에 중독된 우리 문인들에 대해 민족의 죄인이라고 통렬히 비판하면서 우리의 정체성이 들어나는 우리식 글쓰기 문체를 주장하고 있었다.

1918년『홍루몽』번역문에서는 한글과 한자를 동시에 병기한 국한문혼용체로, 1929년『삼국연의』번역문에서는 국문체로 썼다. 인명이나 지명 등이 나올 때는 한글 뒤 괄호 속에 한자를 표기했지만 이전에 발표했던『홍루몽』번역문과는 완연히 다른 문체임을 알 수 있다. 그러나 비슷한 시기인 1929년 출판된『중국단편소설집』에서 중국의 현대문학 작품을 국한문혼용체로 번역하고 있었고, 1930년대『월간야담』에 발표했던 작품들은 국문체로 번역했으며, 이 시기 중국 현대작가들에 대한 평론문에서 여전히 국한문혼용체로 쓰고 있음을 살필 수 있다.

동일한 일간지에 번역했던『홍루몽』과『삼국연의』의 문체가 이렇게 혼용되었던 것은 뚜렷한 문체관을 견지했던 그조차도 시대적인, 정책적인 상황과 무관할 수 없었던 결과였다. 대한제국 정부는 1894년 갑오경장 이후 고종이 내린 칙령 제1호 공문식 제14조에서 모든 법률과 칙령은 국문을 본으로 삼고 한문 번역이나 국한문을 혼용한다는 공문을 발표하여 형식상으로는 국문을 내세웠으나 국한문 혼용의 가능성을 내포하고 있었다.[14] 1896년 우리

---

14 국한문혼용체 신문과 국문체 신문에 관한 자세한 사항은 김영민,『한국 근대소설의 형성 과정』, 소명출판, 2005, 67~110쪽 참조.

나라 최초의 민간신문으로 출범한 『독립신문』이 순한글전용 신문으로 창간되고, 1898년 『황성신문』이 창간호에서 국한문혼용체 신문임을 공표했다. 1905년 통감정치가 시행되면서 국한문체는 더욱 확대되었고 국한문혼용의 대표 신문이었던 『황성신문』도 필요에 따라서 문체의 변이를 용납했다. 『대한매일신보』는 순한글 기사와 영문기사를 함께 다루는 신문으로 출발했으나 나중에 국문판을 국한문혼용판으로 바꾸어 발행하게 된다. 각종 신문들이 원래의 기획 의도와는 상반된 문체로 창간되고 발행되었다는 점은 당시 문체가 혼용되고 정립되지 못했음을 말해주고 있다.

글쓰기의 문체는 작가의 가치관 혹은 독자의 계층에 따라서 선택해야 했던 지식인의 고민이었다. 또 사세를 확장해야 하는 신문사의 입장에서 보면 신문의 발간과 유통에서 중요한 문제였다. 1910년대 억압된 식민정책과 심각한 언론통제는 1919년 3·1운동을 촉발시켜서 1920년대 문화통치라 불리는 시기로 이어지게 된다. 1924년 소에지마 미치마사[副島道正] 사장이 『매일신보』에 취임한 후 조선의 현실적 기반 위에 조선적인 것을 강조하고자 했다.[15] 1920년대 초기에 『매일신보』는 제1면에서 서구작품의 번역소설을 국한문혼용체로 싣고 있었고 4면에서는 순국문으로 가정소설이나 연애소설을 싣고 있었다. 후반으로 갈수록 문화정책을 내세워 식민지 조선의 작가들을 영입하고자 했으며 연재소설에서 적극적으로 국문체를 활용하여 지식인과 일반 대중으로 분리된 독자층을 통합하고자 했다. 『매일신보』는 1927년에 신문지면을 개편하고 1928년에 루비식 표기로 전환하는 등 새로운 활자정책

---

15 소에지마가 1924년 『매일신보』의 사장으로 취임한 이후 『매일신보』의 편집정책은 문화통치의 취지에 적극 부합하는 방향으로 바뀌게 된다. 이에 관해서는 수요역사연구회 편, 『식민지 동화정책과 협력 그리고 인식』, 두리미디어, 2007, 16~17쪽 참조.

속에서 다양한 문학작품을 신고자 했다.[16] 일간지『매일신보』는 1920년대 후반 민족지와 경쟁 구도 속에서『삼국연의』를 2년여 간 국문체로 연재하며 많은 독자층을 확보할 수 있었다.

혼란했던 이 시기 국한문혼용체와 순국문체는 정치적 목적에 따라 혼용체를 강조하기도 하고 독자의 계층을 염두에 두고 국문체를 강조하기도 했다. 보수적인 지식인들이 자신들의 체제를 옹호하기 위해 지속시키고자 했던 한문체, 개혁의지를 담은, 개화를 목표로 하는 신지식인 층에서 보급시키고자 했던 국한문혼용체, 어려운 한자를 모르는 일반 하층민을 대상으로 했던 국문체는 목적과 대상을 달리하면서 혼란한 근대시대[17]를 표상해 주고 있었다. 국한문혼용체가 지식인과 일반 민중이라는 두 층위의 독자들을 모두 포섭하기 위한 중도적인 방책이었다면, 국문체는 민족적 정체성을 고취시키는 방식이었다. 여기서 한 가지 간과할 수 없는 점은 우리의 신지식인 대부분이 전통적인 것, 과거의 산물과 단절하고자 노력했던 시기, 과거의 제국인 지나야말로 본받지 말아야 할 대상이었을 그 시기에도 우리는 여전히 한자공동체 문화권에 속해 있었다. 국한문혼용체는 문화적 이질감을 완화시키면서 원전의 의도를 최대한 변질시키지 않는 범위에서 중국고전을 번역하기에 더 적합하다.[18] 그러나 반문언 반백화체의『삼국연의』를 당시의 현대적 어투

---

16  이희정,「1920년대 식민지 동화정책과『매일신보』문학연구2—후반기 연재소설의 전개과정을 중심으로」,『현대소설연구』48, 2011, 285·305쪽. 이상 1920년대 후반기 문화정치와『매일신보』의 성격에 관해서 이희정의 글 참조.

17  "한문이라는 문화 기억 자체가 새로운 세대와 시간적 마모에 의해 지속적으로 약화되어갔다. 분명한 것은 근대 형성기 내내, 또 애국계몽기를 통해 국한문체와 순국문체가 '전이'가 아니라 '분배'되었다는 사실이다. 국한혼용에서 한글전용으로 이동한 것이 결코 아니라, 그 둘이 경쟁했고 한글에 기반한 서사가 한문 교양에 의존한 개념적 에크리튀르를 장악해나간 셈이다."(황호덕,『근대 네이션과 그 표상들』, 소명출판, 2005, 461쪽)

18  정선경,「1910년대 每日申報에 연재된 紅樓夢 번역과 서사의 근대성」,『중국어문학지』36, 2011.8, 104쪽.

의 국문체로 번역한 것은 번역자 양건식이 추구했던 글쓰기 방식이 뚜렷하게 표출된 것이라 할 수 있다. 지식인의 촉구를 기대하는 평론문에서는 여전히 국한문혼용체로 썼으나, 일반 대중을 독자로 하는 문장에서 국문체로 썼던 것은 시대적, 정치적 한계 속에서도 우리 것을 찾고자 했던 번역자 개인의 의지가 투영된 결과라고 하겠다.

근대시기 문체의 변화를 문학형식의 발전이라는 단면에서만 살필 수 없는 이유는 정치권력과 식민담론, 근대 매체의 편집 방향 뿐 아니라 지식인의 현실 인식과 연관되기 때문이다. 지식인의 글쓰기 문체는 국가와 민족을 염두한 현실 인식의 방법이었으나 개인적인 이상과 시대적 한계 사이에서 끊임없이 갈등하며 존재하고 있었다.


## 2) 영웅의 등장과 역사성


1920년대 『매일신보』에서는 이전에 유행하던 애정소설 만으로 독자들을 확보하기 어려웠고 더 복잡한 서사구조와 복선이 깔린 탐정소설을 유입하게 된다. 1924년 5월 30일 영국에서 들어온 「귀신탑」 연재를 공지하면서 "본지 사면에 오뢰동안 소설이 긋치여 애독자 졔씨에게 적지안이 미안합니다. 이번에는 특히 수면소설의 특식을 발휘하기 위하야 작품의 선퇵에 지안은 시일을 허비하얏습니다"라는 글에 보면 『매일신보』 편집진들이 연재할 작품의 성격을 위해 상당히 고심했었음을 알 수 있다. 또 마지막 공지문에 "본지 노력이 헛되지 안을 줄을 깁히 밋슴니다"라고 하여 탐정소설 연재에 대한 자신감을 표시하고 있다.

「귀신탑」을 연재하면서 자극적인 삽화를 함께 실었고 후속작품으로「바다의 처녀」,「제이(第二)의 접문(接吻)」을 연재하게 된다.「제이의 접문」은 일본 대중작가 기쿠치 칸의 작품으로 일본에서 '활동영화'로 상장되어 많은 사랑을 받았던 작품이다.[19] 1928년 10월부터 염상섭의「이심」이 연재되고 그 흥행의 연장선상에서 1929년「삼국연의」가 이어지게 되는데 이를 공지하고 있다.

강호에 만흔 환영을 맛는 본지 련재소설『이심』은 작일로서 씃이 낫슴으로 본사는 다시 그 뒤를 이어 릭월 초순부터 중국의 사대긔서(四大奇書)의 하나요 대중소설의 걸작인『삼국연의』를 이제 중국문학자 량빅화씨의 그 류려한 붓을 빌어 소개하기로 한 바 그 내용은 이미 다 아는 바와 갓치 사상(史上)의 저명한 사실인 만큼 그 무한한 흥취는 일빅번 닑어도 슬치 아니한 것이니 반듯이 독자 제현의 상찬을 바드리라고 밋는 바요 다만 몃칠동안은 또한 동씨의 붓으로 된 재미잇는 중국의 단편소설을 게재하오니 독자는 그리아시옵소서.(『매일신보』, 1929.4.25)

『조선일보』 1929년 5월 31일 자「중국(中國)에서 처음 수입(輸入)한 삼국지영화(三國誌映畫) 불일봉절(不日封切)」에 보면,

예술문화협회본부(藝術文化協會本部)에서는 금번에 새로히 박수형(朴洙衡), 현철(玄哲) 량씨의 주간으로 영화부를 조직하고 영화 제작 배급 흥행 등을 목한다는데 일차 첫 시험으로 중국(中國)에서 고래 유명한『삼국지(三國誌)』를 중국에서 수입하야 불일간 시내 모극장에서 봉절한다 하며 이것이 중국영화로는 조선에 첫수

---

입이요 또 조선 사람의 누구나 다 내용을 아는 그만치 일반은 긔대하리라더라.

양건식의 번역이 실리기 바로 전 영화부를 조직하여 영화제작 배급 홍행을 목적으로 광고가 나갔는데 조선에 첫 수입하는 중국영화로 선택된 것은 삼국지였음을 알 수 있다. 소설 예고문에서 양건식의 사진이 실리고 대중소설의 걸작인『삼국연의』를 "그 무한한 홍취는 일빅번 어도 슬치 아니한 것"이라며 연속해서 공지문을 싣고 있다.

당시는 1927년을 전후로 조선야담사가 설립되었고 1930년대까지 지속적으로 야담운동이 진행되면서 민중계몽을 목적으로 한 역사물이 보급된다.[20] 양건식은 1927년『중외일보』에「강담(講談)과 문예가(文藝家)」라는 글을 기고하여 강담이란 단순히 사실의 나열 혹은 옛 이야기에서 그치는 것이 아니라 대중성과 예술성을 결합한 후 대중소설로 나아간다고 주장했다.[21] 1928년『동아일보』의 기사에는 "일본의 강담(講談)과 중국의 설서(說書)를 절충하야 조선으로 또 현대으로 새민중예술[新民衆藝術]을 건설한 것이다"[22]고 하여서 기존의『청구야담』,『어우야담』에서 의미하는 야담이 아닌 당시 새롭게 만들어진 개념으로써 야담의 성립을 강조하고 있다. 나아가 중국의『삼국지연의』,『수당연의』,『수호지』를 예로 들면서 조선의 서책에서도 이런 것들이 빈약하나마 존재했었음을 밝히고 있다. 과거의 허무맹랑함과 미신적 소재에서 벗어나 민중적이고 현대적인 대중 오락물로써 새로운 의미를 부여했다. 1928년『동아일보』에서는 "중국(中國)의 설서(說書)와 일본(日本)의 강담

---

20  역사물 보급과 야담운동에 관해서 이승윤,「한국 근대 역사소설의 형성과 전개」, 연세대 박사논문, 2005, 67~69쪽 참조.
21 「講談과 文藝家」,『중외일보』, 1927.11.15.
22 「民衆의 娛樂으로 새로 나온 野談 : 朝鮮에서는 첫 試驗」,『동아일보』, 1928.1.31.

(講談), 그 중(中)에도 신강담(新講談)을 슬어다가 그 장(長)을 취(取)하고 단(短)을 보(補)하야 그 우에 조선적(朝鮮的) 정신(精神)을 집어너어서 절대(絶對)로 조선화(朝鮮化)시킨 그것을 창설(創說)해 노은 것이 즉(卽) 야담(野談)"[23]이라고 정의내리고 있다.

사실 중국에서 설서의 전통은 아주 오래되었다. '이야기를 말하다'는 포괄적인 각도에서 보면 고대시대까지 근원을 추적할 수 있으며 백화소설과의 직접적인 관련성은 당대(唐代) 이후부터 언급할 수 있다. 『삼국연의』는 원말명초 나관중의 작품으로 알려져 있으나 주지하다시피 한 개인의 창작이 아니다. 송대에 이미 역사 이야기를 하는 강사(講史) 가운데 삼국의 이야기만 전문적으로 하는 설삼분(說三分)이 있었다. 송대 대중들의 사랑을 많이 받았던 설화라는 민간연예 방식 중 장편의 역사 이야기만을 강술했던 강사화본의 형태로 널리 유행했고, 현행 판본의 직접적인 모태가 되는 것은 원 지치년간 건안 우 씨가 간행한 『전상삼국지평화』이다. 강사화본인 『전상삼국지평화』 3권은 명대 출현한 『삼국지통속연의』의 대략적인 스토리를 갖추고 있었다. 즉 오늘날 우리가 흔히 볼 수 있는 『삼국연의』는 정사의 기록이었던 진수의 『삼국지』를 바탕으로 송대 강사, 원대 평화본의 형태로 유행했다가 나관중의 손을 거쳐 각색된 후 청대 모종강에 의해 개작되고 비평이 덧붙여진[24] 120회본 역사소설이다.

역사적 영웅의 이야기가 유행했던 배경에는 일본의 언론통제법에 대한 민족의식의 분출과 연관해 볼 수 있다. 사전 검열이라며 1900년대부터 한국 언

---

23 金振九, 「野談出現必然性(四) : 우리 朝鮮의 客觀的 情勢로 보아셔」, 『동아일보』, 1928.2.5.
24 역사와 소설에 관한 논의는 方正耀 著, 郭豫適 審訂, 『中國小說批評史略』, 中國社會科學出版社, 1990, 4~5쪽, 역사서 『삼국지』부터 강사화본을 거쳐 나관중의 『三國志通俗演義』에 관한 변천 사항은 魯德才 著의 『古代白話小說形態發展史論』, 南開大學出版社, 2002, 77~111쪽 참조.

론에 간섭해 오던 일본은 러일 전쟁을 계기로 1904년부터 신문검열을 심화시켰다. 1907년 7월 '신문지법'과 1909년 2월 '출판법'을 제정, 공포하여 해방까지 언론과 출판에 관한 사전 및 사후 검열이라는 이중적 장치를 설치했다.[25] 1915년 조선총독부가 발표한 '교과용도서일람'을 보면 출판법에 의해 1910년부터 발매 반포 금지한 도서목록이 나온다.[26] 1910년에는 현채의 「월남망국사」, 1911년에는 유원표의 『몽견제갈량』, 신채호의 『이태리건국삼걸전』 등 망국과 구국을 소재로 혹은 뛰어난 영웅의 활약을 기록한 서적들이 출판물에 대한 발매 반포 금지 조치를 받았다. 3·1운동으로 일제의 무단통치에 대한 문제점이 부각되면서 조선의 저항을 진압하기 위한 목적으로 민족지의 발간이 허용된다. 영화나 포스터, 대중 매체를 활용하여 조선의 민족의식을 분열시키고 장기적으로 조선 민족을 일본에 동화시키려는 내지연장주의가 실시되고 있었다.[27] 무단통치를 마감하고 문화통치를 내세웠으나 궁극적으로는 조선을 영구적인 식민지로 만들면서 우리 민족을 통제할 수 있는 치밀한 계획을 수립하고 있었다. 1920년 민간지의 발행을 허가한 것은 민중의 동요나 불만을 사전에 감지할 수 있고 이에 대한 정보를 수집함으로써 대응할 수 있다는 이중적인 속셈이 내재된 것이다. 1926년 순종의 붕어와 6·10만세사건 등은 문화통치 시기였음에도 불구하고 우리 민족의 독립적 의지를 보여주는 사건이었으며, 이에 대해 『매일신보』 6월 13, 17, 18일 사

---

25  일제의 언론출판 통제에 견디지 못한 한국의 출판사, 신문사, 법조계 대표들이 1923년 3월 17일 '신문지법'과 '출판법'의 개정 건의를 위한 '改正期成委員會'를 조직하여 개정건의서를 총독부 경무국 당국에 적극적으로 요구하였는데 당시의 출판법의 폐해가 고스란히 담겨있다. 이에 관하여 남석순, 『근대소설의 형성과 출판의 수용미학』, 박이정, 2008, 305쪽 참조.
26  권영민, 『한국현대문학사』 1(2판 21쇄), 민음사, 2012, 99쪽.
27  1920년대 『매일신보』의 식민지 동화정책에 관해서는 수요역사연구회 편, 『식민지 동화정책과 협력 그리고 인식』, 두리미디어, 2007 참조.

설에서 조선의 민족주의자들이 민족의식을 기초로 하여 독립을 기도하는 것
은 망상이라고 보도했다.[28]

축홍파는 『삼국지연의』가 영웅 중심의 서술 경향으로 영웅사관에 함몰되
어 역사발전의 진정한 주체라고 할 수 있는 다수의 민중을 역사 객체로 만들
어 버렸다고 했다.[29] 그러나 1920년대 한국이 처했던 상황은 역사발전론의
관점이 아니라 역사적 실제 인물이 암울한 현실에서 다수의 민중을 구원해
줄 희망을 시사하고 있다는 점에서 중요했다. 지식인들은 민족의 주체성을
강조하고 독립을 위해서 과거 역사 속 영웅을 호출하여 구국의 현실적 가능
성을 모색하고자 했다.

역사서에 기술된 역사사실을 근거로 하여 작품의 얼개를 만들고 만약 그
사이에 빈공간이 있다면 작가가 자신의 상상력을 발휘하여 메우는 것이 역사
소설이며, 작가는 자신이 창작 대상으로 삼는 그 시기에 대해 자신의 입장과
견해를 자연스럽게 노출시킬 수 있다는 것이 고금의 중국에서 유행했고, 유행
하는 역사소설론이다.[30] 역사적 영웅을 소재로 한 소설들은 역사적 사건이나
의식을 주제로 삼기보다 영웅의 삶 혹은 그의 일생을 중심으로 역사를 파악하
고 이해하는 관점으로 접근할 수 있다. 진수의 역사서 『삼국지』가 허구의 설
정과 평점이라는 특수한 담론형태가 덧붙여져 작가의 역사적 해석이 담겨진
120회 장편 소설로 재구성되었고[31] 중국문학의 전신자였던 양건식은 이 작품
의 번역을 통해서 우리의 민족의식을 일깨우는데 일조하고자 했다.

---

28 정진석, 『언론조선총독부』, 커뮤니케이션북스, 2007, 127쪽.
29 김진곤, 「역사 인식의 변환과 역사소설의 창작」, 『중국소설논총』 28, 2008, 179쪽 재인용.
30 김진곤, 앞의 글, 173쪽.
31 "역사소설이란 춘추전국시대를 언급하던지 혹은 한말 삼국시대를 언급하던지 책이 만들어진
   시대의 흔적이 남겨지기 마련인데, 이것은 당시의 의식을 포함하고 있기 때문이다."(石昌渝
   著, 『中國小說源流論』, 北京 : 新和三聯書店, 1994, 298쪽)

당시는 실존했던 역사적 존재를 앞세워 시대적 사명감과 구국의 의지를 기탁할 영웅이 필요했다. 『삼국연의』는 영웅을 등장시켜 인물 성격의 전형화를 분명하게 창출했다. 『삼국연의』가 한국 뿐 아니라 아시아 전체의 고전으로 자리잡은 가장 큰 이유 중 하나는 유비라는 인물을 통해 촉한정통론적 입장에서 역사를 소설로 환원시켰기 때문일 것이다. 정사에서 정권 획득에 실패했던 유비는 소설에서 자애로운 성군의 형상으로 등장하고, 실제 권력을 거머쥔 조조는 간사하고 음흉하여 만세에 욕을 먹어 마땅한 간웅으로 형상화되었다. 장학성이 『삼국연의』의 7할은 사실이고, 3할이 허구라고 지적했음에도, 소설에서 형상화된 촉한정통론의 대의는 식민지인들의 암울한 현실에서 희망을 투사하는 기제가 되었다. 위나라의 조조가 촉나라의 유비가 패권을 장악했으면 하는 패자부활에 대한 대중들의 염원은 식긴시기 한국 사회에도 이어졌다. 또, 제갈량의 신출귀몰한 지략은 천문을 읽고 사람의 마음까지 꿰뚫는 전지전능함까지 가미되어 국가 성립의 정통성을 수호하는 역할을 했다. 몰락한 한 황실의 종친인 유비가 어려운 여건 속에서도 부패하고 간사한 통치계급과 당당히 맞서 싸우는 내용은 외세 침략이라는 굴욕적 현실 위에 자주 독립이라는 희망을 투영하고 있었다. 중국의 흥망을 타산지석으로 여겼던 양건식은 유비의 인의와 포용력, 관우와 장비의 충의, 제갈량의 지모를 빌어서 민족의 웅혼한 기상, 민족의식의 강화를 꾀하고자 했다. 나아가, 전통적으로 많은 사랑을 받아온 역사적 영웅을 등장시키는 일은 일제의 검열을 피할 수 있으면서 동시에 꾸준히 문필활동을 할 수 있는 발판이 되었다.

1920년대 연애소설과 탐정소설의 유행이 현실에 대한 도피라는 소극적인 면모를 보여준 것에 비해 1930년대 역사소설은 현실에 직면하는 적극적인 방편으로 존재했다. 양건식의 『삼국연의』 번역은 본격적인 역사소설이 유행하기 전 탐정소설의 흥미성과 역사소설의 교훈성 사이에 놓여 있었다. 일제의 언론 통제가 삼엄해진 환경에서 친숙한 역사적 영웅을 등장시켜 현실적 모순을 타개해 줄 희망을 투영시키고자 했다.


### 3) 소설 삽화와 대중화


『삼국연의』 번역문에는 이승만의 삽화가 실려 있다. 제1회부터 마지막 회인 859회까지 '양백화 술(述),[32] 이승만 화(畵)'라고 되어 있고 번역문 중간에 신문의 두세 단을 할애하여 당일 연재 내용의 특징적인 장면을 그림으로 실었다. 삽화는 연재가 끝나는 1931년 9월 21일까지 지속되었다. 다만, 1931년 3월 18일 671화 「무후탄금퇴중(武侯彈琴退仲)」 연재문에 이승만 화(畵)라고 되어 있으나 실재로 삽화가 실리지 않았다. 또, 제1회부터 제11회가 연재된 1929년 5월 15일까지 『삼국연의』 제목 옆에 동일한 그림이 인쇄되었는데 제12회 연재문이 실린 5월 16일부터 보이지 않게 된다. 제목 옆 그림은 삭제하고 번역문 중간에 당일의 연재문 중 특징적인 장면을 부각시켜 사건을 강조하고 있다. 아래 『삼국연의』 번역문에 삽입된 삽화를 예시해 본다.

5월 8일 자 연재문에서 유비와 관우, 장비가 도원결의하는 장면을 특징적으로 묘사했다.

삽화가 이승만에 관한 기록은 많지 않다. 그는 휘문의숙을 나와서 일본 미

---

32 梁白華라는 필명으로 더 알려져 있는 梁建植은 글을 발표할 때마다 菊如, 白華, 白華生, 蘆下生, 蘆下山人, 今來, K. S. R, 城西閑人, 天愛, 한옷 등의 호를 사용했다. 그의 호에 관해서는 金榮福의 「白華의 文學과 그의 一生」, 『양백화문집』 3, 1995, 361쪽 참조.

『매일신보』 1929년 5월 8일, 3면『삼국연의』 제3회[33]

술의 명문 천단화학교(川端畵學校)에서 그림공부를 하고 조선미술전람회 서양화부에 4회나 특선으로 뽑혔다. 『매일신보』에 1925년 성주(星珠)의 번안 소설 「바다의 처녀」와 1928년 염상섭의 소설 「이심(二心)」에 삽화를 그려 넣었다. 김팔봉과 이서구의 권유로 1928년『매일신보』 학예부에 입사한 뒤부터 삽화에 전념했고, 1935년 박종화의 역사소설『금삼(錦衫)의 피』에 삽화를 그리면서부터 본격적인 활동을 시작했다. 조용만의 회고에 따르면[34] 당시 서양화단을 이끌어 가는 대표적인 화백이었는데 1930년대에 들어서서 신문 삽화로 붓을 돌려 역사소설에 옛날 풍속화를 그렸다. 이승만의 요염한 풍속화는 신윤복을 능가한다는 칭찬을 받았으며, 해방 전부터 역사소설의 삽화에 그를 따를 사람이 없었다고 평가된다.

중국고전소설 삽화본은 원대에 처음 등장했고 명말 크게 융성하다가 19세기 말 20세기 초 서양사진 석인술의 전파와 보급으로 부흥하게 되었다.[35] 19세기 말 점석재서국에서 발행했던 석인 삽화본 소설에는 수백 폭의 삽화

---

33 『삼국연의』 제3회라고 되어 있으나 제4회의 오류인 듯 하다. 다음 날인 5월 9일 자 신문에는 제5회로 기록되어 있다.

34 趙容萬, 「故 李承萬 화백의 영전에」, 『동아일보』, 1975. 2. 18.

35 중국 근대시기 석인술과 고전소설에 관해서는 潘建國, 「서양사진 석인술과 근대 중국 고전 소설 삽화본의 부흥」, 『코기토』 66, 2009. 8, 159~160 · 165쪽 참조, 정리.

가 인쇄되어 원대에 간행된『전상삼국지평화(全相三國志平話)』나 명말 목각본 소설과 대조를 이룬다. 점석재본『삼국지전도연의(三國志全圖演義)』에는 280폭, 동문서국본『증상삼국전도연의(增像三國全圖演義)』에는 384폭의 삽화가 들어가 있다. 청 건륭시기에 인물삽화 위주로 소설이 간행되었으나 이 시기에는 사건의 묘사나 색채가 선명한 '이야기 삽화'가 다시 유행하게 되었다. 점석재본『삼국지전도연의』280폭의 삽화 중 이야기 삽화가 240폭, 인물삽화가 40폭 삽입된 것을 통해서도 알 수 있다.

광서 8년(1882) 11월 4일『신보』에 점석재본『삼국연의전도(三國演義全圖)』 판매 광고 문구를 보면 아래와 같다.

> 『삼국연의』는 오래 전부터 인구에 회자되었다. 세상에 통용되는 판본의 글자가 모호하고 종이가 조잡하며, 삽화도 단지 40쪽 밖에 안 되어 독자들이 안타까워했다. 본 점석재는 거금을 들어 선본(善本)을 구입하여 다시 장인을 불러 베끼고 수차례 교정을 거친 뒤 석인술로 인쇄했다. 그래서 책은 유난히 선명하고 하나의 오자도 없다. 삽화도 무릇 240장이며 매 회의 첫머리에 나누어 수록했다. 원본은 삽화가 40장으로 책 끝에 배열되었고 그림이 뛰어나나 독자를 위해서만 배치한 것이 아니라 화가들의 작법을 위한 목적도 겸했다.

이전 서적들에 비해서 삽화가 많이 실리게 된 것을 크게 광고하고 있는데 소설 삽화는 근대의 대표적 매스미디어인 신문의 보급을 통해서 활성화되었다. 신문과 잡지류 등 인쇄물에 수록된 사진과 삽화 및 기계화된 인쇄술에 의해 대량 복제된 인쇄 미술은 이러한 지식과 정보를 시각적으로 공급하여 징험시키고 일상화, 담론화하는 근대 계몽의 수단으로서 중요한 구실을 했다.[36]

『매일신보』는 한국 근대시기 최초로 연재소설에 삽화가 실렸던 신문이다. 번역이나 번안 신문연재소설에 처음 삽화가 등장한 것은 이수일과 심순애 이야기로 알려진 「장한몽(長恨夢)」(1913.5.13~10.1)이다. 일본 『요미우리신문』에 연재되었던 「곤지키야샤(金色夜叉)」가 「장한몽」이라는 저목으로 『매일신보』에 번안되면서 이후 소설, 신파극, 영화 등의 대중예술양식으로 보급되었다. 1921년 한국 최초의 신문소설 삽화가인 김창환이 『매일신보』에 등장했고 그 뒤를 이은 대표적인 인물 중 행인 이승만은 역사소설 삽화가로서 주목을 받았다. 그는 1925년 5월 9일 『매일신보』에 연재된 「바다의 처녀」를 시작으로 신문에 삽화를 그리기 시작했다.

이승만은 「소설삽화(小說揷畵)의 어제와 오늘」이란 글에서 역사소설 전문 삽화가로서 자신의 일생을 회고하고 있는데, 삽화가로서 이름을 떨치게 된 경위, 당시 소설 삽화의 중요성 등을 기록하고 있다.

매일신보사 삽화가였던 안석영이 갑자기 동아일보사로 옮겨가는 바람에 일본 신문사라고 탐탁하게 여기지 않았던 매일신보사에 입사하게 된 계기와 그로부터 50여 년 신문소설 삽화가로 종사하게 된 배경, 행인(杏仁)이라는 호를 사용하게 된 상황을 적고 있다. 또 육당(六堂)을 찾아가 역사적 사실에 대해 지도를 받는 등 남보다 많은 재료를 모으고 피나는 노력을 기울여 역사물에 관한 소설 삽화는 거의 다 본인에게 의뢰가 들어오던 당시의 상황을 기록했다. 역사물만 전문적으로 다루게 된 사연, 조용만의 제의로 박종화에게 소설을 청탁하여 함께 삽화를 실었는데 독자들의 호응이 좋았던 일, 당시 지면 조판이 끝나면 삽화 교정지 검열을 받고서야 인쇄를 할 수 있었던 일 등 삽화

---

36  홍선표, 「근대적 일상과 풍속의 징조─한국 개화기 인쇄미술과 신문물 이미지」, 『근대의 첫 경험─개화기 일상 문화를 중심으로』, 이화여대 출판부, 2006, 18쪽.

인쇄에 각별히 신경 쓰던 신문사에 관해 적고 있다. 특히, 소설 삽화 중 역사물을 취급하는 것에 대한 애로점을 상세히 기록하고 있다. 계급 구별, 지역 구별, 풍속에 따른 구별 등 역사물에서 풍물의 고증이 가장 어려움을 토로했다. 마지막으로 소설삽화의 중요성에 관해 언급하며 글을 마치고 있다.

> 소설삽화(小說 揷畵)의 중요성이란 크다. 소설을 읽기 전에라도 삽화를 봄으로써 모든 내용이 집약되어 들어와야 하는 것이다. 그런데 요즈음의 삽화(揷畵)에서는 인간(人間)의 표정(表情)은 물론 그 구성에서 드라마틱한 분위기와 활기는 넘쳐흐르나 어딘가 정서가 적은 것 같다.(「소설삽화의 어제와 오늘」, 『세대(世代)』8)

소설삽화의 의의 등을 설명하며 당시 삽화의 한계점에 관해서 지적하고 있다. 국장급 월급이 90원이었을 시절, 이승만이 매일신보사에서 받는 급료가 80원이었으니 당시 신문사에서 소설 삽화가를 어느 정도 대우해 주었고 주시했는지 짐작이 된다.

조용만이 발표했던 「고(故) 이승만(李承萬) 화백의 영전에」란 글을 통해서도 그의 삽화 활동에 관해 살펴볼 수 있다. 이승만이 깊은 병환 중에서도 신문 삽화에 온 힘을 기울이는 모습, 1920년대 유일한 전람회였던 선전(鮮展)에서 연이어 4회에 특선으로 뽑힌 재능, 해방 전부터 역사소설의 삽화에 있어서 따를 자가 없었다는 평가 등이 잘 나타나 있다.

> 1930년대에 들어서는 신문 삽화로 붓을 돌려서 월탄(月灘)의 역사(歷史)소설에 금상첨화(錦上添花)의 느낌을 주는 아취(雅趣) 무르익은 옛날 풍속도(風俗圖)를 그렸다. (…중략…) 해방 전으로부터 오늘날에 이르기까지 역사소설의 삽화

에 있어서 그를 따를 사람이 없다는 것은 공평히 말하여 누구나 다 인정하는 바일 것이다. 그는 50년 동안 외곬으로 화필(畫筆)만을 들어온 순수 일로(一路), 성실 일로(誠實一路)의 거장이었고 아름답고 격조(格調)높은 그림으로 신문삽화(挿畫)의 지위(地位)를 오늘날 같이 향상(向上)시켜논 우리나라 삽화계(挿畫界)의 원훈(元勳)이었다. 날마다 그의 그림을 즐거이 보아오던 만천하(滿天下)의 신문독자와 함께 섭섭한 마음을 금할 길이 없다.(『동아일보』, 1975.2.18)

1957년 『경향신문』 문화계 소식란 기사에서도 작품과 삽화의 관계를 유추해 볼 수 있다.[37] 정동 문총회관에서의 모임을 공지하고 있는데 기사 제목과 내용에서 알 수 있듯이 이미 삽화는 작가 못지않은 지위를 확보하고 있었다. 또 1961년 6월 6일, 10일에 반복해서 '삽화가팔인전'이라는 제목으로 중앙공보관에서 전시회가 열리는 공지문을 살필 수 있다.[38] 신문의 삽화는 독립적인 전시회를 열만큼 그 예술적 가치를 인정받게 되었다.

삽화는 연재된 내용을 보충 설명해 주는 부수적인 기능이 아니라 연재 내용을 총괄적으로 집약시키는 중요한 작용을 했다. 이승만은 삽화의 중요성뿐 아니라, 당시 삽화 연재의 한계점까지 지적하고 있었다. 그가 염상섭의 「이심」에 그렸던 삽화와 비교해 보면, 「삼국연의」 삽화에는 중국의 역사적인 풍물을 많이 담아내고자 노력했음을 알 수 있다. 예를 들어 관복이나 의

---

37 "同業 朝鮮日報에 四年間에 걸쳐 九四六回로 끝난 月灘朴鍾和氏의 長篇小說 임진왜난은 그 內容이나 規模에 있어서 처음 보는 大作임에 비추어 作家와 挿畫를 그린 李承萬畫伯의 功勞를 위로하고자 文壇重鎭들의 發起로 다음과 같이 모임을 갖게 되었다 한다."(「長篇 임진왜난 作家揷畫家 慰勞會」, 『경향신문』, 1957.5.12)
38 "挿畫界의 老匠 李承萬씨를 비롯한 金基昶, 金榮注, 朴古石, 李舜在, 金台炯, 禹慶熙, 李忠根 씨 등의 挿畫作品九十餘點이 展示되어 있는데 그 가운데는 新聞이나 雜誌 및 教科書에 揭載된 挿畫의 原畫外에 「女人像」「風景」 등의 아담한 作品도 出品되어 있다."(『경향신문』)

상, 모자, 건축양식, 소도구 등의 화풍에 중국적 느낌이 물씬 배어있다. 단순히 등장인물을 배치했던 인물 위주의 구성과는 달리 당일 연재내용의 특징을 압축시켜서 반영했다. 중국 유학 경험이 없는 그는 역사물을 공부하면서 중국에 대한 지식을 쌓아 갔다. 서양화를 전공했었으나 동양의 역사물에 삽화를 그리기 위해 문인들을 쫓아다니고, 고궁이나 유적, 각 지방의 민속적 풍모를 찾아다니며 스케치하고 자료를 모았다. 엄청난 그의 노력은 『매일신보』에 인쇄된 삽화를 통해서 '읽는' 소설에서 '보는' 소설로 문예장르의 범주를 넓혀 나가는 기능을 하고 있었다.

1920년대 문화통치의 시기에도 『매일신보』는 여전히 조선총독부의 감시 속에서 식민지지배 이데올로기 정착을 위한 보급로의 역할을 했다. 삽화가 실린 대중소설은 상업성을 염두에 둔 신문사의 책략이기도 했는데 친숙한 소재를 가져와 오락성을 가미해서 민심을 회유하고 사세를 확장하고자 했다. 근대기 인쇄미술은 인쇄매체에 의해 대량 생산되어 같은 내용의 도상을 균일하게 널리 보급함으로써 이미지를 통해 지식과 정보를 전달하는 시각미디어이자 대중 미술 문화로 기능했다.[39] 일간지에 연재된 소설 삽화는 『삼국연의』를 '읽고 보는' 대중 문예적 의미로 확장시키면서 더 많은 독자들을 확보하게 해 주었다.

---

39  홍선표, 앞의 글, 20~21쪽.

## 4. 번역된 근대[40]와 『삼국연의』

근대시기 한국문학과 중국문학의 상호 관련성에 대한 학계에서의 연구는 소략되어 왔지만 현채, 신채호, 정래동, 이윤재, 유수인, 김태준, 김광주, 이육사, 신언준 등의 문인들은 꾸준히 중국문학에 관심을 가지고 국내에 소개하고자 했다. 그 중 양건식은 중국문학과 학계의 흐름을 국내에 가장 활발하게 소개하고 작품을 번역했던 지식인이었다. 본고에서 그의 『삼국연의』 번역을 통해 식민지 지식인의 현실적인 고민과 근대사회의 단면을 살필 수 있었다. 지식인의 현실인식은 글쓰기 방식에서 어떻게 표현되었는지, 역사적 영웅의 소재는 어떻게 활용되었는지, 소설 삽화의 등장은 작품과 어떤 관련을 맺고 신문의 대중화 전략으로 이어졌는지 살펴보았다. 더불어 일본의 식민 정책 속에서 지식인은 어떻게 문필활동을 했는지, 새로운 시대에 전통은 어떻게 내재하고 있었는지 살피는 기회가 되었다.

양건식의 『삼국연의』는 원작 120회본 전체를 당시의 현대어로 번역한 신문 연재소설이다. 수차례 번역을 시도했던 『홍루몽』의 완역은 실패로 돌아갔으나 처음부터 긴박하게 전개되는 역사적 영웅의 이야기 『삼국연의』는 민중의 대중적인 독서물로 자리하게 되면서 완역이 가능하게 되었다. 오늘날 다양한 문화콘텐츠의 원류가 되는 『삼국연의』는 일제의 억압과 문화검열이 삼엄했던 20세기 초에도 대중의 사랑을 받으며 2년여 간 일간지 신문에 연재되었고, 박문서관, 조선서관, 영풍서관, 영창서관 등에서 단행본의 형태로

---

40 '번역된 근대'라는 표현은 동양과 서양 사이의 언어적 상호작용, 문화의 교차에 관해 '언어횡단적 실천(translingual practice)'이라는 용어로 근대와 번역의 관계를 설명한 리디아 리우의 관념을 차용했다. 리디아 리우, 민정기 역, 『언어횡단적 실천, 문학, 민족문화 그리고 번역된 근대성 ─ 중국, 1900~1937』, 소명출판, 2005.

출판되고 있었다.

양건식이 두 차례에 걸쳐『홍루몽』번역을 시도하고 세 번의 평론문을 발표했던 애착에 비하면,『삼국연의』에 대한 그의 평가는 그리 높지 않았다. 우선,『삼국연의』에 대한 평론문을 작성하지 않았고『수호전』이나『홍루몽』처럼 주목하지 않았다. 1917년에 발표했던「지나(支那)의 소설급희곡(小說及戲曲)에 취(就)ᄒ야」에서 "『삼국지(三國誌)』의 대작(大作)이 유(有)ᄒ나 평범(平凡)ᄒ야 특색(特色)이 무(無)ᄒ고 ⋯⋯"[41]라 평가했고, 1926년『동아일보』에 발표한「수호전(水滸傳) 이야기」에서는 "『삼국지』는 역사적(歷史的) 흥미(興味)와 그 결구(結構)에 잇서 볼만 하지마는『수호전』중에『삼국지』가 잇느냐『삼국지』에『수호전』이 잇느냐 하면『수호전』중의 어느 한 부분(部分)은『삼국지』의 흥미(興味)가 잇지마는『삼국지』중에는『수호전』만한 것을 포유(包有)치 아니하엿다"[42]고『수호전』과 비교하며 평가했다. 그러나,『삼국연의』를 번역한 후, 1933년『신동아』에 발표했던「장판교상(長板橋上)의 장비(張飛)」에서는 "『삼국연의(三國演義)』에 나오는 그 시대(時代)의 인물(人物)은『수호전』의 가작인물(假作人物)과 달라 실재인물(實在人物)인 만큼 우리에게 흥미(興味)를 더 만히 준다"[43]며『삼국연의』의 문학성을 역사적 근거에서 찾고 한 단계 높게 평가하고 있다.[44] 이러한 변화는 1927년 야담부흥운동의 시작과 1930년대 역사소설 유행의 문턱에서 지식인 양건식이 선택한 역사를 소비하는 방식이었다.

---

41 「支那의 小說及戲曲에 就ᄒ야(二)」,『매일신보』, 1917.11.7.
42 「水滸傳 이야기」,『동아일보』, 1926.1.2.
43 『新東亞』24, 1933.10.
44 정선경,「근대시기 양건식의 중국고전소설 번역 및 수용에 관하여」,『중국어문학논집』73, 2012, 368~370쪽.

근대시기 한중 소설론에서 나타나는 공통적인 현상 중 하나는 언문일치운동이었다. 중국에서는 서구열강의 중국침략과 청일전쟁의 패전으로 국가의 존속 자체가 위협받던 시기에 자국민에 대한 계몽과 구국의 일환으로 언문일치 운동이 일어났다. 1897년 구정량(裴廷梁)이 백화문 사용을 주장하는 「논백화위유신지본(論白話爲維新之本)」을 발표한 이래로 백화신문 등이 많이 창간되었으며, 1917년 호적(胡適)은 문언문인 고문(古文)을 폐기하고 백화문을 사용하자는 백화문운동을 주장했다. 한국에서는 신소설이 등장했고 언문일치 운동과 함께 국한문혼용체와 국문체는 서로 동시대에 존재하며 혼용되고 있었다. 호적의 신문화운동에 주목했던 양건식은 시대에 맞는 새로운 문체의 사용에 적극적으로 동조했고 과도기를 살아가는 지식인으로서 우리식 문체의 중요성을 강조했다. 그러나 『매일신보』 기자로 활동하면서 조선총독부의 언론통제와 신문사의 편집 방향 속에서 끊임없이 갈등하고 있었다.

120회본 장편의 『삼국연의』가 신문에 완역될 수 있었던 주요 원인 중 하나는 친숙한 역사적 영웅의 등장이었다. 역사적 영웅의 이야기는 외국작품의 번역 뿐 아니라 우리 고유의 전(傳), 야담 등 전통서사의 맥락 속에서 근대 매체의 상업적 활동과 연관하여 예술성과 대중성을 담아냈다. 계몽과 개화를 부르짖고 교화를 강조했던 전대의 사회와 달리, 인간을 통해 역사를 재해석하여 받아들였다. 전쟁과 영웅에 대한 긴박하고 흥미로운 구성은 혼란한 사회를 결속시키고픈 대중의 심리에 부합되었다. 위·촉·오 삼국의 역사 이야기는 전통적으로 유교 공동체문화권으로 결속되어진 우리의 정서를 자극하며 제국에 대항하는 저항의식으로 자리할 수 있었다. 『삼국연의』는 역사 사건 속 인물을 추적하는 것이 아니라 인물을 통해 역사를 재인식하는 방법으로 존재했다. 조선야담사의 고문으로 활동하던 양건식에게 전통과 역사는 새로운 시대를 준비하는 발판이 되었다.

또, 일간지에 인쇄된 삽화는 대중의 이목을 집중시키며 독자의 수를 확장시키는데 효과적이었다. 이전 인물묘사에 집중했던 것에 비해 주요 사건이나 특징적 장면을 중심으로 당일 연재될 내용을 축약시켜 표현했다. 연재소설의 삽화는 근대매체를 통해 문학작품을 시각화하면서 대중적인 문예장르의 하나로 형성되고 있었다.

양건식이 『삼국연의』를 위시한 고전소설을 번역한 것은 전통으로의 회귀를 강조함이 아니다. 『삼국연의』 연재 한 해 전 1928년 3월 북경평민대학(北京平民大學)에서 썼던 「역자(譯者)의 말」을 보면, 우리 젊은이가 읽었을 때 피가 끓어오르고 원기를 북돋아주는 혁명적 문예[45]를 번역하고자 했었다. 그는 중국 신문학 운동의 흐름을 주목하고 서둘러 국내에 소개하며 역사적으로 상호 영향을 주고받았던 중국의 흥망을 타산지석으로 삼고자 했다. 호적과 노신의 사상과 문예를 주시하고 그들의 신문화운동에서 우리 실정에 맞는 근대성을 타진해 보고자 했다. 현대소설 번역 뿐 아니라, 고전소설의 번역에도 적극적이었던 것은 새 시대로 향하는 기초를 전통과의 관련성에서 찾고자 했기 때문이다.[46] 양건식은 중국을 번역하면서 근대로 한 발 다가섰고, 시대의 경계에 선 지식인에게 고전소설 『삼국연의』는 그렇게 번역되고 있었다.

---

45 "나는 恒常 이러케 생각하엿다. 남들은 엇던 것을 耽讀하든지 말할 것 업고 우리는 特히 우리 朝鮮靑年들은 닑으면 피가 끌어올으고 닑고 난 뒤에는 그 썩고 구릿냄새 나는 生活 속에서 에라! 하고 쮜여나올 만한 元氣를 도아주는 革命的 文藝를 닑어야 한다고 하엿다. (⋯중략⋯) 그럼으로 나는 中國文藝作品 中에서 以上에 말한 革命的 小說을 尋求하야 그것을 紹介하려 하엿든 것이 곳 나의 初志이엿다."(「譯者의 말」, 『中國短篇小說』, 開闢出版社, 1~2쪽)

46 "번역문화는 그 나라의 문화적 자립을 강화하는 측면을 가지고 있다. 번역이란 외국의 개념과 사상의 단순한 수용이 아니라 항상 자국의 전통에 의한 외래문화의 변용이기 때문이다."(마루야마 마사오 · 가토 슈이치, 임성모 역, 『번역과 일본의 근대』, 이산, 2000, 178~179쪽)

# 참고문헌

## 자료

남윤수·박재연·김영복 편,『양백화문집』1·2·3, 강원대 출판부, 1995.
박재연 校註,『삼국지통속연의』(조선시대 중국소설희곡번역자료총서), 선문대 중한
　　번역문헌연구소, 학고방, 1998~1999.

金聖歎 輯註, 毛宗崗 評,『中國鉛活字本 三國志第一才子書』, 上海：廣益書局, 刊寫
　　年未詳.
羅貫中, 毛宗崗 評,『全國圖像三國演義』, 呼和浩特：內蒙古人民出版社, 1981.
______, 毛宗崗 評訂, 齊煙 校点,『毛宗崗批評三國演義』, 濟南：齊魯書社, 1991.

『每日申報』, http://gate.dbmedia.co.kr.access.ewha.ac.kr/
『朝鮮日報』, http://srchdb1.chosun.com.access.ewha.ac.kr/
『東亞日報』, http://www.donga.com.access.ewha.ac.kr/pdf/archive/
「한국언론진흥재단」, http://www.kinds.or.kr

## 논저

가라타니 고진, 박유하 역,『일본 근대문학의 기원』, 도서출판b, 2010.
권보드래,『한국 근대소설의 기원』(증보판), 소명출판, 2012.
권영민,『한국현대문학사』1(2판 21쇄), 민음사, 2012.
김영금,『白華 梁建植文學 研究』, 한국학술정보(주), 2005.
김영민,『한국 근대소설의 형성 과정』, 소명출판, 2005.
김진곤,「역사 인식의 변환과 역사소설의 창작」,『중국소설논총』28, 2008.
남석순,『근대소설의 형성과 출판의 수용미학』, 박이정, 2008.
리디아 리우, 민정기 역,『언어횡단적 실천, 문학, 민족문화 그리고 번역된 근대성－
　　중국, 1900~1937』, 소명출판, 2005.
민관동,「국내의 중국고전소설 번역 양상」,『중국어문논역총간』24, 2009.
______,「三國演義의 國內 流入과 板本 研究」,『중국소설논총』VI, 학고방, 1995.

박재연, 「새로 발굴된 조선 활자본『삼국지통속연의』에 대하여」, 『중국어문논총』 44, 2010.

______, 『중국 고소설과 문헌학』, 역락, 2012.

사에구사 도시카쓰 외, 『한국 근대문학과 일본』, 소명출판, 2003.

수요역사연구회 편, 『식민지 동화정책과 협력 그리고 인식』, 두리미디어, 2007.

______________, 『식민지 조선과 매일신보』, 신서원, 2003.

연세대 근대한국학연구소 기초학문연구팀, 『한국 근대 서사양식의 발생 및 전개와 매체의 역할』, 소명출판, 2005.

이상덕 편, 『中國短篇小說集』, 鮮文大學校 中韓飜譯文獻研究所, 2006.

이승윤, 「근대 역사담론의 형성과 소설적 수용」, 『대중서사연구』 15, 2006.

이은봉, 「한국과 일본에서의『삼국지연의』전래와 수용」, 『東아시아古代學』 23, 2010.12.

이희정, 「1920년대 식민지 동화정책과 매일신보 문학연구 2−후반기 연재소설의 전개과정을 중심으로」, 『현대소설연구』 48, 2011.

정선경, 「근대시기 양건식의 중국고전소설 번역 및 수용에 관하여」, 『중국어문학논집』 73, 2012.

정진석, 『언론조선총독부』, 커뮤니케이션북스, 2007.

조성면, 「한용운 삼국지의 판본상의 특징과 의미」, 『한국학연구』 14, 2005.

고모리 요이치, 정선태 역, 『일본어의 근대』(1판 2쇄), 소명출판, 2005.

홍상훈, 「梁建植의『三國演義』번역에 대하여」, 『한국학연구』 14, 2005.

홍석표, 『중국의 근대적 문학의식 탄생』, 선학사, 2007.

홍선표, 『근대의 첫 경험−개화기 일상문화를 중심으로』, 이화여대 출판부, 2006.

황호덕, 『근대 네이션과 그 표상들』, 소명출판, 2005.


魯德才, 『古代白話小說形態發展史論』, 南開大學出版社, 2002.

潘建國, 「서양 사진 석인술과 근대 중국 고전 소설 삽화본의 부흥」, 『코기토』 66, 2009.8.

方正耀, 郭豫適 審訂, 『中國小說批評史略』, 中國社會科學出版社, 1990.

王先霈·周佛民, 『明清小說理論批評史』, 中國：花城出版社, 1988.

「每日申報」, 景仁文化社, 1984(영인본).

崔溶澈, 「梁建植의 紅樓夢 評論과 飜譯文 분석」, 『中國語文論叢』, 1993.

Schulte, Rainer·Biguenet, John(eds.), 이재성 역, 『번역이론−드라이든에서 데리다까지의 논선』, 동인, 2009.

# 볼테르의 〈중국 고아〉와 오리엔탈리즘

송태현

## 1. 들어가는 말

'오리엔탈리즘'이란 용어는 1830년대에 프랑스에 처음 나타난 이후 다양한 의미로 사용되었다. 이는 동양에 대해 연구하는 학문을 지칭하거나, 환상문학의 한 장르 혹은 회화의 한 장르를 지칭하는 용어로 사용되어 왔다.[1] 그런데 에드워드 사이드가 『오리엔탈리즘(*Orientalism*)』이라는 기념비적인 저서를 낸 이후에 이 용어는 종종 사이드가 규정한 함의와 결부되어 사용된다. 동서의 문화교섭을 다루는 학자들은 사이드가 이 책에서 제기한 문제의식을 간과하고 논의를 전개하기 힘들만큼 이 책의 파장은 강력했다. 사이드는 이

---

1 Clarke, J. J., *Oriental Enlightenment. The Encounter between Asian and Western Thought*, NY : Routledge, 2003, p.7.

유명한 저서에서 '오리엔탈리즘'을 "동양을 지배하고 재구성하며 위압하기 위한"[2] 서양의 지배담론으로 규정하고 있다. 사이드의 관점에서 동양은 우월한 서양의 정체성을 확립해 주는 대상이다. 열등한 동양이 존재하기에 우월한 서양이 존재할 수 있는 것이다. 동양에 대한 서양의 이러한 일방적인 인식이 제국주의와 식민주의를 통해 서양이 동양을 지배하는 강력한 무기임을 사이드는 지적하였다.[3] 사이드의 이러한 관점은 서양의 제국주의가 단지 영토적 정복이나 경제적 수탈과만 관련된 것이 아니라 문화적 지배와 어떻게 관련이 되는지를 잘 드러낸 점에서 큰 공헌이 있다.

그런데 '오리엔탈리즘'에 대한 이러한 사이드의 정의는 동양에 대한 서구 작가들의 태도 전반을 포괄할 수 없다. 서구의 텍스트 가운데는 동양에 대해 우호적인 텍스트도 분명히 존재한다. 동양에 대해 우호적인 텍스트 가운데 일부는 사이드의 '오리엔탈리즘'적인 시각 속에 포섭될 수 있을지라도, 그 텍스트 전체를 사이드의 시각으로 접근하기에는 무리가 따른다. 바로 이 점에서 사이드의 관점은 종종 비판의 대상이 되어왔다. 가령 아더 버스루이스는 사이드의 '오리엔탈리즘' 개념이 협소하다고 비판하면서, '오리엔탈리즘'을 "아시아의 종교, 문화, 국민을 경시하는 부정적인 오리엔탈리즘(negative Orientalism)"과 "아시아의 종교나 문화를 가치 있고, 영원한 진리를 반영하는 것으로 간주하는 긍정적인 오리엔탈리즘(positive Orientalism)"으로 구분한 바 있다.[4] 그의 분류에 따르면 사이드의 '오리엔탈리즘'은 '부정적인 오리엔탈리즘'으로 분류된다. 버스루이스는 미국의 초절주의(transcendentalism)를 '긍정적인 오리

---

2　Said, Edward W., 박홍규 역, 『오리엔탈리즘』, 교보문고, 2004, 18쪽.
3　Kenedy, Valerie, 김상률 역, 『오리엔탈리즘과 에드워드 사이드』, 갈무리, 2011, 62쪽.
4　Versluis, Arthur, *American Transcendentalism and Asian Religions,* Oxford : Oxford University Press, 1993, p.5.

엔탈리즘'의 사례로 제시하고 있다. 초절주의자인 에머슨과 소로는 동양의 전통 사상에 매우 우호적이었으며, 그들의 사상이 동양으로부터 많은 영향을 받아 형성된 것임은 잘 알려져 있다.

18세기 프랑스의 대표적인 '중국애호가(sinophile)'인 볼테르(François Marie Arouet, Voltaire, 1694~1778)의 사상과 문화도 사이드의 '오리엔탈리즘' 개념으로 접근하기에는 어려움이 따른다. 사실 18세기 프랑스에는 '긍정적인 오리엔탈리즘'과 '부정적인 오리엔탈리즘'이 혼재해있었다. 당시 프랑스에는 중국의 문화가 널리 알려져 있었기에 중국관을 중심으로 판단할 때 몽테스키외가 '부정적인 오리엔탈리즘'을 대표한다면, 볼테르는 '긍정적인 오리엔탈리즘'을 대표한다. 볼테르의 긍정적인 중국관의 핵심적인 요소는 중국의 정치체제와 종교이다. 볼테르는 중국의 정체가 유교의 합리적 가치에 지배를 받는 황제의 통치인 동시에 유학자-관리 계층의 자문을 받는 군주제로서 이는 서양을 위한 모델이라 판단하였다.[5] 중국이 '공포심'에 의해 지배되는 전제국가라는 몽테스키외의 견해를 비판하는 볼테르는 중국의 정체가 형식상황제 중심의 전제주의이지만 실제로는 가부장적 온정주의 체계로서 황제는 아버지, 행정관리는 형제, 인민은 어린아이로 비유되는 체제라고 말하며 이를 반박하였다.[6]

구체제(ancien régime) 하의 프랑스 정치 현실에 부정적이었던 볼테르는 당대의 그리스도교에도 적대적이었다. 그렇기에 그는 프랑스의 주류 종교인

---

5    Mungello, David E., "Confucianism in the Enlightenment : Antagonism and Collaboration between the Jejuits and the Philosophes", Lee, Thomas H. C(ed.), *China and Europe*, Hong Kong : The Chinese University Press, 1991, p.105.

6    Voltaire, *Essai sur les moeurs et l'esprit des nations et sur les principaux faits de l'histoire depuis Charlemagne jusque a Louis XIII, tome I*, Paris : Garnier Frères, 1963, p.216.

가톨릭교회에 대항하여 '파렴치한을 타도하라!'라고 외친 것이다. 하지만 그는 무신론자는 아니었다. 그는 무신론으로는 도덕과 양심의 토대를 형성할 수 없다고 보았다. 그는 무신론을 배격한 동시에 전통적인 기독교 유신론도 배격하였다. 볼테르는 신의 존재는 인정하지만 계시나 기적 등 일체의 초자연적 요소를 배제하는 이신론(理神論)을 옹호하였는데, 그는 유교야말로 이신론에 가장 가까운 종교라고 파악하였다.

볼테르의 중국에 대한 긍정적 평가는 그의 저작 도처에 산재해 있다. 『영국서한(*Lettres anglaises*)』에서 그는 중국을 "세상에서 가장 현명하고 가장 질서 있는 나라(une nation qui passe pour être la plus sage et la mieux policée de l'univers)"[7]로 표현하였다. 『철학사전(*Dictionnaire philosophique*)』의 「광신(fanatisme)」이라는 제목의 항목에서 그는 "광신으로 오염되지 않았던 종교는 세상에서 단 하나로서, 그것은 중국 문인들의 종교"[8]라고 말하며 유교를 극찬한다. 광신이야말로 수많은 종교전쟁과 종교적 박해의 원인으로 간주하는 볼테르는 이를 종교현상 가운데 가장 위험한 것으로 보았다. 볼테르는 『풍속론(*Essai sur les mœurs et l'esprit des nations*)』에서 17세기 초의 중국 정치보다도 더 나은 정치를 상상할 수 없을 것이라고 주장했으며, 중국에서는 모든 권력이 사실상 관리의 수중에 있는데 관리가 되려면 엄격한 시험을 여러 차례 통과해야 함을 지적하였다.[9] 중국에 대해 단편적으로 언급하는 볼테르의 저작은 매우 많다. 그가 중국에 대해 가장 많은 지면을 할애하는 저작은 『풍속론』이다. 이 방대한 저서에서 볼테르는 기존의 세계사가 지니는 서양중심주의를 극복한다. 종래의 세계사가

---

7   Voltaire, *Lettres anglaises*, Cergy : In Libro Veritas, 2005, p.50.
8   Voltaire, *Dictionnaire philosophique*, Paris : Garnier Frères, 1961, p.198.
9   H. G. Creel, *Confucius: The Man and the Myth*, New York : The John Day Company, 1949, p.332.

주로 유럽을 다루고, 비유럽을 다룰 때도 유럽과의 관련 속에서 다룬 데 반해, 그는 중국, 인도 등 비유럽에 대해 상당한 지면을 할애해서 다룬다. 이러한 시도로 인해 볼테르는 역사가 콜린 맥커라스(Colin Mackerras)로부터 "자문화 뿐만 아니라 멀리 떨어진 문명들의 문화를 포함하는 세계사를 시도한 최초의 인물"이라는 평가를 받았다.[10] 그런데 볼테르의 저서 가운데 온전히 중국만을 주제로 다룬 것은 〈중국 고아(L'Orphelin de la Chine)〉라는 희곡 작품이 유일하다. 이 작품은 중국의 희곡을 토대로 재창작한 희곡으로서, 볼테르의 중국에 대한 긍정적인 관점이 두드러지는 작품이다. 본 논고에서 필자는 이 희곡의 원작이 어떤 작품인지, 그 원작이 어떻게 유럽에서 수용이 되었으며 볼테르는 원작의 내용을 어떻게 변화시켰는지, 그리고 그 변화의 이유가 무엇인지를 고찰하고자 한다.


## 2. 유럽에서의 〈조씨 고아〉 수용과 볼테르의 〈중국 고아〉


볼테르의 〈중국 고아〉는 원(元)대의 작가인 기군상(紀君祥)이 쓴 〈조씨 고아(趙氏孤兒)〉를 개작한 희곡 작품이다. 기군상에 대해서는 그가 6편의 희곡 작품을 쓴 작가라는 것 이외에는 거의 알려진 바가 없다. 그의 생몰연대조차 정확히 알려져 있지 않다.[11] 〈조씨 고아〉 이외에 그는 다섯 작품들을 더 썼

---

10  Clarke, J. J., op. cit., p.46.
11  Liu, Wu-Chi, "The Original Orphan of China", *Comparative Literature* 5-3, 1953 Summer, p.193.

다고 알려져 있지만, 이 다섯 작품들은 소실되어 현재 전하지 않는다. 〈조씨 고아〉는 역사류(歷史類)에 속하는 『춘추(春秋)』, 『좌전(左傳)』, 『국어(國語)』, 『공양전(公羊傳)』, 『사기(史記)』와 잡기류(雜記類)에 속하는 『설원(說苑)』, 『신서(新序)』, 『몽구(蒙求)』에서 전래되어온 고사들을 토대로 원(元)대의 기군상이 창작한 작품이다.[12] 이 고사를 담고 있는 가장 이른 문헌은 『춘추』이며, 이 작품의 가장 직접적인 연원이 되는 문헌은 사마천(司馬遷)의 『사기(史記)』이다. 그런데 기군상은 원래의 고사에 없는 내용을 첨가하기도 하고, 고사 내용을 변화시키기도 하며, 삭제하기도 하는 등 창작에서 자유로운 취사선택을 하였다.

역사적 사실을 토대로 창작한 역사극인 이 〈조씨 고아〉[13]의 시대배경은 춘추 시대 진(晉) 영공(靈公)에서 탁공(卓公)까지 20년간이다. 이 작품은 간신 도안고와 충신 조순 가문 사이의 암투와, 고아를 둘러싼 비극적 이야기를 다루고 있다. 도안고(屠岸賈)는 정치적인 라이벌인 조순(趙盾)과 그 일가 300인을 모두 죽이고 유일하게 살아남은 혈족(조순의 손자이자 공주의 아들)마저 찾아 죽이려 한다. 조순의 가신(家臣)인 정영(程嬰)은 조씨 고아를 살리기 위해 자신의 친아들을 대신 희생시키고자 한다. 이러한 시도에 감동받은 도안고의 수비대장 한궐(韓厥)과 은퇴한 관료 공손저구(公孫杵臼)가 죽음을 각오하고서 정영의 시도를 돕는다. 이들의 희생에 의해 목숨을 부지한 조씨 고아는 후일 성년이 되어 도안고를 죽임으로써 원수를 갚는다.

---

12 〈조씨 고아〉의 기원이 되는 문헌과 그 문학적 변형에 대해서는 다음 문헌을 참조할 것. 이상우, 「〈趙氏孤兒〉 故事의 變遷 考察」, 『중국희곡』 2-1, 1994, 41~49쪽; 이상우, 「戲劇 〈中國孤兒〉 考察」, 『中國語文學誌』 9-1, 2001, 157~158쪽; Liu, Wu-Chi, op. cit., pp.200~201.
13 이 작품은 한글로 번역되어 있다. 기군상(紀君祥), 정유선 역, 『趙氏孤兒』, 지식을만드는지식, 2011.

〈조씨 고아〉는 흔히 '중국의 〈햄릿〉'으로 불린다. 중국의 희곡 연구가인 왕국유(王國維)는 『송원희곡사(宋元戲曲史)』에서 이 극이 비극성이 매우 강한 작품으로서, "세계적인 비극에 나열하여도 손색이 없다"[14]고 평가했다. 그리고 이 작품은 원대 이후 전기(傳奇) 『팔의기(八義記)』, 경극(京劇) 〈수고구고(搜孤救孤)〉로 개편되어 오늘날까지도 상연되고 있다.[15]

기군상의 〈조씨 고아〉는 현대에도 계속적으로 개작될 뿐 아니라, 이는 중국 희곡으로서 서양에서 개작이 이루어진 최초의 사례로 판단되는 작품이다.[16] 이 작품은 18세기에 이미 영어, 이탈리아어, 프랑스어 등 여러 언어로 개작되었다. 〈조씨 고아〉는 조제프 앙리 프레마르(Joseph Henri Prémare)에 의해 서양에 알려지게 되었다. 프레마르 신부는 예수회 선교사로 복음전파를 위해 중국에 갔으나 중국의 언어와 문학에 매료되어 중국 문법과 문헌학에 심혈을 기울인 중국학자로서, 유럽 최초의 중국 문법서 가운데 하나인 *Notitia Linguae Sinicae*를 편찬하기도 하고, 다른 중국학자인 에르비외(Hervieu) 신부와 함께 라틴어-중국어 사전을 편찬하기도 하였다. 이러한 언어학적 작업을 수행하던 프레마르는 중국에서 1731년에 〈조씨 고아〉를 프랑스어로 번역하여 'L'Orphelin de la Maison de Tchao'라는 제목을 붙여 원고를 유럽으로 보내었다.[17] 프랑스에서 이 원고를 입수한 장 바티스트 뒤 알드(Jean-Baptiste Du Halde) 신부는 자신이 편찬한 방대한 저서 『중화제국전지(*Description de la Chine*)』 제3권

---

14　왕국유(王國維), 권용호 역주, 『송원희곡사(宋元戲曲史)』, 학고방, 2007, 386쪽.

15　이상우, 「〈趙氏孤兒〉 故事의 變遷 考察」, 『중국희곡』 2-1, 1994, 40쪽. 최근에도 이 작품은 첸 카이거 감독의 영화 〈천하영웅 Sacrifice〉(2010)으로 개작되었고, '중화 TV'에서는 2013년 7월 부터 9월까지 총 41회에 걸쳐 드라마 〈조씨 고아〉로 방영하였다. 한국에서도 '극단 미추'가 2006년에 창단 20주년 기념공연으로 〈조씨 고아〉(각색 / 연출 티엔친신[田沁鑫]를 선보이기도 했다.

16　Cordier, Henri, *La Chine en France au XVIIIe siècle*. Paris : Henri Laurens, 1910, p.115.

17　Liu, Wu-Chi, op. cit., p.201.

(1735년)에 삽입하였다.

　사실 프레마르의 〈조씨 고아〉 번역은 온전한 번역은 아니다. 다른 모든 원대의 희곡작품과 마찬가지로 〈조씨 고아〉도 대화[白]와 가창[曲]으로 구성되어 있다.[18] 그리고 이 가창은 주요 등장인물들이 불렀다.[19] 뒤 알드는 〈조씨 고아〉의 '머릿말(Avertissement)'에서 "희곡의 가창은 서구인들에게 알려지지 않은 사물에 대한 인유와 난해한 비유로 가득 차 있기에 이해하기 힘들다."고 밝히고 있는데, 아마 이러한 이유 때문에 번역자 프레마르가 '가창'에 대한 번역을 생략한 것으로 보인다.[20] 중국시를 충분히 연구하지 않았던 프레마르는 이 희곡의 절반을 차지하는 운문들을 번역하지 않고서 각각의 가창[曲]에 대해 단지 '그는 노래한다(il chante)'라는 말로 대체하였다.[21] '가창'은 스토리 전개를 도와주기도 하고, 극의 행동을 추가해 주기도 하면서 극적인 템포를 고양시키고 연극에 서정적인 특성을 제공하는 감정의 자연스러운 분출을 인도해준다.[22] 이러한 '가창'의 생략이 유감스러운 것은 '가창'이야말로 원대 희곡에서 독특하면서도 탁월한 부분이기 때문이다.[23] 서양에서 이 희곡작품에 대한 온전한 번역, 즉 가창이 포함된 번역은 프레마르에 의해 번역

---

18　원잡극(元雜劇)은 동작, 언어, 가창을 합해서 이루어진다. 동작을 기록한 것을 과(科)라 하고, 말을 기록한 것을 빈(賓) 혹은 백(白)이라고 하며, 가창을 기록한 것을 곡(曲)이라고 한다. 원잡극의 가사는 대체로 곡과 백이 교차하는 형식으로 되어 있다. 왕국유(王國維), 『송원희곡사(宋元戲曲史)』, 368~371쪽.

19　Ibid., pp.368~371; Liu, Wu-Chi, op. cit., p.195.

20　Liu, Wu-Chi, op. cit., p.203.

21　Julien, Stanislas, "Avant-propos", in Ki-kiun-tsiang, *Tchao-chikou-eul, ou l'Orphelin de la Chine*, Traduit par Stanislas Julien, Paris : Moutardier, 1834, pp.5~6.

22　Liu, Wu-Chi, op. cit., p.195.

23　Ibid., pp.202~203. "중국 희곡은 그리스 희곡과 마찬가지로 본질적으로 시적이다. 따라서 중국 희곡을 그 가창을 생략하고 번역하는 것은 코러스 없는 그리스 연극과 마찬가지로 불완전한 것이다. 원대 희곡의 아름다움은 그 시에 있기에 시 없는 희곡은 드라마가 아니다." Ibid., pp.195~196.

된 지 100여 년이 지난 1834년에 가서야 스타니슬라스 쥘리앵(Stanislas Julien)에 의해 이루어졌다.[24]

가창을 생략한 프레마르의 번역은 축약번역임에도 불구하고 그가 번역한 〈조씨 고아〉는 18세기 유럽에서 널리 수용되었다. 16세기 말부터 예수회 신부들이 중국에서 활동하며 중국 문화를 유럽에 소개함으로써 17, 18세기 유럽은 중국에 대해 많은 관심을 가지고 있었다. 이 시기에『중국의 철학자 공자(Confucius Sinarum Philosophus)』(1687년 파리에서 출간)를 비롯하여 중국에 관한 많은 저서들이 발간되고, 독일의 라이프니츠와 볼프, 프랑스의 볼테르와 케네 등 중국애호가들이 배출되었다. 발달한 중국의 도자기 예술에 자극받은 유럽은 중국 도자기를 모델로 삼은 유럽 도자기 예술을 발전시켰다. 그리고 중국 정원의 영향으로, 인위적이고 기하학적인 프랑스식 정원과는 다른 자연스러운 영국식 정원을 발전시기도 하는 등 유럽에서는 중국 예술과 유럽 예술이 결합한 '중국풍(chinoiserie)'이 형성되었다. 18세기 중엽 유럽에서는 중국풍이 전성기에 이르러 있었기에 〈조씨 고아〉는 유럽 작가들에게 새로운 자극제로 작용하였고, 1740년대와 1750년대에 주요 유럽어로 개작이 이루어졌다.[25]

총 4권으로 구성된 뒤 알드의『중화제국전지』가 1736년과 1741년에 두 명의 영역자(英譯者)에 의해 서로 다른 출판사에서 출판됨으로써 〈조씨 고아〉는 영어권에서 알려졌다. 〈조씨 고아〉는 1762년에 또 다른 영역자에 의해 재번역되었다. 그런데 이들 모두는 프랑스어 번역에만 의존했기에 프레

---

24 Ki-kiun-tsiang, *Tchao-chikou-eul, ou l'Orphelin de la Chine*, Traduit par Stanislas Julien, Paris : Moutardier, 1834.
25 Liu, Wu-Chi, op. cit., p.203.

마르 번역의 오류들을 되풀이했을 뿐 아니라 프레마르가 생략한 원작의 '가창'을 여전히 누락시켰다. 유럽에 알려진 이 작품에 대한 최초의 개작 사례는 영국인 윌리엄 해체트(William Hatchett)가 1741년에 창작한 희곡 작품인 〈중국 고아(The Chinese Orphan : An Historical Tragedy)〉이다. 이 작품은 런던에서 출간되기는 했으나 상연되지는 못했다.

비엔나에서는 이탈리아의 궁정시인이자 극작가인 메타스타시오(Pierto Metasta-sio)가 〈조씨 고아〉에 관심을 가지고 있었다. 당시 오스트리아의 여제(女帝)인 마리아 테레시아는 그에게 새로운 드라마를 만들어 궁정에서 공연하도록 요청했다.[26] 그리스-로마 고전에 토대를 둔 작품들을 많이 창작했던 메타스타시오는 서구의 전통에서 창조성이 고갈됨을 느끼던 터에 동양적인 주제에서 새로운 영감의 원천을 발견한다. 뒤 알드가 편찬한 책에서 읽었던 〈조씨 고아〉를 토대로 메타스타시오는 1752년에 오페라 대본 〈중국 영웅(L'eroe cinese)〉을 창작했고, 그 대본의 서문에서 그는 뒤 알드가 편찬한 책이 자신의 대본의 원천임을 고백한다.[27] 이 작품은 상당한 성공을 거두었고, 이 오페라는 이후 30년간 여러 작곡가들에 의해 약 20편이 재창조될 정도로 많은 관심을 불러일으켰다.[28]

〈조씨 고아〉를 토대로 한 다양한 개작 가운데 유럽에서 가장 큰 성공을 거둔 작품은 볼테르의 〈중국 고아〉이다. 이 희곡 작품은 1755년 8월에 파리의 테아트르 프랑세(Théâtre Français)에서 초연되면서 흥행에 성공하여, 나중에는 궁정을 퐁텐블로로 옮길 때까지 그 극장에서 상연하였으며, 궁정을 옮긴 이후에는 궁정에서 계속 상연하였다.[29] 이어 볼테르의 이 작품은 비엔나에

----

26  Ibid., p.205.
27  Ibid., p.206.
28  Don Nevill, "Eroe cinese", The Grobe Music Online.
29  Liu, Wu-Chi, op. cit., p.208.

서 1755년 12월에 상연되어 큰 성공을 거두었으며, 테레시아 여제가 그 다음 날 재상연을 요청할 정도였다고 한다. 이 작품은 1757년에 제네바에서 상연되었고, 1767년 2월에 프랑스 극단에 의해 코펜하겐의 덴마크 왕립극장에서, 그리고 1781년에 스웨덴의 스톡홀름 스텐보리 극장에서 상연되었다. 한편 볼테르의 〈중국 고아〉는 영국에서도 성공적으로 상연되어, 이 희곡은 *The Orphan of China, A Tragedy Translated from the French of M. de Voltaire. First Acted at Paris, on the 20th of August 1755*라는 제목으로 1756년에 영역본으로도 출간되었으며, 이후 1761년까지 다섯 차례의 개정판이 출간되었다. 아일랜드 출신 영국 작가 아더 머피(Arthur Murphy)는 볼테르의 이 작품을 토대로 재창작한 〈중국 고아(The Orphan of China)〉(1756)를 출간하였다. 머피는 볼테르의 작품에서 "거친 정복자가 온순한 프랑스식 기사로 변한 것"은 받아들일 수 없다고 지적하며 재창작의 주된 동기를 설명한다.[30] 또한 이탈리아 작곡가인 비안키(Francesco Bianchi)는 볼테르의 희곡을 토대로 오페라 〈중국 고아 (L'Orfano cinese)〉(1787)를 작곡하기도 하였다. 위의 사례들에서 보듯 중국의 희곡 작품 〈조씨 고아〉는 프랑스어로 번역된 후 유럽에 수용되어 동일한 장르 내에서 개작이 이루어지기도 하고, 장르를 달리하여 오페라로 개작이 이루어지기도 할 뿐 아니라, 개작된 작품을 토대로 하여 새로운 개작이 이루어지기도 하는 등 다양한 교섭과 변용이 이루어졌다.

---

30  머피의 개작에 대해서는 다음을 참조할 것. Liu, Wu-Chi, op. cit., pp.209~211.

# 3. 볼테르의 〈중국 고아〉와 개작의 주요 요소

볼테르의 비극 작품 〈중국 고아〉는 〈조씨 고아〉의 번역을 수록한 장 바티스트 뒤 알드의 저서가 출간된 지 20년 만인 1755년에 출간되었다. 볼테르는 〈중국 고아〉의 앞부분에 삽입한 "리슐리외 공작에게 바치는 헌사"에서 자신이 뒤 알드 신부가 편찬한 저서 속에 담겨있는 프레마르의 번역본을 읽은 후 영감을 얻었음을 밝히며 이 작품에 대해 다음과 같이 소개하고 있다. "이 중국 희곡은 칭기즈칸 왕조 기간인 14세기에 창작된 것입니다. 이는 타타르인 정복자들이 정복당한 나라의 풍속을 변화시키지 못했다는 증거를 제공해줍니다. 그 정복자들은 중국에 정착해 있던 모든 문화를 보호해 주었으며 중국의 모든 법률을 채택했습니다."[31] 볼테르는 이 헌사에서 중국인과 타타르인 (몽골인)을 대조시키며, '이성과 천재성'이 '맹목적이고 야만적인 힘'에 대해 우월함을 보여주는 위대한 사례라고 주장한다. 볼테르는 17세기에 들어와서도 타타르인(만주인)이 한 차례 더 중국을 침략하여 정복했으나 이번에도 오히려 정복당한 이들의 지혜에 의해 정복되어, 두 국민이 하나의 나라를 이룩하였으며 세상에서 가장 오래된 법률에 의해 통치된 것을 놀라운 사건으로 인식하고 바로 이 점을 드러내는 일이 이 작품의 첫째 목표임을 지적하고 있다. 볼테르는 〈조씨 고아〉야말로 중국에 관한 그 어떠한 문헌보다 중국인의 정신을 가장 잘 알려주는 귀중한 '기념비'라고 주장한다. 그리고 그는 이 작품을 유럽의 작품과 비교한다. 그는 〈조씨 고아〉가 볼테르 당대 유럽의 좋은 작

---

31 Voltaire, *L'Orphelin de la Chine*, Londres : Jean Nourse, 1756, p.vii.

품들과 비교한다면 '야만적(barbare)'인 희곡이지만, 그 작품이 창작된 시대인 14세기의 유럽 작품들과 비교한다면 '걸작(chef-d'œuvre)'이라고 평가한다.[32]

볼테르가 〈조씨 고아〉를 '야만적'이라 본 주된 이유는 '삼일치 법칙'을 준수하지 않았기 때문이다. 삼일치 법칙(règles des trois unités)은 프랑스 고전주의 극작가 사이에 유행했던 규칙으로서, 이는 아리스토텔레스의 이론을 발전시켜 17세기 프랑스에서 이론적으로 확립한 것이다. 아리스토텔레스는 그의 『시학(詩學)』에서 특히 희곡의 줄거리는 일관된 단일한 것이어야 한다는 행위의 통일을 강조하였는데, 아리스토텔레스를 이어 받아 부알로(Boileau)는 그의 『시학(L'Art poétique)』(1674)에서 희곡은 "한 곳에서, 하루에, 단 하나의 사건이 완결되도록(Qu'en un lieu, qu'en un jour, un seul fait accompli)" 하라는 규칙을 제시하였다.[33]

볼테르는 이 삼일치 법칙을 매우 중시했다. 시간·장소·행동의 일치라는 이 삼일치 법칙은 17세기 프랑스 고전주의 연극 작가들이 일반적으로 준수해 왔던 관례였으나, 그 자체로 절대적인 규칙은 아니다.[34] 실제로 셰익스피어를 비롯하여 많은 작가들이 이 규칙을 준수하지 않았으며, 볼테르는 이 규칙을 준수하지 않은 셰익스피어의 비극을 '끔찍한 익살극(farces monstreuses)'[35]라

---

32  Ibid., p.vii.
33  Boileau, Nicolas, *L'Art Poétique*, chant 3, vers 45~46.
34  삼일치 법칙은 한동안 프랑스 연극을 지배했으나, 낭만주의 시기에 와서 빅토르 위고의 〈에르나니(Hernani)〉(1830) 공연과 함께 무너졌다. 위고는 고전주의에 대항한 낭만주의 연극이론의 선언서에 해당하는 『크롬웰 서문(La Préface de Cromwell)』에서 이것이 불합리한 구속이라고 비판했다. 위고는 시간의 단일규칙과 장소의 단일규칙을 고집하는 것은 사람이나 사물을 절단하는 일이며, 이러한 "단일규칙이라는 새장은 해골밖에 담지 못한다"고 비판한다. 반면에 그는 행동의 단일성은 필요하다고 주장한다. 위고가 삼일치 법칙을 대폭 위반한 『에르나니』라는 작품을 발표한 후 프랑스 연극계에는 '에르나니 논쟁'이 일어났고, 결국 위고를 옹호한 낭만주의자들이 승리를 거둠으로써 프랑스문단에서 낭만주의가 주류를 차지하게 되었다. Hugo, Victor, *La Préface de Cromwell*, Paris: Boivin, 1897, p.236. (http://archive.org/details/laprfacedecromwe00hugo)
35  Voltaire, op. cit., p.iv.

고 간주하기도 하였다. 사실 그는 셰익스피어가 아직 프랑스에 잘 알려져 있지 않던 시절에 이미 그의 작품을 높이 평가했으며, 또한 그의 영향을 많이 받기도 했다. 그럼에도 그는 셰익스피어가 그 규칙을 준수하지 않은 것을 비판한 것이다.

기군상의 〈조씨 고아〉는 조씨 고아가 탄생하기 전부터 그가 성인이 되어 원수를 갚을 때까지 약 20년의 시간이 설정되어 있고, 이 뿐 아니라 다양한 장소에서 다양한 행동들이 전개되는 등 삼일치 법칙과는 무관한 희곡이다. 이를 수정하여 볼테르는 〈중국 고아〉에서 삼일치 법칙에 맞춤으로써 서구, 특히 프랑스 연극 전통에 충실하고자 했다. 볼테르는 〈중국 고아〉에서 북경의 황궁이라는 공간에서 하루 동안에 일어난 사건, 즉 칭기즈칸의 침략이라는 사건을 다룸으로써 삼일치 법칙을 충족시켰다. 이렇듯 서양 연극에서 중시하는 삼일치 법칙에 어긋난 중국 희곡을 삼일치 법칙에 맞게 재창작한 점이 개작의 주요 요소 가운데 하나이다.

개작의 둘째 요소는 시대적인 배경과 등장인물의 변화이다. 우선 볼테르는 원작의 시대적 배경인 춘추시대 진(晉)대를 13세기 송원(宋元) 교체기로 변화시킨다. 가문의 멸절 위기에 놓인 재상인 조 씨 가문 대신에 송 말기 최후의 황제 일족을, 조 씨 집안의 정적 도안고 대신에 중국을 침략한 칭기즈칸을 등장시킨다. 그리고 영공과 그 아내 대신에 잠티(Zamti)나 이다메(Idamé) 같은 가공의 중국인들을 창조한다. 이로써 볼테르는 원작의 고아를 둘러싼 투쟁은 이어받되, 중국인 사이의 권력 다툼이 아닌 중국인과 몽골인의 대결로 바꾸었다.

볼테르가 창작한 〈중국 고아〉의 기본적인 줄거리는 다음과 같다. 칭기즈칸이 이끄는 타타르(몽골)군이 북경을 침략하여 많은 황족이 타타르군에 의해 죽을 때, 황제는 죽기 직전에 자신의 막내아들을 충신 잠티어게 맡겼다.
잠티는 황태자를 구하기 위해 자신의 아들을 황태자라고 속여 대신 희생시
키고자 한다. 타타르군이 '황태자'의 목을 베려고 하는 순간, 잠티의 아내 이
다메는 그 아이가 황태자가 아닌 자신의 아들임을 실토하고서 황태자 대신
자신을 죽여 달라고 간청한다. 한편 잠티는 그 아이가 황태자라고 주장한다.
이전에 방랑자 시절 중국에 왔던 칭기즈칸은 이다메를 사랑했었고 구혼한
적도 있었으나, 그가 야만인이라는 이유로 그녀의 부친에 의해 거절당했던
적이 있었다. 이다메에게 여전히 연정을 품고 있던 칭기즈칸은 이다메에게
남편과 이혼하고 자신의 아내가 되면 남편, 아들, 황태자 모두를 사면하겠다
고 제안한다. 그러나 이다메는 잠티와 부부가 된 것이 천명(天命)이기에 이를
어길 수 없다고 말하며 그 제안을 거절한다. 황태자는 마침내 체포되고, 이
다메는 사형을 당하기 전에 남편과 함께 자살하기로 결심한다. 이 모든 사실
을 안 칭기즈칸은 이들의 정신에 감복하고서 모두를 석방한다. 그리고 중국
의 법을 존중할 것을 언약한다.

이러한 내용 변경의 이유는 무엇일까? 볼테르는 중국이 정치제도와 도덕
에서 가장 이상적인 나라로 생각하였다. 그리고 그에게 가장 훌륭한 인물은
공자이다. 볼테르는 페르네(Ferney)에 있는 자신의 저택 서재에 공자의 초상
을 걸고서 경배했던 프랑스의 대표적인 중국애호가이다. 그는 〈중국 고아〉
에서 공자가 가르친 도덕과 중국의 위대성을 드러내고자 했다. 그런데 원작
에 나타난 중국인 사이의 분쟁을 주제로 다루어서는 그 위대성을 드러내기
힘들다. 따라서 볼테르는 중국인 대 몽골인의 대결 구조를 설정함으로써 위
대한 도덕의식을 지닌 중국인의 이미지를 부각시킨다. 이를 위해 그는 중국
인에게 '정복당한 정복자(conquérant conquéré)'의 영예를 부여한다. 13세기에

송나라를 멸망시킨 정복자인 몽골군은 점령 기간 동안에 오히려 중국 문명에 정복당했으며, 17세기에 만주군도 명나라를 멸망시켰지만 이 역시 중국 문명에 정복된 역사에서 볼테르는 매우 큰 인상을 받았다. 『보편사론(*Essai sur l'histoire générale et sur les mœurs et l'esprit des nations*)』의 제1장 「중국편(De la Chine, de son antiquité, de ses forces, de ses lois)」에서 볼테르는 이렇게 말한다. "정복자의 나라는 정복당한 국가의 일부가 되었다. 만주의 타타르인 역시 오늘날은 중국의 지배자가 되었지만 자신들이 침략한 나라의 법률에 복종한다."[36] 『철학사전』의 「중국에 관해(De la Chine)」라는 항목에서 볼테르는 만주인의 중국 정복과 로마 제국 몰락을 비교하며, 중국의 정체(constitution)야말로 정복자로 하여금 피정복자의 법률에 복속하게 한 유일한 정체임을 강조한다. 그는 게르만족 침입을 받은 유럽의 경우를 이와 대조시킨다. 유럽인은 정복자인 부르군트인, 프랑크인, 고트인의 관습을 따랐던 것이다.[37] 중국의 이 같은 역사적 선례에 자극받은 볼테르는 〈중국 고아〉에서 중국인 관리 부부로부터 감화를 받는 칭기즈칸을 등장시켜 야만적인 정복자를 교화하고, 정복자를 결국 정신적으로 정복시키는 중국 문화를 찬양하고 있다.

〈조씨 고아〉를 볼테르가 〈중국 고아〉로 개작하면서 궁극적으로 겨냥하는 바는 주제의 변화이다. 그리고 이는 가장 중요한 변화이다. 〈조씨 고아〉에서 두드러지는 테마는 의리 혹은 충절이다. 자신의 아들을 희생하면서까지 공주의 아들이자 조 씨 가문의 마지막 남은 핏줄기인 고아를 살리고자 애쓰는 정영의 마음, 이 숭고한 희생정신에 감복하여 조씨 고아의 존재를 신고

---

36  Voltaire, *Essai sur l'histoire générale et sur les mœurs et l'esprit des nations*, Chapitre 1. (http://www.mediterranee-antique.info/Fichiers_PdF/TUV/Voltaire/Moeurs.pdf)

37  Voltaire, *Dictionnaire philosophique*, op. cit., p.108.

하여 영달을 구하기보다 오히려 자신을 희생하는 편을 선택한 수비대장 한 궐과 은퇴한 관리 공손저구에게서 우리는 유교의 덕목인 의리와 충절을 발견한다.

그런데 이 작품에는 동시에 '복수'의 테마도 드러난다. 300명에 달하는 조씨 가문을 멸절시킨 도안고에 대해 조씨 고아의 부모와 조씨 고아 대신 자신의 아들을 희생시킨 정영은 원수를 갚기를 갈구했다. 후일 이 모든 사실을 알게 된 조씨 고아는 실제로 그 원수를 갚았다. 원잡극(元雜劇)에서는 극본 마지막에서 제목(題目)과 정명(正名)이라는 간략한(각각 2구, 4구, 8구) 시로써 극 전체 내용을 마무리하는 구성 요소를 지니는데, 〈조씨 고아〉를 요약하는 마지막 정명(正名) 부분에서 작가는 "조씨 고아는 원수를 크게 갚다[趙氏孤兒大報仇]"[38]로 마무리한다. 볼테르는 유교가 가르치는 도덕의 위대성을 보여주기 위해 '의리와 충절'은 그대로 살리되, '복수'는 버리고 도덕적 감화를 선택했다.

볼테르는 자신이 창작한 〈중국 고아〉가 중국의 〈조씨 고아〉와는 많이 다른 작품이라고 주장한다. 그는 칭기즈칸 시대를 배경으로 하여, 타타르인과 중국인의 품성을 묘사하고자 했다. 볼테르는 희곡에서 가장 흥미로운 사건은 품성을 묘사할 때라고 판단했는데, 그는 품성 묘사야말로 예술의 위대한 비밀 가운데 하나라고 간주한다. 그런데 품성 묘사에서 볼테르가 가장 중요하게 생각하는 것은 그 묘사가 덕성(vertu)을 고취할 경우이다.[39] 볼테르는 중국인의 덕성을 이 작품에서 가장 중요하게 다루겠다는 의도를 보여주었다. 그는 덕성이 그리스도인이나 서구인에게만 있는 것으로 보지 않았다. 그는 기독교에서 '이교도'라고 부르는 사람에게도 덕성이 있음을 인정했고 〈중

---

38  기군상(紀君祥), 『趙氏孤兒』, op. cit., pp. 126~127.
39  Voltaire, *L'Orphelin de la Chine*, op. cit., p.x.

국 고아〉에서 그 예시를 제공한다.

'중국의 학식 있는 관리 잠티의 지혜와 그 아내 이다메의 덕성'에 감동한
정복자 칭기즈칸은 연극의 마지막 부분에서 잠티 부부에게 다음과 같이 말
한다.

> 당신들은 나를 충분히 정당하게 대해 주었소.
>
> 이제는 내가 돌려줄 차례요. 난 당신들 모두에게 탄복하고 있소.
>
> 당신들이 나를 복속시켰소. 중국의 왕좌에 앉아 있기 부끄러울 지경이오.
>
> 나보다 훨씬 나은 당신들 같은 사람들이 있기에 그러하오.
>
> 나는 영광스런 위업으로 많은 나라들에서 명성을 얻고자 노력했으나 다 부질
> 없는 짓이었소.
>
> 당신들이 나를 겸허하게 해주었소.
>
> 나도 당신들처럼 되고 싶소.
>
> 나는 인간이 자신의 주인이 될 수 있음을 미처 몰랐소.
>
> 그 위대한 영광을 나는 당신들에게서 배웠소.
>
> 나는 이제 과거의 내가 아니오.
>
> 이 놀라운 변화는 당신들 덕분이오.
>
> (…중략…) 이전에 나는 정복자였으나 당신들로 인해 나는 왕이 되었소.[40]

칭기즈칸은 이어서 잠티에게 다음과 같이 말한다.

---

40　Ibid., p.65.

이제 법의 최고 해석자가 되어 주시오.

당신들이 그러했듯이 법이 성스럽게 집행될 수 있도록 해주시오.

이성과 정의와 품성을 가르쳐주시오.

정복당한 이들이 정복자들을 다스리게 해주시오.

지혜가 통치하게 하고 지혜가 용기를 주관하게 해주시오.

신중함이 완력을 이기게 해주시오. 내가 모범을 보이겠소.

당신들을 정복한 왕은 이제부터 당신들의 법에 순종하겠소.[41]


〈중국 고아〉에서 볼테르가 초점을 맞추고자 한 바는 공자가 가르친 도덕이다. 바로 그러하기에 그는 루이 르 그랑 학교의 동창생으로서 나중에 외무장관이 된 다르장송(d'Argenson) 후작에게 보낸 편지에서 자신의 〈중국 고아〉가 "5막으로 된 공자의 도덕(la morale de Confucius en cinq actes)"[42]이라고 요약한 것이다. 원작에 대한 볼테르의 개작의 핵심은 중국의 정신, 그 가운데서도 공자가 가르친 윤리의 위대함을 드러내고자 한 점이다. 볼테르의 공자는 기적이나 초자연적 요소를 담고 있는 종교 지도자가 아닌, 순수한 도덕을 가르치는 현자이다. 볼테르는 『풍속론』에서 다음과 같이 말한다. "나는 공자의 서적들을 주의 깊게 읽고 필기를 하곤 했다. 나는 그가 말한 바는 극히 순수한 도덕뿐임을 느꼈다. 그는 기적을 설교하지 않음은 물론 허황된 이야기도 말하지 않았으며, 오로지 덕성에만 호소하였다."[43] 중국 사상에 조예가

---

41 Ibid.

42 Martino, Pierre, *L'Orient dans la littérature française au XVIIe et au XVIIIe siècle*, Paris : Hachette, 1906, p.223에서 재인용.

43 Reichwein, Adolf, *China And Europe-Intellectual And Artistic Contacts In The Eighteenth Century*, New York : Alfred A. Knopf, 1925, p.89에서 재인용.

깊었던 독일의 라이프니츠는 자연신학을 가르치기 위해 중국 선교사들이 유
럽에 파견되어야 한다고 말한 바 있다. 볼테르도 도덕 문제에 관한 한 유럽인
은 중국인의 제자가 되어야 한다고 주장한다.[44] 볼테르의 〈중국 고아〉는 바
로 이러한 자신의 관점의 예시이기도 하다.


## 4. 나오는 말


볼테르가 〈중국 고아〉의 연극 형식에서는 프랑스의 고전적인 전통에 충
실하였지만 주제의 선택에서는 서구 고전주의적 전통을 벗어나고자 하는 시
도를 하기도 했다. 17세기 고전주의 연극의 주제 혹은 등장인물 선택의 특징
가운데 하나는 고전적인 신화를 통해 그리스 비극의 재현을 시도한 점이
다.[45] 볼테르도 '미노스', '안티고네', '페드르' 등 고전 비극에 등장하는 인물
을 재창조하는 비극 작품들을 꽤 많이 창작하였다. 그런데 역사기술에서 유
럽중심주의에 갇혀 있지 않았던 볼테르는 희곡 작품 창작에서도 유럽 신화
혹은 고전주의 전통을 벗어나 이국적인 배경을 다룬 〈마호멧(Mahomet)〉,
〈알지르(Alzire ou les Américains)〉, 〈스키티아인(Scythes)〉 같은 작품들을 창작
한다. 〈중국 고아〉도 바로 이러한 이국적인 소재의 대표적인 작품이다.

19세기 낭만주의 연극에서는 '역사극'이라는 새로운 연극이 형성되어, 고

---

44 Creel, H. G., *Confucius : The Man and the Myth*, New York : The John Day Company, 1949, p.314.
45 고광모, 「볼테르 연극과 플로베르」, 『프랑스문화예술연구』 2, 2000, 5쪽.

전주의에서 중시되던 신화를 역사로 대체하는 시도가 일어난다. 바로 이러한 맥락에서 볼테르는 선구적인 역할을 담당했다고 볼 수 있다.[46] 중국 원대의 희곡인 〈조씨 고아〉를 개작한 볼테르의 〈중국 고아〉도 칭기즈칸의 중국 침략이라는 중국 역사를 배경으로 한 작품이다. 그런데 이러한 역사극의 시도에서 볼테르는 원작에서 시대적인 배경을 춘추시대에서 13세기 원(元)대로 바꾸었다. 이와 더불어 등장인물도 바꾸어 역사적으로 중요한 인물인 칭기즈칸을 등장시킨다. 그리고 내용도 중국인 사이의 권력 다툼이 아닌 중국인 대 몽골인의 대결로 바꾸었다. 볼테르는 〈조씨 고아〉를 〈중국 고아〉로 개작하면서 사실상 주요 부분 몇 가지를 제외하고 거의 모든 것을 변화시켰다. 그 변화의 핵심은 중국 문화, 유교 도덕의 우수성에 대한 찬미이다. 그는 칭기즈칸의 야만적인 군단에 대한 문명화된 중국의 승리를 〈중국 고아〉에서 드러내고자 하였다.

사이드의 지적대로 '동양'은 서양의 제국주의적 욕망의 대상이라는 타자 이미지로서 서구 우월주의에 의해 날조된 측면이 분명 존재한다. 동시에 '동양'은 자신의 한계를 느낀 서양이 그 한계를 극복하고 새로운 제도와 사상과 문화를 산출하기 위해 도움을 요청한 대상이기도 하다. J. J. 클락은 서양이 자신들의 지적 관심사 안으로 동양을 통합하려고 노력한 시도에 주목하고서 사이드의 '오리엔탈리즘' 개념을 수정, 확장한다. 그는 『동양의 계몽(*Oriental Enlightenment. The Encounter between Asian and Western Thought*)』에서 사이드가 오리엔탈리즘이라는 개념을 서구 자유주의를 강력하게 비판하기 위한 토대로 사용하면서 암울한 색조로 채색했다면, 자신은 어둡고 밝은 양면을 모두 지닌 광

---

46  Ibid., p.8.

범위한 태도를 드러내고 동서양의 '권력'과 '지배'라는 표면적인 관계만으로는 온전히 설명할 수 없는 더 풍부하고 긍정적인 오리엔탈리즘을 복원하겠다는 포부를 제시한다. 사이드가 '오리엔탈리즘'을 자신에게 복종하는 타자를 구성하고 통제하는 서구제국주의의 지배서사로 보았다면, 클락은 '오리엔탈리즘'을 좀 더 창조적이고 개방된 텍스트로 파악하여 서양의 지식과 권력의 구조들이 상호적인 방식으로 동양의 사상과 연루되는 경향으로 묘사하고자 한다.[47]

볼테르 당대에 아시아에 대한 '부정적 오리엔탈리즘'적인 시각, 유럽중심주의적인 시각이 이미 형성되어 있었다. 아리스토텔레스 이래로 유럽학자들은 아시아인을 야만적이며 노예근성이 있는 인간으로 규정해왔고, '아시아적 전제정'이야말로 이들에게 적합하다고 주장했다.[48] 이러한 사상은 볼테르의 동시대인인 몽테스키외에까지 이어져, 그가 형성한 '아시아적 예속'과 '유럽의 자유'라는 대비는 헤겔과 마르크스에 이르기까지 서양에서 종종 되풀이되어 왔다.[49] 볼테르의 관점은 이러한 '부정적 오리엔탈리즘'과는 분명히 차이가 있다. 그는 자신의 학문과 예술을 통해 그 시대와 사회의 부정적 요소를 극복하고자 하였다. 볼테르는 당대 사회의 가장 큰 부정적 요소를 전제 권력과 종교 권력, 그리고 종교 전쟁이라고 보았다. 그는 프랑스의 절대왕정을 극복하기 위해 많은 노력을 기울였다. 그런데 그가 더 많은 관심을 기울인 영역은 종교전쟁과 종교분쟁, 그리고 그 배후에 있는 종교적 불관용 정신이었다. 가톨릭과 개신교 사이의 분쟁이나 가톨릭 내의 분쟁을 볼테르는

---

**47** Clarke, J. J., *Oriental Enlightenment. The Encounter between Asian and Western Thought*, op. cit., p.8.

**48** Anderson, Perry, *Lineages of the Absolute State*, London : Verso, 1979, pp.397~400.

**49** 이 점에 관해서는 다음 글을 참조할 것. 송태현, 「몽테스키외의 중국관 비판」, 『세계문학비교연구』 40, 2012.

강력하게 비판했다. 그는 이러한 분쟁의 배후에 광신이 있다고 생각했고 이를 극복하고자 노력하였다. 그 극복의 도구는 '이성'이다.

미신적 요소가 없고 광신이 없는 종교, 오직 이성만의 종교, 칸트가 말한 '이성의 한계 내에서의 종교'를 볼테르는 18세기에 추구했다. 볼테르는 서구의 유대-기독교는 기적으로 가득 찬 종교로서, 이러한 기적과 관련된 것을 그는 미신이라 생각하였다. 미신이 없는 종교, 광신이 없는 종교, 이성이 지배하는 종교를 볼테르는 영국 망명 기간 중에 '이신론'에서 발견했다. 그런데 볼테르는 중국의 유교야말로 이신론의 모델이며, 그 대표자는 공자라고 보았다. 그가 공자의 가르침을 순수 도덕이라 강조하는 것도 바로 이러한 맥락에서이다.

볼테르가 프랑스와 유럽 이외의 다른 많은 지역에 지적인 관심을 가지고 있었다는 점에서, 그리고 유럽이 아닌 중국을 매우 긍정적으로 다룬 점에서 그는 유럽의 자민족중심주의를 극복했다고 판단할 수 있다. 그의 학문과 예술은 '타자의 발견'이라는 측면에서 그 공로가 크다. 유럽 이외의 문명권에 대한 지식이 오늘날처럼 보편화되지 않은 상황에서, 비유럽 둔명권의 사상을 나름대로 자신의 학문 혹은 작품에 용해시키려한 시도에서 볼테르는 상당히 선구적인 역할을 감당하였다. '타자의 발견'에서 더 나아가 그 타자가 유럽보다 나을 수 있다는 가능성을 제시한 점에서, 그리고 자신이 속한 시대와 사회의 문제점을 그 타자와의 만남을 통해 극복하고자 노력한 점은 그의 큰 공로로 인정해야 한다.

물론 그에게도 한계는 있다. 중국도 서양과 마찬가지로 많은 문제를 지닌 나라였다. 한 나라를 이상화하는 것은 많은 왜곡과 단순화가 동반될 수밖에 없다. 볼테르가 당대 프랑스 정치 현실과 종교 현실을 비판하기 위해 그 대안 혹은 다른 사례를 제시하였는데, 그 때 프랑스와 대비하면서 제시하는 사례에서 공정성을 잃는 경향이 있다. 예를 들어 당대 프랑스의 정치 현실을 비판하기 위해 영국이나 중국의 정치제도를 소개할 때, 이들을 이상화하는 경우가 있다. 그리고 프랑스의 종교적 불관용을 비판하기 위해 유대교, 그리스, 로마의 종교적 관용을 실제 이상으로 강조한다. 심지어 일본의 기독교에 대한 종교적 관용까지 강조하고 있다. 그는 일본의 가톨릭 박해가 얼마나 심했는지는 기록하지 않는다. 이러한 한계에도 불구하고 볼테르를 전체적으로 평가한다면, 그는 '긍정적 오리엔탈리즘'의 가능성을 보여준 작가라고 말할 수 있다.

# 참고문헌

## 자료

Voltaire, *Dictionnaire philosophique*, Paris : Garnier Frères, 1961.

______, *Essai sur les moeurs et l'esprit des nations et sur les principaux faits de l'histoire depuis Charlemagne jusque a Louis XIII, tome I*, Paris : Garnier Frères, 1963.

______, *Lettres anglaises*, Cergy : In Libro Veritas, 2005.

## 논저

고광모, 「볼테르 연극과 플로베르」, 『프랑스문화예술연구』 2, 2000.

기군상(紀君祥), 정유선 역, 『趙氏孤兒』, 지식을만드는지식, 2011.

버넬, M., 『블랙 아테나―서양고전 문명의 아프리카·아시아적 기원』 1, 소나무, 2011.

사이드, E. W., 박홍규 역, 『오리엔탈리즘』, 교보문고, 2004.

송태현, 「몽테스키외의 중국관 비판」, 『세계문학비교연구』, 40, 2012.

왕국유(王國維), 권용호 역주, 『송원희곡사(宋元戲曲史)』, 학고방, 2007.

이상우, 「趙氏孤兒 故事의 變遷 考察」, 『중국희곡』 2-1, 1994.

______, 「戲劇〈中國孤兒〉考察」, 『中國語文學誌』 9-1, 2001.

케네디, V., 김상률 역, 『오리엔탈리즘과 에드워드 사이드』, 갈무리, 2011.


Anderson, Perry, *Lineages of the Absolute State*, London : Verso, 1979.

Clarke, J. J., *Oriental Enlightenment. The Encounter between Asian and Western Thought*, NY : Routledge, 2003.

Cordier, Henri, *La Chine en France au XVIIIe siècle*, Paris : Henri Laurens, 1910.

Creel, H. G., *Confucius : The Man and the Myth*, New York : The John Day Company, 1949.

Hugo, Victor, *La Préface de Cromwell*, Paris : Boivin, 1897.

(http://archive.org/details/laprfacedecromwe00hugo)

Julien, Stanislas, "Avant-propos", *Ki-kiun-tsiang. Tchao-chikou-eul, ou l'Orphelin de la Chine*, Traduit par Stanislas Julien, Paris : Moutardier, 1834.

Ki-kiun-tsiang, *Tchao-chikou-eul, ou l'Orphelin de la Chine*, Traduit par Stanislas Julien, Paris : Moutardier, 1834.

Liu, Wu-Chi, "The Original Orphan of China", *Comparative Literature* 5-3, Summer, 1953.

Martino, Pierre, *L'Orient dans la littérature française au XVIIe et au XVIIIe siècle*, Paris : Hachette, 1906.

Mungello, David E., "Confucianism in the Enlightenment : Antagonism and Collaboration between the Jejuits and the Philosophes", Lee, Thomas H. C.(ed.), *China and Europe*, Hong Kong : The Chinese University Press, 1991.

Reichwein, Adolf, *China And Europe-Intellectual And Artistic Contacts In The Eighteenth Century*, New York : Alfred A. Knopf, 1925.

Versluis, Arthur, *American Transcendentalism and Asian Religions*, Oxford : Oxford University Press, 1993.

# 네이션 빌딩과 여성영웅의 서사

쉴러의 『오를레앙의 처녀』와 장지연의 『애국부인전』을 중심으로

박인원

## 1. 들어가는 말

프랑스 일간지 『프랑스 수아르』가 1999년 실시한 국민여론조사 결과에 따르면 프랑스인들은 그들의 집단기억에서 가장 중요한 인물들로 샤를 대제와 나폴레옹, 그리고 잔다르크를 꼽았다. 13살 때 처음으로 신의 음성을 듣기 시작하여 영국과 프랑스 간의 백년전쟁에서 프랑스를 구하라는 계시를 받았다고 주장하며 전쟁에 참여하였던 잔다르크(1412~1431) ― 그녀는 1431년 종교재판에 회부되어 이단, 배교, 악마숭배, 신성모독, 남장 등 다양한 죄목으로 화형에 처해지고, 1456년 명예회복 재판을 통해 복권된 후 1909년에 복자(福者), 1920년에는 성자(聖者)로 추대된 역사적 인물이다. 기적에 대한 믿음이 널리 퍼져 있던 시대를 살았던 그녀는 동시대인들에게는 메시아적인

인물이었다. 지난 6백 년 동안 잔다르크는 거듭되는 신화화 및 탈신화화 과정에서 성녀와 마녀 혹은 영웅과 사기꾼, 이렇게 양극단의 모습으로 기억되어 왔으며 무엇보다 프랑스 우파와 좌파 양쪽이 서로 전유하려 했던 정치적 동원수단이었다. "어느 시대 어느 당파든 저마다 자신의 욕망과 이상을 잔에게 투사할 수 있었다는 것은 그의 모습이 그만큼 유연해 이리저리 성형하기 쉬웠"[1]기 때문이며, 그 동안 수많은 작가들과 예술가들이 잔다르크에 끌렸던 이유도 바로 소재의 이런 양면성에서 찾을 수 있을 것이다.[2] 문학, 오페라, 영화, 그리고 만화와 컴퓨터 게임에 이르기까지 잔다르크는 여러 매체, 여러 문화를 옮겨 다니는 놀라운 재생력을 가진 글로컬 아이콘이자 여전히 동서양을 막론하고 집단적 정체성에 호소하기 위하여 호명되는 인물이다. 이토록 주목을 받는 큰 이유 중의 하나는 중세 말이라는 과도기적 성격이 강한 시대적 상황에서 찾을 수 있다. 카톨릭교회의 광신주의가 극에 달하고 '조국'에 대한 의식이 부재했던 역사적 상황에서 잔다르크는 처음으로 근대적 의미의 민족·국가에 대한 비전을 제시해 주었으며 애국주의뿐만 아니라 어떤 면에서는 종교개혁까지 선취한 인물이라고 볼 수 있다. 세계화 시대에 민족·국가에 대한 논의가 다시 새롭게 부각되고 국민적 신화 및 집단적 표상들의 기능에 대한 학문적 관심이 모아지면서 잔다르크 또한 학제간 연구대상으로 주목받고 있다.[3] 아울러 최근의 독일어권 문학에서는 잔다르크가 일종의 메

---

1  성백용, 「잔다르크—프랑스의 열정과 기억의 전투」, 『역사비평』, 2004 봄, 384쪽.
2  크리스틴 드 피잔은 잔다르크가 살아 있을 때 이미 그녀를 에스더, 유디스, 데보라에 비유했으며, 그 뒤로 잔다르크는 셰익스피어, 볼테르, 쉴러, 로버트 소시, 아나톨 프랑스, 버나드 쇼, 마크 트웨인, 브레히트 등을 통해 다양한 방식으로 형상화되었다.
3  잔다르크에 관한 여러 편의 글이 수록된 다음 논문집은 이런 경향을 잘 나타낸다. K. Knabel, D. Rieger, S. Wodianka(Hg.), *Nationale Mythen-kollektive Symbole. Funktionen, Konstruktionen und Medien der Erinnerung*, Göttingen, 2005.

타 내러티브로서 재발견되는 현상까지 관찰할 수 있다.[4]

이러한 배경 앞에서 이 글은 근대국가 건설을 위하여 애국심 양성이 절실한 과제로 인식되었던 역사적 상황에서 잔다르크를 주인공으로 등장시킨 독일 및 한국의 작품을 함께 읽어보고자 한다. 쉴러의 〈오를레앙의 처녀(Die Jungfrau von Orleans)〉(1801) 그리고 근대계몽기 지식인 위암(韋庵) 장지연(張志淵, 1864~1921)의 『애국부인전』(1907)은 백년의 시간적 거리를 두고 독일과 한국에서 각각 처음으로 잔다르크를 소재로 삼은 작품들이다. 극작가로서 쉴러의 최대 성공작이었던 『오를레앙의 처녀』는 19세기 후반 미슐레를 비롯한 낭만주의 역사가들에 의해 프랑스 민중영웅으로 승화된 잔다르크의 숭배에 적지 않은 영향을 미친 작품이다.[5] 일본과 중국이라는 통로를 거쳐서 순국문으로 번역・재창작된 『애국부인전』은 1905년 강제로 체결된 을사조약에 따라 국가적 위기의식이 확산되면서 애국계몽운동의 일환으로 기획된 작품이며 그 당시 대중적인 파급력이 상당히 컸다. 두 작품은 1800년 / 1900년 무렵 애국주의적 분위기가 조성되던 유사한 상황에서 프랑스의 여성영웅을 내러티브화하였다.

근대국가를 만들기 위해서는 조국, 우선 민족, 국가와 같은 추상적인 개념들을 정서적・감정적으로 전달해 줄 수 있는 카리스마적 인물이 요구된다. 이런 카리스마적 지도력을 가진 '영웅'은 집단 정체성을 정립하기 위하여 다양한 기능을 담당하는 문화원형이며,[6] 이런 점에서 역사와 전설, 인간사와

---

4　Tim Staffel, *jeanne d'arc*(2002); Felix Mitterer, *Johanna oder Die Erfindung der Nation*(2002); Felicitas Hoppe, *Johanna*(2008) 등을 그 예로 들 수 있다.

5　쉴러의 작품이 이미 1802년 메르시에 L. S. Mercier에 의해 프랑스어로 번역되었다는 점도 시사해주듯이 『오를레앙의 처녀』는 19세기 후반의 잔다르크 숭배에 많은 영향을 미쳤다.

6　Vgl. Nikolas Immer, Mareen van Marwyck(Hg.), *Ästhetischer Heroismus. Konzeptionelle und figurative Paradigmen des Helden*, Bielefeld, 2013, S.11.

구원사가 만나는 소재로서의 잔다르크는 시대와 문화를 초월한 영웅의 그런 원형적 성격을 잘 구현해내는 내러티브라고 볼 수 있다.[7] 따라서 본고에서는 〈오를레앙의 처녀〉와 『애국부인전』의 어떤 직접적인 영향관계를 밝혀내려는 것이 아니라 두 작품이 공유하는 소재에 주목하여,[8] 잔다르크가 쉴러와 장지연의 작품에서 어떻게 '네이션 빌딩(nation building)', 즉 국가건설이라는 맥락과 접속되어 카리스마적 인물로 각색되는지, 그리고 여기서 남성이 아닌 여성영웅이라는 점이 젠더의 관점에서 어떻게 기능하는지 살펴보고자 한다.


## 2. 쉴러의 "낭만적 비극" 〈오를레앙의 처녀〉

### 1) 네이션 빌딩과 여성영웅의 형상화

쉴러가 〈오를레앙의 처녀〉를 집필하던 당시 잔다르크의 이미지는 독일에서 상당히 부정적이었다. 그 이유는 무엇보다 볼테르가 샤플랭의 동명시(1656)에 대한 풍자시로 쓴 「오를레앙의 처녀」(1762)에 있는데, 카톨릭의 광신주의

---

7  민족, 국민 같은 개념들을 전파할 수 있는 상상적 계보를 만들어야 한다는 측면에서 봉건체제로부터의 차용이 불가피하였기 때문에 잔다르크나 롤랑부인 같은 소재들을 빌려오게 된다.
8  『애국부인전』의 원작이 쉴러의 『오를레앙의 처녀』가 아닐까 하는 조심스러운 추측이 제기되기도 했지만 이를 뒷받침해 주는 증거는 없으며 두 텍스트는 실제로도 많이 다르다. 두 텍스트의 비교를 시도한 연구는 지금까지 국내 독문학계의 논문 한 편 뿐이다. 최석희, 「한국에서 Schiller 문학의 수용―『Die Jungfrau von Orleans』와 『신쇼셜 애국부인전』 비교」, 『독일문학』 40, 1988, 304~326쪽.

에 대한 계몽 사상가들의 신랄한 비판이 담긴 이 시에서 잔다르크는 우스꽝스러운 하녀로 그려진다. 볼테르의 시는 독일에서도 널리 알려졌으며 바이마르의 대공 칼 프리드리히는 볼테르의 영향으로 인해 쉴러의 작품이 웃음거리가 될 것을 우려하였고 결국 쉴러 드라마의 초연은 라이프치히로 옮겨졌다.

쉴러도 카톨릭의 광신주의에 대한 비판적 입장을 취하고 있었지만 볼테르를 비롯한 계몽주의자들과 달리 요한나의 행적을 단순히 미신이나 광기로 치부하지 않고, '기적적인' 요소들을 민중들에게 보다 가까이 다가갈 수 있는 중요한 정서적 장치로 파악했다. "낭만적 비극"이라는 표제도 바로 그런 맥락에서 읽을 수 있다. 여기서 "낭만적"은 단순히 '지어낸 환상'을 가리키는 것이 아니라 그 당시 주로 '중세적', '기적적'이라는 뜻으로 통용되었는데, 중세라는 시대배경을 통해 쉴러 당대에는 관객들에게 설득력이 없었을 중세의 정념들이 의심 받지 않고 효과적으로 전달될 수 있었던 것이다. 쉴러는 신화나 기적적인 요소 없이는 독일도 하나의 민족국가가 될 수 없으며, 하나의 '상상된 공동체'를 만들기 위해서는 눈에 보이는 표상이 있어야 한다는 점을 간파했던 것으로 보인다.[9] 그는 애국주의와 종교를 오성의 일이 아니라 일차적으로 감정의 일로 파악했으며 사람들에게 계몽주의 사상과 공화주의 이념을 주입하는 방식으로써가 아니라 일차적으로 '마음'과 감정으로 열광시켜야 한다고 보았다. 잔다르크가 "여성적인 것, 영웅적인 것 그리고 신적인 것"[10]이 합쳐진 보기 드문 훌륭한 소재라고 여겼던 쉴러는 요한나를 통해 그런 정

---

9　Vgl. Hans-Georg Pott, "Heiliger Krieg, Charisma und Märtyrertum in Schillers romantischer Tragödie *Die Jungfrau von Orleans*", *Athenäum* 20, 2010, S.116.

10　Peter-André Alt, *Schiller. Leben-Werk-Zeit* Bd. 2, München, 2000, S.510 재인용.

서적 효과를 낼 수 있다고 확신했다. 쉴러가 "이 작품은 나의 마음에서 흘러나왔으며 마음에 호소하는 작품이다"[11]라고 쓴 편지 구절에서 드러나듯이 마음은 여기서 중요한 메타포로 작용한다. 쉴러는 감정에 호소하기 위하여 종교만큼 효과적인 것이 없음을 알았으며 이런 측면에서는 신앙의 기원은 인간 내면의 힘과 상상력에 있다고 본 흄의 『종교의 자연사』(1757)의 영향을 읽어낼 수 있다.[12]

계몽주의자들에게 비판의 표적이 되었던 잔다르크는 프랑스혁명과 더불어 다시 서서히 정치적 아이콘으로 재발견되기 시작했다. 그런 분위기 속에서 출간된 『오를레앙의 처녀』는 프랑스인들에게 꽤나 반가운 작품이었을 것이다. 하지만 정작 독일에서는 (작품의 영향사에서 드러나듯이) 『오를레앙의 처녀』가 단순히 이웃나라에 관한 이야기가 아니라, 수백 개의 공국들로 쪼개져서 근대적 민족국가의 주권을 확립하지 목한 당대 독일의 분열상을 비판하고 애국심에 호소하고 있다는 맥락에 주목한 이들을 찾아볼 수 없다. 1801년 9월 11일 라이프치히에서 〈오를레앙의 처녀〉가 초연되었을 때 공연이 끝나기도 전에 관객들은 열광하고 "쉴러 만세"를 외쳤다고 하지만, 무엇에 열광했는지에 대한 구체적인 설명이 없었다. 작품의 시대사적 맥락에 주목하여 그 열광을 애국심과 연결시켜서 보는 연구들은 비교적 최근에 와서 이루어지고 있다.[13]

---

11   ebd. 재인용.

12   Vgl. ebd., S.519.

13   20세기 초 민족주의 담론이 활발했던 시기를 제외한다면 1945년 전후 서독의 독문학계에서는 『오를레앙의 처녀』를 쉴러의 비극이론이나 미학 관련 저서들과 연결시켜서만 해석하거나 주로 언어예술작품으로만 접근하였다. 쉴러가 요한나를 통해 자신의 비극이념을 실천하고 있으며 이상주의적 인간상을 그렸다고 해석한 국내논문(최석희, 1988)도 이런 연구동향을 반영한다고 볼 수 있다. 작품의 정치적 메시지에 주목한 연구들은 Alt(2000), Safranski(2004), Koschorke(2006), Pott(2010) 등이다.

쉴러는 『오를레앙의 처녀』를 쓰기 전에 종교재판기록과 주요 전기들을 읽었다. 하지만 그의 관심은 역사적 사실보다는 잔다르크라는 소재의 복합성에서 취할 수 있는 극적 효과에 있었기 때문에, 나중에 버나드 쇼가 잔다르크와 전혀 무관한 작품이라고 평할 정도로 허구적인 요소들이 많다. 역사적 사실과 가장 다른 점은 요한나가 마녀재판을 받고 화형을 당하는 것이 아니라 마지막 장면에서 영웅적으로 전사하고 성녀화 된다는 데 있다. 또한 요한나가 신적 임무를 수행하기 위해서는 남자와 사랑에 빠져서는 안 된다는 '사랑의 금지' 그리고 이를 결국 어기게 만드는 영국 지휘관 라이오넬도 전부 허구적 장치 내지 인물이다. 그리고 역사적 잔다르크는 재판을 받을 때 자신은 깃발만 들었을 뿐 단 한 명도 죽이지 않았다고 진술했던 반면, 쉴러의 요한나는 도살 행위까지 서슴지 않은 잔인한 전사로 그려진다 — "그것은 도살이었지 전투라고 부를 수 없었습니다."[14] 마지막으로 요한나의 아버지 티보가 왕의 대관식에 나타나서 딸이 마녀라고 단죄하여 요한나가 공동체로부터 추방당하는 장면도 쉴러의 작품에서만 찾아볼 수 있다.

이러한 허구적 요소들을 주축으로 전개되는 〈오를레앙의 처녀〉는 '네이션 빌딩'이라는 맥락에서 읽어볼 수 있다. 비록 쉴러가 연극무대를 의식적으로 애국심의 양성기관으로 간주했던 것은 아니지만, 몇 년 후에 클라이스트나 피히테 등에 의해서 모습을 드러내게 될 원형 민족주의[15]에 대한 통찰을 어느 정도 선취했다고 볼 수 있다. 그 당시에 민족주의를 위해 군사적인 방법 외에 동원될 수 있는 정서적, 도덕적 전략들에 대한 모색은 독일문학에서도

---

14  Friedrich Schiller, *Klassische Dramen. Text und Kommentar*, hg. von M. Luserke-Jaqui, Frankfurt am Main, 2008, S.183(V981). 이후 이 작품의 인용은 인용문 끝에 행수만 밝히기로 한다.

15  피히테의 『독일 국민에게 고함(*Reden an die deutsche Nation*)』(1807~1808), 클라이스트의 『헤르만 전투(*Die Hermannschlacht*)』(1808) 등.

중요한 문제로 인식되기 시작했다.[16] 오로지 자신의 열정 하나만을 무기로 삼아 정신적으로도 지쳐 있는 프랑스 군인들에게 집단적 용기를 불어넣는 요한나를 통해 쉴러는 우회적으로 1800년 무렵 민족국가라는 것이 아직 형성되지 않은 독일의 민족적 감정에 호소했다고 볼 수 있다.

중세에서 소재를 빌려오긴 했지만 『오를레앙의 처녀』가 실제로 보여주는 시대는 백년전쟁이 아니라 1792년 이후 루이 16세의 프랑스 현실이다. 극중에 샤를 7세는 처음부터 현실감각이 없는 무능한 왕으로 그려지는데 그는 친모와 숙부에게 버림받고 왕실의 수입과 연공이 3년치나 저당 잡혀 있어서 오를레앙이 함락되면 양치기로 전락할 신세이다. 자신에게 왕의 의무를 상기시키는 귀족들에게 "왕관이 그렇게도 큰 재산이란 말인가? 왕위를 버리는 일이 그렇게 어렵단 말인가?"(V875~876) 라고 묻는 샤를의 모습에서 왕의 상징적인 자리가 비어 있음을 알 수 있다. 요한나의 목소리를 빌려 쉴러는 그 빈자리를 자신의 '비전'으로 채우고 있다 — 서막에서 요한나는 신분차별을 하지 않는 백성들의 통치자, "노예들에게 자유를 주고 왕궁의 주변에 마을들이 사이좋게 모여 살게 해주는 왕"(V349~350)을 꿈꾼다. 오를레앙의 전투에서 승리를 거둔 뒤 요한나는 샤를에게 백성의 마음을 아는 왕으로 남으면 왕가가 번영할 것이지만, 그렇지 못할 경우 "죄지은 후손들에게 가난한 오두막들로부터 무서운 일이 가해질 것"(V2099~2101)이라고 경고한다.

민족의식의 부재를 더욱 적나라하게 보여주는 극중 인물은 이자보 왕비와 부르고뉴 공작이다. 이자보는 미치광이 왕 샤를 6세와 20년을 살고, 영국과

---

16  Vgl. Albrecht Koschorke, "Schillers *Jungfrau von Orleans* und die Geschlechterpolitik der Französischen Revolution", Walter Hinderer(Hg.), *Friedrich Schiller und der Weg in die Moderne*, Würzburg, 2006, S.250.

손잡은 부르고뉴 공작과 공모하여 아들 샤를 7세의 왕위계승을 방해하고 영국의 헨리 5세를 프랑스 왕으로 추대한다. 극중에 매국노 부르고뉴 공작은 요한나를 체포한 역사적 사실과 달리 요한나의 설득에 회심하여 프랑스 편으로 돌아오는 인물로 그려진다. 이는 민족국가 관념이 부재하고 봉건 제후들 사이의 권력투쟁과 합종연횡이 횡행하는 시대상을 고스란히 반영하고 있다.

군사적으로뿐만 아니라 정서적으로도 남성적·영웅적인 것이 위기에 처한 상황에서 호명되는 여성영웅은 이런 '결여'를 메꾸는 역할을 한다. 샤를과 이자보 왕비, 그리고 부르고뉴 공작과 대척관계에 있는 요한나의 임무는 비어 있는 왕의 표상을 다시 채우는 것이며 이러한 기능은 『오를레앙의 처녀』의 초판 표지를 장식하고 있는 팔라스 아테나의 동판화를 통해서도 강조되고 있다. 그러나 카리스마적 지도력과 관련하여 막스 베버가 『경제와 사회』(1922)에서 지적한 것과 같이, '카리스마적 인물'은 자신의 신적 권능을 지속적으로 입증하지 못할 경우 비극을 겪게 되며 『오를레앙의 처녀』는 이런 비극의 과정을 그렸다고 할 수 있다.[17]

요한나는 '사랑의 금지'를 어기기 때문에 신적 권능을 상실한다. '사랑의 금지'는 한편으로 성모의 처녀수태로 구세주 예수를 탄생시킨다는 성모숭배를 의미하지만, 다른 한편으로는 '사랑의 금지'를 담보로 요한나가 얻는 초인적인 힘이 신적 권능의 '참칭'이라는 측면에서 역설적으로 '마녀'로 몰릴 수 있는 빌미가 된다. 이런 양면성은 이미 서막의 무대설정에서 부각된다 — 앞면 우측에 성모마리아 상이 있는 성당 그리고 좌측에는 이교도를 상징하는 큰 떡갈나무. 서막에서 내내 침묵하고 수동적이었던 요한나에게 카리스마적

---

17  Vgl. Koschorke, S.243.

힘이 부여되는 것은 출처를 알 수 없는 투구를 통해서이다. 같은 마을에 사는 부농 베르트랑이 어느 집시여인이 떠안겨줘서 들고 왔다는 투구를 요한나는 빼앗으며 "투구를 저한테 주세요! (…중략…) 이 투구는 제 거예요, 저를 위한 것이라고요"(V192~196)라고 말한다. 투구를 쓰자마자 요한나는 애국심에 불탄 연설로 아버지 티보와 베르트랑, 구혼자 레이몽을 놀라게 한다. "저 아이가 도대체 어떤 정령에게 사로잡힌 걸까"(V327)라고 티보가 묻자 레이몽은 "투구 때문에 저렇게 전투적으로 변했어요. 딸을 보세요. 눈이 빛나고 뺨은 불꽃처럼 타오르잖아요"(V328~331)라고 대답한다. 집시여인은 유럽에서 전통적으로 마법·예언자적 능력을 가진 수상한 인물로 간주된다. 투구가 이런 이방인으로서의 집시여인에게서 왔다는 점은 앞으로 요한나의 행적을 설명할 때 반복해서 나오는 "정령(Geist)"이라는 표현이 성령(聖靈)과 악령(惡靈)이라는 양면성을 동시에 지닌다는 것을 암시한다.

> 존엄하신 마리아님! 제게 강력한 힘을 주시는군요. 전투를 모르는 이 팔에 엄청난 힘을 주시고 무자비한 마음으로 저를 무장시키시는 군요(…중략…) 번쩍이는 칼날을 보기만 해도 섬뜩합니다. 하지만 막상 위험에 처하면 금방 힘이 솟구치지요. 검은 마치 살아 있는 정령처럼 저의 떨리는 손 안에서 저절로 정확하게 움직입니다. (V1677-1686)

요한나는 영국 지휘관 라이오넬과 격투를 벌이던 중 그의 투구를 벗기고 그와 눈이 마주치게 되자 그를 죽이지 못한다. 초인적 권능의 담보였던 '사랑의 금지'를 어기게 되는 이 순간은 아나그노리시스(Anagnorisis)로 작용한다. 다시 말해 이는 그 이전까지 자신은 어느 성에도 속하지 않는다고 주장했던 요한나가 비로소 자신을 '젠더화된 주체'로 인식하는 순간이자 그녀의 카리스마가 무너지는 순간이기도 하다.[18] 단순히 사랑에 빠졌기 때문에 '기적적인' 힘을 잃는 것이 아니라 자신의 인간 본성에 눈을 뜨고 그 동안 신의 이름으로 맹목적으로 자행한 애국적 행위의 정당성에 회의를 느끼게 되었기 때문이다. 요한나의 내적 분열은 대관식이 거행되기 전 그녀의 긴 독백에서 드러난다. 양심이란 사람 속에 있는 "내면적 법정"이라고 표현한 칸트에 기대어 쉴러도 요한나의 독백을 두 자아가 대면하는 '스스로에 대한 심판'으로 구성했다.[19]

그 사람을 죽였어야 했나? 그의 눈을 보았는데 어떻게 그렇게 할 수 있었겠어? 그를 어떻게 죽인단 말인가! 차라리 칼끝을 내 가슴으로 향하게 했을 거야. 내가 인간적이었다는 이유로 벌을 받아야 하는가? 동정이 죄란 말인가?—동정이라고? 너의 검으로 다른 사람들을 살해할 때도 네가 동정이나 인간성을 느꼈단 말이냐? (…중략…) 왜 그 사람의 눈을 들여다보아야 했을까? 왜 그 기품 있는 용모를 보게 되었을까? 그를 보는 순간 너의 범죄가 시작된 것이다. 불행한 여자로구나. 신이 바라는 것은 맹목적인 도구였어. 너는 맹목적으로 임무를 수행해야 했어. 네가 눈을 떴기 때문에 신의 가호는 사라지고 너는 지옥의 덫에 걸린 것이다. (V2564-2581)

위의 독백에 이어지는 대관식에서 요한나는 마녀로 단죄 받고 공동체로부터 추방을 당한다. 유일하게 그녀의 곁을 지키는 레이몽과 배회하다가 요한

---

18  그 전까지 요한나는 자신의 여성성을 강력하게 부정하였다. "여성성 같은 것에 호소하지 마시오! 나를 여자라고 부르지 마시오! 나는 그 어떤 인간의 성에도 속하지 않으며 이 갑옷 뒤에 마음 따위는 없소."(V1608~1611)

19  Vgl. Claudia Benthien, *Tribunal der Blicke. Kulturtheorien von Scham und Schuld und die Tragödie um 1800*, Köln, 2011, S.122.

나는 아르덴에서 영국군의 포로가 되며, 자신에게 청혼하는 라이오넬을 거절하고 신적 임무와 인간적 감정 둘 중에 결국 '국가'를 선택한다. 스스로의 힘으로 쇠사슬을 끊고 요한나는 마지막 전투로 뛰어들어 왕을 구원한다. 왕과 부르고뉴의 팔에 안긴 요한나는 임종의 순간에 갑자기 자신의 깃발을 들고 일어서서 말한다. "가벼운 구름이 나를 태우고 가는구나—무거운 갑옷이 날개처럼 가벼워지고 있다—위로 또 위로—아래 세상은 멀어져 간다—고통은 짧고 기쁨은 영원하다!"(V3541~3544) 자신의 깃발 위에 쓰러져 죽는 요한나 앞에서 모두가 감격해서 말을 잃고 "왕의 작은 손짓에 따라 모든 깃발들은 조용히 그녀 위로 포개져서 그녀를 완전히 덮는다"는 마지막 장면은 독일 맥락에서 보면 제후국들 사이의 갈등과 충돌이 극복되고 하나의 네이션으로 수렴되는 것으로 해석될 수 있다. 그러나 동시에 요한나 위로 포개지는 깃발들은 그 화해라는 것이 극도의 자기분열과 자기파괴라는 큰 대가를 통해 얻었다는 사실까지 덮어 지워버린다고 해석할 수도 있다.


## 2) 부권질서로의 회귀


쉴러는 극적 효과들을 총동원하여 요한나를 성녀화 시키고 있지만 동시에 그녀를 규범에서 일탈하는 비정상적인 여성, 가부장적 질서를 위협하는 인물로 그리고 있다. 잘 알려져 있듯이 쉴러는 여성이 공공 영역에 진출하는 것을 상당히 부정적인 시선으로 바라보았으며 프랑스혁명 중 여성들로 구성된 아마존부대에 대한 자신의 혐오를 「종의 노래」(1799)에서 "부녀자들이 하이에나로 돌변하고 공포를 가지고 장난친다"[20]라고 표현하기도 했다. 쉴러는 요한나를 프랑스혁명의 난폭한 "하이에나"가 아닌 우아하고 아름다운 전사, 즉 우미(優美)와 군사적 폭력성을 겸비한 여성영웅으로 연출한다.[21] 역사적 잔다르크의 죄목 중 하나가 '남장'이었던 것과 달리 요한나는 투구와 갑옷을 제외하면 늘 여성의 옷을 입고 있으며 적군을 무참하게 살해할 때조차 우미를 잃지 않는다. 영국 지휘관 몽고메리도 요한나에 의해 살해되기 전에 "무서운 말을 하고 있지만 당신의 눈은 온화하군요. 가까이 보니 끔찍한 모습이 아니에요. 내 마음이 당신한테 끌려요"(V1604~1606)라고 표현한다. 이는 요한나가 라이오넬과 마주치기 전까지 신적 임무를 의식적으로 수행하지 않고 "맹목적인 도구"로 움직였음을 보여준다.

『오를레앙의 처녀』는 쉴러 당대에 성행했던 (그리고 쉴러 자신의 입장과도 일치했던) 보수적인 성 담론을 재생산하고 있다. 적대관계에 놓인 프랑스군과 영국군을 한 편으로 만들어주는 것은 바로 여성혐오주의적 수사이며 이는 영국군 사령관인 탤버트와 부르고뉴 공작을 화해시키려는 이자보에 대한 두 남자의 대사에서 잘 나타난다.


탤버트 : 가십시오, 가십시오! 태후가 우리 진영에 오시고 나서부터 모든 것이 퇴보하고 있어요. 우리들의 무기도 더 이상 축복받지 못합니다.

부르고뉴 공작 : 가십시오! 태후가 계시면 되는 일이 없어요. 병사들도 태후 때문에 언짢아합니다. (…중략…) 돌아가세요! 태후를 위하여 싸운다고 생각하면

---

20　Friedrich Schiller, *Schillers Werke. Nationalausgabe* Bd. 2/I, von Norbert Oellers(hg.), Weimar, 1993, S. 237.

21　『오를레앙의 처녀』를 '우미'와 '폭력'이라는 키워드 중심으로 분석한 연구는 다음과 같다. Mareen van Marwyck, *Gewalt und Anmut. Weiblicher Heroismus in der Literatur und Ästhetik um 1800*, Bielefeld, 2010. 마빅은 우미와 폭력을 동시에 지닌 여성영웅을 1800년 무렵 여성영웅의 전형으로 본다.

병사들은 의욕을 잃습니다. (V1381~1387)

무엇보다 딸을 단죄하는 인물이 다름 아닌 아버지라는 극적 설정에서 요한나의 행적은 왕위찬탈과 동일시되고, 갑옷이나 투구 등 여성성과 양립하기 어려운 남성적 아이콘들을 통해 『오를레앙의 처녀』는 일탈했던 딸이 다시 아버지의 품으로 돌아오는 가족이야기로 환원된다. 이미 서막에서부터 티보는 막내딸 요한나가 비정상적이라고 비판한다. "젊음이 화사하게 피어난 처녀"이고 "몸이 꽃처럼 활짝 피어났"음에도 불구하고 삼 년째 구혼자 레이몽을 거절해온 딸은 자신의 여성성을 부정한다며 그런 태도는 "자연의 섭리에도 벗어나는 것"(V62)이라고 비난한다. 더 나아가 티보는 요한나가 오색찬란한 보석이 박힌 왕관을 쓰고 있는 자신의 꿈을 화근의 징조, 즉 왕위찬탈을 욕망하는 요한나의 자만심으로 해석한다.

아버지와 약혼자의 관점에서 이루어지는 '마녀 / 성녀'의 이항대립은 영국군과 프랑스군 사이에서도 재생산된다. 요한나는 프랑스군에게는 성스러운 처녀로, 오를레앙 전투에서 패한 영국군에게는 창녀 및 마녀로 묘사된다. 그러나 이런 양극단적인 해석에도 불구하고 프랑스군과 영국군이 서로 공감대를 형성하는 지점은 그녀를 가부장적인 질서를 위협하는 인물로 간주하는 부분이다. 여자에게 졌다는 것은 영국군에게 전사로서의 자존심뿐만 아니라 남자로서의 거세를 의미하며 이런 수치를 극복하기 위해 이들은 집단강간을 상상한다.

라이오넬 : 그렇게 합시다! 장군, 피도 흘릴 필요 없는 이 간단한 싸움을 저에게 맡겨주십시오! 그 요괴를 생포할 작정이니까요. 그녀를 좋아한다는 뒤누아 백

작이 보는 앞에서 그녀를 이 두 팔로 영국 진영으로 들고 와서 병사들을 즐겁게
해주겠습니다.

탤버트: 내 손에 들어오면 그렇게 부드럽게 안아주지는 않을 거요.(V1486~
1494)


하지만 뒤누아 백작과 라 이르 장교의 청혼을 거절하고 "저는 최고의 신이
보낸 전사이며 그 누구의 아내도 될 수 없습니다"(V2203~2204)라는 말로 단호
하게 자신의 처녀성을 강조하는 요한나는 프랑스 편의 입장에서도 부권질서
를 위협하는 인물로 간주된다. 모두가 요한나에게 이제 임무를 다했으니 이
제 다시 인간의 세계, 즉 여성으로 돌아갈 것을 촉구한다.


대주교: 여성은 사랑하는 남자와 함께 있도록 태어난 것이오. ―자연의 법칙
을 따르는 것이 하나님을 가장 잘 섬기는 방법이오. 그대를 싸움터로 불러내신 하
나님의 사명을 훌륭하게 완수했으니, 이젠 무기를 버리고 그대가 거부했던 본래
의 부드러운 여성으로 돌아가시오. 검을 휘두르는 살벌한 놀이는 여성에게 어울
리는 일이 아니오. (V2205~2213)


몽고메리를 살해한 직후 요한나는 전장에서 얼굴을 볼 수 없는 "흑기사"를
만난다. 요한나가 유일하게 이기지 못하는 이 흑기사와의 만남 이후부터 요
한나는 점점 어떤 가부장적 심급에 대한 두려움을 갖게 된다. 그녀는 대관식
에 나타난 아버지 티보를 보면서 "하나님! 아버지!"(V2973)라고 외치며 마녀
라는 탄핵에도 항변을 못하고 말없이 아버지의 품으로 돌아가기를 희망한
다. 티보는 '하나님 아버지'뿐만 아니라 그가 검정색 옷차림으로 대관식에 나

타났다는 점이 시사해주듯 '흑기사'의 이미지와 중첩되기도 한다.[22] 이처럼 아버지, 흑기사, 하나님 아버지가 요한나에게 가부장적 심급으로 작용한다는 견지에서 볼 때, 프랑스인들에 의해 혁명의 수호신으로 해석되었던 요한나는 쉴러의 작품에서 사실상 프랑스혁명의 아마존들로부터 보호해주는, 그래서 부권을 더욱 강화시켜주는 수호신으로 형상화되었다고 볼 수 있다.[23] 마리아의 후광에 힘입어 성녀화되는 결말도 요한나의 행적을 공인하면서도 그녀의 죽음을 통해 작품을 일탈했던 딸이 다시 아버지의 품으로 돌아가는 가족이야기로 만드는 셈이다.


# 3. 장지연의 "신소설" 『애국부인전』


## 1) 국난과 '국민'으로로서의 여성영웅

쉴러는 궁극적으로 여성의 '남성화'를 견제하고 여성을 공론의 장에서 제외시키고자 했다. 이에 비해 장지연은 당대의 국난 속에서 여성으로까지 국민의 범위가 확대되면서 『애국부인전』을 통해 적극적으로 여성의 사회적 참

---

22  얼굴을 볼 수 없는 "흑기사"는 요한나가 자신의 신적 임무에 점점 느끼게 되는 회의에 대한 표상으로, 혹은 아버지의 정령 등으로 해석되어 왔다.

23  Vgl. Inge Stephan, "Hexe oder Heilige? Zur Geschichte der Jeanne d'Arc und ihrer literarischen Verarbeitung", Dies; Weigel, Sigrid(Hg.), *Die verborgene Frau. Sechs Beiträge zu einer feministischen Literaturwissenschaft*, Hamburg, 1988, S.56.

여와 국민으로서의 의무를 설파했다. 1907년 광학서포에서 "숭양산인"이라는 필명으로 출간된 『애국부인전』은 프랑스혁명에서 주도적인 역할을 했던 롤랑부인의 일대기를 다룬 『라란부인전』(1907)과 함께 여성이 주인공으로 등장하는 몇 안 되는 근대계몽기 작품이다. 그 동안 인명이나 지명의 표기방식 등으로 보아 일본과 중국을 거쳐서 번역 또는 번안되었을 것으로 추정되어 왔지만 『애국부인전』의 서양 원작은 아직까지 밝혀지지 않았다.[24] 두 달 앞서 국한문 혼용체로 출간된 『정치소설 서사건국지(政治小說 瑞士建國誌)』(박은식 번역)가 저본으로 삼은 중국 작품의 원작이 쉴러의 『빌헬름 텔』(1807)이라는 점 때문에 장지연의 경우에도 『오를레앙의 처녀』가 원전이 아니겠냐는 추측이 제기되었지만[25] 그렇지 않다는 견해가 최근의 연구를 통해 더욱 굳혀졌다. 서여명은 서양 원작까지 밝혀내지는 못했으나 『애국부인전』의 저본이 된 중국 작품이 중화민국 혁명사가 풍자유(馮自由, 1882~1958)가 '열성애국인'이라는 필명으로 편역한 위인소설 『여자구국미담(女子救國美談)』(1902)이라는 사실을 밝혀냈다.[26] 일역본을 직역하지 않고 많은 중국화 작업을 거친 『여자구국미담』은 총 7회로 구성된 미완작으로서 잔다르크가 프랑스 국민들 앞에서 연설하는 장면으로 끝난다. 장지연은 『여자구국미담』에서 누락된 부분, 즉 오를레앙 전투, 대관식, 잔다르크가 영국군의 포로가 되어 그들의 계략으

---

24 이를테면 작품에서 잔다르크를 가리키는 '약안'은 일본식 표기방식이며 약안의 애칭이라고 나오는 '정덕'은 중국식을 따른 것이다.

25 『오를레앙의 처녀』가 한국어로 번역된 것은 1929년이다. 메이지 시대 때부터 쉴러를 활발히 수용한 일본의 경우에는 1893년 소설로 번안되고 1903년 완역 형태로 출간되었다.

26 서여명, 「중국을 매개로 한 애국계몽서사 연구─1905년~1910년의 번역작품을 중심으로」, 인하대 박사논문, 2010. 서여명은 확신할 수는 없지만 중역본의 일본어 저본이 이재선도 이미 그 가능성을 지적한 바 있는 『회천위적 불국미담(回天偉蹟 佛國美談)』(1884)일 것으로 추정한다. 일역본의 원전인 재닛 터키(Janet Tuckey)의 『잔다르크(Joan of Arc)』(1880)는 영국에서 발행된 위인전 시리즈에 속하는 전기물이다.

로 마녀라는 판결을 받아 화형을 당하는 장면들을 독자적으로 보완하여 10회로 완성했다. 뿐만 아니라 개작의 자유를 발휘하여 많은 부분을 수정하거나 삭제하고 중역본에 없던 내용을 첨가하였다. (망국의 비참함을 강조하기 위하여 영국군의 잔혹성 강조, 사실성을 부각시키기 위하여 원전에 없었던 역사배경 소개 등)

요한나가 신적 임무와 개인적 욕망·인간적 감정 사이에서 갈등한다면 전(傳)의 형식을 따르고 있는 『애국부인전』은 '충'과 '효'의 갈등구조에서 출발한다. 나라를 구하러 떠나겠다는 약안(잔다르크)에게 부모는 "네가 집을 떠나면 늙은 부모를 누가 봉양하겠느냐. 너는 효순한 자식이 되고 호걸 여자가 되지 말라"[27]고 만류하지만 약안은 "이 일은 한 집안 사정이 아니라 백성된 공공한 사정이오니 제 몸은 비록 여자이오나 어찌 법국의 백성이 아니리까"(21)하여 '효'보다 '충'이 우위에 있음을 역설한다. 하지만 약안이 영국군의 속임수로 마녀재판을 받고 화형에 처해지자 법국 왕이 약안의 "가족을 불러 벼슬을 주어 귀족이 되게 하고 횰금"(49)을 주고 법국 사람들이 재물을 내어 비를 세웠다는 플롯은 결국 충효를 다시 화해시키고 있다. 이런 충, 효, 열의 유교적 가치를 전달하는 전(傳)의 장르는 『애국부인전』에서 애국계몽의 시대정신과 결합한다.


근대계몽기는 '사적 자아를 억제하고 공적 자아'를 구현시킬 문예양식이 절실했던 시기였다. 영웅이나 도덕적 이상주의를 체현하고 있는 인물을 통해서 애국계몽 담론을 유출시켜야 했다. (…중략…) 국가(민족)라는 공동의 집체 구현을 위해 '희생하는' 개인이야말로 가장 모범적인 '공적 자아'인바, 이와 같은 자아를

---

27  장지연, 신채호, 박은식, 이재선 역주, 『애국부인전 을지문덕 서사건국지』, 한국일보사, 1975, 21쪽. 이후 이 작품의 인용은 인용문 끝에 쪽수만 밝히기로 한다.

통해서 '오늘 우리'를 묶어내는 것이 근대계몽기를 표정하는 시대정신이라면 전
(傳) 양식만큼 효과적인 서사 양식도 없었다.[28]

『애국부인전』이 표제로 달고 있는 "신소설"은 우리가 오늘날 흔히 사용되
는 양식 명칭과는 다른 의미로 사용되었다. 여기서 '신소설'은 고소설과 구별
하기 위한 '새로운 소설'의 의미에 가깝다고 볼 수 있으며 아직 "의식적 차원
에서의 주장에 지나지 않는다"[29]고 보는 견해가 지배적이다. 『애국부인
전』은 전(傳), 역사·전기소설, 고소설 등이 융합된 텍스트로서 고소설의 편
년체와 신문사설 논조 등이 뒤섞여 있다. 이는 당대의 역동적 시대상황과 함
께 소설이 본래부터 가진 역동성, 즉 혼종적 장르라는 점을 상기시켜주며
『애국부인전』이 여러 텍스트가 뒤섞이는 재창작 과정을 거치면서 만들어졌
다는 점 또한 이런 혼종성을 잘 표현해준다.

　그 동안 『애국부인전』은 역사·전기소설, 군담소설, 고소설, 여성 교과서
등 여러 맥락에서 연구되어 왔지만,[30] 왜 남성이 아닌 '여성영웅'을 호명하였
는지, 즉 국가와 여성의 복합적 관계에 주목한 연구는 최근에 와서야 이루어
지기 시작했다.[31] '여성 영웅'은 당대 독자들에게 이미 낯선 존재가 아니었
다. 조선 후기에 집중적으로 창작된 『박씨부인전』이나 『홍계월전』과 같은
여성영웅소설들은 대중적으로 많은 사랑을 받았으며 『애국부인전』도 크게

---

28　김찬기, 『한국 근대소설의 형성과 전(傳)』, 소명출판, 2004, 39쪽.

29　권보드래, 『한국 근대소설의 기원』, 소명출판, 2000, 123쪽.

30　강영주, 「개화기의 역사 전기 문학(1)—장지연의 『애국부인전』을 중심으로」, 『관악어문연구』
　　8, 1983; 박상석, 「『애국부인전』의 연설과 고소설적 요소—그 면모와 유래」, 『열상고전연구』
　　27, 2008; 배정상, 「위암 장지연의 『애국부인전』 연구」, 『현대문학의 연구』 30, 2006.

31　송명진, 「역사·전기소설의 국민 여성, 그 상상된 국민의 실체—『애국부인전』과 『라란부인
　　전』을 중심으로」, 『한국문학이론과 비평』 46, 2010, 249~270쪽.

는 이 장르의 전통을 이어간다고 볼 수도 있다. 하지만 전대 여성영웅소설은 한 가문 혹은 한 개인이라는 맥락에 한정되어 있는 경우가 지배적이었던 것에 비해 근대 계몽기 작품들의 '영웅'들은 국가를 위한 영웅으로 변모한다는 차이를 보인다.[32]

『오를레앙의 처녀』에서 독일이 당시 처해 있던 상황을 쉽게 읽어낼 수 있듯이 『애국부인전』 또한 화자의 논평을 통해 먼 나라 이야기가 아닌 국내 상황을 이야기 하고 있음을 알 수 있다.

> 옛적 우리나라가 고구려 시대에 당 태종의 백만 군병을 안시성 태수 양만춘이 능히 항거하여 배겨 이를 굳게 지키다가 마침내 당병을 물리치고 평양성을 보전하였으며 고려 강감찬은 수천 병으로 글안 소손녕의 삼십만 병을 물리치고 송경을 보전했으니 아지 못커라, 법국은 이때에 양만춘 을지문덕 강감찬 같은 충의 영웅이 뉘 있는고.(19)

화자는 프랑스에 없었던 양만춘, 을지문덕, 강감찬 같은 영웅들이 우리에게 있었다고 하면서 여러 차례 영웅을 호출하고 있으며 결말에서는 "슬프다. 우리나라도 약안 같은 영웅호걸과 애국충의의 여자가 혹 있는가"(31)로 끝맺으면서 우리나라에도 잔다르크와 같은 여성 영웅의 출현을 기대하고 있다.

---

32 조선 후기 여성영웅소설에 대한 연구가 활발히 이루어지면서 여성영웅소설의 문학사적 위치를 재조명하는 시도들이 많다. 이를테면 정병현과 이유경은 여성영웅소설을 "조선적 현실에서 이루어질 수 없었던 꿈의 형상화"로 본다. 정병현, 이유경 역, 『한국의 여성영웅소설』, 태학사, 2012, 276쪽. 『애국부인전』보다 한 해 먼저 발표된 『여영웅』이 최근에 편역되었는데 이 작품은 외국의 여성영웅을 소재로 차용하지 않고 고전 단편소설 「이학사전」을 개작한 작품이다. 기존의 여성영웅소설과 달리 나라를 구한 뒤 다시 공공의 영역을 떠나는 것이 아니라 해외의 미개지에 나라를 세우는 여왕을 형상화하였다.

『애국부인전』에서 특히 홍미로운 점은 『오를레앙의 처녀』에서 그토록 중요
했던 구성요소, 즉 '신의 계시'가 주인공의 전략으로 돌려진다는 점이다. 1회
에서 화자는 별다른 논평 없이 약안이 화원에서 천신들의 계시를 받는 장면
을 구체적으로 묘사하지만 결말에 가서는 이것이 약안의 속임수였다고 해석
한다.

> 그때 법국이 인심이 어리석고 비루하여 풍속이 신교를 숭상하고 미혹한 마음
> 이 깊으므로 약안이 능히 이팔청춘의 여자로 국사를 담당코자 하되 인심을 수습
> 하며 위엄을 세워 온 세상 사람을 격발시켜 주권을 회복코자 할진대 불가불 신통
> 한 신도에 가탁하여 황당한 말과 신기한 술법이 아니면 그 백성을 고동하지 못할
> 것인 고로 상제의 명령이라 천신의 분부라 칭탁함이요, 실로 상제의 명령이 어찌
> 있으며 천신의 분부가 어찌 있으리오. 그런즉 약안의 총명 영민함은 실로 천고에
> 드문 영웅이라.(50)

이런 해석자로서의 권위를 끝에 가서야 행사하는 것은 일종의 '신뢰할 수
없는 서술자'의 전략을 동원하여 극적 효과를 높이기 위해서였다고 볼 수 있
다. 화자는 6회에서 이미 "이때 법국은 아직 중고 시대라. 사람마다 천신을
숭상하고 종교에 침혹하니 이는 미개한 시대에 예사라"(29) 하면서 거리감을
취하고 있다. 전근대적 미신 타파를 지향했던 근대계몽기의 기획과 일치시
킬 수 없었던 기적의 측면은 『애국부인전』에 와서 '교육'으로 변모한다. 약안
의 영웅성은 무엇보다 총명함에 있다. 약안은 어렸을 때부터 "한번 가르치면
모를 것이 없으며"(11) 학문에 능통한 것으로 묘사되며, 또한 "천신의 도우심
만 믿을 것 아니라 오직 일절 열심만 믿고 우리 국민된 의무를 극진히 하

여"(25) 임무를 수행하겠다고 다짐한다.

자주자강과 개화를 위해서는 모든 국민의 사회참여가 중요하다고 생각했던 근대계몽기 지식인들은 여성과 평민들까지 공공의 영역으로 끌어들이는 것을 중요하게 여겼다. 투구의 힘으로 활약할 때가 아니면 수동적인 요한나에 비하면 약안은 상당히 주체적인 모습을 보인다. "정덕이 만약 남자로 생겼더라면 반드시 나라를 위하여 큰 사업을 이룰 것이어늘 불행히 여자가 되었다"(12)라고 안타까워하는 사람들에게 다음과 같이 대답할 정도로 주체성이 강한 인물로 연출된다.

어찌 남자만 나라를 위하여 사업하고 여자는 능히 나라를 위하여 사업하지 못할까. 하늘이 남녀를 내시매 이목구비와 사지백태는 다 일반이니 남녀가 평등이어늘 어찌 이같이 등분이 다를진대 여자는 무엇하려 내시리오. (12)

'공적 자아'를 구현하기 위한 수단, 즉 약안이 카리스마를 발휘하는 수단은 연설이다. 장지연에게 신문, 언론이 애국계몽의 주요 매체였다는 것은 『애국부인전』에서도 잘 드러난다. 7회 전체를 차지하는 약안의 연설은 집단적 민족의식을 고취시키기 위해서는 연설만큼 효과적인 동원수단이 없음을 드러내준다. 약안은 자신을 마녀로 보려고 하는 사람들의 마음을 알아차리고 격서를 지어 게시하게 하는데 격서를 읽고 사람들이 모두 애국심을 느끼고 자신을 직접 보기를 바란다는 것을 듣자 하나의 방책으로 "오늘 군사위엄이 떨치고 날랜 기운이 성한 시기를 타서 한바탕 연설로 인심도 고동하고 군사의 충의도 격발케 하며 또한 적국으로 하여금 우리 법국도 인물이 있어 남의 개와 돼지같이 보지 않게 하리라"(30)고 결심한다. 프랑스혁명을 지켜보았던 쉴러는 폭력의 길이 아닌 '제3의 길'을 모색했던 반면 장지연은 약안의 연설을 통해 "다만 부끄러운 욕되는 줄만 알기만 하고 설치할 생각이 없으면 모르는 사람과 일반이 아니오"(35)라고 하면서 의식적인 차원을 넘어 군사력의 필요성을 강조한다 ―"유명한 정치가의 말이 '모든 국민된 자는 사람사람이 모두 군사될 의무가 있다' 하니 그 말이 웬 말이오. 사람이 생겨 국민이 되면 사람마다 주권에 복종하며 사람마다 군사가 되어 나라를 갚는 것이 당연치 아니하오"(35) 약안의 긴 연설은 중간 중간에 삽입되는 청중들의 뜨거운 반응을 통해 그 분위기가 고조된다.

"원수는 일개 연약한 여자로서 저러한 애국열심이 있거늘 우리들은 남자가 되어 대장부라 하면서 도리어 여자만 못하니 어찌 부끄럽지 아니하리오" 하면서 스스로 꾸짖는 자와 한탄하는 자와 통곡하는 자와 주먹을 치고 손바닥을 비비며 살지 않고자 하는 자들이 일제히 소리질러 가로되, "우리들이 오늘은 맹세코 반드시 나라와 한가지로 죽을 것이요, 만일 나라가 망하면 우리 단정코 살지 못하리라."(38)

순국문으로 이루어진 『애국부인전』은 다른 역사·전기소설들과 달리 독자층을 '남녀'로 상정하고 있다. 이는 당시 작품의 광고나 논설들에서도 잘 읽어낼 수 있다. 한편으로 남성 독자들에게는 여성 영웅이 호출될 정도로 국난이 심각하다는 메시지를 전하고, 다른 한편으로 그 당시 소설의 지배적 향유 계층이었던 여성 독자들에게 여자도 '큰 사업'을 할 수 있다는 모델을 제시하는 것이 목표였다.[33] 이와 관련, 배정상은 '국민'이라는 새로운 가치가

---

33 순국문체인 『애국부인전』은 일차적으로 여성 독자를 위한 작품이었다면 앞서 언급한 『여영웅』은 국한문 혼용으로 한문을 주로 사용했던 보수적 계층의 독자들에게 여성의 교육을 강조

발견되면서『애국부인전』이 여성 '교과서'로서 기능했다는 점을 부각시키고 있는데,[34] 이런 교과서로서의 성격은 장지연이 동서양의 본받을 만한 여성들의 일화를 모은『여자독본』(1908)에서 더 확실하게 드러난다. 서문에서 장지연은 "여자는 나라 백성된 자의 어머니 될 사람"이며 "여자의 교육이 발달"해야 "국민의 지식을 인도하는 모범이 된다"고 역설한다.[35] 그러나 여기서 강조되는 여성교육은 결국 남녀평등보다는 장차의 어머니 교육, 국민 양성을 위한 여성 교육이라는 제한된 의미로 가부장적 민족국가 담론으로 귀결된다는 것을 알 수 있다.[36]

## 2) 전통적 열녀담론으로의 회귀

『애국부인전』에서도 여성의 교육은 강조되고 있지만 여기서 일차적으로 형상화되고 있는 여성영웅은 어머니로서의 여성이라기보다는 상당히 남성적인 영웅이다. 어렸을 때부터 "군기도 전습하며 혹 목장에 나아가 말도 달리며 총과 활도 배우"(14)는 약안은 동네 사람들에 의해 미친 여자라는 지적을 받지만 화자는 "오늘 문무 재주를 배움은 정히 다른 때 국민의 난을 구제

---

하기 위하여 기획된 작품이라고 볼 수 있다. 조용호,『여영웅－바다로 나간 최초의 여성영웅 이야기』, 민속원, 2012, 39쪽 참조.

**34**  배정상, 73쪽 참조.

**35**  장지연, 문혜윤 역,『여자독본』, 경진, 2012, 23쪽.

**36**  또한 국한문혼용 표기방식을 표준으로 지향했던 당대에『애국부인전』이나『라란부인전』같은 여성영웅의 서사만 국문으로 출간되었다는 사실 또한 궁극적으로 여성을 다시 주변화 시켰음을 의미하기도 한다. 하지만『애국부인전』을 읽은 여성 독자들이『대한매일신보』에 투고한 글들을 보면『애국부인전』이 그 당시 여성들에게 장지연이 의도했던 의식화의 범위를 초월하는 추동력으로 작용하지 않았을까 또한 생각하게 한다.

코자 함이로다"(14)라고 평하고 있다. 6회부터 "약원수"로 불리기 시작하는 주인공은 요한나와 달리 여성이라는 점이 지워질 정도로 남성적이다. 하지만 이런 남성성은 전쟁이라는 예외적 상황에서 일시적으로만 허용될 뿐이며 회수될 수밖에 없다.[37] 그런데 근대계몽기에 와서 왜 주인공을 다시 사적 영역으로 돌려보내는 전대 여성영웅소설들을 따르지 않고 『애국부인전』이나 『라란부인전』과 같이 화형이나 처형이라는 비극적 결말을 맞이하는 작품들이 '교과서'로 기획되었는지 생각해 보면 네이션 빌딩과의 맥락에서 여성영웅의 기능은 잘 드러난다 — "우리나라도 약안 같은 영웅호걸과 애국충의의 여자가 혹 있는가"라고 여성영웅을 호명하는 것은 이들의 기능을 전장에서의 활약보다는 그 죽음 및 그 죽음이 가져오는 국민의 집단적 단결에서 보았다고 할 수 있다. 약안이 화형에 처해진 후 프랑스인들은 그녀의 무덤에 공덕비를 세우고 무엇보다 그녀를 "부모같이"(49) 여겼다는 점은 약안이 죽음과 하께 상징적 국모로 부활했음을 의미하며 이는 당대의 맥락에서 볼 때 송명진의 지적대로 을미사변 이후 명성황후라는 국모로 부활한 민비, 즉 그 죽음이 "개화기 조선이 겪었던 수난과 동일시되어 이후 일제에 대한 저항의 구심점으로 작용"하기 시작한 현상과 흡사하다.[38] 한 여성 개인의 죽음은 긍극적으로 국가의 통합이라는 이데올로기를 강화하는 수단으로 동원되며 이런 여성영웅의 원형은 쉴러와 장지연의 작품이 시공간을 초월하여 만나는 지점이다.

근대계몽기 지식인들에게 여성계몽 및 여성교육이라는 주제는 궁극적으로 전대적 낙후성을 논파하려는 '선언'이었으며 이런 진보적 선언들은 언제

---

37 송명진도 이런 점을 강조하면서 약안은 황제를 구원한 후 다시 부모에게 돌아가기를 희망하지만 이는 스스로의 선택이라기보다는 자신의 공적 임무를 다했기 때문에 더 이상 그 남성성이 허용되지 않았다고 본다. 송명진, 255쪽 참조.
38 송명진, 260쪽.

든지 다시 보수적인 입장으로 회귀할 수 있는 성격이었다. 장지연은 이를 전형적으로 보여주는 사례라고 할 수 있겠는데 『애국부인전』과 『여자독본』에서 그가 앞세운 주체적인 여성상 속에서도 이미 그런 보수적인 성향을 읽어낼 수 있지만 1910년 한일 병합 조약이 체결된 이후 더욱 확실하게 드러난다. 장지연이 조선총독부의 기관지였던 『매일신보』에 1916~1917년 사이에 연재한 수십 편의 열녀 기사들을 묶어서 낸 『일사유사(逸士遺事)』(1922)는 일방적으로 희생하는 열녀 이야기들을 담고 있는데 이는 국가의 소멸이라는 좌절 속에서 "훼손되지 않은 과거에 대한 욕망"[39]을 담고 있다고 볼 수 있다.


## 4. 나오는 말


〈오를레앙의 처녀〉와 『애국부인전』은 비록 직접적인 수용관계에 놓인 작품들이 아니며 형식이나 내용적 측면에서도 많이 다르지만 상통하는 부분이 많다. 먼저 쉴러와 장지연의 주인공들이 서로 많이 다른 이유는 문화적인 차이 외에도 공론장의 성격에서 찾을 수 있다. 쉴러 당대의 연극무대란 왕의 후원으로 설립된 극장이며 관객은 왕을 포함한 귀족과 상류층이었다. 이런 맥락에서 쉴러는 〈오를레앙의 처녀〉에서 부패한 귀족들과 무능한 왕이 요한나가 집결시키는 민의를 받들어서 계몽되는 과정을 하나의 유토피아로 제시

---

**39** 홍인숙, 『근대계몽기 여성 담론』, 혜안, 2009, 254쪽.

했다고 볼 수 있다. 다시 말해, 독일의 봉건적 분열상을 극복하고 근대적 민족국가를 수립해야 한다는 염원과 함께 군사력을 필요성을 강조했던 장지연 당대의 맥락과 달리 프랑스혁명식의 폭력의 혁명이 아닌 '화해'의 길을 모색했다고 해석될 수 있다. 왕의 후원에 의존해야 했던 쉴러의 상황과 달리 장지연 당대의 신문 매체는 계몽적 지식인들이 주도하는 독립 언론이었기 때문에 장지연은 무엇보다 여성과 일반 평민에까지 그 실천대상을 확대시켜 대중계몽교육의 일환으로『애국부인전』을 썼다.

영웅은 사회문화적 소통에서 공동체적 정체성의 정립을 위하여 모든 문화와 모든 시대에 다양한 방식과 기능으로 나타나는 문화 원형이다. 그 중에서도 여성영웅은 부권이 흔들릴 때 그 결여를 메우기 위하여 곧잘 호명되는 형상으로서 영웅담론과 젠더담론이 어떻게 근본적으로 맞물려 있는지 보여주며, 본고에서는 이런 측면을 시공간적으로 떨어진 두 텍스트를 함께 읽음으로써 더욱 부각시키고자 했다.

# 참고문헌

## 자료


장지연, 신채호, 박은식, 이재선 역주, 『애국부인전 을지문덕 서사건국지』, 한국일보사, 1975.

장지연, 문혜윤 역, 『여자독본』, 경진, 2012.

Schiller, Friedrich, *Klassische Dramen. Text und Kommentar*, Luserke-Jaqui, Matthias(Hg.), Frankfurt am Main, 2008.

_______________, Schillers Werke, Oellers, Norbert(Hg.), *Nationalausgabe* 2/I, Weimar, 1993.


## 논저


권보드래, 『한국 근대소설의 기원』, 소명출판, 2000.

김찬기, 『한국 근대소설의 형성과 전(傳)』, 소명출판, 2004.

배정상, 「위암 장지연의 『애국부인전』 연구」, 『현대문학의 연구』 30, 2006.

서여명, 「중국을 매개로 한 애국계몽서사 연구―1905년~1910년의 번역작품을 중심으로」, 인하대 박사논문, 2010.

성백용, 「잔다르크―프랑스의 열정과 기억의 전투」, 『역사비평』, 2004 봄.

송명진, 「역사・전기소설의 국민 여성, 그 상상된 국민의 실체―『애국부인전』과 『라란부인전』을 중심으로」, 『한국문학이론과 비평』 46, 2010.

조용호, 『여영웅. 바다로 나간 최초의 여성영웅 이야기』, 민속원, 2012.

최석희, 「한국에서 Schiller 문학의 수용―『Die Jungfrau von Orleans』와 『신쇼셜 애국부인전』 비교」, 『독일문학』 40, 1988.

홍인숙, 『근대계몽기 여성 담론』, 혜안, 2009.


Alt, Peter-André, *Schiller. Leben-Werk-Zeit* 2, München, 2000.

Benthien, Claudia, *Tribunal der Blicke. Kulturtheorien von Scham und Schuld und die Tragödie um 1800*, Köln, 2011.

Immer, Nikolas・Marwyck, Mareen van(Hg.), *Ästhetischer Heroismus. Konzeptionelle und figurative Paradigmen des Helden*, Bielefeld, 2013.

Knabel, Klaudia · Rieger, Dietmar · Wodianka, Stephanie(Hg.), *Nationale Mythen-kollektive Symbole. Funktionen, Konstruktionen und Medien der Erinnerung*, Göttingen, 2005.

Koschorke, Albrecht, "Schillers *Jungfrau von Orleans* und die Geschlechterpolitik der Französischen Revolution", in : Hinderer, Walter(Hg.), *Friedrich Schiller und der Weg in die Moderne*, Würzburg, 2006.

Marwyck, Mareen van, *Gewalt und Anmut. Weiblicher Heroismus in der Literatur und Ästhetik um 1800*, Bielefeld, 2010.

Pott, Hans-Georg, "Heiliger Krieg, Charisma und Märtyrertum in Schillers romantischer Tragödie *Die Jungfrau von Orleans*", in : *Athenäum* 20, 2010.

Safranski, Rüdiger, *Friedrich Schiller oder die Erfindung des deutschen Idealismus*, München, 2004.

Stephan, Inge, "Hexe oder Heilige? Zur Geschichte der Jeanne d'Arc und ihrer literarischen Verarbeitung", in : Dies; Weigel, Sigrid(Hg.), *Die verborgene Frau. Sechs Beiträge zu einer feministischen Literaturwissenschaft*, Hamburg, 1988.

# 신채호의 『이태리건국삼걸전』과 영웅, 그리고 '신국민'

김수자

## 1. 들어가는 말

　1905년 을사늑약 이후 한국의 지식인들은 국권상실이라는 위기상황을 극복하기 위한 방안의 하나로 국민계몽과 실력양성을 목표로 자강운동을 전개시켰다. 그리고 이 시기 자강운동의 방법 중 하나로 저술 활동이 적극적으로 전개되었다. 저술 활동에는 서양의 근대기술·문물·학문·제도 등을 소개하고 알려주는 번역도 포함되었다. 그러나 번역할 원본은 서양을 통해 들어오기 보다는 주로 일본과 중국을 통해 들어왔다. 당시 번역된 책들은 원본이 일본어나 중국어로 번역된 것이거나 심지어 원본이 일본어로 번역된 후 다시 중국어로 중역(重譯)된 책들도 있었다. 번역서 중에는 중역의 과정을 거치며 번역자의 의도가 '강하게' 반영되며 각색되는 경우도 있었다. 그 중 하나가 신채호의 『이태리건국삼걸전(伊太利建國三傑傳)』이다.

1907년 신채호는 양계초의 『의대리건국삼걸전(意大利建國三傑傳)』을 국한문혼용체로 번역하여 『이태리건국삼걸전』이란 제목으로 출판하였다.[1] 양계초의 번역서 또한 1892년 일본의 히라타 히사시[平田久]의 『이태리건국삼걸(伊太利建國三傑)』을 저본으로 하여 번역했다. 히라타 히사시의 번역서 또한 1889년 영국의 역사학자 J. A. R. Marriot의 *The Makers of Modern Italy*를 원본으로 한 번역서였다.

『이태리건국삼걸전』은 1830년 프랑스 제2혁명이 일어나고 분열되어 있던 이탈리아가 통일운동을 하며 근대국가를 만드는데 토대를 구축한 세 영웅인 주제페 마찌니[瑪志尼]・주제페 가리발디[加里派的]・카밀로 벤조 디 카부르[加富爾]의 활약상을 주요 내용으로 삼았다. 이탈리아 통일의 역사는 19세기 말 20세기 초 동아시아의 한국・중국・일본인 등에게 강약의 차이는 있지만 근대국가를 수립하고, 자국의 현실을 타개・극복하는데 '모범'이 되었다. 이 책이 세 영웅의 통일운동을 서술하면서 자연스럽게 국가 정치체제인 입헌군주제나 공화제 등을 이야기하고 있기 때문이다. 그러므로 각국이 처한 상황에 따라 일본과 중국의 경우는 입헌군주제를 주장하는 카부르의 활동에 강조점을 둔 반면 한국의 경우는 공화제에 무게를 두고 있는 마찌니

---

1  『이태리건국삼걸전』에 대한 기존 연구들은 대체로 문학사적인 측면에서 양계초의 책과 신채호의 책의 영향관계, 문학사적 의의 등에 집중되었다. 신용하, 『신채호의 사회사상연구』, 나남, 2004; 한무희, 『단재와 임공의 문학과 사상』, 예그린, 1977; 권영민, 『한국민족문학론 연구』, 민음사, 1988; 성현자, 『양계초와 만청소설사』, 정음사, 1985; 우림걸, 『한국 개화기 문학과 양계초』, 박이정, 2002 등이 있다. 그리고 문학사적 측면 뿐 아니라 보다 구체적으로 양계초의 책과 신채호의 책의 내용을 분석한 연구들이 진행되고 있다. 대표적으로 정환국, 「근대계몽기 역사전기물 번역에 대하여―『월남망국사(越南亡國史)』와 『이태리건국삼걸전(伊太利建國三傑傳)』의 경우」, 『대동문화연구』 48, 2004; 노연숙, 『한국개화기 영웅서사연구』, 서울대 박사논문, 2005; 손성준, 「『이태리건국삼걸전』의 동아시아 수용 양상과 그 성격」, 성균관대 석사논문, 2007 등이 있다.

의 활동에 방점을 찍으며 번역이 주로 이루어졌다.

신채호가 『이태리건국삼걸전』을 번역한 의도는 국권회복 주역이 될 '영웅' 출현에 대한 기대였다. 신채호의 번역은 이태리 건국과정에서 보여준 영웅들의 무용담 소개에 그치지 않고 번역서를 통해 자신이 이상으로 삼는 영웅을 강조하고, 새로운 영웅상이나 국가상 나아가 한국민에게 애국심을 강조하며 국가의 존망을 책임져야 하는 새로운 '국민상'을 제시하려는 의도가 강하였다. 궁극적으로 한국의 국민 개개인이 '새로운 국민'이 되고, 많은 청년들이 과거의 영웅과 위인들의 행적을 본받아 '새로운 영웅'이 되어 국권을 되찾는데 애국적 · 영웅적 투쟁을 전개하기를 바라는 마음에서 비롯되었다.

그리고 신채호의 번역은 한국인들에게 입헌군주제 · 공화정이나 국회 · 혁명 · 자유 · 평등 등의 근대적 어휘와 지식을 유포하는 과정이기도 하였다. 그러한 점에서 이 책은 근대 지식을 소개한 번역물들이 19세기 말 20세기 초 한국에 어떻게 수용 · 유통되었는지를 잘 보여준다. 기존의 『이태리건국삼걸전』에 대한 연구들은 대체로 문학사적인 측면에서 양계초와 신채호 간의 영향관계, 그리고 이 책이 가지고 있는 문학사적 의의, 내용적인 측면에서는 영웅사관 등에 집중되었다. 본고는 실질적으로 신채호가 이 책에서 말하고 싶었던 '영웅상' 및 '국가상'은 어떤 것이었는지에 대한 세밀한 검토와 이 책의 번역과 유통을 통해 신채호가 적극적으로 수용하고자 한 근대 지식의 내용은 무엇이고 이를 통해 그가 구상했던 '국가'와 '영웅', '국민'은 어떤 것이었는지 고찰해 보고자 한다.

# 2. 양계초의『의대리건국삼걸전』수용과 재생산

개항 이후 개화지식인들은 한국을 문명개화와 부국강병한 국가로 만들기 위해 서구 근대문물과 근대화된 일본 문물 등을 적극적으로 수용하고자 노력하였다. 고종과 개화지식인들이 추진한 근대화의 첫 단계는 서구의 발달을 가지고 온 '지식'을 얻는 문제였다. 그 '지식'을 얻을 수 있는 방법 중 하나는 번역이었다. 번역의 필요성은 한국 최초의 근대매체라 할 수 있는『한성순보』가 발간될 때부터 제기되었다. "우리 조정에서도 박문국을 설치하고 관리를 두어 외보(外報)를 폭넓게 번역하고 아울러 내사(內事)까지 기재하여 국중(國中)에 알리는 동시에 열국(列國)에까지 반포(頒布)하기로 하고" 라고 명시한데서 잘 나타난다. 당시 정부는 신문을 통해 세계정세를 실어 선진국가의 정치·경제·사회·문화·제도 등을 한국인들에게 소개하고, 나아가 서구의 근대 지식을 보급시켜 문명개화국이 되고자 하였다.[2]

1896년『독립신문』영문판 창간호의 논설에서도 신문의 중요한 강령 중 하나로 "젊은이들이 외국어를 배우지 않고도 역사·과학·예술·종교 등의 중요한 사실들을 접할 수 있도록 외국 교과서들을 속히 한국어로 번역하는 일"이라고 밝히고 있다.[3]『독립신문』창간을 주도 하였던 서재필과 당시 개화지식인들은 서양 교과서와 서적 등을 한국어로 번역하여 서구 근대 지식과 학문을 수용하는 것이 한국의 개화·계몽에 필수적이라고 생각하였다.

그러나 서양의 과학기술 서적 수입과 번역의 필요성들이 제기되었음에도

---

2 「순보서(旬報序)」,『한성순보』, 1883.10.31.
3 『독립신문』1896.4.7.

이를 번역해 낼 인력이 충분하지 않았던 것이 1890년대 당시 현실이었다. 『독립신문』은 이런 상황을 타개하기 위한 방식으로 "번역하기 위해 학문이 높은, 한국말 하는 서양사람"을 채용할 것을 제안하기도 하였으나 한국말을 할 정도의 능력이 있는 외국인을 찾는 것은 더욱 어려운 일이었다.[4]

이에 현실적으로 번역은 지역적으로 접근이 보다 용이한 중국이나 일본을 통해 그들이 서양 사정이나 지식을 번역해 놓은 책들을 들여와 다시 한국어로 번역하는 중역(重譯)의 형태로 이루어지는 경우가 많았다. 당시 번역 작업은 정부 주도로 진행되어 과학기술·근대시설·병학(兵學) 등 부국강병 측면에 집중되어 있었다. 1900년대 들어 개화지식인들은 기술과 제도적인 측면뿐만 아니라 다양한 분야에서 번역이 이루어져야 된다고 강조하였다. 그리고 나라를 부강하게 하고 문명을 이룩하려면 학술을 갖추어야 하고, 학술을 널리 알리기 위해서는 외국서적을 번역하여 출간하는 방법 밖에 없다고 지적하는 동시에 "역서(譯書)는 문명의 수입이며, 역서는 부강의 자료"로 인식되기도 하였다.[5] 이와 같이 개항 이후부터 1900년대까지 서구 지식 번역 작업은 문명개화와 부국강병의 한 방편으로 이해되고 있었다.

1907년 이후 번역 작업은 더욱 활발해졌고, 이전과 내용면에서도 차이를 보인다.[6] 당시 신간 서적들은 신문을 통해 지속적으로 광고되었으며, 판매 또한 증가하였고, 이것은 다시 출판시장의 활성화로 연결되었다. 신간 서적 광고는 출판업계 김기현(金基鉉)의 대동서시(大東書市), 김상만(金相萬)의 광동서포(廣東書舖), 주한영(朱翰榮)의 중앙서관(中央書館) 등이 공동 혹은 단독으로

---

4 「논설」, 『독립신문』, 1896.6.2.
5 논설 「譯書家의게 일고함」, 『대한매일신보』, 1909.1.9.
6 1907~1909년은 출판 '계몽'의 전성기라 부르기도 할 정도로 많은 부분의 책들이 출판되었다. 강명관, 「근대계몽기 출판운동과 그 역사적 의의」, 『민족문학사연구』 14, 1999, 72.

이루어졌다.

　광고한 서적은 『동국사략(東國史略)』·『대한강역고(大韓疆域考)』 등 자국 역사서와 『초학지지』와 같은 지리학 종류, 종합서 성격을 띠는 『유년필독』 등이었다. 이는 모두 당대의 교과용 도서의 성격을 지닌다. 그리고 『미국독립사』·『파란말년전사』·『월남망국사』·『비율빈전사』 등의 외국 역사서도 많은 수를 차지하는 동시에 『비사맥전』·『근세여걸 나란부인전』·『서사건국지』·『이태리건국삼걸전』 등 위인전기류도 있었다. 신소설이라는 표제를 단 『혈루』·『귀성』도 광고되고 있었다. 한편 『중등생리학』·『국가학』·『가정교육학』·『외교통의』·『상업대요』 등 학문서와 실용서, 『최신 한국지도』 등 지지류(地誌類), 『한일회화사전』 등 사전류가 광고되는 가운데 다양한 분야의 서적들이 유통·판매되었다.[7]

　당시 학습서나 실용서를 넘어 한국사와 외국의 역사나 위인전 등의 서적이 많았던 것은 국권침탈의 위기 상황을 극복해보고자 하는 지식인들과 출판계의 인식을 반영하는 것이라 할 수 있다. 외국의 역사에 대한 관심은 전통적으로 한 나라를 제대로 이해하고 알려면 무엇보다도 먼저 그 나라의 역사와 지리를 알아야 한다는 인식과 연결되는 것이었다.

　다양한 분야에서 전개된 번역은 당시 원본을 그대로 번역하기 보다는 번역자가 자신의 '의도'를 번역 과정에 반영하는 경향이 강하였다. 번역자는 번역 내용에 대해 삭제나 첨가 등의 작업을 '편하게' 했다. 그러므로 당시 번역서의 경우 원본에 충실한 번역서들도 있지만 대체로 원저자의 저술 의도보다 번역자 자신의 의도를 강하게 드러내는 경우가 많았다. 이러한 번역서 중

---

7　「광고」, 『대한매일신보』 1907.11.14.

대표적인 것이 신채호가 양계초의 번역서를 원본으로 삼아 번역한 『이태리 건국삼걸전』이다.

양계초는 무술변법운동을 전개하며 자강을 위해 서구의 근대 지식 수용을 목적으로 하는 번역의 필요성을 누구보다 강조한 인물이다. 양계초는 무술 변법운동을 통한 개혁운동이 좌절되자 일본으로 망명한 후 일본에서 1898년 『청의보(淸議報)』와 1902년 『신민총보(新民總報)』 등을 발간하고 중국인을 위한 계몽·자강운동을 전개하고 그 과정에서 번역의 중요성을 피력했던 인물이었다.[8]

양계초의 글이 한국에서 인기가 있었던 이유 중 하나는 근대 서구사상이나 이론 등 서구의 근대 지식을 중국 고전에 빗대어 '전통'에 가까운 방식으로 설명하였기 때문이다.[9] 그러므로 서양 근대 지식의 수용에 절실함을 느끼면서도 서양언어나 일본어에 능숙하지 못해 한계를 느끼고 있었던 한국의 지식인들에게 유학의 문화적 토양이 유사하게 반영된 양계초의 글은 반가운 것이었다.

당시에는 각종 서적들이 중국 상해로부터 다수 수입되었다. 『교육학사』·『음빙실문집』·『정치원론』·『이태리독립사』·『세계근세사』 등은 대동서시·주한영서포·고유상서포 등에서 판매되고 있었다.[10] 『음빙실문집』은 지식인들 사이에서도 인기여서, 이를 소장하거나 널리 돌려가며 읽은 것으로 보인다.[11] 『음빙실문집』은 1902년 양계초가 자신의 저술들을 묶어 간행한 것으로 이 문집에는 「신민설」과 「의대리건국삼걸전」 등이 수록되어 있었다. 신

---

8  陳立新, 『梁啓超とジャーナリズム』, 芙蓉書房出版, 2009, 153쪽.
9  이혜경, 『양계초 문명과 유학에 대한 애증의 서사』, 태학사, 2007, 82쪽.
10  잡보 「특별광고」, 『황성신문』, 1906.10.29.
11  잡보 「김씨 유지」, 『황성신문』, 1907.11.29.

문에서도『음빙실문집』이 "청국의 철학자 양계초의 책"이며, 그 내용에 대해서도 "천하의 형세, 국가의 흥망과 민족의 존망과 관련한 개조" 등을 소개하고 있다.[12]

특히 양계초의 애국론은 당시 개화지식인들이 관심을 기울였던 것 중 하나였다. 1899년『독립신문』과『황성신문』의 애국론에 대한 기사 등이 이를 잘 보여준다. 그리고 이후 양계초의 국가관·국민관·애국주의·사회진화론 등의 글은 식민지로 전락해가는 상황에서 '부국강병'의 길을 모색하던 양계초의 고민과 동아시아 국가의 지식인들의 고민이 만나면서 많은 공감을 얻었다. 당시 대표적인 자강운동가였던 장지연·박은식·신채호·현채·주시경 등은 양계초의 영향을 받았고, 이들이 양계초의 저술들을 번역하여 한국에 소개한 대표적 인물들이다.

당시 개화지식인들은 양계초의 글이 발표되면 바로 수용하여 그의 문제의식을 공유하고 자국의 문제 해결방안을 모색하기도 하였다. 그리고 양계초는 일본의 역서들이 축척한 다양한 서구 지식들과 결합하여 일본에 수입된 근대적 지식과 사상을 근대 지식의 모범으로 삼았다. 한국에서 주목받았던 역사전기물 역시 많은 수가 양계초를 통해 들어왔다.

이태리 건국 삼걸의 이야기도 이미『음빙실문집』을 통해 한국 지식인들에게 유포되고 있었다. 양계초가『신민총보』에서 삼걸전 저술에 대해 당대 중국의 현실과 3걸시대 이탈리아 경우와 비교하면서 중국의 삼걸이 나오기를 호소하였고, 중국 독자들의 애국심과 영웅숭배 사상을 불러일으키고자 함을 밝혔다. 그리고 바로 이 지점이 한국의 지식인들이 삼걸전을 접하며 공

---

12  잡보「밀아자경력(蜜啞子經歷)」,『대한매일신보』, 1907.9.6.

감을 일으킨 부분임을 『황성신문』 기사를 통해 잘 알 수 있다.

이태리삼걸전을 읽다가 현재의 상황을 자각하여 내가 평일 이태리 중흥대업을 평론할 때의 이상가 마치니, 군인 가리발디, 외교가 카부르라 하여 마침내 경배하여 현재 지성지의로 삼걸전의 진면을 관파하니 중흥대업의 진짜 원동력은 그 삼걸에 있지 않고 그 삼걸을 쫓아 그 복종자가 되어 이태리에 헌신하던 이태리 국민 전체가 있어야 한다.[13]

양계초의 『의대리건국삼걸전』이 한국에 들어와 활자화된 것은 1906년 12월 18일 『황성신문』에 실린 「독(讀)의대리건국삼걸전」부터라 할 수 있다. 이 기사는 양계초 책의 내용을 간추려 번역·연재한 것이다. 번역자가 밝혀지지 않은 이 기사는 국한문혼용체이지만 양계초의 원문에 한글로 토를 단 정도로 한자를 많이 사용하여 많은 독자를 얻는 데는 어려움이 있었을 것이다. 그럼에도 양계초의 삼걸전은 신문에 다양한 형태로 언급되고 있었다.

1907년 10월 25일 신채호는 국한문체로 서울 광학서포에서 본문 94면으로 번역·출간하였다.[14] 양계초의 『의대리건국삼걸전』을 소개한 기사나 발간한 책은 다섯 가지 정도이다. 그중 세 가지는 신문에 연재한 글이고, 두 가지는 단행본으로 발행되었다. 이를 정리하면 〈표 1〉과 같다.

---

13  논설 「독이태리삼걸전유감(有感)」, 『황성신문』, 1907.11.16.
14  금협산인(錦頰山人)·무애생(無涯生)·열혈생(熱血生)·한놈·검심(劍心)·적심(赤心)·연시몽인(燕市夢人) 등의 필명으로 활동한 신채호는 1905년 한국이 을사늑약이 체결되던 해 장지연의 초청으로 황성신문사 기자가 되어 논설을 쓰며 활약하였다. 1906년 『황성신문』이 폐간되면서 양기탁(梁起鐸)의 추천으로 영국인 베델이 경영하는 『대한매일신보』로 옮겨 4년여 동안 많은 글을 썼다. 이 시기에 시론·평론·번역 활동뿐만 아니라 을지문덕·최영·이순신 등의 전기물도 썼다. 김삼웅, 『단재 신채호 평전』, 시대의창, 2011, 114~115쪽.

〈표 1〉 『이태리건국삼걸전』 소개 기사 및 서적

| 기사 제목 | 필자 | 매체명 | 기간 | 비고 |
|---|---|---|---|---|
| 「이태리건국아마치전」 |  | 『대한매일신보』 | 1905.12.14~12.21. | 마찌니 삶 축약 |
| 「독의국명신카부르전」 |  | 『대한매일신보』 | 1906.5.27. | 카부르 삶 독후감 |
| 「독의대리건국삼걸전」 |  | 『황성신문』 | 1906.12.18~12.28.<br>(10회 연재) | 『이태리건국삼걸전』<br>축약본 |
| 「이태리건국삼걸전」 | 신채호 | 『광학서포』 | 1907.7.25. | 단행본 |
| 「이태리건국삼걸전」 | 주시경 | 『박문서관』 | 1908.6.18. | 단행본 |

이외에도 1907년 1월 『대한자강회월보』 7호의 '관리의 사업과 인민의 사업'에 카부르와 가리발디가 소개되었고, 1907년 4월 『태극학보』 논설에는 마찌니의 활동에 대한 내용이 소개되는 등 당시 신문이나 잡지 등에서는 이태리 건국의 삼걸들을 한국인들에게 짧은 형태로지만 소개하였고, 이러한 과정을 통해 한국에서 삼걸들은 점차 익숙한 영웅들이 되었다고 할 수 있다.[15] 그리고 신문에는 『이태리건국삼걸전』을 읽고 감명을 받아 느낀 점을 짤막하게 게재한 글들도 보일 정도로 여러 방면으로 관심이 표출되었다. 이러한 글은 대체로 이태리건국 삼걸의 열성적인 애국심과 의지를 높이 평가하면서 자연스럽게 한국의 경우와 비교하며 독자들의 열람을 권하고 애국심이 고양되기를 희망하고 있었다.[16]

성균관 박사였으며 한학에 능통하였던 신채호는 1897년 독립협회 운동에 참여하며 개화자강을 전개하던 지식인들과 마찬가지로 중국의 엄복·강유위·양계초 등의 서구의 사회진화론 등을 수용, 국제정세 하에서 국내 현실

---

15 『대한자강회월보』 7, 1907.1, 56~57쪽; 「논설(마찌니)」, 『태극학보』 9, 1907.4; 「논설(마찌니)」, 『대한자강회월보』 11; 「논설(마찌니, 카부르)」, 『대한자강회월보』 13; 「논설(마찌니)」, 『태극학보』 12, 1907.8.
16 논설 「독이태리삼걸전유감(有感)」, 『황성신문』, 1907.11.16.

과 사회변화를 분석하기 시작하였다. 신채호는 양계초의 영향을 많이 받았다. 특히 양계초의 『음빙실문집』을 탐독하면서, 다윈의 『종의 기원』, 아담 스미스의 『국부론』, 몽테스키외의 『법의정신』, 밀의 『자유론』 등 영향을 받은 것으로 보인다.[17] 특히 양계초의 영향은 비슷한 제목의 논설이 당시 신문 등에서 쉽게 찾아질 정도로 큰 것이었다고 할 수 있다.

신채호의 『이태리건국삼걸전』이 처음으로 광고된 것은 『황성신문』 1907년 11월 3일부터 1908년 1월 22일까지, 1908년 8월 13일부터 1908년 10월 8일까지, 10월 24일, 1910년 5월 4일부터 6월 3일까지 단독 또는 신간서적들과 같이 광고 되었다. 그리고 『대한매일신보』의 1907년 11월 14일~1908년 12월 18일 자에도 광고가 진행되었다. 당시 한 권이 30전이었던 이 책에 대한 광고의 내용은 짧은 소개 글로 이태리 애국자 마찌니·가리발디·카부르 삼걸의 활동상·기개·애국심에 관한 것이라는 내용을 기본으로 하고 있으며, 대표적인 홍보 문구는 "국세(國勢)를 만회하여 구주열강간에 대립하고 있던 사실을 국한문으로 번역하여 내놓았으며 국난 위기상황과 독자의 충정을 불러일으키며 백절불굴의 의기와 쓰러져 죽어도 변치 않는 열성이 독자의 애국심을 일으킬 것이요, 유지군자들이 불가불 속속 구매하시오"였다.[18]

이 책의 판매처는 서울의 광학서포와 박문서관, 인천의 유현 개신책전, 평양 종로의 예수교 서책, 의주 남문의 광학서관이었다. 이와 같이 주요 도시에서 책을 구매할 수 있을 정도로 『이태리건국삼걸전』은 전국적으로 유통되고 있었다. 이는 이 책을 구독하고자 하는 독자층이 넓었던 것을 반증한다.

---

17 이광린, 「구한말 진화론의 수용과 그 영향」, 『한국개화사상 연구』, 일조각, 1979; 신인철, 『신채호의 역사사상 연구』, 고려대출판부, 1983(1893), 16쪽.
18 「광고」, 『황성신문』, 1907.11.3.

판매뿐 아니라 이 책은 교육기관이나 신문사에 기증도 많이 이루어져 학생들이나 일반인들도 접할 수 있도록 많은 조치들이 이루어졌다. 그리고 학교 졸업식에서 우수한 성적을 받은 학생들에게 수여되기도 하였다.[19] 이것은 이 책이 독립의식, 애국심 등의 고취에 적합했기 때문이라고 할 수 있다. 나아가 『이태리건국삼걸전』은 국내뿐만 아니라 미주 한인사회에서도 유통되었다. 미국에서 발행되었던 『신한민보』와 『공립신보』도 이 책을 광고하였다. 『신한민보』 기사에는 재미한인조합 소년서회 이름으로 『이태리건국삼걸전』을 구입하여 보라는 광고를 게재했다.[20]

『이태리건국삼걸전』의 인기가 높아지자 통감부 경시청에서는 『을지문덕전』·『월남망국사』 등과 함께 이 책들이 한국인들의 애국심이나 국가의식을 고취시킨다고 판단하고 압수 조치를 취하였다.[21] 1910년 통감부는 법률 제12호 보안법을 발효하여 도서의 '박멸'에 착수했다. 『초등본국역사』·『초등본국지지』·『유년필독』·『을지문덕전』·『이순신전』·『월남망국사』·『이태리건국삼걸전』 등이 대표적인 대상이었다. 압수된 책은 서점에 있었던 것뿐 아니라 개인이 소장하고 있는 것들도 포함되었으며, 심지어 이 책들을 가지고 있는 사람들을 배일주의자로 규정·억압하였다.[22] 일제식민지로 전락한 후에는 보다 더 본격적으로 압수와 수색 조치들이 진행되었다. 경무총감부에서는 민족의식 말살을 위한 조치 중 하나로 이 책들에 대한 판매와 반포

---

19  잡보 「경교졸업식(經校卒業式)」, 『황성신문』, 1908.9.15; 잡보 「파릉(巴陵)의 승상(勝狀)」, 『대한매일신보』, 1908.9.15.
20  「특별광고」, 『신한민보』, 1909.6.16.
21  박성흠, 「국민의 특성」, 『서우』 11, 1907.10.1, 2쪽; 「서적이 하죄오」, 『공립신보』, 1908.8.26.
22  「「警務總監部에서 民族意識을 抹殺키 爲해 많은 書籍의 발매반포를 금지하고 押收」, 『관보』, 1910.11.19; 『경무월보』 8, 1910; 국사편찬위원회, 「「警務總監部에서 民族意識을 抹殺키 爲해 많은 書籍의 발매반포를 금지하고 押收」, 『일제침략하 한국 36년사』 1, 1966년.

를 금지하고 나아가 압수조치까지 취하였다.

이와 같이 양계초의 『의대리건국삼걸전』은 신문의 짧은 기사 · 연재물 · 단행본 출간 등의 형태로 번역 · 출판되어 한국인들에게 소개되었고, 신채호가 번역한 『이태리건국삼걸전』은 한국인들의 독립운동과 애국심 고취에 많은 영향을 주었다. 이러한 영향력 때문에 일제는 이 책에 대해 금서 조치를 취하며 유통을 제한하였다. 이러한 사실들을 통해 구한말 유럽 이탈리아의 독립을 위해 활동한 세 영웅의 이야기인 『이태리건국삼걸전』은 한국인들에게 한국의 독립에 대한 열망과 독립의식을 고취시키는 책으로 활용되었다.


# 3. 신채호의 『이태리건국삼걸전』 번역의 의도


신채호가 『이태리건국삼걸전』을 번역한 이유는 이 책의 서문을 쓴 '장지연의 서(序)'에 잘 나타나 있다. 장지연은 "삼걸이 애국자이기 때문이며, 애국자들의 애국심은 나라의 빛이며, 생명의 양식이며, 학문의 근원이기 때문이고, 다른 한편으로 이태리 건국 이전의 정세는 한국과 닮았고, 그 건국 연대도 비슷하며, 땅의 형세도 닮고 백성의 수도 차이가 없다며, 한국이 동방의 이태리가 되기를 바라는 염원이 담겨있음"을 밝히고 있다.[23]

실제로 신채호도 번역서의 서론에 "위대하구나 애국자여! 장하구나 애국

---

[23] 량치차오, 신채호 역, 류준범 · 장문석 현대어 역, 『이태리건국삼걸전』, 지식의풍경, 2001, 1~2쪽.

자여! 애국자 없는 나라는 지금은 비록 강하다고 해도 분명 약해질 것이며 (…중략…) 애국자가 있는 나라는 지금은 비록 약하다 해도 분경 강해질 것이며, 쇠약하다 해도 번성할 것이며, 망했다 해도 반드시 홍할 것이며, 죽었더라도 마침내 살아날 것이니 ……"라며 국가 홍망의 여부는 애국자의 유무와 긴밀한 관계가 있음을 피력하였다. 그리고 "흠모의 일필로 이태리 애국자 삼걸의 역사를 서술하나니, 그 국난은 우리와 비슷하고 그 시기도 지금으로부터 그리 멀지 않다"고 적으며 장지연과 같이 이태리와 한국을 동일시하고 있다. 이태리처럼 한국이 이웃나라의 침입을 막아내고 독립국가가 되기를, 그리고 이태리 삼걸처럼 한국을 구원할 영웅을 기다리는 염원이 이 책에 담겨 있었다. 즉 오스트리아가 이탈리아를 억압하는 자유의 적이며, 독립의 원수이듯, 일본을 한국의 자주독립을 억압하는 강력한 적으로 설정하였다.[24] 나아가 이태리가 온갖 고난과 시련을 겪은 후 결국 이태리는 이태리로 회복된 것처럼 한국도 자주 국권을 회복한다는 희망적 메시지를 전하려 의도였다.

신채호는 1909년에도 이탈리아가 한국과 비슷한 규모의 반도국이며 과거에 강성했다가 후대에 이르러 분열되어 미약해져 오스트리아라는 강대국에 종속되었다는 점에서 비슷하다는 논설을 『대한매일신보』에 싣기도 할 정도로 이탈리아와 한국 상황의 유사성에 대한 언급과 한국이 이탈리아처럼 통일 독립국이 되기를 지속적으로 열망하고 있었다.[25]

그리고 "이 책의 인연과 이 책의 소개로 대한중흥 삼걸전, 아니 삼십걸, 삼백걸전을 다시 쓰게 되는 것이 나, 무애생(無涯生)의 피 끓는 영원한 염원"이라며 한국의 영웅전 집필을 희망함을 피력하고 있다.[26] 이와 같이 영웅을 기

---

24 「제13절 가부르의 외교정책」·「제26절 이태리의 통일」, 위의 책.
25 「동양의 이태리」, 『대한매일신보』, 1909.1.28.

다리는 강한 목적의식을 보인 것은 위기의 한국 상황을 극복하고자 하는 의
지였다고 할 수 있다. 신채호 책의 본문의 체제는 양계초의 것과 거의 비슷하
다. 양계초의『의대리건국삼걸전』과 신채호의『이태리건국삼걸전』체제를
목차를 중심으로 비교해 보면 〈표 2〉와 같다.[27]

〈표 2〉와 같이 신채호의 것은 양계초의 것과 각 절의 제목이 거의 일치한
다. 그리고 '본론'에 국토가 분열된 채 외국의 지배하에 있던 이탈리아가 통
일된 근대 민족국가로 형성되는 과정에서 마찌니·카부르·가리발디의 건
국 활동을 서술하는 줄거리 내용도 그대로 유지하고 있다.

그러나 대략 세 가지 부분에서 원전과 차이를 보이고 있다. 첫째, 양계초
의 번역서와 서론과 결론 부분이 완전히 다르다는 점이다. 신채호는 양계초
책의 서론·결론은 번역하지 않았다. 서론과 결론은 독자적으로 자신의 영
웅 출현에 대한 기대와 한국의 위기 상황 극복에 대한 염원을 기술하고 있다.
그러므로 서론만 보면 이것이 번역서인지 모를 수 있다. 둘째, 본문 내용의
일부에 방점을 찍어 신채호 자신이 강조하고 있는 부분을 독자들에게 그대
로 드러내고 있다는 점이다. 이것은 신채호 자신이 중요하다고 생각하는 것,
나아가 독자들에게 강조하고 싶었던 것을 독자들이 다시 한 번 눈여겨보게
하는 장치라 할 수 있다.

셋째, 형식적인 측면 이외 내용적인 측면에서도 차이가 있다. 신채호는 임
의로 본문 내용을 생략도 하고, 때로는 원전에는 없는 요소를 첨가하기도 하
였다.[28] 신채호가 과감히 생략한 내용 중 대표적인 것은 삼걸 중 입헌군주제

---

26  양계초, 앞의 책, 6쪽.
27  성현자,「단재신채호의 역사전기소설연구」,『동방문학비교연구총서』3, 1997, 315~320쪽.
28  정환국,「근대계몽기 역사전기물 번역에 대하여-『월남망국사(越南亡國史)』와『이태리건국
     삼걸전(伊太利建國三傑傳)』의 경우」,『대동문화연구』48, 2004.

〈표 2〉 『의대리건국삼걸전』과 『이태리건국삼걸전』의 목차 비교

| | 양계초 『의대리건국삼걸전』 | 신채호 『이태리건국삼걸전』 |
|---|---|---|
| 序 | 一. 瑪志尼 (Guiseppe Mazzini 1805~1872) | 首篇, 緒論 |
| | 二. 加里派的 (Guisse Paribalda 1807~1872) | |
| | 三. 加富爾 (Count Cauour 1810~1861) | |
| 本論 | 一. 三傑以前意大利之形勢及三傑之幼年 | 第一節. 三傑以前의 伊太利形勢 |
| | 二. 瑪志尼創立〈少年意大利〉及上書撒的尼亞王 | 第二節. 少年伊太利의 創立 |
| | 三. 加富爾之窮耕 | 第三節. 加富爾의 躬耕 |
| | 四. 瑪志尼加里派的之亡命 | 第四節. 瑪志尼와 加里派的의 亡命 |
| | 五. 南美洲之加里派的 | 第五節. 南美洲의 加里派的 |
| | 六. 革命之形勢 | 第六節. 革命以前의 形勢 |
| | 七. 千八百四十八年之革命 | 第七節. 千八百四十八年의 革命 |
| | 八. 羅馬共和之建設及其滅亡 | 第八節. 羅馬共和國의 建設과 滅亡 |
| | 九. 革命之形勢 | 第九節. 革命之形勢 |
| | 十. 撒的尼亞新王之賢明及加富爾之入相 | 第十節. 撒的尼亞王의 賢明 |
| | 十一. 加富爾改革內政 | 第十一節. 加富爾의 內政改革 |
| | 十二. 加富爾外交政策第一段(格里米亞之役) | 第十二節. 加富爾의 外交政策第一段 |
| | 十三. 加富爾外交政策第二段(巴黎會議) | 第十三節. 加富爾의 外交政策第二段 |
| | 十四. 加富爾外交政策第三段(意法密約) | 第十四節. 加富爾의 外交政策第三段 |
| | 十五. 意奧開戰之準備(加富爾加里派的之會合) | 第十五節. 伊奧開戰의 準備 |
| | 十六. 意奧戰爭(加富爾之辭職) | 第十六節. 伊奧의 戰爭 |
| | 十七. 加里派的之辭職 | 第十七節. 加里派的의 辭職 |
| | 十八. 加富爾再相與北意大利之統一 | 第十八節. 加富爾의 再相 |
| | 十九. 當時南意大利之統一 | 第十九節. 當時南伊太利의 形勢 |
| | 二十. 加里派的暫定南意大利 | 第二十節. 加里派的의 伊太利戡定 |
| | 二十一. 南意大利之合併 | 第二十一節. 南伊太利의 合併 |
| | 二十二. 第一國會 | 第二十二節. 第一國會 |
| | 二十三. 加富爾之長逝及其未意之志 | 第二十三節. 加富爾의 長逝 |
| | 二十四. 加里派的之下獄及游英國 | 第二十四節. 加里派的의 下獄과 遊英 |
| | 二十五. 加里派的之再入羅馬及再敗再被逮 | 第二十五節. 加里派的의 再逮 |
| | 二十六. 意大利定鼎羅馬大一統成 | 第二十六節. 伊太利의 大一統의 成함 |
| 結論 | 結論 | 終篇. 結論 |

를 주장하고 있는 카부르의 정치관이 반복적으로 서술되는 부분과 마찌니가 공화정을 주장하는 내용이 부정적으로 서술된 부분, 그리고 입헌군주제가 하늘의 뜻인 것처럼 서술되어 있는 부분들이다. 이에 반해 첨가한 것은 마찌

니가 좌절 속에서도 이태리에 대한 애국심과 공화정에 대한 신념과 열정을 실현해 나가고, 지켜나가는 부분이라고 할 수 있다. 그리고 이탈리아를 한국과 유사한 반도적 특성이 있음을 서술한 부분이 그것이다.

신채호가 원본으로 한 『의대리건국삼걸전』에서 양계초는 삼걸 중에서 카부르를 이상적 모델로 삼으며 번역서를 집필하였다고 할 수 있다.[29] 이것은 카부르를 통일 이탈리아의 국부로서 자리매김하는 데에서 그대로 드러난다. 그리고 양계초는 카부르를 비스마르크나 링컨 등에 비유함으로써 그의 위대함을 강조하였다. 이는 당시 양계초가 입헌군주제로 이탈리아를 통일한 재상 카부르를 통해 자신의 정치적 입장을 대변한 것이라 할 수 있다.

마찌니는 "어찌하여 공화정을 선포하지 않는가" 하며 그를 힐난했다. 가리발디 장군의 뜻은 이러했다. "통일이 안 되면, 이태리도 없소, 나는 공화를 진정 사랑하지만 이태리를 더욱 사랑하오. 공화를 한 뒤에 이태리를 통일할 수 있다면 만사를 희생하고서라도 공화를 따를 것이오. 그러나 공화를 버린 뒤에야 이태리를 통일할 수 있다면 나는 만사를 희생하고서라도 공화를 버리고자 할 것이니 내가 바라는 것은 오직 이태리를 통일해야 한다는 목적뿐이다."[30]

이처럼 양계초는 입헌군주제에 대한 이상을 가리발디의 말을 통해 밝히고 있으며 동시에 마찌니와 같이 공화주의를 이상으로 하는 사람들에 대한 희생을 이야기하고 있는 것이기도 하였다. 즉 '공화'보다 중요한 것은 이탈리아

---

**29**　손성준, 「『이태리건국삼걸전』의 동아시아 수용 양상과 그 성격」, 성균관대 석사논문, 2007, 106쪽.

**30**　양계초, 「의대리건국삼걸전」, 『음빙실문집』 6, 1989, 46쪽.

통일이며 입헌군주제로 이탈리아를 통일된 국가로 하는 것이 현실적이며,
국가적 차원에서도 그것이 옳다는 사실을 밝혔다.

반면 신채호는 세 영웅 중 마찌니를 숭상하며 번역을 하였다. 망명생활을
하면서도 혁명가로 이태리에 대한 애국심을 잃지 않았던 마찌니의 삶과 그
의 공화주의에 대한 열정과 신념을 강조하며 이탈리아 통일의 토대가 마찌
니로부터 시작되었다고 보는데서 잘 나타난다. 이는 비록 원본이 있는 번역
이었지만 번역자의 의지가 번역 작업에 강하게 개입되고 있음을 보여준다.
내용을 통해서도 신채호는 자신의 '목소리'를 내고 있었다. 그 절정이 양계초
의 서론과 결론은 번역서에 실지 않고 자신의 서론·결론을 실어 자신의 '책'
의 저술 의도를 드러내는 부분이라고 할 수 있다.

이와 같이 신채호는 양계초의 책을 번역하면서도 양계초가 주장하는 국가
상과 영웅상에 차별화를 두고 있다. 양계초가 입헌군주제를 주장하는 카부
르를 중심에 두고 번역을 하였다면, 신채호는 공화정을 주장하는 마찌니에
게 무게를 두고 번역한 것이다. 그리고 한편으로 신채호는 외국의 역사와 세
계정세 등을 기술함으로써 세계 강국 사이의 관계를 분석하고, 한국인으로
하여금 이와 같은 국제정세와 한국이 처한 상황 등을 자세히 파악하여 능동
적으로 대처하기를 갈망하려는 의도를 번역서에 담고 있었다.

번역서 곳곳에서 신채호는 삼걸의 영웅적 행위를 높이 평가하면서 국난의
위기에 처해 있는 당시 상황을 극복해보려는 강력한 의지를 표출하였다. 나
아가 독자들의 계몽과 아울러 애국심과 국가주의 등을 고취시키고자 하는
의도 또한 찾을 수 있다. 신채호는 이와 같은 자신의 목적을 번역서에 강하
고, 분명하게 제시하였다.

# 4. 『이태리건국삼걸전』에 나타난 '영웅'과 '신국민'

한국의 자강·자주독립·개혁을 누구보다도 갈망하던 신채호에게 이웃 나라 오스트리아의 지배를 받던 이태리를 통일하고 근대국가의 초석을 다진 마찌니·가리발디·카부르는 이상적 애국자의 표상이자 '희망' 그 자체였다. 삼걸 중 신채호가 가장 이상적으로 생각하고 강조하였던 영웅은 마찌니였다. 이는 양계초가 구상하고 있는 영웅·애국자와 차이가 있는 지점이다. 두 사람이 생각하는 애국자란 '나라 일'에 대한 고민 앞에서 모든 사사로운 생각과 감정이 아무 것도 아닐 수 있는 사람이어야 한다는 점에서 일치했다, 양계초에게 '애국자는 투쟁과 갈등을 동반하는 현실에 뿌리내린' 현실적인 존재였다. 양계초는 그의 책에서 영웅이 "큰 노력을 기울인 후에야 중국에 삼걸과 같은 인물이 나올 수 있다"고 하였다.

반면 신채호는 애국자 자체를 궁극적 가치로 삼으며, "한 나라의 모든 것, 강성한 나라의 필수요, 국토요, 백성, 자연까지도 길러낸 장본인인 천상의 존재"로 그리고 "아아 애국자여 그는 하늘이 내린 천사이며, 이 세상의 살아있는 부처이며, 북녘 땅의 나룻배이며 깊은 밤, 깨달음의 목탁소리이며"[31]라는 표현에서 알 수 있듯이 신채호의 영웅에 대한 기대는 절실하였고, 현실적이기 보다 이상적이었으며, 양계초보다 훨씬 장황하다고 할 수 있다. 이것은 양계초의 영웅을 기대하는 마음보다 신채호의 마음이 더 절실하고 컸음을 보여준다. 동시에 양계초가 처한 중국의 상황보다 신채호가 처한 한국의 상

---

31 양계초, 「서문」, 앞의 책.

황이 훨씬 더 위기가 컸음을 의미한다.

신채호와 양계초의 영웅상에서 차이를 보이는 또 다른 지점은 신채호가 양계초의 책을 의도적으로 번역하지 않은 부분에서 잘 드러난다. 이것이 바로 신채호가 그리고 싶었던 영웅의 모습이었다고 생각된다. 양계초의 책을 번역하지 않고 생략한 부분은 대체로 두 가지 부분으로 나타난다. 첫째는 마찌니의 공화정의 이상이 좌절, 약화 또는 부정적으로 보일 수 있는 내용에 관한 것이다.

오호라 마찌니와 카부르 두 호걸이 비록 정치적 대적이라 하나 마찌니 당의 거동이 종종 직접 혹은 간접 반대로 카부르의 성취를 도움이 또한 그 일단이라. 군자가 보매 더욱 탄식하여 크게 서로 다르나 한 가지 돌아가는 길에 동일하게 일백 문제를 해결한다 하는 말이 나를 속이지 아니하도다.[32]

마찌니를 통해 공화정의 이상을 구현하는 혁명가적인 모습을 그리고자 하였던 신채호에게 위의 구절은 마찌니를 입헌군주제를 구현하고자 하는 카부르의 보조적 존재로 설명하고 있는 것으로 인식되었기 때문에 이 부분을 생략하였다. 아래의 생략 부분도 이러한 사실을 선명하게 보여준다.

마찌니는 실상 집요한 사람이니, 그 공화주의를 결코 포기하지 않을 자라. 비록 그러하나 하늘이 이미 공화정치로 이탈리아를 다스리게 아니하사 다시 진압하게 하시니, 이후로 마찌니는 정치계로부터 숨을 수밖에 없었다.[33]

---

32 양계초, 「의대리건국삼걸전」, 『음빙실문집』 6, 1989, 33쪽.
33 위의 글, 33쪽.

신채호는 마찌니의 공화주의의 좌절과 나아가 공화주의가 하늘의 뜻이 아닌 것처럼 표현된 부분을 생략하였다.

두 번째는 카부르의 활동에 대한 생략 부분이 다른 인물에 비해 많은 양을 차지하고 있다는 점이다. 이것은 분량 측면에서 삼걸의 활동 내용에 대해 균형을 맞추고자 하는 것일 수도 있지만 실질적으로 카부르의 활동상을 생략하는 것은 마찌니를 부각시킬 수 있는 것이기도 하였다.

> 천지에 한 번 얻을 기회를 손안에 넣은 지라. 그런고로 지극히 고요한 것으로 천하의 지극히 동함을 억제하며 지극히 부드러운 것으로 천하의 지극히 굳셈을 억제하여 시종 조심하며, 온화하게 참고 견디는 태도로 행하니, 조심하며, 온화하며 참고 견디는 것이 실상 카부르 일생에 공을 이루는 둘 없는 원칙이라.[34]

> 비록 그러하나 이 사건 후로부터 이탈리아 사람이 새로 경험하여 얻은 바가 두 가지 있으니 첫째는 자유와 통일이 없이 마침내 성취할 수 있는 것임을 알았고, 둘째는 사르데냐 왕가를 믿고 의지해야 함을 알았다.[35]

이 외에 신채호는 이태리를 설명하는 부분에서 한국의 역사와 지리적 위치의 유사성을 부각하거나, 이 부분을 보충·설명하였다. 대표적인 것이 "오늘날 이태리는 고대 로마인데 유럽 남부에 돌출해 있는 반도국가이다"라는 서술과 "하루아침에 북쪽 오랑캐의 침략을 받은 이후 나날이 국력이 쇠잔해졌다"라는 부분이다. 이와 같이 반도국가이며, 오랑캐의 침략 등의 내용은

---

34 위의 글, 31쪽.
35 위의 글, 24쪽.

양계초 글에서는 없는 부분으로 신채호의 현실 인식과 연결된 강한 의도를 보여주는 부분이라고 할 수 있다.

양계초는 결론에서 영웅의 모습을 다섯 가지로 종합·정리하였다. 첫 번째는 자신을 기만하지 않는 것, 두 번째는 한결같음, 세 번째는 고귀하고 청렴한 성품, 네 번째는 좌절하지 않고 참고 견디는 것, 다섯 번째는 학식과 소양을 준비하는 것이 바로 그것이다.[36] 이것이 양계초가 영웅에게 기대하는 바였다. 그러나 신채호는 결론에서 "그대는 오직 삼걸이 되기를 바라야 한다. 아침에 삼걸이 되길 바라고 저녁에 삼걸이 되길 바라며, 오늘 삼걸이 되길 바라고, 내일 삼걸이 되길 바란다면 그대가 삼걸이 되지 못한다고 해도 그대의 후손 중에 반드시 삼걸이 나오게 될 것이다"라고 서술했다.[37] 또한 신채호는 "아하, 저 삼걸이여 과연 어떤 사람인가, 서리와 눈보라에도 곧은 마음은 오히려 굳어지니 송백의 절개이다. 천 번의 연마와 백 번의 좌절에도 날카로운 기운은 오히려 철석의 강건함이다"라며 영웅의 기개와 강건함, 그리고 용맹함을 강조하며 궁극적으로 영웅은 나라를 구할 수 있는 존재로 표현하고 있다.

신채호가 이후 을지문덕·이순신·최영을 자강의 모델로 삼은 영웅 위인전들은 『이태리건국삼걸전』의 영향이 컸다. 그가 재현하고 있는 을지문덕·최영·이순신이라는 영웅은 수많은 음모와 어려운 상황에서도 외적에 대한 적개심과 무능한 조정에 대한 비판의식, 나라에 대한 충성심과 부모에 대한 지극한 효심을 갖고 있으면서도 궁극적으로 국가의 자주와 독립을 위하여 모든 것을 내놓는 인물들이었다. 이들을 통해 신채호는 민족의 주체성 회복

---

36  위의 글, 61쪽.
37  양계초, 앞의 책, 2001, 122쪽.

을 대전제로 애국심을 촉발하고 한민족의 역사 속에 실재했던 영웅의 행적을 추적하여 한국인에게 알리고자 노력하였다. 그리고 신채호의 영웅상의 또 다른 면모를 보여주는 것이기도 하다. 신채호가 영웅의 모델로 삼고 있는 이들은 국난의 위기에 직접 적을 상대로 싸움을 한 장군들이었다, 이것은 문약(文弱)을 극복하려는 상무(尙武) 정신을 강조하는 부분이라고 할 수 있다.

『을지문덕전』에서 신채호는 "과거의 영웅을 그려서 미래의 영웅을 부르려"는 주제의식을 밝히며 을지문덕의 시기, 즉 고구려가 신라·백제와 전쟁을 하고, 중국이라는 거대한 외세의 힘 등으로 혼란스러운 시대 상황 속에서 을지문덕의 '초월적 구원자'로서 그의 활약상을 그리고 있다.[38] 특히 살수대첩에서 을지문덕은 외세의 큰 힘을 마치 어린아이 다루듯 하고, 시련이 닥치지만 그 시련은 을지문덕을 더욱 영웅답게 하는 '민족자존의 표상'으로 제시했다. 임진왜란의 영웅『이순신전』에서도 신채호는 이순신을 영국의 해군 넬슨 제독과 비교하여 세계적 영웅으로 이순신을 위치 짓고 나아가 영웅을 통해 세계 교섭의 모범을 제시하였다.『을지문덕전』과 마찬가지로 결론에서 제2의 이순신을 기다림을 갈망하고 있다. 이와 같은 역사전기물 등을 발간하여 과거 영웅의 애국심을 강조하고 동시에 애국심의 국민적 확산을 의도하였다.

영웅은 세계를 창조한 성신이며, 세계는 영웅의 활동무대이다. (…중략…) 그 나라에 세계와 교섭할 영웅이 있어야 세계와 교섭할지며 세계와 분투할 영웅이 있어야 세계와 분투하리니 영웅이란 두 글자인 그 지식이 일만 사람에게 뛰어나

---

38  신채호, 박기봉 편역,『을지문덕전』, 비봉, 2006, 26쪽.

고 그 기개가 온 세상을 덮어서 무슨 힘으로 가든지 반드시 일국이 바람같이 쓰러지고 천하의 산같이 쳐다보아서 태양이 만물을 흡인하는 것 같이 동서남북에 총총한 인물이 모다 그 한 몸을 향하여 노래하여 찬송하고 사랑하며 사모하고 높이 공경하여 이것이 이에 그 영웅의 사랑이라 하리로다. 한국사람에게 물으데 너희 나라에 영웅이 누구뇨하면 대답하기를 첫째는 을지문덕이오, 둘째는 합소문이라 할 것이오. (…중략…) 영웅이 없고야 그 나라의 나라됨을 어찌 바라리오. 신년 신월에 영웅을 초하여 신인물을 환기한다.[39]

영웅이란 적과 싸워 이길 수 있고 역사를 움직일 수 있는 민족의식과 애국심으로 무장된 인물로서 당시 시대상황을 인식해서 국권을 회복할 수 있어야 하며, 국가와 민족을 보호하고 국토를 장엄하게 하는 역할을 해야 한다는 것이다. 따라서 영웅이 있어야 세계와 교섭하고 분투하며, 독립을 쟁취할 수 있고, 국가가 존립할 수 있다는 것이다.[40]

새로운 나라의 영웅이란 국가의 독립과 자유를 위해 애국을 천직으로 삼는 사람이며, 독립과 자유를 생명으로 삼아 애국의 정성과 분노를 가지고 마귀와 싸움하여 동포의 생명을 구하려고 투쟁하는 인물이 영웅이라고 보았다. 그리고 "역사는 국가의 정신이요, 영웅은 국가의 원기이다. 모든 지구상에 야만 부락이 아니요, 국가의 제도를 성립하고, 국민의 자격으로 생활하는 자는 모두 그 역사를 존중하고, 영웅을 숭배하는데 그 국민이 문명할수록 역사를 더욱 존중하고 영웅을 더욱 숭배한다. 그것은 그 역사를 존중함과 영웅을 숭배함이 곧 그 국가를 사랑하는 사상이기 때문이다"라고 강조하며 민족

---

39  신채호, 「영웅과 세계」, 『대한매일신보』, 1908.1.5~1.7.
40  위의 글.

정신과 불굴의 투쟁의지를 가진 국민적 영웅이 있어야 국가가 유지될 수 있고, 국민들 또한 영웅에 대한 숭배의 정신을 지녀야 함을 강조한 것이다.[41]

이처럼 신채호에게 영웅은 마치 '모든 것'인 것처럼 여겨진다. 그러나 그에게 영웅은 특정한 소수를 의미하는 것은 아니었다. 즉 신채호가 강조하고, 갈망하였던 영웅은 을지문덕·이순신·최영처럼 완벽한 소수를 의미하는 것은 아니었다. 비록 역사 속에서 국난의 위기를 극복하고 국가의 자주독립을 지켜낸 역사 속 인물을 강조하고 있지만 이를 강조하면서도 신채호가 말하고자 하였던 것은 실제로 수많은 '민중의 영웅성'이었다.[42] 『이태리건국삼걸전』에서도 신채호는 삼걸을 중요시 하지만 실제로 이태리가 수많은 민중의 힘으로 통일의 위업을 달성한 것으로 인식하였다.

이태리 건국이 어찌 다만 삼걸의 공이겠는가. 마찌니 당파 중에 무명의 마찌니가 몇 백 몇 천 명인지 알지 못할 것이며, 가리발디 슬하에 무명의 가리발디가 몇 백 몇 천 명인지 알지 못할 것이며, 카부르 막하에 무명의 카부르가 몇 백 몇 천 명인지 알지 못할 정도이다. 삼걸은 이태리 전 국민 중 그 대표자 세 사람일뿐이니 전국이 갈팡질팡하여 아픈 줄도 모르고 가려운 줄도 몰랐다면 비록 삼걸이 있었더라도 어찌 행할 수 있었겠는가.[43]

이러한 신채호의 영웅 출현 기대의 본질은 한 나라의 흥망이 한 두 사람의 영웅에게 달려있는 것이 아니라 국민 전체에게 달려 있다는 것이다. 이것이

---

41 「독 고구려영락대왕묘비등본」, 『서북학회월보』 1-9, 1909.2, 21~22쪽.
42 『을지문덕전』은 광학서포에서 1908년 발행하였으며, 「이순신전」은 『대한매일신보』에 1908년 5월 2일부터 8월 18일까지 「수군제일위인 이순신」으로 연재하였다.
43 양계초, 앞의 책, 2001, 122쪽.

그가 말하고자 하는 바의 '영웅상', '영웅관'이라 할 수 있다. 또한 신채호의 영웅관에서 주목할 부분은 「20세기 신동국지영웅」과 「영웅과 세계」라는 논설 등을 통해 그가 주장하는 영웅이 단순히 소수의 몇 명만을 지칭하는 개념이 아니라는 점이다. 신채호의 영웅관은 논설 「20세기 신동국지영웅」에서 "구국민은 국민이 아니며 구영웅은 영웅이 아니다"라고 말하고 "신영웅은 국민적 영웅으로서 국민적 종교, 국민적 학술, 국민적 실업에 종사하는 사람들"이라고 규정하였다.[44] 신영웅은 국민 전체를 위하여 봉사하는 사람을 말하며, 또 국민 전체가 영웅이 되어야 진정한 힘을 가질 수 있다고 생각하였다. 이것은 궁극적으로 기울어져가는 국운을 바로 잡고 자주독립 국가를 세우기 위해서는 새로운 시대의 새로운 영웅이 나와야 함을 강조하기 위한 것이라 할 수 있다. 신채호는 새로운 시대 · 새로운 국민 · 새로운 영웅 · 새로운 국가 등 '새로운' 것을 강조하였다. 이것은 자신이 살고 있는 시대가 희망이 '적은' 구시대이며, 혁신해야 하는 시대로 빨리 이 시대를 극복해야만 한다는 인식에서 나온 '독창적인' 개념이었다.

신채호는 한국인 모두가 영웅의 조건을 갖추어 영웅이 되어야 함을 강조하였고 이것은 그의 논설 「20세기 신국민」에 잘 나타난다. 신채호가 강조한 영웅은 '신국민(新國民)'이었다.

국민동포가 20세기 신국민이 되지 아니할 수 없다 하는 바이며, (…중략…) 20세기의 국가 경쟁은 그 원동력이 한두 가지에 있는 것이 아니고 그 국민 전체에 있으며, 그 승패의 결과가 한 두 사람에게 있지 아니하고 그 국민전체에 있어서

44  신채호, 「20세기 신동국지영웅」, 『대한매일신보』, 1909.8.17~8.20.

정치가는 정치로 경쟁하며, 종교가는 종교로 경쟁하며, 실업가는 실업으로 경쟁하며, 혹은 무력으로 혹은 학술로 하여 그 국민 전체가 우수한 자는 이기고, 열등한 자는 패하나니, 저 세상을 뒤덮은 영웅인 징기스칸, 알렉산더 대왕이 매우 씩씩하고, 매우 강하여 수백만 건아를 채찍질하여 수만리 토지를 개척한다 할지라도 그것은 개인의 경쟁인 것이다. 그러므로 그 세력이 길지 못하며 그 위력이 쉽게 무너져 한때 그의 뜰 아래에서 절을 올리던 민족도 쉽게 그 머리를 다시 쳐들고 길게 휘파람을 불며 옛날의 세력을 다투어 회복했거니와 오늘날은 그와 같지 아니하여 그 경쟁의 피해가 크기 때문에 국민 동포가 20세기의 신국민이 되지 아니하면 안된다는 바다.[45]

이와 같이 신채호가 구상한 영웅은 각 분야에 경쟁력을 지닌 국민 전체를 의미했으며 이때 국민은 '신국민'이었다. 그리고 신채호는 신국민이 만들어 가야 할 국가를 공화정 국가로 상정하고 있다.

신채호는 이태리 건국 삼걸 중 마찌니에 대한 애착을 보임으로써 공화정을 자연스럽게 강조하였다. 한국에서 공화정이라는 단어가 알려지고 자연스럽게 수용되기 시작한 것은『한성순보』창간 이후라고 할 수 있다.『한성순보』는 세계 각국을 소개하는 기사의 내용에서 공화정치를 "나라에 정한 인군이 없고 백성이 한사람을 가지여 대통령을 선거, 시시로 대통령을 바꾸며 나라 정사도 또한 백성이 의논하여 정하는 것"으로 지속적으로 설명하였다.[46] 이러한 신문 기사들을 통해 한국인들은 한국과는 다른 정치체제들에 대한 지식을 접하게 되었다. 그리고 신채호는 근대적 정치체제에 대한 소개를 넘

---

45  신채호, 「20세기 신국민」, 『대한매일신보』, 1910. 2. 22.
46  『한성순보』, 1883. 10. 20;『한성주보』, 1886. 3. 1.

어 『이태리건국삼걸전』을 번역하면서 구체적으로 "국민이 투표로 세운 정부", "이태리를 구제하여 공화정부 아래 통일하는 것" 등의 표현을 사용하며 한국이 취해야 하는 정치체제로서 공화정을 이상으로 삼았다.

이처럼 신채호가 지향한 국가는 '국민이 정권에 참여할 수 있는 국가'인 공화정 국가였다. 신채호의 국가 관념은 국가는 생존경쟁을 통한 진화의 과정에서 발생한 것으로 인식하였다. 그리고 신채호가 주장하고 있는 국가는 '입헌시대'로 표현된 근대적 국민국가로서 공화정이었다.[47] 국가는 국제사회의 여러 국가들과 경쟁을 할 수 있고 또 국제사회에서 적응하여 생존할 수 있는 국가란 국민이 정치적 주체로 국가의 주권을 소유하며, 국가는 국민의 공신을 관리하는 것으로 인식하였다. 그러므로 국민은 국가의 위기 상황에도 책임이 있는 존재이며, 그 상황을 극복해 내야 하는 책임 또한 지닌 존재, 즉 "한국이 능히 부강의 기를 개하여 민국의 위령을 광할까, 왈 이는 오직 국민동포가 20세기 신국민됨에만 있다"고 한 것은 이러한 인식의 역사적 산물이었다.[48]

신채호는 국가를 강하게 만드는 기본적 요소로 국민을 설정하였다. 그러므로 부국강병의 기초는 국민이며, 이 국민은 삼걸전의 영웅처럼 애국심을 가득 품고 있는 국난을 타개할 '새로운' 국민을 구상한 것이다. 신채호는 국민들이 근대적 국가관을 가질 때 '전제 봉건의 구루(舊陋)가 거(去)' 하고 국가는 인민의 낙원이 되고 인민은 국가의 주인이 되어 루소의 평등과 자유정신을 실현시킬 수 있는 입헌공화국을 건설할 수 있다고 주장하였다.[49] 이와 같

---

47  신채호, 「20세기 신국민」, 『대한매일신보』, 1910.2.22; 신채호, 「사상변천의 계급」, 『대한매일신보』, 1909.9.18.
48  신채호, 위의 글, 1910.2.22.
49  위의 글.

이 신채호의 영웅론에 입각한 '신국민관'은 서구의 민주주의 이념을 기초로 하며, 신국민이 되기 위해 국민들이 갖추어야만 하는 요소로 도덕·무력·경제·교육·정치 등이 강조되었다. 그리고 신채호는 '미래적 관점'을 가지고 국가를 지키기 위해 스스로 영웅이 되고자 하는 '국민'의 출현을 기대하였다. 이것이 신채호가 번역서와 각종 기고문 등을 통해 이야기하고 싶었던 핵심적인 내용이었다.


## 5. 나오는 말


　19세기 말 20세기 초 신채호는 국가 존망의 위기에 빠져있는 대한제국을 극복해낼 애국자·영웅을 기대하며 『이태리건국삼걸전』을 번역하였다. 그가 기대한 영웅은 완벽하거나 특별한 인물이 아니라 애국심을 가지고 국가를 사랑하는 사람, 신국민이었다. 신채호가 정의하고, 고대했던 영웅은 민족을 지켜낼 수 있는 존재였다. 영웅은 세계를 창조하며, 세계를 활동무대로 삼고, 영웅이 없이는 국가의 흥망도 장담할 수 없다고 반문하며 제국주의에 맞설 수 있는 것이 민족주의이며, 민족주의를 지킬 수 있는 존재를 영웅으로 보았다. 그 영웅은 한국인 모두여야 하지만 구태의연한 한국인이 아닌 새로운 한국인 '신국민'을 의미했다.

　이와 같이 신채호는 이태리 건국의 3명의 영웅을 이야기함으로써 한국의 '새로운' 국민상을 제시했다. 이외에도 이 번역서는 서구의 근대 지식을 유통시키는 역할도 담당하였다. 번역서를 통해 당시 한국인들은 서구에서 사용되던 자유·통일·공화정 등의 '낯선' 단어들을 접하면서 서구 근대문화의 실체를 점차 인식하기에 이르렀다.

『이태리건국삼걸전』은 다른 나라나 다른 민족의 역사와 문화를 소개하며 한국에 자연스럽게 새로운 지식을 전하는 역할도 하였다. 수십 년 전 이탈리아는 한국과 비슷하였고 일찍이 이민족의 억압을 겪은 적이 있지만 현재는 이민족으로부터 벗어나 통일 독립국가로서 근대국가가 되었다는 점에서 성공의 역사를 가지고 있는 나라다. 그리고 이태리 통일 성공의 원인은 건국을 이끈 삼걸의 힘과 궁극적으로는 그 삼걸을 뒤따랐던, 힘이 되어 주었던 이탈리아 인들의 힘이라는 교훈을 신채호는 끌어낸 것이다. 이점은 양계초의 번역서에서는 부각되지 않았던 부분이다. 신채호는 분석을 더하지 않고 삼걸을 전부 긍정하며 그들을 당시의 이탈리아 인민의 구세주로 간주하고 그들을 신화화하였다고 할 수 있다. 영웅숭배를 받아들이는 목적은 한국이 제국주의를 벗어나 주권을 회복하도록 하기 위함이었다고 할 수 있다.

그러나 한국에서 19세기 말 20세기 초의 번역을 통한 서양지식의 유입은 일본이나 중국을 거쳐서 들어오는 것이었다. 그것은 서양 지식이 그대로 들어오기 보다는 한 겹, 두 겹 나아가 세 겹 이상 걸러지거나, 아니면 덧 씌여지는 과정이기도 하였다. 즉 원 내용과는 많이 차이를 지니며 소개되었다는 점에서 한계로 지적될 수 있는 부분이다. 그리고 이것은 인문서적들에서 그 경향이 두드러졌을 것으로 보인다. 삼걸전의 번역은 걸의 영웅적 모습과 더불어 삼걸의 자유정신과 독립사상, 정의·평등·용맹 등을 강조하며 자연스럽게 한국인들에게 수용되었고, 다른 한편으로는 당시의 근대 지식을 전파하는 과정이기도 하였다.[50]

당시 번역서의 수용과 유포 과정은 제한적인 성격을 지닐 수밖에 없었다. 교류국의 범위, 언어의 한계 등으로 당시 한국에 들어온 외국서적들은 일본인이나 중국인이 취사선택한 것을 다시 취사선택하여 들여와야 하는 이중의 과정을 거쳐야 했다. 이는 한국인의 서구 근대 지식에 대한, 서구 근대 문명에 대한 선택의 폭을 제한하는 것이었을 뿐 아니라 번역의 번역을 접함으로서 '오리지날'의 서양 지식이 왜곡되어 들어와도 제대로 거를 수 없었다는 한계를 내포하고 있었다고 할 수 있다.

---

50  잡보 「일본유학생 제씨의 신문사회 발기회 취지서」, 『황성신문』, 1907.7.8.

# 참고문헌

## 논저


강명관, 「근대계몽기 출판운동과 그 역사적 의의」, 『민족문학사연구』 14, 1999.

김삼웅, 『단재 신채호 평전』, 시대의창, 2011.

노연숙, 『한국개화기 영웅서사연구』, 서울대 박사논문, 2005.

량치차오, 신채호 역, 류준범·장문석 현대어 역, 『이태리건국삼걸전』, 지식의풍경, 2001.

성현자, 「단재신채호의 역사전기소설연구」, 『동방문학비교연구총서』 3, 1997.

______, 『양계초와 만청소설사』, 정음사, 1985.

손성준, 「『이태리건국삼걸전』의 동아시아 수용 양상과 그 성격」, 성균관대 석사논문, 2007.

신용하, 『신채호의 사회사상연구』, 나남, 2004.

신인철, 『신채호의 역사사상 연구』, 고려대 출판부, 1893.

신채호, 박기봉 역, 『을지문덕전』, 비봉, 2006.

우림걸, 『한국 개화기 문학과 양계초』, 박이정, 2002.

이광린, 「구한말 진화론의 수용과 그 영향」, 『한국개화사상 연구』, 일조각, 1979.

이혜경, 『양계초 문명과 유학에 대한 애증의 서사』, 태학사, 2007.

정환국, 「근대계몽기 역사전기물 번역에 대하여 - 『월남망국사(越南亡國史)』와 『이태리건국삼걸전(伊太利建國三傑傳)』의 경우」, 『대동문화연구』 48, 2004.

陳立新, 『梁啓超とジャーナリズム』, 芙蓉書房出版, 2009.

# // 필자소개 //

**고모리 요이치**(小森陽一, Komori Yoichi)
도쿄[東京]대학 대학원 총합문화연구과 교수. 일본 근대문학을 전공했고, 번역문체 등을 연구하고 있다. 일본 평화헌법을 지키기 위한 "9조회" 사무국장. 한국어 번역본으로는『포스트 콜로니얼』(송태욱 역, 삼인, 2002),『일본어의 근대』(정선태 역, 소명출판, 2003),『나는 소세키로소이다-나쓰메 소세키 다시 읽기)』(한일문학연구회 역, 이매진, 2006),『무라카미 하루키론-해변의 카프카를 정독하다』(김춘미 역, 고려대 출판부, 2007) 등이 있다.

**박진영**(朴珍英, Park, JinYoung)
연세대학교 국학연구원 연구교수. 한국 근대소설, 번역문학, 출판문화 연구를 통해 근대 한국의 시대정신과 상상력을 재조명해 왔다. 최근에 동아시아 근대를 둘러싼 번역 사상, 정전의 성립과 세계문학론으로 시야를 넓히고 있다. 주요 저서로『한국의 번안소설』(전10권, 2007~2008),『번안소설어 사전』(2008),『신문관 번역소설 전집』(2010),『번역과 번안의 시대』(2011),『책의 탄생과 이야기의 운명』(2013)이 있다.

**김진희**(金眞禧, Kim, JinHee)
이화여자대학교 국어국문학과를 졸업하고 동대학원에서 1930년대 생명파 시문학의 연구로 박사학위를 받았다. 이화여자대학교 이화인문과학원 HK교수로 근대문학 초창기 문학 장(場)의 형성, 한국 근대문학의 근대성과 탈식민성, 번역과 비교문학 연구, 동아시아 지식체계 등을 연구하고 있다. 1996년『세계일보』신춘문예 평론부문에「출발과 경계로서의 모더니즘-오규원론」이 당선되어 평론가로도 활동 중이다. 저서로는『생명파시의 모더니티』,『근대문학의 장(場)과 시인의 선택』,『회화로 읽는 1930년대 시문학사』등의 연구서와『시에 관한 각서』,『불우한, 불후의 노래』,『기억의 수사학』,『미래의 서정과 감각』등의 비평집,『모윤숙 시선』,『노천명 시선』등의 편서가 있다.

**박지영**(朴志英, Park, JiYoung)
성균관대학교 동아시아학술원 연구원. 주요 논문으로는「김수영과 번역, 번역과 김수영」(2010),「해방기 지식 장(場)의 재편과 '번역'의 정치학」(2009),「번역의 시대, 번역의 문화 정치」(2010),「위태로운 정체성, 횡단하는 경계인-'여성번역가 / 번역' 연구를 위하여」(2012) 등의 논문이 있다. 주요 저서로『젠더와 번역, 여성 지(知)의 형성과 변전』(공저, 소명출판, 2013),『작가의 탄생과 근대문학의 재생산 제도』(공저, 2008), 2012년에 우수학술도서로 선정된『냉전과 혁명의 시대 그리고『사상계』』(공저, 소명출판, 2012) 등이 있다.

**송은주**(宋銀珠, Song, EunJu)
이화여자대학교 영문과를 졸업하고, 동대학원에서 석·박사 학위를 취득하였다. 영국 런던대학교 SOAS에서 번역학으로 석사학위를 취득하였다. 대표 논문으로 「탈식민적 텍스트의 혼종성을 어떻게 번역할 것인가—토니 모리슨의 『자비』를 중심으로」, 「포크너의 황야—『내려가라 모세여』를 중심으로」 등이 있다.

**김선희**(金宣姬, Kim, SeonHee)
이화여자대학교 이화인문과학원 HK연구교수. 이화여자대학교 철학과를 졸업하고 동대학원에서 석박사 학위를 취득하였다. 「조선의 문명의식과 서학의 변주」, 「최한기를 읽기 위한 제언—근대성과 과학의 관점에서」, 「가(家)의 확장과 내부의 실천—'여성'으로 본 성호학파의 유가적 세계」, 「라이프니츠의 신, 정약용의 상제」 등의 논문과 『마테오 리치와 주희 그리고 정약용』, 『8개의 철학지도』 등의 저서, 『하빈 신후담의 돈와서학변』 등의 역서가 있다.

**양일모**(梁一模, Yang, IlMo)
서울대학교 자유전공학부 교수. 도쿄대학교에서 박사 학위를 받고 한림대학교 고수, 한림과학원 부원장을 지냈다. 주요 저서로『옌푸(嚴復)—중국의 근대성과 서양사상』,『개념의 번역과 창조』(공저),『동아시아 근대를 번역하다』(공저) 등이 있고, 번역으로는『천연론』(공동역주),『정치학이란 무엇인가—중국의 근대적 정치학의 탄생』,『관념사란 무엇인가』(공역) 등이 있다. 주요 논문으로 「중국철학사의 탄생—20세기 초 중국철학사 텍스트 성립을 중심으로」, 「'사상'을 찾아가는 여정—일본인의 중국인식과 중국학」, "Translating Darwins's Metaphors in East Asia" 등이 있다.

**오윤호**(吳潤鎬, Oh, YounHo)
이화여대 이화인문과학원의 HK교수이다. 서강대학교 국어국문학과에서 한국 현대소설을 전공하였으며, 2009년 이화여대에 임용된 이후 탈경계 인문학 관련 주제를 공부하고 있다. 최근에는 탈경계 비교문학, 동아시아 근대문학 비평 등에 관심을 갖고 있다. 주요 저서로는『현대소설의 서사기법』과『깨어진 역사 비평적 진실』이 있다. 주요논문으로는 「「중국인거리」에 나타난 이주의 상상력 연구」, 「자연주의 경향의 염상섭 소설과 진화론적 상상력」 등이 있다.

**김연수**(金娟秀, Kim, YeonSoo)
이화여자대학교에서 독어독문학을 전공하였고 DAAD 장학금으로 독일 쾰른더학에서 수학하였다. 2005년에 논문「Modalität als Kategorie des modernen Erzählens : Uwe Johnsons Jahrestage im Diskursfeld zwischen Fiktion und Historie」으로 박사학위를 취득하였다. 현재 이화인문과학원의 HK교수로 탈경계 지식형성 연구부에서 근대지식의 형성과 변이에 대해 연구하고 있다.

**오영주**(吳始株, Oh, YoungJu)
서울대학교 불어불문학과 및 대학원을 졸업하고, 프랑스 파리7대학에서『플로베르, 정치와 사랑
의 감상주의 비판』으로 박사학위를 받았다. 현재 이화여자대학교 이화인문과학원 HK연구교수
로, 현재 포스트휴먼 담론과 문학적 형상화에 관심을 가지고 연구하고 있다. 저서로『마담 보바리
－현대문학의 전범』이 있으며, 18～19세기 프랑스 근대문학에 대한 다수의 논문을 발표했다.

**이선윤**(李先胤, Lee, SunYoon)
고려대학교 일본연구센터 HK연구교수. 일본 근현대문학과 문화를 연구하고 있다.『괴물과 인간
사이－아베 고보와 이형의 신체들』(그린비, 2014),『내 어머니의 연대기』(번역, 학고재, 2012),『조
선 속 일본인의 에로경성 조감도(공간편)』(공동편역, 문, 2012),「予言する機械とテクノクラシー：
安部公房の『第四間氷期』論」(『日本文化学報』, 2013.2) 외 다수의 논저가 있다.

**정선경**(鄭宣景, Jung, SunKyung)
이화여자대학교 중어중문학과를 졸업하고 연세대학교에서 문학박사학위를 받았다. 중국소설과
문화, 동아시아 서사문학과 근대지식 형성에 관심을 가지고 연구하고 있으며, 저서로는『중국문
학의 주제탐구』,『중국고전의 이해』,『중국고전소설 및 희곡 연구자료 총집』등이 있다. 현재 이
화여자대학교 이화인문과학원 HK교수로 재직하고 있다.

**송태현**(宋泰炫, Song, TaeHyeon)
프랑스 그르노블대학교에서 문예비평이론을 전공하여 박사학위를 받았다. 현재 이화여자대학교
이화인문과학원 HK교수로서 비교문학／비교문화, 글로컬 지식 형성에 관심을 가지고 연구를 진
행하고 있다. 저서로『상상력의 위대한 모험가들』,『이미지와 상징』,『판타지』가 있다.

**박인원**(朴仁元, Park, InWon)
이화여자대학교 독어독문학과와 동대학원을 졸업했다. 독일 베를린 훔볼트대학교에서 독일어권
및 한국 여성작가들의 소설 속 사랑 담론에 관한 비교연구로 박사학위를 받았다. 현재 이화여자
대학교 이화인문과학원에서 HK연구교수로 재직 중이다.

**김수자**(金壽子, Kim, SooJa)
이화여자대학교 사학과를 졸업하고 동대학교 사학과에서 박사학위를 취득하였다. 한국의 근대
문화, 근대지식 형성, 탈식민주의, 한국 현대 정치에 대한 연구를 진행하고 있다. 주요 저서로는
『이승만의 집권 초기 권력기반 연구』(경인문화사, 2005),『대한민국 여성국회의원의 탄생』(나남,
2014) 등이 있다. 현재 이화인문과학원의 HK교수로 재직중이다.

고모리 요이치[小森陽一], 「小說言說の生成」, 『構造としての語り』, 東京 : 新曜社, 1988.

박진영, 「중국문학 및 일본문학 번역의 역사성과 상상력의 접변」, 『동방학지』 164, 연세대 국학연구원, 2013.12.

김진희, 「1920년대 번역시와 근대서정시의 원형 문제 - '님의 시학'과 번역의 역동성」, 『비평문학』 42, 2011.12.

박지영, 「'번역 불가능성'의 심연 - 식민지 시기 김소운의 전래동요 번역(일역(日譯)) 을 중심으로(An Abyss of 'Impossibility of Translation' : Kim So Woon's Recognition of 'Traditional Children's Songs' and Translation)」, 민족문학사연구 42, 2010.

송은주, 「번역불가능성을 통한 비교문학의 재사유」, 『영미문화』 14-2, 2014.8.

김선희, 「최한기를 읽기 위한 제언 - 근대성과 과학의 관점에서」, 『철학사상』 52, 2014.

양일모, "Translating Darwin's Metaphors in East Asia", *Trans-Humanities* 6-3, Ewha Institute for the Humanities, 2013.

오윤호, 「자연주의 경향의 염상섭 소설과 진화론적 상상력 - 『만세전』을 중심으로」, 『현대문학이론연구』 54, 2013.

김연수, 「번역과 근대적 문화전이 - 입센의 『인형의 집』 수용 양상 비교를 중심으로」, 『독일어 문학』 59, 2012.

오영주, 「1890년대 프랑스 연극장(場)의 입센 '번역'」, 『외국문학연구』 50, 2013.

이선윤, 「고전의 번역과 소비의 양상 - 『춘향전』의 초기 일본어 번역을 중심으로」, 이화인문과학원 HK 탈경계인문학 연구단 국제학술대회, 2013.4.5~6.

정선경, 「『每日申報』에 번역된 『三國演義』에 대한 고찰」, 『中國語文學誌』 43, 2013.6.

송태현, 「볼테르의 〈중국 고아〉와 오리엔탈리즘」, 『세계문학비교학회』 44, 2013.9.

박인원, 「네이션 빌딩과 여성영웅의 서사 - 쉴러의 『오를레앙의 처녀』와 장지연의 『애국부인전』을 중심으로」, 『카프카 연구』 31, 2014.

김수자, 「신채호의 번역과 영웅 그리고 '신국민' - 『이태리건국삼걸전』을 중심으로」, 『한국민족운동사연구』 80, 2014.